Maya's dochter

ANITA RAU BADAMI

Maya's dochter

UIT HET ENGELS VERTAALD DOOR
ANNEKE BOK EN ROB VAN DER VEER

DE GEUS

De vertalers ontvingen voor deze vertaling een werkbeurs van de
Stichting Fonds voor de Letteren

Oorspronkelijke titel *The Hero's Walk*, verschenen bij Alfred A. Knopf Canada
Oorspronkelijke tekst © Anita Rau Badami, 2000
Nederlandse vertaling © Anneke Bok, Rob van der Veer en De Geus BV,
Breda 2006
Omslagontwerp Robert Nix
Omslagillustratie © H. Sitton/Zefa/Corbis
Foto auteur © Sasha Badrinath
Druk Koninklijke Wöhrmann BV, Zutphen
ISBN 90 445 0803 2
NUR 302

Voor Aditya

I

Aan zee

Het was pas vijf uur 's morgens in Toturpuram en toch was elk spoor van de julinacht al verdwenen. De zon zwol gloeiend op uit de einder. De golven sloegen rillend op het zand en lieten er gebogen lijnen van goudkleurig schuim achter dat vrijwel meteen opdroogde. Overal langs het strand trokken de vissers hun boten op het strand om de nachtelijke vangst uit de netten te halen. Hun moeders en vrouwen, dochters en zusters, vulden hun grote, vochtige manden die nog roken naar de vangst van de vorige dag met garnalen en krabben, kreeften en vissen, maar de glinsterende schubben en gebarsten schalen lieten ze liggen zodat de kraaien erom konden vechten. Vervolgens namen ze de eerste bus naar de markt, waarbij ze moesten lachen wanneer andere passagiers haastig naar voren verhuisden om hen en hun onwelriekende waar uit de weg te blijven.

Binnen een paar uur zou de hitte als een grote, klamme deken boven de stad hangen, plasjes vormen in de knieholten van de mensen, in hun oksels en hun halskuiltjes, en over hun voorhoofd naar beneden druppelen. Zweterige dijen zouden aan stoelen kleven en met een onfatsoenlijk zuiggeluid weer loskomen. Alleen idioten waagden zich naar hun werk, en eenmaal daar aangekomen zaten ze versuft en passief achter hun bureau omdat de elektriciteit was uitgevallen en de ventilatoren aan het plafond stilstonden. Zelfs met je ogen knipperen was afmattend. Verstandige mensen bleven thuis, slechts gekleed in ondergoed en met vochtige doeken over hun hoofd en borst; ze dronken liters kokoswater en wuifden zich koelte toe met een opgevouwen krant.

Het mocht dan al half juli zijn, maar in dit onaanzienlijke stadje aan de kust van de Golf van Bengalen, ongeveer drie uur met de bus van Madras, waren de zuidwestelijke moessons waardoor de hitteperioden korte tijd werden onderbroken, achterwege gebleven. Heel Toturpuram keek dus verlangend uit naar december, wanneer de noordoostelijke moessons gierend hun intrede zouden doen. Die koele, natte ochtenden riepen zulke heerlijke herinneringen op dat iedereen vergat dat december ook het begin van het orkaanseizoen betekende, waarin de wind snelheden van honderdvijftig kilometer per uur bereikte en alles vernielde wat hij onderweg tegenkwam. De mensen dachten al niet meer aan de stortbuien waardoor de hoogspanningsleidingen bezweken en de stad in een stinkende, vloeiende duisternis werd gehuld. En ze vergaten compleet hoe de zee een huizenhoge groene watermuur werd die het strand verzwolg en de straten blank zette, rijwegen in riolen veranderde en ruim baan gaf aan dysenterie en diarree. Er viel zo veel regen dat over de hele stad beerputten openbarstten en de mensen 's nachts opeens wakker werden en merkten dat hun eigendommen in de smerigheid dreven.

Vandaag verleende het ochtendlicht een subtiele schoonheid aan het armoedige stadje. Zelfs de hoekige lijnen van de tientallen flatgebouwen, in hun gestage opmars van het strand naar het Grote Huis in de Brahmaanstraat, werden door die vroege gloed verzacht. Op de daken van die flats stond een stakerig woud van televisieantennes dat bij het opkomen van de zon in vuur en vlam leek te staan. Het Grote Huis was het enige gebouw in de straat dat niet met een antenne kon pronken. Sripathi Rao, de eigenaar, had een paar jaar geleden met tegenzin een televisie gekocht, maar het was een oud model dat alleen een kamerantenne had. Zijn moeder, Ammayya, was teleurgesteld geweest.

'Zo weet niemand dat we televisie hebben', protesteerde ze.

'Wat heeft het voor zin om iets te hebben als geen mens ervan weet?'

Sripathi hield voet bij stuk. 'Waarom doet het ertoe wie er weet wat we hebben, zolang als u uw programma's kunt zien? Bovendien is dit alles wat ik me kan veroorloven.'

'Als je naar me had geluisterd en een beroemde dokter was geworden, zou je nou geen woorden vuilmaken aan wat je je wel of niet kunt veroorloven', mopperde zijn moeder. Ze nam elke kans te baat om hem eraan te herinneren hoe teleurgesteld ze in hem was.

'Zelfs al was ik een Birla, dan nog zou ik dit toestel hebben gekocht', had Sripathi aangevoerd. Of een Tata of een Ambani of voor zijn part een andere machtige Indiase zakenmagnaat. Hij geloofde niet in overdadig vertoon – van bezittingen noch van emoties.

De eerste keer dat de telefoon die dag overging, zat Sripathi op het balkon van zijn huis. Zoals gebruikelijk was hij om vier uur 's ochtends wakker geworden en zat hij nu de krant te lezen. De interessante onderwerpen streepte hij aan met een rode viltstift. Hij hield op toen hij het hoge staccato gerinkel hoorde, maar maakte geen aanstalten de trap af te gaan en op de overloop, halverwege de eerste verdieping en de begane grond, de telefoon op te nemen. Hij wachtte tot iemand anders dat zou doen. Er waren genoeg andere mensen in de buurt, met inbegrip – dacht hij met enige ergernis – van zijn zoon Arun, die lag te slapen in de kamer tegenover de zijne.

Naderhand vroeg Sripathi zich af waarom hij geen enkel voorgevoel had gehad. Hij herinnerde zich andere keren dat zich een tragedie had voorgedaan: hoe onbehaaglijk hij zich had gevoeld op de dag voordat het levenloze lichaam van zijn vader was aangetroffen in de Andaalstraat en wat een vreemd toeval het was geweest dat hij daar de volgende ochtend ook had gelopen en zich had aangesloten bij de groep nieuwsgierigen die om het lijk heen stonden. En voordat zijn geliefde grootmoeder, Shantamma, ten langen leste door de Heer van de Dood was opgeëist, had hij nachtenlang onrustig gedroomd. Werden rampen niet altijd aangekondigd door een ogenblik van immense helderheid of een nachtmerrie waardoor je huilend wakker werd geschud uit je slaap? Dit keer had hij echter niets ervaren.

De telefoon bleef overgaan, wat Sripathi op de zenuwen werkte. 'Arun!' schreeuwde hij, achteroverleunend in zijn stoel zodat hij via de balkondeur door zijn slaapkamer kon kijken. 'Neem de telefoon eens op! Hoor je hem niet?' Er kwam geen antwoord. 'Idioot, ligt zijn hele leven te verslapen', mompelde hij. Hij duwde zijn stoel van de vierkante ijzeren tafel waarop hij zijn schrijfbenodigdheden had klaargelegd, stond op en rekte de spieren van zijn ronde schouders. In zijn jonge jaren had Sripathi gemerkt dat hij langer was dan al zijn vrienden, en omdat hij het afschuwelijk vond anders te zijn of op een of andere manier op te vallen, was hij krom gaan lopen. Zijn dikke grijze haar werd zo kort mogelijk gehouden door Shakespeare Kuppalloor, de kapper in de Tagorestraat. Op een gezicht dat werd gedomineerd door een haviksneus en grote, vochtige ogen, had zich een uitdrukking van blijvende teleurstelling gevestigd. Na de zachtheid van zijn ogen kwam de dunne, strenge lijn van zijn mond als een verrassing. Nirmala, zijn vrouw, had een keer tijdens een ruzie opgemerkt dat zijn mond eruitzag als een dichtgeritste beurs. Hij wist nog dat hij door deze vergelijking van zijn stuk was gebracht. Hij had Nirmala altijd beschouwd als een stuk Lifebuoy-zeep – doelmatig maar verstoken van alle fantasie.

De gedachte kwam bij hem op dat het misschien een telefoontje van Maya was, zijn dochter in Vancouver, en halverwege de slaapkamer bleef hij staan. Als dat zo was, had hij geen zin om op te nemen. Zijn blik viel op een foto van Maya met haar buitenlandse echtgenoot en hun kind, op de vensterbank aan

Nirmala's kant van het bed, en onmiddellijk kwam er iets verbitterds in zijn stemming. Als hij de kans schoon zag, legde hij de foto elke dag plat op de vensterbank, met een stapeltje boeken erop. Hij voelde zich dan nogal kinderachtig, en het enige resultaat was dat Nirmala de foto weer rechtop zette. Maar Maya belde op zondagochtend, bracht hij zichzelf in herinnering. Om halfzeven, wanneer ze wist dat haar moeder op de koude tegelvloer zat te wachten, vlak naast de telefoon. En elke zondag, nu al verscheidene jaren, vermeed Sripathi dat moment door om tien voor halfzeven een wandeling te gaan maken.

Zijn jongere zuster, Putti, die ook ergens beneden was, vond het te eng de telefoon op te nemen.

'Ik weet niet wat ik in dat ding moet zeggen', had Putti een keer aan Sripathi uitgelegd, terwijl de gêne in grote letters op haar ronde, babyachtige gezicht stond geschreven. 'Het is trouwens toch nooit voor mij.' Het had iets treurigs dat ze dit zei, had hij destijds gedacht, en hij voelde zich schuldig omdat hij zijn plicht als haar oudere broer had verzaakt en geen man voor haar had gevonden. Na tweeënveertig jaar in Toturpuram te hebben gewoond, had Putti niemand die ze haar vriendin kon noemen. Behalve misschien die vreselijke bibliothecaresse, juffrouw Chintamani.

Ammayya, Sripathi's moeder, beweerde dat ze te oud was om de trap op te lopen, maar volgens Nirmala was ze een aanstelster die regelmatig boven kwam om daar rond te snuffelen als er verder niemand thuis was.

'Ze steelt mijn sari's', had Nirmala gemopperd. 'En ik heb mijn kam onder haar matras gevonden. Is die daar soms op pootjes naartoe gelopen?'

De telefoon hield op met rinkelen en het huis hulde zich weer in stilte. Sripathi ging terug naar het balkon en installeerde zich in de verschoten rotanstoel die al minstens twintig jaar felle zon en regen had overleefd. Hij pakte *The Hindu* weer op en begon er aandachtig in te lezen. Bij artikelen waarop hij commentaar wilde leveren zette hij een streepje.

Uit de flatgebouwen naast het huis hoorde hij zachte muziek opklinken. De ijle klanken werden vrijwel meteen overstemd door het belgelui van de Krishnatempel – een geklepel dat om aandacht streed met de nasale roep van de mollah van de Moskee der Duizend Lichtjes in een parallelstraat. De tempel stond een eindje verderop, aan dezelfde weg als het Grote Huis, dat tweeëntachtig jaar geleden door Sripathi's grootvader was gebouwd aan wat de Brahmaanstraat zou gaan heten, vanwege het aantal mensen uit die kaste. Toen de heersende partij de deelstaatverkiezingen won, verordonneerde ze echter dat geen enkele straat een naam mocht hebben waarmee een bepaalde kaste werd aangeduid; vandaar dat de Brahmaanstraat nu gewoon de Straat heette. Net als de Lingayatstraat, de Mudaliyarstraat en een stuk of vijf andere straten in Toturpuram. Dit leidde tot een hoop gemor onder bezoekers, die steevast een halve dag door de stad rondzwierven voordat ze wisten welke Straat de straat was waar ze moesten zijn. Bovendien was de Brahmaanstraat het afgelopen decennium zo sterk veranderd dat hij nauwelijks werd herkend door mensen die er na een paar jaar terugkwamen. Waar voorheen de tere geur van verse jasmijn, wierookstokjes en deugdzaamheid hing, waar voorheen het gezang van vrome hymnen klonk, daar werd je nu op straat overweldigd door de luide aanprijzende kreten van stoffenhandelaren en groenteverkopers, de snerpende melodieën van de nieuwste filmmuziek uit videowinkels waarvan de etalages volhingen met bonte posters van volboezemige en dikdijige hoofdrolspeelsters en gespierde hoofdrolspelers met haar dat als een rookpluim van hun hoofd opsteeg.

De oudere inwoners van Toturpuram wisten nog hoe mooi het Grote Huis vroeger was: de schone, sterke muren werden destijds elk jaar roze gesausd voor het Deepavalifeest, en de brede veranda en de balkons aan de voor- en zijkant waren allemaal omzoomd door geverfde gietijzeren hekken in de vorm van vissen en lotusbloemen die op gestileerde golven dreven. De reusachtige deur van bewerkt teakhout was speciaal voor het huis gemaakt en werd in het verleden elk jaar gelakt. De ramen hadden gebrandschilderde ruiten die door Sripathi's grootvader waren gekocht van een Brits gezin dat verscheidene jaren voor de Onafhankelijkheid had bespeurd dat de wind uit een andere hoek begon te waaien en daarom was terugverhuisd naar Engeland. Na zijn vaders dood was het huis zelf afgegleden naar een soort achteloze staat van verval en zag het eruit alsof het genoeg had van het leven binnenshuis en op de bruisende, rusteloze straat.

'Als mijn man nog leefde, zouden we niet tot deze staat zijn vervallen', klaagde Ammayya tegen haar boezemvriendinnen en ze vergat daarbij gemakshalve dat Narasimha Rao geheel en alleen verantwoordelijk voor de achteruitgang was geweest.

Van de sierlijke balkonhekken was de verf afgebladderd, waardoor er roestputjes in waren gekomen. De deur had zijn glans verloren en het fraaie houtsnijwerk was nu een verzameling nietszeggende houtbobbeltjes. Door de tegelvloeren liepen barsten als spataderen op het been van een oude vrouw, en de muren hadden jaren geleden voor het laatst een verse laag witkalk of verf gezien. De meeste ramen konden niet meer open omdat het hout was uitgezet door de vochtige hitte van deze streek, en de schittering van het glas werd afgezwakt door lagen vet en vuil. De vastgeklemde ramen weerden overigens wel de constante verkeersherrie op straat, evenals de gewijde muziek die tot diep in de avond uit diverse plaatselijke tempels klonk, en daarom probeerde niemand ze open te wrikken. Het hoge ijzeren hek werd constant geblokkeerd door bergen graniet of kiezels, gestort door chauffeurs van bouwbedrijven die er een kwaadaardig plezier in leken te scheppen het oude huis ontoegankelijk te maken, en het hek naar binnen door alsof het langzaam toegaf aan de druk van de agressieve nieuwe buitenwereld.

De tempelbel bleef maar herrie maken, en geïrriteerd ritselde Sripathi met zijn krant. Een paar maanden geleden had hij totaal geen last van het geluid van de bel gehad, maar onlangs had een gelovige geld voor een stel luidsprekers gegeven en sindsdien klonk hij oorverdovend. Sripathi had zich bij het tempelbestuur beklaagd, maar niemand had er iets aan gedaan.

'Ach, Sripathi-orey', had de opperpriester met een vrome glimlach gezegd. 'Dit is de muziek van God. Hoe kunt u daar bezwaar tegen hebben? Er is door niemand anders geklaagd. U moet leren wat verdraagzamer te zijn. En mag ik u eraan herinneren dat deze bel door uw hooggewaardeerde grootvader voor onze tempel is gekocht?'

'Ja, dat weet ik allemaal best.' Sripathi besefte opgelaten dat de priester insinueerde dat hij minder vrijgevig was voor de tempel dan zijn grootvader en zelfs zijn vader waren geweest. Eigenlijk bleef Sripathi het liefst zo veel mogelijk uit de tempel weg en weigerde hij meer dan vijftig paisa bij te dragen aan de aarathischaal wanneer hij bij speciale gelegenheden door Nirmala werd gedwongen wél te gaan. 'Ik zeg alleen maar, waarom moet het zo hard klinken? God is toch niet doof?'

De priester had afwijzend zijn schouders opgehaald. 'Wat moeten we dan? De moskee heeft megafoons. De tempel van Ganesha ook. Vertel mij maar eens, hoe moet onze Heer Krishna ons met al die concurrentie nog horen?'

De bel hield eindelijk op met luiden. Er daalde een broze rust neer. Het enige wat Sripathi nu hoorde was het gekwetter van eekhoorns die op en neer renden door de oude lindeboom vlak onder het balkon en de soepele rollers van de lori uit de verwaarloosde tuin achter het huis. Sripathi wist nog hoe keurig die tuin erbij had gelegen voordat zijn dochter naar Amerika vertrok. Maya en Nirmala hadden samen met veel liefde de mango- en guavebomen, de bananenplanten en kokospalmen verzorgd en waren beloond met een gestage aanvoer van fruit.

Hij schudde zijn hoofd om deze herinnering te verdrijven,

sloeg de achterpagina van de krant op en las hem vluchtig door. De Indiase cricketploeg had het er in de testmatch tegen West-Indië beroerd afgebracht. Hoewel hij niet bijzonder in sport geïnteresseerd was, werd ook hij aangestoken door de cricketkoorts die tijdens de testmatches door het land trok. Anders dan zijn collega's op zijn werk zat hij niet de gehele lunchpauze aan de radio gekluisterd, vloekend als een Indiase batsman weer eens werd uitgegooid of een vangbal miste, of in extase wanneer iemand een zes sloeg. Sripathi las het sportgedeelte omdat hij van mening was dat hij op de hoogte moest blijven van alle gebeurtenissen die zich in de wereld om hem heen voltrokken. Bovendien school er misschien een potentiële ingezonden brief in de sportpagina.

Toen hij nog jong was, had Sripathi ontdekt dat het schrijven van ingezonden brieven aan kranten en tijdschriften een perfecte manier was om zijn gal te spuwen en uiting te geven aan zijn diepste gedachten – de hinderlijke, gênante emoties die hij slechts met grote tegenzin tentoonspreidde wanneer hij iets zei of iets deed. Hij kon schrijven over alles wat hij maar wilde en af en toe verschenen zijn opvattingen in gedrukte vorm. Sripathi had het gevoel dat zijn schrijven in de afgelopen paar jaar aanzienlijk was gerijpt, en tot zijn grote genoegen werd vrijwel elke haastig naar *The Indian Express*, *The Hindu* of *The Toturpuram Chronicle* verzonden brief geplaatst. Met een heerlijk gevoel van verwachting sloeg hij daarom 's ochtends de krant open. En pas nadat hij de eerste pagina en de tweede en de derde had gelezen, en het moment zolang mogelijk had uitgesteld, begon hij aan de sectie met het redactionele commentaar en huiverde hij van opwinding wanneer hij zijn nom de plume – Pro Bono Publico – aan het eind van een epistel zag staan. Dan las hij zijn stuk opnieuw, verrast hoe anders en los van hemzelf het er in druk uitzag. Daarna keek hij vluchtig de andere brieven door en krulde zijn brede bovenlip zich om bij een bijzonder zwak stukje proza of een slecht beargumenteerde opvatting.

Sripathi was bijzonder ingenomen met zijn pseudoniem. Hij had het gevonden in een oud Amerikaans juridisch blad dat zijn vader had meegepikt uit de openbare bibliotheek in de Moppaiyyastraat. Pro Bono Publico. Voor het algemeen welzijn. Net als de helden uit zijn jongensjaren – De Rode Pimpernel, Zorro, Jhanda Singh de Onzichtbare – was hij een gedrevene, maar dan een die de problemen van de wereld met pen en inkt probeerde aan te pakken, in plaats van met zwaard, pistool en vuist. Hij schreef elke dag over iets wat zijn aandacht trok, van zwerfvuil tot bestuurlijke corruptie, van een luchtig commentaar op het nieuwste bioscoopsucces tot een eerbetoon aan een beroemd musicus wiens stem een diep genot bij hem had opgewekt.

Sripathi reikte naar een grote houten doos, die voor hem op tafel stond. Net als vrijwel alle andere spullen in het Grote Huis was de doos al in het bezit van de familie zolang hij zich kon heugen. Hij was erg gecharmeerd van de gladde randen, het degelijke gewicht, de dikke sleutel waarmee de doos op slot ging. Hij deed het deksel open en verwijderde de bovenbak, waarin zijn verzameling pennen, een paar ongeslepen potloden, een stel vlakgummen en een pennenmes lagen. Eronder was nog een ruimte voor papier. Er zat ook een geheime lade in, die opengemaakt kon worden door een staafje uit de zijkant van de doos te trekken. In die la lag niets. Lang geleden, toen Maya – of misschien was het Arun – hem had gevraagd waarom hij daar niets in bewaarde, had hij geantwoord: 'Omdat ik te alledaags ben om geheimen te hebben.' De doos lag onder zijn kant van het bed en kwam elke ochtend tevoorschijn als hij zich op zijn balkon installeerde.

Hij bekeek de pennen die elkaar lagen te verdringen om ruimte. Tweeëndertig van de allerbeste, en er kwamen er nog steeds bij. Het was zijn enige luxe, hoewel hij de verzameling in deze tijd van hoge kosten en krappe financiën steeds minder vaak uitbreidde. Hij raakte ze een voor een aan, haalde zijn favorieten eruit en vroeg zich af welke hij zou gebruiken. De blauwgemarmerde Japanse Hero? Of de gouden Parker? Voor brieven over politiek of openbaar bestuur koos hij altijd de Mhatre Writer – de kastanjebruine kleur straalde een zeker gezag uit. Na nog een paar seconden boven zijn pennen te hebben gedubd, bepaalde hij zijn keus toch weer op de Mhatre Writer omdat hij niet graag van zijn vaste gewoonten afweek. De Mhatre Writer lag prettig zwaar in zijn hand en het gebogen pennetje gaf zijn handschrift een scherpte waarvan hij intens genoot. Hij schreef in de gebruikelijke krullerige stijl die hem was bijgebracht met het uiteinde van het rottinkje van pater Schmidt, bijna vijftig jaar geleden op de jongensschool Sint Dominicus.

Geachte redactie,
De straten staan opeens vol groene bomen, het vuilnis is opgehaald (nadat er door de stedelijke overheid maanden-lang niet naar is omgekeken) en onze muren zijn van de ene dag op de andere witgekalkt. Een nieuwe regering? Een regering die opeens inziet dat ze 'van het volk, door het volk en voor het volk' is en heeft besloten voortaan geen koffie-pauze en vakantie meer te nemen maar aan de slag te gaan? Welnee! Helaas niet. Al die verbijsterende werkzaamheden zijn ter ere van de bruiloft van de zoon van de eerste mi-nister...

Hij voegde er nog een paar regels aan toe en zette zwierig zijn handtekening. Ja, dat was een goede brief. Krachtig, ter zake en met precies dat tikje sarcasme om hem echt doeltreffend te maken. Hij wilde hem net nog een keer doorlezen toen Nirmala ruisend binnenkwam, fris in een kraakheldere roze katoenen sari, haar zwarte haar in een verzakkende knot in haar nek. Ze had een glad, zachtaardig gezicht waaraan je haar tweeënvijftig jaar niet afzag en ze oogde een stuk jonger dan Sripathi, ook al verschilden ze maar vijf jaar. Op haar brede voorhoofd had ze een ronde rode opplakbindi. Sripathi wist nog dat ze vroeger vermiljoen had gebruikt, in poedervorm. Na zich te hebben gewassen boog ze zich dan over de wasbak, haar lichaam nog warm en vochtig, haar billen duidelijk afgetekend onder het sluike katoen van haar onderjurk, wat bij Sripathi een kriebelend verlangen opwekte, en met het topje van haar middelvinger bracht ze vervolgens midden op haar voorhoofd een stippel Boroline-crème aan. Daarna, al even zorgvuldig, dipte ze dezelfde vinger in een klein zilveren potje vermiljoen en drukte hem tegen de romige cirkel. Maar een paar jaar geleden was ook zij voor de moderne tijd gezwicht en had ze haar ritueel van crème en rood poeder ingewisseld voor de pakjes vilten stickers die in allerlei maten, vormen en kleuren verkrijgbaar waren. Sindsdien had Sripathi het doorlopend met haar aan de stok over de bindi's die ze op de badkamerspiegel liet zitten, als waterpokken op het glas.

Ze reikte hem een roestvrijstalen mok dampende koffie aan. 'Waarom heb je de telefoon niet opgenomen?' wilde ze weten.

'Waarom heb jij niet opgenomen?'

'Ik was in de keuken bezig de emmers leeg te gieten. Het is vandaag waterdag, weet je nog? En tussendoor probeerde ik het ontbijt klaar te maken voordat je moeder begon te schreeuwen dat ze honger had. En jij wil dat ik ook nog de trap opren om de telefoon op te nemen? Enh? Wat was jíj dan aan het doen wat niet even kon wachten?'

Ze begon de handdoeken weg te halen van de balkonmuur, waar ze de vorige avond waren uitgehangen om te drogen. Sripathi ving een glimp van haar blote middel op toen ze zich voorover boog en haar sari pallu openviel. Er zaten daar nu nieuwe zachte huidplooien, maar hij wist nog goed hoe die taille zich vroeger, toen Nirmala jong was, diep naar binnen had gewelfd voordat hij overging in haar heupen. Sripathi kon niet nalaten zachtjes in een plooi van haar middel te knijpen en ze

18

schoot geschrokken overeind voordat ze zijn hand wegsloeg.

'Chhee! Ouwe man, wat haal je daar voor flauwe streken uit, zo vroeg op de ochtend!' riep ze.

'Wat voor flauwe streken? Ik voer alleen maar een kneepjestest uit.' Hij had in de gezondheidsrubriek van de donderdagkrant gelezen over een test die door fitnessinstructeurs werd gebruikt om te bepalen hoeveel vet hun klanten moesten zien kwijt te raken.

'Dat vergat ik nog te vertellen,' zei Nirmala zonder op zijn plagerijtje in te gaan, 'gisteravond zag ik Prakash Bhat en zijn vrouw in de tempel. Het was heel vervelend. Ze deden net alsof ze me niet zagen. Stel je toch eens voor.'

Sripathi hield zijn mok scheef en schonk een stroom melkkoffie in een klein kommetje dat op tafel stond; vlak voordat het schuim overliep hield hij op. Daarna goot hij de koffie weer in de mok. Vakkundig herhaalde hij dit een paar keer totdat hij een bergje schuim op zijn koffie had gecreëerd.

'Misschien hebben ze je echt niet gezien', zei hij tegen Nirmala. 'Jij haalt je van alles in het hoofd.'

'Ik haal me niks in het hoofd. Ik weet dat ze me negeerden. Ik ben niet achterlijk, ook al heb ik geen dure diploma's in van alles en nog wat. Die Prakash zei vroeger Mamma tegen me, weet je nog? Hij was bijna met onze Maya getrouwd en moet je eens zien hoe weinig respect hij nu voor me opbrengt. En ik dacht nog wel dat het een nette jongen was!'

'Nou goed, dan hebben ze je wél gezien. Laat me nu met rust. Ik heb werk te doen.' Hij wilde niet aan oude sores herinnerd worden. En waarom zou ze verwachten dat Prakash geïnteresseerd was in de moeder van een vrouw die hem had afgedankt als een gebruikt bananenblad? Waarom moest Nirmala per se dit soort herinneringen ophalen? Hij zou een vervelende nasmaak aan het incident overhouden, bitter als kasjaya.

Nirmala liep met de handdoeken de slaapkamer in, maar bleef intussen tegen hem doorpraten. 'De vrouw van Prakash is maar heel gewoontjes', zei ze. 'Met een aardappelneus en heel kleine oogjes. Een vracht juwelen, dat wel. Alsof dat soort blinkende stenen je blind kunnen maken voor haar gezicht. Ze had het diamanten halssnoer om. Weet je nog hoe mooi dat onze Maya stond? En nu heeft dat lompe schepsel het. Tchah!'

Sripathi trok een boos gezicht naar Nirmala's rug. Ze stond nu over het bed gebogen en trok de gekreukelde lakens glad. 'Ik zei toch, hou op over dingen die al lang vergeten zijn. Ik heb geen zin dat gezeur aan te horen.'

Ze klopte kordaat op de kussens en rekte zich uit met haar handpalm tegen haar lendenen om de spanning weg te masseren. 'Ja ja, ik moet wel de hele dag jouw vervelende kantoorverhalen aanhoren', protesteerde ze. 'Maar zodra ík iets wil vertellen, moet ik opeens mijn mond houden. Wat ik trouwens wilde zeggen is dat het meisje zwanger is en dat ze er met Krishna Acharye over hebben gesproken de armbandceremonie uit te voeren.'

'Waarom luister jij andermans privegesprek af? Luistervinken vangen nooit iets goeds op.'

Nirmala kwam weer het balkon op om Sripathi's lege mok mee te nemen en ze keek hem verontwaardigd aan. 'Ik heb niets afgeluisterd. Krishna Acharye heeft het me zelf verteld. Je kunt je niet voorstellen hoe erg ik het vond.'

'Wat is er voor ergs aan de armbandceremonie van een onbekende?'

'Doe nou maar niet alsof je het niet begrijpt. Voor hetzelfde geld was Maya dat meisje geweest en had ik met Krishna Acharye staan praten over het kopen van groene armbanden en sari's en zo. Wat ben ik toch een ongelukkige vrouw!' Ze wachtte tot hij op haar woorden zou ingaan. Maar Sripathi had besloten het gesprek te beëindigen en daarom keek Nirmala spiedend naar de brief op de tafel.

'Aan wie zit je te schrijven?' vroeg ze.

Snel dekte Sripathi de brief af met een leeg vel papier om

ervoor te zorgen dat haar nieuwsgierige ogen er geen letter van zouden zien. 'Dat gaat je niet aan', zei hij. Hij zag de gekwetste blik waarmee ze hem aankeek en vervolgde: 'Gewoon wat kantoorwerk dat ik moet afmaken. En stoor me nu niet verder.'

Nirmala verborg haar glimlach en draaide zich om, maar niet voordat Sripathi haar lachje had gezien.

'Wat is er? Wat is er? Moet je soms lachen als je me aan het werk ziet? Henh? Ik zal vandaag nog met pensioen gaan, dan zullen we zien of er nog iets te lachen valt. Misschien kun jij ons dan onderhouden met die danslessen van je.'

Een jaar nadat Maya naar de Verenigde Staten was vertrokken, had Nirmala erin toegestemd de dochters van een vriendin twee avonden na school bharat natyam te leren. Zijzelf had lessen in deze traditionele dansvorm gevolgd tot ze ging trouwen. 'Het zal me goed doen door te geven wat ik weet', zei ze koppig tegen Sripathi toen hij haar ermee plaagde hoe zij als een kamerolifantje door het huis zou huppelen. Algauw nam het aantal leerlingen toe tot zes en weerklonk in de woonkamer het kletsende geluid van blote voeten en het getik van de stok waarmee ze de maat aangaf op de vloer. Twee van Nirmala's leerlingen kregen een beginnersbeurs voor een bharat natyam-opleiding die door een beroemde danseres uit Madras was opgezet en werd gevolgd door mensen uit heel India en daarbuiten. Het werd in Toturpuram algauw bekend dat je het best eerst les bij Nirmala kon nemen voordat je probeerde op die opleiding te komen. Toen er nog meer ouders bij Nirmala aanklopten, besloot ze een bescheiden lesgeld te vragen. Ze vond het fijn wat extra geld te verdienen, hoewel ze nooit tegen Sripathi zei dat zijn inkomen niet meer voldoende was. Een goede hindoevrouw moest de schijn ophouden dat haar man het gezin onderhield.

De telefoon begon weer te rinkelen. Nu kwakte Sripathi zijn schrijfblok neer en liep haastig de kamer door. Zijn hielen staken uit over de afgesleten uiteinden van zijn rubberslippers en maakten contact met de koude vloer.

'Alsof we ons niet eens een stel slippers van twintig roepie kunnen veroorloven', merkte Nirmala op. 'Dan kun je net zo goed niets aan je voeten hebben!'

'Waarom zou ik geld verspillen? Voor in huis kunnen deze nog best een jaar of twee mee. Waarom zou jij je druk maken als ik er zelf geen last van heb?' betoogde Sripathi over zijn schouder.

Hij ging de trap af naar de overloop en nam de telefoon op. 'Ja? Met Sripathi Rao', zei hij.

In de slaapkamer sloeg Nirmala een laken uit. Knal! Knal! Zo hard dat het geluid zich met de kracht van een kogel voortplantte naar buiten. Ze spreidde het laken uit op het bed, pakte een stapel schone overhemden, broeken en sari's van een kist die tevens dienstdeed als tafeltje, en legde ze midden op het laken op een hoop. Toen trok ze de vier punten bij elkaar en knoopte die losjes samen. Het hulpje van de dhobi kon elk moment aankloppen om het strijkgoed op te halen, en ze wilde niet dat hij weer de benen nam voordat ze hem instructies had gegeven over hoe haar zijden sari's moesten worden geperst. Niet te heet, zou ze hem op het hart drukken. De vorige keer had de dhobi een donkere schroeivlek op een van haar favoriete sari's gemaakt.

Ze glimlachte nog eens. Ze wist alles over de kwestie van Sripathi's ingezonden brieven, want ze had zijn geheim heel toevallig ontdekt toen ze de prullenmanden doorzocht op het bonnetje van een lap stof die verschrikkelijk was gekrompen in de was. Jain, de eigenaar van de Beauteous Boutique, zou zonder aankoopbewijs nooit toegeven dat ze de stof in zijn zaak had gekocht, ook al was ze er vaste klant. Geërgerd door Sripathi's gewoonte alle paperassen in vieren te scheuren had ze tussen de losse stukken gewroet. Haar blik viel op een pakje keurig beschreven, samengeniete hele vellen. Had Sripathi per ongeluk iets belangrijks weggegooid? Tot haar verbazing was het een ingezonden brief aan *The Hindu* over de zwaarwaterfabriek die zich aan de rand van Toturpuram had gevestigd en die haar afvalproducten rechtstreeks in zee loosde. Nu besefte ze wat hij elke ochtend zo driftig op het balkon zat te schrijven. Ze had de brief op de tafel gelegd en gewacht tot hij zou vertellen over zijn kruisvaart met pen en inkt. Toen hij niets zei, besloot ze er zelf ook over te zwijgen.

Slif-slof, slif-slof. Bij het geluid van Sripathi's voetstappen die de kamer binnenkwamen, draaide Nirmala zich om. 'Wie was dat?'

'God mag het weten. Er kwam niemand aan de lijn', antwoordde haar man. Hij ging terug naar het balkon en wapperde met een vertoornde hand naar een kraai die op de tafel was neergestreken en zijn glimmende pennen zat te keuren.

'Je had een paar minuten moeten wachten. Soms is het een slechte verbinding en kost het de reparatieploeg even tijd om een stem goed te laten doorkomen.' Nirmala koesterde het vage denkbeeld dat het telefoonverkeer werd geregeld door de onderhoudslieden van de telefoonmaatschappij die de hele dag boven op de palen langs de weg zaten.

'Dat heb ik ook, mevrouw, dat heb ik ook. Ik heb vijf minuten gewacht. Ik weet toevallig hoe je met een telefoon moet omgaan.'

'Waarom sla je zo'n toon tegen me aan, enh?' wilde Nirmala weten. 'Om het minste of geringste word je al boos.' Ze tilde het laken met kleren op. 'Niet vergeten, vandaag is het waterdag', bracht ze hem in herinnering. Haar stem klonk lichtelijk gesmoord van achter haar bundel, en van haar gezicht zag Sripathi helemaal niets. Ze was veranderd in een dikke, blauwe raap van lakenstof. Hij lachte voluit, en verrast door dit onverwachte geluid gluurde zij om de bundel heen. Heel even zag Nirmala er voor Sripathi weer uit als het jonge meisje dat hij vijfendertig jaar geleden in het huis van haar vader had ontmoet. Hij had die avond zes bonda's gegeten, wist hij nog, domweg omdat hij te verlegen was geweest om te bedanken voor de volgende bonda en de volgende en de volgende. Na hun bruiloft had Nirmala hem verteld dat haar vader versteld had gestaan over zijn eetlust, en nog jaren daarna hadden ze er smakelijk om gelachen, elke keer dat zij bonda's maakte. Maar op de een of andere manier was het plezier uit hun leven weggevlucht. Ze waren als een stel ossen die onder hetzelfde juk eindeloos in de tredmolen liepen, alsmaar rond, hun ogen op de grond gericht. Zonder zelfs maar iets excentrieks om ze van andere stellen te onderscheiden. Zelfs dat genoegen hadden ze zichzelf ontzegd.

Hij wachtte tot Nirmala wegging uit de kamer. Haar teenringen maakten een tinkelend geluid op de koele tegels. Toen las hij de brief nog eens vluchtig door en vouwde hem zorgvuldig in drieën. Naast de regels van de grammatica die pater Schmidt zijn doodsbenauwde leerlingen in het hoofd had gestampt, had hij hun ook bijgebracht hoe je een brief behoorde op te vouwen. Sripathi stopte de brief in een envelop en liet hem in zijn aktetas glijden zodat hij hem later op de dag onderweg naar zijn werk op de post kon doen. Twaalf jaar geleden zouden er twee brieven tegen het donkere, oude leer van de tas hebben gelegen. De dikste aan Maya, vol ditjes en datjes over de familie en zelfs over de politieke situatie in het land, krantenknipsels, recepten van Nirmala, roddeltjes van Putti en tienergeheimen van Arun. Nijdig drukte Sripathi deze herinnering weg. Had hij zijn dochter niet uit hun leven gebannen?

Aangezien iedereen was vergeten haar naar huis te brengen, moest ze er zelf maar zien te komen, besloot Nandana. Ze had het nooit eerder gedaan, maar haar vader had vaak gezegd dat het maar een kippeneindje was. Ze kende het adres – haar ouders lieten het haar bijna elke dag herhalen – Melfa Lane

250, Vancouver, British Columbia, Canada, Noord-Amerika, De Wereld. Haar vader plakte er altijd de laatste twee woorden aan vast en daar moest haar moeder dan om lachen, waarna ze zei: 'Breng het kind niet in de war, Alan.'

'Hoeveel nachtjes slapen voordat mijn ouders thuiskomen?' had Nandana een dag geleden aan Kiran Sunderraj gevraagd. En die had geantwoord: 'Nog maar eentje, lieverd.' Maar het was nu al anderhalf nachtje. Haar vriendinnetje Anjali was naar het kinderdagkamp gegaan en weer teruggekomen terwijl Nandana nog steeds hier in het huis van oom Sunny zat. Anjali, die ook naar groep vier ging, was Nandana's op twee na beste vriendin, na Molly McNaughton en Yee Loh. Het was leuk uit logeren te gaan, ondanks het feit dat Anjali wel eens wilde mokken als ze niet haar zin kreeg.

Gisteravond – dat was zondag – waren er twee politieagenten aan de deur geweest en toen was tante Kiran gaan huilen. Oom Sunny was de deur uit gerend en hij was nog niet thuis toen zij en Anjali naar bed gingen.

Nandana was bang. Haar ouders hadden haar nooit ergens langer achtergelaten dan ze hadden beloofd. Ze wilde naar huis.

Vanochtend had ze aan tante Kiran gevraagd of ze haar ouders mocht bellen. 'Ik wil mijn pappa vragen of hij een paar Fuji-appels voor me wil kopen.' Ze wilde tante Kiran niet voor het hoofd stoten door te vragen of ze naar huis mocht, dus had ze dat verhaal over die Fuji-appels verzonnen. Ze wist dat Anjali en haar familie altijd rode McIntoshes aten. 'Ik heb Fuji-appels nodig voor mijn gezichtsvermogen', had ze uitgelegd. Maar tante Kiran had alleen maar gezegd dat ze er een paar voor haar zou kopen als ze 's middags boodschappen ging doen.

'U hoeft ze niet te kopen. Ik kan ze wel bij mij thuis halen', had Nandana haar helpen herinneren, maar tante Kiran leek haar niet te hebben gehoord.

Nandana sloeg haar armen om haar lappenkoe en keek even uit het raam. Het motregende een beetje. Ze pakte de roze met paarse rugzak die haar vader voor haar zevende verjaardag had gekocht, twee maanden geleden. Hij had hem volgestopt met een heleboel kleine cadeautjes, zoals een bijpassend kammensetje, een flesje paarse glitternagellak en twee boeken van Roald Dahl. Het was nu haar favoriete tas. Helemaal onderin had ze haar sabbeldekentje ingepakt, ook al was ze te groot om er nog behoefte aan te hebben. Haar vader had tegen haar gezegd dat ze het toch maar moest meenemen, gewoon voor het geval ze zich weer een peuter voelde. Ze was pas kort geleden voor het eerst uit logeren gegaan en wilde soms meteen weer naar huis. Het dekentje zou helpen als ze heimwee kreeg, had haar vader gezegd. 'Je hoeft het er niet uit te halen. Dat je weet dat het er is geeft je meteen weer een fijn gevoel.'

Eerder op de dag had ze geprobeerd naar huis te bellen toen tante Kiran haar bad was gaan nemen. Ze had het antwoordapparaat gekregen. 'Mamma, pappa, kom me alsjeblieft ophalen', zei ze tegen het apparaat. En voor het geval ze waren vergeten dat ze uit logeren was voegde ze daaraan toe: 'Ik ben in het huis van Anjali. Dat is het witte huis met de esdoorn, achter Safeway, de supermarkt.'

Niemand had haar teruggebeld of was haar komen halen. Ze begon al te denken dat tante Kiran had besloten haar hier voor altijd en eeuwig te houden. Had ze dat niet al vaak tegen haar moeder gezegd? 'Maya, je dochter is zo'n snoesje, ik geloof dat ik haar maar hou.' En dan moest haar moeder lachen: 'Nou, zo'n snoes is het niet altijd, neem dat maar aan. Ze kan een echte kleine lastpak zijn.' En ze aaide over Nandana's wang en zei: 'Maar ik zou haar nooit weggeven, nog voor geen triljoen.'

Ze vroeg zich af of haar moeder van gedachten was veranderd.

2

Ochtend in het Grote Huis

Beneden was het een bedrijvigheid van jewelste. Achter in de tuin was Koti, de dienstmeid, onder een schuin afdakje van asbest de vaat van de vorige avond aan het doen . Naast haar stonden emmers sop met wekend wasgoed. Wanneer de vaat klaar was draaide ze de koperen kraan open waaruit alleen ziltig water kwam en begon de was te doen. De kraan was met een kettingslot stevig aan de muur verankerd en moest elke ochtend worden ontgrendeld: Sripathi had die ketting met tegenzin aangebracht nadat er een paar keer een kraan van hen was gestolen.

Koti ging de potten en pannen verwoed te lijf met een dot kokosvezel die ze in een mengsel van as en zeeppoeder doopte, en voerde boven het geluid van het plassende water uit een luid gesprek met Putti. Net als haar broer was Putti lang en zwaargebouwd. Alles wat ze deed had iets beschroomds, alsof ze altijd beducht was voor een uitbrander. Zelfs haar manier van lopen had iets bedeesds. Ze droeg haar donkere haar in twee lange geoliede vlechten, waardoor ze een uit haar krachten gegroeid schoolmeisje leek. Ze was zestien jaar jonger dan Sripathi. Op haar tweeënveertigste wachtte ze nog steeds tot haar moeder een bruidegom voor haar zou goedkeuren, hoewel haar hoop met elk verstrijkend jaar iets verflauwde.

'Wat gaat de telefoon vaak', zei de meid. 'Wie denk jij dat het is, Akka?'

Putti wond het uiteinde van een van haar vlechten om haar vinger en glimlachte afwezig. 'Ik weet het niet', zei ze. Zoals gewoonlijk was ze al sinds drie uur 's ochtends op, gewekt door Gopala Munnuswamy, die aan de voordeur klopte om de bestelde melk voor die dag te bezorgen. Vroeger zette hij de aluminium melkkoker gewoon op de veranda, totdat er een kat zijn intrek had genomen op het erf van het Grote Huis en zich aan de inhoud tegoed was gaan doen.

'Wat mankeert je toch de laatste tijd?' vroeg Koti terwijl ze Putti scherp opnam. 'Het lijkt wel of je in een andere wereld leeft.'

Zonder antwoord te geven liep Putti van het betonnen wasvloertje de verwilderde tuin in. In de schaduw van het huis lag nog dauw op het gras, dat aangenaam koel aanvoelde onder haar voeten. Ze wierp een snelle blik op het forse pand links van het Grote Huis, dat onlangs felblauw was geschilderd, een kleur die in deze vervallen straat op een lachwekkende manier uit de toon viel. Het huis was het eigendom van de oude Munnuswamy, het plaatselijke parlementslid. Hij was zijn loopbaan begonnen als melkboer die twee koeien bezat. De mensen herinnerden zich nog dat hij 's ochtends vroeg aanklopte en zijn koeien molk waar ze bij stonden, terwijl Gopala, zijn negenjarige zoontje, van het ene buurhuis naar het andere draafde om er emmers vol schuimende, warme melk te bezorgen. Dat was vierendertig jaar geleden. Nu was Munnuswamy de eigenaar van de voorouderlijke woning van rechter Raman Pillai en werd er in het stadje gefluisterd dat hij tevens het merendeel van de huizen in de Brahmaanstraat in eigendom had.

Ammayya was diep verontwaardigd geweest toen dat gerucht haar ter ore kwam. 'Dit is niet langer de Brahmaanstraat. De Koeienstrontstraat zou een betere benaming zijn', zei ze op bijtende toon. 'Hadden we maar geweten dat die schurk al die tijd bezig was óns geld op te sparen zodat hij ons hier kon wegjagen, dan zouden we allemaal water in plaats van melk hebben gedronken. Dat zou ons lijfsbehoud zijn geweest!'

Hoewel Munnuswamy niet meer met melk hoefde te venten om aan de kost te komen, hield hij er in een buitenwijk van Toturpuram nog steeds een melkhandel op na. Oude klanten als Sripathi bleven hun melk bij Munnuswamy kopen, ook al was het goedkoper om een paar straten verderop een fles te halen bij de melkkraam van Aavin. Aan de veranda voor Munnuswamy's pas geschilderde huis stond zijn lievelingskoe Manjula vastgebonden, samen met haar kalfje, Roja.

Met een schuldig gevoel dacht Putti aan Gopala, die haar met zijn donkere ogen aankeek. Ze vond die ogen adembenemend opwindend. En toen hij haar die ochtend de melkkoker aanreikte, hadden zijn harde handen vluchtig over haar gladde, mollige handen gestreken, die zacht waren omdat ze voortdurend met sandelhoutpasta en crème werden ingewreven. 'Pas op dat je hem niet uit je handen laat glippen, Putti Akka', had hij zachtjes gezegd.

Door de aanraking van die warme handen was Putti week van genot geworden, hoewel het haar stoorde dat hij haar met Akka, oudere zuster, had aangesproken. Alleen haar naam zou voldoende zijn geweest, maar ze zou nooit zo vrijmoedig zijn om dat tegen hem te zeggen. Juffrouw Chintamani, die achter de balie van leesbibliotheek Raghu werkte en al sinds jaar en dag Putti's vriendin en vertrouwelinge was, had haar (gesteund door het gezaghebbende tijdschrift *Eva*) meegedeeld dat alleen lichtzinnige vrouwen en onnozele filmheldinnen hun intiemste gevoelens prijsgaven en hardop tegen een man zeiden wat er in hun hart omging. Daarom had ze niets teruggezegd tegen Gopala, maar slechts beleefd geknikt en zich met bonkend hart teruggetrokken in de veilige schoot van haar ouderlijk huis.

'Lieveling, waar ben je?' riep Ammayya vanuit het huis. 'Kom eens naar mijn oog kijken, het is helemaal rood.'

Putti slaakte een zucht en liep het donkere, oude huis weer in. Als ze niet meteen op haar moeders verzoek inging, zou de oude vrouw een scène maken door te gaan huilen, zich met haar vlakke hand tegen haar voorhoofd te slaan en Putti voor de voeten te werpen dat ze een harteloze dochter was.

Ze ging de keuken in en glimlachte naar Nirmala, die nu de groenten voor het middageten stond te snijden. 'Heb je hulp nodig, Akka?' vroeg ze.

'Nee, ga jij maar liever naar Ammayya', zei Nirmala terwijl ze een gezicht trok naar haar schoonzuster.

'Wie was dat aan de telefoon daarstraks?'

'Ik weet het niet. Had jij niet kunnen opnemen? Je was toch nergens mee bezig.'

'Ayyo, ik weet nooit wat ik moet zeggen.' Putti gruwde bij de gedachte.

Nirmala snoof minachtend. 'Wat is dat voor een flauw smoesje? Je bent toch geen klein kind? Je broer zit boven als een god in de hemel allerlei gewichtigs te schrijven aan deze en gene, je neef ligt tot tien uur te slapen en jij zegt dat je bang bent voor een plastic dabba. Ik ben de enige die als een gek op en neer loopt te draven!'

Putti keek haar schuldbewust aan. Ze was erg op Nirmala gesteld. 'Goed, Akka, ik beloof je dat ik zal opnemen als er weer gebeld wordt. Denk je dat het Maya was?'

'Nee, die zou niet bellen op waterdag.'

'Putti! Sta je soms te kijken hoe het gras groeit? Kom eens gauw hier', riep Ammayya met een stem waarin lichte geprikkeldheid doorklonk.

'Ga nou maar, ga nou maar,' fluisterde Nirmala, wier armbanden luid rinkelden terwijl ze een grote aubergine in blokjes sneed, 'anders zegt ze nog dat we over haar staan te kletsen. Ik wil niet meteen 's ochtends vroeg al geharrewar.'

Toen Putti de schemerige kamer binnenkwam die ze met haar moeder deelde, zag ze Ammayya aan de toilettafel zitten. Zodra ze haar dochter in de manshoge Belgische spiegel zag, naast haar eigen spiegelbeeld, nam de oude vrouw een lepel in van een donker drankje uit een van de vele flesjes die voor haar stonden. 'Ajakkes!' zei ze met samengetrokken mond. 'Kun je iets zien, lieveling?' Ze boog zich naar voren en inspecteerde haar gezicht, dat evenveel kreukels en plooien vertoonde als een verfrommelde papieren zak; het was alsof ze een wonderbaarlijke verandering verwachtte, die werd bewerkstelligd door het medicijn dat ze zojuist had ingenomen.

'Wat moet ik zien?' vroeg Putti.

Ammayya trok met haar wijsvinger de huid onder haar rechteroog naar beneden en rolde haar ogen omhoog. 'Chintamani heeft gezegd dat je altijd je ogen in de gaten moet houden. Als ze geel zijn, dan heb je geelzucht of een andere leverkwaal. Als de binnenkant van je ooglid bleek is, heb je leukemie. Die van mij is veel te rood. Ik heb een hoge bloeddruk, daar komt het door. Ik voel het bloed zieden en kolken door mijn aderen, schatje van me.'

'Ik zie niks', zei Putti.

'Dan zit ik zeker leugens te verkopen? Kijk nou eens goed.' Ammayya trok haar ooglid hardhandig weer omlaag. 'Ik kan elk moment uit elkaar barsten. De vader van Chintamani is aan hoge bloeddruk overleden. Hij had net zulke rode ogen als ik, weet je nog? Maar iedereen dacht dat het maar een ontsteking was. Bindvliesontsteking of iets dergelijks. Die arme man.' Ze liet een paar tranen opwellen in haar ogen en slaakte een diepe zucht. 'Niemand geeft iets om oude mensen. Zo zit de moderne wereld in elkaar. Mijn schoonmoeder, die was nog eens gezegend. Dankzij mij heeft ze de negentig gehaald.'

Putti herinnerde haar moeder er niet aan dat zij ook al tachtig was en voor haar leeftijd in redelijke goede gezondheid verkeerde.

'Jij en ik gaan vandaag naar de praktijk van dokter Menon', besloot Ammayya. 'En misschien ook naar de bibliotheek.'

'Waarom moeten we helemaal naar die gekke oude man?' sputterde Putti tegen en ze trok haar lippen pruilend samen over haar scheve voortanden. 'Waarom gaan we niet naar de zoon van dokter Pandit, waar Sripathi vroeger met de kinderen naartoe ging? Hij heeft tenminste de nieuwste apparaten om je hart en bloed en dat soort dingen mee na te kijken.'

'Pah, die moderne dokters kennen geen schaamte. Ze laten je al je kleren uittrekken, heb ik gehoord. Zelfs je onderbroek. Wat moet ik bij zulke viezerikken?' Putti liet het maar na Ammayya eraan te herinneren dat ze niet eens een onderbroek droeg.

Op de derde verdieping van de Jyothi-flat vloog ergens een deur open in Blok A, een van de twee fantasieloze bouwsels die ruggelings tegen elkaar stonden, rechts van het Grote Huis, als bovenmaatse blokkendozen. De Birmaanse Vrouw woonde al ruim vijf jaar in die flat en toch wist kennelijk niemand hoe ze heette. Sommige mensen zeiden dat ze uit Birma kwam, anderen fluisterden dat ze in werkelijkheid een Chinese krijgsgevangene was die achter slot en grendel werd gehouden door de norse luitenant-kolonel Hansraj, haar echtgenoot. Sripathi was er nooit achter gekomen of het waar was of zomaar een verhaal dat zijn ontstaansbron had in de spleetogen van de vrouw, haar tengere lichaam en de onherkenbare taal waarin ze haar dienstmeid uitschold.

De Birmaanse Vrouw was uiterst bijgelovig en had doorlopend ruzie met het gezin in de flat boven haar, omdat ze daar hun wasgoed over de balkonrand hingen.

'Het brengt ongeluk als ik de natte sari van een andere vrouw tegen mijn gezicht krijg', schreeuwde ze, en haar schelle stem met zijn ronde, Bengaals klinkende accent verjoeg een paar kraaien van een naburig balkon. 'Dan word ik weduwe!' De dienstmeid van boven trok zich niets van haar aan en bleef gewoon de was over de balkonrand hangen. Tot Sripathi's opluchting hield de Birmaanse Vrouw op met schreeuwen en ging ze naar binnen. Maar een paar tellen later kwam ze weer naar buiten, zwaaiend met een heggenschaar. 'Om ze respect voor andermans gevoelens bij te brengen', zei ze toen ze Sripathi zag. 'Sommige mensen moet je alles bijbrengen, zelfs wanneer ze grijze haren hebben.' Met een verbeten lachje knipte ze de uiteinden van de sari's en lakens af die haar domein binnendrongen. Er ontstond tumult in de flat erboven toen de dienstmeid besefte wat dat voor stukjes stof waren. Gillend haalde ze de vrouw des huizes erbij, en even later was het oorlog.

Vervolgens klonk er een afgrijselijk gejank uit de flat op de tweede verdieping, pal onder die van de Birmaanse Vrouw. Het was de jonge ambtenaar Gopinath Nayak, die zijn stemoefeningen deed. Sripathi's gezicht vertrok toen de man vals een liedje uit een oude Tamil film inzette. Een dezer dagen zou hij die knaap onomwonden vertellen wat hij van die herrie vond. 'Gopinath Nayak,' zou hij resoluut zeggen, 'je klinkt als een ezel in barensnood. Als je je kop niet houdt, stort ik je keel vol met cement.'

Hij keek naar beneden en glimlachte bij de aanblik van een groepje studentes dat in lichtgekleurde katoenen sari en met modieus gekapt haar naar het hek van het wooncomplex slenterden. Op de begane grond zag hij mevrouw Poorna vanaf haar patio verlangend naar buiten kijken.

'Hier, lieverdje, hier', kirde ze in het Tamil. 'Dit heeft je moeder voor je klaargemaakt, met veel suiker, precies zoals je het graag hebt.' Er volgde een kusgeluidje.

Sripathi zuchtte. Die arme vrouw stond zoals gewoonlijk in het luchtledige te praten. De hele ochtend babbelde ze maar door en was haar stem een kleine geluidsgolf die zich zacht ontrolde ondanks alle rumoer waardoor ze werd omgeven. Tegen het middaguur begon ze luid te jammeren. Dan sloeg ze op haar borst, greep met haar handen in haar grijze haar en smeekte God haar geliefde kind terug te geven. Wanneer de buren klaagden, werd ze wel eens met harde hand het huis in getrokken door het armlastige familielid dat voor haar zorgde, in ruil voor kost en inwoning. Meestal bleef mevrouw Poorna echter op de patio tot haar man thuiskwam en ze door hem werd overgehaald om binnen te komen. Jaren geleden hadden ze hun enig kind verloren, een achtjarig meisje dat in het niets was verdwenen, even spoorloos als een druppel dauw uit de voortuin. Iedereen had het kind zien hinkelen in haar op de groei gekochte jurk, bedoeld om minstens een jaar mee te gaan, terwijl haar vlechtjes opvlogen als donkere kometen en haar jonge stem opging in alle andere stemmen. Maar ineens was ze weg. De Gurkha die de hele dag het hek bewaakte bleef erbij dat ze het complex niet kon hebben verlaten. En ook al was er nog zo veel tijd verstreken, mevrouw Poorna bleef maar wachten op de terugkeer van haar dochter. Elke dag bakte ze gesuikerde paratha's, elke dag wachtte ze op de patio en elke dag bleef ze hoop koesteren.

'Over tien minuten komt er water', riep Nirmala onder aan de trap. 'Je kunt beter beneden komen. De rijstventer is er, dus ik heb geen tijd.'

Sripathi ruimde zijn schrijfgerei op. Hij had een hekel aan waterdag, het gebeuren dat in de Brahmaanstraat vier keer per week plaatsvond tussen halfzeven en zeven uur 's ochtends. Omdat de stad te kampen had met een nijpend gebrek aan drinkwater werd de aanvoer onder controle gehouden door de gemeente, die om de dag beperkte hoeveelheden vrijgaf. Elke wijk had zijn eigen vaste waterdagen, waarop alles in huis dat water kon bevatten koortsachtig tot aan de rand werd gevuld. Sripathi had over de hele benedenverdieping van het huis een ingewikkeld stelsel van leidingen aangelegd, omdat er alleen drinkwater uit de keukenkranen kwam. De groene leidingen kronkelden zich beneden in lange slierten langs de plinten van de kamers; het leken wel waterslangen. Sommige liepen naar een grote betonnen watertank in Ammayya's badkamer en andere naar een arsenaal van vaten, emmers en pannen in de eetkamer. Nirmala gebruikte het verse leidingwater uitsluitend voor koken, drinken en het afwassen van de vaat. De kleding werd door Koti, de dienstmeid, gewassen in het zilte water dat de hele dag overvloedig uit de kranen stroomde. Daardoor hadden hun kleren een gelige tint gekregen en zagen ze er altijd ongewassen uit, ondanks het feit dat Koti het vuil er elke dag energiek uitsloeg op de granieten wassteen in de achtertuin.

Sripathi wierp een blik in de kamer van zijn zoon, die bijna even groot was als de zijne. Arun had de kamer met Maya gedeeld tot ze zestien werd. Toen had Nirmala besloten dat het voor een opgroeiend meisje niet gepast was om een man in de kamer te hebben, ook al was het dan haar jongere broer, en daarom was Aruns bed naar de overloop verplaatst totdat Maya uit huis was gegaan. In een van de muren zat een groot raam dat uitzicht bood op de straat voor het huis en gedeeltelijk tegen het felle middaglicht werd beschut door de vederachtige schaduw van een stokoude neemboom. In de andere muur zat een deur die toegang gaf tot een balkon dat er precies zo uitzag als dat van Sripathi. Een paar jaar geleden had Koti er kleren te drogen willen hangen en was ze bijna een verdieping naar beneden gevallen toen de balustrade was bezweken. Nu werd die deur door niemand meer geopend.

Na Maya's vertrek had Arun zijn bed teruggezet in de kamer en het tegen de vergrendelde deur geschoven. Van kindsbeen af sober, was hij uitgegroeid tot een volwassene met ascetische trekjes. Hij bezat drie witte overhemden en twee broeken. Elk overhemd werd na twee keer dragen en elke broek na drie keer dragen in de was gedaan. Wanneer hij 's avonds zijn overhemd en broek uitdeed, deed hij ze keurig op een hangertje en hing dat aan een haak in de muur. Vervolgens wikkelde hij een van de twee katoenen lungi's om zijn smalle middel.

Verder stond de kamer vol met boeken en dossiers en lagen er overal krantenknipsels. Zelfs Maya's bed, met zijn kale matras en kussens, ging schuil onder dikke stapels paperassen en schriften. Arun was betrokken bij allerlei activistische organisaties en tussen de bedrijven door was hij de afgelopen vijf jaar bezig geweest te promoveren in de sociologie.

Sripathi nam de warboel van papieren geërgerd in zich op. Hij had zijn kinderen nooit zo op de nek gezeten als zijn vader bij hem had gedaan. Hij was de overtuiging toegedaan geweest dat het wel goed met ze zou komen als hij hen met rust liet. Maya had aangetoond – heel kort, overigens – dat hij gelijk had. Maar die zoon van hem had hem alleen maar teleurgesteld.

Arun lag languit op zijn bed en keek peinzend naar een hagedis die op de dooraderde muur een nachtuiltje aan het besluipen was. Zodra de hagedis dichtbij kwam, fladderde het diertje traag een stukje vooruit en drukte zich dan plat tegen de afbladderende witkalk. Het patroon op zijn vleugels had iets weg van ogen die staarden. Daagde het nachtuiltje de hagedis uit om hem te vangen? Arun strekte zijn armen boven zijn hoofd en glimlachte. Kijk maar uit, zei hij zachtjes, die hagedis is niet van gisteren. Maar misschien was het nachtuiltje zich bewust van zijn eigen sterfelijkheid en waagde het een laatste gokje met het lot. Plotseling schoot de hagedis naar voren, greep het nachtuiltje met een uithaal van zijn tong en trok het snel zijn bek in.

Arun draaide zijn hoofd naar de deur toen hij zijn vaders voetstappen hoorde.

'Wat lig je daar te doen?' vroeg Sripathi. 'Kom me beneden eens helpen met het water. Mutthal, slapen als een arbeider. Pas als je half zo hard werkte als die arme kerels, zou je het recht hebben om net zo te slapen als zij.'

Arun ging rechtop zitten en schoof zijn voeten in een paar Hawaïaanse sandalen die minstens even aftands waren als die van zijn vader. Hij was een kleine, gedrongen man van achtentwintig en straalde iets goedmoedigs uit. Het enige trekje dat hij met Sripathi gemeen had was een neus die naar voren sprong uit het midden van zijn gezicht, waardoor het enigszins uit balans leek. 'Ik lag niet te slapen', zei hij.

'O? Wat lag je dan te doen, als ik vragen mag?'

'Ik lag na te denken over…'

Sripathi liet hem zijn zin niet afmaken. 'Na te denken? Waarover? Hoe de wereld gered kan worden? Net als Heer Vishnu, zeker. Nou? Nou?'

Hij wilde verdergaan, maar daar ging de telefoon weer, en hij zweeg, liep naar het raam en keek naar beneden. Hij had geen zicht op de veranda onder hem, maar er stegen stemmen naar hem op.

'Vorige maand heb je me deze rijst verkocht voor vijf roepie per kilo en nu is de prijs ineens gestegen tot zevenentwintig? Wat een waanzin! Een trouwe klant afzetten', hoorde hij Nirmala zeggen. En de stem van de rijstventer: 'Akka, hoe kunt u me nou van afzetterij beschuldigen? Ik beschouw u als mijn eigen zuster. Zou ik mijn bloedeigen zus afzetten? Kijk eens goed naar deze rijstkorrels. Het zijn net glimpjes goud. Ze hebben onder in mijn rijstschuur vijf jaar liggen rijpen. Een betere kwaliteit dan de vorige keer. Kook een half kopje vol en je krijgt zulke mooie rijst, zo vol en licht en geurig, dat je je in de keuken waant van de heer der goden, koning Indira in eigen persoon.'

'De vorige keer heb je me precies hetzelfde verhaal tegen me afgestoken.' Nirmala liet zich door de welsprekendheid van de rijstventer niet van de wijs brengen.

'Uitgesloten, Akka! Ik zou zoiets nooit over een andere rijstsoort zeggen. Dat zou toch niet kunnen? Deze rijst is bevloeid met het water uit de Godavari zelf.'

'Ze neemt pas de telefoon op als ze klaar is met onderhandelen.' Nijdig keek hij naar Arun, die haastig opstond.

'Ik neem wel op', bood hij aan, maar zijn vader wierp hem nogmaals een geërgerde blik toe en liep de kamer uit.

'Ik denk dat iemand misschien een verkeerd nummer heeft gedraaid', opperde Arun, die zijn vader volgde naar de trap en tegen de balustrade leunde.

'Ik denk, ik denk', foeterde Sripathi. 'Als je net zo hard zou werken als denken, waren we inmiddels miljonair. Múltimiljonair!'

Nandana liep naar huis. Langs het huis met de petunia's, dat leek op een plaatje uit een prentenboek, langs de rij kersenbomen zonder kersen en het winkeltje waarop stond VANCOUVER KADETJES, naar het kruispunt waar ze moest beslissen of ze naar rechts of naar links zou gaan. Ze was zenuwachtig omdat ze alleen op straat liep, maar ze wist dat het maar een klein kippeneindje was. Ze keek ook goed uit voor vreemden en wilde Afrikaanse bijen. Voor dat eerste hadden zowel haar moeder als haar vader haar gewaarschuwd. Nóóit met vreemden praten, hadden ze gezegd. Als er een vreemde naar je toekomt, dan zet je een keel op of je holt weg. Nóóit iets aannemen van iemand die je niet kent. 'Zelfs al bieden ze je een Márs aan, je móét nee zeggen', had haar moeder haar met een heel ernstig gezicht op het hart gedrukt. Ze wist dat dat haar favoriete snoepgoed was.

Niet dat ze haar ooit ergens alleen naartoe lieten gaan. Écht niet.

Wat die wilde Afrikaanse bijen betrof, daarover maakte Nandana zich meer zorgen. Ze had vorige week een natuurprogramma over Afrika op de tv gezien. Die bijen waren gevaarlijk. Ze konden je met één steek doden en legden grote afstanden af zonder vermoeid te raken. Nandana wist niet precies hoe Afrika ten opzichte van Vancouver lag, maar op de wereldkaart in haar kamertje leek het niet eens zo ver. Zij en Molly McNaughton hadden erover gepraat en ze waren het erover eens dat het voor honderd procent denkbaar was dat die bijen naar Canada zouden vliegen.

Waarom lieten haar ouders haar al bijna drie hele dagen in het huis van Anjali logeren? Nandana begon te denken dat ze misschien iets had gedaan waar haar ouders boos over waren. Ze probeerde te verzinnen wat het kon zijn. Voor deze logeerpartij had ze haar groene lievelingspyjama met de gele kikkers meegenomen. Die was haar te klein, en haar vader had liever gehad dat ze haar rode had meegenomen. Ze herinnerde zich met een schuldgevoel dat ze haar speelgoed niet had opgeruimd voordat tante Kiran haar was komen ophalen. Misschien was haar vader daar wel kwaad over geworden.

Ze stond bij het kruispunt en probeerde te bedenken wat haar linker- en wat haar rechterhand was toen ze zag dat tante Kiran haar over straat achterna kwam hollen.

'O Nandu, domme meid, ik was zo bezorgd', zei tante Kiran in tranen. Toen wilde ze Nandana per se een stukje dragen, ook al was ze al een grote meid en veel te zwaar. Ze liet zich dragen om tante Kiran niet nog meer van streek te maken, maar ze hield haar benen stokstijf, omdat ze zich belachelijk voelde. Ten slotte mocht ze zich op de grond laten glijden en dat was beter, vond ze. Maar ze moest tante wel een hand geven tot ze bij het witte huis achter Safeway waren gekomen.

'O God, o God, wat is het toch verschrikkelijk', jammerde tante Kiran zodra ze deur had dichtgedaan. 'Wat moet dit arme kind beginnen?'

Waarom raakt ze zo overstuur als ik naar huis ga, dacht Nandana?

Met een strak gezicht deed oom Sunny haar rugzak af. 'We moeten het haar vertellen', zei hij tegen zijn vrouw. 'Het is niet goed om het voor haar te verzwijgen. Vroeg of laat moet het haar verteld worden. Beter vroeg.'

'Ik wil mijn mamma', zei Nandana vastberaden. Ze kreeg een raar gevoel in haar buik, alsof er daarbinnen torretjes rondkropen. 'Ik had pappa gezegd dat ik hem zou helpen het oud papier uit te zoeken en weg te brengen. Ik wil naar huis. Alstublieft.'

Tante Kiran snoot haar neus in een papieren zakdoekje dat ze uit de zak van haar spijkerbroek trok. Ze nam Nandana mee naar de huiskamer met de grote banken.

'Die banken hebben iets van dikke toeristen in een Hawaïaans overhemd', had haar vader een keer gezegd.

Haar moeder had hem giechelend een por in zijn zij gegeven. 'Dat soort dingen moet je niet zeggen waar dat potje met de grote oren bij is. Je kunt erop rekenen dat ze het er straks gewoon uitflapt.'

Alsof ze dat zou doen. Ze wist heel goed dat je andermans gevoelens niet moest kwetsen. Dat heette diplomatiek zijn.

'Lieverd, ik moet je iets vertellen', begon tante Kiran terwijl ze Nandana heel dicht tegen zich aan trok.

3

De storm

Sripathi nam de hoorn van het toestel op en zei buiten adem: 'Ja, hallo?'

Er klonk een reeks pieptonen, gevolgd door een heldere stem. 'Is dit de woning van de heer Sripathi Rao?'

Sripathi herkende de stem niet. Hij leek op de stem van de Amerikaanse maatschappelijk werker die hier samen met Arun een of ander project zou uitvoeren en een week na aankomst rillend van de malaria was teruggegaan.

'Ja, ja, u spreekt met Sripathi Rao', zei hij.

'U spreekt met dokter Sunderraj. Ik bel uit Vancouver. Mag ik vragen of u de vader van Maya Baker bent?'

Baker? Met een lichte schok besefte Sripathi dat hij heel even zelfs de achternaam van Maya's man was vergeten.

'Meneer Rao, bent u daar nog? Kunt u me verstaan?'

Sripathi schraapte zijn keel en zei: 'Ja, ik versta u. Maya is mijn dochter. Eh, we hebben elkaar al een tijdje niet meer gesproken.' Hij schraapte zijn keel, want hij vond het vervelend dit tegenover een vreemde te erkennen en hij wou maar dat hij het niet had gedaan.

'Aha. Juist, ja.' Het bleef even stil en toen ging de man haastig verder. 'Meneer, ik ben een vriend van Maya en Alan. Een huisvriend. Uw dochter heeft ons verzocht contact met u op te nemen.'

De stem zweefde Sripathi's hoofd in en uit. *Ongeluk*, zei de stem. *Heel tragisch. Dachten nog dat ze het zou redden. Vind het echt verschrikkelijk.* Waar had deze man het over? Sripathi zakte op de grond naast de telefoon omdat zijn benen hem niet meer overeind hielden.

'Neem me niet kwalijk', zei hij. Hij hoorde zijn eigen stem opeens trillen, als van de kou. 'Kunt u dat alstublieft nog eens zeggen? Ik heb niet helemaal begrepen wat... Hebt u het over Maya Rao? Die bij Bioenergics werkt?' Hij herinnerde zich de naam van dat bedrijf. Nirmala had hem er nadrukkelijk over verteld, ondanks het feit dat hij had gedaan alsof hij haar niet hoorde.

En de stem van de man, kalmerend, rustig. 'Dat begrijp ik. Dat geeft niet, ik zal u alles nog een keer vertellen. Ik weet dat dit een enorme schok voor u is. Ik vind het echt verschrikkelijk voor u. We dachten dat Maya het in elk geval nog zou redden. En sorry voor dit verlate telefoontje. We hebben het al meer dan eens geprobeerd, maar konden u niet te pakken krijgen. Ik dacht, laat ik nog één keer proberen persoonlijk met u te spreken voordat ik een telegram verstuur...'

Er sloeg een bulderende schokgolf over Sripathi heen. De rest van de woorden van de man drong amper tot hem door. Maya en haar man waren een dag geleden verongelukt. Maar waarom heeft niemand ons dat eerder verteld? Hoezo, wat had je willen doen, dan? zei hij ruziënd tegen de stem die steeds harder in zijn hoofd opklonk. Je hebt negen jaar niet met haar gesproken, hebt haar uit je leven gesneden alsof ze een aangetaste arm of been was en nu opeens maak je je druk? Sripathi hoorde zijn hart heftig bonken in zijn borst. Zijn adem klonk onfatsoenlijk hard in zijn oren.

Tussendoor hoorde hij flarden van de stem van de huisvriend: Maya's auto was van de snelweg geraakt en ergens tegenaan gebotst. Alan was op slag dood geweest. De artsen hadden gehoopt dat Maya het zou overleven, maar er was ernstig inwendig letsel. Gelukkig hadden ze Nandana niet bij zich. Die was veilig thuis bij dokter Sunderraj, zijn vrouw Kiran en hun dochtertje.

'Alan heeft geen naaste familie, meneer Rao', zei de onverstoorbare stem. Het kwam bij Sripathi op dat dit telefoontje de man waarschijnlijk een heleboel geld kostte. Hij zou moeten aanbieden hem op een of andere manier terug te betalen.

De man sprak door. 'Zoals u waarschijnlijk wel weet, heeft Maya u een tijd geleden tot wettelijk voogd en gevolmachtigde benoemd.'

Ja, dacht Sripathi als verlamd, dat herinner ik me nog. Ik heb de papieren ondertekend, maar dat is alles wat ik gedaan heb. Hij vroeg zich heel even af hoe het kwam dat de huisvriend zoveel over zijn dochters zaken wist – veel meer dan hij.

'Er kan een probleem met de kinderbescherming ontstaan. Die zullen het kind misschien niet een-twee-drie aan een vreemde meegeven', ging de stem verder. 'Volgens mij hebt u uw kleinkind nooit ontmoet. Zou u kunnen regelen dat u hier een paar weken komt logeren? Zodat het kind als het ware aan u kan leren wennen? En er zijn ook andere juridische en financiële aangelegenheden...'

De beleefde, redelijke stem ging maar door. Testament. Financiële documenten. Overlijdensverklaring. Crematie. De mogelijkheden dat er familie van Alan opdook en het testament zou aanvechten – een zeer geringe kans, aangezien Alan waarschijnlijk niemand had die nauw genoeg met hem verwant was om de verantwoordelijkheid voor een kind te willen. Een politieonderzoek. Adoptie. Sripathi legde de hoorn zachtjes neer, zich bewust van het feit dat de man nog sprak. Genoeg, dacht hij. Hij kon het niet verdragen nog één woord te horen.

Een heel eind verderop hoorde Sripathi stromend water dat neerkletterde langs de wanden van de betonnen tank in Ammayya's badkamer. Het kwam bij hem op dat Koti al moest zijn begonnen met vullen en dat er die dag geen drinkwater zou zijn als hij niet bij de telefoon wegging om haar te helpen.

Hij hoorde de verongelijkte stem van zijn moeder, die hem

riep. 'Sripathi, er is al een hele tijd H_2O, dus ik heb de kraan opengezet. Nu stroomt de tank over, en ik kan de kraan niet dichtkrijgen. Wat ben je aan het doen? Kom gauw, het wordt één grote bende.' Op elk ander moment zou Sripathi flauwtjes hebben geglimlacht om Ammayya's gewoonte chemische formules of een losse Latijnse term te gebruiken of te komen aanzetten met een ander brokje informatie dat ze had opgedaan in de tijd dat haar man nog leefde, toen hij hen alle twee had gedwongen de *Encyclopaedia Britannica* vanbuiten te leren. Maar vandaag drong het nauwelijks tot hem door. In plaats daarvan stelde hij zich voor hoe de vloer onder water kwam te staan, hoe het water ongemerkt onder de deur door zou sijpelen en zich zilverkleurig door de slaapkamer verspreidde. *Verspillen niets verspillen niets verspillen niets verspillen.* Er klonk een alarmsignaal in zijn hersens, het resultaat van jarenlang zorgvuldig budgetteren, van proberen te zorgen dat er altijd genoeg geld was voor fatsoenlijke scholen, kleren en goede voeding.

Ammayya riep nog eens, nu wat dringender. 'Ayyo! Moet je die troep zien. Ik ben ook al helemaal nat. Sripathi!'

Sripathi bleef roerloos zitten, niet in staat zich te bewegen. Hij staarde naar zijn handen, getekend door de last van de jaren die ze meetorsten: de papiersnee op zijn linkerhand, vlak onder de duim, die begon te branden zodra hij hem opmerkte, en de drie zwarte moedervlekken op zijn handpalm, waarvan hij jarenlang had gedacht dat ze hem onmetelijke rijkdom zouden brengen. Dit waren de handen die een klein lichaampje hadden gewiegd, die weerbarstige krullen van een zweterig voorhoofdje hadden gestreken, die een klein meisje – zijn eerstgeborene – boven zijn hoofd door de lucht hadden gezwaaid. Dezelfde handen die negen jaar geleden zulke harde, onverzoenlijke woorden hadden geschreven. Hij blikte op hen neer, leeg nu, hun palmen verhard door lijnen van tijd en noodlot.

Als versuft hoorde hij Nirmala de trap opkomen.

'Wat is er aan de hand? Waarom ben je nog niet bezig water

bij te vullen in de keuken? Wie was dat aan de telefoon? Wat is er gebeurd?' vroeg ze. Sripathi voelde haar bezorgde blik, ook al kon hij haar niet aankijken.

'Ree-ree, waarom zit je daar zo zonder iets te zeggen? Ben je soms ziek? Zeg dan.'

Sripathi voelde haar hand op zijn schouder. Voelde dat ze hem heen en weer schudde en om haar zoon gilde toen hij niet reageerde. 'Arun, kom gauw! Er is iets mis met je vader! Ik weet niet wat. Het ligt vast aan het vette eten dat hij altijd op kantoor eet. Hoe vaak heb ik het niet gezegd, na een bepaalde leeftijd moet je op je voeding letten, anders krijg je allerlei hartproblemen.'

Ze schudde hem nog eens heen en weer en nu keek Sripathi haar aan, bang voor wat hij in die ogen zou zien nadat ze had gehoord wat hij te zeggen had.

'Onze Maya', zei hij. Zijn stem klonk heel schor en Sripathi schraapte zijn keel voordat hij verder ging. 'Slecht nieuws. Dat was een telefoontje uit Vancouver.' Hij fronste zijn wenkbrauwen. Was dat telefoontje echt gekomen?

'Wat? Wat is er gebeurd? Is ze ziek? Zeg me van niet, waarom hou je dingen voor me achter?' drong Nirmala aan.

'Maya is dood', zei Sripathi. Hij hoorde weer zijn eigen stem, maar nu leek die stem ergens anders vandaan te komen. 'Haar man ook. Een auto-ongeluk.' Weer dat knellende paniekgevoel in zijn borst – een plakkerige, donkere beklemming die hem de adem benam en hem niet de lucht wilde geven voor de golven van verdriet waarnaar hij snakte.

Nirmala staarde hem aan. 'Wat zeg je daar? Wie was dat aan de telefoon? Zeker een of andere idioot die gekheid uithaalde. Je weet toch dat die telefoonidioten in zo'n paal klimmen...'

'Heb je me niet verstaan? Maya en haar man zijn gisteren bij een auto-ongeluk omgekomen. Wat klets je nou over telefoons? Mankeert er soms iets aan je oren?' vroeg Sripathi onbeheerst. Hij dwong zichzelf iets anders te voelen dan verdoofdheid, een gepast verdriet te voelen. Hij keek Nirmala nijdig aan, haar verfoeiend omdat ze hem het afschuwelijke nieuws nog eens liet vertellen. Door het nog eens te vertellen zou het echt worden. Had die domme vrouw dat niet in de gaten?

Zonder enige waarschuwing ging Nirmala hem te lijf. Ze sloeg hem op zijn borst en jammerde hem toe: 'Jouw schuld, jouw schuld, jouw schuld! Je hebt mijn dochter de dood ingejaagd. Je hebt haar van me weggedreven! Jij! Jij! Jij!'

Telkens opnieuw beukte ze met haar vuisten op zijn lichaam, slaand en stompend als bezeten. Sripathi bleef roerloos zitten, met zijn hoofd in zijn handen, als een boeteling die werd gegeseld voor zijn zonden. Nu had hij een keer geen weerwoord, geen snelle sarcastische opmerking om haar de mond te snoeren. Hij wilde zich verontschuldigen, iets zeggen, maar merkte dat het omgekeerde gebeurde en dat hij juist kwaad op haar werd. Hoe durfde ze haar hand op te heffen tegen hem, haar man?

'Hou op!' Hij probeerde haar maaiende armen te grijpen. 'Maak niet zo'n scène. Gedraag je een beetje!'

Nirmala's volle, gewoonlijk zo prettige gezicht was lelijk. Haar haar was losgekomen uit de spelden en viel over haar gezicht en haar rug. 'Ik ben het zát om me te gedragen', zei ze hijgend. Sripathi zag met lichte afkeer dat er snot uit haar neus was gedropen en over haar linkerwang was uitgesmeerd. Een van haar handen kwam hard op zijn gezicht terecht, stootte zijn bril opzij en raakte zijn oog, waardoor het ging tranen. Zonder na te denken sloeg hij haar terug, en ze hield abrupt op met huilen.

'Heb je me geslágen?' vroeg ze verbijsterd. 'Je hebt mijn kind de dood ingejaagd en nu sla je mij ook nog? Vreselijke vent.' Opnieuw wierp ze zich op hem. Nu troffen haar klappen Sripathi welbewust op zijn neus, zijn wangen, zijn mond. Hij werd razend door haar gebrek aan zelfbeheersing. Hij kwam overeind zodat hij boven haar uitstak en zij gedwongen werd naar boven uit te halen. Hij greep haar bij haar armen en zij probeerde zich uit alle macht te bevrijden. 'Laat me los!' gilde ze. 'Laat me los!'

'Wat doen jullie? Mamma. Appu. Hou op!' Bij het horen van Aruns stem kwam Sripathi weer tot bezinning. Zijn zoon kwam de trap afrennen en onder aan de trap stonden de rijstverkoper, Koti, de dienstmeid en zijn zuster Putti vol afgrijzen naar omhoog te staren. In al die jaren had Sripathi nooit geweld tegen zijn vrouw gebruikt, had hij haar alleen met verlangen en genegenheid aangeraakt. Nu had hij haar geslagen ten overstaan van zijn hele gezin, plús de dienstmeid, plús de man van wie ze rijst kochten.

'Wat is er gebeurd?' vroeg Arun nog eens. 'Mamma, hou op met die flauwekul en vertel wat er gebeurd is.' Hij trok Nirmala weg van Sripathi, drukte haar stevig tegen zich aan en keek zijn vader met een woedende blik aan. 'Schaamt u zich niet?'

Sripathi zag dat zijn zoon een verschoten groene kurta droeg die hij zelf nog maar een paar dagen geleden had weggegooid. Die ellendige jongen had hem uit de vuilnisemmer opgevist! Wat leek hij veel op Maya, dacht de vader pijnlijk getroffen, maar toen verwierp hij die gedachte. Alleen in de vorm van zijn gezicht. Alleen daarin. Niemand leek op Maya. Zeker niet dit sjofele wezen dat tegenover hem stond.

Nirmala verhief weer haar stem. 'Ik heb het hem gezegd, hem zo dikwijls gesmeekt. Laten we het verleden vergeten, heb ik keer op keer tegen hem gezegd. Maar nee, wanneer heeft hij ooit naar me geluisterd? Ik ben immers achterlijk? Ik kan geen dure woorden gebruiken en slimme dingen zeggen.'

'Rústig nou, vertel eerst eens wat er aan de hand is. Wie was dat aan de telefoon?'

Sripathi ging weer zitten en hield zijn trillende handen stevig gevouwen op zijn schoot. Hij was bang voor wat ze hem zouden aandoen als hij ze hun gang liet gaan. Hij dacht niet dat hij ze de baas zou kunnen blijven. Nu begonnen zijn benen te bibberen en daarom sloeg hij ook die over elkaar. Hij stopte de losse plooien van zijn lungi in – een keer bij zijn knie en ook bij zijn enkels, totdat ze eruitzagen als fleurige, dooreengevlochten slangen. Er zat een lange paarse plek op zijn enkel. Hij had naast het startpedaal van zijn scooter getrapt en zichzelf flink pijn gedaan. Raar dat hij nooit had gezien hoe paars die plek was. Net een aubergine. Een geroosterde. Had Maya paarse littekens op haar arme lichaam? En haar man? De kneuzingen op zijn huid zouden waarschijnlijk andere tinten aannemen. Hij was zoveel lichter.

'Appu?' hoorde hij zijn zoon vragen.

'Haar hoofdje paste precies in mijn hand', zei Sripathi, zomaar in het wilde weg. 'Weet je nog?' Wanneer Maya als baby tegen zijn schouder aan lag te slapen, had haar adem iets weggehad van een veer die langs zijn nek streek, dacht hij – en hij, hij was te bang diep adem te halen of zijn hoofd te bewegen voor het geval ze wakker werd. Haar gezicht als een kleurige posteleinbloem die wachtte tot hij, haar Appu, zou terugkomen van zijn werk. Ze had altijd haar voeten verkeerd om in de kleine groene Hawaïaanse slippers die hij voor haar bij de Bata-winkel had gekocht, op de hoek van het casino.

'Dit is je línkervoet', zei hij dan tegen haar. 'Die gaat in déze slipper. En je réchtervoet gaat in die.'

Natuurlijk luisterde ze nooit, maar danste ongeduldig om hem heen tot hij haar meenam voor hun vaste ritje rond de bloembak met tulasi in de voortuin, en voelde intussen in zijn zakken om te zien of hij daar soms iets lekkers voor haar had verstopt. En terwijl ze steeds maar kleine rondjes reden, bracht ze hem op de hoogte van wat ze die dag had meegemaakt: 'Appu, ik heb een kolossale spin gezien. Hij wilde me opeten. Hij was groen en geel.' 'Appu, ik heb de linkerteen van mijn rechtervoet pijn gedaan.' 'Appu, ik heb per ongeluk susu in mijn broek gedaan omdat Ammayya niet uit de wc wilde komen.' 'Ik heb een gróte mango gegeten, en Mamma zei dat ik melk moest drinken om die mango af te koelen in mijn buik. Maar Appu, ik heb gewacht totdat ú thuiskwam zodat u me die melk kon geven.'

Ze had zich nooit aan brabbeltaal bezondigd; de verhaspelde woorden die onuitstaanbaar vertederend klonken bij andere kinderen, waren in het vocabulaire van zijn dochter achterwege gebleven. Ze was altijd zo'n precies wezentje. Die felle precisie had ze meegenomen naar haar volwassenheid, samen met een door Sripathi nooit helemaal begrepen ambitie de beste te zijn bij alles wat ze ondernam.

Met een verstard gezicht keek hij Arun aan en zei: 'Je zuster is dood. Er is een ongeluk gebeurd. Zij en haar man leven niet meer.'

Min of meer emotieloos zag hij hoe de schok zich over Aruns gezicht verspreidde. Je zuster, zei hij weer tegen zichzelf. Het kind dat zes jaar voor jou kwam. Hij wendde zijn blik af voordat hij er iets onvergeeflijks uitflapte. Zoals: waarom je zus en niet jij? In zijn streven de wereld te veranderen koketteerde Arun om de haverklap met gevaar, maar hier stond hij gezond en wel en sjofel in verschoten groen.

'Nandana ook?' vroeg Arun.

Het kind.

'Nee, die was er niet bij.'

'Is alles goed met het kind? Waar is ze? Arme stakker – wat zal er met haar gebeuren?' riep Nirmala.

'Hoe is het gebeurd?'

Sripathi voelde zich gedwongen antwoord te geven. 'Een ongeluk.'

'Wie zat er achter het stuur?'

Sripathi had er niet aan gedacht dat te vragen, maar nu Arun het ter sprake bracht, wilde hij het opeens dringend te weten komen. Was Alan Baker soms de verantwoordelijke? Was hij dronken geweest? Had hij roekeloos gereden? Ja, het was vrijwel zeker de schuld van die man. Dezelfde vent die Maya had weggehaald van haar familie, haar plichten, haar ouderlijk huis – diezelfde schoft moest haar ook van het leven hebben beroofd. Hij graaide naar de gehavende telefoongids waarop hij het nummer van dokter Sunderraj had neergekrabbeld. Het was belangrijk meteen te weten te komen wie er achter het stuur had gezeten. Wie er schuldig was.

'Wat doe je?' vroeg Nirmala. 'Wie bel je?'

'De dokter die zojuist gebeld heeft', verklaarde Sripathi. 'Om te vragen wie de verantwoordelijke was.'

'Doet dat ertoe?'

'Natuurlijk wel. We moeten degene die het gedaan heeft bestraffen. Degene die ons kind vermoord heeft', zei Sripathi bedaard.

'Wat klets je nou voor onzin? Bestraffen, hoe kun je helemaal van hieruit mensen bestraffen die helemaal daar wonen?' wilde Nirmala weten.

'Ze voor de rechter slepen, dat ga ik doen. Onze advocaten op ze afsturen.'

'Wat voor advocaten? Waarom sta je zo te raaskallen?'

Sripathi negeerde haar en draaide met een trillende vinger het nummer van dokter Sunderraj. Niet mij moet je de schuld geven, dacht hij – iemand anders. Zodra hij echter de telefoon hoorde overgaan, verloor hij de moed en hij liet de hoorn vallen. Nirmala had gelijk. Ze hadden geen advocaten en zelfs al hadden ze die wel, hij had geen geld voor juridische kosten. Bovendien, hoe kon hij, Sripathi Rao, een man die niets voorstelde in deze wereld, iemand in een ander land voor het gerecht dagen, duizenden kilometers verderop? Om zijn gebrek aan verdienste voor zijn eigen wrede blik te verbergen begon hij zoals gebruikelijk tegen zijn vrouw uit te varen.

'Waarom vertel jij me altijd wat ik wél moet doen en wat ik níet moet doen', snauwde hij tegen haar. 'Is dit mijn huis of niet? Heb ik je soms geld gevraagd om advocaten te betalen?

Heb ik je érgens om gevraagd? Je bent als een pauper hier in huis gekomen en je praat alsof je een of andere maharani bent.'

Nirmala strompelde van hem weg, de trap af. Hij zag hoe ze door Putti en Koti werd weggeleid naar de vertrouwde warmte van de keuken. Arun wrong zich ruw langs hem en ging zijn moeder achterna. Sripathi bleef als enige bij de stille telefoon op de overloop. Hij worstelde om zijn opkomende gevoelens – woede en wanhoop, verdriet en zelfverwijt – de baas te worden. Hij vervloekte zichzelf om de manier waarop hij zich tegen Nirmala had gedragen. Hij had iets kapotgemaakt wat eigenlijk een moment van gezamenlijke rouw om hun verloren kind had moeten zijn. Maar anderzijds, bracht hij zichzelf in herinnering, zij was degene geweest die hem had aangevallen. Uit de slaapkamer beneden hoorde hij weer de stem van Ammayya. 'Het H_2O is opgehouden. Alleen mijn watertank is vol. Geen drinkwater vandaag. O-o-o, wat moeten we beginnen.'

Hij hoorde haar stoel naar achteren schrapen, en daarna klonk het getik van haar wandelstok toen ze op weg naar de woonkamer ging.

'Henh? Wat waren jullie allemaal aan het gillen en schreeuwen? Ik wou net proberen te bidden, maar met al die galata kon zelfs God me niet horen.' Ze roffelde ongeduldig met haar stok en even later kon Sripathi Putti's stem horen.

'Ammayya, er is slecht nieuws.' Zijn zus klonk erg kalm, dacht Sripathi. Waarom huilde ze niet, net als Nirmala? Was ze dan helemaal niet aangedaan?

Er schoot een huivering door hem heen. Het leek wel alsof hij zou vallen. Hij klampte zich vast aan de trapleuning en deed zijn ogen dicht. Zelfbeheersing, fluisterde hij tegen zichzelf. Als hij zijn zelfbeheersing niet verloor, kon hij alles op de wereld aan, ook dit. Hij dwong zichzelf te gaan staan en de trap af te lopen. Zijn benen trilden bij elke stap die hij nam, en hij voelde zich heel oud en ver weg van alles wat er om hem heen gebeurde. Zijn hersens leken totaal niet meer te functioneren.

Wat moest hij doen? Hoe moest hij reageren op de dood van zijn eigen kind? Mijn dochter is dood, hield hij zichzelf voor. Verstoken van leven. Heel even putte hij troost uit de werktuiglijke omzetting van feiten in woorden. Hij kwam buiten in het onverdraaglijke licht van de veranda en ging op het trapje zitten, dat al gloeiend heet van de zon was. Hij voelde amper hoe het beton door zijn lungi heen tegen de huid van zijn dijen brandde. De hemel was een glimmende stalen trommel waarbinnen de wereld zat opgesloten. Op de stoffige grond voor hem lag een rangoli-tekening, opgebouwd uit witte stippels en krullen, vanochtend vroeg door Koti gemaakt. Een van rijstmeelpap gemaakte tekening om het boze weg te houden van het huis. Koti had een heel scala van patronen in haar geheugen – stippels in een bepaalde volgorde, uitgezet in strakke, geordende rijen, onderling verbonden door zwierige lijnen. Zonder de stippels waren de lijnen betekenisloos, en als de stippels uit het patroon wegbleven, was er alleen maar sprake van een chaos. De rangoli had nu zijn volmaakte vorm verloren, bezoedeld door een tiental voeten, verwaaid door de wind, weggedragen door de mieren. Maar morgen, dacht Sripathi, zou hij er gewoon weer liggen, een nieuw patroon, getekend door de geduldige vingers van Koti. Maar wie kon dat telefoontje tenietdoen? Zijn leven een nieuwe structuur geven? De tijd uitwissen, net als dat rijstmeelpapje, en een nieuw patroon van stippels en lijnen aanbrengen, mooier dan het vorige?

Langzaam, als een ballon, zwol het schuldgevoel in hem op. Ik, Sripathi Rao, middelmatige, triviale woordengrutter, dacht hij diep ellendig, leid een vreedzaam bestaan, terwijl mijn dochter… Hij kon de gedachte niet afmaken. Kon het niet verdragen het ongeluk onder woorden te brengen.

Een met betonbrokken geladen vrachtwagen reed woest toeterend in zijn achteruit over de weg en hield stil voor het hek van het huis. Sripathi zag hoe de vrachtwagen met een luid, glijdend geraas zijn lading uitbraakte, waardoor elke toegang tot het huis werd versperd. Boven de puinhoop rees langzaam een grijze stofwolk op, die roerloos in de lucht bleef hangen. De vrachtwagenchauffeur was blind voor het feit – of maakte zich er in het geheel niet druk over – dat hij het hek had gebarricadeerd. Sripathi voelde inwendig een woede oplaaien alsof het een vuur was. Hij verheugde zich erover dat hij eindelijk in staat was iets te voelen. Alle hulpeloosheid over de dood van zijn dochter, alle schuldgevoelens, schande en pijn balden zich samen in zijn borst en richtten zich op de man die zijn hek blokkeerde. Hij stoof naar de voortuin, langs de tulasi-pot en de oleanderstruik, wrong zich door het klemmende hek en bonkte op het portier van de vrachtwagen. 'Hé! Jij daar! Wat ben je eigenlijk aan het doen? Denk je soms dat deze straat van je schoonvader is?' schreeuwde hij.

De chauffeur blikte neer op Sripathi en zette zijn motor uit. 'Wie ben jij?'

'Ik ben de eigenaar van dit huis!' schreeuwde Sripathi.

'Achha, dat is geweldig. En ik ben de eigenaar van deze vrachtauto. Waarom sta je als een dolleman op mijn voertuig te dhama-dham-en? Mag ik dat weten?'

'Ik ga je bij de politie aangeven. Dat flik je me nou elke week. Je dumpt al je rotzooi voor het hek. Hoe denk je dat ik mijn hek moet open krijgen?'

'Pas maar op dat je geen hartaanval krijgt, sahib', zei de vrachtwagenchauffeur lachend. Zijn kolossale snor schokte mee met de beweging van zijn wangen. 'Je zegt dat je het hek niet open krijgt, maar je staat hier toch voor me? Ben je soms een bhooth dat je dwars door de spijlen gaat? En mijn lading ligt trouwens niet op jouw grond, hij ligt op de weg.' Hij lachte nog eens en startte de vrachtwagen. 'Ga maar opzij, anders eindig je net als dat beton – in kleine stukjes!'

Sripathi keek hulpeloos toe terwijl de vrachtwagen ervandoor ronkte. De bontgekleurde staartlinten golfden onstuimig in de luchtstroom. Met een woest gevoel keerde hij naar het huis terug. Ammayya had zoals gebruikelijk postgevat in haar stoel bij de ingang van haar kamer, vanwaar ze goed zicht had op de woonkamer, de eetkamer, de keuken en het godenkamertje daarnaast. Putti zat gehurkt naast haar en gaf haar met haar ene hand klopjes op haar knie terwijl ze zachtjes sprak. Sripathi liep er met grote passen langs, de keuken in. Hij bedacht vaag dat hij iets te eten moest hebben, dat er geen ruimte meer voor verdriet zou overblijven als hij zijn lichaam volstopte met voedsel.

'Wat hebben we voor het ontbijt?' vroeg hij aan Nirmala. Ze zat in het godenkamertje, dat uitkwam op de keuken. Er kwam geen antwoord en luidruchtig rammelde hij met een paar pannendeksels. Er werd nog steeds niet gereageerd. Hij stampte het kleine kamertje in, waar beeldjes van diverse godheden stonden en werden aanbeden. Nirmala zat gehurkt in een hoek op de grond. De tranen stroomden over haar gezicht. Naast haar had je een reeks ondiepe planken waarop rijen zilveren en bronzen beeldjes van Krishna, Shiva, Ganesha en Lakshmi stonden. Hun onbewogen metalen gezichten glommen in het zachte licht van katoenen waspitten die in hoge koperen lampen brandden. Van wierookstokjes stegen donkere rookspiralen en een doordringende geur omhoog die in Sripathi's neusgaten prikte. Nirmala keek niet eens op van het vel papier in haar hand – een brief van Maya, besefte hij, een van de vele die ze door de jaren heen had gestuurd en die hij nooit had gelezen. Het sandelhouten kistje waarin de rest zat en dat gewoonlijk in haar slaapkamerkast was opgeborgen, stond open naast haar op de grond. Hier en daar lagen ook wat foto's. Sripathi zag alleen Nirmala's gebogen hoofd, de rechte witte lijn van haar scheiding die door haar donkere haar sneed, de paar grijze haren die zich van die lijn afsplitsten. Hij kreeg het kinderachtige verlangen te gaan krijsen.

'Hebt u me niet gehoord, mevrouw? Ik vroeg iets te eten.'

Toen ze in een koppig zwijgen bleef doorlezen, schoot Sripathi de overdekte veranda op, naar het schoenenrek aan de muur, en pakte er net zo veel schoenen uit als hij kon vasthouden. Toen stormde hij terug naar het godenkamertje, waar Nirmala opschrok. Er gingen een paar beeldjes omver toen hij de schoenen op de planken liet vallen. Met één heftige armzwaai veegde hij de resterende beeldjes eraf.

Hij bekeek de schade en zei hijgend: 'Daar! Zo denk ik over jouw lullige goden en gebeden. Ze zijn geen bloemen waard, alleen vuile schoenen. Wat hebben ze ooit voor ons gedaan? Nou? Zeg eens op? Wat dan?' Hij schopte naar de gevallen goden. 'En toch blijf je maar geld uitgeven aan bloemen en wierook en olie!'

Nirmala maakte zich klein in haar hoekje, sprakeloos, niet van verdriet of van woede op haar man, maar om zijn daad van heiligschennis.

'De nutteloze onzinrituelen die ze elke dag uitvoert', mompelde Sripathi. Hij gaf een laatste trap tegen een beeldje van de olifantgod Ganesha, dat vlak bij zijn voet was terechtgekomen. 'Dit mannetje met zijn olifantenkop heet obstakels uit de weg te ruimen. Ha!'

'Mijn rituelen zijn niet gekker dan die van jou', riep Nirmala, uit haar zwijgen gelokt.

'Ik heb er geen, mevrouw.'

'Hoe noem je dan die idiote brieven die je voortdurend naar allerlei kranten schrijft?' vroeg ze onbesuisd. 'Dat is het enige waartoe je in staat bent – dikke dure woorden schrijven met verschillend gekleurde pennen en je daarbij verstoppen achter een of andere rare, voor iedereen onbegrijpelijke naam. En dan durf jij mijn zoon nutteloos te noemen! In elk geval heeft hij het lef om iets te dóén aan afval en vervuiling en dat soort dingen, terwijl jij alleen maar op het balkon briefjes aan vreemden zit te krabbelen. Je kon het niet eens over je hart verkrijgen naar je eigen kind te schrijven!' Ze boog zich voorover en begon geagiteerd de overal verspreid liggende foto's en brieven bijeen te rapen en in haar kistje te leggen. Sripathi zag alleen nog maar haar rug, de diepe welving van haar strakke, roze bloes en het zweet dat een donkere plek had gevormd op de plaats waar het dunne katoen haar huid raakte.

'Hoe weet jij van mijn brieven?'

Nirmala wierp hem over haar schouder een hatelijke blik toe. 'Dat heb ik van mijn goden gehoord! Vandaar!'

Sripathi stond op het punt zich aan een onbeheerste razernij over te geven toen hij zich met een ruk omdraaide en de kamer verliet. Hij botste tegen Arun op, die zijn vader bij de arm pakte en vroeg: 'Hebt u haar alweer geslagen? Appu?'

'Nee, dat heb ik niet. En doe niet net alsof ik dat elke dag doe. Ik heb je moeder nooit met één vinger aangeraakt.'

'Wat was dat dan voor geschreeuw?'

'Ga jij nou maar gauw weer dieren redden, in plaats van thuis rond te hangen en mij aan een kruisverhoor te onderwerpen', zei Sripathi gebiedend. Hij had het gevoel dat hij meteen het huis uit moest om elders een bezigheid te zoeken, want anders zou hij iets gaan doen waar hij spijt van zou krijgen. Maar waar moest hij heen? Niet naar kantoor. Hij was niet in de stemming om al die meelevende gezichten te zien, hun condoleanties aan te horen. Nee. Hij zou naar het huis van Raju gaan. Hij voelde zich wat rustiger bij de gedachte dat hij zijn beste vriend ging opzoeken. En daarna zou hij langsgaan bij de reisagent op de Pyecroftweg voor informatie over vluchten naar Canada.

'Waar gaat u heen? Wilt u dat ik met u meega?'

Sripathi verfoeide zichzelf om de woorden die zich uit zijn mond drongen. Ze leken een eigen leven te leiden. 'O? Hoef je vandaag niet de wereld te redden? Kun je je vader zomaar helpen met alledaagse dingen als vliegtickets? Je zou bijna zeggen dat de zon vandaag ondergaat in het oosten!' Hij marcheerde het huis uit, langs Putti die bij Ammayya was weggegaan en nu op de treetjes van de veranda zat.

Arun haalde zijn schouders op en ging het godenkamertje binnen, waar hij neerknielde naast zijn moeder. Ze liet nog steeds radeloos de foto's en papieren door haar handen glijden. Ze stopte ze in het kistje, haalde ze eruit en zat intussen zachtjes te snikken.

'Hij gedraagt zich als een klein kind', merkte Arun op. Hij pakte de beeldjes van de grond en zette ze terug op de planken.

'Je mag dat soort dingen niet over je vader zeggen', zei Nirmala werktuiglijk, er als altijd op gespitst de lieve vrede in huis te bewaren. 'Hij is erg over zijn toeren.'

'Ja, en dat zijn u en ik ook. Maar wij lopen niet te schreeuwen en met schoenen te gooien.' Arun pakte de schoenen en kwam overeind van de grond. 'Gaat het een beetje met u? Wilt u dat ik iets doe, Mamma?'

Nirmala schudde haar hoofd. 'Wat kunnen jij of ik of iemand anders nog doen? Het is overal te laat voor. Te laat.' Ze ging met haar rug tegen de muur zitten en deed haar ogen dicht.

Arun liep met de schoenen naar buiten en zette ze in het rek op de veranda voordat hij de trap opging naar zijn kamer. Hij was nog steeds niet bij machte het nieuws over Maya te geloven – zijn oudere zuster, de persoon die tot aan zijn achttiende deel van zijn dagelijkse bestaan was geweest, die hem zijn hele lagereschooltijd fel had verdedigd, hem had behoed voor pestkoppen en vechtpartijen, die zijn hand had vastgehouden als ze de weg moesten oversteken om de bus te halen, die behalve haar eigen tas ook die van hem had gedragen en hem een keer haar lunch had gegeven toen hij de zijne op de grond had laten vallen. Maya had hem uit Amerika geschreven, altijd met interessante informatie over de wereld aan de andere kant van de oceaan, en later, toen hij had besloten actievoerder te worden, had ze hem knipsels en boeken gestuurd, al het materiaal waar hij iets aan zou kunnen hebben. Als kind had hij als een enthousiast hondje achter haar aan gelopen, terwijl zij zich telkens weer in de nesten werkte. Op school, in de overvolle peuterklas die werd geleid door mevrouw Mascarenha met haar verschrikkelijke, uitwaaiende stem die hen gelastte rústig te gaan zítten, had hij zich veilig gevoeld omdat hij wist dat Maya zich in hetzelfde gebouw bevond, slechts drie deuren verderop. Wanneer in de lunchpauze de meeste peuters door ayah Mary en ayah Ruthie naar de wc's werden gedreven, bleef hij altijd op zijn zus wachten; als ze arriveerde greep hij haar plakkerige hand – zo betrouwbaar en troostrijk – en draafde gehoorzaam met haar mee naar de meisjes-wc's. Ze had de dikke kop van Susheel Prasad door de tralies van het raam van de vierde klas geduwd omdat hij hem tot huilens toe had geplaagd, en had er daarna koppig en zonder berouw bij gestaan toen het schoolhoofd haar bestrafte voor zulk onmeisjesachtig geweld.

'Maar hij was mijn jongere broertje aan het pesten', had Maya aangevoerd toen moeder-overste vroeg hoe ze zich zo schandelijk had kunnen gedragen.

Ook had ze het gewaagd de verboden trap op te sluipen naar het terras waar de oude mère Claudette de hele middag in het wilde weg met een luchtbuks stond te schieten op zwerfhonden die met elkaar copuleerden op het voetbalveld achter de school, en daarbij Franse obsceniteiten gilde als ze weer eens miste.

Zijn zuster had iedereen aangedurfd die Arun zich kon herinneren en ze had het er altijd ongeschonden vanaf gebracht. Maar tegen de God van de Dood was ze niet opgewassen geweest. En samen met de herinnering kwam de schaamte – dat hij te laks was geweest haar terug te schrijven, het contact te onderhouden. Dat hij zich had toegestaan te vergeten.

Dokter Sunderraj zat niet te huilen, maar hij zette wel steeds zijn bril af om in zijn ogen te wrijven. De afgelopen paar dagen – sinds Nandana had geprobeerd naar huis te lopen en hij haar had verteld dat haar ouders een erg ongeluk hadden gehad – was hij niet naar zijn praktijk geweest. Er waren een heleboel mensen naar het huis gekomen, de een na de ander. Er waren ook twee vrouwen geweest die met haar wilden praten. Ze hadden gezegd dat ze van het maatschappelijk werk waren. Nandana had beleefd antwoord op hun vragen gegeven. Ja, ze vond het leuk om hier te logeren. Ja, ze vond Anjali erg aardig, ook al mocht ze niet van haar met haar nieuwe Lego spelen. Maar ze wilde naar huis. Ze vond tante Kiran en oom Sunny erg aardig, ja. Maar ze wilde naar huis. De vrouwen hadden geknikt en dingen in aantekenboekjes geschreven en daarna een hele tijd met oom gesproken. Er waren heel veel telefoontjes die hij beantwoordde en heel veel telefoontjes die hij zelf pleegde.

Nu zat hij in de woonkamer op de grond bij haar voeten, zo dichtbij dat ze zichzelf in zijn oogballen kon zien. Zij en tante Kiran zaten op de dikketoeristenbank. Als ze zich echt goed concentreerde, dacht ze – als ze niet sprak, als ze volkomen stil zat – dan kon ze haar blauwe huis en haar ouders en haar kamer met de Minny Mouse-lampenkap allemaal in die oogballen weerspiegeld zien. Ze zag haar moeder rondlopen in de keuken, bezig met het avondeten, en ze zag haar vader, die met gebogen rug druk zat te typen voor zijn computer.

'Denk je dat ze begrijpt wat er gebeurd is?' hoorde ze tante Kiran zeggen.

Natuurlijk begreep ze het, dacht ze verontwaardigd en probeerde zich op die oogballen te concentreren; ze bleven maar bewegen en maakten telkens het beeld van haar huis kapot. Haar ouders waren om een of andere reden weggegaan. Ze zouden een tijdje niet terugkomen.

'Nandana, schatje, begrijp je het?' vroeg oom Sunny. Ze zag haar huis. Haar moeder stond iets te wassen in de gootsteen. Haar vader zat te vloeken, ze kon hem horen. Toen zei oom Sunny weer iets en het beeld verdween. Waarom kon hij niet begrijpen dat als hij zijn mond hield, dat als ze allemaal hun mond hielden, haar ouders haar zouden horen en haar zouden komen ophalen?

'Je pappa en mamma zijn ernstig gewond geraakt bij een auto-ongeluk. Ze hebben het niet overleefd', zei oom Sunny terwijl hij zich naar voren boog en zijn armen om haar en tante Kiran sloeg. Ze kon zijn aftershave ruiken. Hij rook net als die van haar vader. Nee, een klein beetje maar.

Overleven – dat was een woord dat haar verwarde.

'Ze zijn doodgegaan, liefje', zei tante Kiran.

Ze had een keer een dode vlinder op hun patio gezien. Het was een heel mooie vlinder, geel met zwart, en hij werd weggesleept door een troep mieren. Ze was zo verdrietig geweest dat ze die dag tegen niemand had willen spreken. Haar moeder had uitgelegd dat alle levende wezens doodgaan.

'Maar ga jij dan ook dood? En ik en pappa?' had ze gevraagd, nadat ze er eerst over had nagedacht.

Waarop haar moeder had geantwoord: 'Ja, maar alleen als we allemaal honderd jaar oud zijn.'

Haar moeder was pas vierendertig en haar vader zesendertig, dus ze konden niet dood zijn. Écht niet! Ze kneep haar lippen op elkaar. Tante en oom zaten tegen haar te jokken. Dat wist ze zeker. Haar ouders waren naar een bruiloft in Squamish. Tante Kiran was een oude heks, dat had ze nu wel door. Ze wilde haar hier voor altijd houden, zoals ze een keertje had gezegd, en dus zat ze smoesjes te verzinnen. Ze besloot dat ze maar beter helemaal niets meer kon zeggen.

'We hebben met je grootvader in India gesproken, Nandana', zei oom Sunny. 'Hij komt hierheen. Dat is toch fijn, hè?'

Hoe moest zij dat weten? Ze had haar grootvader nog nooit ontmoet. Ze vroeg zich af of hij telde als een vreemde, ook al had ze foto's van hem in haar moeders album gezien.

'Je gaat met hem naar India. Dan zul je kennismaken met je grootmoeder, je oom en een heleboel andere aardige mensen.'

Naar India? Écht niet! Hoe moesten haar ouders haar dan vinden wanneer ze thuiskwamen?

Boven haar hoofd hoorde ze de stem van tante Kiran. 'Sunny, ik denk dat het kind in shock verkeert of zo. Ze heeft geen woord gezegd.'

4

Oude geschiedenissen

Lang geleden, toen Sripathi een jaar of zeven of acht was, dacht hij dat doodgaan iets was wat met mensen gebeurde wanneer ze aan het eind van de Brahmaanstraat kwamen, waar de straat een bocht om een tweehonderd jaar oude banyanboom maakte en slingerend als een glansloze zwarte rivier nog een paar meter doorliep totdat hij uitkwam bij het strand. Op zaterdagochtend wachtte Sripathi, heen en weer zwaaiend aan het hek van het Grote Huis, altijd op het voorbijtrekken van de jonge geiten- hoeders met hun blèrende, schichtige kudden.

'Waar breng je ze naartoe?' had hij op een keer aan een geitenhoeder gevraagd, en de jongen had geantwoord: 'Naar het paleis van de Koning des Doods.'

En 's middags zag hij gespierde mannen, hun geruite ka- toenen lungi opgetrokken tot op hun knieën, hun fiets lang- zaam voortduwend wanneer ze weggingen van het paleis van de Koning des Doods. Als vuil zwart-wit wasgoed hingen er onthoofde geiten over hun bagagedrager. Rond hun nek, waar nog steeds bloed uitsijpelde, hingen wolken glimmende, zoe- mende aasvliegen die door de geur van rauw vlees in een roes verkeerden. Tot iemand uiteindelijk een schriftelijke petitie indiende tegen de slagers die de straat als een sluiproute naar de zaterdagse markt gebruikten, de plaats waar de geitenhoeders hun kudden naartoe dreven. Daarna kwamen de slagers niet meer met hun bloederige aankopen voorbij. Nog vele maan- den later zette Sripathi een keel op van angst telkens wanneer zijn vader op zaterdagochtend voorstelde door de Brahmaanstraat naar het strand te lopen, langs de oude banyan.

Tot zijn dertiende had Sripathi eigenlijk nooit iemand verloren die hem na aan het hart lag. De dood stond als mogelijkheid even ver van hem af als Mars of Venus. Op een wat onbestemde manier meende hij dat de god Yama alleen heel arme of heel oude mensen kwam ophalen, schommelend op zijn buffel en zijn lasso achter zich aan slepend. De eerste keer dat hij met de dood in aanraking kwam was toen zijn grootmoeder Shantamma overleed. Ze had lang en fel gestreden om in deze wereld te blijven, en Sripathi kon het niet bevatten toen ze uiteindelijk het onderspit tegen de tijd, de ouderdom en allerlei kwalen moest delven.

Op haar tweeëntachtigste had Shantamma in haar slaap een beroerte gekregen. Vastberaden zich met hand en tand tegen Heer Yama te verzetten was ze die beroerte te boven gekomen, want er waren nog te veel dingen die ze in haar leven niet had gedaan. Zoals een sigaar roken. Of haar haar verven zoals vrouwen in buitenlandse tijdschriften. Of per vliegtuig reizen. Of een gebakken ei eten dat in een vegetarische koekenpan was bereid en diezelfde koekenpan voor brahmaans voedsel gebruiken. Of gezellig kletsen met Rukku, die door de bewoners van Toturpuram was uitgestoten omdat ze na de dood van haar echtgenoot met drie mannen het bed had gedeeld. Niet dat iemand haar inderdaad met een van deze mannen had gezien – geen mens wist zelfs wie die mannen waren – maar dat ze het had gedaan leed geen twijfel, beweerde Ammayya, ontzet over haar schoonmoeders wens om contact met de vrouw te hebben. Door jaren van onderdrukte woede over de rokkenjagerij van haar eigen echtgenoot was Sripathi's moeder al op jonge leeftijd overdreven deugdzaam geworden en stond ze snel met haar oordeel klaar.

'Hoe kunt u daar zo zeker van zijn?' had Sripathi gevraagd. Zijn vader, de advocaat, had hem geleerd alles in twijfel te trekken.

'Heb je haar gezicht gezien?' vroeg Ammayya. 'Ze ziet eruit alsof ze in een blik poeder is gevallen. Welke respectabele weduwe gebruikt er nou zo veel kohl en verft haar lippen? En draagt opzichtige oorbellen en sari's met zulke bonte bloemen? Kijk maar hoe ze met steelse blikken mannen in de val probeert te lokken. Zelfs onschuldige, getrouwde mannen!'

Ondanks Ammayya's vernietigende tirades had Shantamma sympathie voor Rukku opgevat, hoewel ze, aangezien de vrouw een uitgestotene, een hoer, een sloerie, een taboenaam in fatsoenlijke huizen was geworden, niet de moed had kunnen opbrengen haar op te zoeken of zelfs maar naar haar te glimlachen. Na haar beroerte was ze echter tot de slotsom gekomen dat ze te oud was om zich nog iets van regels, etiquette en zelfrespect aan te trekken, en al haar geheime verlangens kwamen naar boven als lava die losbarst uit een vulkaan. Ze mat zich een luide, imposante stem aan en verslikte zich proestend in de rook van zware beedi's die ze vergat uit te maken, waardoor ze verschillende keren bijna het huis in de as legde. Ze zat met onbetamelijk wijdgespreide benen, ze liet zich door de zoon van de dhobi stiekem een fles bezorgen van de drank die hij clandestien brouwde op het braakliggende stuk land achter het huis, en ze liet Rukku komen om een praatje met haar te maken, waardoor Ammayya door zo'n razende paniek werd overvallen dat ze zelf bijna een beroerte kreeg. Shantamma weigerde nog te gaan liggen, omdat ze niet wilde dat de dood haar in haar slaap zou overrompelen. Nu ze één keer over hem had gezegevierd, was ze niet van plan in zijn lasso verstrikt te raken voordat ze er goed en wel klaar voor was.

'Kijk,' zei ze tegen Sripathi met een stem die kraakte als vetvrij papier, 'in onze mythologie heb je het verhaal over Savitri. Ken je dat nog? Hoe ze het met Heer Yama op een akkoordje probeerde te gooien en onderhandelde om het leven van haar man te redden? Nou, als zo'n jengelend onderdeurtje als zij dat kon, waarom ik dan niet? Nou? Nou? Ben ik soms minder mooi?'

Ze zou de grote gekrulde snor van de god wel eens opdraaien, zei Shantamma grinnikend, en een beetje met hem flirten, maar daarvoor moest ze wel wakker zijn. Daarom zat ze in haar lievelingsstoel, de reusachtige, rijk bewerkte teakhouten leunstoel met zijn verschoten geelzijden kussens, die gelijkenis vertoonden met haar eigen omvangrijke, met levervlekken overdekte billen, maar slapen deed ze nooit. Toen ze uiteindelijk stierf, stonden haar ogen wijdopen, met een uitdagende blik erin, en hadden haar benige, knokige vingers zich zo strak om de leuningen van de stoel gekromd dat ze niet los te krijgen waren. De stoel moest van haar lichaam worden losgezaagd, en omdat ze door rigor mortis dusdanig was verstijfd dat haar lichaam niet languit kon worden neergelegd zonder allerlei botten te breken, werd Shantamma zittend gecremeerd, met twee stukken teakhout in haar strak gebalde vuisten. Haar gezicht was tot een triomfantelijk grimas vertrokken, alsof ze Heer Yama inderdaad het hoofd had geboden en door te marchanderen aan zijn greep was ontkomen.

Sripathi was diepbedroefd over de dood van zijn grootmoeder. Ze had hem in bescherming genomen tegen zijn moeders verwachtingen dat hij de beste zoon in heel de wijde wereld zou zijn, een vermaard hartchirurg, directeur van een bedrijf, de premier van India, een held. Ze had hem behoed voor de steeds tirannieker wordende woedeaanvallen van zijn vader en ze had van hem gehouden om wat hij was, en uit die onvoorwaardelijke genegenheid had hij kracht geput. Drie jaar later, toen Sripathi's vader, Narasimha Rao, B.A. M.A. LL.B., overleed, was hij opnieuw diepbedroefd, dit keer niet zozeer door het verlies als wel door zijn plotselinge bevordering van de zoon des huizes, zonder verantwoordelijkheden, tot de man des huizes, met Ammayya en zijn ongehuwde zus Putti om voor te zorgen. Hij wist amper wat hij met zijn eigen leven wilde doen, en nu was hij ook nog verantwoordelijk voor twee andere levens.

Sripathi dacht er vaak over na dat hij de zevende van acht kinderen had kunnen zijn in plaats van de enige zoon, als het toeval, het lot of hoe je het ook wilt noemen, het anders met hem had voorgehad. Helaas voor hem was hij, na zes miskramen, het eerste levensvatbare kind dat Ammayya voortbracht.

De dag van zijn geboorte werd ingetogen gevierd. Het traditionele grootse ceremonieel waarmee de komst van een eerste zoon werd ingeluid werd hem onthouden, omdat zijn ouders bang waren dat ze samen met de andere gasten ook het boze oog in huis zouden halen. Je kon niet voorzichtig genoeg zijn na zo veel doodgeboren kindjes.

Meteen werd Janardhana Acharye, de familiepriester, erbij gehaald, die zich over de geboortehoroscoop van de baby boog en afwisselend de panchanga raadpleegde (die hij zelf schreef en verkocht voor vijftig paisa per afschrift) en ingewikkelde berekeningen op een vel papier maakte. Hij had er een hekel aan zo laat op de avond uit bed te worden gehaald, vooral omdat hij verwikkeld was geweest in het voorspel met zijn zedige, doch opgewonden vrouw, die hem buiten zinnen bracht met haar mengeling van terughoudendheid en gretigheid. Maar een dringend verzoek van een oude en gerespecteerde cliënt als Narasimha Rao uit het Grote Huis kon je niet weigeren. Evenmin had hij de moed om de familie te vertellen dat de toekomst voor Sripathi niets bijzonders inhield: geen roem, geen vermaardheid, zelfs geen bescheiden fortuin. Waarom zou hij alles voor hen bederven? Dit was immers hun eerste kind dat in leven was gebleven, een zoon bovendien. Waarom zou hij hun vertellen dat het kind op zijn zestiende verjaardag vaderloos zou zijn, en dat hij later in zijn leven ook nog de dood van zijn eigen kind zou meemaken? Kon iemand verandering brengen in de toekomst die Heer Brahma uitschreef op het voorhoofd van het kind zodra het uit de moederschoot kwam? Wat had het dan voor zin daarover te piekeren? Het lag allemaal ver in de toekomst, en dan zou Narasimha al dood zijn. Het was zinloos er nu over in te zitten en zijn ogen te bederven op zoek naar planetaire mazen waaruit hij flintertjes hoop kon halen. Bovendien, wanneer hij een ongunstige horoscoop maakte, zou de familie hem vragen het kwaad van de goden te keren met rituelen die de hele nacht en ook de volgende dag in beslag zouden nemen, en Janardhana Acharye wilde dolgraag terug naar zijn bed en naar zijn vrouw die op hem lag te wachten.

Daarom wiste hij zijn bezwete blote borst af met zijn shalya, gebruikte dezelfde lap om zijn oksels droog te deppen (die roken alsof iemand er uien in had gekookt, een geur die altijd zijn komst aankondigde), en hij zei tegen Narasimha Rao, die ongeduldig heen en weer liep alsof hij een pleidooi aan het houden was in de rechtszaal: 'De jongen is onder een gunstig gesternte geboren. Hij zal het leven altijd een stap voor zijn en een stap achterblijven op de dood. Dus geen gepieker en getob. De andere gegevens zijn niet zo belangrijk, die zal ik u later vertellen. Kom over een maand met hem naar de tempel voor een speciale puja om hem te zuiveren van de eventuele shani kata die nog om zijn toekomst hangt. Voor die tijd moet u hem geen rode kleertjes aantrekken – dat is geen goede kleur voor dit jochie. Dat is het.' Toen stopte de Acharye zijn almanak weg, waarmee ook zijn air van gezaghebbendheid verdween. Hij schuifelde wat heen en weer en trok een beminnelijk gezicht – een teken voor zijn cliënten om hem voor zijn diensten te betalen. De priester vond het onterend zelf om geld te vragen en nog vernederender om te gaan sjacheren om een hoger bedrag dan hij had gekregen. Hij was immers een brahmaan, niet zomaar iemand uit de koopliedenkaste die zich er niet voor schaamde van alles en nog wat te vragen.

Narasimha en Ammayya hadden hoge verwachtingen van hun eerste kind. Ze gaven hem de klinkendste naam die ze konden bedenken, een heel orkest van namen: Toturpuram

Narashima Thimmappa Sripathi Rao. Dreunende tromslagen, vrolijke fluittonen, de hoge tjing van de sitar. Het was een naam waarin de volle betekenis van Sripathi's stadje, zijn voorouders, zijn naaste familie en alle ambities van zijn ouders besloten lag. Op hem, de eerste zoon van een eerste zoon van een eerste zoon, rustte de zwaarwegende plicht om die prachtige namen recht te doen. Ammayya voerde hem dikke balletjes verse buffelboter, basmatirijst en in melk gekookte amandelen. Zijn grootmoeder vertelde hem indrukwekkende verhalen over heldendom, listigheid, intelligentie en eergevoel; over Ardjuna, de grote boogschutter, over koning Harishchandra, wiens eerlijkheid zelfs de hemelen deed schudden, over Bhishma van de verschrikkelijke eed en over Bhageerathi, die de woeste en grillige Ganges ertoe wist over te halen omlaag te stromen als een rivier en uit te vloeien over de as van zijn duizend broers. Na afloop van elk verhaal nam ze hem in haar mollige armen, gaf een kneepje in zijn puntige kin (die maakte dat hij later, als volwassene, op een nuffige vogel leek) en zei met krakende stem: 'En jij, mijn lieve Sri, mijn raja, mijn knappe jongen, zult als je groot bent net als prins Ardjuna worden, is het niet? Je zult alle hindernissen overwinnen. Je zult de beste van je klas worden, een vooraanstaand arts en hartspecialist, en je zult over de hele wereld heel belangrijke operaties uitvoeren.'

Hoewel de jonge Sripathi dol was op de verhalen van zijn grootmoeder, rijk gelardeerd met Sanskriet verzen uit de Mahabharata en de Ramayana, werd hij bekropen door de angst dat hij nooit al de dingen zou kunnen doen die ze van hem leek te verwachten. Hoe kon hij zich bekwamen in boogschieten, filosofie, muziek, kunst, politiek en wetenschap – al die dingen waarin de grote helden van weleer naar het scheen gelijktijdig konden uitblinken? En wat betreft een volslagen, hemelschokkende eerlijkheid als die van koning Harishchandra, die omwille van de waarheid zijn vrouw en kind had verkocht – tja, híj had gisteren nog tegen Ammayya gejokt dat hij alles had opgegeten wat ze in zijn lunchtrommeltje had gestopt. Om maar te zwijgen over de leugen die hij tegen pater Schmidt had opgedist over zijn niet ingeleverde huiswerk. ('Het spijt me, pater, mijn grootmoeder heeft het per ongeluk weggegooid', had hij gemompeld, in de wetenschap dat Shantamma hem zou bijvallen als de streng kijkende leraar Engels haar er inderdaad naar zou vragen.) Maar wat Sripathi het allerfijnst vond aan zijn grootmoeder was dat ze de moraal van de verhalen die ze hem vertelde zelf nooit naleefde. En toen hij haar op een dag deelgenoot maakte van zijn angst, drukte ze hem tegen haar borsten, kuste hem over zijn hele gezicht en zei: 'Raja van me, je zult altijd mijn prinsje zijn, ook al eindig je als straatveger.'

Voor de vierde verjaardag van zijn zoontje kocht Narasimha Rao de complete *Encyclopaedia Britannica* en hij verwachtte dat Sripathi meteen zou beginnen die bladzij voor bladzij in zich op te nemen, ook al kon het kind amper lezen. De delen stonden als welgedane, in bruin en goud gestoken potentaten op de plank in de salon, voor iedereen die op bezoek kwam een teken dat dit een huis van kennis was.

'Lees hem elke dag een bladzij voor', droeg Narasimha Ammayya op. 'Zorg ervoor dat hij hem vanbuiten leert.' Tijdens het avondeten ondervroeg hij Sripathi over de bladzij van die dag, en wanneer de jongen het antwoord schuldig bleef, ontstak hij in woede.

'Een stomkop, een stomkop, je hebt een stomkop op de wereld gezet!' schreeuwde hij dan tegen Ammayya, zijn vollemaansgezicht rood van opwinding. Daarna keek hij zijn zoontje aan met een strakke blik, die een verlammende werking op Sripathi had, zodat hij ook alles vergat wat hij wél wist. 'Je moet niet denken dat je vader er de rest van je leven zal zijn, mutthal', vervolgde hij. 'Vandaag of morgen, wanneer je de straat aan het vegen bent, zou je willen dat je naar me had geluisterd en beter je best had gedaan.'

Soms, wanneer Sripathi hem meer dan drie vragen als verstijfd had aangekeken, kwam Narasimha op een onheilspellende manier van zijn stoel. Dan omklemde hij het oorlelletje van zijn zoon als een bankschroef en trok hem overeind totdat ook hij stond. Zonder een woord te zeggen sleurde hij Sripathi mee door de huiskamer met zijn imponerende kasten vol oude boeken en zijn donkere, sombere meubels, over de veranda, de poort uit. Nieuwsgierig aangestaard door voorbijgangers liepen ze door de Brahmaanstraat, Sripathi snikkend van pijn en schaamte. Sommigen van de oude mannen die zich dagelijks bij de poort van de Krishnatempel ophielden om kletspraatjes te verkopen en zich te beklagen over het gedrag van de jongere generatie riepen aanmoedigend: 'Gelijk heb je, Narasimha-orey! Je moet die jonge knaap bijbrengen wat goed en kwaad is. Anders klimt hij als de vetaala op je rug om er nooit meer vanaf te komen!' Terwijl Sripathi's gevoelige oor brandde van pijn in de greep van Narasimha's vingers ging het vervolgens langs de Sanskrietschool naar de nederzetting van de daklozen, waar de weg smal werd en hutjes van lappen, blik en gestolen bakstenen zich verdrongen rond open riolen.

'Kijk, stomkop, dáár zul je eindigen als je niet de dingen leert die ik van je verlang', zei Narasimha Rao dan. De bewoners van de sloppenbuurt waren er zo aan gewend de forse, donkere man zijn zoontje aan zijn oor te zien voortsleuren dat ze niet eens meer opkeken wanneer ze weer eens werden aangewezen als voorbeeld van een verspild leven. Leeglopers, gekleed in niets anders dan een gestreepte, smoezelige onderbroek, lummelden rond voor hun hutje, rookten een beedi of staarden moedeloos naar de grond. Vrouwen gingen lusteloos door met het boenen van aluminium schalen rond de kraan die onlangs was gedoneerd door de Lions Club van Toturpuram of legden haveloze kleding te drogen op platte stenen naast het smerige riool. Op de zandweg speelden naakte kindertjes met tollen en knikkers. Sommigen van hen gingen aan de rand van het riool op hun hurken zitten, naast de vrouwen die de schone was lieten drogen, en hingen ingespannen kreunend met hun billen boven een hoopje faeces dat krioelde van de wormen.

Met de hand die niet in Sripathi's oor kneep maakte zijn vader een breed gebaar en zei: 'Zie je die nietsnut daar? Wil je zo eindigen?' En net wanneer Sripathi dacht dat zijn oor eraf zou scheuren, liet zijn vader hem los en kreeg hij een harde klap tegen zijn hoofd. Een keer. Twee keer. Zodat zijn hoofd van voor naar achter schoot. Na een misprijzende blik op zijn zoon liep zijn vader vervolgens met grote passen naar huis. En met zijn magere armpjes over zijn hoofd geslagen holde Sripathi dan hard huilend achter zijn vader aan.

Sripathi had zijn vader nooit durven vragen op welke manier zijn loopbaan gebaat zou zijn bij gedegen kennis van de paargewoonten van kangoeroes of waarom hij verzekerd zou zijn van een succesvol leven wanneer hij bekend was met de precieze afmetingen van de Hope-diamant, die hij naar alle waarschijnlijkheid nooit in bezit zou krijgen. Maar toen Narasimha overleed, hadden zowel Ammayya als Sripathi een hele voorraad aan specialistische en volkomen overbodige informatie in hun hoofd opgeslagen. De chemische samenstelling van zout. De botanische namen van alle bomen in de Brahmaanstraat. Wie de radio had uitgevonden. Wie de vulpen had uitgevonden. Waarom bladeren groen zijn. Wanneer Brahms zijn eerste symfonie schreef. Wie als eerste mens de bergketen Karakoram overstak. Hoe de hond van koningin Victoria heette.

Er kwamen trage, zware voetstappen de trap op, die de overloop overstaken en achter Sripathi de slaapkamer binnenkwamen. Door het geluid van haar teenringen op de vloer wist hij dat het Nirmala was.

'Wat moeten we beginnen?' vroeg ze met een stem die nog steeds was verstikt door tranen. 'Waarom zit je hier in je eentje? Kun je niet beneden bij ons komen zitten?'

'O, nu mag ik niet eens meer rustig zitten nadenken, is dat het?'

'Ons kind is dood en jij kunt niet eens samen met ons verdrietig zijn? Wat ben je eigenlijk voor een gevoelloos mens? Ik wil elk woord horen dat jij en die man over de telefoon hebben gewisseld. Je hebt me niet verteld wat er met het kind gaat gebeuren. Met onze Nandana.'

'Je gaf me niet eens de kans mijn mond open te doen. Je ging me als een dolle gek te lijf.' Sripathi draaide zich om en keek haar woedend aan.

Nirmala sloeg haar blik neer en plooide haar sari pallu tussen de vingers van haar linkerhand. Ze snufte, veegde haar neus af met een punt van haar sari en zei: 'Goed, maar jij hebt mij toch ook geslagen?'

Sripathi gaf geen antwoord en Nirmala vervolgde: 'Wat ben je met Nandana van plan? Wat zei die man? Waar is het kind? Het arme ding, hoe die zich voelt weet alleen God.'

'Ik ben haar wettelijke voogd', zei Sripathi. 'Het kind komt bij ons. Ik zal regelingen moeten treffen om naar Vancouver te gaan en zal daar een paar maanden moeten blijven, want er is van alles af te handelen.'

'Komt ze híér? Krijg ik mijn kleinkind te zien? Ach, wat is het toch verschrikkelijk, dat ik eerst mijn eigen kind moet verliezen voordat ik mijn kleinkind kan zien!' Nirmala raakte weer in tranen.

'Het gaat allemaal veel geld kosten.'

Nirmala wierp Sripathi een boze blik toe. 'Geld. Jij denkt altijd maar aan onbelangrijke zaken. Onze dochter en haar man zijn dood, en dit is alles wat je tegen me kunt zeggen? Dat het veel gaat kosten?'

'Ik wil niet dat je zo tegen me praat. Als ík niet nadenk over de kosten, wie dan wel? Wijlen je grootvader? Henh? Misschien moet je die stomme goden van je vragen of ik een paar vleugels kan krijgen om mee naar Canada te vliegen. Of beter nog, vraag een van die rijke neven van je of ze een privévliegtuig voor me kopen. Ze lopen altijd maar op te scheppen over van alles en nog wat. Vraag het ze maar, dan merken we vanzelf wel hoeveel echte hulp ze te bieden hebben.'

'Waarom haal je altijd mijn familie overal bij? Jij kunt niet voor ons zorgen, maar je gaat wel tekeer over mijn familieleden.' Nirmala zette het sandelhouten kistje vol met brieven van Maya terug in haar kast.

Verbrand ze maar, je hebt er niets meer aan, wilde hij tegen haar zeggen, maar hij hield zich op tijd in. Nirmala wierp hem nog een gekwetste blik toe voordat ze de kamer verliet, en toen was Sripathi weer alleen.

De klok op de overloop sloeg het hele uur, en hij keek ernaar als naar een oude vriend. Zijn vriendelijke ivoren wijzerplaat, omlijst door gepolitoerd palissanderhout, was hem even vertrouwd als zijn eigen gezicht. Sripathi had hem zevenenveertig jaar geleden voor zijn brahmaanse initiatieplechtigheid cadeau gekregen van zijn vaders vrienden. De grote, joviale rechtersahib Varadarajan had de jonge Sripathi een klopje op zijn pas geschoren hoofd gegeven en had hem met een kneepje in zijn wang de in een luxe doos verpakte klok overhandigd.

'Hier, mijn jongen', had hij gezegd met zijn sonore stem die vanuit de diepten van zijn buik leek op te stijgen. 'Nu je je heilige draad hebt ontvangen, nu je de wereld van kennis hebt betreden, zul je dit geschenk van tijd weten te waarderen. Een waardevol geschenk, dat gaat zodra het is gekomen. Leer er dus wijs gebruik van te maken, dan word je een tevreden mens.'

Narasimha zag regelmatig aanleiding zijn zoon deze wijsheid opnieuw voor te houden. Soms moest Sripathi worden weggetrokken van een cricketwedstrijd in het steegje achter hun huis om zich over zijn schoolboeken te buigen. Andere keren, wanneer de jongen met slechte schoolcijfers thuiskwam of het antwoord op een vraag over de *Encyclopaedia Britannica* schuldig moest blijven, verkocht Narasimha hem eerst een paar meppen met een opgerold tijdschrift en wreef hem dan onder de neus hoeveel tijd hij had verlummeld. 'Tijd is een waardevol geschenk, versta je? Die hoor je niet te verspillen, mutthal, zoals jij doet. De tijd en het getij wachten op niemand. Vandaag ben je vrolijk met lanterfanters aan het spelen, zoals de krekel in het verhaal van die Aesopus, maar morgen, wanneer vlijtige mieren een leven als van een raja leiden, sta jij de straat te vegen. En waaróm? Omdat zíj hun tijd goed hebben benut, en jíj, mutthal, niet.'

Zijn initiatieplechtigheid stond hem nog even scherp voor ogen alsof ze gisteren had plaatsgevonden. Sripathi vormde het middelpunt van de aandacht, daar op het kleine houten podium, gezeten tussen Ammayya, die als een nieuwe bruid haar mooiste kleren aanhad, en zijn vader, wiens zijden dhoti in sierlijke plooien van zijn middel omlaag viel. De priester sprak gebeden uit die even ijl om hen heen zweefden als de rook van het vuurtje van sandelhout in het midden van het podium. Het rituele afscheren van Sripathi's haar, de plechtigheid van het moment waarop hij met zijn vader onder een laken van ongebleekte katoen verdween om de geheime mantra te ontvangen waarmee hij als brahmaan werd ingewijd, de heilige draad die als een lus over zijn schouder en zijn borst werd gehangen, en later de tederheid waarmee Ammayya hem van een zilveren schaal lekkernijen voerde – het stond hem allemaal nog helder voor de geest. Hij was uit de schaduw van zijn moeder en in die van zijn vader getreden, niet langer een kind, maar een man.

Rechter-sahib Varadarajan had hem geplaagd met zijn heilige draad. 'Kijk, nu bestaat deze streng uit slechts drie draden. Je verantwoordelijkheden zijn klein – alleen tegenover jezelf en je ouders. Maar wanneer je gaat trouwen, ha, dan krijg je zes draden. Een vrouw betekent dubbele verantwoordelijkheid, nietwaar? Wat jij, Narasimha Rao?'

De twee mannen hadden gelachen en ook Sripathi had gegrinnikt, een beetje benauwd bij de gedachte dat hij verantwoordelijk moest zijn voor wie dan ook.

Hij kon zich niet precies herinneren wanneer de vrouw in de groen met gouden sari de grote, barstensvolle zaal was binnengekomen, maar nu meende hij dat haar komst was voorafgegaan door een gefluister dat als een verzengende wind door het vertrek ging. Sripathi voelde nog steeds de schrijnende pijn in zijn pols waar zijn moeder hem had vastgegrepen en haar nagels zich pijnlijk in zijn tere huid hadden gegraven. Van schaamte en woede had ze niet beseft hoe krachtig haar greep was.

'Wat moet zíj hier?' had ze nijdig gefluisterd, met een woedende blik op Narasimha, die de vrouw kennelijk niet had opgemerkt. Hij stond er met zijn arm om Sripathi's schouder en knikte glimlachend naar de mensen die voorbijstroomden om hen te feliciteren met de heuglijke gebeurtenis.

'Wie?' had Narasimha gevraagd.

'Die hoer van je. Doe maar niet alsof je haar niet hebt gezien', zei Ammayya.

De herinnering ontrolde zich voor Sripathi's ogen als een film in slowmotion. De in het groen en goud geklede vrouw die door de menigte naar hen toekwam, de pallu met zorg over haar schouders gedrapeerd, haar ogen enigszins bevreesd, de nerveuze bewegingen waarmee haar linkerhand de plooien van haar sari gladstreek. Zijn vaders hoer? Op tienjarige leeftijd wist Sripathi niet precies wat dat woord betekende en ook niet waarom zijn moeder er zo woedend door werd dat ze met haar nagels bijna zijn pols afknelde.

Toen de vrouw bij hen was gekomen drukte ze Sripathi een envelop in de hand zonder zijn ouders of iemand anders dan hem aan te kijken. 'Gezegend', zei ze zacht. Ze stak haar hand uit, streelde zijn hoofd en wilde zich juist omdraaien toen Ammayya de envelop weggriste en in kleine stukjes scheurde, die ze de vrouw toesmeet.

Er daalde een stilte over de zaal neer, en voor Sripathi was het alsof alle vijfhonderd gasten juist dat moment hadden uitgekozen om hun gesprek te staken en naar de scène in het midden van het vertrek te staren.

'Blijf uit de buurt van mijn zoon', siste Ammayya. 'Hoer!' Daarna volgde er iets nog verschrikkelijkers, toen Sripathi's vader hem losliet, op de vrouw afliep en haar behoedzaam wegleidde uit de zaal, met zijn hand vlak boven haar onderrug, alsof ze een van Ammayya's kostbare Japanse theekommetjes was, van zulk teer porselein dat het zonlicht erdoorheen kon schijnen. Er trok een gevoel van grote verlatenheid door Sripathi heen terwijl hij zijn vaders stramme rug nakeek, het onbuigzame lichaam dat zich een weg baande door de menigte van vrienden, familieleden en andere belangstellenden. Als twee kleine jollen in een windstilte stonden Ammayya en hij daar, verbonden door hun gezamenlijke vernedering. Nóóit zou hij zich dit nog eens laten overkomen, had Sripathi verbitterd gezworen. Nooit zou hij tekortschieten in zijn plicht tegenover zijn familie of hen aan een dergelijke schande onderwerpen. Hij hoefde zijn vaders roem niet, noch zijn status, want hoe hoger je kwam, hoe dieper je kon vallen. Nee, hij zou slechts een gewone man worden, maar een met een goede reputatie in de ogen van de wereld. Hij zou een heel eenvoudig man worden, gerespecteerd om niets anders dan zijn kwaliteiten als echtgenoot en vader. In tegenstelling tot zijn vader zou hij altijd zijn plichten vervullen ten opzichte van de moeder die hem het leven had geschonken, ten opzichte van de vrouw met wie hij getrouwd was en ten opzichte van de kinderen die hij kreeg – vóór al het andere. Dit nam het jongetje zich heilig voor terwijl hij daar stond en de felle pijn van Ammayya's greep om zijn dunne pols voelde. Hij drong zijn tranen terug zodat ze hem niet te schande zouden maken ten overstaan van dit gezelschap dat was bijeengekomen om getuige te zijn van het moment dat hij de drempel van de onschuld overschreed.

Sripathi haatte zijn vader op dat moment hartgrondig en dat gevoel werd in de loop van de tijd sterker. Die rijzige, statige gestalte boezemde hem geen trots of ontzag meer in en zelfs geen angst. Hij trok zich niets meer aan van zijn vaders mening over hem of van zijn woede wanneer hij met slechte cijfers voor een schoolexamen thuiskwam. Hij keek minachtend toe wanneer zijn vader 's ochtends naar de tempel ging om zijn godsdienstplicht te vervullen, met zijn katoenen handdoek keurig over zijn linkerschouder gedrapeerd. En 's avonds, na het eten, zag Sripathi hem naar het huis van zijn maîtresse gaan, met diezelfde shalya nu zwierig over zijn andere schouder geworpen.

Op zijn zestiende zag hij ontsteld en vol afkeer dat zijn moeders buik weer begon uit te dijen. Hij vroeg zich woedend af hoe ze kon toestaan dat die man haar nog met een vinger aanraakte. De haat die hij in zich droeg was zo vreselijk verhevigd en verhard dat hij bij zijn eerste blik op Narasimha's bloedende, levenloze lichaam dat moederziel alleen op straat lag, niets meer dan een lichte verachting had gevoeld. Ondanks zijn voorname manieren was zijn machtige vader gestorven als een pariahond, was zijn sterven door niemand anders opgemerkt dan door honden. Maar met een schok van woede drong het tot hem door dat dit ook uitgerekend de straat was waar zijn vaders maîtresse woonde. Het was haar deur geweest waar mensen als eerste hadden aangeklopt, niet die van zijn eigen moeder. Sripathi had de vrouw gezien in de drom mensen die zich om zijn vaders lichaam had verzameld, haar ogen nat van tranen, haar sari samengebald in haar hand en tegen haar mond gedrukt, als om te verhinderen dat haar verdriet naar buiten zou stromen. Hij had zich afgevraagd wat zijn vader in deze ongeletterde, alledaagse, simpel uitziende vrouw had gezien.

De dood van Narasimha leidde tot grote armoede en de felle angst die altijd met geldgebrek gepaard gaat. Sripathi kwam erachter dat zijn vader geen rooie paisa opzij had gezet. Er was een piepklein pensioentje, maar er moesten ook leningen worden terugbetaald – aan vrienden, familieleden en zelfs aan de bank. De zestienjarige had zich het lot herinnerd van een ver familielid dat als een pauper was gestorven. Narasimha was met zijn gezin bij het familielid op bezoek gegaan toen Sripathi acht jaar was. Hij had eigenlijk nooit geweten wat de reden van het bezoek was geweest. Misschien was zijn vader een aardiger man dan hij zich herinnerde. Het familielid bewoonde één enkele kamer achter in het huis van iemand anders. De man had twee schriele dochters met ogen als schoteltjes, en een stuurse vrouw. Hij was onbegrijpelijk blij geweest Narasimha, Ammayya en Sripathi te zien, behandelde hen alsof ze van koninklijke bloede waren en liet uit een naburig eethuisje harde vadais komen als versnapering bij de ongezoete thee die zijn vrouw had gezet. Sripathi schaamde zich wanneer hij terugdacht aan de honger in de ogen van de twee kleine meisjes. Het was niet eens bij hem opgekomen ze iets aan te bieden van de veel te zoute ronde linzenkoekjes die smaakten alsof ze in ranzige olie waren gebakken en die hij uiteindelijk half opgegeten op zijn bord liet liggen.

Toen het familielid was overleden had zijn vrouw de familie een brief gestuurd waarin ze nederig om geld vroeg. Ze konden zich geen schone katoenen lap veroorloven als lijkwade voor de gestorvene; ze hadden geen geld om het mangohout voor de brandstapel te betalen. Hun bittere armoede was niet alleen beklagenswaardig, hij was angstaanjagend.

'Verkoop het huis', opperde een trustee van de Toturpuram Bank.

Zowel Sripathi als Ammayya had dat idee van de hand gewezen. Het huis was het enige wat hun restte als blijk van hun vroegere status. 'We redden ons wel', zei Ammayya tegen iedereen. 'Mijn zoon is al zestien. Binnenkort heeft hij zijn

78

einddiploma en gaat hij voor dokter studeren. Hij zorgt wel voor ons.' Ze verkocht echter wel het huis waarin de maîtresse van Narasimha Rao woonde. Sripathi schrok van zijn moeders hardvochtigheid en had zelfs medelijden met de vrouw, die uit Toturpuram verdween. Maar met het geld van die verkoop konden ze een aantal leningen afbetalen en in het Grote Huis blijven wonen.

Op de derde zondag van elke maand ging Ammayya met Sripathi en Putti, die hun beste kleren aanhadden, naar het huis van haar oom in het naburige stadje Royapura. Hari Mama was een rijke oude vrijgezel die, zo werd er vermoed, jonge jongens verkoos boven vrouwen. Ammayya had de oude man altijd links laten liggen, maar nu had ze een doel in haar leven.

'Twee doelen', zei ze tegen Sripathi toen hij protesteerde dat deze plotselinge genegenheid verdacht kon lijken omdat ze nooit contact met de oude man hadden gehouden. 'Jij en Putti zijn de twee doelen die ik in mijn leven heb, en wat de mensen van me denken doet er niet toe. Het belangrijkste is voor jullie tweeën te zorgen.'

Hari Mama woonde in een reusachtig huis met een schommelbank op de veranda, die was voorbehouden aan ongewenst bezoek en klaplopers. In het huis zelf, midden in een met spiegels beklede hal, hing nog een schommelbank, uitgevoerd in sandelhout en ivoor. Het decadente van die bank stuitte Sripathi tegen de borst, maar hij werd er ook door gefascineerd. Dit was het favoriete schommelbankje van Hari Mama. Alleen speciaal uitverkoren mensen mochten erop zitten. Dat privilege viel Sripathi één keer ten deel en hij wist niet eens meer waarom. Hij kon zich echter wel herinneren wat een vreemde ervaring het was geweest – zichzelf eindeloos herhaald te zien in de spiegelwanden van dat vertrek, een beeld dat op hetzelfde moment naar hem toe en van hem af schommelde.

'Denk eraan dat je beleefd bent tegen de oude man', zei Ammayya altijd tegen Sripathi wanneer ze in de zinderende ochtendhitte van het busstation naar het huis van Hari Mama liepen. 'Niet tegenspreken. Misschien besluit hij wel je iets groots na te laten, Deo volente, als God het wil. We zijn immers zijn enige nog levende familieleden.'

Zodra ze bij het huis aankwamen, gaf de oude man Sripathi en Ammayya ieder twee bananen en stond erop dat ze die meteen zouden opeten. 'Goed voor je gezondheid – vitaminen, fosfor, ijzer. Zeg nooit nee tegen een banaan.' En later, op weg naar huis, mopperde Ammayya dat het minstens één buskaartje had opgeleverd als ze de bananen in een mandje had gestopt om ze later te kunnen verkopen. Ze deed echter alsof ze een taxi zouden nemen, alleen om Hari Mama de indruk te geven dat ze louter om altruïstische redenen waren gekomen. Ze gaf zich veel moeite om de oude man en de tientallen andere mensen die er altijd in het huis leken rond te hangen duidelijk te maken dat geld geen probleem voor haar was. Narasimha had hen goed verzorgd achtergelaten. Ze kwam hier uitsluitend om ervoor te zorgen dat haar kinderen hun enige oudoom leerden kennen.

Sripathi voelde zich altijd boos en gekrenkt in dat weelderig ingerichte huis. Hij verfoeide zichzelf omdat hij uitgelaten lachte om elk grapje dat Hari Mama maakte, zelfs als het vergezocht en flauw was, en omdat hij bij elk kuchje dat de oude man liet horen opsprong om een glas water te halen. Diep in zijn hart wist hij dat de oude man zich door deze geveinsde toewijding totaal niet liet misleiden.

'En, jochie', had Hari Mama hem een keer geplaagd, tot groot vermaak van de andere vleiers in het vertrek. 'En, jochie, als ik je vroeg mijn schoenen schoon te likken, zou je dat doen? Ik heb gehoord dat speeksel goed is voor schoenleer!'

En ook Sripathi had zich verplicht gevoeld om te grinniken en met zijn hoofd te buigen, hoewel hij juist niets liever wilde dan zijn moeder wegtrekken uit de keuken waar ze met de hulp van verscheidene andere vrouwen een onuitputtelijke voorraad koffie aan het zetten was.

Wanneer ze naar huis gingen, liet Ammayya hen eerst tot een kilometer voorbij de dichtstbijzijnde bushalte lopen, zogenaamd uitkijkend naar een taxi, en dan namen ze bij de volgende halte de bus naar Toturpuram.

Toen Hari Mama overleed, liet hij al zijn bezittingen na aan een kleine theatergroep.

Ammayya slikte haar teleurstelling over Hari Mama's verloren fortuin weg en begon haar zoon een carrière in de medicijnen op te dringen; ze was erachter gekomen dat er onder artsen een gedragscode bestond die hen verplichtte elkaars familieleden gratis te behandelen. Wanneer ze oud was en medische hulp nodig had, zo bedacht ze, kon haar zoon ervoor zorgen dat ze werd geholpen zonder zich allerlei kosten op de hals te halen.

Nadat Ammayya zonder hem erin te kennen een besluit over Sripathi's toekomst had genomen, legde ze zich erop toe de volmaakte weduwe te worden. Ze was vastbesloten alle herinneringen aan de hoer uit ieders geheugen te wissen en de wereld te laten zien dat zíj Narasimha Rao's diepbedroefde vrouw was. Tot Sripathi's schaamte stond ze erop net als weduwen uit de voorgaande generatie haar hoofd kaal te laten scheren en gaf ze Shakespeare Kuppalloor, de kapper, opdracht elke maand aan huis te komen om de nieuwe stoppels weg te halen. Het haalde niets uit dat familieleden haar erop wezen dat zelfs haar eigen schoonmoeder, Shantamma, haar sneeuwwitte bos haar had behouden en dat het nergens voor nodig was zulke ouderwetse gewoonten in acht te nemen. Ze droeg uitsluitend donkerbruine katoenen sari's, ofschoon ze haar gouden kettingen en armbanden wel bleef dragen. Ze was bang dat haar sieraden, het enige van waarde dat ze bezat, door dieven zouden worden gestolen. 'Als ik ze op mijn lijf draag, zullen ze me de keel moeten afsnijden om mijn kettingen te kunnen afdoen', zei ze tegen Sripathi. Bepaalde groenten, zoals knoflook en uien, zwoer ze af, omdat die lustopwekkende eigenschappen werden toegedicht en daarom voor weduwen verboden waren. Ze diepte ouderwetse vastengebruiken en rituelen op en werd nog strenger brahmaans dan de vaste priester van de tempel. Toen Sripathi met zijn schorre puberstem tegen haar zei dat ze zich aanstelde door zo overdreven trouw aan Narasimha's nagedachtenis te zijn, gaf ze hem een fikse uitbrander vanwege zijn gebrek aan respect.

'Je krijgt pas het recht me te commanderen wanneer je een inkomen binnenbrengt. Wanneer je dokter bent, dán mag je je moeder vertellen wat ze wel mag doen en wat ze niet mag doen', zei ze op heftige toon. 'Het is nu jouw taak om je op je school-werk te concentreren en arts te worden. We moeten de mensen laten zien dat Narasimha Rao's zoon even briljant is als hij destijds was.'

Ook na al die jaren voelde Sripathi nog een felle schaamte in zich opkomen over de manier waarop hij na amper een jaar de brui had gegeven aan zijn medische studie. Het was heel moei-lijk geweest om tot de studie te worden toegelaten. Hij her-innerde zich met weemoed de bezorgdheid waarmee Ammayya hem omringde wanneer hij de hele nacht opbleef om boeken vol feiten in zijn hoofd te stampen voor het toelatingsexamen. Hij was toegelaten, maar hij had de studie van meet af aan vreselijk gevonden. Hij had zich door de colleges heen gewor-steld; de tientallen medische termen die door zijn hoofd tolden maakten het hem 's nachts onmogelijk om in slaap te vallen. De niet-aflatende druk om elk onderdeeltje van het menselijk lichaam te leren – de dingen waardoor het functioneerde, de dingen waardoor het doodging of haperde tijdens zijn lange gang door het leven – hoopte zich in hem op en had zo'n beklemmende werking dat hij het gevoel kreeg als een van de lijken in het mortuarium te zullen eindigen. De geur van naar formaldehyde stinkende lijken leek zich wekenlang aan zijn huid te hechten. Hij vond het ondoenlijk naar eten te kijken zonder zich voor te stellen hoe het een hele reis aflegde door de glanzend roze kronkelwegen van zijn lichaam, en het gebonk van zijn hart in zijn oren beroofde hem van zijn slaap. Hij was zich nooit eerder zo bewust geweest van de zwoegende machinerieën van longen, nieren en hersenen die klopten en bonkten binnen het raamwerk van zijn botten, van de bloedvaten en slagaders waarin zijn bloed onophoudelijk op en neer werd gestuurd door zijn lichaam, van de cellen die geheime, oeroude herinneringen aan groei, aftakeling en dood bevatten, en van de strakke kwetsbaarheid van de huid die dit alles omsloot. De medische opleiding onthulde de mysteriën van zijn volop werkzame lichaam en maakte er iets onsmakelijks en alledaags van. Uiteindelijk had hij de boel in de steek gelaten, was in een derdeklas treincoupé gesprongen en om middernacht thuisgekomen. Hij had het hele eind vanaf het station met zijn opgerolde beddengoed en zijn metalen koffer te voet afgelegd, hun gewicht een boetedoening voor zijn falen.

Hij had gelogen toen Ammayya vroeg wat er was gebeurd. 'Ik kon niet tegen de stank van dode mensen', had hij gezegd. 'Ze zeggen dat er zelfs bloed in het eten van het studentenhuis zit.' Om zijn lafheid te verbergen voor de moeder wier hart was overgelopen van trots toen hij tot de studie was toegelaten, volstond elke leugen.

Ammayya had hem heel lang geloofd, en toen ze per ongeluk de brief las waarin hem de toegang tot de opleiding werd ontzegd wegens langdurige, onverklaarde afwezigheid, was het te laat. Sripathi was al getrouwd, had een baan en stond op het punt vader te worden. Ze had hem nooit vergeven dat hij haar dromen en ambities had verkwanseld, dat hij haar had bedrogen zoals haar man zo veel jaar had gedaan, dat hij haar de mogelijkheid van een comfortabele oude dag had ontnomen. Nadat hij bij het kleine reclamebureau was gaan werken, bleef hij nog een tijdje de wens koesteren dat hij zijn studie op de een of andere manier had weten vol te houden. Of dat hij naar het advies van zijn schoonvader had geluisterd en weerman was geworden bij het meteorologische instituut in Madras. 'Het weer is er altijd', had de oude man tegen hem gezegd. 'Vertel mij maar waar het anders zou moeten blijven. Zolang deze aarde bestaat, zullen we wind, storm, regen en wat al niet meer hebben. Je zult nooit zonder werk zitten.'

Toen Sripathi bij het reclamebureau begon, was het niet meer dan een klein bedrijfje dat door Chandra Iyer, een van zijn vaders oude vrienden, werd gedreven vanuit de benedenverdieping van diens huis. Op momenten dat Sripathi aan zichzelf twijfelde, vroeg hij zich af of hij uit medelijden was aangenomen of omdat hij Narasimha's zoon was. Het werk vergde niet meer van hem dan slagzinnen te bedenken voor plaatselijke producten zoals tandpoeder, haarolie en wierookstokjes. Hun grootste klant was de staatshandweverij, die vrolijk gekleurde beddenlakens en grofkatoenen sari's maakte. Bij het reclamebureau werden ook uitnodigingen voor bruiloften, doopplechtigheden en upanayana-ceremoniën gedrukt. Bovendien liet de plaatselijke afdeling van de Lions Club er zijn nieuwsbrief drukken, en bij vage zwartwitfoto's waarop ze bomen aan het planten waren of in verschillende wijken van Toturpuram nieuwe waterkranen in gebruik namen moest Sripathi dan bloemrijke huldeblijken over alle leden schrijven, die daarbij werden geplaatst. Soms, wanneer Chandra's dochter op bezoek kwam, werd Sripathi de taak toegewezen haar drie jonge kinderen te vermaken. Hij moest ze verhalen vertellen, ijsjes met ze eten bij bakkerij Iyengar, origamivisjes vouwen van papierresten uit de prullenbak en zelfs een keer met ze naar het circus gaan.

Kort na Sripathi's vierentwintigste verjaardag stuurde een vriend uit Bangalore Ammayya een foto van zijn nichtje, samen met een afschrift van haar horoscoop. 'Nirmala is een rustig, evenwichtig meisje', schreef hij. 'Lichtbruine huidskleur, slank en aantrekkelijk. Ze is ook een getalenteerd danseres. Ze zou een goede vrouw voor je zoon zijn, en een lieve schoondochter.'

De vriendelijke ogen die hem vanaf de zwartwitfoto aankeken bevielen Sripathi wel en hij stemde erin toe met Nirmala te trouwen zodra een vergelijking van hun horoscopen had uitgewezen dat ze bij elkaar pasten.

'Vanwaar die haast?' wilde Ammayya weten. 'Wacht nog even en bekijk eerst nog wat andere meisjes. Ze zullen voor je in de rij staan. Je bent immers de zoon van een belangrijk man.'

Sripathi hield echter voet bij stuk en een paar maanden later vond de huwelijksvoltrekking plaats.

Drie jaar na zijn trouwen solliciteerde Sripathi, die de sleur en de onbenulligheid van zijn werk beu was, naar een baan als dagbladjournalist in New Delhi. Hij was er zelfs op gesprek geweest en was dolgelukkig toen hem de baan werd aangeboden. Het salaris was niet veel hoger, maar het was een spannend idee dat hij naamsvermelding zou krijgen, dat hij erkenning voor zijn werk zou krijgen. Nirmala was ook opgetogen, vooral omdat het zou betekenen dat ze een eigen huis kreeg en van Ammayya verlost zou zijn. Net als de tweejarige Maya zou ze Putti missen, maar ze konden altijd komen logeren.

Ammayya wilde er niets van horen. 'Wat moet ik hier helemaal in mijn eentje?' vroeg ze Sripathi. 'Met een jonge dochter voor wie ik moet zorgen?'

'Waarom gaat u niet met ons mee naar New Delhi?'

'Ayyo! Wil je dat ik daar doodga van de kou of zo? En wat moeten we met ons huis doen? Sripathi, jij bent de zoon, het is jouw plicht om aan je moeder en zusje te denken.' Ze begon te huilen. 'Je wilt ons in de steek laten, net als je vader heeft gedaan. Ik wist dat het een keer zo ver zou komen. O God, waarom word ik door zo veel ellende bezocht?'

Ten slotte liet Sripathi zich door Ammayya's tranen overhalen het aanbod uit New Delhi af te slaan. Daarna probeerde hij nooit meer ander werk te vinden, zelfs niet toen Kashyap, de zoon van Chandra Iyer, terugkwam van de Wharton School of

Business in Philadelphia en het reclamebureau overnam. Kashyap had grote ambities. Binnen een maand had hij de naam Iyer & Zoon Drukwerk en Reclame veranderd in Advisions Marketing. Hij huurde een klein kantoor op de eerste verdieping van een modern gebouw aan de Mahatma Gandhiweg en verhuisde het bedrijf uit zijn vaders huis daarnaartoe. Hij bestelde nieuwe bureaus en stoelen, hing schilderijen aan de wand en kocht zelfs een paar planten om de lege hoekjes op te vullen. Hij nam een secretaresse in dienst en reisde regelmatig naar Madras, Madurai en Chidambaram, waar hij energiek probeerde klanten binnen te halen. In de beginjaren groeide het bedrijf snel, simpelweg omdat reclame en marketing nieuwe concepten waren. De mensen waren onder de indruk van Kashyaps enthousiasme. Ze zagen dat de advertenties meer klanten aantrokken. Het bedrijf kwam volledig in Kashyaps handen toen zijn vader overleed. Hij nam twee extra copywriters in dienst en nog een tekenaar. Er was inmiddels ook een receptioniste gekomen, die bij de ingang achter een bureau zat. Ze drukte voortdurend allerlei telefoonknopjes in en sprak op zachte, snelle toon met de mensen die belden. Sripathi realiseerde zich dat hij, afgezien van de accountant, Ramesh Iyengar, en de tekenaar, Victor Coelho, de oudste op kantoor was. Het viel hem ook op dat Kashyap zich erg kritisch over zijn werk begon uit te laten. 'Te afgezaagd', zei hij bijvoorbeeld terwijl hij met een misprijzende vinger tegen het vel papier tikte. Hij liet Sripathi als een loopjongen voor zijn bureau staan. 'Je hebt iets pakkends nodig om je klant te boeien.' Of: 'Je ideeën zijn te ouderwets. Je moet eigenlijk leren modernere terminologie te gebruiken.'

De jonge directeur liet hem de campagnes voor alle lowbudgetklanten doen. Minaret beedi's. Champak-haarolie. Ranga's schoenenwinkel. En zelfs wanneer Sripathi teksten voor die goedkope sigaretten, haarolie en schoenen schreef die hij zelf als sprankelend beschouwde, liet Kashyap hem ze tien keer herschrijven en besloot dan vaak helemaal geen tekst te gebruiken. 'Een plaatje is meer waard dan duizend woorden', zei hij dan tegen Sripathi, zonder zelfs maar op te kijken van zijn met paperassen bezaaide glazen bureaublad. Vervolgens droeg hij hem op iets te schrijven voor een cementbedrijf dat in Chintadripuram zijn deuren had geopend en behoefte had aan wat goedkope publiciteit.

Sripathi werd achtervolgd door de angst voor armoede. Hij dacht vaak terug aan zijn straatarme familielid. Hij herinnerde zich dat hij op zijn twintigste had proberen te achterhalen wat er van de dochters van dat familielid was geworden, die ongeveer van zijn leeftijd moesten zijn geweest. Niemand in zijn familie wist het. Niemand was geïnteresseerd in mislukkingen, alleen in successen.

Sripathi ploeterde al die jaren koppig door en vroeg zich af wanneer Kashyap een excuus zou vinden om hem te ontslaan. Toen had Maya haar toelatingsbrief van de Amerikaanse universiteit gekregen. Kort daarna kwam er een huwelijksaanbod en begon Sripathi's leven glans te vertonen.

Haar grootvader kwam haar op 1 september halen. Hoeveel nachtjes slapen was dat? Ze zeiden dat hij haar kwam ophalen omdat hij wilde dat ze bij hem kwam wonen, maar ze ging niet weg uit Vancouver. Écht niet. Ze was gewend geraakt aan het huis van tante Kiran en ze vond het niet erg om boven in het stapelbed in Anjali's kamer te bivakkeren. Haar vriendinnetje had gezegd dat ze Nandana zou adopteren als ze wilde, omdat ze nu een weeskind was en weeskinderen geadopteerd werden.

India. Daar zou ze met de Oude Man naartoe moeten. Haar moeder had haar heel vaak foto's van het huis in India laten zien, maar ze had er nooit veel aan gevonden. 'Zijn er spoken in dat huis?' had ze willen weten. Haar moeder had moeten lachen en had gezegd dat er een mangoboom in de achtertuin stond, met in een holletje aan de voet van die boom een slang en bij de waterput een dikke pad, maar dat er niet één spook was. 'Binnenkort gaan we er met z'n allen naartoe, jij en ik en pappa', had ze eraan toegevoegd. En Nandana had gevraagd: 'Hoe binnenkort is binnenkort?'

Op een keer had ze haar moeder horen huilen en toen had haar vader gezegd: 'Waarom kwel je jezelf zo? Als de Oude Man je niet wil zien, kan hij naar de duivel lopen. Je hebt ons toch?' De Oude Man was de grootvader die haar hier kwam weghalen en hij had haar moeder altijd aan het huilen gemaakt. Een keer per week, 's avonds, belde haar moeder naar India om met haar eigen moeder te praten, die ze mamma noemde. Soms sprak ze Engels en andere keren in een taal die Kannada heette en die Nandana meestal kon volgen. Haar vader verstond er niets van en hij zei dat hij zich buitengesloten voelde wanneer zij en haar moeder in die taal met elkaar spraken. Nandana had een foto gezien van haar moeders mamma in een Indiase jurk, die sari heette. Op een keer was haar moeder in een sari naar school gekomen omdat mevrouw Lipsky een internationale dag hield. Iedereen moest zijn ouders meenemen in hun speciale kleren. Haar moeder had een van haar oude sari's verknipt om er voor Nandana een lange rok met plooien van te maken. Ze had ook Nandana's blauwe topje verknipt zodat je haar navel kon zien, en dat moest ze toen bij die lange rok aantrekken. Dat soort kleding had ze als klein meisje in India gedragen, zei ze. Nandana voelde zich belachelijk in die rok, vooral omdat haar haar moest worden gevlochten en er wat bloemetjes in de vlecht werden gestoken. Ook had ze een rond plakkertje op haar voorhoofd moeten doen, net als haar moeder wanneer ze een sari droeg. Maar toen haar vriendinnetjes en mevrouw Lipsky naderhand zeiden dat ze er tof uitzag, voelde ze zich beter. Iedereen wilde meteen ook een plakkertje op zijn voorhoofd, en toen haar moeder weer eens naar de Indiase winkel in Main Street ging, nam ze een heel pakje vol bontgekleurde vilten stipjes voor Nandana en haar vriendinnetjes mee.

Maar haar grootvader – van hem moest Nandana niets hebben. Hij maakte haar moeder aan het huilen.

5

Beelden in een spiegel

Putti zat op de veranda en keek zwijgend naar haar broer, die zijn scooter naar het geblokkeerde hek van het Grote Huis duwde. Ze vroeg zich af of ze weer naar binnen moest gaan om Nirmala gezelschap te houden. Ze dacht aan Maya en het verdriet welde in haar op. Wat had Sripathi bezield om het meisje op zo'n manier uit zijn leven te bannen? Ze had weliswaar schande over de familie gebracht, maar er waren mensen die veel erger dingen hadden gedaan.

Van Munnuswamy's huis, een deur verderop, klonk geloei van de koe Manjula, die aan een van de pilaren van de veranda gebonden stond, zwiepend met haar staart om de vliegen weg te houden. Haar pasgeboren kalf wankelde op zwakke poten rond en stootte met zijn kop tegen de gezwollen uier van de moeder. De koe hield op met herkauwen en likte het kalfje zachtjes. Er was een wet die het houden van vee in woonwijken verbood, maar Munnuswamy wist hem op een of andere manier te omzeilen.

Toen Putti een kind was, kwam Munnuswamy eens per week met een zeis het lange gras in hun achtertuin maaien, als voer voor zijn koeien. Als tegenprestatie bond hij de jasmijn op, snoeide hij de rozen en wiedde hij het onkruid uit de groentebedden. Hij werd altijd vergezeld door zijn zoon Gopala, een brutale lawaaischopper in een rafelige korte broek die door een van zijn vaders klanten was gedoneerd. Gopala was een jaar of twee ouder dan Putti en klom in de bomen om zich van hun fruit te bedienen. Toen ze dreigde daarover bij Ammayya te gaan klagen, trok hij akelige gezichten tegen haar tussen de bladerrijke takken. Hij floot liedjes uit films en bootste vogelgezang na. Een keer had ze hem erop betrapt dat hij tegen de achtermuur van het erf stond te plassen, en met grote ogen had ze zwijgend staan kijken hoe de goudkleurige vloeistof in een boog tussen zijn vingers vandaan kwam en neerspetterde op het versgemaaide gras aan de voet van de muur.

Ze had zich nooit kunnen voorstellen dat Munnuswamy en Gopala op een dag naast hen zouden wonen. Dat Munnuswamy inmiddels niet alleen een geslaagd zakenman was, maar ook parlementslid zou worden. Van een gedienstige melkboer die diepe, bloedende kloven in zijn hielen had opgelopen door blootsvoets met zijn koeien van huis naar huis te sjokken, had hij zich ontpopt tot een heerszuchtige, krachtige figuur die de hele dag twee glanzende auto's voor zijn huis geparkeerd had staan. Hij liep echter nog steeds op blote voeten. 'De aarde is mijn moeder', zei hij altijd tegen zijn stemmers. 'Hoe kan een nederige veehoeder als ik haar beledigen door schoenen te dragen?' Soms deelde hij een steek onder water uit aan een jonge minister die tot de oppositiepartij behoorde, en zei dan: 'Appapa, ik heb niet het geld om net als onze jonge prins instappers van Gucci en modieuze kleren te dragen. Als mijn landgenoten niet te eten hebben, kan ik dan geld uitgeven aan nutteloze zaken als schoenen?'

Munnuswamy's zuivelhandel stond ook bekend om zijn opruiingsdiensten, die aan alle bestaande politieke partijen werden aangeboden tegen een tarief dat even redelijk was als de prijs van de melk die hij nog steeds aan zijn oude klanten verkocht. Munnuswamy's 'Jongens' – een eufemisme voor zijn horde van bikkelhard geboefte – specialiseerde zich in godsdienstrellen, hongerstakingen-tot-de-dood-erop-volgt (of in elk geval tot de kranten ter plaatse waren) en zelfmoordteams. Er was vooral vraag naar hun diensten tijdens verkiezingen, wanneer de politieke partijen bereid waren extreme tactieken toe te passen om aan stemmen te komen. Als een partij bijvoorbeeld moslimstemmen nodig had, verspreidden de Jongens geruchten onder de moslimbevolking van Toturpuram over voorgenomen geweld van een concurrerende hindoepartij en wekten ze even makkelijk woede en relletjes op als dat ze boter karnden. En als de hindoes trammelant wensten, reden de Jongens een paar koeien omver en legden daarna de schuld voor deze schanddaad bij een vrachtwageneigenaar die moslim was. Munnuswamy's zelfmoordteams dreigden zichzelf op te blazen bij drukke bushaltes, en zijn oproerkraaiers brachten groepen ontevreden jongeren op de been om het verkeer vast te laten lopen en chaos te veroorzaken. Sommige van de Jongens woonden in bij het gezin Munnuswamy en fungeerden als loopjongen of deden klusjes in en om het huis. Putti werd enorm geïntrigeerd door een van hen, een gespannen uitziende jonge vent, Ishwara genaamd, die een beheerste agressie uitstraalde en beroemd was om zijn dromen. Nadat er een klacht tegen zijn werkgever was ingediend wegens het houden van vee in een woonwijk, was hij 's ochtends na het wakker worden naar buiten geheld en had hij Manjula, de koe, op haar kop gekust, met hibiscusbloemen en vermiljoenpoeder getooid en verklaard dat ze Munnuswamy's vrome zuster was die twintig jaar geleden aan tyfus was gestorven. Hij was ook degene die ten behoeve van de Mahashakti Dal, een fanatiek godsdienstige hindoe-organisatie, droomde dat er op het waardevolle perceel van een plaatselijke moskee een steen lag die een teennagel van Heer Shiva bevatte. En om het evenwicht te bewaren ontdekte hij een hoofdhaar van een beroemde moslimheilige in de stam van een oeroude boom die op de akker van een rijke hindoeboer groeide.

Het meest recente wapenfeit van de Jongens was het incident tijdens de International Beauty Parade in Madras, geënsceneerd om Munnuswamy op de voorpagina van alle landelijke dagbladen te krijgen. Hij was al in hongerstaking gegaan uit protest tegen het vertonen van vrouwenlichamen die slechts in badpak waren gehuld, maar daarmee had hij alleen de aandacht van een verslaggever van *The Toturpuram Chronicle* op zich weten te vestigen. De nationale pers bevond zich op de stranden van Goa, waar voorafgaand aan de schoonheidswedstrijd fotosessies werden georganiseerd en cassetterecorders werden voorgehouden aan schoonheden van over de hele wereld, die gehuld in een bikini op charmante wijze lieten weten wat hun indruk van India was. Munnuswamy vaardigde een groep van ernstige jonge vrouwen af, gekleed in lange bloezen en sobere sari's, met de opdracht op het podium te gaan liggen dat voor de Beauty Parade was gebouwd en wel een miljoen roepie had gekost. Ze dreigden zichzelf in brand te steken na eerst een dubbele dosis cyaankali te hebben ingenomen, bommen tot ontploffing te brengen onder het publiek en de deelneemsters in gijzeling te nemen totdat er werd ingegaan op hun eisen. Deze eisen werden eigenlijk nooit nader omschreven, maar dat was een nalatigheid die iedereen ontging, en de pers was er als de kippen bij om verslag van deze boeiende combinatie van geweld, schoonheid en politiek te doen. Munnuswamy werd een paar keer gefotografeerd terwijl hij overtuigd van zijn eigen rechtschapenheid naast een hysterische jonge vrouw stond die een handgranaat vasthad. In haar andere hand hield ze een megafoon waarin ze huilerig schreeuwde dat iedereen in het land de Indiase waarden leek te hebben verruild voor de Amerikaanse, met uitzondering van het eerbiedwaardige parlementslid naast haar, dat trouw bleef aan alles wat goed en fatsoenlijk was. Er werd in brede kring aangenomen dat het creatieve genie achter deze daden van ordeverstoring en vandalisme Gopala was, die was uitgegroeid tot een knappe man met een vurige blik in zijn ogen. Hij was één keer getrouwd geweest. Zijn vrouw was in het kraambed gestorven en daarna had hij zich resoluut voorgenomen ongetrouwd te blijven. Sinds hij weduwnaar was geworden, had zijn moeder een hele stoet vrouwen voor hem laten aantreden. Ze had hem gesmeekt om haar te voorzien van kleinkinderen, van nakomelingen om het fortuin van Munnuswamy te erven.

Nu verscheen de zoon van de melkboer opeens op zijn veranda, slechts gekleed in de wijde, gestreepte korte broek die doorgaans door arbeiders werd gedragen. Putti bloosde bij de aanblik van zijn strakke lijf, donker gebrand en sterk als koffie uit Mysore. Hij had een kaarsrechte houding. Zijn armen groeiden als pezige takken uit zijn brede schouders en hij had zijn gespierde benen stevig uit elkaar gezet. Zacht mompelend sprak hij tegen het kalf. Met zijn rechterhand wreef hij verstrooid over de wirwar van grijzende krullen op zijn brede borst. Putti stond een paar minuten naar hem te staren en ging toen met een beschaamd gevoel haastig naar binnen voordat ze door Gopala werd betrapt.

Toen Putti het huis binnenkwam, zat Ammayya nog in haar stoel naast de ingang van de slaapkamer. 'Lieverd, heb je in de zon gestaan?' vroeg ze, opkijkend van de krant die ze had zitten doorbladeren. Ze las elke dag Sripathi's exemplaar van *The Hindu*, evenals de plaatselijke kranten die ze elke week leende van een jong echtpaar dat in het flatgebouw aan de overkant van de weg woonde. Het waren allebei drukke juristen, het nieuwe slag welgestelde Indiërs, hoog opgeklommen op de maatschappelijke ladder, die Putti versteld deden staan (en die ze stilletjes benijdde) met hun zelfvertrouwen, hun achteloze weelde en hun verbazende vermogen dingen weg te gooien na ze één keer te hebben gebruikt. Het leek ze niet te kunnen schelen dat Ammayya hun kranten nooit teruggaf. De oude dame las ze aandachtig, met haar neus een paar centimeter van de dunne bladzijden. Ze bewaarde ze onder haar bed – de Tamiltalige aan Putti's kant, de Engelstalige aan haar eigen kant – voordat ze ze aan de vuilnisman verkocht, vol triomf over het feit dat ze geld had verdiend aan andermans bezit.

'Het is niet goed voor je huid, hoe vaak heb ik dat niet tegen je gezegd?' Ze tuurde naar haar dochter. 'Wat scheelt eraan? Je ziet er heel raar uit. Heb je soms iets onder de leden? Misschien moeten we bij dokter Menon langs voor een recept. Laten we nu maar gaan, voordat het te heet wordt. Dan kunnen we op de terugweg aanwippen bij de leesbibliotheek. Juffrouw Chintamani vertelde dat het nieuwe boek van K. Sarojamma vandaag binnenkomt.'

'Ik was op de veranda', antwoordde Putti terwijl ze zich langs haar moeders stoel wrong, de donkere, gezamenlijke slaapkamer in. 'Er mankeert me niets en ik heb ook geen zin ergens naartoe te gaan. Wat bezielt u om de deur uit te gaan op een moment dat er zoiets tragisch in de familie is gebeurd?'

'Tchah-tchah-tchah!' riep Ammayya uit. 'Ik dacht alleen maar aan jou, lieverd. Maar eigenlijk breekt mijn hart, mijn kleinkind is dood en ik leef. Waarom kan Yama-raja míj niet van deze wereld weghalen?'

Putti hoopte maar dat haar moeder niet een van haar dramatische jammertirades zou gaan afsteken. Ammayya kon op elk gewenst moment huilen: bij bruiloften, begrafenissen en geboorteplechtigheden, wanneer ze haar zin niet kreeg, wanneer ze zich verveelde of behoefte aan aandacht en meeleven had en wanneer ze de lankmoedige, diepbedroefde weduwe wilde uithangen. Ze had een heel repertoire van scènes. Putti, die al tientallen jaren met haar samenleefde, dacht ze allemaal te kennen, maar soms kon Ammayya haar nog verrassen. Met haar martelaressenrol ergerde ze iedereen het meest, maar de rol van tragische vorstin speelde ze met het grootste aplomb. Beide werden overgoten met een stroom van tranen en welsprekende stiltes tussen teksten die zonder enig schuldgevoel werden ontleend aan de passierijke, in het Kannada geschreven kasteelromans waarmee juffrouw Chintamani haar had laten kennismaken. Putti had een vaag begrip voor haar moeders behoefte aan aandacht, haar toenemende angst en eenzaamheid. Maar vandaag, nu haar gemoed in een wonderlijk tumult verkeerde, negeerde ze Ammayya in plaats van aan te bieden haar spaarzame witte haar met warme olie in te wrijven, samen met haar oude foto's te bekijken of haar naar de bibliotheek te brengen.

Ze ging zitten voor de Belgische spiegel, die ze van haar overgrootmoeder van de kant van haar overleden vader had geërfd, en haalde humeurig de klitten uit haar vochtige haar. De spiegel had een bobbelig zilverkleurig oppervlak, dat op sommige plekken was vergeeld door het langdurige contact met de zeelucht, en kaatste slechts een schimmig spiegelbeeld terug. Hij had al jaren geleden moeten zijn afgedankt, maar Ammayya vond het niet nodig ook maar één paisa meer uit te geven dan strikt noodzakelijk was om lichaam en ziel in leven te houden. Narasimha Rao, de vader die Putti alleen maar kende uit andermans herinneringen, had Ammayya van zoveel beroofd dat ze zich vastklampte aan alles wat hij had nagelaten. En daarom bleef de spiegel in de kamer, waar hij de kleine rimpeltjes rond Putti's mond verborg in zijn gevlekte diepten, evenals de verticale lijn die zich als een groef over haar voorhoofd begon af te tekenen, en de bezorgde blik in haar ogen die met elk verstrijkend jaar wat sterker werd. Het zwakke lichtpeertje van twintig watt, waarop een vettige aanslag uit de keuken zat, droeg zijn steentje bij om de waarheid voor haar te verhelen en haar de indruk te geven dat ze nog jong en aantrekkelijk was en, zoals haar moeder haar bleef verzekeren, een prins onder de huwelijkskandidaten verdiende, een op Rishi Kapoor lijkende filmster als echtgenoot. Dat peertje was een andere bezuinigingsmaatregel van Ammayya. Een paar jaar geleden had ze een grote voorraad ingeslagen, voor een kwart van de oorspronkelijke prijs, van een kleine handelaar wiens zaak op de fles ging. Het gehele huishouden was verplicht ze te gebruiken tot Ammayya door haar voorraad heen was. Wanneer Putti zichzelf bekeek, zag ze aan weerszijden van een slanke, scherpe neus alleen haar hoge, ronde konen (die volgens juffrouw Chintamani's favoriete modeblad de attributen van een perfecte schoonheid waren, zo kreeg Putti te horen), en ook zag ze haar lippen, die vooruitstaken over een tweetal elkaar overlappende voortanden. Haar haar was gitzwart en glansde van de geparfumeerde olie, en haar ogen, die minder groot waren dan ze graag had gewild, zagen er dankzij kwistig aangebrachte kohl net zo dramatisch uit als die van een kathakalidanseres. Die kohllijntjes waren niet altijd van gelijke dikte, want Putti kon haar gezicht amper zien in de donkere, aangevreten spiegel. Natuurlijk had ze de ramen kunnen openzetten – er waren twee grote ramen met luiken ervoor – maar Ammayya had haar gewaarschuwd zich niet aan het zonlicht bloot te stellen. 'Puttamma, lieverd, luister naar me, ik leef al jaren langer dan jij, dus ik kan het weten. Licht maakt je huid donker en droog. En je haar wordt er volkomen wit van. En wie zal er dan met je trouwen, hè? Bovendien, je laat je toch niet begluren door alle lanterfanters die hier in de buurt rondlopen!' Vooral niet door mensen zoals Gopala van hiernaast of het stelletje onverlaten dat illegale drank stookte op het braakliggende landje achter het Grote Huis en het ellendige spul liet fermenteren door het onder de droge, hete aarde te stoppen, zodat er een kwalijke stank van rottende rijst in de lucht kwam te hangen. Je wist maar nooit wat die schurken zouden doen, zei de oude vrouw, zelfs met de ramen potdicht. Ze kapotslaan in een dronkemansroes? Alles was mogelijk. Als ze in het holst van de nacht wakker lag naast haar snurkende moeder, hoorde Putti vanachter die ramen soms het gedempte geluid van lachende stemmen, en huiverde ze genietend bij de gedachte dat die mannen zich met hun ruwe lichaam door het houtwerk en het gebrandschilderde glas van de ramen naar binnen zouden storten zodat ze konden zien hoe zij zich omdraaide in haar bed.

Diep in de spiegel, achter haar eigen evenbeeld, zag Putti het enorme, bewerkte palissanderhouten bed waarin ze met Ammayya sliep. De baldakijn van muskietengaas hing er als een grijze wolk boven. Ze hadden een nieuw muskietennet nodig; dit exemplaar was zo vaak opgelapt dat hij eruitzag als de lijkwade van een bedelaar. Maar haar moeder was bezeten van zuinig zijn, van bewaren. Zij kon alles wel gebruiken: stukjes draad die ze had opgeraapt van de straat en oprolde tot forse kluwens veelkleurig twijn; spijkers, moeren en bouten die ze had vergaard wanneer ze met haar schommelende lijf op weg was naar de tempel, de apotheek van dokter Menon of de bibliotheek; stukjes stof die ze aftroggelde van de twee kleermakers een eind verderop in de straat en die ze op kleur sorteerde en opborg in jute zakken waarin vroeger rijst had gezeten; afgedankte fietsbanden, als ze het geluk had die eerder te vinden dan het hulpje van Karim de Monteur. Ze vond het niet goed dat Nirmala de oude onderhemden van Sripathi of Arun weggooide, en knipte ze in stukken zodat Koti ze als stofdoek of dweil kon gebruiken. Als ze alleen onderaan gescheurd waren, knipte Ammayya er een paar centimeter af en droeg ze als bustehouder. Gerafelde broeken werden boodschappentassen, onderrokken werden tafellakens en sari's waren potentiële gordijnen. Ja, Ammayya wilde alles bewaren, met inbegrip – dacht Putti bitter – van mij.

Aan de buitenkant zag Putti er even vergenoegd uit als een goed gemolken koe, maar in haar binnenste bruiste een oceaan van begeerte waarover haar moeder diep geschokt zou zijn geweest. Ze voelde de frustratie in zich opbouwen als hitte in een hogedrukpan. Pas kort geleden had ze beseft – langzaam, omdat ze het aanvankelijk niet wilde geloven – dat haar moeder niet van plan was haar ooit te laten trouwen. Telkens wanneer Ammayya de volgende, door Gowramma voorgestelde huwelijkskandidaat afwees, beweerde ze dat alleen maar te doen omdat ze het beste met haar dochter voorhad, het allerbeste. Zo was er vijf jaar geleden bijvoorbeeld een universitair docent geweest die politicologie doceerde aan de universiteit van Madras. Putti was destijds zevenendertig en hij was veertig. Het leek Putti wel leuk de vrouw van een docent te zijn, om studenten die verlost wilden worden van hun twijfels over hun aanstaande examens eerbiedig op hun deur te zien afkomen. Ze was al half verliefd op zijn treurige ogen, gevangen achter een bril met stalen montuur, op zijn smalle, serieuze schouders en zijn gewoonte om een onhandelbare haarlok met een gebogen hand van zijn voorhoofd weg te strijken. Maar Ammayya had een verschrikkelijk voorgevoel over hem.

'Ik zie hem al liggen, gewond en onder het bloed. Omdat die arme man door een stel studenten met stenen is bekogeld. Tchah! Al dat geweld in onze wereld, Rama-Rama!'

'Ammayya, het is een aardige man. Waarom zouden zijn studenten zich ineens tegen hem keren?'

'Het geweld heeft dit land in zijn greep en wat doe je daaraan?' had Ammayya gezucht. 'Vorige week heb ik nota bene nog gelezen over een jongen die een decimeterslang mes, geloof ik, meenam naar het examenlokaal om de surveillant neer te steken die bezwaar had gemaakt omdat hij afkeek.'

Toen was er de vlotte jonge ingenieur uit Amerika, die door Ammayya werd afgewezen omdat ze het gerucht had gehoord dat mannen uit het buitenland al een blanke vrouw hadden en hun Indiase vrouw als dienstmeid gebruikten. Een arts uit Bangalore werd afgekeurd omdat Ammayya vermoedde dat hij zou sterven aan een ziekte die hij van een patiënt had opgelopen, en Putti als weduwe zou achterblijven. Zakenlieden waren schurken die vanwege hun schimmige praktijken bestemd waren in de gevangenis terecht te komen. 'En die patholoog uit Bombay,' had Ammayya gezegd, en daarmee had ze Putti's hoop om aan de andere kant van India te gaan wonen, ver van haar moeder, de bodem in geslagen, 'die man heeft een hazenlip onder zijn snor. Waarom zou hij anders zijn door God gegeven mond achter een haag van haar verbergen? Wil je soms moeder worden van een hele stoet kinderen met een hazenlip?'

Putti had thuis onderwijs gekregen van een Anglo-Indiase

vrouw die Rose Hicks heette, het voormalige hoofd van een school die niet meer bestond. Afgezien van het exclusieve karakter dat er aan privélessen kleefde, was deze vorm van onderwijs vooral zo aantrekkelijk voor Ammayya omdat hij veel goedkoper was dan een school. Je had er geen uniform of dik pak boeken voor nodig. Putti kon haar kennis desgewenst gekleed in ondergoed opdoen. Schoolbesturen hadden bovendien de slechte gewoonte ouders geld uit de zak te kloppen voor de vervanging van stoelen en lessenaars, geld voor plafondventilatoren, voor een nieuwe vleugel voor practicumlokalen – de lijst was eindeloos. Om maar te zwijgen van de leraren, die met Deepavali en Kerstmis gepaaid moesten worden met cadeautjes. Als Putti wél de deur uit ging, naar de ayurvedische arts in de buurt – voor de hoest waarvan ze elk jaar last kreeg na de regentijd, wanneer het vocht uit de muren en de vloeren zich in haar longen vastzette – of naar de tempel om Heer Krishna in steeds wanhopiger gebeden te vragen haar rap-rap-rap een echtgenoot te geven, was ze verbijsterd over het versnelde tempo waarin de dingen om haar heen gebeurden. Computers, auto's, telefoons – alles om het leven nog meer vaart te geven. Waarom moesten de mensen zich altijd zo haasten? Waar gingen ze zo snel heen, anders dan naar het eind van hun leven, een bestemming die alle levende wezens gemeen hadden? En toch, en toch was er iets opwindends aan deze nieuwe, wankele hightechwereld die als een tovervijver vlak buiten haar bereik lag te kolken, en smachtend bedacht ze dat ze er graag haar vingers in zou dopen. Gefrustreerd door de voortdurende nieuwheid van de wereld buiten hun hek en door de wetenschap dat ze er voortdurend mee uit de pas liep, had Putti een keer timide het idee geopperd te gaan lesgeven op het peuterschooltje dat twee straten verderop was geopend. Ze had een advertentie voor deeltijdpersoneel in de plaatselijke krant zien staan. Er werd geen enkele andere eigenschap gevraagd dan het vermogen lief met kleine kinderen om te gaan.

'Nee-nee, mijn schatje', zei Ammayya. 'De mensen zullen denken dat je een ordinair type bent – alleen dat soort vrouwen werkt buitenshuis voor de kost. Jij bent de dochter van een belangrijke man, al is hij dan dood, en je komt uit een respectabel nest. Jij hoeft niet het huis uit om geld te verdienen. We zullen snel een aardige jongen voor je vinden, Deo volente.'

Putti had soms het wanhopige gevoel dat ze in de hongerige liefde van haar moeder verdronk, even hulpeloos als een vlieg in een dikke suikerstroop. En tijdens zulke nachten lag ze wakker naast haar, uren nadat Ammayya in slaap was gevallen, en staarde ze somber naar de bultige heuvel van de linkerheup van de oude vrouw, afgetekend in het verdwaalde licht van een straatlantaarn dat zich door de stevig gesloten ramen heen vocht, naar de gerimpelde, zwaar beringde hand die stevig op de heup rustte als om hem ervan te weerhouden nog verder uit te dijen. Dan wachtte ze tot haar moeders ademhaling overging in een gesnurk. Daarna gleed ze met haar hand onder de band van haar onderrok over haar zwoegende buik naar de wachtende bos schaamhaar, en zachtjes steeg de geur van haar verlangen omhoog in de met luiken afgesloten kamer waarin ze was geboren en naar alle waarschijnlijkheid zou sterven.

Abrupt stond ze op, niet in staat de spiegel en de muffe kamer nog één minuut te verdragen, en holde door de gang langs Ammayya, die haar geschrokken iets nariep. Ze had nauwelijks in de gaten dat Sripathi het huis binnenkwam en duwde hem bijna opzij om bij de trap te kunnen komen. Die nam ze met twee treden tegelijk, en toen stond ze zwaar hijgend op het grote terras boven op het huis. Ze leunde over het lage muurtje en ademde met gulzige teugen de frisse lucht in. Beneden haar lag de verwilderde achtertuin, met zijn kleine woud van bruingroene struiken, opeengepakt als ruigbehaarde dwergen, zijn bomen die gebukt gingen onder de last van rottend fruit, en zijn jasmijnuitlopers die ongehinderd over alles heen klommen.

Hun bloemen vulden de dag met een bedwelmende geur die bij Putti een hunkering losmaakte. Haar hoofd gonsde van de gedachten en ideeën die ze graag hardop zou hebben uitgeschreeuwd. Ze verlangde er hevig naar haar stem te laten opgaan in de lawaaiige lucht.

Ammayya leunde achterover in haar stoel en zat verwoed te wapperen met het opgerolde tijdschrift dat ze had zitten lezen. De stroom was uitgevallen – rond dit tijdstip een normaal verschijnsel – en zelfs binnenshuis was het klam en niet meer uit te houden. De oude vrouw hees haar sari omhoog, zover als het fatsoen toestond, en waaierde tussen haar benen. Ze droeg al een hele tijd geen ondergoed meer, en hoewel de krant een aangenaam koeltje in het gebied van haar kruis veroorzaakte, kwam er nu ook een vage geur van urine vrij. Ze was verbaasd en gekwetst door Putti's gedrag. Wat mankeerde het meisje, vroeg ze zich bezorgd af. Was ze zo van streek door Maya's overlijden? Het was waar dat Putti dol op haar nichtje was geweest. Ze behandelde haar als een klein zusje en wachtte gretig op de brieven die ze aan Nirmala schreef, vol informatie over een leven dat door zijn ongewoonheid iets heel exotisch had. Maar nee, het meisje had ergens anders last van. De schrik sloeg Ammayya om het hart. Putti was degene die kleine traktaties naar binnen smokkelde wanneer Ammayya werd overvallen door trek in iets zoets, die naar haar onsamenhangende verhalen over dode en levende familieleden luisterde, die Ammayya het gevoel gaf dat ze nog bestond.

'O, Ammayya', zei het meisje dan geduldig. 'Vertel nog eens over de gestolen parels van Kunjoor Mohana.' Of 'Mijn lieve moeder, herinnert u zich nog het verhaal dat u altijd vertelde over de geest in het huis van Kashinatha? Kunt u dat nog eens vertellen? Wat was dat grappig!'

Ik mag dan stokoud en tandeloos zijn, dacht Ammayya grimmig, maar ik ben nog geen lijk. Zolang ik bij mijn volle verstand ben, blijft mijn dochter van mij. Bij het opstaan uit haar stoel persten haar forse heupen zich omhoog als deeg uit een te klein bakblik. Ze liep langzaam wat in haar kamer rond en keek omhoog naar de kolossale foto's van wijlen haar man waarmee alle muren gesierd waren.

'Heb je gemerkt', murmelde ze tegen haar favoriete foto van Narasimha als jonge man, vol bravoure in een pak, 'dat ze weigert me aan te kijken? Ze verbergt iets, ik weet het. Het wordt me ingegeven door mijn moederhart.'

Ammayya praatte dikwijls met de verbleekte afbeeldingen van haar man. Ze sprak vaker met hem na zijn dood dan ze in de zesentwintig jaar van hun huwelijk had gedaan. Ze stelde hem vragen en gaf zelf antwoord, waarbij ze af en toe tegensprak om het echt te laten lijken. Ze beklaagde zich bij hem over Sripathi en over hoe teleurstellend hij was als zoon. Vol leedvermaak vertelde ze over het verraad van Maya. 'Sripathi's verdiende loon', merkte ze op. 'Hij heeft haar verwend. Dat krijg je ervan als je je kinderen te veel vrijheid geeft. Kijk maar naar onze Putti, wat een lief kind dat is. Die lieverd zal altijd voor me zorgen, dat weet ik.' Ze mopperde over Arun, die laatdunkend deed over haar kasteregels en met alle geweld gebruik wilde maken van de smeedijzeren wenteltrap aan de achterkant van het huis: de trap liep naar de badkamer en was alleen bestemd voor Rojamma, de schoonmaakster van de wc. Ook piekerde ze hardop over haar eigen gezondheid, bezorgd dat ze na verloop van tijd zo hulpeloos zou worden dat ze niet meer zelfstandig uit bed zou kunnen komen.

'Ik heb slecht nieuws voor je', zei ze nu tegen de foto waarop Narasimha Rao een handdruk uitwisselde met Jawaharlal Nehru. 'Maya is dood. Het was een ongeluk, is me verteld. Waarom die meisjes moeten autorijden – God mag het weten. Haar kind komt hierheen. Wat moeten wij met een klein kind?' De oude dame ging op de rand van haar bed zitten, uitgeput van haar moeizame gestrompel door de kamer.

Haar op hoge leeftijd nog steeds scherpe blik viel op een foto van haarzelf als bruid; ze stond achter Narasimha, die stijf en recht op een stoel zat. De fotograaf had hen in de traditionele houding neergezet voor een afbeelding van een waterval. De bruid droeg haar sari pallu, waarvan het ingewikkelde gouden draadwerk zelfs op die vergelende foto nog zichtbaar was, en die beide schouders bedekte. Ze had talloze kettingen om haar smalle hals, knopjes aan beide kanten van een klein neusje, een brede, met edelstenen bezette gouden band om een smalle, maagdelijke taille, en juwelen in haar haar. Er lag een angstige blik in haar ogen. Ammayya herinnerde zich dat ze pas dertien was op die foto. Narasimha was drieëntwintig geweest. Ze herinnerde zich nog de dag dat hij naar het huis van haar vader in Coimbatore was gekomen en hoe ze een woedeaanval had gekregen bij de gedachte dat ze zou trouwen in plaats van haar schoolopleiding voort te zetten. Haar vader had haar, zijn enig kind, welwillend toegelachen en toen gezegd dat ze zich moest aankleden. Haar moeder had haar in een zijden sari gewikkeld die zo zwaar van het goud was dat haar jonge lichaam het gewicht nauwelijks kon torsen. En toen ze de enorme, donkere man zag met wie ze moest trouwen, had ze geweigerd zich aan hem te vertonen. Ze was aan haar nijdige moeder ontsnapt en hield zich verscholen achter een van de pilaren van de veranda. Later, na hun trouwpartij, terwijl Narasimha met gretige handen aan haar kleren frunnikte, vertelde hij haar dat hij bijna had besloten haar te weigeren, nee tegen haar vader te zeggen. Maar toen had hij gezien hoe haar voetje van achter die pilaar te voorschijn stak, een fijn, fraai gewelfd voetje, licht als sandelhout, de enkel omsloten door zilveren filigraanwerk. Zo'n lieftallig voetje, had Narasimha Rao zichzelf voorgehouden, behoorde vast en zeker toe aan een apsara – een hemelse nimf. En zo, overweldigd door de koortsachtige behoefte om de eigenares van dat voetje te bezitten, had hij haar met alle geweld willen trouwen.

Zij op haar beurt was bang voor Narasimha, ook al voelde ze zich gevleid door zijn razende begeerte en werd ze elke dag verwend met sari's en sieraden. Ze walgde ervan wanneer zijn behaarde lijf zich op haar tere lichaam liet vallen en wanneer de geur van hun seks in haar kieskeurige neusgaten drong. En nadat hij zich van haar had losgemaakt en een plakkerig residu tussen haar trillende dijen had achtergelaten, kroop ze diep ellendig in elkaar en probeerde geen aandacht te schenken aan de hevige pijn die door haar heen trok. Het duurde een jaar voordat ze begreep dat deze pijnlijke penetratie er op een of andere manier verantwoordelijk voor was dat haar lichaam opzwol als een ballon; dat ze na verscheidene maanden van overgeven, slapeloosheid en ongemak, waarin al haar familieleden veel drukte van haar maakten – door haar schalks in haar kin te knijpen en haar geluk te wensen met haar vruchtbaarheid – zou bevallen van een kind. Het overkwam haar zes keer en elke keer gleed er een doodgeboren kindje uit, of een ziekelijk kindje dat leek weg te kwijnen en te sterven zodra zijn gerimpelde huid in contact met de lucht kwam. De mensen begonnen te fluisteren dat Yama-raja, de heer des doods, een altaar voor zichzelf had opgericht in het galmende duister van de baarmoeder van het meisje.

Na de geboorte van haar zesde kind merkte Ammayya dat Narasimha minder vaak naar haar bed kwam. Ze ontdekte dat hij een maîtresse had genomen. Toen ze huilend en vol woede naar het huis van haar moeder was gehold, kreeg ze te horen dat ze er trots op moest zijn dat haar man zich twee vrouwen kon veroorloven. 'Waarom zou ik trots moeten zijn?' had ze haar moeder op smekende toon gevraagd. 'Hoe kan hij me zo in de steek laten?' En haar moeder had tegen haar gezegd dat ze zich niet zo moest aanstellen, niet zo kinderachtig moest doen. 'Hoe heeft hij je dan in de steek gelaten?' had ze uitgevaren. 'Je wordt behandeld als een vorstin. Al die kleren, al die juwelen, een groot huis.'

Ammayya voelde zich onteerd. Nu werd ze elke dinsdag, de dag die hij had uitgetrokken om met zijn zwaargebouwde lijf op haar te komen liggen, onpasselijk bij de gedachte dat hij op dezelfde manier bij een andere vrouw had gelegen. Nadat hij zich van haar had afgewenteld, vloog ze naar de badkamer om zich te ontdoen van de oude katoenen sari en wijde bloes die ze droeg als ze naar bed ging en die haar echtgenoot haar gewoon had laten aanhouden. En daarna goot ze beker na beker koud water over haar rillende lichaam en boende furieus tussen haar benen met zeep en een grove luffa die haar huid schramde en openreet. Maar op de andere zes nachten van de week dacht ze diep ellendig dat Narasimha misschien nooit meer naar zijn maîtresse zou gaan als zijzelf de volmaakte vrouw was. En om de volmaakte vrouw te zijn zou ze hem een levend kind moeten baren.

Ammayya begon drie keer per dag te bidden, steevast. Ze hield zich aan de rituelen voor een goede vrouw zoals die in de Shastra's waren voorgeschreven. Ze vastte twee keer per week en verhoogde dat na haar zesde zwangerschap tot drie keer per week. Niet langer was ze een wispelturig, speels jong meisje, maar een fanatiekelinge die de bedienden de stuipen op het lijf joeg met haar eisen van properheid, van hygiëne in het huis waar alles naar Narasimha's seks was gaan ruiken. Ammayya's deugdzaamheid was tiranniek. Zelfs Shantamma, die nergens meer bang voor was, bleef op haar hoede voor de onbuigzame rechtschapenheid van haar schoondochter.

Toen Sripathi werd geboren was Ammayya pas drieëntwintig. Ze wachtte totdat ze werd overweldigd door liefde, maar moest constateren dat ze in haar hart niets voelde voor de kleine zuigeling met de grote neus en kolossale oren. Verbaasd dat hij zijn eerste jaar overleefde, en daarna nog een, en nog een, begon ze hem met haviksogen in de gaten te houden en liep hem voortdurend achterna om ervoor te zorgen dat hem niets overkwam. Ze wilde niet dat hij naar school ging, maar Narasimha hield geen rekening met haar wensen. Er werd een bediende aangesteld om Sripathi permanent te begeleiden, als een tweede schaduw. Hoewel ze niets anders voor hem voelde dan de angst dat hij zou sterven, koesterde ze grootscheepse dromen voor hem, want hij was degene die haar in haar ouderdom tot steun zou zijn. Hij zou een beroemd hartchirurg worden, rechter bij het hooggerechtshof of lid van de diplomatieke dienst. Ze deed enthousiast mee aan Narasimha's project om Sripathi de gehele *Encyclopaedia Britannica* door zijn strot te duwen, hoewel ze telkens weer ineenkromp als Sripathi zijn vaders toorn over zich afriep door een vraag niet te kunnen beantwoorden. Ze was bezorgd om de jongen, niet omdat ze van hem hield, maar omdat ze bang was dat zijn hersens schade zouden oplopen door de harde klappen van Narasimha en dat hij blijvend invalide zou worden. Liefde was een luxe die ze zich slecht kon veroorloven. Als ze liefde aan de jongen schonk, zou ze geen liefde meer voor zichzelf overhouden, om te gebruiken als balsem voor de wonden die Narasimha haar toebracht. Bovendien zou de jongen opgroeien tot man en zich laven aan haar emoties zoals hij zich vroeger aan haar lichaam had gelaafd, en na afloop zou hij haar weggooien alsof ze een sinaasappelschil was. Mannen namen altijd te veel en gaven er te weinig voor terug.

Wanneer Ammayya na de geboorte van Sripathi haar man zijn zijden shalya over zijn rechterschouder zag hangen voordat hij 's avond naar het huis van zijn maîtresse vertrok, voelde ze zich niet meer zo ellendig en woedend als vroeger. Haar strenge brahmaanse gewoonten gaf ze echter niet op – in tegendeel. Om ervoor te zorgen dat de goden over Sripathi zouden waken en hem in goede gezondheid zouden houden, bad ze nog intenser en hield ze nog strakker vast aan de reinheidsrituelen.

Een paar maanden voordat Narasimha stierf, kwam Ammayya via een familielid dat trustee bij de Bank van Toturpuram was, te weten dat het geld waarmee hij zo royaal omging allemaal geleend was. Naast het onderhouden van zijn hoer, zo vernam ze, bezocht hij eens per maand de renbaan in Bangalore, wanneer zij dacht dat hij op zakenreis was. Rond dezelfde tijd merkte ze dat ze weer zwanger was. Ze borg al haar juwelen veilig op in een koffer, ver weggeschoven onder het kolossale hemelbed waarin ze bij zeldzame gelegenheden met haar echtgenoot sliep. Slechts vier maanden voor Putti's geboorte werd Narasimha Rao gedood door een dolle stier die door de Andaalstraat stormde en recht op hem af vloog. Zijn lever en een van zijn nieren werden aan flarden gereten, en hij bleef bloedend in de goot liggen, een paar meter van het huis van zijn maîtresse.

Een paar maanden later, toen haar dochter ter wereld kwam, zette Ammayya het dubbele geschenk van leven en dood dat ze had ontvangen luister bij door eens per maand een zilveren lamp in de Krishnatempel te ontsteken – haar enige buitensporigheid in een verder vrekkig bestaan.

Ammayya zat heen en weer te wiegen op haar bed en zoog op haar tandeloze tandvlees. Haar kleindochter was overleden. Het kon de oude vrouw eigenlijk niet zoveel schelen, op wat voor manier dan ook. Mensen leefden en gingen dood. Het was triest dat Maya zo jong was geweest, maar zulke dingen hoorden bij het leven. Ze dacht na over wat er waarschijnlijk in huis zou veranderen, maar ze wist niet zeker of ze wel blij met die veranderingen was. Ammayya zocht de koestering van het verleden, van tradities en rituelen, en het vooruitzicht van verandering joeg haar angst aan. Ze kende haar zoon. Hij zou Maya's kind naar India halen. Ze hoopte alleen maar dat ze persoonlijk geen last van de komst van het meisje zou hebben. Op mijn leeftijd, dacht ze humeurig, heeft niemand het recht mijn dagindeling te verstoren. Ze reikte met haar wandelstok onder het bed en tikte snel tegen de afgesloten koffer. Zijn solide aanwezigheid was geruststellend. Dat was haar verzekeringspolis – alle juwelen, afgezien van wat ze al droeg. Nog meer juwelen, zei ze tegen Putti, dan zelfs de koningin van Engeland.

'De juwelen van die koningin zijn trouwens gestolen van andere mensen. Die van mij heb ik van je vader gekregen', verklaarde Ammayya uitvoerig. 'Ook zijn die van mij van betere kwaliteit. Ik zal je vertellen dat niemand zulke opzienbarende Birmaanse robijnen heeft, roder dan bloed en uit het beste water. En mijn blauwe jaguardiamanten zijn afkomstig uit het diepste, donkerste deel van de aarde. Ze hebben miljoenen jaren lang zo veel licht opgeslagen dat het net is of je pal in de zon staart als je ernaar kijkt.'

Er lagen ook gouden munten en staafjes zilver in de koffer, elk omwikkeld met zachte reepjes stof om te voorkomen dat er maar het minste veegje goud af zou schuren. Ammayya had ontdekt dat de randen van oude zijden sari's waren gemaakt van zuiver zilverdraad dat in een goudbadje was gedoopt en van de sari's kon worden afgesmolten tot staafjes. Tot aan dat gedenkwaardige moment ruilde ze haar oude sari's bij de raddhiwallah in voor roestvrijstalen blikken en schalen die werden toegevoegd aan de geheime voorraad in de kast in een hoek van de kamer. Ze marchandeerde lang en verwoed met de man en deed op het eind alsof ze was verslagen door zijn geslepen gepingel.

'Nou goed, baba, nou goed', zuchtte ze dan en ze lachte in haar vuistje om het aantal blikken en schalen dat ze hem voor haar oude sari's had ontfutseld. 'Neem alles maar. Ik heb niet meer de fut om tegen te spreken. En wat moet ik trouwens met zo veel dabba's en spullen? Ik ben bijna dood, kan ik het soms allemaal met me meenemen?' Intussen nam zich ze onverbiddelijk voor dat – ja, ze zou inderdaad alles met zich meenemen. Alles wat er op de brandstapel verbrand kon worden zou samen met haar lichaam vernietigd worden. Wat de rest betreft, ze zou erop staan dat haar as werd begraven in de achtertuin van het Grote Huis, samen met al haar kostbaarheden. Ze zou die wens in haar testament opnemen en als haar kinderen hem niet tot op de letter uitvoerden, zou ze als boze geest terugkeren om bij hen te spoken. Ammayya twijfelde er geen moment aan dat ze het leven na haar dood even doeltreffend naar haar hand zou kunnen zetten als haar huidige bestaan.

In de keuken van het witte huis achter Safeway hoorde Nandana tante Kiran tegen oom Sunny zeggen dat ze naar haar huis ging. 'Het kind heeft meer kleren nodig. En Mary Carlson heeft gezegd dat ze de plantjes zou komen ophalen als ik daar was.'

Ik wil naar huis, dacht Nandana gretig, naarhuisnaarhuisnaarhuis. Ze sprong haastig uit bed, waar ze al haar favoriete speeltjes om zich heen had verzameld, en roffelde de trap af. Zo snel ze kon trok ze haar schoenen aan en wachtte ongeduldig bij de voordeur.

Tante Kiran kwam de keuken uit en leek verrast toen ze haar daar zag. 'Nandu, liefje, wil je soms iets?' vroeg ze.

Nandana drukte Boeba, de lappenkoe, tegen zich aan en wachtte tot tante Kiran de deur opendeed.

'Wil je buiten spelen met Anjali en haar vriendinnetjes, achter in de tuin?'

Ze schudde haar hoofd. Nee.

'O, ik begrijp het al, wil je met me mee?'

Ja.

Door de deur liepen ze naar buiten, over de oprit naar de plaats waar de blauwe auto van tante Kiran stond. Op de voorbank – vergeet je gordel niet – en toen waren ze op weg naar huis. Haar vader zou zich afvragen waar Nandana naartoe was. Zeker weten.

De leeuwenbekjes van haar moeder zagen er verwilderd en verschrikkelijk uit. De zonnebloem in een pot naast de deur was een boom geworden en hing zo scheef dat hij bijna over de grond sliertte. Toen tante Kiran de deur opendeed, holde Nandana verlangend naar binnen. Ze vond dat er een eenzame geur in huis hing. Ze holde door alle kamers. Ze raakte het gangtafeltje aan, waar de tijdschriften en brieven na aankomst werden neergelegd, en streek met haar hand langs de eetkamermuur, waar haar moeder familiefoto's had opgehangen. Ze aaide de grote forse stoel in de hoek van de zitkamer, waar haar vader het liefst in zat. Nandana keek of haar videobanden nog op de plank onder de televisie lagen en of haar vaders computer in het kleine zijkamertje nog met een lang snoer aan zijn bureau vastzat.

Ze vloog de trap op naar haar eigen kamer, waar ze alle laden in haar kast opentrok om na te gaan of er niets weg was. Haar vader had het ladekastje gekocht bij mensen die hun oude spullen wegdeden. Hij had het in de bestelwagen van een vriend mee naar huis genomen, en haar moeder had zich ontzettend aan het gehavende oude geval gestoord – de zwarte verf die van het walnotenhout afbladderde, de ontbrekende knoppen, de krassen in de bestaande verf. Maya moest niets van tweedehandsgoed hebben – het stonk naar andere mensen.

'In India', zei ze toen Nandana's vader haar met haar nuffige gewoonten plaagde, 'accepteren we geen afgedankte spullen. Dat doen alleen bedelaars.'

'Snob!' had haar vader gezegd. 'Dit is geen afgedankt spul. Het is een prima meubelstuk dat wat liefde en aandacht nodig heeft. Als ik er klaar mee ben, weet je niet eens meer dat het iets ouds is.'

'Ik hoef het niet.'

En haar vader had geantwoord: 'Het is ook niet voor jou. Het is voor mijn honneponnie hier.'

Drie weken lang had hij zijn boeken en papieren gelaten voor wat ze waren en aan het ladekastje gewerkt. Eerst schuurde hij het af om de verf te verwijderen, toen ging hij aan de slag met heel fijn schuurpapier, daarna zette hij het hout in de grondverf en ten slotte verfde hij het wit. Toen sjabloneerden hij en Nandana er een motief van margrietjes op dat zij zelf had uitgekozen. Ze gebruikten gele verf voor de bloemen en groene voor de bladeren. Zelfs haar moeder had toegegeven dat het er bijna als nieuw uitzag. Ze kocht lekker ruikend papier om de laden mee te bekleden en gaf Nandana een plaatje van een Indiase dame die Lakshmi heette, met vier armen en een glimlachend gezicht, die op een lotusbloem zat met twee witte olifanten links en rechts van haar.

'Dat is een godin', had haar moeder tegen Nandana gezegd. 'Ze zal altijd over je waken en zorgen dat je niets overkomt.' Ze legde het plaatje onder het kastpapier. Op een plank in de hoek van de kamer stonden Nandana's boeken – *De kat met de hoed*, *Groene eieren met ham* en al haar boekjes van de Little Critters, de Berenstain-beren en Sesamstraat. Haar vader had tegen haar gezegd dat boeken met eerbied behandeld moesten worden. Ze zou tante Kiran moeten vragen ze heel voorzichtig in te pakken, zodat ze onderweg naar India niet zouden beschadigen.

6

Maya

Voor het hek van het Grote Huis kreeg Sripathi zijn scooter met één trap op het pedaal aan de praat. Hij bekeek hem met enige verbazing. Het onding was eindelijk eens fatsoenlijk gestart. 'Dat is nog eens geluk hebben! Die van mij geeft altijd problemen. Ikzelf moet om de paar dagen die schurk van een monteur vijftig roepie aan reparatiekosten betalen', zei een klagerige stem. Het was Balaji, een employé van de Canara Bank, die in het flatgebouw aan de overkant van de straat woonde. Hij had niets anders aan dan een smoezelige lungi en een gekrompen hemd dat hij onder zijn vlezige borsten tot een band had opgerold. Soms, wanneer het hemd wel was afgerold, leek het veel te klein, alsof het van Balaji's acht jaar oude zoontje was. De jongen droeg grote slobberige kleren die bedoeld waren om een paar jaar mee te gaan, dus misschien deelden vader en zoon hun kleding wel met elkaar. Balaji's grote, harige buik hing als een welgedane kat over zijn lungi, en zijn navel tuurde door het pluishaar. Zo nu en dan stak hij een wijsvinger in die navel en draaide hem naarstig rond, alsof hij zijn buik wilde opwinden voor de rest van de dag.

'Bent u niet te laat voor uw werk vandaag?' vroeg hij. Zijn poerende vinger ging van zijn navel naar zijn neusgat en vervolgens door naar zijn linkeroor. Hij draaide de wijsvinger verwoed rond en bekeek zijn vondst aandachtig.

'Nee, ik heb een vrije dag moeten nemen.' Sripathi dwong zich ertoe om beleefd te antwoorden. Hij had een hekel aan Balaji. De filiaalchef was een gewichtig doende man, die er geweldig veel genoegen in schepte zijn cliënten voor de deur van zijn kantoor te laten wachten, alleen om hen de indruk te geven dat hij het vreselijk druk had en daarom reuze belangrijk was. Maar binnen afzienbare tijd zou Sripathi bij hem moeten aankloppen voor een lening en daarom probeerde hij zijn antipathie te verbergen. 'En u dan? Waarom bent u vandaag thuis?'

'Ik heb last van een zonnesteek', zei Balaji. 'Het is veel te warm de afgelopen dagen. De moessontijd had allang moeten beginnen, maar daar is nog niets van te merken. Wat een ellende!'

Sripathi stapte op zijn scooter, zwaaide naar Balaji en reed weg in de richting van het huis van Raju Mudaliar. Door de vaart van het voertuig kwam de stille, hete lucht in beweging en ontstond er een briesje waardoor het zweet opdroogde dat op zijn voorhoofd en bovenlip parelde. Het was vreselijk benauwd. Ook hij vroeg zich af waar de moessons dit jaar waren gebleven. In de smalle straat verrezen overal steeds meer geraamten van nieuwe flatgebouwen. Zodra de bouwvakkers klaar waren met het ene bouwwerk, begonnen ze al weer aan een volgende, als een stel chaotische kraaien. Ze lieten de weg vol met omgehakte bomen en bouwresten liggen, zodat hij er even gehavend en ontluisterd uitzag als een oorlogsgebied. Overbelaste vrachtwagens stonden als zwangere kamelen aan weerszijden van de weg, en hun chauffeurs schroefden het geluidsniveau nog een aantal decibellen op door liedjes uit de nieuwste films af te spelen, soms de hele nacht lang.

Als kind had Sripathi gedacht dat het een reusachtig brede en voorname straat was. Met zijn kinderlijke fantasie kon hij zich er geen voorstelling van maken hoe ver hij doorliep. Wat was het in minder dan tien jaar een akelig klein steegje geworden. Sripathi reed langs bergen kapotte stenen met gevaarlijk uitstekende scherpe randen. Kleine straatschoffies en zwerfhonden waren aan het rondwroeten in overtollige hopen zand. Hier en daar hadden plassen cement zich verhard tot rare vormen. De karkassen van oude gebouwen stonden te wachten tot er torens van luciferdoosjes zouden verrijzen. En op die bouwvallen hadden seizoenarbeiders hutjes gebouwd van spullen die ze uit vuilnisbakken hadden gehaald – kartonnen dozen, plastic zakken, geplette petroleumblikken. Uit de restanten van andermans leven werden aan de rand van het bestaan van de middenklasse nieuwe landschappen gecreëerd.

Ondanks de hem omringende chaos was Sripathi blij dat hij in de buitenlucht was, weg van zijn drukkend benauwde huis. Hij voelde zijn woede bekoelen terwijl hij door de overvolle straten reed.

Sripathi had Maya's stem negen jaar geleden voor het laatst gehoord. Ze had dikwijls opgebeld en gesmeekt hem te mogen spreken, maar dat had hij geweigerd. Er zaten regelmatig brieven van haar bij de post, in dikke luchtpostenveloppen met buitenlandse postzegels. Nirmala was echter de enige die ze las, keer op keer. Ze bewaarde ze onder haar hoofdkussen zodat ze het fijne handschrift nog eens kon bekijken voordat ze ging slapen. Vaak kwam hij in de verleiding te vragen wat Maya in die epistels schreef, maar werd hem de mond gesnoerd door zijn eigen gekwetstheid, trots en boosheid. Later stierf zelfs die kortstondige nieuwsgierigheid en daarmee begroef hij elke herinnering aan Maya. Soms echter, uit de macht der gewoonte, las Nirmala nog wel eens hardop stukjes voor aan Sripathi. 'Ze is wezen skiën in de sneeuw, zegt ze. Ik hoop dat het niet te gevaarlijk is. Waarom begint ze aan dat soort dingen?' Of: 'Alan geeft dit jaar les. Ze moeten het kind naar de crèche brengen. Och heden. Het arme kleine wurm. Ik wou dat ik daar was, dan zouden ze dat probleem niet hebben.' En dan snauwde hij haar af. 'Ik wil het niet horen. Als je blijft doorratelen, doe dat dan ergens anders en laat mij slapen.'

Hij had de naam pas voor haar uitgekozen toen ze geboren

was, want hij kon nauwelijks bevatten dat hij de vader was van dit prachtige, volmaakt gevormde wezentje. Hij was de hele nacht wakker gebleven in het kleine kamertje waar Nirmala en de baby lagen, gespitst op het kleinste geluidje, ervan overtuigd dat het kind hem als een zucht zou ontglippen als hij in slaap viel. Telkens als hij in de wieg keek naar het verfrommelde rode gezichtje, de stijf dichtgeknepen oogjes, de gekromde handjes als lichtgekleurde schelpen, bedacht hij weer een nieuwe naam voor haar. Latha. Nee, te gewoontjes. Sumitra? Nee, dat was de jongste van koning Dasharatha's vrouwen. Zijn dochter zou niet op de tweede plaats komen. Om twee uur 's ochtends had hij een briljante ingeving. Hij zou haar Joeri noemen, naar de Russische kosmonaut die dat jaar de ruimte was ingeschoten, de eerste mens die uit de greep van de aardse zwaartekracht loskwam en tussen de sterren ronddoolde. Mijn dochter zal net zo zijn als hij. Ze zal naar de hemel reiken, niet minder dan dat.

Toen Nirmala de naam hoorde, was ze in tranen uitgebarsten. 'Joeri? Joeri? Wat is dat voor een flauwekulnaam?' snikte ze. Ze trok haar tepel uit het mondje van de baby, zodat ook die het op een brullen zette.

'Wat is daar dan mis mee?' wilde Sripathi weten. Zij wilde zijn dochter waarschijnlijk eenzelfde soort naam geven als alle andere kinderen in India, om maar niet uit de toon te vallen.

'Wat eraan mankeert? Hij betekent niets, dat mankeert eraan. We kunnen haar geen naam zonder betekenis geven.'

'Hoe weet je dat hij niets betekent? Spreek je Russisch?'

'Russisch?'

'Het is de naam van een Russische kosmonaut', legde Sripathi uit op de geduldige toon die je tegen een kind aanslaat.

'Ben je gek geworden? We hebben duizenden Indiase namen, fatsoenlijke hindoenamen met gunstige betekenissen, en dan kies jij een buitenlandse naam. En nog uit een communistisch land ook!'

'Ik geloof in de communistische wereldbeschouwing', voerde Sripathi gekwetst aan. Zijn eerste kind, en hij kon haar niet eens een naam geven zonder dat er ruzie van kwam.

'Nee, nee en nog eens nee! Al was je een Turk die in het boeddhisme gelooft, het kan me niet schelen', verklaarde Nirmala. 'Joeri klinkt vreselijk. Bovendien, wanneer ze naar school gaat zullen de andere kinderen haar vast sloerie noemen. Het arme kind. Mijn kind krijgt niet zo'n belachelijke naam. En daarmee uit. Jij mag haar noemen zoals je wilt. Ik noem haar gewoon anders.'

Sripathi moest haar wel gelijk geven. Kinderen konden wreed zijn, en het laatste wat hij wilde was zijn schat van een dochter opzadelen met een naam die haar zou kwetsen. En daarom had hij ten slotte Maya gekozen. Nirmala had het goed gevonden en alleen gewild dat er als tweede naam Lalitha aan werd toegevoegd, naar haar eigen overleden moeder.

Maya: illusie. De naam was bij uitstek geschikt voor een dochter die uit hun leven was verdwenen als schuim van de kam van een golf. De laatste keer dat hij haar had gezien was op de internationale luchthaven van Madras geweest, waar ze allemaal naartoe waren gereisd om afscheid van haar te nemen, zowel hun hele familie als meneer P.K. Bhat, Maya's aanstaande schoonvader. Nirmala had aan één stuk door gehuild, herinnerde hij zich. Hij had zich gegeneerd voor dat ongebreidelde vertoon van emotie. Zelfs als hij alleen was zou hij zich nooit veroorloven zo overstuur te raken. Zoiets wees op een gebrek aan decorum. Daarom stond hij er stoïcijns bij terwijl Nirmala snotterde en snikte, totdat Ammayya, die er een hekel aan had om buitengesloten te worden, ook in tranen was uitgebarsten. Toen hield ook Putti het niet meer droog. Sripathi gaf Maya onhandige klopjes op haar rug en zei vormelijk dat ze voorzichtig moest zijn, flink moest studeren en haar familie in alles tot eer moest strekken. Maar achter het kalme uiterlijk dat hij zo opzettelijk aan de buitenwereld voorhield, was Sripathi een trotse vader. Het was zíjn dochter die in het verre Amerika een prestigieuze studiebeurs had gekregen. En dat had ze op eigen kracht voor elkaar gekregen, zonder de hulp van invloedrijke familieleden of vrienden. Hij, de man die met lichte afgunst andere ouders had horen opscheppen over hun briljante kinderen, kon daar nu aan meedoen. Ook hij kon nu met kennis van zaken meepraten over studentenvisa, toelatingsexamens en het aanvragen van studiebeurzen en kon zich koesteren in het plotselinge respect dat mensen hem betoonden. Dat is Sripathi Rao, stelde hij zich voor dat de mensen zouden fluisteren als hij voorbijkwam: daar heb je de vader van Maya Rao.

Als Sripathi had geweten dat ze volledig van hun dochter vervreemd zouden raken door de brief waarin de toelating tot de universiteit en de toekenning van de studiebeurs werden bevestigd, een brief waardoor zijn hart jaren geleden was opgezwollen van trots, dan zou hij nooit hebben ingestemd met haar vertrek. Wanneer hij zichzelf niet in de weg zat, kon hij zich elk detail van die dag nog glashelder voor de geest halen. Het was een stralende, hete ochtend in maart geweest, eigenlijk net zo'n dag als vandaag. Hij was bekaf thuisgekomen van zijn werk, waar hij een pakkende slagzin voor een nieuw merk tandpoeder had moeten bedenken. Maya stond hem bij de poort op te wachten: ze zwaaide met de brief en lachte opgewonden. Wat had Sripathi zich gevleid gevoeld bij de gedachte dat Maya was uitverkoren voor de studiebeurs. Zo veel intelligente studenten over de hele wereld, en de universiteit wilde hún kind. Nu kregen ze ook beslist niet de eerste de beste, zeker niet! Hoeveel kinderen begonnen er op anderhalfjarige leeftijd al zo verstaanbaar te praten? Wie was de beste geweest in alle schoolvakken, vanaf de peuterklas tot en met de middelbare school? Wie werd vervolgens de allerbeste student van de hele universiteit van Madras, niet alleen in haar studierichting, maar ook in sport en dans en muziek? En bovendien, wie kreeg er uitmuntende cijfers voor haar toelatingsexamen voor de universiteit en voor haar kennis van Engels als tweede taal?

Nirmala was iets minder enthousiast geweest. Later die avond, toen ze het licht hadden uitgedaan en naast elkaar in het grote tweepersoonsbed lagen (het enige meubelstuk in het huis dat niet aan een van zijn voorouders had toebehoord en dat Sripathi van zijn eigen geld had gekocht), gaf ze lucht aan haar twijfels.

'Het meisje is al tweeëntwintig, tijd voor haar om te trouwen. Om te beginnen hebben we nog steeds je zus in huis. Het is geen goede zaak om maar liefst twee ongetrouwde vrouwen in huis te hebben. Oké, voor Putti hebben we niets kunnen arrangeren, maar voor onze Maya moeten we vanaf nu onze oren en ogen openhouden voor een goede jongen. Die studiebeurs enzo is allemaal leuk en aardig, maar een huwelijk is belangrijker. Ik verzeker je dat die dingen tijd vergen, en voordat we het weten zit ze net als Putti de kralen van haar mala te tellen.'

'Oho, vanwaar die haast?' vroeg Sripathi, nog steeds in een opperbeste stemming vanwege het goede nieuws. 'Laat haar toch studeren; ze heeft een goed stel hersens. Misschien gaat ze zelfs wel medicijnen studeren, wie zal het zeggen? Onze Maya is slim, ze weet zich prima te redden.'

Als ze medisch onderzoek ging doen, overlegde hij bij zichzelf, zou ze in elk geval een deel van de bestemming vervullen die Ammayya voor hem in gedachten had gehad. Sripathi hoopte dat de oude teleurstelling die hij zijn moeder had bereid door de prestaties van zijn dochter zou worden afgezwakt. Hij had geprobeerd zijn vaders gedrag tegenover Ammayya teniet te doen door zo eerzaam en plichtsgetrouw te zijn als in zijn vermogen lag, en vond dat hij tekortgeschoten was toen hij zijn artsenopleiding had gestaakt. Plichtsbetrachting en eergevoel, dat waren de twee bloedhonden die Sripathi altijd op de hielen zaten, hun hongerige bekken wijdopen gesperd. Nee, zijn Maya moest de kans krijgen om een gerespecteerd mens te worden, en door een opleiding zou ze dat kunnen bereiken. In die gelukkige periode had Sripathi gehoopt dat Arun in zijn zusters voetspoor zou treden en hem een trots man zou maken. Zij zou hem daar de weg kunnen wijzen en helpen met tips over het blokken voor het toelatingsexamen en het invullen van de aanvraagformulieren.

Daarom had hij Nirmala aangekeken en op ferme toon nog eens gezegd: 'Waarom zou ze al zo jong moeten trouwen, als iemand uit een dorp? Meisjes schoppen het ver tegenwoordig – we mogen haar niet in de weg staan.'

'Zei ik dan dat we haar morgen al gaan uithuwelijken? Ik heb alleen gezegd dat we om ons heen moeten gaan kijken. Maya mag dan slim zijn, maar voor een meisje is het moeilijk om zich in haar eentje te handhaven. Zelfs als ze een groot geleerde is, heeft ze iemand naast zich nodig. Wij hebben namelijk niet het eeuwige leven.'

Sripathi had zacht gelachen. 'Goed, Mamma, goed. Morgen ga ik met een lantaarntje op zoek naar de beste jongen die ik voor onze Maya kan vinden. Als je wilt, zal ik Victor Coelho van kantoor een affiche laten maken: GEZOCHT: Jongen voor mooi, getalenteerd meisje. Die ga ik dan overal in Toturpuram ophangen. Dat zou toch snel reacties moeten opleveren! Of zal ik het orkestje van Jayant Maama en een luidspreker huren?'

'Grapjes, grapjes, altijd maar grapjes', mopperde Nirmala. 'Een hoofd met grijze haren en nog steeds neemt hij het leven niet serieus terwijl mijn hersens helemaal agda-bagda raken van alle gepieker over wat het beste voor ons gezin is. Wacht maar af, met al die grappenmakerij eindigt Maya straks net zoals jouw zuster, ongetrouwd en ten einde raad.'

'Oho, Mamma, hou op met dat geklets en ga slapen. Maya gaat pas in augustus weg. Er is nog alle tijd voor andere dingen.'

Niettemin nam Sripathi Nirmala's bezorgdheid serieus, en toen de familie van Prakash Bhat zich ineens aandiende, een ongelofelijke goede partij waarop niets viel af te dingen, was hij dolgelukkig. Dit was echt een fantastische tijd voor Maya! Eerst die studiebeurs en toen een bruidegom die net een baan in

Philadelphia had aangenomen. Bovendien had hij een verblijfsvergunning, dat felbegeerde papiertje dat ouders aan elkaar lieten zien alsof het een loterijbriefje met het winnende nummer was. De sterren stonden gunstig voor Maya, leek het.

De familie Bhat verlangde voor hun zoon niets anders dan Maya, zelfs niet een paar diamanten oorbellen die, zoals iedereen wist, een verplicht onderdeel van de bruidsschat uitmaakten en door de vrouwelijke familieleden van de bruidegom, met hun feilloze instinct voor nepjuwelen, aan een nauwgezette inspectie zouden worden onderworpen. Het deed er niet toe of het meisje slechts een katoenen onderbroek aanhad bij de plechtigheid: om de bruiloft tot een succes te maken hoefde ze alleen maar die vajrada vaaley te hebben.

'Sripathi-orey,' had P.K. Bhat gezegd terwijl hij zijn handen hief alsof hij iemand de zegen gaf, 'wij zijn niet het soort mensen dat op een bruidsschat uit is. We willen alleen een fatsoenlijk meisje uit een goede familie, dat weet hoe ze zich aan het leven in het westen moet aanpassen zonder onze Indiase waarden uit het oog te verliezen. Wat u aan het huwelijk van uw dochter wilt bijdragen is uiteraard aan u.' Hij had hen zelfs de verzekering gegeven dat zijn zoon het alleen maar prettig zou vinden als Maya zou besluiten haar studie na haar huwelijk voort te zetten. 'We zijn ruimdenkende mensen, meneer', zei meneer Bhat met een vriendelijk lachje.

Uiteindelijk was Maya met een compromis gekomen. 'Ik heb een geweldige kans gekregen om aan een universiteit te gaan studeren die een van de beste op mijn vakgebied is. U kunt toch niet van me verlangen dat ik die vergooi? Als u wilt, stem ik toe in een verloving,' had ze gezegd, 'maar een huwelijk is pas aan de orde als ik ben afgestudeerd.'

'Een lange verloving is geen goede zaak', zei meneer Bhat, licht geërgerd, hoewel hij zwichtte toen hij zag dat zijn zoon geen bezwaren leek te hebben. 'Als er te veel tijd overheen gaat, kunnen er nare dingen gebeuren. Maar het is hun besluit, dus wat zal ik ervan zeggen? Vandaag de dag zijn ouders er alleen maar om de rekeningen te betalen en hun mond te houden. Wat zegt u, Sripathi-orey?'

Sripathi had verheugd geknikt, nog overweldigd door het stortbad van voorspoed dat over zijn gezin was neergedaald. Maya was onder een gelukkig gesternte geboren, dat wist hij vanaf het allereerste moment dat hij haar zag in die witgesausde kinderkamer, tweeëntwintig jaar geleden. Jazeker, dacht hij, de goden waren dol op haar, dat was een ding dat zeker was. Ze moest in haar vorig bestaan een deugdzame ziel zijn geweest, en daar plukte ze nu de vruchten van. Hoewel Sripathi brandde van verlangen om de hele wereld deelgenoot te maken van hun geluk, hield hij zich in en onderdrukte hij zijn opwinding. Ineens moest hij aan Nirmala's waarschuwing denken dat er altijd wel kwade geesten waren die loerden op een kansje een al te volmaakt leven binnen te dringen. Hij zou op weg naar zijn werk gauw even omrijden naar de kleine Devitempel om aan de voeten van de godin een kokosnoot te breken. Niet dat hij waarde hechtte aan zulke bijgelovige nonsens, had Sripathi zich voorgehouden, maar omwille van zijn kind was hij bereid zelfs de meest lachwekkende dingen te doen. Toen begon hij snel een verontschuldiging voor zijn gedachten te prevelen, bang dat zijn onoprechtheid zich op de een of andere manier kenbaar zou maken aan de godin en haar wraakgierige woede zou opwekken. Maar daar hield hij mee op toen hij besefte dat meneer Bhat en zijn zus hem raar zaten aan te kijken. Ze zullen wel denken dat ik gek ben als ik zo in mezelf zit te praten, dacht hij, en hij voelde zich voor gek staan. Om de aandacht van zichzelf af te leiden trok hij daarom een afkeurend gezicht en viel uit tegen Nirmala.

'Mamma, wat zit je daar nou? Zie je dan niet dat onze gasten niets meer op hun bord hebben? Meer hapjes, meer koffie. Wat moeten ze niet van ons denken? Eh, Bhat-orey? U zult wel denken dat we een vreselijk onbeleefde familie zijn!'

Het zag ernaar uit dat de verlovingsplechtigheid een uitgebreide aangelegenheid zou worden. Meneer Bhat stond erop al zijn familieleden en ook de meeste collega's van kantoor uit te nodigen, aangezien het de verloving van zijn enige zoon betrof en zoiets zich niet elke dag voordeed.

'Maakt u zich geen zorgen over de kosten, Sripathi-orey', zei hij terwijl hij Sripathi op de rug klopte. 'Die delen we, ieder de helft. Zoals ik al zei: we zijn niet het soort mensen dat op een bruidsschat uit is. Het enige wat ik wil is een dochter voor ons huisgezin.' Hij zweeg, ontroerd door zijn eigen welsprekendheid, en wiste zich de tranen uit zijn ogen. Hij riep Maya bij zich en overhandigde haar een grote juwelendoos. 'Ze zijn van mijn dierbare overleden vrouw geweest. Ik heb ze bewaard voor mijn schoondochter. Mijn zuster raadde me aan tot het huwelijk te wachten, maar ik wil ze je nu graag geven. Dus, mijn lieve kind, draag ze met mijn zegen.'

Sripathi was onthutst door de pracht van het geschenk: fonkelende trosjes diamanten als oorhangers, met een bijpassend collier.

'Ik wou dat hij haar die niet had gegeven', zei hij tegen Nirmala toen het bezoek was vertrokken en ze in hun slaapkamer waren. Nirmala zat in kleermakerszit midden op het bed. Ze bekeek de juwelen die haar dochter zojuist had gekregen aandachtig en streelde de flonkerende steentjes die op een bedje van paars fluweel lagen. 'Nu zullen we Prakash iets kostbaars moeten geven, anders blijven we achter. En wat nodigt Bhat veel mensen uit voor de verloving – dat gaat meer kosten dan de god der rijkdom zich kan veroorloven. Zelfs als hij in de kosten deelt, is het nog te duur. Wat zal hij niet voor het huwelijk verwachten als de verloving al zo groots wordt?'

'Wat ben jij toch voor een man? Ben je niet blij voor onze Maya? Ons eerste kind en enige dochter', had Nirmala tegengeworpen. 'Zo'n keurige familie waarin ze terechtkomt, en dan zit jij je druk te maken over futiliteiten. Natuurlijk krijgen we nu de nodige uitgaven – een goed kwaliteitshorloge voor Prakash, een kostuum, een overhemd en schoenen – wat zullen de mensen anders niet denken? We moeten de dingen doen zoals het hoort.'

'Begrijp je niet wat ik zeg? We kunnen het ons niet permitteren – moet ik het soms voor je uitspellen?' zei Sripathi. 'Ik heb al zo veel schulden af te lossen: vaders rekeningen, de hypotheek van het huis, Maya's vliegticket. Weet je wel wat dat allemaal kost? Onnozel mens, moeten we met alle geweld in het armhuis belanden, alleen om anderen een plezier te doen? De bomen groeien niet tot de hemel! Vanaf morgen zitten we allemaal met een natte handdoek om onze maag om de honger te doen slinken, en denk je dat iemand ons dan te hulp schiet? Welnee, dan zijn ze veel te druk bezig het voedsel te verteren dat we ze op die stomme verloving hebben voorgeschoteld!'

'Waarom vraag je je moeder niet of ze wil bijspringen? Zij heeft al die sieraden onder haar bed liggen. Ze zou een gouden ketting voor onze toekomstige schoonzoon kunnen afstaan. Het gaat immers om het huwelijk van haar eerste kleinkind. En je kunt bij de bank een kleine lening sluiten. Wanneer Maya eenmaal haar studiebeurs heeft, stuurt ze heus wel wat geld naar huis. Het is een goed kind. Ze kent haar plicht', betoogde Nirmala.

Ammayya weigerde een van haar sieraden af te staan. Ze greep naar de halskettingen die om haar gerimpelde nek hingen en zei: 'Deze heb ik van mijn moeder gekregen en van je vader. Dit is mijn sthri-dhanaa. Ze zijn voor mijn Putti. Jij hebt het huis, Sripathi, en alles wat je vader je heeft nagelaten. Bij haar huwelijk zal ik Maya een paar armbanden geven. Niet nu.'

Sripathi wilde haar er niet aan herinneren dat Narasimha hem alleen maar schulden had nagelaten. Dat zou tot een scène leiden. En daarom toog hij naar de Canara Bank voor de zoveelste lening. Hij zag er tegenop een bezoek te moeten brengen aan Balaji, de kredietmanager, en te moeten aanhoren hoe hij met zijn hautaine stem de gegevens van andere openstaande kredieten opsomde. Maar het was net een tikkeltje minder erg dan de trustees van de Trustmaatschappij van Toturpuram onder ogen te moeten komen, bij wie hij veel dieper in het krijt stond.

'Dit keer kan ik slechts vijfduizend roepie toestaan, Sripathi-orey', had Balaji gezegd. Hij zat achterover geleund in zijn stoel en tikte met zijn vingertoppen tegen elkaar. 'En alleen omdat u een buurman en een kennis van me bent. Tegen ieder ander zou ik nee hebben gezegd. Met eerdere aflossingen bent u al twee keer in gebreke gebleven en daarom is het niet in het belang van de bank om u een nieuwe lening te verstrekken, begrijpt u?'

'Ik ben niet in gebreke gebleven, meneer Balaji', wierp Sripathi tegen. 'De bank was drie dagen achter elkaar gesloten. Wat had ik dan gemoeten? En de tweede keer dat ik kwam, was u op vakantie.'

'Hoor eens, meneer, ik bewijs u een dienst', zei Balaji op gekwetste toon. 'Sommige mensen beseffen niet wat voor problemen ik krijg als u de lening niet op tijd aflost. Terwijl ik mijn goede naam voor u op het spel zet, gaat u een discussie met me aan!'

'Nee, nee', zei Sripathi onderdanig. Als het moest zou hij voor zijn kinderen door het stof kruipen, maar de houding van deze man maakte hem nijdig. 'Het was beslist niet mijn bedoeling om onbeleefd te zijn. U weet hoe erkentelijk ik ben voor uw goede diensten, dus neemt u alstublieft mijn verontschuldiging aan voor het geval ik iets beledigends heb gezegd. Maar wat moet ik beginnen? Ik heb zo veel onkosten, de ene post na de andere, en ik ben bij ons thuis de enige met een inkomen.'

'Als ik u was, Sripathi – en ik zeg dit alleen omdat ik het beste met u voorheb, denk vooral niet dat ik het kwaad bedoel...' zei de bankmanager, gekalmeerd door Sripathi's kruiperige verontschuldigingen, 'zou ik niet in zo'n groot huis blijven wonen. Waarom verkoopt u het niet? U zou een flatje kunnen betrekken. Van alle gemakken voorzien. U zou in één klap van al uw schulden af zijn.'

Bij die woorden van Balaji begon Sripathi's bloed te koken. Waar haalde hij het lef vandaan hem van advies te dienen? Stel dat ik tegen hem zeg dat hij zich met zijn eigen zaken moet bemoeien, dacht hij. Maar opnieuw moest hij zich inhouden. Hij kon niet buiten het geld en Balaji's welwillendheid. De hypotheek moest binnenkort worden overgesloten en over een paar jaar moest hij Aruns collegeld betalen. Binnenkort zou Maya haar studie voltooien en een eigen inkomen krijgen. Hij wist dat ze geld naar huis zou sturen. Hij vond het een vreselijke gedachte geld van zijn dochter aan te nemen, maar wat moest hij anders? Van een zoon was het acceptabel; hij verwachtte zelfs dat Arun een financiële bijdrage zou leveren aan het huishouden en het aanstaande huwelijk van zijn zuster – dat was zijn plicht als zoon en broer. Zodra de jongen eenmaal wat verdiende, konden ze Maya het geld teruggeven, dacht Sripathi. Hij had er plezier in om plannen te maken voor de plotseling zo rooskleurige toekomst.

In de maanden na Maya's vertrek kwam meneer Bhat regelmatig op bezoek in het Grote Huis. Hij was weduwnaar en woonde met zijn zuster in Madras; hij vond het belangrijk dat de beide families elkaar leerden kennen. Sripathi was enorm op de man gesteld. Tijdens de vele lange gesprekken die ze voerden bij een kopje thee en Nirmala's heerlijke uppuma's of andere lekkernijen, kwamen de twee mannen erachter dat ze veel met elkaar gemeen hadden. Meneer Bhat was, net als Sripathi, geen voorstander van rituelen. Maar ondanks zijn luidkeelse verwerping van die rituelen wist hij bij Ammayya in het gevlij te komen door een doos van haar favoriete jalebi's voor haar mee te nemen uit de gerenommeerde winkel Grand Sweets in Madras. Toen Sripathi hem enigszins gegeneerd vertelde dat hij zich niet zo'n buitensporige bruiloft kon veroorloven, wimpelde meneer Bhat dat met een handgebaar weg en zei: 'Meneer, een man is niet rijk door wat hij bezit, maar door zijn goede naam en inborst. Ik geloof in eerlijkheid, trouw, plichtsbesef en eergevoel. Die vormen mijn goud en zilver, meneer, en alleen daaraan kan een mens zijn eigenwaarde ontlenen. Zoals ik al zei: wat u voor onze Maya doet, is uw zaak. Wij vragen alleen maar dat ze onze dochter wordt.'

Sripathi schreef zijn dochter regelmatig. Dat deed hij heel stipt. Het arme kind had vast wel heimwee, dacht hij, en op deze manier kan ik haar wat opvrolijken. Om de veertien dagen stuurde hij haar een uitgebreid verslag over hun gezin, familieleden, vrienden en het land in het algemeen. Hij gebruikte altijd zijn blauwgemarmerde Japanse Hero voor brieven aan Maya. Deze vulpen had een brede schrijfpunt, die volgens hem aan zijn handschrift een vaderlijke autoriteit verleende en iets uitdroeg van de volle omvang van de liefde waarvoor hij slechts zelden de juiste woorden kon vinden.

Mijn lieve kind, (schreef hij in een dergelijke brief)
Voordat ik begin, moet ik je van Mamma laten weten dat Yugadi dit jaar op 20 maart valt. Je hoort je haar te wassen, een kort gebed te richten tot het assortiment goden waarin we geloven en een kleine portie te eten van iets bitters vermengd met iets zoets. Ik word ook geacht je te laten weten dat Shanta weer een kind heeft gekregen en dat de jongste zoon van Kishtamma is getrouwd met een foeilelijk meisje dat nergens anders op kan bogen dan op twee enorme diamanten neusstekers. En dan nu al het echte nieuws...

Het eerste jaar schreef Maya met dezelfde regelmaat terug, vellen die boordevol bijzonderheden over het studentenleven in een vreemd land stonden, uitvoerige beschrijvingen van haar kamergenotes, haar hoogleraren, de vele uren die ze moest studeren. Ze maakte zich zorgen over haar studieopdrachten en verbaasde zich over het bibliotheeksysteem. Ze mopperde over het voedsel dat ze moest eten en wilde dat ze naar Nirmala had geluisterd en een paar extra potten tafelzuur had meegenomen, omdat ze snakte naar haar moeders kruidige kookkunst. In het begin voelde ze zich eenzaam en had een afkeer van de geur van vlees wanneer haar flatgenoten in de gemeenschappelijke keuken aan het koken waren. Haar brieven waren een hele gebeurtenis, en in het gezin werd elk detail wekenlang besproken, tot haar volgende brief kwam. Soms zaten er ook foto's bij, genomen met een oude Agfa-camera die Sripathi van een collega had overgenomen en waarmee hij zijn dochter had verrast.

In het tweede jaar kwamen er nog slechts druppelsgewijs brieven van Maya, iets waar Sripathi erg van schrok, maar waar hij toch een excuus voor wist te vinden. Laat ze zich maar op haar studie concentreren, zei hij tegen Nirmala, die zich voortdurend zorgen maakte over het feit dat Maya steeds minder van zich liet horen. Ze heeft het vast heel druk; ze moet alles zelf doen: studeren, koken, wassen. Ze heeft daar geen Koti. Waar moet ze de tijd vandaan halen om te schrijven? En dus ging hij door met zijn lange, zorgvuldige brieven, die hij schreef terwijl hij op het balkon zat uit te kijken over het veranderende landschap van de Brahmaanstraat, waar hij was geboren, en zijn vader voor hem. Maar algauw werd er zelfs niet meer sporadisch op geantwoord en kregen ze alleen nog een nieuwjaarskaart met een paar haastig neergepende regels, en ook haar telefoontjes werden steeds zeldzamer.

Tijdens haar derde studiejaar, kort voordat ze zou afstuderen, kwam er weer een brief van haar. Sripathi kreeg hem niet meteen te zien en hoorde er pas vijf dagen later over, hoewel hij elke avond wanneer hij uit zijn werk kwam bij Nirmala naar de post had gevraagd. De ochtend dat hij die woorden had gelezen stond hem zelfs nu nog heel gedetailleerd voor de geest.

Zoals gewoonlijk zat hij op het balkon de krant te lezen en aantekeningen te maken voor zijn ingezonden brief. Het warme, rijke aroma van kokende melk in de keuken beneden vermengde zich met de geur van versgezette koffie en prikkelde zijn zintuigen. Algauw zou Nirmala mopperend de trap op komen met een mok van die dampende drank. Op dat uur van de dag was Sripathi Rao een intens tevreden man: de zoele zeewind blies de nacht vaarwel, in het naburige flatgebouw steeg de klank van Maharajapuram Santhanams zang op uit iemands cassetterecorder, en de krant die hij in zijn handen had rook naar inkt. De beker koffie zou zijn gevoel van innerlijke harmonie alleen maar volledig maken. Hij was als de punt aan het eind van een volmaakte zin, de laatste noot van een prachtige melodie, het dessert als de bekroning van een voortreffelijke maaltijd. Die dag werd zijn gevoel van harmonie echter wreed verstoord. Nirmala was met een schuldig gezicht op het balkon verschenen. Ze had de koffie op het aluminium tafeltje gezet dat al vol lag met zijn schrijfgerei, en had met een kleine zucht plaatsgenomen op een voetenbankje dat Koti gebruikte om spinnenwebben te kunnen weghalen.

'Unh, dat trappenlopen wordt me te veel. Vanaf morgen kom je maar beneden koffiedrinken', zei ze en zoals gewoonlijk wierp ze een blik op de paperassen die haar man voor zich had liggen. Afwerend dekte hij ze af. 'Wie ben je aan het schrijven?' vroeg ze. 'Als het aan je dochter is, wacht dan maar tot je hoort waar ze nu mee bezig is. Die lieve Maya van je is blijkbaar niet geïnteresseerd in jouw ditjes en datjes en die preken en sermoenen. Als ze haar plannen doorzet, zullen we straks van schaamte niet weten waar we ons moeten bergen.'

'Hoezo, wat is er gebeurd?' vroeg Sripathi.

Hij kende zijn vrouw al langer dan vandaag. Door de kleinste kleinigheid kon ze ervan overtuigd raken dat de hemel op hun hoofd zou vallen, zoals het angstige kippetje in het kinderverhaal dat hij vroeger aan Maya en Arun voorlas. Wat hadden die twee altijd giechelend en wiebelend tegen hem aangehangen terwijl ze ongeduldig wachtten op het zinnetje over de kip die gillend uitriep dat de hemel was gevallen terwijl ze over haar toeren wegrende voor een blaadje dat op haar kop was neergedwarreld! En wanneer dat moment was aangebroken, begonnen Maya en Arun op en neer te springen, elkaar vast te pakken en gooiden ze schaterlachend hun mollige beentjes in de lucht alsof ze nog nooit zoiets grappigs hadden gehoord. En om dat moment van pure blijdschap te rekken, fladderde hij zelf intussen rond alsof hij de kip was, greep naar zijn hoofd en jammerde: 'De hemel is gevallen! O, de hemel is gevallen!' In die tijd was het zo gemakkelijk geweest om ze blij te maken.

'Ja, ja, lach maar zoveel je wilt', waarschuwde Nirmala. 'Het lachen zal je wel vergaan als je dit hebt gelezen. Hier, hij kwam vijf dagen geleden.' Ze stak hem een wat vochtig, klein opgevouwen pak papier toe. Het vocht was waarschijnlijk zweet. Nirmala had de gewoonte geld en brieven in haar beha te steken en daar te laten zitten tot ze zich omkleedde om naar bed te gaan. Het was haar geheime bergplaats, een waarvan Sripathi zogenaamd niets af wist. Hij kon het niet over zijn hart verkrijgen om haar die illusie te ontnemen, want als het erop aankwam kon ze toch geen dingen voor zich houden. Ze was open en goed van vertrouwen en wist zich niet goed raad met geheimen.

'Vijf dagen geleden? Waarom heb je hem dan niet meteen aan me laten zien?'

'Ik wist niet wat ik moest doen. Maar uiteindelijk dacht ik: het is ook zijn dochter, laat hem het maar regelen.' Ze keek Sripathi boos aan, alsof hij verantwoordelijk was voor de brief. 'Bovendien,' voegde ze er strijdlustig aan toe, 'dat ze altijd haar zin wil doordrijven komt door jou, jij hebt haar verwend. Heb ik niet tegen je gezegd dat Maya onhandelbaar werd? Maar alles wat ik zeg gaat bij jou het ene oor in en het andere uit. Jij denkt immers dat je altijd gelijk hebt, niet?'

'Oho, kun je even twee minuten je mond houden zodat ik dit kan lezen?' vroeg Sripathi geïrriteerd.

'Ja ja, nu tegen míj tekeergaan, meer kun je niet', foeterde Nirmala, maar ze bond in toen Sripathi haar dreigend aankeek. Ze kende die blik: het was een teken dat ze hem tot het uiterste had getergd en dat ze, als ze bleef doorgaan, een tirade kon verwachten waarin hij haar daverende scheldwoorden naar het hoofd slingerde en soms woorden gebruikte die ze in het woordenboek moest opzoeken om te weten wat ze betekenden. Dit was niet het juiste moment voor dat soort toestanden, dus hield ze haar mond en wachtte tot haar man die rampzalige brief met het buitenlandse uiterlijk vluchtig had doorgenomen; de envelop was dik en crèmekleurig, met felgekleurde Canadese postzegels die dit keer – het was niet te geloven – niet waren ingepikt door hebzuchtige postbeambten die hun loon aanvulden door gestolen buitenlandse postzegels aan hobbywinkels en verzamelaars te verkopen. Was Maya vergeten dat ze haar brieven met een frankeerstempel moest versturen om dat soort diefstal te voorkomen?

Lieve Mamma en Appu,
Ik weet niet hoe ik dit moet zeggen, dus ik val maar met de deur in huis. Ik wil mijn verloving met Prakash verbreken. Ik ben verliefd op Alan Baker, die ik nu twee jaar ken. We willen gaan trouwen, en met uw zegen. We hopen dat we deze zomer in Toturpuram in het huwelijk kunnen treden wanneer ik klaar ben met mijn studie.
Ik weet dat dit een hele schok voor jullie zal zijn, maar ik hoop dat jullie het zullen begrijpen. Wees alstublieft niet boos op me. Ik wilde jullie al een hele poos bellen, maar vond het beter om uitvoerig te schrijven. Ik zal Prakash ook schrijven, maar ik ben ervan overtuigd dat hij er begrip voor zal hebben. Het is een goede man en ik weet zeker dat hij iemand anders zal vinden om mee te trouwen. Willen jullie alstu-

blieft de sieraden teruggeven die ik van zijn vader heb gekre-
gen en hem de zaak uitleggen? Alstublieft, Appu? Ik vind het
heel vervelend om die oude man te kwetsen, maar als jullie
het uitleggen, zal hij er wel vrede mee hebben, denk ik.
Ik kijk verlangend uit naar jullie reactie en hoop dat jullie
niet al te boos op me zullen zijn. Ik heb mijn gevoelens voor
Alan niet in de hand en ik ben ervan overtuigd dat jullie
hem graag zullen mogen. Ik mis jullie allemaal en zie ernaar
uit om van jullie te horen, zodat we plannen kunnen maken
om naar huis te komen en te trouwen.

Er was meer – over Alan Baker, hun plannen voor de toekomst, het feit dat ze zouden gaan verhuizen naar Vancouver, waar Maya een baan had gevonden en Alan was toegelaten tot een doctoraalstudie, en andere bijzonderheden die als in een waas voorbijtrokken. Toen hij klaar was met lezen, wist Sripathi secondenlang niets uit te brengen. Hij zette zijn bril af, zette hem weer op en begon de brief van zijn dochter te herlezen.

'Is ze soms gek geworden? Die dochter van je? Ze heeft haar gevoelens niet in de hand, zegt ze. Ga het meneer Bhat ver-tellen, draagt ze me op – ze wil niet dat hij zich gekwetst voelt! En ík dan? En jíj? Worden wij dan niet gekwetst? Wat moet ik tegen de mensen zeggen?'

'Ik weet het niet', zei Nirmala diep ellendig. 'Je moet haar schrijven om haar duidelijk te maken dat ze zoiets onzinnigs niet kan doen.'

'Wat wil je dat ik zeg?' vroeg Sripathi. '"Lieve dochter, je vader is bankroet gegaan aan het regelen van je verloving, en nu gooi je zijn goede naam en de eer van de familie te grabbel voor de een of andere buitenlander?" Ja, natuurlijk, dat zal ik aan die lieve dochter van je schrijven. Dat zal haar beslist op andere gedachten brengen.' Hij viel tegen haar uit: 'Jíj had het moeten weten. Jij bent haar moeder, waarom heb jij niet aangevoeld dat er iets aan de hand was?'

'Ik ben haar moeder, maar ik ben geen godin met een bovennatuurlijk waarnemingsvermogen! Waarom ben jíj er niet achter gekomen? Je schrijft haar om de week een grote dikke brief en twee jaar lang laat ze taal noch teken horen. Wanneer ze eindelijk de pen ter hand neemt, is het om ons te laten weten dat ze met een buitenlander gaat trouwen. Jij bent toch degene die dingen kan voorspellen? Dat beweer je toch altijd? Dus waarom wist je dit niet over Maya? Waarom geef je mij er de schuld van?'

Sripathi pakte zijn mok en nam er een slokje uit, maar vertrok zijn gezicht bij de smaak van de lauwwarme koffie. Hij goot hem leeg in de bloempot met het sliertige penningkruid, die al verscheidene porties koffie, thee en een keer wat citroenlimonade had weten te overleven.

'Je gaat haar toch wel schrijven?' vroeg Nirmala nog eens. 'Misschien helpt het. Misschien heeft ze behoefte aan goede raad. Het arme kind, zo ver weg, helemaal alleen, zonder ouderen die haar het verschil tussen goed en kwaad laten zien. Soms is het goed om advies te geven, ook als er niet om wordt gevraagd. Ik vind dat je haar moet laten weten dat we bezorgd zijn en dat ze niets overhaast moet doen. Ik had moeten weten dat er iets aan schortte. Toen ze niet schreef, wist ik... Misschien de eerste keer dat ze vroeg of we haar kwamen opzoeken, weet je nog? Aan de telefoon klonk ze raar, alsof ze huilde, maar toen ik ernaar vroeg zei ze dat ze verkouden was. Maar ik weet zeker dat ze huilde. Op dat moment hadden we naar haar toe moeten gaan. Ongeacht de kosten. Of in elk geval een van ons...'

'Doe niet zo belachelijk. Alsof je dochter zich daardoor zou hebben laten weerhouden. Die doet toch wat ze zelf wil.' Hij streek geagiteerd door zijn haar. De dichte grijze krullen sprongen op rond zijn harkende vingers. 'Ze zegt dat ze van hem houdt. Hoe kun je nou van iemand houden voordat je met hem hebt samengeleefd?'

Er rees een vreselijk vermoeden op in zijn hoofd. Wat betekende het, dat gepraat over liefde? Was Maya met die knaap naar bed geweest? Was ze soms zwanger? Hoe kon ze voor het huwelijk het bed met hem delen? Toen hij getrouwd was, had Sripathi een jaar lang moeten wennen aan het idee dat hij dit huis, deze kamer, dit bed, de badkamer en zelfs de bergplanken nu met Nirmala deelde. Wanneer hij zich onder het laken liet glijden en voelde hoe het zich spande over het heuveltje van Nirmala's welvende billen of de kleine bult van haar schouder als ze op haar zij lag, voelde hij een vluchtig, schuldbewust genot dat overging in puur plezier wanneer hij zich herinnerde dat dit gedeelde leven door de priester was bekrachtigd ten overstaan van Agni, de god van het vuur. En in de badkamer trok hij wel eens het afbladderende, witte medicijnkastje open. Dan raakte hij bezitterig haar blikje talkpoeder aan, ging met zijn duim over haar tandenborstel en voelde zich grenzeloos rijk omdat hij haar voor zichzelf had. Mijn vrouw, fluisterde hij dan ongelovig. Mevrouw Nirmala Rao, míjn vrouw. En daarna draaide hij onmiddellijk de kraan helemaal wijd open, ook al was de badkamerdeur op slot, alleen voor het geval ze hem kon horen denken. Wat had hij zich verlegen gevoeld wanneer hij haar bloesjes, onderjurken, beha's en slipjes tegen zijn witte ondergoed aan zag liggen, zo verlegen zelfs dat hij zijn blik altijd afgewend hield en blindelings in de laden rondtastte naar zijn kleren en er zo'n janboel van maakte dat Nirmala er helemaal wanhopig van werd.

Nirmala reikte achter haar rug naar de sari pallu die over haar linkerschouder hing en veegde er haar ogen mee af. Ze snufte wanhopig: 'We hebben haar toch fatsoenlijk opgevoed? Het moet door dat buitenland komen. De mensen daar hebben een andere manier van doen, die voor hen misschien prima is, maar voor een meisje dat hier is opgegroeid moet het moeilijk zijn om de verleiding te weerstaan.'

Sripathi ontweek haar blik. Ze kon zijn vermoedens over

Maya en die knaap misschien wel aan zijn ogen aflezen. Bovendien haalde hij zich misschien maar iets in zijn hoofd. Hij had zich gegeneerd gevoeld over zijn vermoedens en had zich er ook voor geschaamd. Hij kon Maya vertrouwen. Het enige wat hij hoefde doen was haar een brief schrijven of haar misschien opbellen. Ja, het zou duur zijn, maar een telefoontje was directer.

'Ik ga wel naar de tempel om daar speciaal tot Sathyanarayana te bidden. Ik zal Lakshmi een sari geven – die van rode zijde, die ik had gekocht om op Maya's bruiloft te dragen. Hij is splinternieuw, dus de godin zal het niet erg vinden dat ik hem niet speciaal voor haar heb gekocht. Misschien vraag ik ook wel of Krishna Acharye een paar riten wil uitvoeren', zei Nirmala, die opklaarde bij de gedachte dat God aan haar kant stond.

Wat was Nirmala's onwankelbare vertrouwen in het goddelijke toch iets moois, dacht Sripathi afgunstig. Hij was opgegroeid met niets anders om in te geloven dan zichzelf, en dat kwam door zijn eigen vader, die had volgehouden dat God slechts een creatie van de menselijke verbeelding was waarop je niet voor elk onzinnig wissewasje een beroep kon doen, want waarom zou het merendeel van de wereldbevolking er dan zo ellendig aan toe zijn en in zulke behoeftige omstandigheden leven? Waarom zagen goede, hardwerkende mensen hun leven verwoest worden door overstromingen, voedselschaarste en plagen? En de opzichtige ceremoniën van zijn moeder, uitgevoerd onder begeleiding van belletjes, luide zang en ingewikkelde rituelen, maar gespeend van oprechte devotie, hadden Sripathi nooit aangetrokken. Zijn vader had hem nooit verteld wat hij moest doen wanneer hij zich zwak en hulpeloos voelde en zijn vertrouwen in eigen kunnen tekortschoot. Tot wie moest hij zich dan wenden? O, die ellendige rotmeid, dacht hij. Wat moet ik tegen iedereen hier in Toturpuram zeggen, tegen al die vrienden en familieleden die steevast vragen hoe het met je gaat? Misschien was het wel waar wat Nirmala zei –

iemand had hun familie inderdaad met het boze oog aangekeken.

Hij gaf Nirmala een paar klopjes op haar hand, die was
getekend door ouderdom en door jaren van snijden, koken
en schoonmaken, en zei bars: 'Zit er maar niet over in, Mamma, zit er maar niet over in. Het is niet jouw schuld of de mijne.
We zullen haar vanavond bellen als het goedkoop tarief is.
Intussen zal ik haar ook schrijven en proberen haar te laten
inzien hoe dom en onbezonnen ze doet. Ze zal die knaap Alan
finaal uit haar hoofd zetten.'

Nirmala snoot haar neus in een van de schone witte handdoeken die aan de balkonrand hingen, propte hem in elkaar om
hem in de was te doen en stond op. Sripathi trok het schrijfblok
naar zich toe en pakte de degenachtige Parker met de kille
zilverkleur. Die paste bij de stemming waarin hij verkeerde.
Met snelle pennenstreken vulde hij vijf of zes bladzijden met
vermaningen aan Maya. *Doe niet zo dom. Je verspeelt een goede
partij. Denk aan de gevoelens van Prakash. Je schoonvader zal zich
ook heel gekwetst voelen. Hij beschouwt je namelijk als een dochter,
moet je weten. Het is niet eerbaar voor een meisje om te doen wat jij
doet. Er dient rekening te worden gehouden met onze reputatie.
Ammayya zal geschokt zijn, en denk ook aan de huwelijksvoor-
uitzichten van je arme Putti Atthey.* Hij legde al zijn ontsteltenis
in zijn brief, en bij elk woord nam zijn ergernis over haar toe.

Die avond belden ze naar Canada. Toen Sripathi Maya's
stem hoorde, bedwong hij de aanvechting om tegen haar uit te
varen en begon hij het gesprek vrij kalm. Hij hield een betoog,
vertelde haar dat iedereen erg van streek was en hoe onmogelijk
de situatie zou zijn als ze wat Alan betrof niet van gedachten
veranderde. Zij legde op even redelijke toon uit dat ze niet van
gedachten kon veranderen als ze van iemand hield en dat ze de
rest van haar leven bij hem wilde zijn. Maar toen ze Sripathi
vroeg om de dingen van haar kant te bekijken, verloor hij zijn
zelfbeheersing. Hij had zijn kind al heel wat zonden vergeven,

maar dit bewuste schenden van hun waardigheid, van de familienaam die hij al jarenlang met zo veel moeite probeerde hoog te houden, dát kon hij haar niet vergeven. 'Als je in deze dwaasheid volhardt,' had hij tegen zijn dochter geschreeuwd, 'hoef je je gezicht nooit meer in dit huis te vertonen. Nóóit meer.' Hij had gehoopt dat zijn afkeuring haar op andere gedachten zou brengen, maar de volgende envelop van Maya bevatte een eenvoudige huwelijksaankondiging met een korte brief aan Nirmala en een paar foto's, van haar en Alan voor het kantoor van de burgerlijke stand, Maya in een donkerblauwe Canjeevaram-sari die ze had meegenomen toen ze uit huis ging en Alan in een kostuum, een andere foto van een feest, omringd door vrienden, en een derde foto op het strand, met Maya's benen schrikwekkend bloot in een groene korte broek.

'Misschien hadden we meer begrip moeten opbrengen', zei Nirmala benauwd toen ze zag hoe boos Sripathi was. 'Dit meisje is net zo koppig als jij. Ik wil mijn Maya zien. Schrijf haar en zeg dat het goed is, ja? Dat ze naar huis kan komen.'

Nee, had Sripathi geantwoord. Nee, nee, en nog eens nee. Hij had zich weliswaar gedragen als zo'n belachelijke vader in een melodramatische film, maar Maya had ook wel enige consideratie met hun gevoelens mogen tonen. Wat ze hen had teruggegeven in ruil voor de onafhankelijkheid die ze haar hadden verleend was diepe smaad.

'Schrijf jij maar als je wilt', had hij gezegd. 'Voor mij is ze dood.'

Maar Nirmala had evenmin geschreven. Ze kon haar man niet trotseren; ze had nooit geleerd hoe ze dat moest aanpakken en bovendien ontbrak het haar aan moed. Ze had die laatste korte brief telkens opnieuw gelezen, alsof ze haar dochter kon dwingen om tevoorschijn te komen uit het sierlijke zwarte schrift, en ze had gehuild om wat erin stond. 'Zeg mij eens wie er elke dag met haar aan de eettafel ging zitten om haar netjes te leren schrijven? Haar moeder. En wie heeft haar bijgebracht dat een goed handschrift een teken is van een goed verstand, dat mensen je zullen respecteren als je mooi schrijft? Weer haar waardeloze moeder, en niemand anders! En herinnert ze zich dat nog? Nee, natuurlijk niet. Waarom anders dat chindhi van een papier dat ze heeft gebruikt? Had ze me niet alle bijzonderheden van haar huwelijk kunnen schrijven? Uit mijn mond heeft ze niet gehoord dat ze nooit meer thuis hoeft te komen. Ze weet best dat ik altijd op haar zal wachten.'

Vervolgens had ze de foto's uitgebreid bekeken en becommentarieerd, maar toen ze de kiekjes had omgedraaid in de hoop op de achterkant nog een paar door Maya neergekrabbelde regels te zien, zag ze slechts een datum. 'Ze had toch op zijn minst kunnen zeggen: "Lieve Mamma, dit is je schoonzoon", niet? Is één regeltje haar al te veel moeite?' zei ze verbitterd. 'Hard en onverzoenlijk. Net als jij, ree, net als jij.'

De foto die voor het kantoor van de burgerlijke stand was genomen had ze ingelijst en op de vensterbank bij het hoofdeinde van het bed gezet. Sripathi vermeed het ernaar te kijken en gooide hem vaak omver, zodat hij op zijn voorkant kwam te liggen. Hij had zich ertoe gedwongen meneer Bhat te schrijven, die reageerde met een kort briefje waarin hij hem vroeg om teruggave van de diamanten sieraden en de sari's die hij aan Maya had gegeven. Sripathi had zich gekwetst gevoeld door die brief. Alsof hij al die spullen zou hebben gehouden, dacht hij diep ellendig, in het besef dat hij door toedoen van zijn dochter een vriend was kwijtgeraakt. Op een zaterdag ondernam hij de reis naar Madras, en tot zijn schaamte had meneer Bhat hem buiten op de veranda laten staan alsof hij een bediende was. Hij bood hem niet eens een glas koud water aan, hoewel het een erg warme dag was en Sripathi een busreis van drie uur achter de rug had. En tot overmaat van ramp had de man de sieradendoos geopend om hem zorgvuldig en welbewust te inspecteren voordat hij zonder een woord te zeggen naar binnen verdween. En dat was het. Geen vragen, geen gesprek. Het was alsof de jaren waarin meneer Bhat in het Grote Huis op bezoek was gekomen, urenlang over politiek, cricket en hun kinderen had gepraat en uitgebreid Nirmala's kookkunst had bewonderd, helemaal niet hadden bestaan. En later had Sripathi, ineenkrimpend bij de herinnering aan die woordenloze ontmoeting, de man een cheque gestuurd voor de helft van de kosten die voor de verlovingsplechtigheid waren gemaakt. Hij had ook zijn trots en die kon niemand hem afnemen. Hij had er geld van Raju voor moeten lenen, de eerste keer dat hij geld van zijn oude vriend had aangenomen. Nog zoiets gênants, allemaal dankzij Maya.

Nu begon Maya met enige regelmaat te schrijven. Ze was over haar aanvankelijke boosheid heen en adresseerde haar enveloppen aan de heer en mevrouw Rao, net als vroeger. In het begin probeerde Nirmala Sripathi zover te krijgen dat hij de brieven las, maar toen hij ze verscheurde zonder ze open te maken, hield ze daarmee op. Toch wist hij wel wanneer er een was gekomen, want iedereen in huis las hem en sprak erover, maar hield daarmee op zodra hij de kamer binnenkwam. Zelfs Ammayya maakte deel uit van de samenzwering om Maya levend te houden in het huis. Soms stond er een nieuwe serie foto's op de vensterbank of op de eettafel. Ook die keurde hij geen blik waardig. Slechts één keer nog was hij genoodzaakt het handschrift van zijn dochter te lezen. En dat was twee jaar na haar huwelijk.

Er was een grote, officieel uitziende envelop gekomen, en daar waren een aantal foto's van een pasgeboren kindje uit gegleden. Nirmala was uitzinnig van blijdschap geweest. 'Ik ben grootmoeder', had ze overal verteld. 'Mijn kleindochter heet Nandana. Is dat geen mooie naam?' Daarna maakte haar lach plaats voor tranen. 'Ze had naar huis moeten komen, naar mij. Hoe kan een meisje bevallen van een kind zonder tijdens haar zwangerschap door haar moeder verwend te worden?' Ze had Sripathi aangekeken en gezegd: 'Hou alsjeblieft op met dat koppige gedoe, ree. Hoe kun je nou zo lang aan je kongu vasthouden? Zo onverzoenlijk zijn? Ik weet wel waarom je boos bent. Door dat stomme ego van je. Maya heeft iets gedaan zonder meneers toestemming te vragen en dat kun je niet verkroppen, is het wel? Nu krijg je in elk geval de kans om te vergeven en te vergeten. We zijn grootouders.'

En hij had op zijn meest sarcastische toon geantwoord: 'O, we hebben tegenwoordig een groot psycholoog in huis! Dr. Nirmala Rao weet wat iedereen denkt en voelt! Wel, heb je ooit! Ik heb nooit geweten dat ik met zo'n judicieuze vrouw getrouwd was!'

Nirmala staakte haar pogingen om hem op andere gedachten te brengen, en hij putte een licht genoegen uit het besef dat hij haar op de kast had gejaagd door een woord te gebruiken dat ze niet begreep.

Ze had één foto van de baby ingelijst om op de vensterbank te zetten, en de andere bewaarde ze maanden onder haar hoofdkussen. Sripathi had niet kunnen nalaten een snelle blik op Nandana's babygezichtje te werpen. Ze leek totaal niet op haar moeder, zei hij tegen zichzelf, en legde de foto als gewoonlijk met de voorkant naar beneden. Toen het kind ongeveer een jaar oud was, had Maya een pakketje juridische documenten opgestuurd met een brief waarin ze Sripathi en Arun vroeg of zij als gevolmachtigden en executeurs-testamentair wilden optreden. Ze vroeg ook of haar vader en Arun het voogdijschap over haar dochter op zich wilden nemen in het geval dat ooit nodig mocht zijn.

'Waarom schrijft ze zulke onzalige dingen?' wilde Nirmala weten. 'Wij zijn zoveel ouder en wij hebben niet eens zelf een testament, niets.' Maar ze had erop gestaan dat Sripathi de documenten las en ondertekende, ook al wilde hij niets met Maya te maken hebben. 'Het is je plicht ten opzichte van dat onschuldige kind. Het is je kleinkind, ongeacht je gevoelens voor je dochter.'

Toen Sripathi koppig bleef weigeren de documenten zelfs

maar met een vinger aan te raken, ging Nirmala naar het huis van Raju. 'Wil je alsjeblieft met je vriend praten. Naar mij luistert hij helemaal niet. Raju-orey, probeer hem eens tot rede te brengen.'

Sripathi was woedend. Hij beschouwde de volmacht die hem werd aangeboden als een poging van Maya weer zijn leven binnen te dringen. Maar toch tekende hij de documenten. Het was zijn plicht, zoals Nirmala hem had voorgehouden. Hij zou zich nooit aan zijn plicht onttrekken, ook al zag Maya er geen been in om haar plicht te verzaken.

De laatste keer dat ze er waren, was Nandana in de kledingkast van haar moeder gekropen. De kleren hadden heerlijk geroken: de witte zijden bloes die ze droeg wanneer ze een vergadering had, de zwarte broek voor bijzondere gelegenheden en de daagse bruine, de mouwloze geelkatoenen bloes waarin haar moeder eruitzag als een druppel zonlicht, tenminste, dat had haar vader gezegd. Ze zat muisstil in de kast en hoopte dat tante Kiran zonder haar zou weggaan. Ze zag een spin die over de kastbodem liep, op weg naar de deur en het licht. Stomme spin, dacht ze, en ze vertrapte hem onder haar schoen. Dood, zei ze tegen hem. Je bent dood. Toen wachtte ze tot tante Kiran haar naam zou roepen.

7

Reis

Sripathi was zo in gedachten verzonken dat hij het huis van Raju bijna voorbijreed. De grote, met krullen versierde hekken hingen open aan roestige scharnieren. Ook deze weg was sterk veranderd, hoewel de rijen knoestige caesalpinia's er nog steeds stonden. Ook hier lagen bergen zand, beton, keien en bakstenen en waren nieuwe flatgebouwen in ruimten geperst die vroeger door vrijstaande huizen werden ingenomen.

Raju Mudaliar was Sripathi's oudste vriend. Ze hadden als kleine jongen allebei op de St. Aloysiusschool gezeten, en hoewel hun vaders hun werk aan tegenovergestelde kanten van de wet deden en daarom felle opponenten waren, was hun eigen vriendschap juist tot bloei gekomen. Sripathi had altijd geloofd dat Raju onder een gunstig gesternte was geboren. Het was altijd Raju die in een drukke bus naar school de enige zitplaats vond of op de stoffige straat een munt van vijfentwintig paisa zag liggen. Op school leek hij zonder enige inspanning de beste van de klas te zijn. Terwijl Sripathi de avond voor een examen als een bezetene achter het bureau van zijn vader lijstjes en formules in zijn hoofd zat te stampen, speelde Raju cricket met de jongens op straat tot het donker werd en ging hij pas naar huis wanneer zijn moeder een bediende stuurde om hem voor het avondeten te roepen. Wanneer pater Gonsalves een onverwacht aardrijkskundeproefwerk gaf, slaagde Raju erin een hoger cijfer te halen dan de rest van de klas, ook al bezwoer hij dat hij de vorige avond niets anders had gedaan dan spelen.

'Vertel eens wat je geheime formule is', had Sripathi hem wel tien keer bewonderend gevraagd.

'Ik heb geen formule. Ik neem alles gewoon niet zo zwaar op als jij. Zolang je maar tegen jezelf zegt dat het niet uitmaakt of je de eerste of tweede of veertigste van de klas wordt, eindig je vanzelf als de beste.'

'Míj maakt het niet uit', zei Sripathi mistroostig. 'Het gaat om mijn moeder, die denkt dat ik de toekomstige premier van India ben, en mijn vader, die wil dat ik opperrechter word.'

'Wat wil jij dan worden?'

'Een lanterfanter, net als jij', had Sripathi verklaard.

De ironie wilde dat hij, ondanks alle studie waartoe zijn ouders hem hadden gedwongen, toch geen premier was geworden en ook geen rechter, maar een zich moeizaam handhavend tekstschrijver, terwijl Raju aan het hoofd kwam te staan van een vooraanstaande onderzoeksinstelling. Een tijdlang had Sripathi de indruk dat zijn vriend alles had wat Ammayya voor haar eigen zoon wilde – macht, prestige, een auto met chauffeur, zelfs een schooltoelage voor het geval hij zijn kinderen op een sjieke kostschool wilde doen, zoals Lawrence, Mayo College of Rishi Valley.

Raju's eerste zoon werd een jaar eerder geboren dan Maya, en twee jaar later kwam er een tweede zoon, rond dezelfde tijd als Arun. Nirmala en Raju's vrouw, Kannagi, hadden urenlang zwangerschapservaringen vergeleken en culinaire recepten uitgewisseld om ervoor te zorgen dat het kind gezond zou worden, en tussendoor hadden ze goedgemutst over hun echtgenoten zitten mopperen. En toen kregen de Mudaliars hun derde kind, Ragini. Wat was Raju blij toen ze werd geboren – twee zoons en een dochter, wat kon hij nog meer verlangen? Maar binnen een halfjaar merkte Kannagi dat het kind niet haar hoofd optilde of zich omdraaide zoals andere baby's van haar leeftijd dat deden. Haar ogen stelden zich niet scherp en ze reageerde niet op stemmen. Misschien was ze een beetje trager dan haar zoons waren geweest, dacht Kannagi, en ze verzweeg haar waarnemingen voor haar man. Maar toen de baby een jaar oud was, bleek er duidelijk iets mis te zijn. Ragini kreeg langdurige toevallen, waarna ze slap en afgemat was. Sripathi wist nog precies op welke dag Raju hem vertelde dat het kind een hersenbeschadiging had waar niets aan te doen was. Weg was de glimlach van zijn vriend, en ook het opgewekte vertrouwen dat er niets ter wereld zo erg kon zijn dat die glimlach erdoor van zijn gezicht verdween.

'Wat zal ik ervan zeggen, Sri', had zijn vriend ineens tijdens een van hun wekelijkse schaakpartijen gezegd. Het was een vaste afspraak geworden elkaar elke vrijdag in Raju's ruime woning achter het schaakbord te treffen. 'Mijn arme kleine Ragini, ze zal haar hele leven zo blijven.' Sripathi wist dat ze de laatste tijd regelmatig naar specialisten in Madras, Bangalore en zelfs Bombay waren geweest, en hoewel hij nieuwsgierig was, wilde hij geen vragen stellen. Als Raju de behoefte voelde hem in vertrouwen te nemen, zou hij dat doen als hij er zelf aan toe was. Er waren dingen die zelfs de beste vrienden niet met elkaar deelden. 'Lichamelijk mankeert ze niets. Het is haar verstand. Er kan niets voor haar gedaan worden – geen medicijnen, geen operaties, geen wondermiddelen. God, die rotzak daarboven, moet hebben besloten: "Die knaap lacht en straalt te veel. Laat hem maar eens iets akeligs meemaken." Ik moet in mijn vorige leven een moordzuchtige bandiet zijn geweest en daar moet ik nu voor boeten.'

Dat was de eerste en laatste keer dat Sripathi zijn vriend zo neerslachtig meemaakte. Daarna had hij met zijn gebruikelijke energie besloten naar beste kunnen met de invaliditeit van zijn dochter om te gaan. 'Klagen heeft geen enkele zin', had hij tegen Sripathi gezegd, de volgende keer dat ze elkaar ontmoetten. 'Daar los je niets mee op. Dit is ons karma en we zullen ermee moeten leven.' Hij had Sripathi met een droevig lachje aangekeken. 'Niet gedacht, hè, dat je mij ooit zou horen praten over karma en dat soort dingen? Net als die ouwe schurk Krishnamurti Acharye. Weet je nog dat hij ons dwong allemaal een roepie in de tempelschaal te gooien om te voorkomen dat we zelf de last van onze slechtheid moesten torsen? En natuurlijk kwam het geld rechtstreeks in zijn eigen hebzuchtige zakken terecht.'

'En ik maar doodsbenauwd zijn, terwijl jij je nergens iets van aantrok. Die frauduleuze oude priester draait namelijk nog volop mee. Naar wat ik heb gehoord, bestuurt hij een heel imperium. Nog steeds in zijn smerige dhoti en gevlekte hemd, en stinkend als een riool, maar zo rijk als Heer Kubera.' Sripathi lachte bij de gedachte aan de tempelpriester die hem zo'n briljante (en niet verwezenlijkte) toekomst had voorspeld en die nu als een soort zakenmagnaat aan het hoofd stond van een bedrijf van priesters en koks.

Raju's vrouw was overleden toen hun dochter een jaar of vijftien was. Er kwam een hele stoet hulpjes, de een na de ander, want het meisje had voortdurende zorg nodig. Ze moest op gezette tijden gevoed, gewassen en verschoond worden. Een voor een voltooiden Raju's zoons hun opleiding en verlieten het ouderlijk huis. De oudste zoon ging in Californië wonen, en de jongste in Zwitserland. Geen van beiden kwam ooit terug om hun vader of zus op te zoeken. Ze schreven regelmatig, en Raju liet Sripathi de brief van zijn oudste zoon zien waarin deze hem over zijn huwelijk inlichtte.

Beste Appu, schreef de jongen aan het eind van de brief, *ik hoop dat u er begrip voor hebt dat mijn vrouw niets van onze tragedie af weet. Ik heb haar verteld dat u te ziek bent om voor de plechtigheid over te komen en ook niet van bezoek houdt.*

'Hij schaamt zich namelijk zo voor zijn familie dat hij ons niet eens met naam en toenaam kan noemen. Ragini is zijn zuster, niet "onze tragedie"', zei Raju op bittere toon.

Toen Sripathi het huis van zijn vriend binnenkwam, hoorde hij Raju's stem zachtjes en teder tegen Ragini praten. Het was al bijna twaalf uur, dus waarschijnlijk tijd om haar te voeren. Nadat er een hele stoet hulpjes was gepasseerd, had Raju zijn baan opgezegd en zelf de zorg voor zijn dochter op zich genomen.

Sripathi trok zijn slippers uit en volgde Poppu, de oude dienstmeid annex kokkin die al dertig jaar deel van het gezin uitmaakte, naar de spelonkachtige eetkamer met zijn enorme tafel en bewerkte stoelen van teakhout, die plaats bood aan minstens twintig mensen. Hij werd al jaren niet meer gebruikt en zat voor de helft onder het stof. Poppu vond het onzinnig om het hele geval af te stoffen wanneer er slechts twee stoelen en een kwart van het tafelblad in gebruik waren.

'Kijk eens aan, Sri. Wat een verrassing!' Raju onderbrak het voeren van zijn dochter even. 'Wat bezielt je om bij deze hitte rond te zwerven, en op dit tijdstip van de dag? Zal ik Poppu vragen wat koude limonade voor je te maken?'

Zoals altijd voelde Sripathi zich lichtelijk opgelaten bij de aanblik van Ragini, en voelde hij zelfs enige afkeer. Ze was een forse vrouw, net als haar moeder was geweest, maar zonder besef van haar lompe lijf dat ten koste van haar hersenen met grote sprongen de volwassenheid tegemoet was gesneld. Hij verfoeide zichzelf om zijn gevoelens, alsof hij Raju op een of andere manier afviel, en dus dwong hij zich ertoe het meisje aan te kijken. Ze hing met een scheef hoofd op een van de stoelen. Haar vlezige mond opende en sloot zich als een zeeanemoon terwijl haar vader er eten inlepelde en daarna zachtjes het straaltje speeksel en eten wegveegde dat uit de ene mondhoek ontsnapte. Haar haar stond in pieken op haar hoofd, en Sripathi vermoedde dat het thuis door Raju en Poppu was geknipt. Ze droeg een wijde jurk van het soort dat Raju om de twee jaar per dozijn bij kleermaker Nataraj aan de Theaterstraat bestelde, allemaal genaaid van dezelfde rol rood-blauw geruite stof. Toen

Ragini's moeder nog leefde, zorgde zij ervoor dat Ragini altijd goed gekleed ging, herinnerde Sripathi zich. Ze sprak met Nirmala over patronen van jurken en ging in Bangalore uitgebreid winkelen om stoffen en kant, knopen en linten te kopen. De diepbruine ogen van het meisje richtten zich op Sripathi, en hij kreeg het onbehaaglijke gevoel dat ze met hem probeerde te communiceren.

'Zo meiske, hoe gaat het met je?' vroeg hij vriendelijk en hij dwong zich haar een klopje op het stekelige hoofd te geven.

Ze kreunde en trok heftig met haar arm, waardoor ze bijna de kom met eten uit haar vaders hand sloeg.

'Kijk, ze herkent je', lachte Raju. 'Ja hè, kindje? Oom Sri komt met Appu schaken. Eet dus maar gauw je bordje leeg.'

'Hoe gaat het ermee, Raju?' vroeg Sripathi. Hij trok een van de stoelen bij en nam voorzichtig plaats op de ooit prachtige zitting, die net als al het andere in huis was afgedekt met een doek om te voorkomen dat hij stoffig werd.

'Hoe het ermee gaat? Beter dan ooit, en ik ben van plan je vandaag te verslaan, beste kerel', zei Raju met een glimlach. 'Ik voel aan mijn water dat ik van je ga winnen. Maar ben je niet een beetje vroeg? Heb je chhutti genomen van je werk? Alles in orde?'

'Nee, niet echt', zei Sripathi en hij zweeg. Hoe kon hij het verschrikkelijke nieuws onder woorden brengen zonder zichzelf in een kwaad daglicht te stellen?

Bij deze weifeling keek Raju abrupt op. 'Wat is er aan de hand?'

'Mijn dochter', zei Sripathi zonder omwegen. 'Ze is dood. En haar man ook. Ik kreeg het nieuws een paar uur geleden.'

Er viel een verbijsterde stilte. Toen dwong hij zich de bijzonderheden van dat afschuwelijke telefoontje te herhalen. En terwijl hij zijn hart uitstortte, ging er een soort opluchting door hem heen die hij niet had gevoeld toen hij Nirmala, Ammayya, Putti en Arun op de hoogte had gebracht. Misschien ontleende hij kracht aan Raju, die erin was geslaagd de wanhoop op een afstand te houden, ook al lag die elke minuut van de dag op de loer.

'Hoe is Nirmala eronder?' vroeg Raju.

'Ze is erg van streek, ze verwijt me van alles. Vind jij dat het mijn schuld is, Raju?'

'Nee, hoe kun jij nou verantwoordelijk zijn voor iets wat in een ander land is gebeurd?'

Sripathi keek nadenkend naar het smalle, donkere gezicht van zijn vriend, het dunne grijze haar dat netjes was weggekamd van zijn voorhoofd, de kleine snor boven een mond die nu door diepe lijnen werd omsloten. 'Maar jij vindt ook, net als mijn vrouw, dat ik haar de afgelopen jaren had moeten schrijven, ja toch? Vooruit man, zeg het maar eerlijk!'

'Je weet hoe ik erover denk. Ik heb het vaak genoeg herhaald', zei Raju terwijl hij Ragini's mond nog één keer afveegde en Poppu daarna met een knikje duidelijk maakte dat ze haar kon meenemen. 'Ja, ik vond het stom en kinderachtig om je eigen dochter uit je leven te bannen. Ja, ik vind dat je haar in elk geval had moeten toestaan naar huis te komen toen ze een kind had gekregen. Kijk eens naar mij, ik verlang er vreselijk naar mijn zoons te zien, mijn kleinkinderen te leren kennen, en jij…' Hoofdschuddend kwam Raju overeind.

'Dus jij bent ook tegen me?' vroeg Sripathi op hoge toon, gekwetst door de woorden van zijn vriend.

'Ik ben niet voor of tegen je, man. Dit is geen oorlog. Je vroeg wat ik vond, en ik geef antwoord op je vragen.'

'Maar ze heeft me voor gek gezet, dat begrijp je toch wel? Weet je hoe vernederd ik me voelde toen ik naar Bhats huis ging om al die geschenken terug te geven? Besef je wel hoe ze me te schande had gemaakt? Zij mocht zeker gewoon doen wat ze wilde, zonder ook maar één keer aan haar familie te denken?'

Raju gaf Sripathi een onhandig schouderklopje. 'Wat heeft het voor zin daar nu aan te denken? Dat is allemaal geweest.

Voor ontleden en uitpluizen is het te laat. Vertel eens, wat gebeurt er met het kleine meisje? Hoe oud is ze? Tchah-tchah-tchah! Wat een tragedie is dit voor haar.'

Ze verkasten van de donkere eetkamer naar de wat vrolijker zitkamer, waar Raju tegenwoordig het meest te vinden was, lezend in een assortiment kranten en tijdschriften dat juffrouw Chintamani voor hem apart hield. Met een knipoog vertelde hij Sripathi zeker te weten dat de bibliothecaresse een zwak voor hem had. 'Ze kijkt me aan met van die smachtende blikken, weet je wel. Ik snap niet waarom ik geen jongere schatjes kan bekoren! Er hollen alleen excentrieke ouwe taarten achter me aan, tchah!'

Op de vloer naast Raju's favoriete stoel verrezen ongelijke stapels boeken en aan de muren hingen foto's van zijn gezin uit de tijd dat iedereen jong was. Zijn zoons stuurden regelmatig foto's, maar die bleven in hun envelop en werden lukraak ergens in een la gestopt. Op een laag kastje stond een radio-grammofooncombinatie van het merk Hallicrafter, en Sripathi herinnerde zich dat hij als jongen gefascineerd was geweest door de verlichte, ronde afstemschaal met zijn merktekentjes voor zenders uit de hele wereld. De Seychellen. Londen. San Salvador. Frans-Guyana. De usa. Australië. Ceylon. Het was alsof de hele wereld op een of andere manier in de lichtbruine kast van de Hallicrafter was gepropt en in al die talen naar de luisteraar wenkte. Het was eigenlijk een wonder dat het stok-oude apparaat het nog steeds perfect deed. Op de plank eronder stond Raju's grote trots, een platenspeler van Bang & Olufsen met stapels elpees, e.p.'tjes en een paar 78-toerenplaten. Hij zette een zacht muziekje op. Geen van beiden had zin om te schaken, en daarom bleven ze een tijdje zitten zonder iets te zeggen.

'Wat je nu moet doen,' zei Raju ten slotte, 'is je concentreren op het kind. Het zal zijn alsof je je dochter weer helemaal opnieuw grootbrengt, bekijk het van die kant. Deze tragedie biedt je de kans om je fouten goed te maken. Pak hem met beide handen aan.'

'O, dus jij vindt ook dat ik iets goed te maken heb?' wilde Sripathi weten.

'Sripathi Rao, waarom maak je je zo druk over wat ik ervan vind, of wie dan ook? Stel jezelf de vraag of je je dochter juist of onjuist hebt behandeld.' Raju keek hem aan met een geërgerde blik die maakte dat Sripathi zijn stekels opzette.

Gepikeerd stond hij op en zei: 'Ik ga. Ik kwam rust zoeken van de tain-tain thuis, maar ik krijg hier alleen maar hetzelfde te horen.'

'Doe niet zo raar, man. Blijf in elk geval lunchen, anders ga je je van de honger nog erger gedragen.' Ook Raju kwam uit zijn stoel en sloeg Sripathi op zijn rug. 'Ik zou als vriend niet veel waard zijn als ik je alleen maar vertelde wat je wilde horen. Vooruit, Poppu heeft bisi bele bhath gemaakt. Ruik je het niet?'

Sripathi liet zich kalmeren. 'Oké', zei hij stuurs. 'Maar daarna moet ik meteen weg. Naar de reisagent en zo. Er valt nog zoveel te doen. Ik hoop aan het eind van de week naar Canada te kunnen vertrekken.'

Bij Hansa Travels aan de Pyecroftstraat besefte Sripathi dat hij geen paspoort had. Hij had er in de zevenenvijftig jaar dat hij al leefde nooit een nodig gehad. Waarom zou hij – hij was nooit het land uit geweest en had zich in zijn eigen geboorteplaats nooit hoeven legitimeren. Een keer, kort voor Maya's vertrek, hadden Sripathi en Nirmala een bezoek aan meneer Bhat in Madras afgelegd om de bijzonderheden van de verlovingsplechtigheid te bespreken. Later die avond waren ze naar het strand geweest, en Sripathi had gekeken naar schepen die zich tegen de naadloze lucht aftekenden. Hij was benieuwd geweest naar het leven dat zeelui leidden, met gelichte ankers, rusteloos als de wateren die ze bevoeren, altijd ergens anders dan waar ze waren geboren. Wat bracht die mensen ertoe hun vertrouwde

omgeving te verlaten? Waarom was zijn eigen dochter de onbekende wereld ingetrokken, ver van de beschermende muren
van huis en familie? Daarna had Sripathi met enige weemoed
aan zijn eigen honkvaste bestaan gedacht, en hij had erover
gefantaseerd dat hij bij zijn dochter op bezoek zou gaan, een
tijdje nadat ook Arun een vaste baan had gekregen en hijzelf zijn
schulden had afbetaald.

De reisagent, een magere, neerbuigende jongeman met glanzend zwart haar dat boven zijn voorhoofd als een geiser tot
uitbarsting kwam, paste ervoor meteen ter zake te komen. Het
was een nieuwsgierig, opdringerig iemand. Op het smalle bureau voor hem lag een blad propvol pennen en potloden waar
hij voortdurend mee zat te spelen. Af en toe hield hij op met zijn
pennengefriemel, graaide naar de telefoon en sprak een paar
minuten.

'Met Nateshan!' blafte hij dan met een draaiende pen of
potlood tussen zijn vingers, zijn blik gericht op iets wat zich
achter Sripathi's hoofd bevond. 'Ja ja. Geen probleem, geen
probleem. Ik ben een drukbezet man, oké? Ik bel later wel.
Oké.'

Al zijn gesprekken klonken hetzelfde. Sripathi vermoedde
dat hij misschien alleen maar deed of hij met iemand sprak,
louter om de indruk te wekken dat hij veel te doen had.
Wanneer hij weer ophing, keek hij Sripathi starend aan, zo
te zien met grote verbazing, alsof hij wilde zeggen: waar komt u
opeens vandaan?

Opnieuw legde Sripathi uit hoe de vork in de steel zat. Hij
benadrukte nog eens dat hij geen paspoort had en dat het
belangrijk was dat hij zo spoedig mogelijk kon vertrekken.

De agent schudde met zijn hoofd en wiebelde met zijn
benen. Hij streek met een voorzichtig handje over zijn vetkuif
en keek Sripathi streng aan. 'Iederéén zou een paspoort moeten
hebben', zei hij ten slotte.

'Dat heb ik nooit zo beseft', erkende Sripathi nederig. Hij

kende dit type. Je moest een beetje kruipen om geholpen te worden. 'Als u me kunt helpen een paspoort te regelen, zal ik u erg dankbaar zijn.'

De agent verdiepte zich enige tijd in het geheimzinnige plekje achter Sripathi's hoofd. 'Is uw reis werkgerelateerd of voor uw plezier?' vroeg hij ineens.

'Mijn dochter en haar man zijn om het leven gekomen.' Sripathi werd bekropen door de absurde behoefte deze vreemde alles te vertellen over de lange stilte tussen hem en Maya. 'Bij een auto-ongeluk.' Hij hoorde dat zijn eigen stem klonk alsof hij zich al schrapend uit een roestig blikje probeerde te werken. Zijn benen begonnen te trillen. Snel sloeg hij ze over elkaar, geschrokken van deze gewaarwording, van het feit dat hij niet in staat leek de bevende beweging die zijn onderstel in haar greep had stop te zetten.

De reisagent gaf Sripathi nu zijn volle aandacht. 'Het spijt me dat te horen. Verschrikkelijk. Maar ik heb al vaak over dat soort plotselinge sterfgevallen in vreemde landen gehoord. Heel triest en plotseling. Kent u de heer Jayaram van de Auto-brugweg? Zijn neef reed heel gewoon van zijn werk naar huis over een snelweg in Pasadena en opeens landt er een vliegtuig op zijn auto. Kunt u zich dat voorstellen? Op slag dood, natuurlijk. Maar de pilote van dat vliegtuig bracht het er levend van af. Ze was in allerlei televisieshows waar ze vertelde dat God haar had behoed. Maar die arme kerel op wie ze terechtkwam, hoe zat het daarmee? Dan was er nog een ander geval… Maar waarom zit ik uw tijd te verspillen? Ik zal u een paspoort bezorgen, geen probleem. Extra kosten, maar ja.'

Daarna het visum voor Canada, dat de reisagent zei ook te kunnen regelen, voor een extra bedrag. Hij dook weer op de telefoon terwijl Sripathi wachtte en probeerde zijn ongeduld te bedwingen.

'Geen probleem. Alles correct en volgens de regels, oké?' verzekerde hij Sripathi, die hem met een twijfelende blik aan-

152

keek. Voor zover hij wist, verliep tegenwoordig niets meer langs legale weg.

'Aan gesjoemel doe ik niet, meneer', zei de agent en hij stak vroom een vermanende vinger op. 'Eerlijk duurt het langst.' Hij sprak de st in langst uit met een lange energieke zucht waarvan de paperassen op zijn bureau zachtjes opwaaiden.

Toen Sripathi een uur later uit het reisbureau vertrok, nadat hij eerst een eindeloos aantal formulieren had ingevuld, constateerde hij opgelucht dat zijn benen weer normaal aanvoelden. Hij besloot bij de Trustmaatschappij van Toturpuram langs te gaan om te kijken of hij extra geld kon lenen voor de reis. De trust was door zijn grootvader en een paar van zijn vrienden opgezet om noodlijdende brahmaanse gezinnen financieel bij te staan en hun kinderen aan een studiebeurs te helpen zodat ze een schoolopleiding konden krijgen, dat o zo kostbare artikel. Sripathi herinnerde zich nog de eerste keer dat hij de trust met een bedelnap in zijn hand had moeten benaderen. Dat was kort nadat hij een baan had gevonden. Langs de plafondranden in de bovenslaapkamers van het Grote Huis waren grote vochtige plekken ontstaan. Het dak moest onmiddellijk waterdicht gemaakt worden en daar was geen geld voor. De vernedering van dat bezoek zou hem voor altijd bijblijven, had hij destijds gedacht, maar dat was voordat hij eraan gewend raakte te bedelen.

'We hopen dat u meer verantwoordelijkheidsbesef hebt dan uw vader', had de oudste van de trustees gezegd terwijl hij Sripathi vanonder zijn witte wenkbrauwen streng aankeek. Hij had nooit veel met Narasimha Rao opgehad en maakte dankbaar van de gelegenheid gebruik om dat af te reageren op de zoon. 'Als hij geen inkomsten had, zouden we het wel begrepen hebben. Niet iedereen kan godin Lakshmi op zijn schouders hebben zitten. Maar uw vader... tchah, tchah, tchah! Die heeft welbewust alles verbrast wat God hem gaf.'

De trust had hem de lening gegund ter nagedachtenis aan zijn grootvader, dat werd heel duidelijk gemaakt. Maar het rentepercentage was hoog – Sripathi moest nu de lasten van zijn vaders dwaasheden torsen. 'U zult op deze manier punya vergaren', had een van de commissieleden tegen Sripathi gezegd, met een troostend klopje op zijn rug. 'Uw kinderen zullen profiteren van uw opstapeling van goede daden.' Dat was de oude man die de overige trustees had overreed Sripathi wat vaker een lening te verstrekken, maar hij leefde niet meer. Er was nu een nieuw, jeugdig stel trustees, die minder snel bereid waren uitstel van zijn maandelijkse betalingen te dulden. 'Dit is een bank, meneer,' had een van hen gezegd terwijl hij met een zelfverzekerde vinger zijn keurig bijgehouden snor gladstreek, 'niet uw persoonlijke schatkist. We kunnen u niet steeds weer uitstel van betaling verlenen. Dit is een commercieel bedrijf, geen liefdadigheidsinstelling, dat begrijpt u vast ook wel.'

Schoorvoetend betrad Sripathi het oude bakstenen gebouw waarin de trust was gehuisvest. In de smalle entree stond een lange spiegel waarin hij zag dat zijn buik als een kinderkontje tegen het zachte katoen van zijn slechtzittende oude overhemd drukte, met rond de navel een lichte indeuking. Onder zijn oksels zaten twee halve donkere zweetkringen, en hij voelde dat er zweet langs zijn rug druppelde, onder de tailleband van zijn broek door. Hij wou dat hij iets netters had aangetrokken. Zenuwachtig bedacht hij hoe hij deze mensen moest uitleggen waarom hij de lening nodig had en ook vroeg hij zich af wat hij zou doen als hij voor een weigering kwam te staan. Tot zijn opluchting gaven de trustees, toen ze hoorden wat er met Maya was gebeurd, hem de lening zonder er een toestand van te maken. Een paar minuten bleef hij als verdoofd zitten, niet in staat te geloven dat hij niet door het stof hoefde te gaan. En daarna vertrok hij snel, voordat de onverwacht achter zijn ogen prikkende tranen konden neerdruppelen op de brede, glimmende tafel tussen hem en deze plechtstatige jongemannen die allemaal zo'n keurig leventje leidden.

Toen hij weer buitenkwam, in de hitte van de namiddag, was het spitsuur begonnen. Bij de bushalten stonden horden schoolkinderen te wachten, in slap hangende uniforms en met uitpuilende rugzakken of schoudertassen. Er stonden ook maami's met zware zijden sari's in warme karmozijnrode, smaragdgroene en purperen tinten, op weg naar de tempel, de markt of hun muziekgroepje, en jonge studentes in een gekreukte katoenen sari of salwar-kameez. Sripathi schoot op zijn scooter langs bakkerij Iyengar, waar de vertrouwde blauw met groene belettering gedeeltelijk was afgedekt door lappen plastic. Het zag ernaar uit dat Iyengar eindelijk was gezwicht voor de druk van de markt – uitgeoefend door de plotselinge toename van bakkerijen in de omgeving die exotische zaken als pizzabroodjes en donuts aanboden – en zijn kleine zaakje aan het verbouwen was. Hij adverteerde nu zelfs in de krant, was Sripathi opgevallen.

Achter hem werd hardnekkig getoeterd. Sripathi gluurde in het spiegeltje en zag dat hij op de hielen werd gezeten door een bus. Boven de voorruit had je een ingewikkeld nummerbord, een reeks letters gevolgd door een onleesbaar lijnnummer. De letters waren de initialen van de huidige deelstaatpremier. Volgens een astroloog ging er een krachtige positieve werking van die letters uit en zouden ze allerlei ongelukken voorkomen, maar aangezien de eerste minister nogal wat initialen had, was er amper nog ruimte voor iets anders. Het gevolg was dat het lijnnummer soms helemaal werd weggelaten of anders op de zijkant stond geschilderd. Het feit dat mensen nooit wisten waar de reis naartoe ging als ze in een bus stapten werd overal in de stad een vast excuus voor te laat komen op kantoor.

'Waarom ben je vandaag weer te laat, Raman?'

'Duizend excuses, saar. Ik ben in de verkeerde bus gestapt, en die reed naar het station, saar. De conducteur wist zelf ook geeneens waar de bus heen ging of welke lijn het was.'

Het was waar dat er al geruime tijd niet één bus was omgekieperd of een botsing had gehad. Toch waren de bussen rechtstreeks verantwoordelijk voor talloze andere ongelukken op de weg, en ook op de trottoirs; menig chauffeur manoeuvreerde zijn voertuig over de stoep wanneer het te druk op de weg was om zo hard te rijden als hij wilde. Op die manier vermorzelde hij kooplieden met hun karretjes vol bananen, een straatastroloog die had verzuimd zijn eigen toekomst te voorspellen of een bedelares die misschien in haar slaap was overleden. Maar uiteraard dienden de initialen van de premier alleen om de bus en zijn inzittenden te beschermen, en niet iedere afzonderlijke mens, hond en koe in de straten van Toturpuram.

Sripathi verhoogde zijn snelheid om aan de bus te ontkomen, maar het getoeter achter hem bleef aanhouden. Hij wierp een blik over zijn schouder en zag dat de chauffeur hem met een duivelse grijns aankeek. Hij speelde een spelletje, die stomme zak. Sripathi schoof een andere rijbaan op en liet de bus voorbijrazen. Het had geen zin om het met die busploerten aan de stok te krijgen. Die dachten allemaal dat ze helden waren, halfgoden die gevrijwaard bleven van onheil. Sinds een plaatselijke busconducteur filmster was geworden, was het gehele gemeentelijke vervoerbedrijf zich bijdehand gaan gedragen en bestuurden de chauffeurs hun bussen als opgefokte cowboys, alsof de weg een racebaan was.

'Yay saar, wilt u soms dood?' schreeuwde de bestuurder van een autoriksja die met veel gepruttel dicht bij Sripathi's scooter reed. In zijn haast om van de bus weg te komen, was Sripathi vlak voor de driewieler beland. Hij zwenkte opzij en de riksja schoot ervandoor, als een waanzinnige, druk zoemende kever gebruikmakend van gaatjes in het maniakale namiddagverkeer. Achter in het kleine voertuigje, met aan weerszijden een deurloze opening, hielden de passagiers, een tweetal jonge vrouwen, zich vertwijfeld vast aan de zeildoeken wanden. Door de beweging van het wagentje veranderde hun gezicht in een drilpudding. Een van hen liet even los om een vleugel van haar sari te grijpen die van het wagentje wilde wegvliegen, en viel er bijna uit tijdens haar worsteling hem in te stoppen tussen haar benen.

Tussen de rijstroken, waar de wegwerkzaamheden tijdelijk door de gemeente waren gestaakt uit gebrek aan financiën of arbeidslust, had een bedelaar een huis opgetrokken van jute zakken, hier en daar in de stad gestolen rioolafdekplaten, lege dozen waar ooit televisietoestellen in hadden gezeten en zelfs een gejat waarschuwingsbord waarop stond: PRIVÉ TERREIN – WACHT U VOOR DE HOND. Het laatste stukje van de tekst was doorgekrast en vervangen door DHR. S.S. ISHWARAN, MASTERSGRAAD GESCHIEDENIS, UNIVERSITEIT VAN KUPPARI-GUNDA.

De heer Ishwaran zelf stond voor zijn woning. Hij was een kleine man met een laatdunkende uitdrukking op zijn gezicht, alsof hij niets met dat hutje achter hem te maken had. Af en toe verdween zijn gereserveerde houding en vuurde hij een reeks spectaculaire scheldwoorden af op een van de naakte kinderen die doodleuk aan het spelen waren te midden van het verkeer en tussen de tollende wielen achter knikkers aan doken. Op de grond naast zijn voeten stond een grote roestvrijstalen kom met een paar roepiemunten erin. In het gammele hutje zat een holwangige vrouw op haar hurken zachtjes een houtskoolvuurtje aan te blazen. Sripathi kwam er op weg naar zijn werk elke dag langs en vroeg zich af of de man echt een mastersgraad in geschiedenis had. Zo ja, moest je eens zien wat die graad hem had opgeleverd! Maar zo was het leven. Net als bij die nummerloze bussen wist je pas op het allerlaatst waar je je aan waagde of waar je heen ging, en dan was het te laat om uit te stappen.

Bij de verkeerslichten, waar honderden voertuigen tot stilstand kwamen om er ronkend, brullend en loeiend als ongeduldige beesten te wachten, was het even rustig. Gebruikmakend van het feit dat de stoplichten het voor de verandering wél deden had de politieagent zijn verhoogde chowki in het midden van de kruising verlaten om in het nabijgelegen koffiehuis een korte pauze te nemen. Zijn plaats was ingenomen door een uitgeteerde vrouw wier broodmagere lichaam was gehuld in een gerafelde sari die slierterig wapperde in het lichte windje, zodat je soms zicht kreeg op een lange, dorre borst of een dij die even verweerd was als een stuk drijfhout. Ze maakte zwaaiende en schokkerige bewegingen, hoog boven het verkeer, als een tot leven gebrachte vogelverschrikker.

'Ze is gek', zei een man op een scooter naast die van Sripathi. 'Er gaan geruchten dat die agent haar dochter heeft verkracht.' Voor op zijn scooter zat een kind ineengedoken tussen zijn voeten, en op de zitting achter hem zaten er nog eens twee, lepelsgewijs tegen elkaar aan.

Een stel straatboefjes begon onder de politiechowki te dansen en de vrouw die erop stond uit te jouwen.

'Hutchee-hutchee, hoofd vol hooizaad', riepen ze.

De vrouw bleef heen en weer zwaaien, waarbij haar lichaam zich hield aan de treurige, wanordelijke slingerlijnen van haar geest. Uit het theekraampje kwam een politieagent, zijn overhemd blinkend wit, zijn kakibroek strak als een trommelvel over zijn kruis. Terwijl hij tussen het zinderende verkeer door slenterde, sloeg hij zachtjes met zijn gummistok op de palm van zijn hand. Hij had een enorme snor en droeg een witte stetsonhoed. Tot voor kort droeg de verkeerspolitie een tulband, maar de nieuwste eerste minister was dol op westerns uit Hollywood en gaf aan deze hartstocht toe door een verandering van uniform voor de gehele politiemacht af te dwingen. Het liefst had ze ook de dienstjeeps vervangen door paarden, maar daar had de hoofdcommissaris een stokje voor gestoken.

'We hebben er nu al onze handen aan vol om overal op straat koeienmest en menselijke mest op te ruimen – moeten we ook nog paardenmest gaan scheppen!' zou hij hebben gezegd. 'Dat gaat toch te ver, wat een onzin. We organiseren wel een staking van straatvegers, dan zullen we nog wel eens zien met die paarden!'

'Kijk, ze regelt het verkeer terwijl u koffiedrinkt, saar', schreeuwde een van de straatjongens terwijl hij lichtvoetig uit de weg danste voordat de agent hem een mep op zijn hoofd kon verkopen.

De man zette zijn hoed in een waardiger stand, sloeg met de gummistok tegen zijn dij en keek dreigend omhoog naar de vrouw. 'Jij daar, naar beneden', gelastte hij.

De vrouw hield op met heen en weer zwaaien en staarde met een lege blik op hem neer.

'En nu meteen naar beneden, zeg ik!' De stok wees gebiedend naar de grond.

'Benedenbenedenbeneden!' zong de vrouw, en met één vloeiende beweging hees ze haar vodden op en hield de agent onverhoeds een schriele bos schaamhaar voor.

'Pappa, ik zag haar poes-stoute-poes', giechelde het kind op de scooter naast Sripathi. Zijn vader gaf hem een stomp op zijn rug en duwde zijn hoofd met zijn ene hand driftig naar beneden, terwijl hij op hetzelfde moment de twee kleine meisjes achterop probeerde af te schermen door scheef te gaan hangen. De scooter helde gevaarlijk over en alle kinderen gilden.

'Waar moet het met dit land naartoe?' merkte hij met een verontschuldigend lachje tegen Sripathi op, alsof hijzelf verantwoordelijk voor de hele absurde vertoning was.

Het licht sprong op groen en het verkeer stroomde naar voren terwijl de vrouw in de strakke cirkel van de politiechowki bleef rondspringen en de wereld haar skeletachtige achterste toestak.

Net toen hij de Brahmaanstraat binnenreed stak er een zeewindje op. Heel even had hij het aangename gevoel dat de plotselinge temperatuurdaling een regenbui aankondigde. Hij passeerde het eierkraampje – een van een aantal, over de gehele stad door de plaatselijke overheid opgezette kraampjes, met als doel gehandicapten de kans te geven zelf in hun levensonderhoud te voorzien – en werd toegezwaaid door Viji, de vrouw zonder benen die het dreef. Ze zwaaide naar iedereen die langskwam, even vrolijk als haar helgele, eiervormige kraampje. Sripathi was er onlangs achter gekomen dat het eierkraampje eigenlijk werd verpacht aan zijn buurman Munnuswamy, die met zijn gebruikelijke politieke connecties een monopolie had verworven op de eierkraampjesmarkt. Mensen als Viji waren genoodzaakt het kraampje tegen een woekerprijs van hem te huren.

De vlaag verkoelende lucht ging gepaard met de rottingsstank uit de open riolen, en Sripathi vertrok zijn gezicht. Waarom niet een reukloos zuchtje wind? Het leek wel alsof alle goeds op deze wereld gepaard ging met een zweem van het minder goede. Hij kwam bij de Krishnatempel, waar de rioolstank werd vervangen door de zoete geur van talloze jasmijnbloemen uit de rij bloemenkraampjes bij de ingang. De lucht weerklonk van een diepgalmend belgelui dat nu rust bracht in zijn vermoeide hersens in plaats van dat hij zich eraan stoorde. Hij reed langs Balaji, die kennelijk geen stap was geweken van zijn positie voor het hek van het flatgebouw waarin hij woonde.

'Zo, staat u er nog steeds?' vroeg Sripathi.

Balaji lachte terug en wees op het puin voor het hek van Sripathi. 'Wat een troep! Gigantisch!' merkte hij op met het air van een Archimedes die 'Eureka' zei.

'Ik weet het', zei Sripathi mistroostig. 'Er wordt te veel gebouwd. Misschien moet ik de boel ook maar verkopen en net als ieder ander in een flat gaan wonen.'

'Oho? Denkt u erover uw huis te verkopen?'

'Misschien. Bent u dan blij? Als u geen leningen meer voor me hoeft goed te keuren?' vroeg Sripathi met een lachje.

'Waarom zou ík me blij of verdrietig om Sripathi-orey voelen? Ik ben gewoon een werknemer van de bank die zich aan de regels en voorschriften houdt. Als ik kon, zou ik iedereen die bij me kwam een lening verstrekken', zei Balaji. Hij leek heel tevreden over zijn eigen onbaatzuchtige neigingen. 'Maar in alle ernst, gaat u echt verkopen?'

Sripathi haalde zijn schouders op. 'Er zijn zo veel problemen, moet je weten. Vooral met het water. Al die flatgebouwen…'

'Uiteraard', knikte Balaji. 'Honderden mensen die doortrekken en in bad gaan en hun tanden poetsen en zo. Maar jullie hebben toch een waterput?'

'Ja, maar het water is brak.'

Er viel een stilte, waarin Balaji ijverig zijn neus leegpeuterde. Hij had klaarblijkelijk besloten al zijn lichaamsopeningen in het openbaar een schoonmaakbeurt te geven. Proefdraaien voordat hij in bad gaat, dacht Sripathi vol afkeer.

'Hoeveel?' wilde Balaji ineens weten.

'Wat?'

'Voor hoeveel wilt u verkopen?'

'Ik weet het niet. Ik zal eerst eens moeten kijken wat de markt doet', zei Sripathi stijfjes.

'Mijn broer is op zoek naar onroerend goed in deze buurt', zei Balaji. 'Hij zit in de bouw. Hij zal u een goede prijs geven als u wilt. Handje contantje, geen probleem.'

Sripathi voelde een driftbui aankomen. Waarom zou de familie van deze afschuwelijke, neuswroetende, verwaande klootzak in mijn huis wonen? dacht hij. Smerige boeven in mijn voorouderlijke woning! Hij beheerste zijn woede en dwong zichzelf tot een glimlach.

'Ik zal u op de hoogte brengen als ik besluit te verkopen, Balaji', zei hij.

Hij wrong zich door het geblokkeerde hek van zijn huis, nog steeds razend om Balaji's voorstel. Jakhalzen, dacht hij. Aasgieren. Die zich tegoed doen aan andermans ellende en verdriet.

Over het lage afscheidingsmuurtje zag hij zijn buurman Munnuswamy, die zijn koe aaide en een liedje uit een oude film zong. Het kalf lag op de grond. Het zag er niet echt gezond uit, vond Sripathi. Maar wat wist hij van dieren, misschien zagen alle kalveren er wel zo uit. Munnuswamy hoorde hem naar zijn veranda lopen en hield hem aan. 'Sripathi Rao, ik heb over uw kind gehoord', zei hij. 'Wat erg voor u. Als ik u ergens mee kan helpen, aarzel niet het te vragen. Ik herinner me uw dochter nog van toen ze zo groot was.' Hij maakte een gebaar naar zijn knieën.

Sripathi knikte en ging op de gammele oude stoel op de veranda zitten om zijn schoenen uit te trekken. Wat was Maya snel een herinnering in andermans geest geworden. Dat was de kracht van de dood – de ademhaling weghalen en een mens veranderen in een etherische abstractie.

Van binnen in huis hoorde hij het tikkende geluid van Nirmala's stok en flarden van haar geneurie. Hij had vergeten dat ze vandaag dansles gaf. Ze had vast geen tijd gehad om de les af te zeggen, en de leerlingen waren zoals gebruikelijk om vier uur komen opdagen.

'Niet zo', hoorde hij haar tegen een van de leerlingen zeggen. 'Je bent Rama, de nobele vorst, de held. Loop met waardigheid. Loop met moed en nederigheid. Hou je hoofd hoog. En jij bent Ravana. Ook hij is een groot vorst, maar zijn manier van lopen is die van een opschepper. Een man die te trots is en daarom niet heldhaftig.'

Sripathi werd verrast door het karakter van haar woorden. Hij had niet geweten dat ze dergelijke taal in haar pretentieloze hoofd had. Hij wist ook niet waar ze de kracht vandaan had gehaald om ook maar iets tegen die kinderen te zeggen, die nu met hun bruisende, vonkende jeugd al stampend de duisternis uit de kamer verdreven.

Later die avond, na een maaltijd waarbij veel werd gezwegen en zelfs Ammayya stil en in gedachten verzonken was, ging Sripathi de trap op naar zijn slaapkamer, waar hij zag dat Nirmala haar kussen van hun bed had weggehaald. Hij hoorde haar op zachte toon in Aruns kamer praten en wist dat ze daar het logeerbed voor zichzelf had opgemaakt. Een samenspanning, dacht hij verontwaardigd, moeder en zoon spannen tegen mij samen – alsof dat mij wat kan schelen. Stom mens, ze dacht dat het hem iets kon schelen waar ze sliep. Hah, het was juist fijn om het hele bed voor hemzelf te hebben. Hij spreidde zijn armen en benen wijd uit elkaar. Diep in zijn hart ontwaarde zich een dikke kluwen van woede tegen Nirmala, Arun, Putti en Ammayya, tegen zijn dode vader en Maya. Vooral tegen Maya, omdat ze gemaakt had dat hij een vreemde voor zijn eigen kleinkind bleef, omdat ze zo volledig uit hun leven was verdwenen. Hij had zich gedwongen zijn dochters verraad te vergeten, want zo beschouwde hij haar huwelijk, het leven dat ze voor zichzelf had gekozen. Hij was weliswaar degene geweest die tegen haar had gezegd dat ze nooit meer thuis hoefde te komen, die had geweigerd op haar brieven of haar telefoontjes te reageren, maar door dood te gaan had ze hem beroofd van de gelegenheid om te vergeven en te worden vergeven.

Sripathi lag te woelen en te draaien in zijn bed. Zijn ogen voelden droog en gespannen aan, maar wanneer hij ze dicht probeerde te doen, lukte dat niet. Ook de slaap had hem verlaten. Uit Aruns kamer klonk een zacht gemompel van stemmen, en afgunstig spande hij zich tot het uiterste in om te horen wat er werd gezegd.

Maar algauw stierven ook die geluiden weg, en het enige wat hij nog hoorde was de niet-aflatende roep van een nachtegaal in zijn verwaarloosde tuin.

Haar raam stond open om de warme zomerlucht naar binnen te laten. Het was de twintigste augustus. Het was vijftien dagen geleden dat de Oude Man was gearriveerd en twee sinds ze uit het huis van tante Kiran naar dat van Nandana waren vertrokken. Ze had eigenlijk in Anjali's huis moeten blijven terwijl de

Oude Man alles inpakte, maar opnieuw had ze bij de auto gestaan op het moment dat ze wilden wegrijden, en ze had het vertikt weer naar binnen te gaan, totdat tante Kiran had gezegd: 'Nou ja, laat haar dan maar meegaan. Het arme kind, het is niet nodig haar om dit soort kleinigheden overstuur te maken.' Toen keek ze Nandana aan en zei: 'Goed dan, je mag je opa helpen met inpakken. Oké?'

Echt niet – Nandana zou de Oude Man niet toestaan aan haar spullen te komen, maar ze knikte omdat ze haast had naar huis te gaan.

Er kwamen voetenstappen de trap op. Nandana sprong in bed en trok de lakens over haar hoofd. De Oude Man kwam naar boven en ze wilde niet dat hij haar zou vinden. Hij staarde haar maar aan met ogen die groot waren achter zijn brillenglazen en zei meestal niets. Soms deed hij zijn mond open als hij haar aankeek, zonder dat er een woord uitkwam. Hij had een cadeautje voor haar meegebracht uit India – drie stripboeken met plaatjes van dieren die met elkaar praatten. Het waren volksverhalen uit India, zei tante Kiran tegen haar, en ze vroeg de Oude Man of hij er eentje wilde voorlezen aan de kinderen, maar Nandana was de kamer uitgehold. Ze wilde niet dat iemand anders dan haar eigen vader verhaaltjes aan haar vertelde.

8

Blauwtinten

Sripathi had voor zijn reis een koffer van Raju geleend, en ook een jas, omdat hij niet precies wist hoe koud het in dat verre land zou zijn. Nirmala legde haar stugge sluier van zwijgen af en hielp hem met inpakken. Ze stond erop dat hij zijn aftandse oude sandalen verruilde voor een paar zwarte schoenen die hij voor Maya's verloving bij Bata had gekocht en sindsdien niet meer had gedragen. Ze liet hem ook een lichtblauw overhemd aantrekken dat ze bij de Beauteous Boutique had gekocht.

'Waarom moet ik me opdoffen als een bruidegom?' Hij was nijdig dat ze nog meer geld aan deze reis had gespendeerd.

'Je gaat onze kleindochter voor het eerst ontmoeten,' voerde Nirmala aan, 'en dan wil je in dat vreselijke, geruite overhemd van je gaan? Ik snap niet waarom je geen afstand kunt doen van dat overhemd. Zelfs onze dhobi heeft mooiere kleren aan!'

'Misschien moet ik dan aan hem vragen of hij me een chique overhemd kan lenen voor mijn buitenlandse reis', bromde Sripathi. In zijn hart was hij blij dat Nirmala weer gewoon deed.

'Schaam je je niet! Je zou het nog doen ook. Zo idioot als jij je soms gedraagt! Maak nou eens niet zo'n heisa over elke kleinigheid. Wat moeten die vrienden van Maya niet van je denken als je daar verschijnt en eruitziet als een chaprassi? Henh? En je moet bovendien nog naar al die mensen van de Canadese overheid. Wie is die malle oude bedelaar? zullen ze zeggen, en dan zullen ze verbieden dat je onze Nandana mee terugneemt.'

In zijn zak had Sripathi een veterdas met een fijn bewerkte

zilveren vlinder die op een dikke grashalm zat. Hij had hem bij zijn vertrek uit Toturpuram om gehad, louter om Ammayya een plezier te doen, van wie hij hem had gekregen. 'Wees er zuinig op', had ze gezegd. 'Hij is van zuiver argentum, niet van een of ander flutmetaal.' Ze verkeerde in de veronderstelling dat alle Amerikanen een veterdas en cowboylaarzen droegen en op kauwgum kauwden, en haar zoon mocht niet uit de toon vallen, ook al ging hij maar voor anderhalve maand. Ze had ook gehoord dat ze daar zwarte mensen neerschoten en in elkaar sloegen, en hoewel iedereen kon zien dat haar Sripathi zo blank was als de koningin van Engeland, was het onzin om risico's te nemen en ontzettend op te vallen. Ze wist niet waar ze cow-boylaarzen vandaan moest halen, maar de veterdas was van Narasimha geweest en ook echt Amerikaans. Hoewel het weinig uithaalde probeerde Sripathi zijn moeder duidelijk te maken dat hij niet naar de Verenigde Staten, maar naar Canada ging. In Ammayya's nogal beperkte wereldje bestonden er slechts drie landen: Engeland, Amerika en India. Pakistan en Bangladesh (dat ze nog steeds Oost-Bengalen noemde) telden niet als landen, omdat wat haar betrof de Verdeling van India een vergissing was die nooit had plaatsgevonden. Jawaharlal Nehru was net als haar man (God hebbe zijn ziel) een rokkenjagende idioot en Gandhi een verrader van fatsoen-lijke brahmaanse gevoelens met zijn alle-mensen-met-inbe-grip-van-de-onaanraakbaren-zijn-gelijk-flauwekul. Als Am-mayya de Verdeling negeerde, had hij nooit plaatsgevonden.

Drie weken later was Sripathi in Vancouver aangekomen, verbijsterd door de gewaarwording dat hij vloog, dat hij werd losgekoppeld van de aarde nadat hij er zevenenvijftig jaar mee verbonden was geweest. Zijn rug deed pijn van zo lang op een krappe stoel te hebben gezeten. Er zaten blaren op zijn voeten, die doodmoe waren omdat ze opgesloten zaten in het nieuwe leer van zijn schoenen. En hij maakte zich zorgen over wat hij zou voelen als hij het kind zag.

Wanneer Sripathi probeerde terug te denken aan die reis, zijn eerste naar het buitenland, kon hij zich er maar heel weinig van herinneren. Hij was ontvangen door dokter Sunderraj en had de eerste week in diens huis gelogeerd. Daarna had hij gevraagd of hij zijn intrek in Maya's huis kon nemen, en tot zijn verrassing had het kind met alle geweld met hem mee gewild. Met uitzondering van het weekend ging ze echter elke dag naar een kinderkamp en bleef hij alleen achter in het blauwe huis. Hij was opgelucht toen Kiran aanbood elke avond langs te komen om hem te helpen bij het inpakken en om het huis te ontdoen van kleding, meubels en gebruiksvoorwerpen. Ze had ook voor een week eten in de koelkast klaargezet – bakjes met oranje deksels, vol met curry's en rijstschotels die hij alleen maar hoefde opwarmen in de magnetron. Hij was blij met het eten, omdat hij niet kon koken en zelfs nog nooit een ketel water had opgezet.

Tijdens zijn zes weken in Vancouver had hij niemand ontmoet, hoewel hij toch op zijn minst contact met vrienden van Maya en Alan had kunnen opnemen. Geïntimideerd door het onbekende van de stad, door zijn stilte en zijn hoog oprijzende schoonheid ging hij nergens naartoe. Hij wilde niets te maken hebben met de plek waar zijn dochter haar laatste adem had uitgeblazen. Het enige wat hij mee terugnam was een wazige herinnering aan regen en weelderig groen, aan dingen die oneindig doorgroeiden – reusachtige bomen, schitterende bloemen, bladeren zo groot als borden – een vruchtbaarheid die hij onverdraaglijk vond. Hij herinnerde zich wel, pijnlijk gedetailleerd, het blauwe huis met de glimmende houten vloeren en de grote ramen die Kiran Sunderraj had opengezet om de vochtige, schone lucht van de stad binnen te laten. Deze lucht rook naar het leven dat buiten door de veelheid van planten stroomde en naar de struiken die doorbogen onder het gewicht van hun ragfijne blauwe bloemen. Op zijn eerste dag daar had hij bij het raam gezeten en geluisterd naar het huilen van een baby in het buurhuis. Een jonge vrouwenstem had het kind sussend toegesproken. Er was een ploegje wielrenners voorbijgekomen, lachend en pratend, hun gespierde benen gevat in een strakke korte broek, hun armen bloot en gezond. Er waren lange perioden dat er niemand voorbijkwam en dat hij niets anders hoorde dan het geluid van regen op de bladeren. Sripathi had alles willen buitensluiten, en zodra Kiran hem en het kind voor de rest van de dag alleen liet, had hij alle vensters gesloten, behalve die in de kamer van het meisje. Ze had zich daar opgesloten en reageerde niet wanneer hij aarzelend aanklopte.

De muren van het huis waren in verschillende blauwtinten geschilderd. Wiens lievelingskleur zou het geweest zijn, vroeg hij zich af, van Alan of Maya? Als jonge vrouw in Toturpuram had Maya van felle kleuren gehouden: allerlei tinten rood, roze, geel en groen. Op de meeste foto's die Maya naar huis had gestuurd leek ze echter alleen zwarte of witte kleren te dragen en een enkele keer een rood T-shirt. Maar mensen waren als bomen, ze groeiden, veranderden en maakten nieuwe bladeren die je vergat mee te tellen, en als je even niet keek, gingen ze zelfs dood.

Hier en daar hingen ingelijste prenten aan de wanden, en ook een soort masker en kleine plankjes vol snuisterijen. En foto's – tientallen – van Maya, Alan en Nandana. Een verslag van hun leven, van bijzondere en vreugdevolle momenten: bij Nandana's school op haar eerste schooldag; een lang stuk weg dat werd opgeluisterd door hoog oprijzende bergen, Maya's haar in de war geblazen door de wind, haar blije lach voorgoed vastgelegd; Alan, lang en vriendelijk, met op zijn schouders Nandana, wier kleine handjes zich vastgrepen aan zijn blonde haar. Mijn schoonzoon, dacht Sripathi treurig. Een vrolijk lachende student filosofie met krulhaar, de man die met zijn dochter getrouwd was en haar gelukkig had gemaakt.

Dit was het huis waarin zijn dochter ooit had gewoond en dat hij nu aan een vreemde had verkocht. Het meubilair was door weer andere vreemden weggehaald – het eetkamerameublement, bureaus, stoelen, een computer, kasten en een grote stoel die heen en weer kon schuiven als een la die opening. Het kind was van streek geweest toen die stoel het huis uit ging. Ze was er zwijgend op gaan zitten en had geweigerd op te staan. Dokter Sundcrraj had haar eraf getild terwijl Sripathi hulpeloos toekeek, zonder te weten waarom ze zo overstuur was. Toen een koper een ladekastje uit haar kamer had weggedragen, had ze ook gebruld van het huilen – dikke tranen die over haar gezicht rolden, de een na de ander, terwijl haar magere borst hevig op en neer ging, haar handen tot vuisten gebald. Ze raakte alles kwijt dat haar vertrouwd en dierbaar was, dacht Sripathi. Toen had hij gewild dat hij haar kon beloven dat alles weer goed zou komen. Hij had zelfs zijn hand uitgestoken om haar een klopje op haar schouder te geven, om te zeggen dat het wel in orde zou komen met haar, dat hij haar mee naar huis zou nemen, naar India, maar het kind was voor hem teruggedeinsd. Wat ging er in dat kleine hoofdje om? vroeg hij zich af toen hij de afwijzing in die donkere ogen zag. Haar moeders ogen. Groot, zwart, peilloos. Zou ze hem haten? Ze moest zich toch van alles over hem afvragen, de grootvader die zomaar uit het niets was opgedoken in een splinternieuw, verkreukeld overhemd, speciaal voor de reis aangeschaft in de Beauteous Boutique. Zou ze wel eens van Toturpuram gehoord hebben, een klein stadje op duizenden kilometers afstand van Vancouver, waar haar moeder was geboren, en verscheidene generaties voor haar? Had Maya ooit over hem gesproken, over Nirmala en Arun en Ammayya en Putti, en over het oude huis in de Brahmaanstraat?

De dochter van zijn dochter. Een weeskind. Wat een akelig woord was dat. Een kind dat zijn vader en moeder heeft verloren. 'Verstoken van voorheen genoten bescherming of gunstige omstandigheden', om de *Concise Oxford Dictionary* te citeren. Kort na het telefoontje van dokter Sunderraj in juli had Sripathi het woord opgezocht.

'Ze praat niet meer', had dokter Sunderraj hem verteld op de avond dat hij was aangekomen. In zijn zachte Canadese stem was niets meer van India te horen. Hij was bezweken voor een nieuw staatsburgerschap, dacht Sripathi. Eerst verander je je manier van kleden, dan je haar, je manieren, je accent. Abracadabra, simsalabim: en er staat een nieuwe persoon voor je. Zou Maya's accent ook zijn veranderd, van gepeperd Madras tot ijspegelig Canadees? Sripathi gruwde van zijn eigen woordspeling. Lange jaren als copywriter konden zelfs verdriet tot een slagzin verlagen.

'We denken dat het door de emoties komt en maar tijdelijk is', vervolgde dokter Sunderraj.

'Wat?' Sripathi was niet in staat geweest zich te herinneren hoe het gesprek was begonnen. Het leek hem steeds te overvallen, die afwezigheid, alsof zijn geest had besloten helemaal niet meer te luisteren, niet meer te reageren op welke prikkel dan ook.

'Nandana zegt geen woord, zoals u misschien wel gemerkt hebt', herhaalde de dokter geduldig. 'Normaal is het een heel spraakzaam kind, moet u weten, dus dit zwijgen is ongewoon. Maar dit soort dingen zijn te verwachten. Het was zo'n enorme schok. En je weet nooit hoe kinderen zullen reageren.'

Hij logeerde een week in het blauwe huis om de spullen in te pakken waarvan hij vond dat ze mee naar India moesten – Maya's boeken als aandenken voor het kind, foto's, brieven, paperassen, twee gouden armbanden en twee paar oorbellen. En nog twee gouden armbandjes die hij onmiddellijk herkende. Die waren een cadeautje van Ammayya geweest toen zijn dochter een jaar werd. Nirmala had ze kennelijk opgestuurd voor Nandana's eerste verjaardag. De kleding deed hij het allerlaatst weg; met bloedend hart keek hij naar de keurige planken en laden vol bloezen, broeken en ondergoed, en de drie sari's met hun bijpassende bloezen en onderjurken in hun plastic kledinghoezen. Hij herinnerde zich de donkergroene sari van Mysore-crêpezijde met de rand van gouden mango's – hij was met Nirmala naar het grote, nieuwe warenhuis in Toturpuram gegaan om die voor Maya's zestiende verjaardag te kopen. Hij had versteld gestaan toen zijn dochter hem voor het eerst droeg: haar verlegen gezicht een en al verwachting en haar slanke figuur ineens langer en volwassener in de soepel vallende stof. Hij had niet geweten wat hij moest zeggen, omdat zijn keel ineens dicht zat door een overvloed aan emoties, vreugde over haar jeugdige schoonheid en verdriet omdat ze bijna een volwassene was. 'Hoe zie ik eruit, Appu?' had ze gevraagd terwijl ze haar magere armen spreidde, en toen was de illusie van volwassenheid verdwenen. Ze was weer een slungelige tiener die gekleed ging in een mooie sari.

'Je moeder had naar mij moeten luisteren en de roze moeten kopen', had hij gezegd.

Er was een teleurgestelde uitdrukking op haar gezicht verschenen en ze had haar armen laten zakken. 'Zie ik er niet mooi uit?'

'Dat zei ik toch niet?'

Waarop ze zich had omgedraaid en stuntelig de trap af was gelopen, waarbij ze de sari zo hoog optilde dat hij opgepropt rond haar knieën zat.

Later was Nirmala tegen hem uitgevaren. 'Wat bezielt jou? Ze vertelde dat je hebt gezegd dat ze er niet leuk uitzag in die nieuwe sari. Hij stond haar zo prachtig, waarom zeg je zoiets tegen haar?'

'Ze is te jong om een sari te dragen. En door die kleur ziet ze eruit als juffrouw Chintamani', had hij met een schuldig gevoel gezegd.

'Onzin. Je lijkt zelf op die bibliotheekjuf – altijd en eeuwig maar commentaar hebben op alles en iedereen.' Nirmala had hem de rug toegekeerd en geweigerd met hem te praten, en

Maya had die sari nooit meer gedragen.

Hij haalde de drie sari's voorzichtig uit hun plastic hoezen en legde ze in de koffer. Het waren de enige kledingstukken die hij mee terug zou nemen. Hij besloot een stapel kleren te wassen die nog in de wasmand lag, ook al had Kiran gezegd dat zij het wel zou doen in het weekend. Hij voelde zich toch al zo klein omdat hij zoveel van de familie Sunderraj aannam. Hij kon toch vast wel een stapel kleren wassen voordat hij ze in de zakken voor het Leger des Heils deed? Het kostte hem een tijdje om uit te dokteren hoe de wasmachine werkte, en toen hij de hulp van het kind inriep, keek ze hem stuurs aan zonder antwoord te geven. Ze wilde ook niet dat hij twee jassen wegdeed die van haar ouders waren geweest. Ze griste ze uit zijn handen en holde er de trap mee op. Struikelend sleurde ze de zware rode en grijze jassen mee naar boven. Toen Sripathi haar achterna liep en haar maande voorzichtig te zijn, draaide ze zich om en keek hem woedend aan, haar ogen woest als die van een in het nauw gedreven dier. Hij was achteruit de trap af gelopen. Hij mocht ook haar spullen niet inpakken: ze stopte ze zelf in vuilniszakken die ze op een rij tegen een muur van haar lege kamer zette. Op het laatst had Kiran Sunderraj haar weten over te halen al het speelgoed, de kleding en de boeken toch maar in koffers en dozen te doen. Maar het kind bleef Sripathi achterdochtig, zelfs vijandig bekijken, en hij liet elke poging varen om een gesprek met haar aan te knopen. Tijdens zijn hele verblijf bestond er niets anders tussen hen dan een steeds dieper wordend zwijgen.

Een maand na zijn komst kreeg hij van de Raad voor de Kinderbescherming toestemming om het kind mee naar India te nemen. Haar bezoekersvisum was door de Indiase ambassade in Homer Street wonder boven wonder al binnen een week verstrekt, opnieuw dankzij de talloze contacten van dokter Sunderraj. Kiran en hij hadden meer gedaan dan je normaal gesproken kon verwachten. Ze hadden alle wettelijke formaliteiten met betrekking tot beide sterfgevallen op zich genomen, of in elk geval zoveel als hun werd toegestaan. Dokter Sunderraj had ook het merendeel van het voorbereidende papierwerk voor het kind afgehandeld.

'Omdat er geen naaste verwanten zijn, valt Nandana officieel onder het voogdijschap van de Staat', had de man aan de telefoon uitgelegd voordat Sripathi op reis ging. 'Maar ik heb contacten bij Immigratie en bij de Raad voor de Kinderbescherming. Ze vinden het goed dat ze bij ons blijft, omdat we al zo lang met het gezin bevriend zijn en Alans ouders niet meer leven. We hebben een oproep in de krant geplaatst, maar kennelijk was hij enig kind. Er is alleen een tante in Idaho die de verantwoordelijkheid niet wil. Er zijn ook nog een paar neven en nichten, maar die vonden het beter dat Nandu bij ons bleef, omdat wij vertrouwde gezichten zijn. Uw kleindochter mag zo lang blijven als nodig is. Maar ze heeft haar eigen familie nodig, en hoe eerder u komt hoe beter.'

Op de luchthaven, waar ze wachtten op hun vlucht terug naar India, bleef het kind zich gesloten en zwijgzaam gedragen. Sripathi had in zijn ene hand een klein rood koffertje. Hij had zijn andere hand bewust vrijgehouden in de veronderstelling dat het kind hem zou vastpakken, net als Maya vroeger, toen ze zeven was. Dat deed ze niet. Hij bood aan haar rugzak over te nemen, waarin een rare grote bobbel zat en die heel zwaar leek, maar ze negeerde hem. En de Mars die Sripathi haar voorhield bekeek ze met grote achterdocht. Sripathi besloot toegeeflijk te zijn, hoewel hij voelde dat hij driftig werd omdat ze zo onhandelbaar was.

Hij keek omlaag terwijl ze zwijgend naast hem dribbelde, met haar armen buiten zijn bereik op haar rug geslagen. Het kind had met kohl een wiebelig lijntje onder haar ogen getrokken en zag eruit als een wasbeertje. Ze kauwde voortdurend ergens op. Knauwknauwknauw. Er zwol een bel op uit haar mond, als een opgeblazen vlies. Ze had een gescheurde spijkerbroek aan, en een lubberig zwart T-shirt waarop in felroze het woord WHY? was gedrukt. Kiran had een ander stel kleren voor haar klaargelegd, herinnerde hij zich, maar het kind had kennelijk besloten om dwars te wezen. Sripathi zag dat haar knieën, die door de gaten van haar gescheurde spijkerbroek staken, geschramd en droog waren, benige, kinderlijke heuveltjes, die een lachwekkend contrast vormden met haar stoere uiterlijk. Eerder had Sripathi een tekening op een van haar knieën gezien, een man met een woeste snor en een grote moedervlek op zijn voorhoofd. Had het kind dat zelf gedaan of was het een tatoeage zoals je die zag op de armen van die vieze Lambanizwerfsters die in Toturpuram bij hem op straat woonden? Sripathi had gehoord dat tatoeages in de mode waren in vreemde landen. En haar haar, wat had ze daar toch in vredesnaam mee uitgespookt? Er stond een woeste massa pikzwarte krullen op haar hoofd, met hier en daar een sliertje kralen ertussen. Sommige strengen haar waren onhandig gevlochten. Ze had ook niet toegelaten dat Kiran haar haar kamde. Dat was kennelijk iets wat Maya bij het kind deed. Zoals Nirmala bij haar had gedaan. Sripathi zag ineens weer hoe Nirmala op de veranda zat met de mopperende, tegenstribbelende Maya stevig tussen haar knieën geklemd, en dan haar dikke haar vlocht – Nirmala, met haar mond vol haarspeldjes en linten, die met gesmoorde stem tegen Maya zei dat ze niet zo moest zitten draaien, terwijl haar handen snel de knopen en klitten uitkamden.

Sripathi vond de gate die ze moesten hebben en ging zitten. Nandana drentelde weg, waarbij ze één keer over haar schouder naar hem keek, en bleef aan de overkant van de hal bij het raam staan. Ze drukte haar neus tegen het glas. Haar rugzak trok haar schouders naar achteren en rekte haar magere nek uit als die van een kip. Te mager, dacht Sripathi, er zat nauwelijks vlees op haar sleutelbeenderen en haar huid was van een licht, doorschijnend bruin, als melk met een vleugje honing. Hij was er zeker van dat hij zelfs een flauw netwerk van blauwe adertjes naast haar ogen kon zien. Ze at niet goed. Was ze bang om aan te komen? Hielden kinderen zich met dat soort dingen bezig? Hij kon zich niet herinneren hoe dat bij Maya was geweest. Was zij een kieskeurige eter geweest omdat ze dacht dat ze dik zou worden? Hij realiseerde zich dat hij niets had geweten van het innerlijk leven van zijn dochter, de geheime wereld van dromen en angsten, de complexen en de aanstellerij waardoor kinderen in hun jeugd worden geplaagd en die zich uiteindelijk tot een dode last verharden. Hoe kon het dat ze twintig jaar lang was opgegroeid in het huis waarin hij zelf ook woonde, vlak onder zijn neus? Van een geliefd kind dat zijn pink vasthield bij het oversteken, dat van bezorgdheid begon te huilen als hij niet precies om zes uur 's avonds thuiskwam, was ze veranderd in een persoon die hij niet kende.

De intercom in de hal van de luchthaven kwam tot leven, en iedereen ging rechtop zitten. Bejaarden en mensen met kleine kinderen werd verzocht aan boord te gaan. Sripathi zocht zijn bagage bij elkaar en keek naar het kind in de hoop dat zij de aankondiging ook had gehoord. Ze week nog steeds niet van het raam, met haar neus tegen het glas gedrukt en haar adem daar in een vochtige kring omheen.

Er volgde nog een aankondiging die klonk alsof de spreker in een blikje zat. Nu kwam Nandala schoorvoetend teruglopen naar Sripathi. Wat zou Nirmala van haar vinden? vroeg hij zich af. Hoe moesten ze haar aanpakken?

Het kind bukte zich om een losgeraakte schoenveter vast te maken. Onder het gewicht van de rugzak leek ze wel een schildpad. Gezien haar vijandigheid was Sripathi er zelfs huiverig voor om te vragen wat erin zat.

'Verwacht niet te veel tegelijk', had Kiran Sunderraj hem aangeraden. 'Nandu komt wel naar u toe wanneer ze zover is. U moet niet vergeten dat ze alles is kwijtgeraakt wat haar vertrouwd en dierbaar was. Dat is een hele schok voor dat arme kind. U moet geduld hebben.'

Sripathi hield haar behoedzaam in het oog toen ze op haar dooie akkertje een rondje door de hal maakte voordat ze op hem afkwam. Ze deed het opzettelijk, daar was hij van overtuigd, om zijn gezag en zijn geduld op de proef te stellen, uit te proberen. Het hele eind vanaf Madras naar Frankfurt, en van Frankfurt naar Vancouver had hij zich een tweede kleine Maya voorgesteld die hij moeiteloos weer in zijn hart kon sluiten, die zou helpen zijn schuldgevoel en woede te verdrijven. Dit kind was echter te beheerst, te weinig innemend en te weinig bereid om liefde te ontvangen. Ze was niet mooi of aantrekkelijk. Wat had hij eigenlijk verwacht? Een lieftallig schepseltje dat zo uit een kinderboek was weggelopen, in een keurig jurkje zoals die Nirmala voor Maya maakte toen ze een klein meisje was, het haar in dubbelgevouwen, met linten vastgezette vlechtjes?

Het kind kwam zwijgend naast hem staan en frunnikte met haar ene hand aan een sliert met kraaltjes ingeregen haar.

'Moet je nog naar de wc?' vroeg Sripathi ongemakkelijk.

Stilte.

'Of wil je iets drinken voordat we in het vliegtuig stappen? Heb je al eens in een vliegtuig gezeten?'

Ze haalde haar schouders op, stak een vinger en duim in haar mond en trok een lange, kleverige sliert roze kauwgum tevoorschijn. Ze keek Sripathi gauw even aan om te zien wat hij daarvan vond. Hij hoopte maar dat Nirmala beter zou weten hoe ze met haar moest omgaan. Vrouwen leken in elke situatie altijd over precies de juiste woorden te beschikken. En toch was híj de woordkunstenaar, de man die vreemden overhaalde tot de aankoop van huidcrème en ayurvedische hoestpasta, kokoskleedjes en tandpoeder, kokoshaarpommade en sesamolie.

Kreunend bukte hij zich om het rode koffertje op te tillen, dat in de loop van de tijd de nodige butsen had opgelopen en vol verschoten, afbladderende stickers zat. Het werd dichtgehouden met een nieuw uitziende leren riem. Hij zou dat koffertje uit duizenden hebben herkend. Nirmala en hij hadden het voor Maya gekocht bij een magazijn aan de Tweedestranddwarsweg, twee dagen voordat ze met haar studiejaar een uitstapje naar Ooty ging maken. De hele familie had bus 16 genomen omdat die een pittoreske route nam. Het was een bijzondere gebeurtenis. Maya zou vijf hele dagen van huis zijn, de eerste keer in hun leven dat zoiets gebeurde. In Sripathi's familie was er nog nooit een dochter in haar eentje van huis gegaan zonder dat ze getrouwd was. De koffer zou een erkenning zijn van Maya's nieuwe status als zelfstandig persoon, een bijna-volwassene. Het was tevens Sripathi's nerveuze eerste stap in een moderne wereld, waar dochters van huis gingen om te studeren en werkten om in hun levensonderhoud te voorzien.

Ammayya begreep niets van alle ophef of de noodzaak van een koffer. 'We hebben zo veel hutkoffers in huis', had ze gezegd, zoals gewoonlijk vol afschuw over elke vorm van geld uitgeven. 'Hebben we het niet ons hele leven met hutkoffers weten te redden? Mijn vader heeft er maar tien roepie voor betaald en ze hebben het de afgelopen vijfenzestig jaar prima uitgehouden.'

'Maar Ammayya, wat zullen al mijn vriendinnen denken als ik op het station met mijn grootmoeders huwelijkspetti kom aanzetten?' vroeg Maya plagerig. 'En wie zal ze voor me dragen?'

'Pah, wat bedenk jij een onzinredenen om je vader geld uit de zak te kloppen. Verwend, dat zijn jullie kinderen vandaag de dag. Door en door verwend!' antwoordde Ammayya vinnig, maar ze was er niet verder op doorgegaan. Ze was daarentegen ineengezegen als één bonk ontevredenheid en had allerlei ijzingwekkende voorspellingen gedaan over bankroete ouders en hebberige kinderen, ondankbare nietsnutten net als haar eigen zoon, en ze besloot met een lofzang op haar eigen onberispelijk deugdzame jeugd. Maar ondanks al haar afkeuring was ze toch met hen meegegaan, en zo waren ze op een zonnige zaterdag met z'n allen in een aftandse blauwe bus gestapt, bestuurd door een man die zo klein was dat hij amper over het stuur kon kijken. Zo nu en dan stak hij scheldend zijn arm uit het raam en schreeuwde: 'Mutthal, imbeciel, klootzak!' Mensen die ze passeerden sprongen zenuwachtig aan de kant en vroegen zich af of de bus soms uit zichzelf reed, omdat ze geen bestuurder achter het stuur zagen, alleen een zwaaiende arm.

Rammelend reden ze langs de rij bloemenstalletjes van Mangamma en haar dochters, langs het huis van rechter Vishnu Iyengar met zijn tuimelende waterval van bougainville en de ernaast gelegen trouwzaal Kuchalamba, die niet gebruikt werd omdat de stand van de sterren momenteel ongunstig was en niemand een huwelijksleven wenste waarop vanaf het eerste begin een vloek op kon komen te rusten. Ze sloegen rechtsaf bij de kruising met de Tagorestraat, waar Shakespeare Kuppalloor zijn kapperszaak had en waar ook de Beauteous Boutique van Jain was met zijn felverlichte uitstalling van sari's, rijen met krantenpapier opgevulde beha's en mannenondergoed met een strategisch in het kruis gepropte krant. Jains etaleur was wat al te kwistig geweest met de kranten; de rijen herenslips zagen eruit alsof ze gemaakt waren voor mannen met ballen zo groot als meloenen. De bus sloeg af en reed langs het grote, afgetakelde middelbareschoolgebouw van de Jezuïeten waar Sripathi, en na hem Arun, op had gezeten. De oude pater Frank McMordy stond als gewoonlijk monter voor de ingang van de naastgelegen kapel te wachten tot hij iemand kon strikken om een praatje mee te maken. Ten slotte sloegen ze linksaf de brede verharde weg in die langs het strand liep. Omdat de raampjes door roestvorming niet meer sloten, kwam er frisse lucht binnen, die de geur van oksels en oude sokken verdreef.

De lucht was als gestremde melk, met wolkjes als zachte jonge kaasjes die op het doorschijnende oppervlak dreven. Boven de astmatische geluiden van de bus uit hoorde Sripathi de zeemeeuwen. Hij was die dag gelukkig. Maya had per se een felrood koffertje willen kopen dat bij haar langa-dhavani paste, ook al was Sripathi's voorkeur uitgegaan naar de prachtige zwarte koffer met koperen gespen en bijpassend naamplaatje, die wel iets weghad van een zeeroverskist. Ammayya vergat te mokken en trakteerde iedereen op ijsjes. Aangestoken door ieders plezier in het uitstapje kocht ze zelfs bloemen voor Putti, Nirmala en Maya. En voor Sripathi en Arun ieder een ballpoint op de smokkelwaarmarkt. Weer thuisgekomen merkten ze dat de pennen niet schreven. Dat deed echter niets af aan het feit dat het een volmaakte dag was geweest, en nog jaren later ging Maya altijd met die koffer – afgebeuld van het reizen, rondgehotst in vliegtuigen, treinen en bussen – op reis, ongeacht waar ze heenging.

Toen ze langs een slingerweg naar hun instapgate liepen, stak Sripathi Nandana niet zijn hand toe, en zij bleef doen alsof hij niet bestond.

Op de luchthaven in Madras stond er niemand op hen te wachten, en kort nadat ze hun bagage hadden opgehaald nam het tweetal een taxi naar het treinstation. Dit keer protesteerde het kind niet toen Sripathi de rugzak van haar overnam, en vermoeid doezelde ze weg in de donkere taxi, die naar oud zweet en sigarettenrook stonk. Maar zodra ze bij het station aankwamen, werd ze met een schok wakker en keek met grote ogen om zich heen naar de mensenmenigten die over de perrons kolkten, zelfs op dit late uur. Het moet iets vreemds en verbijsterends voor haar zijn, dacht Sripathi, dat aanhoudende rumoer – venters, kinderen die om hun ouders jammeren, koelies die schreeuwend klanten werven, bedelaars, muzikanten – die hele mallemolen van het leven onder het hooggewelfde dak van het Centraal Station van Madras. Met haar kleine vingers kneep het kind haar neusgaten dicht om de stank van vis, mensen, dieselolie, gefrituurd eten en plassen zwart water op de spoorbaan buiten te sluiten. De mensenmenigte werd steeds dichter toen ze in de buurt van hun trein kwamen, en Sripathi pakte de hand van het kind stevig vast en was niet van plan los te laten, zelfs niet als ze zich probeerde los te wurmen. Opnieuw protesteerde ze niet, en hij veronderstelde dat ze te verbouwereerd was door het tumult, door de niet-aflatende, genadeloze aanslag op al haar zintuigen. Het was hem een pak van zijn hart dat er geen verwarring bestond over de couchettes die de reisagent voor hen had gereserveerd, en algauw was het kind door de beweging van de trein in slaap gewiegd. Terwijl de trein langs slapende stadjes en dorpen raasde, bleef Sripathi de hele nacht opzitten met zijn raampje open om koele windvlagen binnen te laten, en toen ze de volgende ochtend in Toturpuram aankwamen, had hij zware ogen en was hij prikkelbaar.

Door het raam zag hij zijn familieleden, die verlangend de coupés afspeurden. Hij schudde Nandana wakker. Minuten later stonden ze op het perron, omgeven door alles wat hem vertrouwd was, maar vreemd voor het kleine meisje dat naast hem stond te tollen op haar benen.

Het was heet in India. Net als de badkamer in Melfa Lane nadat ze een bubbelbad had genomen, dacht Nandana. Bij haar aankomst op het station stonden er triljoenen mensen op het perron, die allemaal tegelijk praatten. Ze drukte haar handen tegen haar oren. Ze wilde de trein weer in stappen; daar had ze het prettig gevonden. Uit de menigte maakte zich een klein groepje mensen los, dat recht op haar afstevende.

'Ayyo!' jammerde een van hen en ze pakte Nandana vast. Het was een oud iemand met grijs haar en een heleboel armbanden die luid rinkelden als ze zich bewoog. Ze zei iets in het Kannada, maar Nandana kon het niet goed verstaan omdat haar gezicht werd platgedrukt tegen de borst van de mevrouw.

Ze keek Nandana aan. 'Kijk nou toch', zei ze. 'Kijk nou toch. Zo verdrietig. Zo mager. Weet je wie ik ben?' Ze klemde haar nog eens tegen zich aan.

'Hoe kan ze dat nou weten, Ammayya?' zei een andere vrouw. Nandana herkende haar meteen van haar moeders foto's. Het was de Mamma-mevrouw. 'Ze is net aangekomen, het arme ding. Hoe zou ze moeten weten wie we zijn?'

Nandana probeerde zich los te wringen uit de omhelzing van de oude vrouw. De halskettingen die op haar sponzige borst lagen beten in haar wang. Ze rook naar pepermunt en spijsolie. 'Heb je kauwgum?' fluisterde ze in Nandana's oor, en toen liet ze haar los. 'Wat is ze mager', vervolgde ze terwijl ze Nandana aanstaarde met haar grijsgroene ogen. 'Ik dacht dat alle Amerikaanse kinderen gezond en goed verzorgd waren.'

Ik ben geen Amerikaanse, dacht Nandana. Ik ben Canadese.

Mamma-mevrouw streelde haar hoofd en hield haar nu vast, zachtjes, niet zoals de oude vrouw. 'Arm kind, ze heeft zo'n enorme klap gehad. Natuurlijk ziet ze er wat pips uit.'

Toen hielp een jongeman, van wie Nandana wist dat hij haar moeders broer moest zijn, een man in een rood uniform een aantal van hun koffers boven op zijn hoofd te stapelen. Ze was ervan overtuigd dat ze allemaal zouden omkieperen als hij zich bewoog en dat hij het loodje zou leggen. Maar ze kwamen veilig en wel bij de taxistandplaats, en zij en de Oude Man en Mamma-mevrouw stapten in een zwarte auto die op een toffee leek. Terwijl ze door de straten denderden kreeg Nandana het Spaans benauwd omdat de chauffeur steeds over zijn schouder keek om met de Oude Man te praten. Soms stak hij zijn hand uit het raampje en gebaarde om mensen te laten weten dat hij ging afslaan, maar soms vergat hij dat en moesten auto's plotseling stoppen of hem met gierende remmen zien te ontwijken. Nandana kneep haar ogen stijf dicht omdat ze ervan overtuigd was dat ze elk moment konden worden aangereden. Toen ze haar ogen een paar keer opende, meende ze in een dierentuin te zijn – aan beide kanten van de auto liepen bendes koeien en een paar reusachtige beesten, waarvan ze later hoorde dat het buffels waren. Ze zagen er woest uit met hun grote gekromde horens en Nandana was bang dat ze de taxi te lijf zouden gaan en omver zouden duwen, hun kop door het raampje zouden wringen om haar een por met die horens te geven. Ze was blij dat ze in het midden zat, tussen de Oude Man en Mamma-mevrouw in.

Toen ze die avond in het harde smalle bed lag waarvan Mamma-mevrouw zei dat het haar moeders bed was, tolde Nandana's hoofd van de vragen. Hoe lang zou ze blijven wonen in dit oude huis dat wemelde van de vreemde geluiden en donkere hoekjes? Moest ze hier ook naar school? Wie zou haar helpen om haar veters precies zo te strikken als ze graag wilde? Ze was blij dat haar moeders broer in dezelfde kamer sliep – recht tegenover haar op een ander smal bed. Ze had hem meteen aardig gevonden. Maar ze hoopte toch dat ze niet heel lang in India, in dit oude huis, hoefde te wonen.

9

Er arriveert een dochter

Geachte redactie,
Onlangs stond er in uw hooggewaardeerde krant een artikel
over de nieuwe succesattractie in Dizzee World in Madras.
Getrainde, uit Singapore geïmporteerde vogels doen de be-
zoekers aan het park naar het schijnt versteld staan door de
telefoon op te nemen, een beschaafd gesprek te voeren, bas-
ketbal te spelen, op een fiets te rijden, zich aan verkeersregels
te houden en rommel op te ruimen. Het is mijn bescheiden
mening dat wij, de burgers van dit land, misschien meer
geholpen zouden zijn met deze vogels dan met onze politici,
de schurken die onze ondernemingen leiden, de maffia die de
politiebureaus bestiert en ander geboefte van diverse plui-
mage.

Met vriendelijke groet,
Pro Bono Publico

Zorgvuldig deed Sripathi de dop op zijn vulpen en legde hem
terug in de doos. Sinds zijn terugkeer uit Vancouver had hij
steeds minder de neiging zijn brieven te schrijven. Hij zag iets in
de ochtendkrant wat zijn ergernis wekte, maar vroeg zich een
ogenblik later af wat voor zin het had er iemand over te schrijven: de kans was immers gering dat er iets door zou veranderen.
Zelfs het plezier waarmee hij naar zijn doos pennen keek was
verdwenen. Hij dwong zich echter een vel papier te pakken, op
goed geluk een pen uit te kiezen, een mate van sarcasme op te
diepen en met schrijven te beginnen. Want diep in zijn hart wist

hij dat hij een sterke behoefte had aan lezen als vaste bezigheid, aan nadenken over andere onderwerpen dan hemzelf en aan schrijven als middel om niet zijn verstand te verliezen.

'Chinnamma, wakker worden! Tijd om te baden en naar school te gaan.' Van zijn vaste plekje op het balkon hoorde hij Nirmala in Aruns kamer proberen het kind met zachte hand uit bed te krijgen. Daar sliep ze nu, in Maya's oude ledikant, daar staarden haar ogen naar hetzelfde dak dat ooit haar moeder had beschut. Nirmala had zich uitgesloofd om de kamer gezellig te maken voor het kind door Aruns paperassen naar het bureau en de planken op de gang tussen beide slaapkamers te verplaatsen. Er was een tamelijk nieuwe, gele polyester sari vermaakt tot twee gordijnen, en de kapokman was gekomen om de matrassen en kussens bij te vullen. Boven het bed van het kind had Nirmala een paar foto's van Maya en Alan gehangen, en ze had de planken van de grote houten kast met nieuwe kranten belegd. Uit de muurkast waren alle oude dozen, zakken kleren en boeken weggehaald. Daar kwamen beide jassen te hangen die het kind niet in Vancouver had willen achterlaten – Maya's rode winterjas en de grijze jas van Alan. Ook had Nirmala de koffers en andere ongeopende dozen vol herinneringen opgeborgen. Op een dag, zei ze tegen Sripathi, zou ze die allemaal openmaken en leeghalen. In een hoek van de kamer had ze een grote rieten mand voor de speeltjes van het kind neergezet. Onverwacht en kleurig slingerden ze overal rond in dit oude huis. Elke ochtend ging Koti zonder mopperen het hele huis door om het speelgoed te verzamelen en in de mand terug te leggen, en 's avonds lag alles er weer uit – kleine vierkante blauwe, roze en donkerrode blokken, poppen, kleine potten en pannen, kleurpotloden en kleurkrijtjes. Een keer was Sripathi bijna op een kleine roze doos gaan staan die een tot in detail nagebouwd huis bleek te bevatten (compleet met keuken en bad), dat door drie minuscule poppetjes werd bewoond. Hij was gefascineerd geweest door de perfectie van dat plastic woninkje en had zich afgevraagd welke fantasieën zijn kleindochter op die poppetjes uitleefde. Hij had haar er vaak mee gezien; wanneer ze met het kleine gezinnetje in zijn roze en rooskleurige stulpje speelde, bewogen haar lippen geluidloos en lag er een blik van diepe aandacht op haar gezicht. Sripathi had vrijwel nooit speelgoed voor Maya en Arun gekocht. Ze hadden spelletjes bedacht met gladde stenen, peuldoppen, op het achtererf gevonden stokjes en slakkenhuizen. Er stond hem vaag iets bij van een lappenpop die Nirmala voor Maya gemaakt had, maar dat kon ook verbeelding zijn. Arun had een rode dubbeldeksbus die op de smokkelwaarmarkt was gekocht.

Daar klonk Nirmala's stem weer, die aandrong: 'Vooruit, lief kind, je badwater is lekker warm.' Ondanks het feit dat het meisje bleef zwijgen, praatte Nirmala dikwijls met haar alsof ze een gesprek voerden. 'Vind je het leuk op school? Vast wel. Anders zeg je het wel tegen me, hè? Je weet toch dat je Ajji-ma van je houdt, hè?' Bij Nandana liet Nirmala nooit iets merken van haar persoonlijke leed om Maya's dood. Pas laat op de avond, als ze naast Sripathi lag, legde ze haar masker van praktische, redderende opgewektheid af. Dan stroomde er een diep verdriet uit haar, een verdriet dat hen allebei verteerde.

Op de tweede verdieping van het aangrenzende flatgebouw stond mevrouw Srinivas met veel genegenheid tegen haar twee dikke zoontjes te foeteren terwijl ze hen klaarmaakte om naar school te gaan. Beide jongens stonden tegensputterend, giechelend en elkaar duwend in strakke witte onderbroekjes op het balkon, waar ze door hun moeder werden ingewreven met mosterdolie voordat ze in bad gingen. Af en toe onderbrak ze haar gekir door schreeuwend iets op te dragen aan de jonge bediende wiens enige verantwoordelijkheid het was om op dokter M.K. Srinivas te passen, haar schoonvader, die ze niet meer allemaal op een rijtje had. De oude man moest elke minuut van de dag in de gaten gehouden worden omdat hij dikwijls uit het appartement ontsnapte en zich verschuilde in het smalle gangetje tussen de twee flatgebouwen. Vandaar gluurde hij in het geniep naar buiten totdat hij een paar schoolmeisjes voorbij zag komen, waarna hij met zijn penis in zijn hand tevoorschijn sprong. 'Meisies, willen jullie niet een ijsje? Lekker-lekker, henh?' zei hij dan temend, zwaaiend met zijn oude bruine geslacht. Wanneer de meisjes gillend wegrenden begon hij tevreden te giechelen. Vanwege zijn onverkwikkelijke gewoonte stond de oude man beter bekend als de Chocoreep-Ajja, en hij dook nu regelmatig op in kindernachtmerries, samen met een heel stel andere spoken en geestverschijningen. Vanwege het aantal vreemde vogels dat er woonde gaf Ammayya het flatgebouw de zure benaming 'Huize Kierewiet'.

De aanblik van de twee jongens deed Sripathi denken aan Arun en Maya en hetzelfde ritueel dat vroeger elke zondag plaatsvond, buiten op hun terras. Nirmala wreef hen altijd met olie in voordat ze hen een warm bad gaf. 'Om je armen en benen glad en soepel te maken', zei ze dan tegen hen. 'Zodat je net zo sterk wordt als Shravana in het oude verhaal, die zijn blinde ouders in manden droeg die hij over zijn schouders had geslagen.' Waarop Arun bezorgd vroeg: 'Worden jij en Appu ook blind als jullie oud zijn?' Terwijl de altijd praktische Maya wilde weten hoe ze Appu moesten dragen als hij nog dikker werd dan hij nu was.

Gopinath Nayak boog zich over de rand van zijn balkon en begroette Sripathi met een opgestoken krant. 'Goedemorgen, meneer. Hoe gaat het met u?'

Sripathi wuifde terug.

'Er is weer narigheid in Assam', verklaarde Gopinath opgewekt. 'Het is blijkbaar in al onze grensgebieden hommeles. Wat vindt u daarvan, meneer?'

'Gol-maal politiek zoals gebruikelijk, dat vind ik ervan.'

'Goddank gebeurt dat soort dingen niet in Toturpuram', merkte Gopinath zelfvoldaan op.

'Weest u daar maar niet te zeker van. Er komt hier allerlei gespuis wonen. Het is tegenwoordig niet eens veilig meer om na zonsondergang naar de tempel te lopen.'

'Ook dat is waar', beaamde Gopinath. Hij las weer een paar minuutjes in zijn krant en zei: 'Is Arun Rao niet uw zoon?'

'Ja, hoezo?'

'Nee-nee, zomaar. Er staat hier alleen een kort artikeltje over de protestmars die hij gisteren heeft georganiseerd, tegen de industriële visserij met sleepnetten. Daar heeft hij een hoop machtige mensen mee tegen de haren ingestreken, schijnt het. Laat hem maar oppassen, die trawlereigenaars zijn rijk en houden niet van moeilijkheden. Dat kan hem nog slecht bekomen, zich met andermans zaken bemoeien.'

'Ja, we moesten eigenlijk allemaal leren ons met onze eigen zaken te bemoeien, maar hoeveel mensen doen dat nou?'

Er viel een ongemakkelijke stilte. Toen zei Gopinath stijfjes: 'Ik vond alleen dat u moest weten wat uw zoon uitvoert. Het was niet vervelend bedoeld.' Hij vouwde zijn krant zorgvuldig op en verdween in zijn flat.

Uit de badcel in Aruns kamer kwam het geluid van water dat van de ene emmer in de andere werd gegoten – Nirmala die koud water met heet water mengde als voorbereiding op het bad van het kind. Het was waterdag, maar Sripathi werd al de hele ochtend met rust gelaten. Tijdens zijn afwezigheid had Arun het op zich genomen om alle potten, pannen, vaten en tanks in huis te vullen en nu ging hij daarmee door. Bovendien werd hij ongewoon vroeg wakker. Regelmatig hoorde Sripathi, die slapeloos en met droge ogen in bed lag, hem zachtjes rondstommelen in de keuken.

Nu neuriede Nirmala flarden van een liedje dat ze vroeger voor hun eigen kinderen zong. 'Schiet eens wat op!' spoorde ze Nandana aan, omdat die stond te teuten met het tandenpoetsen. Nirmala wilde het kind per se op dezelfde manier baden zoals ze dat vroeger bij Maya en Arun had gedaan. Sripathi had gedacht dat Nandana zou tegenstribbelen, maar tot zijn verrassing bleef ze zonder morren staan terwijl haar grootmoeder haar inzeepte, boende en toezong. Aan haar smalle, strakke lipjes ontsnapte echter geen woord. Het was nu al een maand geleden sinds ze uit Vancouver terug waren, maar het kind maakte geen aanstalten haar zwijgen te verbreken. Gehoorzaam liet ze Nirmala haar haren kammen, haar te eten geven en haar in slaap strelen, maar ze bleef Sripathi uit de weg, en als ze hem zag, dook ze haar kamer in. Hij was gekwetst door haar afwijzing, maar zocht ook geen toenadering.

'Goed, kleed je maar aan', zei Nirmala. 'En kom dan beneden ontbijten, ja?' Ze kwam de kamer uit terwijl ze zich de transpiratie van het voorhoofd wiste en gluurde naar binnen bij Sripathi. 'Zorg je ervoor dat ze opschiet? Elke dag loopt ze te treuzelen, en de riksjaman zegt dat hij wegrijdt als ze niet om acht uur bij het hek staat.'

Sripathi knikte en bleef over de rand van het balkon staren. 'Het gaat toch wel goed met je, hè?' vroeg Nirmala. 'Je zit daar tegenwoordig alleen maar te niksen.'

Met enige inspanning wist Sripathi zijn oude bitse toon aan te slaan. 'Wat moet ik dan van je doen? Het hele etmaal werken? Is het niet genoeg dat Kashyap me op kantoor al op mijn vingers zit te kijken, mag ik zelfs in mijn eigen huis geen rust nemen?'

'Ik vraag het alleen maar, meer niet', zei Nirmala. Ze klonk gerustgesteld door zijn toon, en hij was tevreden dat hij haar om de tuin had kunnen leiden. Hij wachtte tot ze wegging en keek toen bezorgd op zijn horloge. Pas halfzeven. De onheilstijd begon op woensdagen om elf uur, dus hij kon probleemloos om halfacht vertrekken, zoals gebruikelijk. Maandag gaf juist wel een probleem, omdat rahu-kala, de onheilstijd, dan om halfzeven begon en tot acht uur doorging.

Sinds zijn terugkeer uit Vancouver was Sripathi veranderd van een intens rationeel in een diep bijgelovig man. Hij keek in de almanak die Nirmala in het godenkamertje had liggen naar de uren dat Saturnus overheerste, en op die tijdstippen vertikte hij het naar buiten te gaan of zelfs maar aan een opdracht te beginnen. Hij had het ezelsbruggetje – moeder zag vader weer zonder dambord op donderdag – vanbuiten geleerd zodat hij de volgorde van de onheilsuren goed kon onthouden: op maandag van halfzeven tot acht, zaterdag van acht tot halftien, vrijdag van halftien tot elf, enzovoorts. Tegenwoordig ging hij 's maandags laat naar zijn werk en kwam hij elke dinsdag laat thuis omdat hij pas na vijven van kantoor vertrok, want dan lag de onheilbrengende schaduw van Saturnus niet meer over de aarde. Op andere dagen zat hij twee uur in zijn kleine hokje op zijn werk zonder ook maar één woord te schrijven, totdat de onheilstijd over zijn hulpeloze hoofd was voorbijgetrokken. Hij wist dat hij solliciteerde naar een berisping van Kashyap Iyer, die zich de afgelopen drie maanden uit eerbied voor Sripathi's verdriet had onthouden van alle kritiek. Maar hij moest een bedrijf draaiend houden, en bepaald geen bloeiend bedrijf; vroeg of laat zou hij ongeduldig worden en Sripathi naar zijn kantoortje laten komen. Maar zelfs dat leek niet meer belangrijk te zijn.

Er waren nog andere bijgelovigheden – drie kraaien kondigden een sterfgeval aan, een kokosnoot met vier ogen betekende een fatale ziekte, zwarte katten en vermiljoengevlekte aardkluiten vormden allemaal een ongunstige voorteken. Hij viel tegen Putti uit omdat ze hem op een ochtend vroeg waar hij heen ging. 'Het brengt ongeluk om dat soort vragen te stellen', zei hij en hij liep weer het huis in om voor de tweede keer te vertrekken. En Putti had gezegd: 'Wat mankeer jij, Sri? Je klinkt net als Nirmala. Tegenslag hier, een slecht voorteken daar.' Wanneer hij zijn nagels knipte, trok hij de afgeknipte stukjes door de wc in plaats van ze in de vuilnisbak te gooien, en bij de kapper wilde hij per se dat Shakespeare Kuppalloor al zijn haar opveegde en in een zakje aan hem meegaf zodat hij het kon verbranden in zijn achtertuin. Elk van deze zaken, had hij gehoord, kon worden gebruikt om een vloek over hem en zijn gezin uit te spreken.

Wat Sripathi nog meer angst aanjoeg was de raadselachtige manier waarop zijn lichaam zich was gaan gedragen. Het was een week geleden begonnen. Hij had op de veranda gezeten, op de oude rotanstoel, toen hij zich voorover boog om zijn sokken aan te trekken en hij zijn voeten niet meer zag. Zo eenvoudig was het. Ze waren verdwenen. Zijn benen liepen door tot aan zijn enkels, en daarna niets! Hij schudde zijn hoofd en reikte weer naar voren. Langzaam verscheen er een voet uit een rode mist en na verloop van tijd ook de andere. Had hij soms een beroerte? Was hij zijn verstand aan het verliezen? Sripathi trok zijn sokken aan en wachtte of de bloederige mist die zijn voeten doorweekte ook zijn sokken zou kleuren, maar toen er niets gebeurde, kwam hij voorzichtig overeind. De volgende paar dagen liep hij thuis en op kantoor rond alsof er slangen op de vloer lagen die hij niet kon zien. Vaak keek hij even naar zijn voeten en constateerde dan opgelucht dat ze nog steeds in zijn afgeleefde, vaak opgelapte schoenen zaten en hem van de ene plek naar de andere brachten.

Op een dag, halverwege de lunch met zijn collega's op het werk, bedacht hij dat hij eigenlijk niet door zijn schoenen héén kon zien. Er nam een verschrikkelijke angst bezit van hem. Helemaal over zijn toeren trok hij zijn schoenen uit, maar het enige wat hij zag waren zijn sokken, die slap en leeg aan zijn enkels hingen. Met een panisch gekreun zat hij ernaar te staren. Hij greep naar zijn hoofd en wiegde zacht jammerend heen en weer, zich nauwelijks van iets anders bewust dan van die vreselijke lege sokken, totdat tekenaar Victor, die al bijna even lang bij het bedrijf zat als Sripathi, hem een tikje op zijn schouder gaf en vroeg: 'Hé, Sripathi, man, wat mankeer je? Voel je je niet goed of zo?'

En iemand anders stelde voor: 'Haal eens wat water. Sri, wil je soms even liggen? Heb je soms ergens heel veel pijn?'

Misschien kwam het door hun stemmen, God mocht weten wat het was, maar opeens waren zijn voeten terug. Voorzichtig wriemelde Sripathi ermee. Hij lachte als een gek die bij zinnen was gekomen.

'Waarom zitten jullie me allemaal zo aan te kijken?' vroeg hij. 'Ik mankeer niets. Alleen mijn voeten...' Hij zweeg. Ze zouden het niet begrijpen. Geen mens zou het begrijpen. Hij kon het maar beter voor zich houden.

Daarna werd Sripathi steeds meer door zijn lichaam in beslag genomen. Oppervlakkig gezien leek hij heel normaal te zijn. Hij ging gewoon zijn dagelijkse gang, maar lette tersluiks scherp op elke beweging die hij maakte. Als hij bijvoorbeeld met zijn hand omhoogging om eten naar zijn mond te brengen, hield hij dat deel van zijn anatomie scherp in de gaten, louter voor het geval dat het ook zou verdwijnen. Hij wist dat hij nergens ter wereld meer zeker van kon zijn, zelfs niet van zijn eigen lichaam.

De klok op de gang sloeg het hele uur, wat hem eraan herinnerde dat het kind naar beneden moest worden gestuurd voor het ontbijt. Hij slofte naar haar kamer en wou maar dat Nirmala hem deze eenvoudige handeling niet had opgedragen. De kamer was leeg. Was ze soms al naar beneden? Hij wierp een blik in de badkamer. Daar was niemand.

'Ree, waar is Nandana? Vraag eens of ze opschiet', riep Nirmala van onder aan de trap. 'Hoeft hij maar een kleinigheid voor me te doen en lukt hem zelfs dat niet.'

In diepe verwarring liep Sripathi de trap af. Waar was het kind in hemelsnaam naartoe? Misschien de achtertuin in, om naar het kalf van Munnuswamy te kijken? Ze leek gefascineerd door het dier. Elke dag als ze uit school kwam, vloog ze naar de muur, ging op een paar bakstenen staan die Koti voor haar had opgestapeld en bleef dan eindeloos toekijken hoe het dier met zijn kop tegen zijn moeders buik stootte.

Uit het godenkamertje klonk de stem van Ammayya, die luidkeels haar gebeden aanhief. 'O, Rama, Krishna, Jagannatha! O, Shiva, Parvati, Ganesha!' zong ze met haar gebarsten oude stem. Ze somde zo veel mogelijk godheden op als ze zich kon herinneren en bestreek daarmee ieder aspect van het leven – gezondheid, rijkdom, schoonheid, voorspoed, goed weer, eten, alles. Ze rondde alles af door luid met een kleine koperen bel te rinkelen. Behalve dat ze zo te kennen gaf dat ze haar gesprek met de goden had beëindigd, was het ook haar manier om Nirmala te waarschuwen dat ze klaar was voor haar ontbijt.

'Waar is het kind?' vroeg Nirmala terwijl ze gehaast uit de keuken kwam met een bord dampende idli's in haar handen.

Sripathi haalde zijn schouders op. 'Ik weet het niet. Ze is niet op haar kamer.'

'Nou, ga haar dan zoeken', zei Nirmala met een ongeduldige blik. 'Ze doet altijd zo lang over haar eten. Kijk jij maar aan de voorkant, dan zal ik Koti vragen om te kijken of ze soms in de achtertuin aan het spelen is.'

Hij ging het huis uit, en de hitte sloeg hem in het gezicht. Vrijwel meteen parelde er zweet op zijn voorhoofd. In het naburige flatgebouw hoorde hij mevrouw Poorna troosteloos om haar zoekgeraakte kind roepen: 'Kanna, lieverd, kijk eens wat ik vandaag voor je heb gemaakt.' Sripathi herinnerde zich dat haar dochtertje niet zo lang geleden was verdwenen en werd opeens door paniek gegrepen. Hij riep de Gurkha die de ingang van het flatcomplex bewaakte, en de man kwam naar de muur rennen.

'Heb je ergens een klein meisje gezien? In een witte onderjurk? Mijn kleindochter?' vroeg hij.

'Nee, sahib, ik heb alleen kinderen in uniform gezien', zei de Gurkha. 'Maar ik zal goed uitkijken.'

Om acht uur was het kind nog steeds nergens te bekennen. 'Ze is niet eens fatsoenlijk gekleed. Het is zo heet, haar huid zal nog verbranden', zei Nirmala zorgelijk. Ze stuurde Sripathi weer naar buiten. Hij maakte een rondje om het huis en kuierde een eindje het achtererf op, waar hij het kind vaak had zien spelen op het betonnen vloertje bij de wassteen. Ze waagde zich nooit in de overwoekerde tuin, maar toch keek hij ook daar. Hij dook onder het zware bladerdak van de mangoboom waar hij als kind altijd in klom en hij voelde een vleugje nostalgie. Een koppel grijze patrijzen hield op met pikken in de grond onder de boom en maakte eenstemmig een knerpend geluid als van slecht geoliede scharnieren voordat het fladderend tussen de struiken verdween. Vanwege het watertekort in de stad was het de afgelopen paar jaar onmogelijk geworden de tuin te onderhouden, die ooit zo liefderijk door Nirmala en Maya was verzorgd. Het dorre warnet van verwilderde vegetatie was een paradijs voor allerlei vogels geworden.

'Wat doe je daar?' riep Putti van het terras, waar ze haar haar aan het drogen was.

'Zoeken naar het kind. Heb jij haar gezien?'

'Nee. Misschien is ze met Arun de deur uit gegaan.'

Sripathi nam niet de moeite haar tegen te spreken. Arun wist wel beter dan Nandana zonder ontbijt naar school te brengen. Het was juist Putti die zich tegenwoordig achterlijk gedroeg – ze zwierf met een dwaze glimlach op haar gezicht door het huis, dromerig en vaag. De tuin leverde geen resultaat op, en met een licht gevoel van bezorgdheid ging Sripathi terug het huis in. Hij liep weer achter Nirmala de trap op naar de kamer van zijn zoon.

'Waar kan dat ondeugende kind toch heen zijn?' mompelde Nirmala. 'Ik hoop dat die malle meid niet heeft besloten nog een keer weg te lopen.'

Twee weken geleden, op een zaterdagochtend, was ze op vrijwel dezelfde manier verdwenen. Ze was weer naar het Grote Huis teruggebracht door Karim de Monteur, die aan het eind van de straat een geïmproviseerde werkplaats had waar hij autoonderdelen verving. Hij was niet binnengekomen. Net als iedereen in de omgeving was hij op de hoogte van Ammayya's strenge gewoonten. Hij had Sripathi's uitnodiging afgeslagen en grinnikend gezegd: 'Baap-re-baap, Ayya-orey, straks gooit jouw Ammayya nog een emmer Gangeswater over me heen om het huis te zuiveren! Maak je niet dik, ik vind het best hier op de veranda. En trouwens, het was mijn taak om dit kind weer bij je thuis te brengen. God weet waarheen ze op weg was. En alleen God heeft mij de ogen gegeven om te zien dat ze op straat rondzwierf. Er zijn zo veel rare mensen op de weg, het is er niet veilig voor een jong kind in haar eentje.'

Sripathi's hart had een opgelucht sprongetje gemaakt bij de aanblik van zijn kleindochter, het potdichte gezichtje, het nu elke ochtend keurig door Nirmala, Koti of Putti geoliede en gevlochten haar, het gekreukelde schooluniform met zijn gele veeg waar ze waarschijnlijk had geknoeid met eten. Hij dankte God voor Karim de Monteur en zijn scherpe, gemoedelijke ogen.

Maar die keer had Nandana haar rugzak meegenomen, een fleurig roze en donkerrood geval waar ze niet buiten kon. Ze liet hem nooit ergens slingeren. Ze sjouwde hem zelfs mee naar bed. Hij zag dat de rugzak overeind op haar bed stond, dus misschien was ze toch niet het hek uit.

'Kijk, haar uniform ligt hier nog op bed', riep Nirmala uit en ze wees op de keurig gesteven en gestreken grijze overgooier en witte bloes, de sokken en de zakdoek die ze voor het kind had klaargelegd voor na haar bad. 'Ze is nog in haar onderjurk. Dat betekent dat ze nog in huis is. Tchah! Ondeugend kind. Die zuster Angie wordt vast boos als ze te laat is voor de ochtend-bijeenkomst.'

Bij het voorhek drukte de riksjachauffeur op zijn rubberen claxon. Hij wachtte even en vertrok toen met een kabaal van wielen en bellen en kinderstemmen. De bonte linten aan zijn handvatten wapperden in de hete wind.

194

Eerder die ochtend, nadat Mamma-mevrouw haar alleen had gelaten om zich aan te kleden, was Nandana in haar onderjurk en onderbroek gebleven, ook al wist ze dat het ontbijt klaar was en de riksja gauw zou komen. Ze had een hekel aan de mollige broertjes van hiernaast, met hun klamme dijen die zich in de riksja tegen die van haar aandrukten. En van de drie meisjes uit de flats – Meena, Nithya en Ayesha – wist ze zeker dat ze een hekel aan haar hadden. Nandana miste Molly, Yee en Anjali, en ook mevrouw Lipsky en de schoolconciërge, Bobby Merrit, die rare gezichten trok om hen aan het lachen te maken en die hen tijdens de lunchpauze soms hielp met sommen maken, en zelfs mevrouw Denton, het schoolhoofd, die op de hoek van de bibliotheek ging staan om ervoor te zorgen dat er niet te hard werd gehold in de gangen.

Ze had met een boos gezicht naar het stijve schooluniform gekeken dat Nirmala op haar bed had klaargelegd. Waarom mocht ze niet aantrekken waar ze zelf zin in had? Haar favoriete korte broek en haar T-shirt met WHY? erop?

'Zeg tegen dat kind dat ze opschiet', had Mamma-mevrouw van beneden geroepen. De voetstappen van de Oude Man waren op haar kamer afgekomen – slif-slof, slif-slof – en ze was van haar bed gesprongen en in de kast gekropen waar de jassen van haar ouders hingen. Dat was haar lievelingsplekje. Ze was lekker in het hete donker van de kast gaan zitten om te genieten van de flauwe geur van haar moeder die nog in de zachte, rode jas hing.

Ze ging vandaag niet naar school. Ze had geen zin om die dikke witte idli's te eten die Mamma-mevrouw bijna elke dag voor het ontbijt maakte en die naar braaksel smaakten. Waarom konden ze niet gewoon veelkleurige graanvlokken of wafels eten? Ook de melk smaakte raar en hij kwam van de koe van de buren. Ze herinnerde zich hoe haar vader altijd een n-vormig stukje cornflakes in haar eerste lepel melk deed en die naar haar mond loodste. En haar moeders geur van bodylotion als ze halfgekleed voorbijholde, in de gauwigheid lunchtrommeltjes inpakte en opdrachten gaf: 'Vergeet je sleutels niet, ik kom vandaag laat thuis, er is een vergadering, haal Nandu op om kwart voor drie, zorg ervoor dat ze haar huiswerk maakt.' Alles in dit Indiase huis was zo langzaam en oud.

Nandana had twee weken geleden geprobeerd naar Vancouver terug te keren, en een man die onder een tent langs de weg zat, met overal kapotte spullen om zich heen, had haar naar huis gebracht, ook al had ze haar best gedaan zich los te rukken. Ze was kwaad op hem. Als ze nog een paar minuten had doorgelopen, was ze vast en zeker bij het station beland waar ze heel, heel lang geleden waren aangekomen. En dan kon ze op het vliegveld een vliegtuig nemen.

Ze wilde niet in dit akelige huis wonen. Ze haatte de kakkerlakken die rond middernacht in de keuken uit de gootsteen kwamen kruipen. Soms, als Nandana 's nacht niet kon slapen, dacht ze dat ze die aan één stuk door onder haar bed hoorde scharrelen. Ze was blij dat Arun Maama in dezelfde kamer sliep. Hij wist alles over dieren, insecten en vogels, en soms vertelde hij haar verhalen, net zoals haar ouders dat vroeger deden. Ook tante Putti vond ze aardig – ze mocht dan te veel glimlachen, maar ze kocht altijd iets leuks voor Nandana als ze naar de markt ging: een groen lint, een strip over een slim en grappig mannetje dat Birbal heette, en lekker ruikende bloemen voor in haar haar. De enige die ze niet aardig vond was de Heks, van wie ze nu wist dat het haar overgrootmoeder was en dat ze beneden woonde, in een kamer die vies rook en propvol spullen stond.

Toen Nandana een keer beneden in de keuken was gaan spelen zodat ze dicht bij Mamma-mevrouw kon zijn – ze was bang om alleen te zijn in de kamer boven – had de Heks tegen haar gezegd dat ze haar speelgoed niet overal op de grond moest laten rondslingeren. Terwijl ze dat zei, tikte ze hard met haar stok op de grond. Maar Mamma-mevrouw had Nandana stevig tegen haar borst gedrukt, die zacht en vochtig was, en ze had haar heen en weer gewiegd alsof ze een baby was. 'Luister maar niet naar Ammayya', zei ze tegen Nandana. 'Ze is oud, meer niet. Soms halen oude mensen van alles door elkaar. Dit is jóúw huis en je mag er doen wat je wilt.'

Niks hoor, had Nandana gedacht. Dit was haar huis níét.

Nandana ging even verzitten in de kast om een wat prettiger houding te vinden. Haar hand zocht naar de zachte, vertrouwde vorm van haar tijger, Bosco, die in het donker op haar wachtte.

'Mammie,' fluisterde ze tegen de jas, 'ik ga nooit meer naar school. Is dat goed? Er zijn daar allemaal vreemden.'

De Oude Man kwam haar kamer binnen. Hij ging weer de gang op en kwam terug. Ze hoorde hem de laden van het bureau dat op de gang stond opentrekken en dichtschuiven. Hij dacht zeker dat ze zich in een van de laden verstopt had! Bij de gedachte dat ze in een bureaulade gepropt zat begon ze te giechelen.

'Stt!' hoorde ze haar vaders jas zeggen. Ze wreef met haar gezicht langs de zachte, grijze stof.

'Ik zeg al geen woord meer', fluisterde ze in het donker, met haar magere voeten in een stel grote schoenen gestoken. De Oude Man ging de kamer uit en Nandana dutte weg, hoewel ze het veel te warm begon te krijgen in de kast. Met een ruk schrok ze wakker toen ze zowel de Oude Man als Mamma-mevrouw haar kamer in hoorde komen. Buiten tetterde de claxon van de riksja, en de dikke jongens lachten hard.

Er kriebelde zachtjes stof in haar neus, zodat ze moest niesen. En nog eens. Een hardere nies deze keer.

10

Veranderende patronen

Nirmala deed de kastdeur open en keek Nandana verbijsterd aan. 'Waarom zit je daar in die stofboel?' vroeg ze. Ze draaide zich om naar Sripathi, die hulpeloos zijn schouders ophaalde. Het kind kroop zwijgend naar buiten en staarde kauwend op een haarsliert naar haar voeten.

Nirmala zuchtte eens en ging op het bed zitten. 'Weet je wel hoe ongerust we waren? Dat mag je niet meer doen, begrijp je dat?' Het kind bleef koppig naar de vloer staren. Haar grootmoeder trok het plukje haar uit haar mond en zei: 'Als je zo doorgaat, raak je al je prachtige haar nog kwijt. Dan moeten we Shakespeare Kuppalloor zeker vragen een pruik voor je te maken?' Er kon zelfs geen lachje af bij het kind. Nu hij erbij stilstond, dacht Sripathi, hij had haar nog nooit zien glimlachen. Achter zich hoorde hij hoe Nirmala het kind zover probeerde te krijgen dat ze haar schooluniform aantrok. 'Vooruit, maak een beetje voort. Ik zal je helpen bij het aankleden, dan zal je Ajja je bij school afzetten.'

Het was een schok voor Sripathi te horen dat ze het over hem had als Ajja. Grootvader, dacht hij. Het kind heeft me nog nooit zo genoemd. Wat zou ze van me vinden? Van ons? Van dit huis? Van dit stadje? Waarom zegt ze niets? Hij keek op zijn horloge en trok een gezicht. Hij zou vandaag weer te laat komen. 'Waarom brengt Arun haar niet lopend naar school of met een autoriksja?' vroeg hij.

Nirmala wierp hem een van haar blikken toe, de blik die hem er woordeloos van beschuldigde dat hij harteloos en ongevoelig was, en Sripathi zwichtte. 'O, goed dan. Maar zeg dat ze een beetje opschiet.'

De volgende impasse. Het kind wilde niet op de scooter gaan zitten. Sripathi wachtte ongeduldig tot ze zou opstappen. Het voertuig stond te pruttelen en zijn been deed pijn omdat hij de scooter in evenwicht moest houden terwijl het kind met een van angst vertrokken gezichtje op de rand van de veranda stond.

Arun was teruggekeerd van waar hij zo vroeg op de ochtend naartoe was geweest en probeerde haar nu te bepraten. 'Wees maar niet bang, er gebeurt niets. Kijk, ik zal je laten zien hoe simpel het is.' Hij nam achter zijn vader plaats op het duozitje, waarna Sripathi met de scooter een klein rondje om de plantenbak met tulasi reed, die midden in de voortuin stond. 'Wat heb ik je gezegd? Heel veilig en simpel!' riep Arun, die met zijn armen zwaaide en zijn lange benen uitstak terwijl Sripathi erover inzat wat een tijd dit hele drama in beslag nam.

Ze schudde haar hoofd. Nee.

'Oho! Je Ajja is heel voorzichtig. Hij zal langzaam rijden – heel, heel langzaam. Vroeger bracht hij je moeder en Arun Maama ook elke dag naar school, allebei samen op deze scooter. Je hoeft alleen maar je armen om zijn middel te slaan, dan kan je niets gebeuren', zei Nirmala.

Nandana sloeg haar blik neer en schopte tegen de grond met een voet die in een glimmend gepoetste zwarte schoen was gestoken. De glans verdween meteen onder een laagje fijn stof. Haar gezicht zag er smalletjes en ongelukkig uit. Ze liet haar tas vallen, sloeg haar hand voor haar mond en begon heftig te kokhalzen. Sripathi voelde zich als een clown in een circuspiste en zette de scooter stil.

'Ik had haar niet moeten dwingen zo gehaast melk te drinken', jammerde Nirmala berouwvol. 'Heb je het gevoel dat je moet overgeven? Ga maar gauw zitten, dan zakt het wel. Je hoeft niet met Ajja op de scooter mee.' Ze draaide zich om en riep naar binnen: 'Koti, breng eens wat koud water, snel. Uit het vat met gekookt water.' Ze wreef het meisje over de rug.

'O God, hou op met die flauwekul, mamma', zei Arun, die er ook genoeg van had. Hij sprong van de scooter. 'Ik breng haar wel met een autoriksja naar school. Is dat goed, kleintje?'

Nandana keek haar oom opgelucht aan en knikte.

'Is je maag weer in orde?'

Ze knikte nog eens.

'Goed, dan gaan we.' Arun tilde zijn nichtje met schooltas en al op en marcheerde kordaat het hek uit op de maat van 'We Shall Overcome', dat hij volkomen vals zong.

Nirmala schudde haar hoofd en leunde tegen de ingang van de veranda. 'Ik ben te oud voor al dit dagelijkse hadh-badh', mompelde ze treurig. 'Hoe dat verder moet, ik weet het niet.'

Ik weet het ook niet, dacht Sripathi. Door Maya's dood waren ze allebei tien jaar ouder geworden. Waar moesten ze de kracht en de energie vandaan halen een zevenjarige groot te brengen? Hij duwde zijn scooter het hek uit, dat nog steeds werd geblokkeerd door bouwafval, en wrong zich naar buiten. Er trok een warm windje door de straat, dat achterna werd gezeten door gele caesalpiniabloemen met koperkleurige meeldraden – buitelend en huppelend als vrolijke kinderen. Hier en daar lagen karmozijnrode bloemblaadjes van de flamboyant – bloedspetters op de doffe zwarte weg. Zijn humeur klaarde even op door de pracht van al die bloesem. De bloemen vielen af; binnenkort zouden er wolken vol vocht komen aanwaaien over zee en brak de regentijd aan.

Tijdens het scooterrijden keek Sripathi goed uit voor met bladeren omwikkelde citroenen, die hij omzeilde. Ze waren op straat neergelegd om het kwaad bij iemand anders vandaan te trekken. Als hij over zo'n geel met groen hoopje heen reed, zou hij ongetwijfeld het boze naar zijn eigen kwetsbare huis overbrengen.

Toen hij die avond thuiskwam, ging hij opnieuw in bad,

zonder zich er iets van aan te trekken dat er niet veel water meer in de vaten, bakken en emmers zat. Hij trok een schoon overhemd en een lungi aan die naar zon roken. Hij liep de trap af naar het godenkamertje, waar hij zorgelijk het fruit bekeek dat Nirmala had uitgekozen en op een zilveren schaal had geschikt.

'Wat doe je daar?' vroeg ze vanuit de deuropening.

'We kunnen niet met waardeloze troep aankomen. Waarom heb je niet ook wat druiven gekocht?'

'Alsof het God iets uitmaakt of je bananen of appels geeft. Probeer je hem soms om te kopen?'

'Ik neem graag fatsoenlijk fruit mee naar de tempel, dat is alles', zei Sripathi.

'Ga je ook met me mee naar de tempel?' Nirmala was verbaasd.

'Hoezo, heb je daar bezwaar tegen?'

'Op feestdagen moet ik je op mijn knieën smeken of je wilt meegaan. Waarom ben je ineens zo vroom geworden?' vroeg ze plagerig.

'Moet ik Uwe Hoogheid zelfs permissie vragen om te mogen bidden? Is het niet genoeg dat alles wat zich hier in huis allemaal afspeelt me pas wordt verteld als ik ernaar vraag? Henh? Ben je mijn vrouw of mijn cipier?'

'Rustig maar, baba, rustig maar', zei ze. 'Ik nam je alleen een beetje in de maling, daar moet je niet meteen boos om worden.'

Die nacht zweefde de maan als een enorme oranje ballon aan de hemel. Vanwaar Sripathi lag, zag hij de hemel, donker en drukbezaaid met sterren, ook al nam de maan de meest prominente plaats in. Nirmala had de balkondeur opengelaten zodat er wat frisse lucht kon binnenkomen. Voorheen sliepen ze altijd met die deur open, maar een paar nachten geleden was Sripathi wakker geworden en had de witte handdoeken wazig zien zweven, alsof het geesten waren – door hun eigen licht afgetekend tegen de inktzwarte lucht – wat hem bijna een hartaanval had bezorgd. Geesten joegen hem nu angst aan. Hij was zich er meer dan ooit van bewust geworden dat de wereld vol ongeziene dingen was, oude herinneringen en gedachten, verlangens en nachtmerries, woede, spijt en krankzinnigheid. Die zweefden woelig in het rond, een steeds aangroeiende verzameling van fluisterende dagen van weleer. Sripathi kon het onstoffelijke tegenwoordig niet meer verdragen: verdriet, pijn en andere abstracties, die in tegenstelling tot een extra duim niet chirurgisch konden worden verwijderd.

Naast hem in bed begon Nirmala te bewegen en ineens ging ze rechtop zitten. 'Hoor eens', fluisterde ze met een verwilderde blik in haar ogen. 'Hoor eens, hebben ze het allemaal gedaan zoals het hoort?'

'Wát gedaan?' vroeg hij, geïrriteerd omdat ze de stilte van zijn nacht verstoorde.

'De rituelen. Voor onze dochter. Hebben ze haar ogen met munten bedekt? En er ook eentje in haar mond gelegd?'

'Ik heb je alle bijzonderheden al verteld, Nirmala, meteen toen ik terugkwam. Ga nu slapen. Ik moet morgen werken.'

'Nee, vertel het nog eens. Hebben ze alles gedaan zoals het hoort? En wie heeft haar lichaam gewassen? Hebben ze ook haar haar gewassen? Anders komen er nare dingen van.'

Sripathi pakte Nirmala bij de schouders en schudde haar door elkaar. 'Hou op met die onzin', zei hij. 'Wat doet het er nu nog toe? Het is allemaal voorbij. Heb je me verstaan? Voorbij. Ze is dood, en na de dood is niets meer van belang. Maya heeft al die rituelen niet meer nodig.'

Met vurige ogen viel Nirmala woedend tegen hem uit. 'Voor jou is niets van belang, henh? Je lijkt wel van steen. Mijn arme kind is heengegaan als een pauper, zonder enig fatsoenlijk ritueel, en dan beweer jij dat het niet van belang is? Haar ziel zal tussen werelden rondzweven, net als die van Trishanku. Ze zal voorgoed in het vagevuur blijven. Hebben ze haar op zijn minst in ongebleekt katoen gekleed?'

Heen en weer wiegend zat Nirmala op het bed en staarde met droge ogen de duisternis in alsof ze Maya daar kon zien. Sripathi zat zwijgend naast haar. Ik ben niet van steen, wilde hij zeggen. Ik zit vol tranen, maar als ik die toelaat, kan ik dit harde pad naar het eind van mijn leven niet vervolgen. Zelfbeheersing is nu alles.

'Als zij bijvoorbeeld vóór haar man was doodgegaan', vervolgde Nirmala genadeloos, 'zou het beter voor haar zijn geweest. Dan zou ze naar Yama-raja zijn gegaan als een sumangali in haar bruidskleding met haar huwelijkskralen om haar nek en kum-kum op haar voorhoofd.'

Sripathi kon er niet meer tegen. 'Hou op met dat onzinnige postmortale nakaarten waar je mee bezig bent', zei hij streng. 'We hebben nu een kind groot te brengen en jij gedraagt je alsof je zelf een kind bent. We hebben onze dochter verloren, dat is waar, maar denk eens aan het kleintje in de kamer hiernaast. Zij heeft haar ouders verloren. Denk je niet dat ik me even ellendig voel als jij?' vroeg hij op zachtere toon. 'Henh?'

Zijn woorden daalden zachtjes neer in de zilvergrijze stilte van de kamer, en hij was verrast en voelde zich ineens wat opgelaten dat hij zich zo had blootgegeven.

'Heb je haar in elk geval wel gezien voordat...?' vroeg Nirmala, getroost door de hand die haar hoofd streelde. Dat deed hij vroeger ook bij de kinderen, herinnerde ze zich. Hij was zo'n lieve vader geweest. Welke kwade geest had plotseling bezit van hem genomen en hem tegen zijn kind opgezet?

'Ja, dat heb ik je al verteld, ik heb haar gezien. Ze zag er vredig uit, alsof ze gewoon lag te slapen', antwoordde Sripathi. Hij vertelde haar niet dat Maya's hoofdhuid was kaalgeschoren voor de operatie en dat Alan geen gezicht meer over had. Hij kon haar niet vertellen over de grauwheid van hun bevroren huid, de donkerblauwe lippen, de gruwelijke roerloosheid toen ze in het lijkenhuis lagen. Dr. Sunderraj had hem ervoor gewaarschuwd dat het heel kostbaar zou zijn om hen in het lijkenhuis te houden, maar Sripathi had erop gestaan. Niet dat hij hun levenloze lichamen zo graag had willen zien, maar om uit te sluiten dat er een vergissing in het spel was. Hij had zijn dochters stem willen horen, en haar lach. Maar dit was beter dan alleen maar een kistje met as en een gedenksteen te zien.

Ten slotte zei hij slechts: 'Ja, ik heb ze allebei gezien. Het was een knappe jongen, onze schoonzoon. En Maya stierf in de wetenschap dat wij voor Nandana zouden zorgen. Ja, dat wist ze.'

Nirmala ging weer liggen en sloeg haar onderarm over haar ogen om de tranen te bedwingen die almaar uit haar bleven opwellen, als een bron uit een donkere, weergalmende grot. Sripathi liet zich omlaag glijden tot hij plat op bed lag, zijn lichaam los van dat van Nirmala. Sinds dat telefoontje van maanden geleden had ze een krappe afstand tussen hen bewaard, een onzichtbare lijn van woede, een lijn die hij niet durfde overschrijden. Vierendertig jaar lang had hij zijn lichaam tegen de ronding van haar rug gelegd. In het begin, en nog jaren later, was alleen de druk van haar billen tegen zijn kruis al voldoende geweest om hem een erectie te bezorgen. Die begeerte was geleidelijk aan verflauwd tot een simpele behoefte aan warmte en kameraadschap. Hij wist hoe die stugge rug verstrakte als een bamboetak wanneer ze kwaad was, hij wist hoe ontspannen, mollig en zacht die rug was wanneer Nirmala zich gelukkig voelde, hij kende de kleine rode moedervlek die als een moessonkever naar de vallei van haar ruggengraat kroop, de welving van donkere, zonverbrande huid vlak boven de rand van de oude katoenen bloes die ze in bed droeg, de royale kuiltjes die het begin van haar billen markeerden. Sripathi kon deze afstand niet meer verdragen. Bedeesd raakte hij Nirmala's schouder aan en streelde met een vinger over de holte van haar rug, waarvan de aangename, gladde huid aanvoelde als oude zijde. Ze trok haar schouders op alsof ze een vlieg wilde verjagen, maar hij herkende dat gebaar. Het betekende: ik ben nog steeds boos, maar... Daarom liet hij zijn hand er rusten en betastte de rode moedervlek, en toen ze niet met een ruk opzij schoof, plooide hij zich tegen haar aan.

'Het spijt me', fluisterde hij. Hij streelde voorzichtig over haar haar en genoot van de manier waarop het zachtjes onder zijn handpalm golfde. 'Ik wou dat ik het verleden ongedaan kon maken.'

Nirmala ademde diep in, een ademhaling die door haar heen en in hem trok.

'We hebben alle rituelen uitgevoerd. Dr. Sunderraj heeft de priester van de hindoetempel voor Maya laten komen. Alans rituelen zijn in de kerk uitgevoerd', zei hij fluisterend.

'Ik heb Krishna Acharye gevraagd een puja voor hun ziel te regelen', zei Nirmala na een lange, trillerige stilte. 'Op donderdag. En daarna gaan we met de as naar zee.'

En toen, een paar seconden later, sliep ze. Kalm en bevrijd van alle emotie. Wat een eenvoudige vrouw was ze toch, dacht Sripathi afgunstig. In haar geest bestonden er geen grijstinten, geen ergerlijke kleine twijfels die bleven hangen en almaar aangroeiden, als een vlies op een vijver, dat alle andere gedachten en gevoelens verstikte.

De kokospalmen langs de tuinmuur ruisten en kraakten. In de verte was even het uitzinnige geblaf van een hond te horen, daarna bedaarde het. Rusteloos geworden stapte Sripathi uit bed, voorzichtig om Nirmala niet te storen, en liep het door maanlicht beschenen balkon op. Zijn blik werd gevangen door een verticale lijn van bewegend zilver, ingeklemd tussen de twee naburige flatgebouwen. Kijk nou, dacht hij verrast, het was de zee. Het was hem niet eerder opgevallen en hij besefte dat iemand een van de ashokabomen aan de andere kant van het flatgebouw moest hebben omgehakt. Het water trilde en huiverde, ingesloten door de twee onbeweeglijke blokken van beton en baksteen waarin tweehonderd lichamen sliepen en droomden, en Sripathi was er vrijwel van overtuigd dat hij kon horen hoe de zee zachtjes ruisend kwam aanrollen over het strand. Er fladderde een vleermuis langs en in de verwilderde achtertuin hoorde hij allerlei beestjes rondscharrelen. De prikkelende geur van rijpende limoenen van de boom onder het balkon vermengde zich met het zoetige aroma van de oleanderbloesems. Hij hoopte dat Nandana door Nirmala was gewaarschuwd voor die prachtige roze bloemen, voor het gif dat er in hun binnenste zat.

De laatste paar lampen in het flatgebouw gingen uit. Sripathi schoof weer in bed en zakte weg in een onrustige slaap die wemelde van de dromen. In een daarvan holde hij achter een bus aan, maar hoe harder hij rende, hoe verder de bus bij hem vandaan reed, totdat hij uiteindelijk met een leeg gevoel van treurigheid besefte dat hij al die tijd achteruit had gehold.

Omstreeks vier uur de volgende ochtend trok er een luid gebulder als van een tsunami door de vochtige, zware lucht. Met wild kloppend hart schoot hij zijn bed uit. Onweer, dacht hij terwijl hij naar zijn bril reikte, die op de vensterbank lag. Eindelijk onweer! Maar toen hij uit het raam keek naar de grauwe morgenstond, waarin nog steeds een bleek maantje hing, was er geen wolk te bekennen. Hij wachtte op nieuwe donderslagen en vroeg zich af of zijn hevige verlangen naar regen zich had omgezet in een ingebeeld geluid. Kon zijn verlangen maar bij de stille lucht komen en die in een kolkende zee vol leigrijze wolken veranderen. Was de sterke, standvastige wil van een mens in staat invloed uit te oefenen op het hart van de goden, van de natuur zelf?

Jaren geleden was Sripathi eens met Shantamma naar een concert geweest. Eerst had hij helemaal niet met haar willen meegaan, omdat de verveling al toesloeg bij de gedachte drie uur zang te moeten uitzitten in het donkere theater met zijn rieten dak en zoemende muskieten. Maar zijn grootmoeder had tegen hem gezegd dat het belangrijk was voor zijn ziel. Muziek, had ze gezegd, had de macht Varuna en Vayu, de goden van de oceaan en de wind, te wekken en hen te dwingen de wolken met regen te vullen. 'En sommige raga; had de oude dame hem verzekerd terwijl ze met haar hoofd knikte en in vervoering met haar vlakke hand de maat meetikte op haar bovenbeen, 'hebben zo veel vuur en passie in zich dat er duizend olielampen spontaan gaan branden wanneer ze gezongen worden. Maar alleen als ze door een ustaad worden uitgevoerd, een muzikale meester.' Dat sloot in elk geval die ezel van een Gopinath Nayak uit.

Hij spreidde zijn armen wijd uit en stootte daarbij een stapeltje boeken en paperassen omver dat in wankel evenwicht op de vensterbank naast het bed had gelegen. Hij maakte een geërgerd geluid en graaide rond in de nauwe ruimte tussen het bed en de muur. Hij viste er van alles uit: oude krantenknipsels, vellen papier (waarop Nirmala een tijd lang had geprobeerd hun maandelijkse uitgaven bij te houden), een tijdschrift met een sexy filmster op de omslag en een dunne gedichtenbundel van Pablo Neruda – een cadeautje van Maya voor zijn zesenveertigste verjaardag, slechts een jaar voor haar vertrek naar de Verenigde Staten. Af en toe gaf Koti de boel een grote beurt en stapelde alles netjes naar grootte op. Maar de orde die ze aanbracht was slechts tijdelijk. Net als een aantal andere spullen op de vensterbank had ook het dichtbundeltje al die jaren liggen verstoffen, wachtend tot het werd opgeruimd, gelezen of een vaste plaats kreeg. Maar Sripathi had het nooit opgepakt, zelfs niet om er een blik in te werpen. Vorige week was hij er in een opwelling in begonnen, nadat zijn belangstelling was gewekt door een documentaire over de dichter die onverwacht op de televisie was geweest, tussen de Kannada zang- en dansnummers en soaps door waar Ammayya en Putti het liefst naar keken. Sripathi dacht graag dat hij de enige van zijn familie was die een greintje smaak had, maar hij liep niet met die opvatting te koop en schepte er een verfijnd, geheim genoegen in hem voor zichzelf te houden. De gedichten hadden hem intens geboeid, ook al begreep hij soms niet wat de dichter bedoelde. Hij keek even naar de bundel die hij in zijn hand had en zag hoe dun hij was. Wat prachtig dat de dichter zo'n wereld aan gevoelens en ideeën in zo'n klein boekje kon vatten. *Vraag me waar ik ben geweest en ik zal je zeggen: 'Er blijft van alles gebeuren',* zei Neruda op de bladzijde die openviel bij een buskaartje dat Sripathi als boekenlegger had gebruikt.

En dat kun je op geen enkele manier tegenhouden, had hij eraan kunnen toevoegen.

Hij maakte aanstalten om op te staan en wierp het dunne, veelgewassen katoenen laken van zich af. Het was te warm voor kleren, laat staan lakens, maar hij kon alleen slapen als zijn tenen bedekt waren. Op een keer was hij door een rat in zijn grote teen gebeten, en toen hij wakker werd waren de lakens nat van het bloed geweest en was de angstaanjagende gedachte in hem opgekomen dat hij misschien wel dood was of op sterven lag. Het duurde even om over zijn paniek heen te komen en te ontdekken dat er een aangevreten teen zat aan het eind van een overigens intact en gezond lichaam.

Nirmala sliep nog, met een open mond waaruit af en toe zacht gesnurk opsteeg. Hij liep naar het balkon om te zien waar het bulderende geluid vandaan kwam dat hem had gewekt en besloot toen naar de veranda beneden te gaan. Tot zijn verbazing zag hij dat de voordeur halfopen stond en dat zijn zuster op het trappetje zat, met haar rechterhand onder haar kin. Er stonden drie pakken melk naast haar op de grond. Putti's haar hing los over haar schouders en ze had een oude katoenen sari aan. In het schemerige licht voor zonsopkomst leek ze veel jonger dan tweeënveertig.

'Wat doe jij zo vroeg op?' vroeg Sripathi.

'Ik kwam de melk halen', antwoordde Putti met een gegeneerde blik. 'Dat doe ik elke ochtend.'

'O, ik dacht dat Nirmala dat deed', zei Sripathi.

'Nee, ik heb gezegd dat ze wat langer kan blijven liggen. Ik ben toch vroeg op en omdat ik beneden slaap, is het voor mij een kleine moeite. Ik vind het niet erg.'

'Wordt de melk nog steeds door die Gopala bezorgd?'

Putti maakte nu een hoogst ongemakkelijke indruk. 'Ja, soms', mompelde ze.

Als Sripathi wat minder met zijn eigen ellende bezig was geweest, had hij zijn zusters gêne wellicht opgemerkt en zich erover verbaasd. Maar hij had niets in de gaten en na een poosje klopte Putti naast zich op de verandatreden. 'Kom erbij zitten. Het is zo vredig op dit tijdstip, vind je niet? Je kunt zelfs de koyal horen zingen.'

'Ja, in elk geval tot die idioot van een Gopinath met zijn ochtendraga begint', beaamde Sripathi.

'Sst! Stil. Hoor eens hoe die vogel zingt', fluisterde Putti. Ze boog zich voorover en liet haar ellebogen op haar knieën rusten.

Sripathi staarde naar de verlaten straat en liet de lieflijke, hoge tonen van de vogel tot zijn bekommerde geest doordringen. Zo moest de keizer van China zich hebben gevoeld toen hij de melodie van de nachtegaal hoorde, dacht hij, en hij herinnerde zich dat verhaal uit zijn jeugd. Hij keek van opzij naar het verrukte gezicht van zijn zuster en realiseerde zich ineens met een schok dat hij nooit op een dergelijke manier naast haar had gezeten. Nooit. De kloof van zestien jaar die hen scheidde had elke vertrouwelijkheid in de weg gestaan. Toen zij een kind was, had hij keihard zitten blokken voor zijn examens en kampte hij met schuldgevoelens omdat hij zijn medicijnenstudie had afgebroken en zijn moeders verwachtingen de grond in had geboord. En daarna, toen hij een baan had gevonden, was hij te moe om notitie van haar te nemen. Toen zij tien was, was hij al vader en werd hij door zijn eigen kinderen in beslag genomen. Ze woonden allemaal in hetzelfde huis, maar Sripathi kende zijn zuster nauwelijks.

'Maya en ik zaten hier vroeger elke ochtend te wachten tot de koyal ging zingen', zei Putti ineens. 'We slopen naar buiten wanneer iedereen nog sliep en dan vertelde ze me over school. Daar luisterde ik graag naar. Het was alsof ik een klein zusje had. Ze maakte me aan het lachen, vooral wanneer ze haar leraren nadeed. Ik wou dat Ammayya mij ook naar school had laten gaan.' Ze zweeg even. 'Voordat Maya naar Amerika vertrok zei ze dat ze me een ticket zou sturen om op bezoek te komen. Maar ik wist dat het er nooit van zou komen.'

'Ze zou je heus wel een ticket hebben gestuurd, dat weet ik zeker', zei Sripathi, geraakt door de weemoedige stem van zijn zuster.

'Misschien. Maar mijn lot ligt binnen de muren van dit huis', zei Putti. 'Weet je, ik ben vandaag tweeënveertig geworden en ik zit hier nog steeds. Ook al had Maya me een ticket gestuurd, dan nog zou Ammayya me geen toestemming hebben gegeven om te gaan.'

Sripathi sloeg zijn handen tegen zijn hoofd. 'Ayyo!' riep hij uit. 'Je bent vandaag jarig, dat was me helemaal ontschoten.'

'Er gebeurt te veel, dus begrijpelijk dat je het vergeten bent. Het maakt niet uit. Ik wil er niet bij stilstaan dat ik elke dag weer een stukje ouder word en dat ik nog steeds niets heb gedaan waardoor de voorbije jaren me bijblijven', zei Putti.

'Tchah-tchah, wat zeg je een trieste dingen.' Hij vond het heel dom van zichzelf dat hij haar verjaardag was vergeten. Elk jaar deed hij iets bijzonders voor haar – een nieuwe sari voor haar kopen of haar en de anderen mee uit eten nemen naar het Mayura Palace in de Brugstraat. Het was een zuiver vegetarisch restaurant, had de eigenaar Ammayya vurig verzekerd toen ze er de eerste keer kwamen. 'Iedereen die hier werkt is brahmaan, Amma. Zelfs onze portier is een zoon van mijn eigen neef – volledig brahmaans. Er zit geen ui of knoflook in het eten. Ook ons ijs is zuiver vegetarisch, geen ei of iets dergelijks om het volume te vergroten.'

'Zullen we vanavond dan uit eten gaan om je verjaardag te vieren, Putti?' vroeg Sripathi.

'Doe niet zo idioot', antwoordde ze. 'Ik ben te oud voor dergelijke onzin. Besteed dat geld maar aan die arme Nandana. Of aan een feest wanneer ik ga trouwen!' Ze wierp hem een zijdelingse blik toe; haar ogen hadden niet hun gebruikelijke kohlrand. 'Wat vind je daarvan?'

'Heb je trouwplannen?' vroeg Sripathi voorzichtig. 'Met wie?'

Putti haalde haar schouders op. 'Misschien, als het mag van Ammayya.' Ze draaide het uiteinde van haar sari tot een strak koord van blauwe en witte katoen.

'Waarom zou je inzitten over Ammayya? Wij zijn er toch om voor haar te zorgen.'

'Dat zeg je elke keer, maar dat zijn alleen maar mooie woorden, meer niet', zei Putti. 'Er zijn al zo vaak bruidegoms gekomen om kennis te maken. Waarom zeg je nooit iets wanneer Ammayya ze stuk voor stuk afwijst? Henh? Vertel eens? Omdat ook jij bang bent dat ze zal gaan piepen en hoesten en dreigen met doodgaan!'

Ze pakte de melk en stond op. Sripathi keek haar verdwijnende rug na. Door zijn moeder steeds tevreden te willen stellen, dacht hij, verwaarloosde hij zijn plicht ten opzichte van zijn zuster. Hij bleef nog een tijdje op de veranda zitten, piekerend over het dilemma waar hij voor stond. Verstrooid zag hij dat de berg bouwafval die zijn hek versperde hoger was geworden; het bulderende lawaai van die ochtend was afkomstig geweest van een vrachtwagen die nog meer brokken beton had gedumpt. Hij probeerde de woede op te roepen die maanden geleden tot ruzie met een van de vrachtwagenchauffeurs had geleid, maar hij merkte dat het niet lukte. Er was geen gevoel meer over voor wat dan ook. Het was alsof hij zich buiten zijn eigen lichaam bevond en emotieloos toekeek hoe hij zich stuntelend door zijn dagelijkse bezigheden heen sloeg.

Toen de zon aan de horizon verscheen kwam Koti het hek binnen, een groene plastic mand in haar hand, haar haar netjes geolied en bijeengebonden in een bos op haar achterhoofd. Daarbovenop zat als een geurige kroon een tros witte bloemetjes. Ze wierp Sripathi een lachje toe waarbij haar uiteenstaande tanden zichtbaar waren. De huid rond haar ogen en mond was uitgerekt tot duizenden rimpeltjes. Uit een hoek van de veranda pakte ze de oude, aftandse bezem en begon het erf aan te vegen. Overal om haar heen steeg het stof in pluimen op en dwarrelde dan langzaam weer neer. Toen ze het stof naar tevredenheid had verplaatst, pakte ze een gebutste, halfvolle aluminium emmer, doopte haar hand in het water en bevochtigde de grond met een krachtige, sprenkelende beweging. Haar vingers maakten een schokkerig dansje en wierpen zilveren boogjes in het rond die heel even schitterden in het zonlicht. Het stof te ruste leggen, noemde ze dat. Daarna boog ze zich plotseling voorover, recht vanuit haar middel, waarbij haar omvangrijke, in een glanzend groene nylon sari gehulde billen in de lucht staken, en bespatte de gekalmeerde aarde met een papje van rijstebloem uit een oud cacaoblik, totdat er een enorme vlakte van stippen was ontstaan, als sterren aan een stoffige hemel. Ze ging op haar hurken zitten en liet haar fantasie de vrije loop. De willekeurige stippen groeiden uit tot een patroon, en met een ingespannen gezicht boog Koti zich opnieuw voorover en begon dunne lijntjes te trekken. Kolkend, glooiend, draaiend, plooiend. De lijnen vlogen van punt naar punt, een vloeiende creatie. Gedachten omgezet in kunst, bedacht Sripathi, merkwaardig ontroerd door dit ritueel dat Koti al zo veel jaar uitvoerde. De lijnen op de grond kwamen tot leven – werden zwanen, mango's, kronkelende klimjasmijn, dansende pauwen, tetterende olifanten, tekens en symbolen voor geluk en voorspoed.

Er kwam een herinnering in hem boven aan Maya, die huppelend van de verandatreetjes kwam. Die aan Koti vroeg of ze alsjeblieft, alsjeblieft ook een patroon mocht proberen te maken. Een herinnering aan Koti, die Maya's ongeduldige handjes langs het ingewikkelde patroon leidde. 'Waar is dit voor, Koti?' had het kind gevraagd nadat ze erin was geslaagd een bibberige lijn tussen twee stippen te trekken. 'Om het boze oog te weren', had Koti geantwoord terwijl ze opstond en haar pijnlijke spieren strekte. 'Wanneer ik rangoli voor de ingang van een huis aanbreng, durft geen boze geest het te betreden.'

En toch had niets de tegenslagen uit Koti's eigen leven kunnen weren. Op haar achttiende was ze met een dronkelap getrouwd, en elke ochtend verscheen ze in huis met een gezicht dat opgezwollen was en onder de blauwe plekken zat, met op haar armen brandwonden die soms zo groot waren als het deksel van een cacaoblik, met uitgeslagen tanden en blauwe ogen. Sripathi herinnerde zich ook een kind te hebben gezien, een jongetje dat Koti vaak vergezelde tijdens haar dagelijkse bezigheden, een stil kind dat in een hoekje van de veranda eindeloos op een leitje zat te krabbelen. Wanneer zijn moeder binnen bezig was, liep hij achter haar aan, hopend dat ze hem tijdens haar werk zou toelachen. Als ze ook maar even verdween, wierp hij een bedeesde blik in de kamers en wanneer hij zich ervan had overtuigd dat ze niet weg was, ging hij op een holletje terug naar de veranda, naar zijn lei en zijn krijtje. Op een keer was ze komen aanzetten met een kapotgeslagen lip en had ze openlijk en woedend gehuild.

'Dat hoerenjong heeft me mijn geld afgepakt', jammerde ze. Ze bonkte met haar hoofd tegen de muur terwijl Ammayya, Nirmala en Putti in een groepje om haar heen kwamen staan, haar klopjes op de schouders gaven en haar troostten. Ze negeerden Sripathi en keken hem woedend aan toen hij vroeg wat er was voorgevallen, alsof hij verantwoordelijk was voor Koti's verdriet. 'Die zoon van een verziekte hoer heeft míjn geld verzopen. Ik had het bij elkaar gespaard om een wit overhemd voor mijn Kannan te kopen, voor school. Volgende week gaat hij voor het eerst naar school, Amma, en nu heeft die hufter van een vader van hem mijn geld gestolen.'

Een andere keer was ze komen aanzetten met een linkeroog

dat zo was opgezwollen dat het halfdicht zat. Sripathi was geschokt geweest. 'We moeten de politie op de hoogte stellen', zei hij tegen Nirmala. 'Vandaag of morgen vermoordt haar man haar nog.'

'De politie, hunh!' zei Nirmala terwijl ze Koti een handdoek vol ijs gaf voor haar oog. 'Die neemt alleen een verklaring op en stuurt haar weer naar huis. En ze zullen zeggen dat ze het zelf wel zal hebben uitgelokt. Je weet hoe de mensen denken.'

Toen Koti voor de zoveelste keer met ongekamd haar en stinkend naar oud zweet en olie arriveerde – ze trok haar kind achter zich aan en huilde stilletjes omdat ze niet de energie had om hem eten te geven of te wassen voor hij naar school ging – gaf Nirmala haar een handdoek en olie en een stukje zeep en zei dat ze de wc op het terras kon gebruiken om zich op te frissen. 'Geef dat jochie ook iets warms als ontbijt', had Sripathi aangedrongen.

Ammayya was woedend geworden over deze verleende vrijheid. Hoe kon een bediende zich nu in dezelfde ruimte wassen als de vrouw des huizes? Ondenkbaar! En hetzelfde voedsel eten! Het was overduidelijk dat Nirmala ze niet meer allemaal op een rijtje had. Wat zouden de buren niet denken wanneer ze dit hoorden? Maar Nirmala hield voet bij stuk.

De jaren waren voorbijgegaan, Koti's man had haar verlaten en had zich nooit meer vertoond, en haar zoon was inmiddels bijna dertig. Hij had een baan als portier van een vijfsterrenhotel in Madras, waar hij met zijn gezin woonde.

'Zo, Ayya-orey? Geen werk vandaag of hoe zit het?' vroeg Koti, die met haar schelle stem zijn herinneringen onderbrak.

Hij lachte terug en zei: 'Als ik niet naar mijn werk ga, zal mijn baas zeggen dat ik voorgoed kan thuisblijven, en vertel jij maar hoe we jou dan moeten betalen.'

De meid giechelde als een jong ding en glipte langs hem heen het huis in, een spoor van geuren achterlatend – jasmijn, kokosolie, pinangnoot.

Alweer naar school. Mamma-mevrouw had Nandana in bad gedaan en liet haar alleen om haar uniform aan te trekken. 'Dit keer geen rare dingen uithalen', had ze gewaarschuwd. 'Niet in kasten kruipen en dat soort flauwekul, oké?'

Nandana duwde haar tong tegen haar voortand om ermee heen en weer te wiebelen. Dat gaf een prettig gevoel. De tand zou er binnenkort uitvallen en dan zou de tandenfee een kwartje onder haar kussen leggen. Ze wrikte nog eens aan de tand, met haar vingers dit keer, maar hield ermee op toen ze in de boom voor haar raam een ritselend geluid hoorde. Ze klauterde op haar bed om te zien wat het was en drukte haar gezicht tegen het smeedwerk. De geur van het warme stof dat op het metalen smeedwerk lag drong zich in haar neusgaten. Dit was vroeger haar moeders kamer geweest, had Mamma-mevrouw haar verteld, en Nandana had gezien dat de tranen haar in de ogen stonden. Ze vroeg zich af of de boom er al stond toen haar moeder in deze kamer woonde. Ze was dol op die boom, er leek altijd wel iets boeiends in te gebeuren. Er zaten mieren in – kleine rode en grote zwarte – die de hele dag onafgebroken en elkaar ontwijkend over de takken liepen, maar soms bleven ze ineens een paar tellen staan alsof ze roddelpraatjes aan het uitwisselen waren. Zouden mieren slapen? vroeg ze zich af. Af en aan liepen ze over de knoestige takken van de boom, als met zwart doorschoten lijntjes van het rode poeder dat Mamma-mevrouw beneden in het godenkamertje in een doosje bewaarde.

Koti, degene die elke dag de vloeren veegde en die haar had voorgedaan hoe je in de voortuin tekeningen kon maken met een wit poeder, had waarschuwend haar vinger opgestoken en op de rode mieren gewezen. 'Bijten', zei ze met een zacht kneepje in Nandana's arm. 'Bijten pijn doen.' Toen zei ze nog iets in een andere taal en legde het kussen, dat aan de raamkant van het bed lag, aan de andere kant. 'Wieieie', voegde ze er neuzelig aan toe. Ze boorde een vinger in haar oor, vertrok haar gezicht alsof ze pijn had en wees toen nog eens op de rode mieren. Nandana begreep eindelijk dat Koti haar ervoor waarschuwde dat de rode mieren in haar oren konden kruipen en haar in haar hersenen konden bijten. Ze had verlegen gelachen en geknikt, en Koti had over haar wang geaaid en een paar traantjes gelaten.

De takken van de boom trilden door het op en neer rennen van twee boos tegen elkaar kwetterende eekhoorns. Anders dan de eekhoorns in Vancouver, de grote zwarte die al haar moeders geliefde bollen en de zaden van de Oost-Indische kers opgroeven, waren deze klein met een grijs vachtje en twee strepen over hun rug. Arun Maama, die veel tegen haar praatte, ook al gaf ze geen antwoord, had haar een verhaal over die eekhoorns verteld. Hij zei dat Heer Rama, een god die als mens was geboren, de eekhoorn had gezegend. Nandana had geknikt. Ze had van Heer Rama gehoord. Haar moeder had in de Indiase winkel in Main Street een paar boeken gekocht en haar verhalen verteld over hem en zijn vrouw Sita en zijn broer Lakshmana, en over een apengod die Hanuman heette en bergen kon optillen. Ze moest bijna huilen als ze dacht aan haar ouders en aan hun stemmen die warm en vertrouwd uit het donker kwamen en haar verhaaltjes vertelden tot ze diep in slaap was.

'Toen Rama een brug over de machtige oceaan wilde bouwen om in een koninkrijk te kunnen komen dat Lanka heette, waar een andere machtige koning woonde die Ravana heette,' had Arun Maama met een zangerige voorleesstem verteld, een stem zoals haar moeders stem, die ze nog heel duidelijk kon horen, 'had hij alle hulp nodig die hij kon krijgen. De brug werd gebouwd van stenen, miljoenen en miljoenen stenen. Eerst kwamen de beren uit het bos hem een handje helpen, en toen de apen en de olifanten en alle andere grote dieren. Ook de koning van de eekhoorns kwam een pootje helpen. Uit dankbaarheid aaide Rama hem met twee vingers over zijn rug, waardoor die strepen er kwamen te staan. En zo komt het dat elke nieuwe generatie eekhoorns dat zegenteken op zijn rug heeft.'

Een andere keer had haar oom haar het hele verhaal verteld over Rama en zijn strijd tegen de tienkoppige Ravana, en ook al kende ze het verhaal al, ze had toch zitten luisteren. En aan het eind van het verhaal had hij gezegd: 'Sommige mensen vinden dat Rama de held was en Ravana de schurk.'

11

Een goede partij voor Putti

Rond een uur of acht, kort nadat Nandana naar school was vertrokken, kwam Nirmala hijgend de trap op. 'Gowramma is er, met de volgende huwelijkskandidaat voor Putti', zei ze buiten adem tegen Sripathi. 'Ammayya wil dat je naar beneden komt.'

'Waarom komt die vrouw altijd op een doordeweekse dag?' mopperde Sripathi terwijl hij snel een kam door zijn haar haalde. 'Straks ben ik weer te laat op mijn werk.'

'Laat gewoon een paar minuutjes je gezicht zien, dan is ze weer tevreden.'

Halverwege de trap besefte Sripathi dat hij alleen zijn onderhemd aanhad en hij liep terug naar zijn kamer om een schoon overhemd te zoeken. Hij ging voor de lange smalle gangspiegel staan en trok aan zijn jaanwaara – de heilige draad die als een lus over zijn linkerschouder, zijn buik en zijn rug liep en die zijn lichaam diagonaalsgewijs omgordde. Je kon er goed je rug mee krabben. Sripathi trok hem heen en weer, zodat de draad op een bevredigende manier over zijn huid schuurde.

'Sripathi, wat doe je daar? Schiet eens op, Gowramma wacht', schreeuwde Ammayya uit de woonkamer. Voordat hij de trap afholde, knoopte hij haastig zijn overhemd dicht en streek zijn dikke, krullende haar plat. Het had de neiging opeens als een grijze nevel boven zijn hoofd op te komen. Hij vroeg zich af wie de koppelaarster nu weer voor zijn zuster uit zijn schuilplaats had gesleurd. Arme Putti.

'Namaskara, namaskara!' Sripathi vouwde zijn handen samen en bracht ze naar zijn voorhoofd.

Gowramma gaf hem een knikje. De koppelaarster zat op een kokoskleedje dat Nirmala voor haar op de grond had uitgelegd. Tegen een van de muren stond een sofa, naast een hoog oprijzende teakhouten kast vol oude dossiermappen, krantenknipsels en boeken met beschimmelde leren omslagen. De sofa was zacht en rook naar wegrottende paddestoelen, en de ivoorkleurige zijde waarmee hij was bekleed had een groene tint gekregen door de lange blootstelling aan de vochtige lucht. In een vertwijfelde poging hem goed te houden had Nirmala de stof afgedekt met lappen plastic die bij de randen waren vastgeniet tot een hoes. Te laat overigens, want de schimmel had al wortel geschoten en gedijde nu binnen het warme plastic. Er zat nooit iemand op die sofa, behalve bij officiële gelegenheden, wanneer Putti's huwelijkskandidaten kwamen opdraven. Dan werd het plastic afgedekt met vrolijke beddenspreien uit Rajasthan, die benadrukten hoe armoedig de rest van de kamer was. Bij alle andere gelegenheden werd de sofa – net als de twee andere rijk bewerkte mahonie stoelen en de met ivoor ingelegde salontafel – tegen de muur geschoven om ruimte te maken voor Nirmala's dansleerlingen. Goede vrienden of bezoek als Gowramma zaten op de houten stoelen of op de charpai van kokosvezel die Nirmala had uitgerold op de vloer.

Zoals gewoonlijk had de koppelaarster een mand van gevlochten plastic bij zich waarin stapels horoscopen, brieven en foto's van kandidaatbruidegoms en -bruiden zaten. Verder had ze nog haar zakboekje bij zich, en een dunne, handgeweven katoenen handdoek waarmee ze de transpiratie van haar nek en uit haar ellebooggholten veegde. Toen Sripathi de kamer binnenkwam, zat ze gegevens over een door Ammayya gesuggereerde bruid in haar boekje neer te krabbelen.

'Heeft ze een lichte huid?' vroeg ze kwiek.

Ammayya trok een rimpel in haar neus en dacht even na. 'Gaat wel', zei ze ten slotte. 'Iets donkerder dan onze Putti. Maar wel een goed gevormd gezicht.'

'Opleiding?'

'Universitaire studie in computerwetenschappen.'

'Heel goed, dat is écht heel goed. Tegenwoordig willen die jongens alleen maar bank- of computermeisjes.' Gowramma knikte. 'Lengte en algeheel gedrag? Goede familie?'

Pas toen ze deze kwestie had afgewerkt, gaf ze Sripathi haar volle aandacht. Ze keek hem nu stralend aan, om goed te maken dat ze slechts terloops op zijn begroeting had gereageerd. Sripathi kon nooit wennen aan haar plotselinge verschijningen; het leek wel alsof ze onderdeel uitmaakte van een illusionistenvoorstelling. Ze woonde bij haar jongste zoon. Haar man was op een ochtend uit haar leven verdwenen en had als verklaring slechts een kort briefje achtergelaten. 'Ik doe afstand van de wereld', schreef hij. 'Ik zal voor jullie allemaal bidden.'

Gowramma bleef achter met drie puberende kinderen. In haar woede zei ze tegen iedereen dat ze weduwe was en wiste op die manier haar man van de lei van haar geheugen. Ze verbood haar kinderen ooit nog zijn naam te noemen. Er gingen geruchten dat Gowramma hem een jaar later, toen hij ontgoocheld door het ascetenbestaan naar huis terugkeerde, met een mes in haar hand had weggejaagd en daarbij had gedreigd hem zijn ballen af te snijden. Sindsdien had niemand hem meer gezien, hoewel juffrouw Chintamani, die de leesbibliotheek op de hoek van de Pilkingtonweg en de Andaalstraat bestierde, met klem beweerde dat de bedelaar voor haar bibliotheek de weggelopen echtgenoot was. Dit vermoeden werd voor haar bevestigd door 's mans gewoonte zijn handen liefkozend om zijn geslachtsdelen te leggen – een beschermend gebaar dat het gevolg was van Gowramma's dreigement.

Vreemd genoeg, of misschien wel omdat haar eigen huwelijk zo rampzalig was geëindigd, had Gowramma zich met al haar energie gestort op de koppelarij, het trekken van horoscopen, de numerologie en Vastu-Shastra, een oeroude wetenschap die zich bezighield met het zo gunstig mogelijk plaatsen van objecten in een bepaalde ruimte. Haar bedrijfje had zich zo sterk uitgebreid dat ze nu de begane grond van haar huis als kantoor gebruikte. Ze had twee assistenten in dienst genomen en van een familielid in Bangalore een nukkige computer gekocht om de correspondentie uit heel India en het buitenland te kunnen verwerken. Ook publiceerde ze een wekelijks krantje, *Jataka*, in het Kannada, Tamil en Telugu, en voor haar Amerikaanse en Britse publiek een Engelstalige versie die *In Your Stars* heette. Sripathi noemde het 'In Uw Aars' en zei dat de inhoud even waardevol was als de afvalproducten die door deze lichaamsopening werden uitgestoten, een commentaar dat de koppelaarster na verloop van tijd ter ore was gekomen en haar een extra reden gaf hem niet te mogen.

Gowramma bezocht het Grote Huis minstens één keer per maand, niet alleen om de laatste nieuwtjes door te nemen met Ammayya, wier neus voor een lelijke roddel even sterk ontwikkeld was als haar gigantische heupen, maar ook omdat ze Putti als haar speciale project beschouwde. Haar meest uitdagende project. Ze had minstens honderd jongens voorgedragen, maar niet een had Ammayya's goedkeuring kunnen wegdragen, hoewel de oude vrouw de schuld altijd aan Sripathi gaf.

'Tchah!' riep Ammayya elke keer uit als ze een horoscoop afwees. 'Wat moet ik toch beginnen, als jij me dat nou eens vertelt, Gowramma. Als het gaat om een man voor zijn zuster doet mijn zoon altijd heel kieskeurig. Deze niet, zegt hij, en die ook niet. O, mijn haar is al helemaal grijs en nog steeds zegt die man nee, nee, nee.'

De koppelaarster keek Sripathi nog eens aan. Zoals gewoonlijk werd hij getroffen door haar bindi, die als een rood derde oog opgloeide, midden op haar voorhoofd – net als Nirmala was ze overgestapt op opplakbindi's. Die strijdlustige rode stip bood stof tot gesprek in de stad: een vrouw die door haar man was verlaten had toch niet het recht om zo'n heilig blijk van getrouwd zijn te dragen? Dat kon toch niet door de beugel?

'Ammayya heeft me het verschrikkelijke, verschrikkelijke nieuws verteld, Sripathi-orey', zei ze. 'Wat een tragedie! En je hebt Maya niet meer gezien sinds ze uit dit land is weggegaan? En haar man ook niet?' Ze keek Sripathi vragend aan en toen hij geen antwoord gaf, vervolgde ze: 'Tchah! Tchah! Tchah! Mijn hart breekt voor jullie allemaal. Nirmala, kom hier, beste meid, kom naast me zitten. Ik kan het niet verdragen je tranen te zien.'

Sripathi kneep zijn lippen samen zodat ze nog dunner werden. 'Volgens mij komt u hier met een voorstel voor mijn zuster', zei hij kortaf.

Gowramma keek Nirmala meelevend aan. Maar ze vroeg Sripathi niet meer naar Maya. 'Dankzij de computer heb ik een fantastische jongen gevonden, die geknipt is voor onze Putti', zei ze. 'Volgens iedereen die hem kent, zelfs volgens degenen die alleen maar over hem gehoord hebben, is het een echte prins, een toonbeeld van deugd. Heel verlegen en beleefd, en natuurlijk met een vaste baan, dus ook betrouwbaar.' Ze wiegelde een paar keer met haar hoofd als om haar eigen uitspraken te bevestigen en te herbevestigen. 'Niet erg knap om te zien, maar het is een gezonde en fatsoenlijke man. Ik zeg altijd maar dat een meisje knapper moet zijn dan haar man, anders staat hij alleen maar bewonderend in de spiegel te kijken naar zichzelf in plaats van naar haar!'

En dat betekende dat de aanstaande echtgenoot eruitzag als het achterste van een kameel, dacht Sripathi.

'Maar een beetje te oud. Vijftig, zei je toch? Met staar op een van zijn ogen?' zei Ammayya bedenkelijk. Haar handen sloegen een zachte roffel op de leuningen van haar stoel.

'Wat kun je verwachten voor een meisje dat niet meer in de lente van haar leven is?' vroeg Gowramma, die het zichzelf toestond iets van irritatie te laten blijken. 'De een is niet goed omdat hij te oud is en de ander omdat hij te jong is. Ik begrijp niet meer wat voor juweel je zoekt, dus probeer het voortaan met een andere koppelaarster. Ik kan je niemand meer voorstellen.'

'Ík vind hem niet te oud', zei Putti humeurig. 'Ik wil hem best ontmoeten.'

Ammayya lachte haar dochter kalmerend toe en keek Gowramma aan. 'Het arme kind is nerveus, en neem het haar eens kwalijk. Het valt niet mee een echtgenoot te kiezen', merkte ze op. Daarna gaf ze Putti een klopje op haar billen, alsof ze inderdaad een klein kind was dat op het punt stond een woedeaanval te krijgen, en niet een vrouw van in de veertig, en ze vervolgde: 'Nee, mijn parel, maak jij je maar nergens bezorgd over. Je moeder zal wel uitmaken wat het beste voor je is. En natúúrlijk zul jij deze man ontmoeten. Alhoewel – ik moet zeggen dat hij een heel vreemd beroep heeft uitgekozen. Wat voor een man werkt er nu voor zijn plezier met maniakken en krankzinnigen, henh?'

'Een goedhartige, vriendelijke man', zei Gowramma, die graag voorgoed afwilde van deze familie, die om de paar maanden weer op haar zoeklijst kwam te staan. 'Wat dit huis nodig heeft is een bruiloft. Om het verdriet te verjagen waar het mee volstroomt.' Ze wierp een blik op Sripathi om te kijken of hij zou reageren, maar hij zei niets. 'Hij is heel geschikt voor jullie, een heel aardig iemand die met allerlei moeilijke karakters weet om te springen. Jullie moesten eens horen wat een verhalen hij te vertellen heeft, vooral over de vrouw die haar eigen kinderen vermoordde. Ze at ze op als een kat, heb ik gehoord! Onze therapeut heeft het arme schepsel geleerd rieten mandjes te vlechten om zo haar gekwelde gemoed tot rust te brengen.' Ze merkte dat Ammayya een uitdrukking van diep afgrijzen op haar gezicht had gekregen en zweeg abrupt. Daarna probeerde ze de zaak te redden. 'Maar het is een beste man met veel talenten. Iedereen vindt hem heel erg aardig. De meisjes staan in een lange rij om hem te leren kennen, maar ik heb besloten, nee, onze Putti moet als eerste de kans krijgen, gezien de schitterende overeenkomst in horoscoop en alles.'

'Een man die met zo veel eigenaardige mensen te maken krijgt is vast zelf ook heel eigenaardig', had Ammayya als commentaar.

Putti staarde haar moeder aan en zag op dat liefhebbende gezicht alweer een weigering. 'Maar ik wil hem toch leren kennen', zei ze met iets van muiterij in haar stem.

Haar moeder drukte het uiteinde van haar sari pallu tegen haar lippen en keek met een treurig gezicht naar een grote foto van haar overleden man, die op een prominente plaats aan de verschoten muur van de woonkamer hing en werd omlijst door een slinger van stoffige sandelhoutkrullen. 'We zullen je broer laten beslissen', zei ze. 'Hij is immers de man in huis, en als een vader voor je.'

Sripathi meed Putti's smekende blik. Hij schraapte zijn keel. 'Er is toch niets op tegen die man alleen maar te ontmoeten?' vroeg hij zwakjes. 'De uiteindelijke beslissing is natuurlijk aan jou.'

'Ja ja, zo denk ik er ook over', zei Gowramma instemmend, terwijl haar blik van de een naar de ander schoot.

Volkomen onverwacht barstte Ammayya luidruchtig in tranen uit. 'Mijn arme kind heeft niet eens haar eigen vader gekend. Wat een karma!' snikte ze.

Gowramma keek haar aan met een ironische blik. 'Vooruit Ammayya, denk eens aan Maya's kind. Dat meisje heeft nu vader noch moeder.'

Ammayya negeerde deze opmerking, nam Gowramma's hand in haar eigen scherpgerande vuist en kneep erin alsof het een citroen was. 'Jíj weet hoe moeilijk het is kinderen groot te brengen zonder vader. Maar anders dan ik ben jij een onafhankelijk iemand, niet overgeleverd aan de liefdadigheid van je kinderen.'

Gowramma kronkelde zich in Ammayya's stevige greep en

knikte kortaf. Ze was niet in de stemming voor theatraal gedoe, vooral niet als ze louter als publiek diende.

'Jíj weet niet wat voor problemen ík elke dag heb, Ammayya. Ik praat er niet graag over, daarom weet niemand ervan. Lachen, lachen, lachen, dat is mijn principe. Maar diep in mijn hart hangt een zware wolk.' Ze maakte een breed wuivend gebaar om de hemelse afmetingen aan te geven. 'Te bedenken dat ik ooit zelf de kost zou moeten verdienen. Tchah! Als ik niet voor eten en alles moest betalen, zou ik er niet over piekeren geld voor deze horoscopen te vragen. Maar wat doe je eraan, ik ben het verplicht... ik schaam me diep, maar ik ben het verplicht.' Ze probeerde haar nog steeds vastzittende hand los te rukken, maar Ammayya was niet van plan er afstand van te doen zonder haar scène te voltooien.

'Verplichtingen, verplichtingen', zuchtte ze terwijl een dikke traan zich aan haar verweerde wang vastklampte als een bergbeklimmer aan een rotswand. 'Gowramma, mijn oude vriendin, niemand kent de last van de verplichtingen beter dan ik. Ik tors hem al mijn hele leven op mijn schouders. Mijn rug is erdoor gekromd geraakt en toch strompel ik maar voort.'

Ammayya liet Gowramma's hand los om de traan weg te vegen die halverwege zijn reis tot stilstand was gekomen en nu begon te kriebelen op haar wang. De koppelaarster schoof snel een eind weg. Ze pakte haar plastic mand en haar dossiermap vol horoscopen en foto's en liep achteruit de kamer uit. Normaal gesproken zou ze hebben gezinspeeld op een kopje thee en een warme versnapering, maar ze voelde dat er onweer broeide in huis en daar wilde ze liever niet bij aanwezig zijn. Bovendien leek het huwelijk tussen de therapeut en Putti tamelijk onwaarschijnlijk, en daarom was het misschien wel een goed idee gauw naar de Shastri's te gaan om hen de horoscoop voor hun nichtje te geven. Dan kan ik in elk geval wat geld verdienen aan dat huwelijk voordat de kandidaatbruidegom sterft van ouderdom, dacht de koppelaarster knorrig. Ook al was Ammayya een van

Gowramma's oudste cliënten, het feit dat haar geen enkele van de voorgestelde partijen beviel, wierp een ongunstig licht op Gowramma's gaven om bruidegoms te vinden.

'Nu moet ik gaan', zei ze. 'Er zijn nog zo veel andere huizen te bezoeken. Nirmala, sta me toe, henh?'

Nirmala, die er zwijgend bij had gestaan, knikte en stak haar een open blikje vermiljoenpoeder toe voor het traditionele afscheidsritueel van vrouwen. Gowramma nam een vinger-greep poeder en drukte het in de scheiding van haar haar. Ze knikte energiek. 'Dan zal ik maar eens gaan en komen', zei ze. Na even te hebben gezwegen ging ze verder: 'O, en ik wilde nog naar jullie kleindochter informeren. Wat triest voor die arme stakker, ze zal haar vader en moeder wel missen. Tchah! Tchah! Wat een grote tragedie! Hoe jullie het allemaal moeten verwerken, ik heb geen idee!' Gowramma's ogen schoten van de een naar de ander.

'O, Gowramma! Wat moet ik zeggen?' begon Ammayya, die klaarzat om de koppelaarster op de hoogte te brengen van wat er sinds de komst van Nandana allemaal in hun leven was gebeurd. Maar Sripathi legde zijn moeder met zo'n moord-zuchtige blik het zwijgen op dat ze van pure verrassing haar mond hield.

'We maken het uitstekend, en we lossen het allemaal zelf op. Het is een familieaangelegenheid', zei hij.

'Oho, maak ík dan geen deel van deze familie uit? Nee maar, Sripathi, ik ken je nog uit de tijd dat je een korte broek aanhad', protesteerde Gowramma, die haar leeftijd aanzienlijk ver-hoogde om die onwaarheid kracht bij te zetten. 'Dus laat me gerust weten als je hulp nodig hebt met dat arme kind. Je zult in dit huis vast wel behoefte hebben aan wat vrolijke huwelijks-muziek!' Met een lachje gaf ze Putti, die daar geheel door werd overvallen, een kneepje in haar wang.

'Zei je niet dat je vandaag andere dingen af te handelen had?' vroeg Sripathi.

Gowramma keek hem doordringend aan en stapte het huis uit. Met haar hand wuifde ze haar gezicht koelte toe. 'Pah-pah-pah! Het is buiten om te stikken. Waarom het maar niet wil gaan regenen – ik begrijp er niets van', klaagde ze terwijl ze op de veranda bleef staan om de versleten zwarte sandalen aan te schieten die haar neef vijf jaar geleden had meegebracht uit Dubai en die ze maar niet kon weggooien omdat ze uit het buitenland kwamen. En toen, met een volgende vermaning dat de door haar voorgestelde partij een van de beste uit haar dossiers was, ging ze ervandoor.

'Hunh!' merkte Ammayya op. 'Wat een brutaliteit om met zo'n voorstel voor mijn dochter te komen.'

Putti's gezicht betrok. 'U hebt altijd wel iets aan te merken', riep ze. 'Ik weet best dat u niet wilt dat ik trouw.'

'Ehn?' vroeg Ammayya, door deze uitbarsting van haar stuk gebracht. 'Waarom koop ik dan elke keer als ik een beetje geld heb sari's en juwelen voor je, hè? Waarom leef ik, als het niet is om jou gelukkig getrouwd te zien?'

Haar dochter stormde hun slaapkamer in en kwam weer naar buiten met haar handtas en een stapel tijdschriften. 'Ga je naar de bibliotheek, lieveling?' vroeg Ammayya terwijl ze achter Putti aan de veranda opliep. 'Dan ga ik met je mee. Wacht je even op me?' Tikkend met haar stok ging de oude dame naar binnen en in haar haast struikelde ze er bijna over. Maar toen ze vijf minuten later buiten kwam, was Putti verdwenen.

De leesbibliotheek was om de hoek bij dokter Menon, de ayurvedische arts die Ammayya's kwaaltjes behandelde met een hele batterij kruidenpoeders, pillen en zalfjes. De bibliotheek was eigendom van een man die Shekar heette, maar werd beheerd door zijn zuster, juffrouw Chintamani. Toen Putti de piepkleine, kioskachtige ruimte betrad, ingeklemd tussen een bakkerij en een juwelierszaak, was juffrouw Chintamani druk-doende met een rij klanten. Putti schrok altijd weer van de groenige gelaatskleur van de vrouw. Al jaren wreef de biblio-thecaresse haar donkere huid in met een kurkumasmeersel dat haar een lichtere gelaatskleur zou moeten bezorgen. Het geel van de kurkuma was diep in haar huid gedrongen en had er een mossige tint aan gegeven; het was net alsof ze te lang onder water had gelegen. Haar fascinerende wenkbrauwen werden getekend met een heel donker potlood; haar oorspronkelijke wenkbrauwen, vertrouwde ze Putti tijdens een van hun lange, fluisterend gevoerde gesprekken toe, waren naar de vergetel-heid geëpileerd door de schoonheidsspecialiste in opleiding, een eindje verderop in de straat.

'Telkens trok ze er weer wat haartjes uit en toen was er niets meer van over. Ze zei dat ik me geen zorgen hoefde te maken, het groeit allemaal terug, maar ik zit nog steeds te wachten tot mijn wenkbrauwen terugkomen', zei ze klagend alsof haar wenkbrauwen alleen maar van haar gezicht waren vertrokken voor een korte vakantie in een onbekende plaats. 'Volgens mij krijg ik mijn wenkbrauwen nooit meer terug. Ze waren mooi en net zo dik als die van jou.' En dan keek ze Putti aan met een weeïge blik.

Haar ogen schoten heen en weer in haar groenige gezicht, voortdurend bedacht op boekendieven en verdorven tieners, die zich naar haar vaste overtuiging allemaal ophielden bij de hoek van de bibliotheek waar de pornografische boeken waren ondergebracht. Ondanks haar luidruchtige bezwaren wilde haar broer die per se in huis hebben. Zijn zakelijke instincten waren solide, al was hij moreel gezien ontzettend grofbesnaard. Juffrouw Chintamani zorgde er echter voor dat het fatsoen werd nageleefd. Tieners en kinderen die zich in de buurt van De Hoek waagden kregen een fikse uitbrander, gevolgd door het dreigement hen voorgoed uit de bibliotheek te verbannen.

Putti liep naar de balie, waar juffrouw Chintamani bezig was een jongeman in een wit polyester overhemd aan een luid-ruchtige vernedering te onderwerpen.

'Meneer Rajan', zei ze. 'Weet u zéker dat u dit… dit boek over zuster Cherry wilt lenen? Vergist u zich niet, meneer?' Ze zwaaide met een dun boekje dat *Zuster Cherry, verpleegster in opleiding* heette, met op de omslag een wulpse blonde vrouw in een doorzichtig verpleegstersuniform die haar ballonachtige borsten tegen het gezicht van een patiënt gedrukt hield. Vol afkeer inspecteerde juffrouw Chintamani de omslag. Ze perste haar lippen op elkaar en vervolgde: 'Soms vergissen mensen zich in de inhoud van boeken die hier staan. Als u boeken over dokters en verpleegsters zoekt, vindt u daar op de plank boeken die de moeite waard zijn.' Ze wees naar een afdeling die gericht was op gezondheid en natuurlijke geneeswijzen, godsdienst en filosofie, de afdeling waar de nieuwste boeken van Deepak Chopra, Swami Chinmayananda of de betrouwbare dr. Spock stonden.

'Geen goed boek, hè?' mompelde meneer Rajan, die er doodongelukkig uitzag. 'Ik dacht dat dit over ziekenhuizen ging of zoiets. Ik hóú juist van leerzame boeken over het menselijk lichaam. Ik heb vroeger altijd dokter willen worden, maar ja, hoe gaan die dingen? Het is onmogelijk toegelaten te worden – om op een medische opleiding te komen moet je allerlei hoge bijdragen betalen.'

'Ja ja, meneer Rajan, maar dít is geen medisch boek', bracht juffrouw Chintamani naar voren terwijl ze na elke zin haar lippen op elkaar kneep. Ze betrok er ook de andere klanten bij. 'Is er iemand die vindt dat dit eruitziet als een médisch boekwerk?'

Sommigen van hen giechelden zenuwachtig. Een enkeling schoof weg uit de rij om stiekem zijn eigen exemplaar van boeken over zuster Cherry en over Bunny de maagd terug te zetten.

'Natuurlijk staat er een heleboel in over het menselijk lichaam, dus op die manier is het érg leerzaam', vervolgde de bibliothecaresse. Ze zweeg om het effect van haar woorden te versterken. 'Maar meneer, wat zal uw moeder denken als ze dit openslaat en God weet wat ziet, henh?'

Een paar van de mannen in de rij keken om zich heen, preuts en met de rechte rug van de gezamenlijke deugdzaamheid. Een van hen verklaarde, hard genoeg om het juffrouw Chintamani te laten horen: 'God mag weten wat voor troep die jonge jongens lezen!'

En een ander knikte en zei: 'Volgens míj komt het door te veel buitenlandse televisie met schaamteloze vrouwen die van alles en nog wat doen. En dat verpest onze kinderen, wat ik je zeg!'

Juffrouw Chintamani keek triomfantelijk om zich heen, zag de aarzelende Putti staan en keek haar stralend aan. 'O, Puttamma, wat leuk om je te zien. Wacht maar een paar minuutjes, ik heb speciale bladen voor je bewaard.'

De laatste tijd begroette juffrouw Chintamani Putti door haar gepotlode wenkbrauwen samenzweerderig op en neer te bewegen, vandaar dat Putti zich nu bezorgd afvroeg of de bibliothecaresse soms op de hoogte was van de gevoelens die Gopala Munnuswamy bij haar opriep.

'Je ziet er vandaag beeldschoon uit', merkte juffrouw Chintamani op. Ze leunde op de balie en schonk Putti een bewonderende glimlach. 'Komt het soms door een speciaal iemand dat je er zo uitziet?'

Putti verschoot. Deze vrouw wist alles. 'Voor wie zou ik er zo speciaal moeten uitzien?' zei ze protesterend.

'Aha! Ik ben gisteren Gowramma tegengekomen. Ze vertelde me over die schitterende partij die ze voor je heeft gevonden. Ze was zo opgetogen, je hebt gewoon geen idee.'

'O ja, die', zei Putti opgelucht. 'Nou, we moeten maar afwachten.'

'Maar wanneer komt hij zijn ópwachting maken? Dát is de vraag.' Juffrouw Chintamani vond het heerlijk om over de komende en gaande bruidegom in Putti's leven te praten en groef gretig naar informatie over de mannen die op grond van hun horoscoop geschikt waren geweest voor Putti, maar om onverklaarbare redenen door Ammayya waren afgewezen.

'Misschien volgende week, ik weet het niet.'

'Wat trek je aan? Het is heel belangrijk om de juiste indruk te maken, neem dat maar van mij aan', zei ze. 'Kijk, dat staat hier in dit artikel.' Ze likte aan haar duim en bladerde onstuimig door de bladzijden van een glossy vrouwenblad totdat ze op haar bestemming was aangekomen. 'De eerste indruk is belangrijk.'

'Ik heb nog niets besloten', zei Putti.

'Vertel eens wat voor kleur sari's je hebt', stelde de bibliothecaresse voor. Het leek haar niet te kunnen schelen dat er achter Putti een nieuwe rij was ontstaan. 'En van hém weet ik alles af. Aardige volwassen vent, heb ik gehoord. Werkt in de psychiatrische inrichting. Heel nuchter en fatsoenlijk.'

Donkergroen maakte haar te ernstig en roze was te frivool, zei juffrouw Chintamani. Wat zou een man die als bezigheidstherapeut in het plaatselijke gesticht werkte het meest op prijs stellen? Hersens of iets wufts? Jong en ernstig of volwassen en evenwichtig? 'Dit keer mag je geen fout maken', zei ze ten slotte. 'Anders eindig je net als ik, afhankelijk van mijn broer, zonder eigen toekomst.' Ze boog zich over de balie en Putti rook haar haarolie, het zweet dat vochtige kringen onder de armen van haar strakke blauwe bloes maakte, en diep daaronder, de kwalijke geur van de spijt. 'Trouwen, óngeacht met wie, is beter dan afhankelijk van je broer te zijn, neem dat maar van mij aan.'

Het was benauwd buiten en er stond geen wind. Putti deinsde terug toen de hitte haar in het gezicht sloeg. Shakespeare Kuppalloor was eerder die week naar het Grote Huis gekomen om Ammayya's hoofd te scheren en hij had gezworen dat het de heetste zomer in tachtig jaar was.

'Hoe kom je daarbij?' had Ammayya willen weten, blij dat ze geen haar had waarmee de ellende van de hitte alleen maar groter werd.

'Ik herinner me alles wat er gebeurd is.'

'Ehn, hoe kun jij je dingen van tachtig jaar geleden herinneren, leugenaar die je bent?' lachte Ammayya. Ze mocht de babbelzieke kapper wel.

'Kent u mijn zuster Regina Victoria? Die heeft me als baby op mijn hoofd laten vallen, en sinds die tijd krijg ik korte gebeurtenissen uit het verleden door', verklaarde Shakespeare, wiens vader voor een Brits theatergezelschap had gewerkt en zijn oudste kind naar de grote dichter had genoemd.

Uit de deur van de aangrenzende winkel zweefde een geur van brood en gebak die roerloos bleef hangen totdat hij door een passerend voertuig werd verspreid. De bedelaar die altijd op de hoek zat en door juffrouw Chintamani was geïdentificeerd als Gowramma's echtgenoot, hing loom tegen de muur met zijn benen wijd uit elkaar; zijn testikels piepten uit de wijde korte broek die hij droeg. Hij merkte Putti op en grijnsde haar aan, zodat ze zijn uiteenstaande tanden zag. Snel wendde ze haar blik af. Ze liet meteen het idee varen om de bus te nemen en hield een passerende riksja aan.

Het Grote Huis tekende zich als een misvormd schepsel af tegen de kale middaglucht, en Putti werd overvallen door tegenzin om naar binnen te gaan. Ze betaalde de riksja en bleef zwijgend voor het naar binnen overhellende hek staan. Ze bekeek het huis alsof ze het voor het eerst zag. Ze wou dat ze net als Maya was, Maya die had geleefd, gestudeerd, gewerkt, blij en verdrietig was geweest, die had gereisd, van iemand had gehouden, een leven uit haar eigen lichaam had voortgebracht en was gestorven, en dat alles binnen een tijdsbestek van vierendertig jaar. Het was een kort maar vol leven geweest. En Putti, die acht jaar eerder was geboren dan haar nichtje, kon zich voor haar eigen bestaan nergens op beroemen. Er stopte een auto voor het hek van Munnuswamy, en Gopala stapte uit het luchtgekoelde interieur. Hij zag Putti voor het hek van het Grote Huis staan en keek haar lachend aan. 'Ga je uit, Putti Akka?' vroeg hij. 'Mijn chauffeur zal je wel brengen, als je wilt.'

Even, een onbezonnen ogenblik lang, kwam Putti in de verleiding zijn aanbod te accepteren. Weg te rijden, ergens naartoe waar ze nooit eerder geweest was. Maar er was in Toturpuram geen plek die nieuw en opwindend voor haar was. En daarom zei ze met een verlegen lachje: 'O nee, ik kom net terug. Heel aardig van je, maar bedankt.'

'Voor jou, Putti Akka, wil ik alles doen', zei Gopala zachtjes.

Ze bloosde en wrong zich zonder hem nog aan te kijken tussen de hekdelen door en liep haastig naar de deur van het Grote Huis. Achter haar voelde ze zijn blik op haar rug. Ze wist niet dat Gopala verliefd was op haar ongelijke ogen, haar glimlach met de licht vooruitstekende boventanden, de belofte van haar mollige lichaam dat nog zo strak was als dat van een meisje. Dat hij angstvallig in de gaten hield hoe Gowramma zich met nieuwe huwelijksvoorstellen het Grote Huis in haastte en dat hij zich afvroeg waarom Putti ongetrouwd bleef. En dat zijn liefde voor haar, met elk jaar dat verstreek, toenam als de geur van raat-ki-rani-bloemen die zich ontvouwden in de vochtige hitte van de nacht. Putti had Gopala nooit als echtgenoot overwogen. Hoewel hij haar hart sneller deed slaan met zijn openlijk erotische blikken en zij geschokt en geprikkeld werd door zijn geflirt, was een dergelijk idee nooit bij haar opgekomen.

Ammayya wachtte haar op in de schaduwrijke koelte van de woonkamer. 'Ik heb je wel gezien', zei ze. 'Je stond te praten met die boef van een melkboer. Wat had hij te zeggen? Enh?'

'Niets bijzonders, Ammayya', zei Putti. 'Hij wilde alleen maar weten of we nog extra melk moesten hebben voor de feestdagen.'

'Is dat alles wat hij heeft gezegd, in al die tijd dat jullie daar stonden?'

'Wat had hij verder moeten zeggen?'

'En jij? Heb jij iets tegen hem gezegd?'

'Ik heb alleen maar verteld dat we dit jaar geen Deepavali vieren vanwege Maya's overlijden. Meer niet.' Putti draaide zich om en liep de keuken in. Haar hart liep over van verwarrende gevoelens.

Hier zeiden ze 'klas' in plaats van 'groep'. Ze zat in de tweede klas, afdeling B, en ze zat naast Radha Iyengar. Nandana vond het erg raar dat er geen jongens op deze school zaten. De onderwijzeressen droegen vrijwel allemaal een sari, en je moest juffrouw tegen hen zeggen, ook al waren ze getrouwd. Sommige onderwijzeressen waren non en heetten Zuster of Mère. Radha zei tegen Nandana dat de nonnen geen haar hadden, vandaar dat ze een sluier droegen, en dat ze geen haar hadden omdat ze allemaal getrouwd waren met iemand die Jezus heette. Aan de muur boven het schoolbord had je een houten figuur van Jezus die aan een kruis hing. Hij zag er verdrietig uit, vond Nandana, en ze wilde weten waarom hij daar zo moest hangen, helemaal verfrommeld aan twee stokken.

Radha was beste vriendin met iemand anders. Ze vond het goed dat Nandana haar middageten bij haar en haar vriendin opat, maar ze hadden het over geheime dingen waar zij niets van wist, zoals bellen blazen met partheniumsap en een veiligheidsspeld; waar je de grootste flamboyantpeulen kon vinden om daar in het regenseizoen bootjes en zwaarden voor namaakveldslagen mee te maken; de geheime manier om je vingers te kruisen waarmee je gegarandeerd won als je met flamboyantbloemen een pistoolgevecht naspeelde, en over zeeschelpen en toverstenen en zaden en vruchten en filmsterren en chocoladesigaretten en geesten onder de mangoboom bij de kapel op school. Nandana wilde haar geliefde Barney-programma op televisie zien en een donut eten met een dubbeldikke laag chocola. Ze had donuts gezien in een bakkerij, ergens vlakbij, maar ze mocht van Mamma-mevrouw buitenshuis niets eten, zelfs geen ijsje, want daar zou ze ziek van worden, zei ze. Nandana wilde graag een keer iets proberen van de lekkernijen die je van de twee mannen bij het schoolhek kon kopen, vooral het helgroene sap dat Radha elke dag kocht, zonder ooit ziek te worden. Maar ze had geen geld, nog geen stuiver. Met haar tong liet ze haar losse tand nog eens heen en weer bewegen. Als ze de tand aan Mamma-mevrouw gaf wanneer hij eruit viel, zou ze de volgende ochtend misschien een muntje onder haar kussen vinden. Dan zou ze dat groene sap kunnen kopen.

De schoolbel luidde elk uur. Ze waren met twee onderwijzeressen en tweeënvijftig scholieren in de klas, en soms werd het er zo heet dat Nandana haar uniform wilde uittrekken om in haar ondergoed te gaan zitten. Juffrouw Asha was oud en aardig en probeerde Nandana nooit aan de praat te krijgen. Maar de andere, juffrouw Neena, bleef haar maar vragen stellen en zuchtte luid als ze geen antwoord kreeg.

'Maar dit is belachelijk', riep ze elke dag weer uit. 'Dit kan toch niet eeuwig doorgaan. Ik vind het onmogelijk om je iets te leren, kind!' Daarna vroeg ze Nandana tekeningen te maken en alles op te schrijven wat er bij haar opkwam.

En meestal kwam er niets bij haar op, of in elk geval niet iets wat ze wilde tekenen. Maar vanochtend herinnerde ze zich een spannende dag lang geleden in Vancouver. Mevrouw Lipsky had een paar vlinders meegenomen voor de klas. Hun éígen vlinders, zei ze tegen hen. Er was een witte met donkerbruine cirkels op zijn vleugels en een lichtgroene die Nandana de mooiste vond. Ze had hem mee naar huis willen nemen, maar mevrouw Lipsky had gezegd dat de vlinders van de klas waren en aan het eind van de dag vrijgelaten moesten worden. De groene vlinder ging op Nandana's hand zitten. Hij voelde aan als een sneeuwvlok. En toen begon het te regenen, en een voor een vlogen de vlinders weg. Wat had ze zich verdrietig gevoeld toen ze hen nakeek, maar mevrouw Lipsky had gezegd dat het niet eerlijk was om ze te houden, want het waren vrije geesten. Nandana herinnerde zich die woorden. Vrije. Geesten. Ze probeerde zichzelf te tekenen, staand voor haar oude school met de vlinders op haar hand, maar het werd anders dan ze het zich herinnerde, dus ze verscheurde het papier, legde haar hoofd op haar lessenaar en vertikte het om op te kijken toen juffrouw Neena vroeg of ze klaar was.

12

Een gewone man

Toen Sripathi die ochtend bij zijn kantoor aankwam, was het al bijna halftien. Hij vond vrijwel meteen een plekje om te parkeren en was daarbij een rode Maruti net iets te vlug af. Hij liep gehaast naar de ingang van het gebouw, die kort geleden gifgroen was geschilderd. Uit het kleine restaurant rechts naast de opgang van de trap kwamen allerlei bak- en kookluchtjes: vadai's, dosa's, kruiden en warme melk. Voor het raam hing een bord waarop stond: CAFÉ EXQUISITT. CONTINENTAL, CHINNEES, INDIAAS VERKRIJGBAR – BURGER, CHOWMEEN, MASALA-DOSA, VADAI. En onder het menu, in stevige zwarte letters: EETWAAR VAN BUITEN NIET EETBAAR BINNEN A.U.B.

Hij zag zichzelf in de spiegelwand van het eethuisje, een element dat de eigenaar had aangebracht om de zaak groter te laten lijken dan hij was. Hij voelde aan zijn haar, dat omhoog was gaan staan door de statische elektriciteit die zijn helm had veroorzaakt: de weerbarstige krullen stonden recht overeind als op de cartoonachtige tekeningen die door kleine kinderen worden gemaakt. Was hij echt zo dik? Sinds wanneer had hij zo'n buik? Geen wonder dat Nirmala het steeds maar over hartaanvallen had. Ik ben een man met geen greintje waardigheid, zei hij bij zichzelf terwijl hij zijn gezicht bekeek alsof het aan iemand anders toebehoorde. Het gezicht van zijn vader kwam hem voor de geest. Dat was zo'n slanke, knappe man geweest, met zijn dikke haar altijd met een keurige scheiding aan de linkerkant, zijn snor kortgeknipt boven zijn vastberaden mond. Narasimha Rao, de vermaarde strafpleiter. Niemand weet wie ik ben, dacht Sripathi. Hij werd door een diepe treurnis overvallen terwijl hij zichzelf aanstaarde met zijn kreukelige overhemd, de broek met de uitgelubberde knieën, de snor die hij had laten staan in een poging meer op zijn vader te lijken.

Er klonk geschuifel, en Sripathi zag iemand anders naast zich in de spiegel. Een man van middelbare leeftijd met een uiterst nieuwsgierige uitdrukking op zijn gezicht. Ze kregen gezelschap van twee jonge vrouwen, die giechelend en babbelend op een flirterige manier hun sari pallu fatsoeneerden; hun haar geurde naar olie en bloemen. Eigenlijk wilden ze haastig de trap op lopen om naar hun werk te gaan, maar nu bleven ze door het glas staan turen en voegden hun slanke figuurtjes toe aan de steeds groter wordende groep weerspiegelde mensen in de verre eethuiswand. Ik zie er helemaal niet zo slecht uit, dacht Sripathi, die zich stiekem vergeleek met de man die naast hem stond. De groep kijkers groeide aan, omdat er steeds meer publiek bleef staan om te zien wat er aan de hand was in het restaurant – er was duidelijk iets gaande als het zo'n drom mensen trok.

'Wat is er gebeurd?' vroeg een verzorgde jongeman in een pak. 'Is er iemand onwel geworden of zo?'

'Ik weet het niet', antwoordde een andere jongeman. Hij sprong op en neer om over de hoofden te kunnen kijken van de twee jonge vrouwen, die nu iets onthutsts in hun blik kregen.

'Is er iemand onwel geworden? Een voedselvergiftiging? Een hartaanval? Heeft iemand een ambulance gebeld?' vroeg een overgedienstige man zonder haar, wiens kale schedel telkens even achter de anderen in de spiegel opdook. Waar had hij het in vredesnaam over? dacht Sripathi terwijl hij zich omdraaide en wegschoof van de ruit tot hij achter de drom mensen stond. Hij wilde niet betrokken raken bij iets waar ambulances en politieagenten aan te pas kwamen; het zou te veel tijd kosten en dan zou Kashyap korte metten met hem maken.

'Heeft er iemand een hartaanval gekregen? Ik heb wel wat pilletjes in mijn tas. Die heb ik twee of drie jaar geleden van de dokter gekregen voor pijn op de borst', was het aanbod van een mollige vrouw, die Sripathi herkende van het advocatenkantoor op de tweede verdieping. Ze glimlachte altijd naar hem in de lift, ook al hadden ze in al die jaren nog nooit een woord met elkaar gewisseld.

'Enh? Wat staan jullie hier allemaal te kijken?' vroeg een ruwe stem. Het was de eigenaar van het restaurant. Met de geruite theedoek die altijd over zijn linkerschouder hing, wapperde hij naar de groep mensen. 'Is het hierbinnen soms circus? Jullie staan je te vergapen als een stelletje apen. Wat is er aan de hand, enh?'

'Dat moet u hem vragen', zeiden de twee geparfumeerde vrouwen giechelend en ze wezen op de man die als eerste naast Sripathi was gaan staan. 'Wij zijn blijven staan omdat hij er stond. En toen vroegen we ons af: wat is hier aan de hand? Waarom staat hij zo te kijken?'

'Hoe moet ík dat nou weten?' vroeg de man. 'Ik ben blijven staan omdat die andere man als een uil ergens naar stond te staren. Misschien is er hier iets gebeurd, misschien heeft iemand hulp nodig, dacht ik.'

'Welke man?' vroeg de eigenaar, die met één vloeiende beweging de theedoek over hun hoofden liet zwiepen en er zijn voorhoofd en vervolgens de glazen wand mee afveegde. De aangesprokene keek naar links en rechts om Sripathi te vinden, maar voelde zich steeds meer in zijn hemd staan naarmate het gegiechel, het geschuifel en het gemompel toenamen. En terwijl hij zijn stijve, grijze safarihemd rechttrok, liep hij vernederd achteruit weg van het eethuisje. 'Net stond hij hier nog', mompelde hij. 'Ik heb hem gezien.'

Sripathi liep haastig de trap op. Hij had geen zin uit te leggen dat hij alleen maar had gekeken wie hij was in verhouding tot de rest van de wereld. Hij ging zijn kantoor op de derde verdieping binnen en lachte naar Jalaja, de receptioniste, keurig in een sari van groene katoen; haar vriendelijke gezicht glom door de laag vaseline die ze in plaats van make-up gebruikte.

'O, meneer Rao', riep ze zachtjes. Ze wenkte hem naar haar bureau. 'Meneer Iyer is in een slechte bui. Heel boos. Ik denk op u. Dus wees op uw hoede, oké?'

Sripathi gaf haar een dankbaar knikje voor deze waarschuwing. Het hielp te weten hoe de vlag erbij hing in het kantoor van zijn baas. Nou, hij zou een uitbarsting voorkomen door meteen naar binnen te stappen en Kashyap een kopie van zijn meest recente inspanning te geven. Sripathi had altijd minstens twee verschillende campagnes paraat. Hij had lang geleden geleerd niet alles in één keer in te leveren en vervolgens op een reactie te gaan zitten wachten. De truc was altijd de indruk te wekken dat je het druk had: schijn was alles in dit kantoor. Daar draaide het bij reclame immers allemaal om?

Er lag een briefje op zijn bureau waarop stond: 'Re Govardhan account, koelkast en zuigflesjes: dringend nodig, voor het eind van de dag.' Sripathi keek op zijn horloge. Hij had nog een uur voordat Kashyap – de bleke, humeurige Kashyap, die oprecht van mening was dat hufterigheid een eigenschap was waar je als creatief directeur niet buiten kon – de door zijn bode bezorgde boodschap een vervolg zou geven door Sripathi op zijn kantoor te ontbieden.

Somber kraste hij de slagzin door die hij had klaarliggen. 'Kies bewust voor uw rust. Matrassen van Govardhan: het summum van comfort.'

'Hebt u het erg druk, saar? Hier, om uw hersenen te smeren.' Kumar, de bode van het kantoor, zette met een klap een kop thee op Sripathi's bureau en veegde het gemorste snel op met een vlekkerig, stinkend doekje. Hij stopte het doekje weg in een plooi van zijn dhoti en ging met een lichte zucht op de vloer zitten. Dit was het laatste kantoortje van de rij die zich over de volle lengte van het smalle kantoor uitstrekte, een reeks beige en gele hokjes met weinig privacy. Als je iemand wilde spreken zonder dat het voltallige personeel meeluisterde, moest je de trap af naar Café Exquisitt en de eigenaar om de telefoon vragen die hij in een la van de toonbank had weggestopt. Alles in het eethuis dat gestolen of misbruikt kon worden werd fanatiek bewaakt, met een ketting aan de muur bevestigd of weggeborgen in de kast in een hoek van de kleine ruimte.

In zijn kantoortje voelde Sripathi zich al ongemakkelijk wanneer hij maar wat poppetjes zat te tekenen, voor het geval Renula Naidu, in het aangrenzende kantoortje, op dat moment besloot op te staan en zich uit te rekken. Hij kon zich voorstellen dat ze haar dopneusje zou optrekken als ze zag dat een collega-copywriter zijn tijd zat te verdoen. Mensen zoals zij – met haar accent van de kloosterschool, het gemak waarmee ze met haar meerderen omging, haar dure kleding die er zelfs aan het eind van een zweterige, waardeloze dag nog ongekreukt uitzag – dat soort mensen maakte dat Sripathi zich verschrikkelijk bewust werd van zijn eigen leeftijd en zijn gebrek aan sociale vaardigheden. Hij was een buitenbeentje in deze wereld van schone schijn, waarin hij bij toeval was terechtgekomen toen reclamemaker nog weinig meer dan een slechtbetaald beroep was waarvoor geen hoge vooropleiding vereist was. Ergens tijdens de afgelopen tien jaar was daar verandering in gekomen. Nu kon alleen de crème de la crème van de mensen die Engels hadden gestudeerd of een managementopleiding hadden gevolgd aan de slag komen in het vak.

Sripathi nam een klein slokje en liet de hete thee in zijn mond afkoelen voordat hij hem als een troostrijk stroompje door zijn keel liet glijden.

'Genoeg suiker en melk, saar?' vroeg Kumar, zijn ogen bezorgd op Sripathi's gezicht gericht. Al zolang Sripathi zich kon herinneren, zette Kumar een en dezelfde soort thee, maar hij had de verzekering nodig dat zijn inspanningen gewaardeerd werden. Hij was een kunstenaar, een kunstenaar die thee zette, en net als alle kunstenaars had hij een kwetsbaar ego.

'Precies goed', antwoordde Sripathi. Hij leunde achterover

in zijn stoel en voelde dat zijn spieren zich een voor een ont-
spanden. 'En hoe staat het leven tegenwoordig, Kumar?'

'Mijn vrouw is naar het huis van haar moeder gegaan', zei de
bode gemaakt schuchter.

'Alweer zwanger! 't Is bij de konijnen af! Hoeveel kinderen
heb je al?'

'Acht, saar, en twee kleinkinderen.' Kumar keek Sripathi
lachend aan. Zijn lange, hoekige gezicht spleet open, waardoor
je zijn grote tanden zag, die oranje van de paanvlekken en het
tabakssap waren. 'Mijn oudste zoon is schoolmeester, een
knappe kop. Hij is boos dat ik zijn moeders buik weer heb
gevuld. Hij zegt dat het niet goed is op haar leeftijd. Ik denk dat
hij zich schaamt, meer niet.'

Renuka Naidu stak haar elegante hoofd met het modieuze
korte haar dat glansde van gezondheid en henna om de wand
van het kantoortje en zei: 'Je zoon heeft gelijk, Kumar. Het is
inderdaad gevaarlijk voor je vrouw om op haar leeftijd een kind
te krijgen. Hoe oud is ze trouwens?'

Opgelaten schoof Kumar heen en weer en sloeg met zijn
doekje op zijn knie. 'Ik weet niet hoe oud moeder de vrouw is,
mevrouw', mompelde hij. Hij glimlachte naar zijn knie en sloeg
er nog een paar keer tegen. 'Vijfenveertig, vijftig, misschien.'

'Ach, lieve hemel!' riep Renuka uit. 'Je had beter moeten
weten, Kumar. Tchah, tchah! Jullie hebben ook totaal geen
hersens in je hoofd. Wat vind jij, Sripathi?'

Sripathi haalde zijn schouders op. Hij had er een hekel aan
bij dit soort discussies betrokken te raken. Kumars leven was
van hem en hij mocht ermee doen wat hij wilde; waarom zou je
zijn stemming bederven door een preek tegen hem af te steken?
Bovendien had zijn eigen moeder toegelaten dat zijn vader haar
op latere leeftijd nog zwanger maakte. Ook wist hij nog dat hij
uit woede en schaamte een kleine campagne tegen de maîtresse
van zijn vader had gevoerd, door koeienvlaaien voor haar deur
te deponeren, door van school te spijbelen zodat hij haar kon

bespioneren en overal volgen en door spullen te stelen die ze buiten op haar veranda of in de achtertuin had laten liggen.

'Dat gaat mij eigenlijk niet aan', zei hij ten slotte. Niets ging hem meer aan, besloot hij. Niets.

'Hoezo gaat het je niet aan? Kan het leven van die arme vrouw je dan niets schelen?' Ze had dezelfde zendingsdrift als Arun, hetzelfde verlangen de wereld te verbeteren, erop uit te trekken om de massa bewust te maken van zijn rechten, plichten en taken.

Sripathi zei: 'O, ik denk dat je mij een niet-gebonden persoon zou kunnen noemen, net als ons land. Ik hou er niet van om partij te kiezen of in ruzies verzeild te raken.'

'Je bent een lafaard, Sripathi Rao', zei Renuka lachend. 'Je houdt er niet van om ergens bij betrokken te raken omdat je bang bent voor wat je allemaal over jezelf en de wereld om je heen zou kunnen ontdekken.' Ze liep het kantoor in en bleef bij verschillende kamertjes staan om gedag te zeggen. Sripathi en Kumar staarden haar schommelende achterwerk even na en keken elkaar toen schuldbewust aan.

'Pah-pah-pah, wat een vrouw!' zei Kumar. 'Tegenwoordig hebben de meisjes het op de wereld voor het zeggen, eh, saar?'

'Je weet dat ze gelijk heeft', zei Sripathi streng, omdat hij niet goed wist of het op de weg van de bode lag commentaar te leveren op een senior copywriter van het reclamebureau. 'Leeghoofd!'

'Maar wat wilt u, saar', lachte Kumar zonder berouw. 'Mijn Shanti is zo mooi, en die dag had ze een roze sari aan. Ze zag eruit als een bruidje en ik was verloren.'

Er trok een met spijt vermengde steek van jaloezie door Sripathi heen. Hoe komt het toch dat ik geen enkele schoonheid in Nirmala meer zie? dacht hij. Wanneer heb ik voor het laatst opgemerkt wat ze aanhad? Zij is de enige mens ter wereld die ik intiemer ken dan wie dan ook, maar soms vergeet ik hoe ze eruitziet. Wanneer heb ik voor het laatst een slinger bloemen of haar lievelingstijdschrift voor haar gekocht? Toen ze pas getrouwd waren, vormden bloemen een onderdeel van het dagelijkse ritueel van zijn liefde. Sripathi wist nog met hoeveel zorg hij altijd de volste knoppen uit het mandje van de bloemenverkoopster koos, met een vers takje chamrani erbij om de zinnen te bekoren en de tere geur van jasmijn beter te laten uitkomen. De bloemenverkoopster plaagde hem er altijd mee dat deze simpele bezigheid hem zo veel tijd kostte.

'Oho, zeker voor een heel bijzonder iemand', gniffelde ze dan en ze boog zich naar voren om hem een klopje onder de kin te geven, ook al kon ze niet veel ouder zijn geweest dan hij. Ze verkocht nog steeds bloemen in dezelfde straat, met dit verschil dat die nu een belangrijke verkeersader was geworden en haar zaak was uitgegroeid tot een keten van kleine winkeltjes, houten keetjes op palen waar ze enorme slingers van rozen en goudsbloemen, Afrikaanse en gewone lelies verkocht – dikke, bontgekleurde guirlandes doorvlochten met zilverdraad – voor begrafenissen en trouwerijen, en voor politieke bijeenkomsten, waar ze werden opgehoopt rond de kwabbige nek van de een of andere volgevreten minister. De winkeltjes werden beheerd door haar zes dochters, die stuk voor stuk het evenbeeld van hun moeder waren, weelderige jonge vrouwen met haar dat glansde van de olie en keurig in een wrong was gedraaid die als een donkere vogel achter in hun nek genesteld lag, een voorhoofd dat de rijke kleur van kaneel had en getooid was met een enorme rode bindi, en handen die de bloemen tot slingers knoopten terwijl ze lachten en praatten met de klanten.

'Saar, meneer Iyer wil dat u met uw werk naar zijn kantoor komt, saar', zei Kumar. Hij was teruggekomen zonder zijn theespullen. 'Nu meteen, zegt hij.'

Sripathi knikte en zocht de vellen papier bij elkaar waarop hij slagzinnen had gekrabbeld.

'Saar, hij is niet in een goede bui', zei Kumar.

Sripathi knikte en liep gehaast naar het kantoor van Kashyap, blij dat hij iets klaar had om hem te laten zien. De assistent, Jayaram, die als een draak het kantoor bewaakte, wierp Sripathi een verbeten lachje toe. Het was een fletse man met fijne gelaatstrekken, uitdunnend haar, een hoge stem en een hooghartige manier van doen. Het was een punt van discussie of hij een man of een vrouw was, vanwege zijn gewelfde wenkbrauwen die geëpileerd leken, de zwaar geparfumeerde, vlekkerig over zijn gezicht verspreide poeder en zijn voorliefde voor donkerroze polyester overhemden. Hij was ook genadeloos efficiënt en uiterst trouw aan Kashyap.

Hij keek Sripathi onheilspellend aan en trok één wenkbrauw op. 'Hij zit op u te wachten. Gaat u maar naar binnen.'

Kashyap zat aan zijn reusachtige bureau met het glazen blad.

'Goedemorgen, meneer', zei Sripathi, iets gekromder dan gewoonlijk, zoals hij altijd deed wanneer hij zich slecht op zijn gemak voelde. 'Ik ben klaar met het werk waar u om had gevraagd.'

'Mooi, mooi', zei Kashyap. 'Ga alsjeblieft zitten, Sripathi. Ik wil met je praten.'

Terwijl Sripathi plaatsnam, kreeg hij een gevoel van angst dat steeds sterker werd. Hij gaat me op straat zetten, dacht hij. Ik ga bankroet. Hoe moeten we dan rondkomen?

'Is er iets aan de hand, meneer?' vroeg hij, zich dwingend om kalm te blijven. Het verbaasde hem dat zijn stem zo rustig klonk.

'Ik denk erover de zaak volgend jaar naar Madras te verplaatsen', zei Kashyap zonder enige inleiding. 'Daar is meer werk te krijgen. Bovendien worden mijn kinderen groot. Ze hebben betere scholen nodig. Misschien zal ik sommigen van jullie moeten ontslaan.'

Sripathi slikte moeizaam. Hij kon geen woord uitbrengen. Ik werk hier al vierendertig jaar, dacht hij. Al meer dan de helft van mijn leven.

'Ik denk er natuurlijk nog steeds over na', vervolgde Kashyap, die met een pen zat te spelen. Hij liet hem op zijn bureau ronddraaien, steeds sneller en sneller, tot er slechts een blauw-rode waas te zien was. 'Dus je hoeft je nog geen zorgen te maken. Maar ik wilde het je toch laten weten omdat jij hier het langst werkt.'

Wat alleraardigst van u. Sripathi kon het niet opbrengen Kashyap aan te kijken. Hij knikte, legde de vellen papier die hij nog krampachtig in zijn hand had op de glanzende tafel die tussen hen in stond en verliet de kamer. Hij liep regelrecht naar zijn bureau, zonder te reageren op de vriendelijke begroetingen van collega's in kantoortjes die vrijwel eender waren als het zijne, en bleef daar zitten, urenlang leek het, niet in staat een letter op papier te zetten. Hij pakte zijn sleutels uit een klein kommetje waar gummen, paperclips, nietjes en allerlei andere spulletjes zaten. Op de buitenkant stond het logo van een reeds lang in vergetelheid geraakt bedrijf. En toen, als in een droom, liep hij het kantoor uit, ook al was het pas halfvier. Hij was zich vaag bewust van mensen die hem nieuwsgierig aankeken, van Jalaja, de receptioniste, die vroeg of hij ziek was, en toen was hij weg uit het muffe groene gebouw.

Buiten bleef hij even staan en zoog gretig de warme lucht in zich op, die naar cola zonder prik smaakte. Hij had zin om te huilen. Hij had zin om te lachen. Zo moest een langgestrafte gevangene zich bij zijn vrijlating voelen, dacht hij: opgelucht dat hij de open poort zag, maar doodsbenauwd voor wat er aan de andere kant lag. Sripathi wachtte al zo lang op het moment dat Kashyap hem zou ontslaan dat dit bijna een anticlimax was. En dan nog, het was niet zeker dat hij zijn baan kwijt was. Gedurende een paniekerige seconde vroeg hij zich af of hij moest teruggaan naar zijn bureau, moest doen alsof hij alleen naar de wc was gegaan. Waarom zou hij, dacht hij opstandig. Hij had altijd zijn plicht gedaan, en wat had het hem opgeleverd? Bij de bushalte voor het gebouw zag hij twee studentes, jonge vrouwen gekleed in zomerse sari's met bloemen in hun haar. Ze deden hem aan Maya denken – hun lachende gezicht, hun gladde huid, hun levendigheid. Als in een droom liep hij op de studentes af en keek ze aan als een man die dorst heeft. Een van de meisjes zag hem en stootte de ander aan. Ze hielden op met lachen en liepen weg. Sripathi liep achter hen aan en de meisjes kregen een geërgerde blik op hun gezicht.

'Niksnut', zei een van hen terwijl ze hem vol afkeer aankeek. 'Zelfs op die leeftijd doen ze nog raar.'

Sripathi draaide zich om. Hij voelde zich ziek. Zijn benen begonnen te trillen en het kostte hem grote moeite om over te steken naar het parkeerterrein waar zijn scooter nog stond. Ik moet naar een dokter, dacht hij, door paniek bevangen. Hij wou maar dat de oude dr. Pandit nog leefde. Toen Arun en Maya klein waren, leek het wel alsof ze altijd uitgerekend in het holst van de nacht heel hoge koorts kregen. In die tijd had hij nog geen telefoon en geen scooter, en moest hij keihard fietsend naar het huis van dr. Pandit om daar om hulp te vragen. De dokter woonde drie kwartier verderop, en Sripathi was ervan overtuigd dat het kind al zou zijn overleden terwijl hij nog door de stille nacht fietste – langs winkels met gesloten rolluiken en lege, als slapende olifanten aan de kant van de weg geparkeerde toeristenbussen met op het dak hele bergen, door een lap zeildoek afgedekte bagage, en langs trottoirs vol slapende daklozen, die op bundels grauwe vodden leken. De dokter was een vriendelijke oude man geweest. 'Ach! Zit er maar niet over in!' zei hij dan, Sripathi's uitvoerige verontschuldigingen voor het feit dat hij hem zo laat nog lastigviel wegwuivend. 'Iedereen wordt midden in de nacht ziek of krijgt een baby. Ik slaap de hele ochtend in mijn praktijk, want dan komen er geen patiënten.'

Vijf jaar geleden was dr. Pandit overleden. Zijn hart had nog een laatste keer geklopt en toen was hij in elkaar gezakt, bovenop een patiënt die van schrik ook bijna het leven had gelaten, zo ging het verhaal. De zoon van de dokter had de praktijk overgenomen, maar hij handelde alles 's ochtends af en zei streng tegen de patiënten die hij had geërfd dat hij er, in tegenstelling tot zijn vader, niet van hield om midden in de nacht uit zijn bed te worden gehaald en dat hij ook geen huisbezoeken aflegde.

'U gaat toch ook om vijf uur naar huis als u klaar bent op kantoor?' had hij Sripathi een keer gevraagd. 'Zou u weer aan het werk gaan als u 's nachts om één uur werd opgebeld door iemand die daar om vroeg? Dat mijn vader nu gek genoeg was om dat te doen betekent toch nog niet dat ik zijn voorbeeld moet volgen? Nee-nee-nee. Tegenwoordig is zelfs dokteren een bedrijf, meneer, net als de rest.'

Hij had Sripathi een lijstje gegeven met alle ziekenhuizen en verpleeghuizen in de omgeving, plus de bijbehorende telefoonnummers, en daarbij resoluut gezegd dat hij met hen contact moest opnemen als zich op een onstichtelijk uur een medisch spoedgeval mocht voordoen.

Sripathi miste de oude dr. Pandit, zijn bereidheid om te luisteren, zijn betrokkenheid bij de familie van een patiënt, bij zijn hele leven, want zoals hij graag zei: een mens is niet alleen een lichaam met een hartslag, maar ook een optelsom van alles wat zich in de wereld om hem heen afspeelt.

'Als je hoofdpijn hebt, trek ik dan meteen de conclusie dat je een tumor in je hersenen hebt? Nee, nee. Er zijn allerlei andere mogelijkheden – ruzie met je vrouw, veel te veel werk en veel te weinig tijd, onvoldoende slaap – er zijn immers zo veel dingen die pijn kunnen veroorzaken.' En intussen gingen zijn rimpelige vingers, die al zo veel andere lichamen hadden betast, onderzocht en getroost, met al hun ervaring aan de slag, bijna alsof hij er even goed mee kon horen en zien als met zijn stethoscoop en zijn bril.

Wat was dat een geweldige man geweest. Hij zou vrijwel zeker hebben geweten wat er aan de hand was met Sripathi Rao, zevenenvijftig jaar, vader van twee kinderen (één overleden), uitgebluste copywriter en man wiens lichaam op hol was geslagen. Ja, hij zou het wel hebben geweten.

Het was 15 oktober. Nog maar twee weken en dan was het Halloween, herinnerde Nandana zich, ook al zag ze nergens pompoenen. Niemand had het erover hoe ze zich zouden verkleden. Haar moeder kocht al een paar weken voor Halloween zakken snoep, maar in het Grote Huis had Nandana nog niets gezien. Het snoepgoed zou natuurlijk in de keukenkastjes kunnen liggen, die zo hoog waren dat ze er niet bij kon, maar ze betwijfelde het.

De kinderen op school hadden het over een feest dat Deepavali heette en waar Nandana nooit van had gehoord. Maar het klonk wel leuk – ze mochten rotjes afsteken. De twee dikke jongens zeiden dat hun vader altijd een heleboel bommen liet knallen. Écht niet, dacht Nandana. Ze herinnerde zich het televisiejournaal waar haar vader elke avond om acht uur naar keek – bommen werden toch alleen in oorlogen gebruikt? Radha vertelde dat ze drie stel nieuwe kleren kreeg, een van elk van haar grootmoeders én een van haar moeder. Nandana was benieuwd of Mamma-mevrouw nieuwe kleren voor haar zou kopen, of ze bommen mocht laten knallen en kilo's snoep mocht eten, hoewel ze eigenlijk het aller-allerliefst een Mars wilde. Mamma-mevrouw ging elke dag naar de markt, maar ze kocht nooit chocola of taart of donuts. Alleen vieze groenten en bananen en soms twee appels, die ze in partjes sneed en aan Nandana gaf. Als ze die niet opat, omdat ze die India-appels niet zo lekker vond, keek Mamma-mevrouw verdrietig en zei: 'Neenee, chinna, goed eten mag je niet verspillen. Er zijn veel te veel mensen die honger hebben, hier vlak voor de deur.' En dan stak ze langzaam telkens een partje in Nandana's mond en kuste haar wanneer ze een stukje opat. En ze moest toegeven dat ze dat prettig vond, ook al was ze geen baby meer en kon ze zelf eten.

De schoolbel ging en Nandana rende naar de deur. Als ze bij het hek kon komen voordat de riksjaman kwam, kon ze wegglippen om naar Vancouver terug te lopen. Maar ze wilde blijven om te zien wat er met Deepavali allemaal gebeurde. Misschien, dacht ze, zou ze naar huis gaan nadat ze eerst een paar rotjes had afgestoken.

13

De roverskoningin

Om halfvier 's middags lag het Grote Huis aan de Brahmaan-straat als een ruigharig beest te soezen in de hitte. Ammayya was zojuist prikkelbaar en hongerig wakker geworden uit haar dutje.

'Akka, mag ik Ammayya's kamer overslaan? Ik heb hem vanochtend een flinke beurt gegeven, en mijn schoondochter heeft me uitgenodigd voor een bioscoopje', hoorde ze Koti aan Nirmala vragen. Die luie shani wilde het liefst geen spat uit-voeren, dat was nooit anders geweest in al die jaren dat Am-mayya haar al kende. Ammayya moest niet veel van Koti hebben en liet geen enkele gelegenheid voorbijgaan om tegen haar te gillen of haar een kussen naar het hoofd te gooien.

'Een keer aanvegen is wel goed. De vloeren dweilen is niet nodig. Ik kom wel met je mee', zei Nirmala.

'Wat staan jullie daar met z'n tweeën te phusur-phusur-en voor mijn kamerdeur?' wilde Ammayya weten. 'Jullie staan zeker te konkelen. Ik ben nergens veilig, zelfs niet in mijn eigen huis.'

'Wilt u uw thee hier op uw kamer of komt u aan tafel?' vroeg Nirmala terwijl ze de gordijnen opentrok om wat middaglicht naar binnen te laten. Ze had ze 's morgens ook al opengedaan, maar Ammayya had ze meteen weer dichtgetrokken.

Ammayya schermde haar ogen af en snauwde tegen haar schoondochter: 'Laat dat! Het doet pijn aan mijn ogen. Ik wil niet dat er allerlei viezerikken naar binnen gluren. Dieven en smeerlappen, allemaal. En ben ik soms ziek dat ik in bed moet eten? Misschien hoop je dat ik ziek ben, en zelfs op sterven lig. Dan kun je met je grijpgrage handen aan mijn juwelen zitten. Aha, ik ken je maar al te goed! Ik heb alles aan mijn dochter nagelaten, dus je hoeft geen enkele paisa te verwachten.'

'Zal ik uw thee klaarzetten? Of maakt u hem zelf?'

'Hoezo, waar ga je dan heen?' wilde Ammayya weten, heftig heen en weer wiegend op haar stoel. Ze hield van ruziemaken en liet geen gelegenheid onbenut. Ruzie verdreef de verveling die als een sluier over haar dagelijkse bestaan hing.

Koti knielde op de vloer en veegde onder het bed. Met haar vlakke hand sloeg ze tegen Ammayya's koffer en zei giechelend: 'Wat zit er in deze petti, Ammayya? Iets voor mij?'

Ammayya pakte een rubberslipper van de grond en smeet hem naar Koti. Koti dook lachend weg. Ze neuriede een liedje uit een Tamil film en begon overal met haar bezem te vegen.

'Koe! Dikke, schele koe.' Ammayya pakte haar andere slipper. 'Brutale zwarte buffel. Je komt uit de goot kruipen en zegt lelijke dingen over me waar ik bij ben. En jij, wie ben jij?' Ze gooide de slipper naar Nirmala, die zich over het bed boog en de lakens rechttrok om te controleren of Ammayya soms eten onder het kussen had verstopt. Met uitzondering van zoetigheid mocht Ammayya alles eten wat ze wilde, maar ze deed graag alsof haar familie haar liet verhongeren. Ze stal eten uit de koelkast en de keukenkastjes, verstopte het overal in de kamer en vergat het daarna prompt. Eén keer, al een hele tijd geleden, toen ze voor het eerst was bekropen door de angst voor een hongerdood, had ze tomaten onder haar matras gepropt en die hadden daar wekenlang liggen verrotten.

Vandaag ontdekte Nirmala een droge chapatti onder het kussen van de oude vrouw. 'Als u dat nog een keer doet, maak ik nooit meer eten voor u klaar en doe ik helemaal niets meer voor u', zei ze ferm.

Ammayya deed alsof ze seniel was. 'Ik vroeg, wie ben je? Wat doe je in mijn huis?'

'Ik ben Sripathi's vrouw, Ammayya', zei Nirmala geduldig.

'Sripathi, mijn zoon – ach, dat is zo'n knappe jongen. Ik ben overal op zoek naar een goede bruid voor hem. Het wordt tijd dat hij gaat trouwen; het is niet goed dat een jongeman te lang vrijgezel blijft. Dus als je een aardig meisje tegenkomt, knap, met een goede opleiding, uit een net gezin…' Haar woorden gingen over in gemompel, en ze wiegde heen en weer op haar stoel. Ze keek Nirmala stiekem aan om te kijken of ze een reactie had uitgelokt. 'Hij is geen dokter zoals ik had gewild. Het is altijd goed een dokter in de familie te hebben, maar die idioot is poëzie gaan studeren. Kun je met mooie woorden je maag vullen, dat zou ik wel eens willen weten. Dus we hebben een rijke bruid voor Sripathi nodig. Dat is veel beter. Dan zullen we in elk geval niet van de honger omkomen.' Ze wierp nog een boosaardige blik op Nirmala, die maar twee stel juwelen had ingebracht.

Nirmala bleef bedaard de lakens instoppen, onder de matras rondvoelen en de kussens opschudden.

Ammayya hield op met wiegen en keek haar woedend aan. 'Wat doe je daar met mijn bed?'

Nirmala gaf de lakens een laatste klopje en trok bij het overeind komen even met haar gezicht.

Koti keek haar bezorgd aan. 'Akka, wat hebt u?'

'Mijn rug', zei Nirmala. 'Ik heb gisteren die stapel boeken voor de raddhi-wallah naar beneden gebracht. Ze waren zwaar.'

'Boeken? Wat voor boeken? Gooi je de boeken van mijn man weg?' wilde Ammayya weten.

'Misschien was het de danspas die ik zaterdag aan mijn klasje heb voorgedaan.'

'Niemand luistert naar me hier in huis', schreeuwde Ammayya. 'Waarom kijk je mijn bed na? Ben je soms op zoek naar mijn geld? Je krijgt er geen paisa van, geloof dat maar gerust.'

'Ammayya, ik ga straks de deur uit. Als u thee wilt, kom dan meteen naar de eetkamer.'

Steunend op de armleuningen kwam Ammayya langzaam overeind uit haar stoel, met witte knokkels van de inspanning. Nirmala gaf haar de wandelstok en deed snel een stap opzij voor het geval dat Ammayya besloot naar haar uit te halen. Je wist nooit wat voor duiveltje er bij haar de kop opstak – dat kon zomaar gebeuren, van de ene minuut op de andere.

'Hebt u hulp nodig?' vroeg ze weifelend.

'Ik heb niemands hulp nodig', snauwde de oude vrouw terwijl ze de kamer uit schuifelde. Ze deed haar best haar evenwicht te bewaren en niet als een zielig hoopje op de grond te vallen. Wat zou dat vernederend zijn, vooral waar de dienstmeid bij was, die schele apin. Ouderdom noch ziekte zou haar van haar waardigheid beroven; ze zou op eigen kracht lopen, ongeacht hoe lang ze daarvoor nodig had.

'Ga nou niet te snel', zei Nirmala. 'Straks glijdt u uit en breekt u uw heup.'

'Hou je mond, doe niet alsof ik een tweejarig kind ben, Nirmala', snauwde Ammayya.

'O, dus u weet nog best wie ik ben, hè, Ammayya?'

'Denk je soms dat ik seniel ben?'

'Waar is Putti?' vroeg Nirmala terwijl ze haar schoonmoeder stevig bij haar elleboog vasthield. Hoewel de oude vrouw het bij hoog en laag ontkende, had ze de afgelopen tijd een paar keer haar evenwicht verloren, en Nirmala was bang dat ze haar heup zou breken en geopereerd moest worden. Ziekenhuisrekeningen waren wel het laatste wat ze zich op dit moment konden veroorloven, en volgens een vriendin bij wie net de baarmoeder was verwijderd waren die rekeningen tegenwoordig hemelschreiend hoog.

'Hoe moet ik weten waar ze is? Ben ik soms haar schaduw die haar overal volgt waar ze gaat?'

'Dus binnenkort krijgen we weer een bruidegom voor Putti op bezoek. Ik hoop dat het met deze wat wordt.'

'Waarom zo'n haast?' wilde Ammayya weten. 'Is ze soms jóúw verantwoordelijkheid?'

'Nee-nee, in het geheel niet', zei Nirmala. Maar ze had wel degelijk iets gemerkt van Putti's geheime belangstelling voor Gopala, de manier waarop ze 's ochtends haastje-repje de melk ging halen als hij aanbelde en het geflirt dat tussen hen was ontstaan.

Ammayya keek Nirmala argwanend aan. Ze kende haar schoondochter maar al te goed, vooral die slome, dweperige uitdrukking op haar gezicht. Dat malle mens probeerde iets voor haar te verbergen.

'Wat is er?' wilde ze weten en ze tikte ongeduldig met haar stok op de grond. Nirmala werd helemaal kriegel van het geluid. 'Wat gebeurt er hier in huis? Geen mens vertelt me iets. Ik lijk hier tegenwoordig wel te gast.' Ze was heel ingenomen met haar martelaarsgedrag. Bij haar zoon haalde het niets uit, maar haar schoondochter was een makkelijker doelwit, en de oude vrouw vond het heerlijk haar tong op haar te scherpen.

Nirmala aarzelde en Ammayya sloeg toe. 'Vertel op, ik wil het weten. Gaat het om Putti?'

'O nee! Ik liep net te denken of het dit jaar wel gepast is nieuwe kleren voor Deepavali te kopen. In élk geval voor het kind, de arme stakker. We kunnen haar niet veel geven, maar een nieuwe langa-choli zou haar echt enig staan.'

'Vraag me niet om geld. Ik heb niets', zei Ammayya gauw. 'En ik wil weten waar Putti uithangt. Dat meisje gedraagt zich tegenwoordig heel vreemd. Ik zal dokter Menon om medicijnen voor haar moeten vragen. Is jou ook niets vreemds opgevallen?'

'Zoals?' vroeg Nirmala op haar hoede.

'Ze zit de hele tijd naar dingen te staren. Naar de spiegel, naar de muren. Naar van alles. En ze zit 's ochtends altijd maar haar haar te drogen op het terras en 's middags op de veranda naar de lucht te staren. God weet wat haar scheelt.'

'Misschien heeft ze last van de hitte', opperde Nirmala.

'Unh-hunh. Wie heeft daar nou geen last van?' zei Koti terwijl ze de vloer een laatste haal gaf met haar bezem en achterstevoren de kamer uit liep. 'Je zou eens moeten horen wat er allemaal voor verhalen de ronde doen over deze hitte. Nog maar een dag of wat geleden, die inspecteur van de belasting, jullie weten wel, die uit de Tweede Hoofdstraat, bij de bioscoop? Nou, die zat rustig op zijn veranda een mango te eten toen zijn vrouw naar buiten kwam en de pit wilde hebben om op te sabbelen.'

'Ehn, waarom kon ze niet zelf een pit nemen?' vroeg Ammayya.

Koti haalde haar schouders op. 'Wilt u horen wat er daarna gebeurde of niet?'

'Vooruit dan maar, ga maar verder met je malle verhalen.'

'Nou, onze belangrijke inspecteur-orey weigerde haar die pit te geven. Ze probeerde hem af te pakken en hij holde het huis uit met dat stomme ding in zijn hand. Kun je je voorstellen wat een gezicht dat moet zijn geweest? Alle mensen in de Tweede Hoofdstraat hebben het met hun eigen ogen gezien. Zijn vrouw rende achter hem aan. Ze schreeuwde allerlei lelijks en zwaaide met een mes in haar ene hand.'

'Ayyo! Waarom heeft niemand haar tegengehouden?' vroeg Nirmala.

'Het was te heet', zei Koti. 'Bovendien, die Gajapati-amma is net Kali Devi zelf als ze kwaad wordt, en niemand wilde bij haar in de buurt komen, vooral niet omdat ze een mes had. Maar uiteindelijk was die hitte ook zijn redding. Gajapati viel flauw van al dat rondhollen. Wat een drama!'

Nirmala moest lachen bij het idee dat de inspecteur van de inkomstenbelasting met een mangopit in zijn hand een sprintje door de straat trok. Ze hielp Ammayya in een stoel en gaf haar een kopje thee.

Op dat moment kwam Putti de kamer in. 'Waar zat je,

kind?' wilde Ammayya weten. 'Ik wou je net over mijn bloeddruk vertellen. Zie je hoe rood mijn ogen zijn? Ik heb van Jayanthi Ammal gehoord dat dat een teken van hoge bloeddruk is.'

'Ga je uit, Nirmala?' vroeg Putti zonder naar haar moeder te kijken.

'Ja, naar de groentewinkel. Ik heb pepertjes en tomaten nodig. Het kind eet helemaal niets. Ik weet gewoon niet wat ik haar moet voorzetten. En omdat ze niet wil praten, kan ze het me ook niet vertellen.'

'Putti, heb je me gehoord?' jengelde Ammayya. 'Je zegt tegenwoordig geen woord meer tegen me. En ik zit maar de godganse dag op je te wachten, terwijl geen mens weet waar je naartoe verdwijnt.'

'Ik ben altijd thuis', zei Putti. 'Waar moet ik anders naartoe dan naar de bibliotheek of naar de tempel? En waarom gaat u niet bij dokter Menon langs als u ziek bent?'

'Morgen mag je me naar hem toe brengen. Blijf nou maar hier bij mij en vertel me wat juffrouw Chintamani allemaal heeft gezegd.'

'Niet nu, Ammayya. Ik wil met Nirmala mee. Om de groenten te helpen dragen.'

'Pah, jullie hebben geen benul. Dat kind éét geen groenten. Ze had een buitenlandse vader. Die eten vlees. Neem dat maar van mij aan. Ik heb het van Shanti Kumar gehoord. Die heeft het heel moeilijk gehad toen haar kleinkinderen uit het buitenland kwamen. Die wilden rund en geit en varken en zo. Elke dag stuurde ze de bediende naar het Military Hotel om gamellen met eten voor ze te halen. Ze zei dat ze bijna moest overgeven van de geur en dat ze de acharye moest laten komen om een speciale reinigingsceremonie uit te voeren nadat ze allemaal weer naar huis waren.'

'Vlees?' vroeg Nirmala onzeker. 'Het kind eet vlees?'

'Ehn, wat dacht jij dan? Dat je dochter haar heeft grootgebracht als een brahmaanse? Toen ze daar eenmaal zat, heeft ze alles overboord gegooid – heeft ze al onze regels als stront door de plee getrokken.' Ammayya keek Nirmala met gefronste wenkbrauwen aan. 'Maar je hoeft niet te denken dat ik goedvind dat je vlees in huis haalt. Ik ben niet zo'n gek als Shanti Kumar, die maar toegeeft aan de eisen van kinderen.'

Nirmala pakte haar boodschappentassen en haar portemonnee en ging samen met Putti weg.

'Putti, je wordt nog zo zwart als een kraai van al dat rondlopen in de zon', schreeuwde Ammayya. 'En dan neemt de man die jou volgende week komt opzoeken meteen de benen. Luister naar me.'

Er was geen enkel ander geluid te horen dan het gekras van een kraai uit de lindeboom in de achtertuin. Ammayya zat zich te verkneukelen in haar stoel, schommelend met haar voeten, die er in hun dikke sokken uitzagen als een stel witte muizen. Ondanks de hitte had Ammayya het nooit warm genoeg. Behalve de sokken aan haar voeten droeg ze ook een wollen bloes en een sjaal.

Ze probeerde haar tijd in te delen. Sripathi was nog naar zijn werk, het kind zat op school en zou pas om kwart over vier terug zijn. Alle tijd om de trap op te gaan naar haar zoons deel van het huis om daar in de kasten, zijn bureau, de laden en onder de kussens rond te neuzen naar brieven, cheques en rolletjes bankbiljetten. Ze zou Nirmala's kasten doorzoeken om te zien of ze nog nieuwe sari's had gekocht zonder het haar te vertellen. Ze zou in de koffers van het kind kijken. Dit soort gelegenheden deed zich zelden voor en Ammayya genoot er met volle teugen van. Ze zoog haar kunstgebit vast en liet het met een vochtige klik weer losschieten. Niemand vertelde haar tegenwoordig iets. Ze hielden dingen voor haar geheim, daar was ze zeker van. Ze rook het in hun stemmen, zag het in de stiekeme blikken die ze met elkaar uitwisselden – Sripathi en Nirmala,

Putti en Arun. Zelfs de dienstmeid wist beter wat zich hier in huis allemaal afspeelde. Ammayya tikte woedend met haar stok op de grond. Ze had Nirmala nooit de sleutels van het huis in handen moeten geven. Schoondochters deugden niet. Voordat je goed en wel wist wat er aan de hand was hadden ze je de macht afhandig gemaakt.

Ze schommelde terug van de eetkamer naar haar slaapkamer, waar ze zich installeerde voor de kaptafel met zijn rijen medicijnflesjes, die allemaal door dokter Menon voorgeschreven ayurvedische middeltjes bevatten. Ze vertikte het naar een gewoon ziekenhuis te gaan, of zelfs naar de jonge dokter Pandit, wiens vader Sripathi's kinderen had behandeld. Ze gruwde ervan door een arts onderzocht te worden, haar dorre schaamdelen te laten beporren en bepotelen, hulpeloos op een onderzoektafel te liggen. Sripathi en Putti waren hier in haar eigen huis ter wereld gebracht, met behulp van een vroedvrouw. En ze had heus wel gelezen over de welig tierende handel in organen in ziekenhuizen.

'Kent u de zoon van onderinspecteur Krishnappa?' had juffrouw Chintamani gevraagd. 'Nou, die ging naar dat grote nieuwe ziekenhuis aan de Nehruweg met alleen maar een zere keel. Meer niet, snapt u? En voordat hij *aan* of *oon* kon zeggen hadden die doortrapte doktoren hem al op een operatietafel gelegd. Om zijn blindedarm eruit te halen, zeiden ze. Maar wie weet wat ze nog meer hebben verwijderd. Die jongen is al zes jaar getrouwd en nog steeds heeft zijn vrouw een platte buik.'

'Kunnen ze dat soort dingen doen?' had Ammayya gevraagd. Nu wilde ze eens te meer dat haar zoon dokter was. Met de moeder van een dokter zouden ze toch zeker niets ergs uithalen?

'Natuurlijk kunnen ze dat. Laten ze soms iemand in de operatiezaal toe? Nee. En het allerergste, heb ik gehoord, is wat ze ín je stoppen. Ik heb gehoord dat die in Amerika opgeleide artsen allerlei dingen uithalen die onheil brengen, apenharten in mensen stoppen en noem maar op!'

Ammayya was uit de bibliotheek vertrokken met het vaste voornemen nooit in het ziekenhuis terecht te komen. Bovendien moest ze bij de aanblik van mensen in een witte jas en met een stethoscoop om hun nek voortdurend terugdenken aan wat haar zoon had weggegooid. Haar woede was gelijkmatig verdeeld over al die arrogante, godgelijke schepselen die het vermogen bezaten anderen te genezen, en haar zoon die datzelfde vermogen had kunnen hebben. Dokter Menon, de aanhanger van de ayurvedische geneeswijze, was te oud en arm om in Ammayya's hart woede of afgunst op te wekken, en wat belangrijker was, zijn adviezen werd geheel gratis verstrekt. Hij praktiseerde ayurveda als hobby, en alle mensen die naar hem toe gingen deden dat in het besef dat ze zijn proefkonijn waren en geen recht van klagen hadden als zijn medicijnen niet werkten. Zijn patiënten werden na inname van zijn poedertjes en pilletjes misschien niet altijd beter, maar hun gezondheid ging er in elk geval niet door achteruit.

Ammayya mepte met haar stok tegen de rand van haar bed en raakte daarbij haar hutkoffer, met een zwaar geluid dat haar stemming deed omslaan van kribbig in tevreden. Heerlijk vol, dacht ze glunder. De hutkoffer zelf diende als camouflage voor een kleinere kist, eveneens afgesloten met een Navtal-hangslot, waarin weer andere blikken en dozen zaten, elk met hun eigen slot. Ammayya was er heilig van overtuigd dat je andermans motieven nooit genoeg kon wantrouwen. Nog onlangs had ze in de krant gelezen over een vrouw (net als zij), oud (alweer een punt van overeenkomst), hulpeloos (kijk eens aan), die was doodgeslagen door haar eigen zoon, en dat alles voor een paar gouden kettingen om haar hals. Om maar te zwijgen over het verhaal dat juffrouw Chintamani haar en Putti had verteld over de fatsoenlijke, godvruchtige, vrijgevige (ze zette zelfs verse thee voor de bedienden, geloof het of niet!) oude Kaveriamma in de Gangesweg, naast de kerk van Moeder Maria.

'Ken je die jonge bediende, Vasu?' had ze gevraagd.

'Die knappe vent?'

'Pff! Het is maar wat je knap noemt, zeg ik altijd.' Juffrouw Chintamani had misprijzend haar lippen op elkaar geperst.

'Hoezo, wat is er dan gebeurd?' wilde Ammayya weten.

'Die arme oude Kaveriamma heeft die ondankbare hond grootgebracht alsof hij haar eigen zoon was. Vijfentwintig jaar lang. En hij heeft geprobeerd haar met een deegroller om het leven te brengen!' Juffrouw Chintamani was diep verbolgen geweest.

'Ayyo! Hoe komt zo iemand erbij?'

'Wie weet waarom gespuis dat soort dingen doet. Hij zei dat het was omdat ze hem niet het geld wilde geven dat ze hem verschuldigd was. Ze had hem al die jaren uitgebuit alsof hij een slaaf was, zei hij. Maar vertel mij eens, waar zou hij zonder Kaveriamma zijn geweest? In de goot zou hij hebben gelegen, precies ja.'

'En wat had die oude dame daarop te zeggen?' vroeg Ammayya. Nee maar, er zou haar hetzelfde kunnen overkomen als Kaveriamma. Koti kon haar makkelijk op dezelfde manier te lijf gaan.

'Arme stakker, ze kon amper praten. Maar ze zei tegen de rechter dat ze al zijn geld op een spaarrekening had gezet en van plan was het hem op zijn trouwdag te geven.'

'Maar is Vasu niet twee jaar geleden getrouwd?' had Putti gevraagd.

'Oho, een mens moet leren geduldig te zijn. Als hij er netjes om had gevraagd, zou Kaveriamma het heus wel aan hem hebben gegeven. Maar die idioot slaat haar op haar hoofd. Dat is nou dankbaarheid!' besloot juffrouw Chintamani haar verhaal.

Nou, dacht Ammayya, in tegenstelling tot Kaveriamma was zij bepaald niet zo stom dat ze de hele wereld vertrouwde. Ze gaf een klopje op de sleutels die ze aan de binnenkant van haar bloes had gespeld en hees zich met een flinke zwaai uit de stoel.

Langzaam schommelde ze over de koude roestbruine vloer van de woonkamer – tik-tik-tik. Voorbij de rottende sofa, de stokoude palissanderhouten stoelen en de sombere teakhouten kasten waarin nog steeds stapels ooit door Narasimha Rao gebruikte juridische boeken, tijdschriften, casusaantekeningen en dossiers lagen te vergelen. Ammayya kon eigenlijk weinig met al dat papier beginnen, maar met een ziekelijk genoegen stond ze erop het te bewaren. Ze besefte dat dit Nirmala, die mopperde over de verspilling van goede bergruimte, een doorn in het oog was. Klikkend met haar gebit trok de oude vrouw een klein bijzettafeltje naar het midden van de kamer. Net als de rest van het meubilair was het tegen de muur geschoven om ruimte voor Nirmala's leerlingen te maken. Rondhopsende idioten, snoof Ammayya, terwijl ze met bonkend hart de trap beklom. Dansen! Ze had de apen in de tempel beter zien dansen. Maar ze genoot 's woensdags en 's zaterdags van het spektakel en zat graag in haar stoel commentaar te leveren op de danseressen. 'Doet zij soms de olifantenpas, dat dikke meisje daar?' vroeg ze dan op dwingende toon. Of: 'Nirmala, ben je die kinderen soms de dans van de demonen aan het leren?' En dan sloeg ze zich op haar dij, kakelend van het lachen om haar eigen geestigheid.

Op de overloop bleef ze even staan om op adem te komen. Afkeurend keek ze naar de gebarsten vloer. Het was al een tijdje geleden dat ze de kans had gehad naar boven te gaan, en ze had niet gemerkt in wat voor erbarmelijke staat het huis was geraakt. Misschien had Sripathi gelijk. Het werd tijd het huis aan de hoogste bieder te verkopen en in ruil daarvoor een paar van die lucifersdoosjes aan te schaffen. Ze zou daarna haar flat verhuren en bij haar zoon blijven wonen. Ook Putti had recht op een flatje, dat eveneens verhuurd kon worden.

In de kamer van Sripathi keek ze goed of alle ramen en de balkondeur wel dichtzaten, zodat geen van hun bemoeizieke buren haar bij Nirmala zou verklikken, en toen begon ze de kasten open te trekken. Tot haar teleurstelling had Nirmala de stalen almirah waar ze ongetwijfeld al haar recente aanwinsten in wegborg, op slot gedaan. De houten kast met daagse kleren was echter open en Ammayya graaide gretig tussen de keurig opgevouwen sari's en onderrokken, zachtjes mompelend over achterdochtige schoondochters. Er lag niets, zelfs geen geld dat ze achterover kon drukken. En ook geen geheime brieven die ze kon lezen. Alleen het sandelhouten kistje vol brieven van Maya. Van de inhoud was Ammayya al op de hoogte. Uit een hoog blik dat in de kast was opgeborgen en dat ze zelf ook op haar kaptafel had staan schudde ze wat poeder in haar holle hand. Met haar ene hand trok ze haar bloes als een buidel open en smeerde met de andere hand het poeder over haar borsten uit. Heerlijk, heerlijk rook dat. Waarom zou alleen Nirmala het gebruiken? Ze besloot het poeder mee naar haar eigen kamer te nemen, voor wanneer ze haar eigen voorraadje had opgemaakt. Laat haar schoondochter zich maar afvragen waar het was gebleven. Ervan overtuigd dat er verder niets interessants in Sripathi's slaapkamer te vinden was, schuifelde ze naar de andere kamer. Waar dat buitenlandse mormel sliep. Met stijgende opwinding sleepte Ammayya de koffers onder het bed vandaan. Al vanaf het moment dat Nandana was gearriveerd was Ammayya razend benieuwd naar wat haar achterkleindochter uit het buitenland had meegenomen. Ze stelde zich dikke pakjes kauwgum voor, iets waar ze de afgelopen tijd ontzettend zin in had gekregen. Dozen zeep die zo heel anders roken dan de grootverpakkingen Lifebuoy die Nirmala voor het hele huisgezin insloeg. Tientallen pennen in allerlei kleuren. De oude dame vroeg zich af of het kind ook kleren van haar ouders had meegebracht. Die zouden in de China Bazaar een aardig sommetje opbrengen; de winkeltjes daar hadden een gouden handeltje in smokkelwaar, tweedehands kleren, makeup, schoenen en tassen uit het buitenland. Ze zou een manier moeten bedenken om die kleren ongezien uit huis en helemaal naar de bazaar te krijgen, maar – ze zoog opgetogen aan haar gebit – dat zou haar best lukken. Tot haar diepe teleurstelling zaten er in de koffers alleen maar foto's en allerlei boeken die Sripathi om een of andere idiote reden helemaal uit dat Amerika-Canada had meegezeuld. Alsof er in dit land geen boeken waren! Je kon er donder op zeggen dat haar zoon de verkeerde spullen had uitgekozen om te bewaren. Gezond verstand had hij nooit gehad; hij was een onbenul vanaf zijn geboorte. Dat werd Ammayya met één oogopslag duidelijk zodra ze zijn flaporen, zijn papperige gezicht en zijn uitpuilende navel zag, zevenenvijftig jaar geleden. Alhoewel haar blik in die tijd werd verzacht door liefde voor haar eerstgeborene en zij had gedacht dat zijn olifantenoren op toekomstige grootheid wezen, ondanks het feit dat de bovenranden omgekruld waren, als de hoekjes van een foto, en een paar maanden naar achteren gebonden moesten worden totdat ze zichzelf wat fatsoeneerden. Ongeduldig rommelde ze door de foto's, maar stopte daar even mee toen ze op een foto van Maya, Alan en Nandana stuitte, voor een klein blauw huis met een bloeiende struik ernaast. Ineens stroomde er een ongebruikelijk gevoel van spijt door de oude vrouw. Ze keek naar het lachende jonge gezicht op de foto en herinnerde zich dat Maya haar altijd had verwend. Zoals de keer dat ze Ammayya had meegenomen naar een oude film waarin Shivaji Ganeshan de rol van Robin Hood speelde. Het meisje had wekenlang haar busgeld opgespaard en vertrok 's morgens vroeg van huis om lopend naar de universiteit te gaan. En toen had ze haar grootmoeder met een bezoekje aan de bioscoop verrast, haar zelfs getrakteerd op een zakje popcorn waarvan de verkoper haar had verzekerd dat hij in plantaardige olie was gebakken. Toen ze eenmaal naar dat vreemde land was vertrokken, had ze bij elke brief altijd een pakje kauwgum voor Ammayya ingesloten en op die manier bij de oude dame de kiem voor een verslaving gelegd. Ja, Maya was een braaf kleinkind geweest. Anderzijds, misschien had ze wel gehoopt dat

Ammayya haar een deel van haar juwelen zou nalaten. Niemand deed iets zonder bijbedoelingen. De oude vrouw schoof alle foto's weer in de envelop, sloot de koffer af, en daarmee ook haar kortstondige overgave aan sentimentaliteit. Ammayya had in haar leven zoveel moeten verliezen – kinderen, illusies, dromen, vertrouwen – dat een nieuw verlies haar eigenlijk niet meer zo raakte. De dingen kwamen en de dingen gingen. Zo was het leven. Wat ze kon behouden, daaraan klemde ze zich vast als een wild dier dat een prooi te pakken heeft.

Aruns bezittingen in dezelfde kamer verdienden niet eens een oppervlakkige blik. Hij was een asceet, niets was er het meenemen waard. Als ze haar portemonnee bij zich had gehad, dacht Ammayya, had ze zich misschien zelfs wel geroepen gevoeld wat kleingeld voor haar weinig imponerende kleinzoon achter te laten. Ook hij was een teleurstelling gebleken, net als zijn vader. Maar zo was het met de mannen in deze familie. Met veel lawaai ter wereld gekomen zonder daarna iets te doen om al die aanvankelijke aandacht waard te zijn. Fah!

Maar zodra ze de kastdeur opendeed, wist ze dat ze iets interessants zou tegenkomen. Daar, in het donkere hol, hing Maya's rode jas als een helle vlam, erom vragend te worden gestolen. Ammayya streek met haar hand over het verrukkelijke, zware, zijdeachtige oppervlak van de jas. Ze was er meteen verliefd op, hartstochtelijk. Ammayya griste hem naar zich toe, en beschroomd, als een bruid met haar trouwkleren, stak ze eerst haar ene en toen haar andere arm in de warme, gloeiende omhelzing. Bij de aanraking van die weelde kromp haar rimpelige huid van exquise genot. Bovendien rook de jas heerlijk. Verfijnd en verleidelijk, de geuren die lagen besloten in die rode gloed van wol. Ze zou hem nooit thuis kunnen dragen, maar ze zou hem voor een mooi sommetje kunnen verkopen in de China Bazaar. Ammayya liet het blik met poeder op Aruns met paperassen bezaaide bureau staan. Die mag Nirmala wel houden, dacht ze grootmoedig. Die opoffering werd door deze

jas ruimschoots vergoed. De oude vrouw drukte hem liefkozend tegen haar stokoude lichaam, vergat niet om de ramen en
gordijnen die ze had dichtgetrokken weer open te doen en liep
de krakende trap af, als een roverskoningin, intevreden over ze
allemaal had gedaan. Door het duistere woonvertrek schuifelde
ze haar eigen kamer in, waar ze de jas verborg in een van haar
kasten, die ze zorgvuldig afsloot met een sleutel uit de bos die
om haar nek hing. Ach, wat was het een heerlijke middag
geweest! Intens in haar nopjes liep ze de veranda op en ging
op het trappetje zitten. Even onschuldig als een blad aan een
boom. Een oude vrouw die zat te wachten tot haar familie
thuiskwam.

'Scharensliep! Messen slijpen!' riep een zangerige stem van
buiten op de weg, gevolgd door het gekletter en gerammel
van messen tegen de zijkanten van een fiets. De scharensliep
kwam elke dag door de straat, maar niemand maakte gebruik
van zijn diensten. Vorige week hadden de dikke broertjes haar
er in de riksja voor gewaarschuwd dat de scharensliep haar met
zijn scherpste schaar in kleine stukjes zou knippen als ze ondeugend was en dat hij die stukjes zou opvoeren aan het zeemonster
dat Toturpuram tegen buitenlandse piraten beschermde. Daarom zag Nandana met een gevoel van opluchting dat de man
voorbijging zonder dat hij stilhield. Terwijl zijn stem steeds
zwakker klonk, steeg aan de andere kant van de muur van het
erf een volgende reeks geluiden op, schrille stemmen die
schreeuwend ruziemaakten om de vuilnisbak. De zigeunerin-
nen die op het trottoir leefden, waren begonnen aan hun
strooptocht van die dag en ruzieden om weggegooide lappen,
oude blikjes en flessen. Nandana herkende deze twee zigeune-
rinnen, met hun smerige, zwaargeplooide rokken laag op hun
heupen zodat hun buik eroverheen puilde. Ze vond die zigeuners reuze boeiend. De mannen hadden krulhaar, dat ze in een

knotje droegen en met pauwenveren versierden. Ze zongen of lagen domweg op de grond te staren naar de hemel die door de bladeren van de boom in blauwe stukjes werd gedeeld. De kinderen holden naakt in het rond en speelden alleen maar, in plaats van naar school te gaan. En de vrouwen zaten op het trottoir en maakten sieraden van kralen of naaiden lappende-kenachtige rokken van de vodden die ze hadden verzameld. Op haar eerste schooldag was Nandana door Nirmala en Sripathi met de bus gebracht en dat was ook de dag dat ze voor het eerst die zigeuners had gezien.

'Dieven', had Nirmala gemompeld terwijl ze haar dichter tegen zich aan trok. 'Blijf maar bij ze uit de buurt. Anders spreken ze een vloek over je uit.' De zigeuners stalen alles wat los en vast zat. Het waren net raven. Ze stalen zelfs kinderen als ze die in hun eentje zagen rondlopen. 'Ga nooit zomaar alleen de deur uit, mari, zul je dat niet doen?' waarschuwde Nirmala terwijl ze haar stevig in haar hand kneep.

Maar Nandana was niet bang. Ze wilde alleen maar naar het treinstation en naar het vliegveld en naar huis.

14

Ongebaande wegen

Toen Sripathi bij de straat kwam waar dokter Menon zijn praktijk had, waren zijn benen opgehouden met trillen. Tot zijn verbijstering zag hij echter dat de toegang tot de straat werd versperd door een reusachtige, in triplex uitgezaagde figuur van de premier van de staat. Die was tegen de muur van een gebouw neergezet en zo groot dat hij helemaal tot de overkant van de straat reikte. Hoog boven de grond zat een man op een steiger die met een grote platte kwast bezig was het gezicht van het gevaarte bij te werken. Aan de steiger had hij een houder met verfpotten gehangen waarin hij om de paar minuten zijn kwast doopte.

Sripathi klakte geïrriteerd met zijn tong en bleef staan. 'Wat is hier aan de hand?' vroeg hij. 'Hoe moeten de mensen hier langs komen?'

'Via de andere kant', riep de schilder, die zijn werk onderbrak en omlaag keek naar Sripathi.

'Hoezo, "via de andere kant"? Ik heb geen tijd de hele stad door te rijden om bij de andere kant van deze straat te komen', protesteerde Sripathi.

'Dit is het portret van Mevrouw de Premier. Er is haast bij. Zonder toestemming kan het niet worden verplaatst', zei de man en hij ging ijverig verder met het zwart schilderen van de wenkbrauwen op het reusachtige premiersgezicht. Hij bracht nog een toefje felroze aan op de lippen en leunde naar achteren op de steiger om het effect in ogenschouw te nemen. 'Mevrouw houdt van mijn stijl. Ze heeft persoonlijk gevraagd of ik,

Chamraj de schilder, dit speciale portret wilde maken. Ik voel me reuze vereerd.'

'Hoeveel betaalt ze u ervoor?' vroeg Sripathi. Hij schermde zijn ogen af tegen de zon terwijl hij omhoog keek naar het enorme gevaarte, dat hoog uitstak boven het gebouw waar het tegenaan stond.

'Ik weet het niet. Het gaat om de eer', antwoordde de schilder.

'Wie heeft u geld voor de verf gegeven? Dat was wel het minste wat u van het ministerie had kunnen krijgen', zei Sripathi.

'O, mevrouw zorgt er heus wel voor dat ik betaald krijg', zei de schilder. Hij kwastte een paar diamanten oorbellen op de oren van de premier en bracht met dezelfde penseel een vriendelijke twinkeling in haar bovenmaatse ogen aan. 'Ze weet dat ik een arme kerel ben die een gezin heeft te onderhouden. Waarom zou ze me een paar roepie door de neus boren?'

Waarom niet? wilde Sripathi vragen. Zo worden die schurken van politici rijk, door te stelen van de armen en de hulpelozen. Die arme vent wist vermoedelijk best dat hij geen cent zou ontvangen, maar daar niets tegen kon uithalen. De trawanten van de premier zouden chutney van hem hebben gemaakt als hij de opdracht had geweigerd.

'Kan ik mijn scooter hier neerzetten en doorlopen naar de praktijk van dokter Menon?' vroeg hij in plaats daarvan. 'Ik geef u twee roepie als u er een oogje op houdt.'

'Geen probleem, saar', zei de schilder opgewekt. 'En u hoeft me niets te betalen. Ik ben hier toch al, dus waarom zou u me nog geld toegeven?'

Sripathi stapte voorzichtig over de onderste planken van de steiger onder de triplex figuur door. De penetrante terpentinelucht overheerste de subtielere geur van hout en de onvermijdelijke stank van het open riool aan de rand van de straat. Toen hij een paar honderd meter had gelopen draaide Sripathi zich om en keek of zijn scooter nog steeds op de plek stond waar hij hem

269

had neergezet. De scooter stond er nog, minuscuul in vergelijking met de hoog oprijzende beeltenis van de premier; haar reusachtige wangen waren stralend roze, en haar ogen als planeten puilden uit hun franje van wimpers zo lang als de haren van een bezem. Ze glimlachte koket naar de lucht, met lippen als dikke lappen rood vlees die nog glansden van de natte verf. Vlak onder haar hoofd begonnen haar borsten, twee identieke geschilderde bergen, bedekt door een sjaal die met glinsterende edelstenen bezet leek. De sjaal was het handelsmerk van de premier, en het verhaal wilde dat er een kogelvrijvest onder schuilging. Haar handen waren zedig gevouwen in namaskaram. Er was, waarschijnlijk 's nachts, een of andere onverlaat helemaal naar boven geklauterd om op die vooruitpriemende borsten een paar zwarte tepels te schilderen met een rode kring eromheen. In combinatie met de getuite lippen, de tragische ogen en het aureool zag de premier er daardoor uit als een hoerige martelares. Sripathi hoopte dat de schilder deze aanvulling op zijn kunstwerk zou opmerken voordat hij het aan de hooggeachte premier zou presenteren.

Dokter Menons praktijk was gevestigd in een onooglijk, vervallen gebouw daar in de straat. De muur van het pand was bezaaid met filmaffiches en politieke graffiti, op zo'n manier dat ook de praktijk deel van de collage leek uit te maken. Op de posters keken vrouwen met lonkende ogen dromerig naar dikke, gespierde helden, en daaronder werd met zwarte letters aangekondigd: 'Bloedstollende thriller bomvol superactie! Romantiek! Komedie! Tragedie! Spectaculair spektakel!' En naast deze bloemrijke uitbarstingen stonden er politieke boodschappen die somberder van toon waren: 'Stem op VKR. Hij bekommert zich om uw zorgen. Hij zal u het zweet van uw voorhoofd wissen.'

Mensen die niet op de hoogte waren van het bestaan van de praktijk schrokken zich een hoedje wanneer ze mensen zagen die zo van deze affiches leken af te stappen. Dokter Menon leek bijna een vast onderdeel van dit onrealistische tafereel uit te maken en was zo ontzettend oud dat hij door patiënten uit zijn stoel moest worden gehesen en naar een donker hoekje van de praktijk worden geholpen, waar hij beverig pillen en poeders mengde die hij verpakt in een strak opgevouwen papiertje en met warrige instructies over de dosering aan zijn patiënten overhandigde. Het was lastig uit te maken of de oude man echt naar zijn patiënten luisterde, een diagnose stelde en dan een medicijn koos, want tijdens de hele litanie van klachten hoestte hij aan één stuk door en stond wankelend op uit zijn stoel voordat de patiënt was uitgepraat. Toen Sripathi de donkere ingang binnenging, lag de dokter roerloos met zijn hoofd op het bureau, zijn ogen gesloten, omringd door een chaos aan kranten en boeken. In een hoekje zat een jong kind, vermoedelijk zijn kleinzoon, de tafels van vermenigvuldiging op te zeggen.

'Een keer twee isse twee, twee keer twee isse vier, drie keer twee isse zes', dreunde hij op, ritmisch heen en weer wiegend op de klank van zijn eigen stem.

'Is hij wel in orde?' vroeg Sripathi bezorgd met een knikje in de richting van de dokter.

'Hoonh', zei het jochie. 'Gewoon even aan hem schudden, dan komt hij wel overeind.'

Een voorzichtig tikje op de schouder van de brave dokter bracht geen reactie teweeg. Sripathi keek het kind vragend aan. Het jochie sprong overeind, pakte zijn grootvaders schouder vast en kneep er een paar keer in voordat hij zijn mond bij een pluizig oor hield dat even zacht en frommelig was als oud fluweel.

'Thatha!' brulde het jongetje terwijl hij verwoed in de schouder van de oude man bleef knijpen. 'Er is een patiënt. Opstaan. Thatha!'

De oude man kwam geschrokken overeind en keek verwilderd om zich heen. 'Wat? Wat?'

'Er wacht een patiënt op u. Thatha!'

De dokter draaide zijn troebele ogen in de richting van Sripathi. 'Goedemorgen, meneer, goedemorgen. En wat is uw klacht?'

'Mijn benen voelen zo raar', schreeuwde Sripathi, die wist dat dokter Menon hardhorend was. En misschien heb ik aan het eind van de maand geen baan meer, wou hij er eigenlijk ook bij zeggen.

'Rare benen. Hmm. Dat zou een beroerte kunnen zijn of misschien filaria. Of malaria. In deze zwijnenstal van een stad heb je muskieten in allerlei soorten en maten.' Dokter Menon leunde naar achteren in zijn gammele stoel en sloot zijn ogen. Hij bleef zo lang stil dat Sripathi dacht dat hij in slaap was gevallen. Hij overwoog hem wakker te schudden toen de oude man met een schok rechtop ging zitten en druk in zijn bureauladen begon te grabbelen. Hij deed verschillende laden open en dicht voordat hij een klein potje met een doorzichtig smeerseltje opdook.

'Deze malam heeft mijn zoon voor me meegebracht uit Singapore. In dit foldertje staat dat hij overal goed voor is. Er zijn heel veel oude kruiden en bessen in verwerkt. Smeer uw benen er maar mee in en als dat niet helpt, kunt u er een theelepeltje van innemen met een glas warme melk. Als het helpt is het mooi, en baat het niet dan schaadt het niet.'

Uitgeput door het hele intermezzo leunde dokter Menon weer achterover en viel in slaap. Sripathi legde een briefje van vijf roepie op het bureau en sloop stilletjes naar buiten.

Toen hij terugliep naar zijn scooter zag hij langs de kant van de weg een vermoeid ogende vrouw die op haar hurken wat bloemen te koop aanbood. Dat deed hem denken aan zijn lang vergeten ritueel om bloemen voor Nirmala te kopen. En aan het feit dat het vandaag Putti's verjaardag was. De bloemenverkoopster had maar één verwelkte slinger jasmijn in haar mandje, plus nog wat roze rozen die het merendeel van hun blaadjes al hadden verloren.

'Vijfenzeventig paisa, alles bij elkaar', zei de vrouw. Sripathi betaalde haar zonder af te dingen en zij wikkelde de bloemen voor hem in een stuk bananenblad.

Toen Sripathi terugkwam om zijn scooter op te halen, had de reclameschilder theepauze genomen. Weer weigerde hij het geld dat Sripathi hem voorhield.

'Kom, pak nou aan, voor uw kinderen. Koop maar wat toffees voor ze', drong Sripathi aan.

'Oké, als u het zo stelt', zei de man glimlachend terwijl hij het kleingeld in de zak van zijn overhemd stak.

'Bent u klaar met de schildering?' vroeg Sripathi. Hij schermde zijn ogen af tegen de laatste zonnestralen en keek omhoog naar de enorme gestalte. De zwarte tepels waren overgeschilderd, zag hij, en de premier had nu alleen nog iets behaagzieks.

'Ik ben klaar. Maar vanavond zullen die lamlendelingen van de oppositiepartij wel weer komen om er iets bij te schilderen wat ik morgen weer moet wegwerken. Heel vervelend en zonde van de verf. Ik heb het kantoor van mevrouw gezegd dat ze dit ding het liefst zo gauw mogelijk moeten ophalen, maar niemand trekt zich daar iets van aan', zei de schilder treurig. 'Hoe lang kan ik deze straat blijven blokkeren? De mensen gaan tegen me tekeer alsof ik er iets aan kan doen. Ik ben gewoon maar een arme man die zijn brood moet verdienen.'

'Maakt u er veel?' vroeg Sripathi.

'Drie of vier per maand. Het kost nogal wat tijd om het portret uit te zagen en in te tekenen. Ik moet het gezicht schetsen terwijl het hout plat op de grond ligt. Daarna moet het aan de rest van het lichaam worden vastgemaakt. De kleding en dergelijke zijn makkelijk. Het gezicht kan lastig zijn. Het ziet er anders uit wanneer het rechtop staat en dan kun je weer helemaal opnieuw beginnen.'

'Er gaat veel werk in zitten', beaamde Sripathi.

'Hebt u die bij het Chettiarviaduct gezien? Die is ook van mij. En de meeste bioscoopposters bij January Talkies. Ik ben goed in persoonlijkheden. Daarom krijg ik genoeg werk. In deze stad vindt bijna iedereen zichzelf een persoonlijkheid, enh?' De reclameschilder knipoogde lachend naar Sripathi.

Met een flinke omweg reed hij naar huis, voornamelijk om de straat te vermijden waarin zijn vader was doodgegaan. In het afnemende avondlicht kwam alles hem oud en vreemd voor. De hele omgeving was anders dan hij zich herinnerde. Hij raakte een paar keer de weg kwijt, ook al woonde hij al zijn hele leven in Toturpuram. Toen hij in de Brahmaanstraat kwam, was de zon al bijna van de hemel verdwenen. In de schemering doemde het Grote Huis op als een lelijk monster. De voordeur stond open en ook de achterdeur zou openstaan, om de boze geesten die binnen opgesloten zaten vrij te laten en de goede welkom te heten. Nirmala zou de lampen hebben aangedaan en klaar zijn met haar korte gebed tot de goden. Het hek bewoog zachtjes en stootte tegen de nieuwste hoop bouw- afval. Er hing een klein figuurtje aan die het met een voet heen en weer duwde. Een fractie van een seconde dacht Sripathi dat het Maya was die hem opwachtte van zijn werk. Toen hij dichterbij kwam, maakte het figuurtje zich los van het hek en ging op een holletje het huis in. Het was het kind, besefte hij.

'Hoe gaat het met u, Sripathi-orey?' werd hij begroet door zijn buurman Munnuswamy. Hij zat naast het kalf en streelde de zwoegende flank van het dier.

'Goed', zei Sripathi kortaf. Hij had geen zin om met de man te praten; zijn hart bonkte nog na van de plotseling opgelaaide hoop bij de aanblik van het kleine, aan het hek heen en weer zwaaiende figuurtje. 'En hoe gaat het met u?' voelde hij zich verplicht te vragen.

'Mijn kalf is erg ziek', zei Munnuswamy. 'Het zal de ochtend niet halen.'

Sripathi kon niets bedenken om terug te zeggen, zelfs niet een paar woorden van troost. Hij zette zijn scooter tegen het verandahek, deed hem op slot, trok zijn slippers uit en ging het huis binnen. Het kind was nergens te bekennen. Ammayya zat voor de televisie en keek naar een van de drie kanalen die ze konden ontvangen. Het was een programma met lawaaierige zang- en dansscènes uit oude films. De vrouwelijke hoofdpersoon danste kronkelend om bomen, bergen, fonteinen en door parken, terwijl de geheel bekoorde mannelijke hoofdpersoon haar achternazat. Het opgetogen gezicht van zijn moeder werd beschenen door de blauwe gloed van de televisie, waardoor ze iets spookachtigs kreeg. Nirmala kwam uit de keuken en droogde haar handen af aan haar sari pallu.

'Waarom ben je zo laat?' wilde ze weten.

Sripathi stak haar de geplette bloemen toe die hij had gekocht.

'Voor mij?' vroeg Nirmala.

Hij knikte. 'Maar de helft is voor Putti – het is haar verjaardag, weet je nog? Ze zijn een beetje verlept. Dit waren de laatste die de vrouw had.'

Ze brak een stukje van de slinger jasmijn af en stak het in haar haar, maar bleef hem met verlegen en enigszins verbaasde ogen aankijken.

'Wat staan jullie daar te phusur-phusur-en?' vroeg Ammayya. Ze staarde het tweetal door de schemerige kamer aan.

'Niets', zei Nirmala. 'Hij heeft gewoon wat bloemen voor me meegebracht.'

'Bloemen? Op zijn leeftijd?' Ammayya richtte zich weer op haar televisieprogramma en Sripathi ging naar boven. Ik zal hen over mijn baan moeten vertellen, dacht hij. Er brandde licht in Aruns kamer en ineens werd hij razend op zijn zoon. Als die idioot een baan had, zou de last van het gezinsonderhoud in elk geval door hen beiden gedragen worden. Er was wel wat geld voor het kind, het verzekeringsgeld van haar ouders. Sripathi had erop gestaan dat het in een trustfonds werd gestopt. Voor haar toekomst. Hij zou wel voor het heden zorgen, had hij tegen dokter Sunderraj gezegd. Een maandelijkse toelage voor de schoolopleiding, kleding en andere noodzakelijkheden voor het kind had hij van de hand gewezen. 'Ik red het wel', had hij tegen de dokter gezegd, gepikeerd over het bemoeizuchtige optreden van de man. 'We zijn in India niet allemaal armlastig, moet u weten.'

Nu liep hij in een opwelling de kamer van zijn zoon binnen. Hij keek of het kind er was, maar ze was nergens te bekennen. Arun zat op zijn bed wat papieren te bestuderen bij het zwakke licht van een van de peertjes van twintig watt die ze van Ammayya allemaal moesten gebruiken. Sripathi keek naar het gedrongen lichaam, het verwarde haar, het ongeschoren gezicht, en liet het allemaal fungeren als koren op zijn molen.

'Waar is het kind?' vroeg hij afgemeten.

'Onder het bed', zei Arun, die naar zijn vader opkeek met ogen die schuilgingen achter zijn brillenglazen.

'Onder het bed?'

'Dat doet ze als ze bang is.'

Was het kind bang voor hem? Wat had hij haar ooit misdaan? Gaf ook zij hem de schuld van haar moeders dood?

Hij stapte achteruit tot hij in de deuropening stond. Vanaf die plaats zag hij een magere elleboog van het kind onder het bed uitsteken. Hij zag ook dat Aruns gezicht opgezet was en onder de blauwe plekken zat.

'Wat is er met jou gebeurd?' vroeg Sripathi. 'Je ziet eruit alsof je een smak hebt gemaakt of zoiets.'

Arun voelde behoedzaam zijn gezicht. 'Ik ben in elkaar geslagen door het tuig van Munnuswamy.'

'Wát?'

'O, daar weet hij zelf vermoedelijk niets van. Hij geeft er alleen opdracht toe.'

'Waar ben je nu weer in verzeild geraakt? Henh? Het zo-

276

veelste plan om de wereld te redden? Waarom verdoe je je tijd ermee de grote held uit te hangen? Als je nou eens een baan zocht? Kijk eens naar mij, ik heb een hoofd vol grijze haren en ik ga elke dag als een os naar mijn werk terwijl mijn zoon thuis zinloze dromen zit te dromen.'

'Appu', zei Arun. 'Ik probeer niet de held uit te hangen of zoiets verhevens. Ik heb gewoon niet het geduld om te wachten tot de overheid zich om mijn toekomst bekommert. Het zijn daar allemaal schurken en dieven die hun eigen zakken vullen.'

'Ja, dat hoef je mij niet te vertellen', zei Sripathi. 'Maar wat voor een toekomst staat je te wachten wanneer je je tijd verdoet met het zwaaien met vlaggen en spandoeken en het schreeuwen van leuzen? Toen ik zo oud was als jij, had ik een inkomen en zorgde ik voor een gezin van vier mensen.'

'U begrijpt het toch niet, Appu, dus laten we er maar over ophouden.'

'Maar ik doe juist mijn best om het wél te begrijpen. Je moeder zegt ook steeds dat ik het niet begrijp. Maar waarom vertelt niemand me nou eens wát ik nou precies niet begrijp?' vroeg Sripathi. Hij sloeg met zijn hand op de deur om elk woord te benadrukken.

Het kind onder het bed begon te kreunen. 'Niet schreeuwen, u maakt haar bang', zei Arun. 'En ik zal het proberen uit te leggen. Kijk, jullie hadden de Indiase onafhankelijkheid en zo om voor te strijden, echte idealen. Voor mij en mijn vrienden draait de strijd om het dagelijkse onrecht, het feit dat onze eigen mensen zich aan onze rechten vergrijpen. Dit is de enige wereld die ik heb en daar voel ik me verantwoordelijk voor. Ik moet ervoor zorgen dat hij niet wordt opgeblazen of ten onder gaat bij de volgende overstroming of wordt vergiftigd door chemicaliën.' Hij keek zijn vader opgelaten aan en schoof wat met de papieren op het bed. 'Ik bedoel, moet je zien hoe ver het nu al is, geen drinkwater, elektriciteit die telkens uitvalt, je kunt niet eens meer op het strand spelen zonder allerlei soorten uitslag op je benen te krijgen. Zo was het toch niet toen ik klein was, Appu? Of wel?'

Sripathi gaf geen antwoord. Diep in zijn hart wist hij dat zijn zoon gelijk had, maar toch, al dat gepraat over zijn plicht doen, hoe zat het dan met zijn plicht ten opzichte van zijn familie? En binnenkort zou hij misschien wel gaan trouwen en kinderen krijgen, hoe wilde hij die dan onderhouden?

'Ik wist wel dat ik geen gelijk van u zou krijgen. Het is altijd hetzelfde liedje', zei Arun bitter.

Sripathi keek zijn zoon woedend aan. Hij wilde ruziemaken, besefte hij met een schok. Hij wilde razen en tieren en tegen iemand tekeergaan, en het kwam mooi uit dat Arun er nu was. Waarom voer je al die zinloze strijd? wilde hij schreeuwen. Idioot die je bent, ook ik heb ervan gedroomd een held te zijn en moet je me nu zien. Die strijdvaardige onschuld raak je wel kwijt wanneer je haar grijs wordt en je tot de ontdekking komt dat je verantwoordelijk bent voor andere levens dan alleen het jouwe. Het zal je allemaal ontglippen, een voor een zullen je dromen vervliegen in de felle zon van de realiteit. Een huis, een scooter, de opleiding van je kind, de doktersrekeningen, eten, kleding en schoenen… Aan al die dingen zul je ten onder gaan en voordat je het weet zul je, net als ik, aan de grens van je jeugd staan en je afvragen: waarom heb ik me alles laten ontglippen?

Geschuifel onder het bed herinnerde hem aan de aanwezigheid van het kind en met moeite wist hij zich van een uitbarsting te weerhouden. 'Je bent niet goed wijs, dat is alles', zei hij ten slotte op rustige toon en toen liep hij weg om te gaan baden.

Tijdens de avondmaaltijd wierp Ammayya het kind een boze blik toe. 'Het is een zonde om met je eten te knoeien', zei ze ten slotte. Zijzelf had van alle gerechten die op tafel stonden een grote portie genomen en die met veel geslurp opgegeten alsof er hongersnood heerste, en ze was erin geslaagd een chapatti in de

278

plooien van haar sari te verstoppen voor consumptie op een later tijdstip.

Nandana bleef spelen met de rijst en de sambhar die Nirmala voor haar door elkaar had gemengd. Op de rand van haar grote stalen bord had ze nette hoopjes gemaakt van mosterdzaadjes, pepers, curryblaadjes, bonen en andere dingen die ze uit haar prakje had gevist.

'Zeg, meisje, heb je me niet gehoord?' vervolgde Ammayya terwijl ze met een lepel op de tafel tikte. 'God zet ons een bord eten voor om het op te eten, niet om maar een beetje heen en weer te schuiven. Wat zou je moeder van die verspillerij vinden?'

Het hoofd van het kind schoot omhoog. Nirmala keek haar schoonmoeder afkeurend aan en daarna keek ze naar Sripathi omdat hij zweeg. 'Het is nergens voor nodig het kleintje bang te maken', protesteerde ze. 'Ze is ons eten niet gewend.'

'Pah! En haar moeder was zo'n voorbeeldig kind. Nooit gezeur over eten of wat dan ook.'

'Zo is het genoeg, Ammayya', zei Nirmala.

De oude dame liet zich niet afremmen en zoog ter plekke dingen uit haar duim. 'Ik mengde haar eten met mijn eigen handen. Ik was de enige die haar eten gaf. Ammayya, zei ze dan tegen me, ik heb zo'n medelijden met die arme hongerige weeskindertjes in de sloppenwijken. Kunnen we die wat eten gaan brengen? Bij die vrijgevigheid sprongen de tranen me in de ogen. Ik wil me niet op de borst slaan, maar ík heb haar bijgebracht dat ze zich om de minderbedeelden in deze wereld moest bekommeren.'

Het kind joeg een erwtje rond de kledderige bruine kliek eten op haar bord. 'Kijk nou toch hoe koppig ze is', vervolgde Ammayya. 'Kinderen zijn vandaag de dag gewoon verwend.'

Nirmala streelde het kind teder over haar hoofd en wang. 'Vind je ons eten niet lekker? Dit was je moeders lievelingskostje. Zal ik je voeren?' Zonder antwoord af te wachten pakte ze de lepel op en begon het meisje kleine hapjes te voeren.

'Weet je wat de hoofdstad van Argentinië is?' vroeg Ammayya aan Nandana. 'Wie de president van Amerika is? Kijk haar nou toch, ze weet niets, dat kind.'

'Laat haar toch, ze is nog te jong voor dat gedoe', zei Nirmala.

'Op haar leeftijd wist ik alles. Dankzij mij was haar moeder ook zo knap', bracht Ammayya hier tegenin. 'Hoe heette Oscar Wilde voluit? Wie kan het me vertellen?'

'Oscar Fingal O'Flaherty Wills Wilde', antwoordde Sripathi. Dit was een van de antwoorden die hem nooit hadden willen invallen wanneer hij door zijn vader werd overhoord, jaren geleden, maar die nu in zijn geheugen gegrift stonden. 'Zo is het wel genoeg, Ammayya.' Hij zat maar wat met zijn eten te spelen en was niet in staat er iets van te proeven. Hij had geen zin om te eten. Hij had weer een vreemd gevoel in zijn benen. Hij had zijn hoofd al een paar keer onder de tafel gestoken om te kijken of ze er nog waren. Het was net alsof zijn linkervoet was opgelost tot een doorzichtige, vormeloze massa.

'Wat is er met jou aan de hand?' vroeg Ammayya hem ineens. 'Zit er iets onder de tafel? Die rotkat? Hij moest worden afgemaakt, dat onzalige beest. Morgen vraag ik Koti of ze hem vangt en in het riool gooit.'

Nandana schoof haar bord van zich af en rende de trap op.

Met een klap legde Nirmala de lepel neer en keek Ammayya woedend aan. 'Waarom zegt u dat soort dingen waar het kind bij is? U weet dat ze graag met de kat speelt. Waarom doet u dit soort dingen toch altijd?'

Voordat Ammayya kon antwoorden, klonk er boven een gil. 'Wat is er gebeurd? Horen jullie dat ook?'

Nog een gil, gevolgd door luid, hysterisch gehuil. 'Nandana – er is iets gebeurd. Misschien heeft ze zich bezeerd.' Nirmala stond moeizaam op en liep zo snel ze kon de trap op, gevolgd door Arun.

Ze troffen het kind beurtelings gillend en huilend voor de

open kast aan. 'Wat is er? Heb je ergens pijn? Zeg het toch. Ben je gebeten?' Nirmala probeerde het kleine meisje in haar armen te nemen, maar Nandana duwde haar weg en begon nog harder te huilen.

De kastdeur stond wijd open en Nirmala tuurde onzeker naar binnen. Waar was het arme kind zo van geschrokken, vroeg ze zich af. Hoe konden ze weten wat ze moesten doen als ze niet wilde praten? Ze verschoof de kleren die in de kast hingen en besefte dat de rode jas weg was. Vandaar dat het kind zo overstuur was. Nirmala was inmiddels gewend aan Nandana's gewoonte om zich in de kast te verstoppen wanneer ze boos of verdrietig was.

'Ach, mijn kleintje', verzuchtte ze. 'Je jas hangt er niet meer, is dat het probleem?'

Nandana knikte en stond nu nog wat na te snikken. 'Maak je maar geen zorgen, want waar denk je dat hij naartoe kan zijn? Hij zal wel zijn gevallen.'

Nirmala knielde voor de kast en voelde rond in de duisternis. Haar vingers kwamen niets anders tegen dan de koffers die ze daar had opgeborgen. 'Hij moet er toch zijn?' mompelde ze. 'Waar kan hij anders zijn?' Ze ging met een zucht zitten en keek naar Nandana's betraande gezichtje. 'Maak je maar geen zorgen, chinnu-ma. Morgen vragen we Koti of ze overal in huis wil zoeken. Misschien heeft zij hem per ongeluk ergens anders gehangen.'

Ze bleef in de kamer en streelde Nandana over haar rug tot ze in slaap was gevallen en liep toen met een bezwaard gemoed de trap af. Ze zag Ammayya heen en weer wiegend in de stoel voor haar kamer zitten en ineens kreeg ze argwaan. Kon het waar zijn? vroeg ze zich af. Kon dat oude mens zo gemeen zijn?

Sripathi lag de hele nacht wakker en staarde door de open balkondeur naar de nachtelijke hemel die nog steeds gloeide van de sterren. Door alle vierkanten en rechthoeken van licht uit de ramen en balkons leek het flatgebouw wel een lappendeken van licht en donker. Op sommige balkons stonden kleine aardewerken olielampjes waar een brandende katoenen pit in dreef, andere waren versierd met slingers van elektrische lichtjes die knipperden en glinsterden. Dat herinnerde Sripathi eraan dat het eind oktober was en dat het over een paar dagen al Deepavali was. Vroeger, toen de kinderen klein waren en de zonnige toekomst iets was om te vieren, zou ook het Grote Huis zijn verlicht en doortrokken zijn geraakt van de geur van feestelijk eten. Putti, Koti en Nirmala zouden de aardewerken lampjes tevoorschijn hebben gehaald om ze na te kijken op barstjes. De kapotte zouden zijn vervangen, en ze zouden een paar middagen bezig zijn geweest met pitten draaien uit plukjes katoenvezel. Het zilver zou zijn gepoetst tot het blonk als een spiegel. Alle vaten, potten en pannen zouden grondig zijn schoongeboend en bestreken met vermiljoen en geelwortel. Voor de kinderen zouden er nieuwe kleren en rotjes zijn gekocht. 'Mogen we er meteen een afsteken?' soebatten ze dan, hun ogen stralend van opwinding. 'Eén sterretje maar, alstublieft, alstublieft, alstublieft?' En Nirmala zou dat resoluut weigeren. Pas bij zonsopgang op de dag van Deepavali mochten ze ieder een sterretje laten branden. Het hele huis zou van onder tot boven zijn schoongemaakt, want dit was het feest om de heldhaftige koning Rama te verwelkomen na de strijd. Om te vieren dat het licht over de duisternis had gezegevierd. Sripathi had vaak met Nirmala over het feest gekibbeld.

'Wie zegt dat Rama de held was?' had hij een keer gevraagd. 'Waarom Ravana niet? Ook dat was immers een groot en geliefd koning. Hij was een musicus, een geleerd man. Is hij alleen maar een schurk omdat hij tien vrouwen had en andermans echtgenote begeerde? En kijk eens naar die Rama van jou. Heeft hij zijn vrouw niet in de steek gelaten toen al het vuurwerk achter de rug was? Als hij een held is, ben ik een superheld. Weet je hoe lang ik het al met jou uithoud?'

Maar door alle opwinding over het naderende feest was Nirmala in een te goed humeur om echt kwaad te worden, en ze antwoordde: 'Ravana had een groot ego. Net als jij. Een held is bescheiden.'

Er zou dit jaar in het Grote Huis geen sprake zijn van lichtjes of rotjes. Plotseling verlangde hij er toch naar. De flakkerende lampjes, de motregen die op de avond van het feest altijd viel, de geur van chakkuli en khara sev die in de keuken werden gebakken, de schittering van zijde wanneer de vrouwen en meisjes bedrijvig het huis in en uit liepen. Hij wilde maar dat hij de dag van gisteren gaaf en ongeschonden kon terughalen.

Hij zag hoe de lichtjes uitgingen, een voor een, totdat alleen nog de donkere rechthoek van het flatgebouw over was. Hij hoorde Arun het huis binnenkomen. En verscheidene uren later Putti de voordeur openen om de melk te pakken. Hij doezelde even weg en werd weer wakker door een zachte jammerkreet uit Aruns kamer aan de andere kant van de gang. Een paar minuten lag Sripathi zich af te vragen of hij het zich maar verbeeldde. Toen klonk er een luidere kreet en hij ging snel kijken wat er aan de hand was. Niets. Het kind was diep in slaap, met haar rechterarm stevig om een verschoten lappenkoe. Aruns bed was leeg. Hij zou wel in de eetkamer zitten lezen of een demonstratie aan het voorbereiden zijn, dacht Sripathi wrokkig. Hij trok het laken recht over het lichaam van het kleine meisje, ging op de rand van haar bed zitten en bekeek haar smalle gezicht, de warrige bos lang haar die over het kussen krulde, de ronding van haar oogleden die knipperden in haar slaap. Het wit van haar ogen schemerde als een maansikkeltje door het spleetje tussen haar oogleden. Ook Maya had haar ogen altijd ietsje open gehad als ze sliep. Wat voor dromen of nachtmerries waarden er rond achter die tere oogleden? vroeg Sripathi zich af. Als Nirmala en hij al nauwelijks het verdriet konden bevatten dat ze met zich meetorsten, hoe moest dit tengere wezentje dan omgaan met het verlies van de twee mensen op aarde die ze het beste had gekend? In deze door tijd gedomineerde wereld was het vanzelfsprekend dat hij had verwacht dat zijn leven tot stilstand zou komen en dat het leven van zijn kinderen hem voorbij zou snellen als een estafetteloper die de kelk met zijn herinneringen meedroeg. Maya en Arun zouden hun kleinkinderen over hem vertellen. Na zijn dood zouden ze toevallig zijn foto's of zijn pennen tegenkomen en zeggen: 'Ach kijk, dit waren Appu's dierbaarste spulletjes. Wij mochten er nooit aankomen, moet je weten.' Nooit, zelfs niet in zijn kwaadste dromen, was de mogelijkheid in zijn hoofd opgekomen dat hij nog in leven zou zijn als zijn kind al was overleden.

Sripathi legde zijn hand even op Nandana's hoofd en hij wou dat hij zich kon laten gaan, dat hij het kind alle liefde kon geven die hij tot nu toe had weggedrukt. Hij geneerde zich over de afstand die hij bewaarde en was zich ervan bewust dat het kind zijn onbehaaglijkheid aanvoelde en zich erover verbaasde. Ze liet nooit blijken dat ze iets van hem wilde, hoewel ze zich met Nirmala en Arun op haar gemak leek te voelen. Vooral met Arun, die haar geduldig urenlang uitleg gaf over het leven in dit verbazingwekkende oord vol rumoer en mensen, zonder zich ook maar iets van het zwijgen van het kind aan te trekken.

Hoe kan ik mijn kleinkind recht in de ogen kijken wanneer ik verantwoordelijk ben voor de dood van haar moeder? vroeg Sripathi zich af. Hoe meer hij nadacht over zijn gedrag van acht jaar geleden, hoe meer hij ervan overtuigd raakte dat zijn woede op de een of andere manier tot Maya's dood had geleid. Hij had haar verwenst omdat ze weigerde met Prakash te trouwen, omdat ze hem vernederde door haar verloving te verbreken, omdat ze hem ertoe dwong de vader van Prakash onder ogen te komen toen hij de sieraden ging terugbrengen die Maya cadeau had gekregen, en ook omdat ze de familienaam in de hele stad had bezoedeld. En die verwensing had haar de dood ingejaagd.

Nandana bewoog zich weer in haar slaap en Sripathi streelde

haar als vanzelfsprekend over haar rug zoals hij had gedaan toen Maya en Arun klein waren, en legde toen een hand op haar voorhoofd om er zeker van te zijn dat ze geen koorts had. Haar voorhoofd voelde koel en vochtig aan. Sripathi stond op van de rand van het bed, legde wat paperassen op Aruns bureau recht en besloot naar beneden te gaan voor een kop thee.

Zijn zoon zat in de eetkamer, met zijn boeken uitgespreid voor zich op de tafel. Hij zat druk te schrijven op losse vellen papier. 'Werk je ergens aan?' vroeg Sripathi terwijl hij zijn nek masseerde. Hij was vastbesloten om aardig te doen, ongeacht de provocatie. Ondanks het feit dat hij kriegel werd bij de aanblik van Aruns wilde, ongeknipte haar en het gescheurde groene overhemd. 'Een nieuw project?'

'Ja', zei Arun kortaf.

'Waar gaat het over?'

'Wilt u dat echt weten?'

'Waarom zou ik het anders vragen?' zei Sripathi. Mijn opvliegende karakter heeft al aan een van mijn kinderen het leven gekost, hield hij zich voor. Dat mag niet nog een keer gebeuren.

'Hebt u wel eens gehoord van de Olive Ridley-schildpadden?'

'Ja, ik heb wel iets in de krant zien staan.'

'En u wilt er echt meer over horen?' vroeg Arun behoedzaam.

'Ik wil dolgraag horen wat schildpadden te maken hebben met het lot van deze wereld of zelfs maar met jouw toekomst.' Het lukte Sripathi niet het sarcasme uit zijn stem te weren.

'We maken allemaal deel uit van de natuur, Appu. Als de natuur verdwijnt, verdwijnen wij ook. Al dat in zee geloosde industriële afvalwater kost de schildpadden het leven en over niet al te lange tijd zullen ook wij het loodje leggen. Nog even en het grondwater wordt erdoor vervuild en dan drinken we geen water meer, maar chloor of wat voor gif er ook wordt geloosd.'

'Zoals gebruikelijk weer een hele woordenbrij', mopperde

Sripathi. 'Schildpadden! Kon je niets nuttigers vinden om je voor in te zetten?'

Arun schoof zijn stoel nijdig naar achteren en liep de kamer uit. 'Het is zinloos om met u te praten', zei hij. Toen kwam hij weer terug en keek zijn vader woedend aan. 'U bent me voortdurend de les aan het lezen. U wilt toch dat ik een baan ga zoeken? Ik zal morgen iets vinden.'

'O, maar natuurlijk, de hele wereld zit te wachten tot meneer Arun Rao langskomt en om een baan vraagt! Ja natuurlijk, de banen liggen als parels op de weg, zomaar voor het oprapen. We zullen eens zien met wat voor baantje je komt aanzetten.'

Arun liep zonder een woord te zeggen weg, ging de achterdeur uit en trok die zachtjes achter zich dicht. Sripathi bleef alleen achter met de oude Zenith-koelkast, die onregelmatig ronkte en aansloeg. Hij had hem twintig jaar geleden voor een spotprijs gekocht toen hij er een reclametekst voor moest schrijven.

'Met een Japans hart – betrouwbaar en beresterk' waren zijn vleiende woorden over de motor geweest.

En hij had het nog bijna geloofd ook. Tot het bedrijf op de fles ging. De motor bleek toch niet zo sterk, en vrijwel alle kopers hadden het product teruggebracht en het volledige aankoopbedrag teruggekregen. De koelkast van Sripathi was de enige in het hele land die het al die jaren probleemloos was blijven doen. Dat had de eigenaar hem verteld tijdens een van zijn tweejaarlijkse bezoekjes, als hij met eerbiedige bewondering naar de koelkast stond te kijken. Hij was failliet en leefde dankzij de welwillendheid en liefdadigheid van zijn broers, en Sripathi kon het niet over zijn hart verkrijgen hem dit kleine genoegen te ontzeggen. Hoe kwam het toch dat hij tegen iedereen vriendelijk kon doen, behalve tegen zijn zoon? vroeg hij zich af, en hij wou dat hij zojuist niet zo hardvochtig was geweest. Het was niet zijn bedoeling geweest, maar op de een of andere manier waren de woorden er gewoon uitgefloept. Hij herinnerde zich zijn vaders oom, Rama Rao, een vriendelijke oude man die in zijn eentje in een klein, sober huisje in de Veerappastraat woonde, volkomen tevreden met alles wat hij had, zonder enig verlangen naar iets wat hij niet had. Sripathi's vader ging elke twee weken bij hem op bezoek en nam Sripathi altijd mee. Zodra ze het kleine huis betraden, dat als een krom aardmannetje in het smerige straatje stond, schuifelde Rama Rao naar voren, streek Sripathi met een beverige hand onder de kin en riep uit: 'Lieve hemel, wat is die jongen gegroeid!' Rama Rao sprak tergend langzaam. Hij deed er een halfuur over (althans in de ogen van de jonge Sripathi) om één enkele zin over zijn lippen te krijgen.

Op een dag was Sripathi, hoewel hij wist dat zijn vader woedend zou worden, midden in een lang verhaal dat de oude man aan het vertellen was, ongeduldig uitgebarsten: 'Oom Rama, waarom doet u er zo lang over om iets te zeggen?'

En de oude man had hem met vrolijke ogen aangekeken en geantwoord, nog steeds heel langzaam: 'Ach, mijn jongen, zodra de woorden mijn mond uit zijn, kan ik ze niet meer terugstoppen. Daarom is het beter dat ik goed nadenk voordat ik ze laat ontsnappen.'

Sripathi wilde dat hij dat advies ter harte had genomen. Hij ging naar de veranda om de krant te pakken en nam die mee naar boven. Hij ging op het balkon zitten en sloeg de krant open bij de pagina met ingezonden brieven. Daar stond er ook eentje van hem bij:

Geachte redactie,
Naar aanleiding van de opmerking van een van onze ge-
respecteerde staatssecretarissen dat de banyan op de hoek van
de Strandweg en (voorheen) de Brahmaanstraat vanwege het
grote aantal verkeersongevallen in die wijk moet worden
gekapt, het volgende. Mag ik erop wijzen dat die boom
geen enkele blaam treft? De ware boosdoeners zijn chauffeurs

onder invloed, slechte straatverlichting, het ontbreken van
verkeersdrempels en andere menselijke factoren.

Hoogachtend,
Pro Bono Publico

Hij wachtte op de gebruikelijke rilling van genot bij het zien van zijn naam, maar die bleef uit. Hij voelde zich zo dood als een afgebroken tak.

Het is niet eerlijk, dacht Nandana. Zij was altijd de klos wanneer ze verstoppertje speelden bij het flatgebouw. Zij en Nithya en Meena en Ayesha. Het was een trucje, wist ze, maar ze kon niet bedenken hoe ze het deden.

'Doe je ogen dicht en tel tot twintig', commandeerde Nithya.

Met tegenzin leunde Nandana tegen de muur van het gebouw en sloot haar ogen. Een-twee-drie, telde ze.

'Lief kind', mompelde een zachte stem vlak bij haar oor, zodat ze ervan schrok. Ze deed haar ogen open. 'Lief schatje, kleintje van me, kom eens hier.' Het was de verdrietige mevrouw die altijd op haar patio voor zich uit zat te staren. Koti had gezegd dat ze gek was. Nandana deinsde angstig achteruit. Wat deden mensen die gek waren?

'Valsspeelster! Valsspeelster!' riep Meena, die om de hoek van het gebouw keek om te zien of Nandana klaar was met aftellen. 'Dat telt niet, hoor! Ze speelt vals. Ze heeft haar ogen al open.'

Nandana schudde haar hoofd. Ze speelde nooit vals. Helemaal nooit. De andere twee meisjes kwam uit hun schuilplaats tevoorschijn. 'Je verdient straf voor het valsspelen', zei Nithya.

'Ja, ja ja!' joelden Meena en Ayesha. 'Ze moet voortaan scheelkijken. Ze moet drie keer buut zijn.'

Niet huilen, niet huilen, hield Nandana zich voor. Door te

huilen liet je merken dat ze je klein gekregen hadden. Dat had haar vader tegen haar gezegd toen Janet Lundy gemeen tegen haar had gedaan op Molly's verjaarspartijtje. Toen had ze tranen met tuiten gehuild, zodat de voorkant van haar nieuwe jurk nat werd en de taart later een raar smaakje kreeg. Maar nu liet ze zich niet klein krijgen. Met haar rechtervuist draaide ze de zoom van haar jurk tot een punt en hield die stevig vast. Ze wou maar dat ze Boeba de koe bij zich had.

'Nee, dat zijn stomme straffen', zei Nithya. 'Ik heb een beter idee. Ze moet een test afleggen.'

Wat voor test?

'Ze moet door de tunnel rennen tussen flat A en B.' Nithya wees op het donkere steegje dat beide flats van elkaar scheidde. Meena en Ayesha begonnen zenuwachtig te giechelen.

'Maar daar mag je niet komen', fluisterde Ayesha.

'De tunneltest', zei Nithya vastberaden.

Nandana keek benauwd naar de donkere, verboden doorgang. Daar huisden boze geesten. Dat hadden alle kinderen haar verteld. En die gekke oude man van de eerste verdieping verstopte zich daar soms – de Chocoreep-Ajja. Mamma-mevrouw had haar op het hart gedrukt dat ze moest wegrennen als ze hem zag. Maar Nandana vond Mamma-mevrouw de laatste dagen helemaal niet lief. Ze had de rode jas niet teruggevonden. Ze had tegen haar gelogen.

'Als je de test niet doet, willen we nooit meer met je spelen', zei Meena.

Nandana aarzelde en liep met knikkende knieën naar de hoge, smalle doorgang tussen de twee gebouwen. Achter haar stonden de meisjes een beetje angstig te giechelen. 'Ze is een angsthaas', zei Nithya.

'Mijn moeder zegt dat het er on-hy-gi-e-nisch is', zei Ayesha. 'Ze zou me een pak slaag geven als ze het wist.'

'Klikspaan!' zei Nithya. 'Hoe kan ze het nou te weten komen als je het haar niet vertelt?' Met haar handen in haar zij draaide ze zich om naar Nandana. 'Ga je nou nog of ben je bang?'

Écht niet, dacht Nandana. Ze ging de tunnel in, en achter zich hoorde ze de meisjes naar adem happen en gilletjes slaken. 'We wachten aan de andere kant op je', riep een van hen voordat ze wegrenden.

Het was schemerdonker in de tunnel. Licht uit nabijgelegen ramen glom op een vreemde manier tegen de glibberige muren en de grond was drassig van water uit de regenpijpen. Het stonk er naar rottend fruit, zodat Nandana bijna moest overgeven. Langs de muren liepen afvoerpijpen die op slangen leken, en de geluiden van doorgetrokken wc's, lopende kranen, stromende douches, het poetsen van tanden, het zingen van liedjes en pratende gezinnen werden allemaal omgezet in griezelig gekreun en gefluit, gezucht en gegorgel. Er glibberde iets zachts langs het enkelbandje van haar sandaal en met een gil van angst stoof ze het steegje uit, snikkend van opluchting.

De drie meisjes stonden op haar te wachten, maar zodra Nandana tevoorschijn kwam, renden ze weg om de hoek van het gebouw. Al haar ingehouden tranen drongen zich naar buiten en ze begon steeds harder te huilen. Ze waren gemeen, net als haar ouders. Die waren weggegaan. Ze had elke avond tot Hanuman gebeden of hij haar ouders wilde terugsturen, de dappere aap waarover tante Kiran haar had verteld, die altijd mensen in nood hielp en iedereen gelukkig maakte. Maar het had niet geholpen. De apengod had helemaal niets gedaan.

'Oho, schatje, ben je dáár', riep een zachte stem uit. Nandana schrok.

Het was die gekke mevrouw weer. 'Waar heb je gezeten, kind? Ik ben zo ongerust geweest.'

Nandana deinsde terug, hoewel de vrouw er eerder vriendelijk dan eng uitzag. Ze had geen stokken of messen bij zich, zoals Nithya had gezegd. Maar ze was wel een vreemde.

'Kom eens kijken wat ik voor je heb gemaakt', zei de mevrouw terwijl ze haar glimlachend iets voorhield.

Nandana deed een klein stapje naar voren, nieuwsgierig naar wat de vrouw haar wilde aanbieden. Het was een paratha die vele malen was dubbelgevouwen. 'Kijk, je lievelingshapje', zei de vrouw, die Nandana bij de arm probeerde te pakken. 'Ik weet hoe lekker je dat vindt met suiker.'

Ze zag er nu angstaanjagend uit, met donkere, starende ogen. Daarom draaide Nandana zich om en rende het terrein af, langs de Gurkha die op zijn krukje bij de poort zat te doezelen en opsprong toen ze voorbij holde. 'Hé daar, juffertje, hé daar!' riep hij terwijl hij achter haar aan rende. 'Waar ga jij zo als de wind naartoe?'

Hij staakte de achtervolging toen Nandana het hek van het Grote Huis binnenging. Toen ze naar binnen holde, hoorde ze de luid zingende stem van Mamma-mevrouw en het tik-tik van haar stok.

'Waar ga jij heen?' riep tante Putti vanaf de veranda waar ze een tijdschrift zat te lezen. Maar Nandana holde door tot ze in de achtertuin was, bij de mangoboom waarover haar moeder haar heel lang geleden had verteld. Helemaal buiten adem ging ze onder de boom zitten. Ze nam dit keer niet eens de moeite om te kijken of er brandmieren, wilde Afrikaanse bijen of cobra's zaten.

15

Zang voor de overledenen

Putti sloeg het tijdschrift dat ze aan het lezen was dicht en keek tersluiks over de muur naar het blauwe huis van Munnuswamy. Daar was niemand. Alleen de koe, met naast haar het dode kalf. Het vel van het kalf was over een bergje hooi gedrapeerd en grofweg bij elkaar gebonden zodat het op een dier leek, en het geheel was naast de koe neergezet. Mevrouw Munnuswamy had gezegd dat het altijd zo werd gedaan. 'De moeder moet in de waan worden gebracht dat het jong nog leeft', had ze gezegd. 'Anders heeft de stakker te veel verdriet om melk te geven en raakt haar uier ontstoken en gaat zij ook dood.' Putti had bedacht dat het fantastisch zou zijn als mensen even makkelijk om de tuin te leiden waren. Of wist de koe soms dat haar kalf dood was en gaf ze zich vrijwillig over aan de troost van de illusie die Munnuswamy met vel en hooi in het leven had geroepen?

Ze besloot een tijdje op het terras te gaan zitten. Ze liep langs de dansleerlingen zonder aandacht te schenken aan Ammayya, die voor de deur commentaar zat te leveren op de meisjes en Nirmala's zangwijze en lesaanpak.

Haar moeder keek haar ook niet aan. Ze was boos op Putti. Eerder op de dag hadden ze het hele huis doorzocht naar de rode jas van Maya. Behalve Ammayya's kamer. Ze had geweigerd hen binnen te laten of een van haar kasten en koffers open te doen.

'Me beledigen in mijn eigen huis!' had ze gegild terwijl ze met haar stok naar haar schoondochter en de dienstmeid uithaalde. 'Me van diefstal beschuldigen! Het Kali-yuga is inderdaad aangebroken en ik, ongelukkige, moet daar op mijn leeftijd nog getuige van zijn! O-o-o!'

'Er is geen mens die u ergens van beschuldigt, Ammayya', zei Nirmala terwijl ze de stok ontweek. 'Het kind is echt van streek, dus we kijken alleen maar voor het geval die jas per ongeluk in uw kamer is terechtgekomen.'

'Per ongeluk? Per ongeluk? Kan een jas soms deuren openen en op eigen kracht ergens naar binnen klimmen? Ik heb je heus wel door. En dat schele secreet van een Koti ook! Jullie zijn allemaal op mijn juwelen uit, dat weet ik best.'

'Als Maya's geest door het huis kan dwalen, waarom een jas dan ook niet?' vroeg Nirmala met enige scherpte. Ze was niet van plan Ammayya zo makkelijk vrijuit te laten gaan.

'Geesten? Zijn er dan geesten in dit huis?' vroeg Ammayya op onschuldige toon, met opengesperde ogen.

'Ú bent degene die mijn kleindochter heeft wijsgemaakt dat die er waren', zei Nirmala.

'Ik? Ik praat nooit met dat mormel. Wat heeft het voor zin tegen een stomme te praten?' Ze drukte haar handen tegen haar hart en liet haar ogen vol tranen lopen. 'Mijn hele leven heb ik dingen voor mensen gedaan, ook voor volslagen vreemden, en kijk eens hoe ik in mijn eigen huis word behandeld.'

Na de lunch, toen Ammayya een dutje lag te doen, had Putti stiekem haar moeders sleutels gepakt en was ze op zoek gegaan naar de jas. Gewikkeld in een oude sari lag hij weggeborgen in een hoek van de kast. Ze had hem zonder iets te zeggen aan Nirmala gegeven. Nu, op het terras, leunde Putti tegen de muur en streek haar haren naar één kant. Het was zondag en ze had zichzelf verwend met een oliebad. De combinatie van de dikke mosterdolie die door haar lichaam werd opgenomen en het hete water waarmee ze de olie van zich had afgespoeld maakte haar zacht en soezerig. Haar nek werd verkoeld door een aangenaam zuchtje wind. Een eindje verder, in het lager gelegen gedeelte van de tuin, zag ze Nandana in de buurt van de mangoboom. Het kind had de kat gevangen en was ermee aan het spelen.

'Als donkere wolken jagen haar lange tressen', riep een stem van het naburige terras.

Geschrokken keek Putti op en daar stond Gopala, in onderhemd en een gestreepte korte broek. Ze wist dat het ongepast was dat hij zijn lichaam op deze manier aan een ongetrouwde vrouw vertoonde, maar ze voelde rillingen van opwinding door haar buik gaan.

'Haar gezicht schijnt er als een manestraal tussendoor', ging Gopala verder. Hij stond tegen het muurtje geleund en zond Putti een diepe, betekenisvolle blik. 'Haar ogen wenken als twee identieke sterren.' Nu streken zijn eigen ogen over haar borsten, die zedig werden bedekt door de pallu van haar sari, en tot haar afgrijzen voelde ze haar tepels hard worden in de strenge katoenen Maidenform-beha, die net als alle andere lingerie uit de Beauteous Boutique was vervaardigd om tientallen jaren mee te gaan. Putti bloosde, in verlegenheid gebracht door haar eigenzinnige lichaam.

'Zal ik je met me meevoeren, mijn manestraal, ver van hier?' riep Gopala en hij deed alsof hij de ruimte die beide gebouwen van elkaar scheidde met een sprong wilde overbruggen, maar Putti draaide zich om en vloog de veiligheid van het huis in. Ze was zo van slag dat ze niet wist wat ze met zichzelf moest beginnen. Het laatste wat ze wilde was haar moeder nu onder ogen komen. Ze ging boven aan de trap zitten, met een hart dat hamerde van angst en opwinding – Gopala was net een filmster, dacht Putti. Maar hij was ook een meedogenloos iemand zonder scrupules, bracht ze zichzelf in herinnering. Hij was gevaarlijk. Niettemin was het een waanzinnig opwindende gedachte dat hij haar veilige, schone wereld zou bezoedelen.

En om het ingewikkeld te maken – volgende week zou de therapeut uit de psychiatrische inrichting bij haar op bezoek komen, de man die door Gowramma was aangeprezen als zo'n schitterende vangst. Putti wist niet wat ze zou doen als hij erin toestemde met haar te trouwen. Kon zíj weigeren? Of zou Ammayya weer iets op de man aan te merken hebben, zoals bij iedere huwelijkskandidaat? Rusteloos liep ze de badkamer van haar broer in, een verdieping lager, en spatte daar wat koud water op haar gezicht. Toen ze zichzelf weer in bedwang had, ging ze naar haar eigen kamer, in de hoop dat haar moeder er niet zou zijn.

Maar Nirmala's leerlingen waren vertrokken en Ammayya had al spijt van haar ruzie met Putti. Ze keek verlangend naar haar dochter op.

'Lieveling, is het niet opwindend, volgende week komt mijn nieuwe schoonzoon.'

'Ik ben nog niet met hem getrouwd. We ontmoeten elkaar pas voor de eerste keer', snauwde Putti en ze snelde langs haar heen de slaapkamer in.

'Ik heb een goed gevoel over deze kandidaat', jubelde Ammayya, tevreden heen en weer wiegend in haar stoel. 'Een echt goed gevoel. En ik heb vanochtend vier kraaien in de achtertuin gezien. Weet je wat dat betekent?'

'Nee.'

'Natuurlijk weet je dat wel, lieveling. Ik heb je toch dat rijmpje geleerd. "Een voor verdriet, twee voor kwade tongen, drie voor een brief, vier voor een jongen!" Weet je het nu weer?'

Putti ging voor de Belgische spiegel staan om haar lange haar uit te borstelen. Het was in de war geraakt door de wind.

'Waarom praat je niet met je oude moeder, schatje?' vroeg Ammayya smekend.

'Ik heb niets te zeggen.'

Ammayya keek vol genegenheid naar Putti, die in de spiegel stond te staren alsof ze hem nog nooit had gezien. In Ammayya's gemoed begon een lichte twijfel te knagen. Nu stond Putti alweer strak in de spiegel te staren, viel haar op. De oude vrouw kwam wat dichterbij en probeerde te zien waar haar dochter naar keek, maar het verweerde zilver toonde alleen hun beider spiegelbeeld.

Nadat de dansleerlingen ieder een eigen kant op waren gegaan, vertrok het gezin die avond om zes uur naar de tempel. Nandana zag er ongewoon uit; in plaats van haar gebruikelijke spijkerbroek droeg ze een lange groene katoenen rok met bijpassende bloes. Nirmala droeg de vruchtenofferande in een zilveren schaal – verse bananen, een enkele appel (omdat appels momenteel veel te duur waren), een klein trosje druiven onder een wit laagje verdelgingsmiddel dat zich niet liet afwassen, een kokosnoot met alle vezels er nog aan (het bracht onheil om de harige toef eraf te halen voordat de kokosnoot aan God was geofferd.) Een paar agarbattistengels en een slinger bloemen maakten het geheel compleet. Toen Sripathi's vader nog leefde, was de offergave veel omvangrijker en zaten er mango's bij, ook buiten het seizoen, granaatappels, zelfs een zilveren munt of twee.

Nu de feestdagen waren begonnen, wemelde het 's avonds van de gelovigen in de tempel. Er schreden vrouwen voorbij, rijk gekleed in zware zijden sari's, geurend naar sandelhout, jasmijn en wierook. Net als Nirmala hadden ze schalen met fruit en bloemen in hun handen. Daarbij vergeleken zagen de mannen er alledaags uit, want de meesten van hen hadden een witte, om hun middel gewikkelde lungi en een gesteven witte katoenen kurta aan. Voor de tempel stonden rijen venters, die schreeuwend hun waren aan de man probeerden te brengen. Nog meer bloemen, kokosnoten, vruchten, betelbladeren, bergjes kum-kumpoeder in vuurrode en roze schakeringen, als bergen in een kinderdroom – al het mogelijke dat een mens nodig kon hebben om de goden te verzoenen, te eren of te vleien, daar in dat grote stenen gebouw met zijn hoog oprijzende pilaren en donkere schoot waar in een serene stilte de hoofdgodheid zetelde.

Ze lieten hun schoenen achter bij een jongetje, van wie ze een penning kregen als afgiftebewijs. Voor een klein bedragje paste hij op hun schoeisel, want er hingen altijd dieven en bedelaars bij de ingang rond, wachtend op een aalmoes of een onbewaakte broekzak. De tempel was die avond al vol gelovigen – mensen die zongen, die een buiging maakten voor de diverse, her en der in de weergalmende stenen omheining opgestelde afgodsbeelden, of die gewoon stilletjes stonden te bidden met hun ogen dichtgeknepen. Ergens plat op de grond lag een man die telkens met zijn voorhoofd tegen de grond sloeg; al naargelang de beweging van zijn hoofd kwamen zijn gemompelde gebeden zwakjes dan wel duidelijk door. Ver in een hoek zat een oude man met smaakvolle kleren en spaarzaam haar tegen een pilaar. Hij sloeg zijn handen samen en schreeuwde met een volle rijke stem die recht uit zijn buik leek te komen: 'Alles weg! Alles weg! O Heer van de Veehoeders, alleen u bent er nog voor mij!'

Ze werden opgewacht door Krishnamurthy Acharye, de oude priester die was voorgegaan bij Maya's geboorteplechtigheden, tijdens het annaprashna waarop ze haar eerste hapje vast voedsel kreeg, op haar eerste verjaardag. Ook had hij haar gezegend voordat ze uit Toturpuram vertrok. Hij sprak gebeden uit voor haar ziel en die van Alan, dit laatste ondanks Ammayya's tegenwerpingen.

'Jij en ik zijn al zo oud, Janaki Amma, wij weten wel beter dan ons druk te maken over al die onzin', had hij met piepende ademhaling gezegd. De priester was een van de weinige mensen die Ammayya lang genoeg kenden om haar bij haar voornaam aan te spreken. 'Onze goden vinden het vast niet erg als we een gebed voor iemand van een ander geloof uitspreken. Ik kan het weten, ik spreek namelijk al vijfentachtig jaar met ze.'

'Maar hij heeft geen gothra-nakshatra, niets', zei Ammayya op ruzietoon. 'Wat was zijn familienaam? Onder welk gesternte werd hij geboren?'

'We doen het in Gods naam, dat zal genoeg zijn', zei de priester. Ammayya moest zich tevreden stellen met gluren naar het gepoetste zilveren gerei dat Nirmala bij zich had, samen met de kokosnoot, de bloemen, de muntstukken en de lappen stof die aan de armen zouden worden uitgedeeld nadat de rituelen waren voltrokken.

'Wat een uitgekookte tante, heb je al die gloednieuwe spullen gezien die ze heeft gekocht? En ze zegt dat ze geen geld heeft!' fluisterde Ammayya tegen Putti, die haar afkeurend aankeek.

'Dat zijn haar trouwspullen, Ammayya', zei ze, vol afkeer over het feit dat haar moeder zich zelfs bij deze treurige gelegenheid zo liefdeloos gedroeg.

Het was een eenvoudige ceremonie – zo had Nirmala het uitdrukkelijk gewild. Nadat de priester zijn sutra's had uitgesproken, bleef het gezin een paar minuten in diepe stilte zitten. Het aloude ritme van de woorden was intens ontroerend, en Sripathi voelde tranen achter zijn oogleden prikken. Hij zou ze echter niet de vrije loop laten. Daarmee zou hij het definitieve van Maya's dood erkennen. Daarmee zou hij zichzelf vrijpleiten van alle schuld en dat kon hij niet. Net als een boeteling had hij behoefte aan de wrede beet van het schuldgevoel om de herinnering levend te houden.

Later op de avond reden Arun en Sripathi met Maya's as naar het strand. Het was er vol met mensen die een avondwandelingetje kwamen maken, kinderen die half griezelend door de golven renden terwijl de branding naar hun blote benen grauwde, vrouwen die met hun sari hoog tussen hun knieën gestopt een wakend oog op de kinderen hielden en af en toe 'Doe toch voorzichtig, doe toch voorzichtig!' riepen. Hier en daar in de schemering glommen olielampen waar venters pinda's en kantachtige, krullerige stukjes groene mango, pikante bhel-puri en suikerrietsap verkochten. Hun stemmen klonken schor door het voortdurend moeten opbieden tegen het eindeloze geraas van de zee.

'Laten we een eindje verder gaan, daarheen', zei Arun, wijzend op een smalle, verlaten strook zand die werd omgeven door grote, mossige rotsen.

Ze leegden de urn en keken hoe de grijze vlokjes wegdreven op het schuim of neerstreken op de rotsen, waarvan ze zouden afspoelen als het tij hoger kwam. Sripathi voelde dat er wat stofdeeltjes op zijn haar terechtkwamen en zich aan de huid van zijn gezicht hechtten. Hij borstelde met zijn hand door zijn haar, maar nog steeds voelde hij het gewicht van die deeltjes. Ook zijn gezicht voelde ruw aan, alsof de as er een blijvende korst had gevormd.

'We hadden ermee naar een rivier moeten gaan', mompelde hij. 'Zo hoort het eigenlijk ook.'

'Volgens mij maakt het niets uit. Maya zou het niet erg hebben gevonden', zei Arun. 'Die trok zich niets van onbenulligheden aan.'

Sripathi knikte, te vervuld van gevoelens om iets te kunnen zeggen. Ja, zij had zich nooit iets aangetrokken van onbenulligheden zoals de reputatie van haar vader, de woede van meneer Bhat – nergens van. En hij trok zich die dingen alléén maar aan. Dat was het probleem. Hij wilde ineens graag met Raju spreken, iets van diens kalme kracht, diens goede humeur lenen. 'Ga jij maar naar huis', zei hij bruusk tegen Arun. 'Zeg maar tegen je moeder dat ik wat later terugkom.'

Hij bleef nog een tijdje aan de rand van het water staan en liep toen over het vochtige zand naar de weg waar hij zijn scooter had geparkeerd. Hij reed langs het zaakje van Karim de Monteur, langs het gebouw van Ace Tutorials, vol jonge mannen en vrouwen die met beklemd hart zaten te blokken voor allerlei toelatingsexamens voor hoger onderwijs, en langs de videowinkel, waar de nieuwste filmmuziek naar buiten dreunde. Toen hij bij Raju's huis aankwam, was dat een oase van rust, maar zijn vriend was ongewoon zwijgzaam tijdens het bezoek, bijna alsof hij ergens over in zat. Zonder iets te zeggen luisterde hij naar Sripathi's geklaag over de mogelijkheid dat hij zijn baan zou verliezen. En hij knikte toen hij over de ceremonie in de tempel hoorde. 'Ja, je moet soms bepaalde delen van je leven afsluiten, zonder al te veel omslag', zei hij. 'Anders word je gek.'

Maar toen Sripathi over Arun begon te mopperen, keek Raju hem geïrriteerd aan. 'Waarom zit je toch altijd zo op die jongen te vitten? Hij is er tenminste als je hem nodig hebt. Moet je mij eens zien, mijn zoons zijn vreemden voor me.' Hij zweeg en staarde peinzend naar zijn boek voordat hij er helemaal het zwijgen toedeed. Weinig op zijn gemak nam Sripathi een paar slokjes van zijn thee, zich ervan bewust dat zijn vriend worstelde met iets wat dieper ging dan de houding van zijn zoons.

'Is er iets?' vroeg hij ten slotte.

Raju aarzelde. 'Nee', zei hij. 'Ik mankeer niets, ik ben alleen een beetje moe.'

'Er is wel iets', hield Sripathi aan. 'Dat hou je voor mij niet verborgen, man. Voor de dag ermee. Ik dacht dat we vrienden waren.'

Raju keek hem aan met een flauw glimlachje. 'Je hebt te veel verbeelding, Sri. Er valt niets te vertellen.'

Poppu schuifelde naar binnen met de thee en Raju bracht het gesprek op een ander onderwerp. 'Waarom heb je Nandana niet een keer meegenomen?' vroeg hij. 'Ik ben toch ook een beetje haar grootvader?'

'Ja, dat zal ik doen', zei Sripathi. Hij vroeg zich af of hij zijn vriend zou vertellen dat het kind het vertikte om te praten. Dat ze hem niet leek te mogen.

'Wanneer? Morgen? Ik heb genoeg van mijn eigen gezel-schap. Waarom komen jullie hier niet met het hele gezin thee-drinken? Ik zal Poppu vragen haar beroemde maddur vadai's te maken. Wat vind je daarvan?'

'Ik vind dat je probeert het gesprek op een ander onderwerp te brengen. Ik weet dat je je ergens zorgen over maakt en ik ga pas naar huis als je me vertelt wat er aan de hand is', zei Sripathi op ferme toon.

Raju friemelde met de bladzijden van zijn boek. 'Ik ga dit huis verkopen', zei hij. 'Ik kan niet meer rondkomen van mijn pensioen. Ik kan Ragini niet in mijn eentje aan en Poppu wordt oud. We moeten een verpleegster in dienst nemen en dat kan ik me niet veroorloven, tenzij ik mijn huis verkoop.'

Sripathi was zo verbijsterd dat hij even niets kon zeggen. 'Waarom heb je dat niet verteld?'

'Wat zou je dan gedaan hebben? Je hebt zelf problemen.'

Sripathi schaamde zich te diep om iets te zeggen. Hij zat alleen maar te zeuren, vol zelfmedelijden, en kwam voortdurend steun bij Raju zoeken zonder hem ooit te vragen of hij het wel redde.

'Weet je, soms droom ik erover dat ik haar doodmaak', ging Raju verder. 'Ik stel me voor hoe het zou zijn een kussen op haar gezicht te drukken als ze ligt te slapen, hoe makkelijk het zou zijn zoiets ongestraft te doen. Wie zal er vragen stellen? Niemand. Waarom zouden de mensen zich bekommeren om een achterlijk meisje dat door haar eigen broers in de steek is gelaten?'

'Zeg dat soort dingen toch niet', zei Sripathi, niet in staat te verbergen hoe geschokt hij was.

'Waarom niet?'

'Zo denk je er niet echt over, dat weet ik best.'

'Wees daar maar niet te zeker van', zei Raju terwijl hij Sripathi vermoeid aankeek. 'Soms zit ik hier in het donker te denken: stel dat mij iets overkomt, wie gaat er dan voor mijn dochter zorgen?'

Sripathi wilde dat hij zonder enige aarzeling kon zeggen dat hij dat zou doen. Hij wilde dat hij daar moedig en aardig genoeg voor was. Maar hij zweeg en na een poosje, toen Poppu binnenkwam om de theekopjes weg te halen, stond hij op om weg te gaan. 'Als je dit huis verkoopt, waar ga je dan heen?' vroeg hij.

'O, maar ik blijf gewoon hier. De aannemer geeft me een van de flats als deel van de koopsom van het huis en de grond', antwoordde zijn vriend. 'Ga je nu al weg? Niet vergeten, ik wil je Nandana zien. De volgende keer dat je komt moet je haar meenemen. Ja?'

'Dat zal ik doen,' antwoordde Sripathi, 'maar op voorwaarde dat jij die onzinnige gedachten over Ragini uit je hoofd zet.' Weer stond hij op het punt tegen Raju te zeggen dat hij wel voor het meisje zou zorgen als haar vader iets overkwam, dat er altijd een beroep op hem gedaan kon worden, maar hij kreeg de woorden niet over zijn lippen. Pas toen hij halverwege zijn huis was, besefte hij dat Raju niet op zijn laatste zin had gereageerd. Aanstaande vrijdag, hield hij zichzelf voor. Aanstaande vrijdag zou hij nog eens met Raju praten, hem ervan verzekeren dat hij hem zo veel mogelijk zou helpen. Misschien kon hij een paar uur op Ragini passen terwijl Raju een wandeling naar het strand ging maken. Of misschien konden ze met het meisje gaan picknicken.

Net toen Sripathi het Grote Huis binnenging, zag hij mevrouw Poorna op haar balkon zitten, hoopvol uitkijkend naar haar vermiste dochter.

'Ze komt nooit meer terug, arme vrouw', mompelde Sripathi. 'Wie voorgoed weg is keert nooit meer terug.'

Hij benijdde haar om haar gekte. Eeuwig hoopvol gestemd doolde mevrouw Poorna door de geheime gangen van haar geest. Ze had vertroosting gevonden in de waan dat haar kind alleen maar buiten was gaan spelen en elk moment kon terugkomen. Hij vroeg zich af of het troost gaf verdoold te zijn in waanzin. Hij verlangde naar een dergelijke vergetelheid, zonder besef van pijn. Of naar de kracht volkomen los van de schepping te staan, de staat te bereiken die de wijzen uit de epossen hadden bereikt door jarenlang boete te doen, te vasten en te mediteren. Als jonge jongen werd Sripathi gewaarschuwd dat hij nooit te lang op één plek moest blijven op het natte zand bij de zee. Dan zou de zee hem verzwelgen, kreeg hij te horen. Maar hij bleef altijd wachten tot die bedrieglijke, willoos makende beweging van zand onder zijn voeten begon, het gevoel dat hij centimetersgewijs wegzakte, om zich vervolgens met een enorme wilsinspanning los te maken van de verraderlijke trekkracht van de zee en schoppend naar de golven in een vrijheidsroes over het strand te rennen. Het verdriet dat hem omgaf was als de zee. Hoe langer hij naar de grenzeloze horizon van dat verdriet stond te staren, hoe dieper hij wegzonk. Het maakte het hem onmogelijk iets te voelen voor het kind dat door Maya was achtergelaten, maakte het hem onmogelijk weer van iemand te houden. Misschien wilde hij zelf geen afstand nemen van de lokkende rand van de duistere diepte die hem aangaapte wanneer hij een flard van de favoriete muziek van zijn dochter hoorde, wanneer hij een stem met hetzelfde timbre hoorde, op de markt een fraai gevormd hoofd zag (net als dat van haar) dat zich omdraaide, of een gebaar dat aan haar deed denken.

Op woensdagochtend, vlak voordat ze opstond, viel haar tand eruit met een grote stroom bloed waarvan haar kussen nat werd en Mamma-mevrouw erg moest schrikken. Nandana zelf was tevreden. Nu zou er vast wel geld onder haar kussen komen te liggen. Nu kon ze voor het schoolhek zo'n flesje groen sap kopen, net als alle andere kinderen. Of de roze en zwarte knikkervormige zuurtjes, die zo enorm waren dat je wang bol ging staan en het spuug langs je kin droop.

'Wat een bloed voor zo'n klein ding', verbaasde Mammamevrouw zich terwijl ze Nandana's gezicht waste en haar lip omhoog duwde om even naar het roze gat tussen twee andere wiebelige tanden te kijken. 'Ayyo! Schatje, wat ben je toch klein en lief.' Ze boog zich voorover en kuste haar op het voorhoofd. Nandana voelde zich omhuld door Mamma-mevrouws warme geur van tafelzuur, zweet en talkpoeder. 'Nu komt er een mooie nieuwe tand voor in de plaats en kun je je bord twee keer zo snel leegeten, ja?'

Ze schakelde de elektrische dompelaar uit die ze in een emmer water voor Nandana's bad had gestopt, trok de stekker uit het stopcontact en hing hem hoog aan een haak in de muur. Sissend droogde hij op, en de spiraal veranderde van warmroze in wit. Nandana had nog nooit zoiets gezien. Er was tegen haar gezegd dat ze hem nooit en te nimmer mocht aanraken, in het water of daarbuiten. Nu mengde Mamma-mevrouw er wat koud water uit een andere emmer doorheen en testte dat met haar vingers totdat ze precies de juiste temperatuur had.

'Zo, vandaag mag je zelf een bad nemen', zei ze. 'Maar doe er niet te lang over.' Ze pakte het kleine, scherpe stukje been dat ze van Nandana had gekregen en schommelde de badkamer uit. Nandana keek naar het badwater. Vanuit de badkamerdeur zag ze hoe Mamma-mevrouw het met bloed bevlekte kussen af-haalde en het bed opmaakte voordat ze uit de kamer wegging. Ze schoof niets onder het kussen, en daarom negeerde Nan-dana de opdracht om een bad te nemen en liep opgewonden huppelend achter haar aan naar buiten. Misschien kreeg je hier in India het geld gewoon in je hand. Misschien had je hier geen tandenfeeën om geld onder je kussen te leggen. Mamma-me-vrouw deinde langzaam de trap op naar het terras, het felle zonlicht in, en wierp de tand met een snelle armbeweging op het dak van het huis. 'Daar,' zei ze, 'nu kunnen de kraaien ermee wegvliegen en komen de boze geesten er nooit achter van wie hij is.'

Had ze de tand wéggegooid? Had ze hem niet in een speciaal doosje gestopt zoals pappa deed? Nandana kon haar ogen niet geloven, maar toch bleef ze vol verwachting dicht bij haar grootmoeder staan. De kleren hadden 's nachts buiten aan de waslijn gehangen, en haar grootmoeder voelde welke er droog waren en haalde die eraf. Zo dadelijk zou ze voor Nandana een briefje van een roepie uit die vochtige plek tussen haar borsten opdiepen. Zeker weten. Sabbelend op een haarlok bleef ze achter Mamma-mevrouw aan drentelen. De zon scheen warm op haar blote armen, die uit het dunne katoenen hemd staken.

'Enh? Wat doe je hier nog, kind?' wilde Mamma-mevrouw weten toen ze haar ineens in de gaten kreeg. 'Straks ben je te laat voor school en krijgen we weer al dat gedoe met de riksja. Heb ik niet gezegd dat je een bad moest nemen? Gauw naar binnen, nu.'

En mijn tandengeld? Nandana staarde haar grootmoeder hoopvol aan. Ze sperde haar mond open en wees op de lege plek in haar bovenkaak. 'Wat is er, kind?' vroeg Mamma-mevrouw vermoeid. 'Ik heb toch gezegd, je krijgt er gauw een nieuwe tand voor terug? Een sterkere, wees maar niet bang. En waarom zeg je niets? Ik vind het heel vermoeiend om steeds te moeten raden wat je bedoelt.' Met een zucht hing ze de kleren over haar arm en dreef Nandana het terras af en over de trap naar de badkamer. Ze ging op bed zitten om de kleren op te vouwen, die stug waren van het zout, het zeepsop en oud stijfsel, terwijl Nandana knorrig het ene bekertje lauw water na het andere over haar hoofd goot. Dit was niet eerlijk, dacht ze. Haar tand was er helemaal voor niets uitgekomen. Ze wilde terug naar huis.

16

De bioscoop als uitweg

Sripathi zat wat op zijn blocnote te knoeien en vroeg zich af of hij eerder zou kunnen wegkomen. Voordat de rahu-kala, de onheilstijd, aanbrak. Anders zou hij tot zes uur moeten blijven. Hij had niets anders om handen dan de reclametekst voor aluminiumbuizen. Het was het kleinste account dat Advisions ooit had gekregen, en de klant wilde alleen maar een foto van een meisje in een laag uitgesneden bloesje, poserend voor een stapel buizen. Dat had hij tijdens hun eerste bijeenkomst met zo veel woorden gezegd. Toch had Kashyap gevraagd of Sripathi iets wilde schrijven – ze wisten allebei dat het een formaliteit was, iets overbodigs dat later weer zou worden geschrapt. Hoewel Kashyap erover nadacht naar Madras te verhuizen, bij de banken nieuwe leningen voor de verhuizing probeerde los te krijgen en in die stad al nieuwe klanten aan het werven was, liet hij Sripathi toch gewoon achter zijn bureau zitten en schoof hij hem een paar onbelangrijke campagnes toe om aan te werken. Hij riep hem niet meer bij zich op kantoor en liet Kumar, de bode, ook geen memo's meer bezorgen. Sripathi was benieuwd of de anderen op kantoor ook al te horen hadden gekregen dat ze binnenkort werkloos zouden zijn. Victor en Ramesh repten tijdens hun lunchpauze met geen woord over de verhuizing naar Madras en bleven allebei grapjes maken, roddelen en plagen, zoals ze al die jaren al deden. Zou hij de enige zijn die op straat kwam te staan? Hij was zevenenvijftig. Volgend jaar moest hij hoe dan ook met pensioen, dus een vreselijk drama was het niet. Het bedrijf had een pensioenfonds waar hij al die jaren geld had ingelegd, dus dat zou hij in elk geval krijgen, becijferde Sripathi. De blocnote met het gelinieerde gele papier stond vol met zulke bezorgde notities – getallen, schattingen, kostenramingen. Er was in zijn hoofd geen plaats voor aluminiumbuizen of Mangalore Juwelen of Ace Tutorials, die toelating tot buitenlandse universiteiten garandeerde door middel van cursussen Engels als tweede taal en universitaire vooropleidingen.

Aan de andere kant van de kantoorwand hoorde hij Renuka Naidu de nieuwste film bespreken die in het Galaxy Theatre draaide. 'Voortreffelijk geacteerd', zei ze met haar zelfverzekerde stem. 'Een erg sterke vrouwelijke hoofdrol. Maar ik ben helemaal weg van Shahrukh Khan. Het is zo'n droom van een man en hij acteert zo goed in deze film.'

Zij zou beslist meeverhuizen naar Madras. Er welde een doffe jaloezie in Sripathi op, die hem een bittere smaak in zijn mond bezorgde.

'Jullie vrouwen vallen gewoon voor dat lichaam van hem', lachte Mohan, nog een van Kashyaps jeugdige nieuwkomers. Hij was er goed in om werk binnen te halen, had Sripathi gemerkt. Hij beschikte over een ongedwongen charme, een manier om je het gevoel te geven dat je de belangrijkste persoon ter wereld was. 'Ik geef de voorkeur aan dat vrouwtje, Madhuri Dixit.'

'O, natuurlijk, en je vindt haar vast alleen goed vanwege haar acteertalent.' Er klonk het geluid van een stoel die achteruit werd geschoven. 'Ik moet nu naar de grote baas. Ik zie je straks, oké?'

Hun stemmen stierven weg, en Sripathi ging verder met het zorgelijk neerkrabbelen van bedragen op zijn gele blocnote – aflossingen van leningen, geld dat moest worden terugbetaald aan Raju, onroerendgoedbelasting, reparaties aan het dak voor de moessontijd aanbrak, eten, water, elektriciteit – er kwam geen eind aan de lijst. Ten slotte gooide hij geërgerd zijn pen neer. Met een irrationeel soort tegendraadsheid besloot hij vroeg van kantoor te vertrekken en naar het Galaxy Theatre te gaan om kaartjes voor de film te kopen. Wat maakte het uit dat er rekeningen moesten worden betaald? Het was jaren geleden sinds hij naar de film was geweest, sinds hij zich door dromen had laten onderdompelen in betoverende beelden. Misschien kon hij een paar kaartjes halen om Putti te verrassen? De stakker, hij had haar dit jaar niet eens meegenomen naar een restaurant om haar verjaardag te vieren. En Nirmala. Het zou haar goed doen een keer samen met hem uit te gaan, en ze zou vast wel moeten lachen om een film met allemaal vrouwen met dikke dijen die om bomen dansten. Het kind kon ook meegaan voor haar eerste kennismaking met de Indiase film. Sripathi was zo enthousiast over zijn idee dat hij vergat dat die avond de therapeut uit de psychiatrische inrichting zou komen om kennis te maken met zijn zuster.

Hij schreef haastig nog een paar regels tekst, legde het stapeltje papieren op het bureau van de typiste en slenterde Kashyaps kantoor binnen. Door een gelukkig toeval was deze net weggegaan voor een bespreking met een klant en werd hij pas laat in de middag terugverwacht.

'Zou u tegen hem willen zeggen dat ik naar huis moest? Ik voel me niet lekker', zei Sripathi tegen de assistent.

Vanonder zijn enorme wenkbrauwen nam Jayaram Sripathi kritisch op. 'Ik vind dat u er prima uitziet.'

'Ik voel me duizelig', zei Sripathi, die er probeerde uit te zien als iemand met een tollend hoofd. 'Mijn dokter heeft gezegd dat ik meteen naar zijn praktijk moest komen als ik me weer zo voelde. Mijn bloeddruk zou wel eens heel hoog kunnen zijn, heeft hij gezegd. Al die spanningen van de laatste tijd.'

Jayaram ogen werden zachter en hij knikte. 'Hoe gaat het met de kleine? Het moet wel raar voor haar zijn hier, enh? Zo vies en lawaaierig na die superschone steden waar ze heeft gewoond. Mijn neef, die in Australië woont, knijpt van 's morgens vroeg tot 's avonds laat zijn neus dicht als hij bij me op bezoek is. Die arme jongen.'

Sripathi kreeg een paar formulieren die hij moest invullen. Jayaram bekeek ze vluchtig en gaf hem toen verlof om weg te gaan. Sripathi voelde zich tegelijkertijd zowel schuldig als opgelucht.

Bij de bioscoop stond een stroom van mensen geduldig te wachten tot de caissière zou komen. De rij liep vanaf de kassa over de bordestreden, slingerde zich om de fietsenrekken en mondde uit in een poel van mensen voor het toegangshek van de bioscoop. Sripathi parkeerde zijn scooter op de stoep, die was veranderd in een geïmproviseerd parkeerterrein dat al propvol stond met voertuigen. Aan de muur van de bioscoop doemde een reusachtig billboard op met een tafereel in schreeuwende kleuren. Een man in een strakke leren broek boog zich over een bloedend lichaam. Zijn arm kwam recht op je af van het billboard, met een triomfantelijk gebalde vuist. Uit de rechterbenedenhoek stak de uitsnede van een naakt been dat toebehoorde aan een vrouw met weelderige rondingen, felroze en ongekleed, afgezien van een bikini van lovertjes die glinsterden in de zachte wind. Ze leek te dansen, met schommelende heupen die breed en vlezig ronddraaiden en met borsten die agressief naar voren staken in hun glanzende, met pailletten bezette omhulsel.

'Adembenemend, hè?' zei een grinnikende stem vlak achter Sripathi. Het was Shyamsundar, een werknemer van Advisions. Verdomme, nu gaat die vent overal rondbazuinen dat hij me hier is tegengekomen, en dan kan ik het bezuren.

'Hallo, Shyamsundar, heb je vandaag ook vrijgenomen?' vroeg Sripathi.

'Ja, ja', zei de man verlegen. 'Mijn dochter viert vandaag haar volwassenwording. Ze is vorige week vrouw geworden en daarom is het vandaag bij mij thuis groot feest.'

'Wat doe je dan hier?'

'Het is toch een vrouwenaangelegenheid? Wat moet ik thuis bij mijn wederhelft, haar moeder, mijn moeder en zusters enzo?'

'Waarom heb je dan een vrije dag genomen?'

De man keek verontwaardigd. 'Het kon toch zijn dat mijn gezin hulp nodig had bij de voorbereidingen? Ik heb de hele ochtend geholpen: ik heb bloemen gehaald, geregeld dat er eten is en dat de priester komt en meer van die dingen. Nu had ik even wat tijd voor mezelf, dus toen zei mijn wederhelft: ga maar naar de film, vandaar dat ik hier ben.' Hij wierp Sripathi een nieuwsgierige blik toe. 'Hoe komt het dat u vandaag niet aan het werk bent?'

'O, ik heb een halve dag vrij genomen. Ik moet voor controle naar de dokter. Op weg daarnaartoe besloot ik kaartjes voor de avondvoorstelling te halen.'

'Naar de dokter, hoezo? Voelt u zich niet goed?'

'O, niets bijzonders. Gewoon hoge bloeddruk.'

'Hoge bloeddruk, hè?' zei Shyamsundar gnuivend. 'En als u deze seksbom aan het tingi-tingi-en hebt gezien, kabam – uw bloeddrukmeter knalt zo uit elkaar!' Hij gaf Sripathi een por met zijn elleboog. Hij vervolgde: 'En Madhuri met haar duivelse dijen die allemaal kusjes geeft aan de held terwijl haar natte sari overal tegenaan plakt… Ayyo! Hoe zal het dan met uw bloeddruk gaan, saar?' Hij knipoogde en gaf Sripathi nog een por in zijn ribben.

Idioot, dacht Sripathi, maar hij glimlachte. Er viel een korte stilte en toen boog Shyamsundar zich dichter naar Sripathi toe en fluisterde: 'Hebt u wel eens zo'n film gezien?' Hij wees met zijn vinger naar een minder opvallende aankondiging op een muur van de bioscoop. Het was een wat schimmige affiche in grijstinten, met in de ene hoek een vrouw die haar beha losmaakte en quasi-verlegen over haar schouder keek naar een man met ontblote borst, die met gespreide armen en benen op bed lag. Hij zag eruit alsof hij dood was.

'Vele nachten. Uitsluitend voor volwassenen. Ongecensureerde xxx-scènes', verkondigde het affiche.

'Eén keer, als student', gaf Sripathi toe. Hij wist nog hoe schuldig hij zich had gevoeld, ervan overtuigd dat hij door iemand in het publiek zou worden herkend, ervan overtuigd dat zijn moeder erachter zou komen en het zou besterven van schaamte.

'Hoe was-ie?' vroeg Shyamsundar.

Sripathi haalde zijn schouders op. 'Dat kan ik me niet meer herinneren, het is al zo lang geleden. En in die tijd was de filmkwaliteit ook nog niet zo goed, erg donker, ik kon er niets van zien.' Voor hem kroop de menigte een klein stukje naar voren en hij vroeg zich af of hij niet beter naar huis kon gaan en het idee om kaartjes te kopen maar moest laten varen. Een man in een knalgeel getailleerd overhemd en een broek met wijd-uitlopende pijpen schuifelde langs de rij wachtenden en fluisterde zacht en monotoon: 'Twee voor vijftig, twee voor vijftig, twee voor vijftig.' Door zijn met kohl omrande kraalogen en zijn vlijmscherpe neus die telkens even trilde wanneer hij een goedgelovig gezicht zag dat in de verleiding kwam om zwarte-marktprijzen voor kaartjes te betalen, deed hij Sripathi aan een rat denken.

De man kwam steels op Sripathi af en lachte innemend, waarbij hij rijen door paansap en tabak aangetaste tanden ontblootte. 'Twee voor vijftig?' vroeg hij en hij stootte een vlaag naar knoflook stinkende adem uit. Sripathi deed snel een stap naar achteren.

'U staat hier vast niet voor uw plezier in deze hitte', zei de zwarthandelaar. 'Dat lijkt me helemaal niet leuk voor u', vervolgde hij meelevend. 'Eerst de hele dag werken en dan in een lange rij staan enkel om kaartjes voor de film te kopen. Bent u hier om overwerk te doen of voor uw ontspanning? Ik vind dat vreselijk sneu. En daarom dacht ik, kom, ik ga mijn medemens een handje helpen, meer niet.'

'Oplichter, eerlijke mensen belazeren en grote verhalen op-hangen', bromde Shyamsundar en hij draaide zich om naar Sripathi, die instemmend knikte.

De zwarthandelaar liep schouderophalend door en liet een cocktail aan geuren achter – knoflook, haarolie, oud zweet – vermengd met een mierzoete eau de toilette. Het was inmiddels drie uur en het krioelde van de mensen op het bioscoopterrein. Nadat er vooraan in de rij enige opschudding was ontstaan, begonnen er mensen weg te slenteren.

'Oho, de kassa is dichtgegaan', zei Shyamsundar en hij wiste zich het zweet van zijn voorhoofd en uit zijn nek. Hij keek hoeveel geld hij in zijn portemonnee had en wrong zich door de dichte menigte heen om bij de zwarthandelaar te komen, die nu goede zaken deed. Na een korte aarzeling volgde Sripathi hem. Omdat hij al zo lang had staan wachten, kon hij die vervloekte kaartjes nu maar beter kopen, ook al waren ze dan drie keer zo duur. Hij deed dit immers niet elke dag.

'Zo, heren', zei de handelaar lachend terwijl hij met zijn hand zijn vettige haar gladstreek. 'Bent u het beu om in de zon te staan wachten?'

'Twee kaartjes, graag.' Sripathi hield hem een biljet van vijftig roepie voor. Gezien de plotselinge prijsverhoging besloot hij alleen kaartjes voor Nirmala en Putti te kopen.

'Vijfenzeventig roepie', zei de man.

'Wat? Boef, je zei vijftig roepie!'

'Tja, wat kan ik eraan doen? In dit land gaan de prijzen met de minuut omhoog. Gisteren kostte een brood twee roepie, vandaag vijf. Tomaten waren drie roepie per kilo en vanoch-tend moest mijn vrouw er zeven voor betalen! En wilt u me alstublieft niet meer uitschelden, saar. Ik ben een onderlegd, respectabel man die andere dames en heren een dienst bewijst. Als u een kaartje wilt, betaalt u de gangbare prijs. Er zijn genoeg mensen die me wel honderd roepie willen betalen.

Maar speciaal voor u doe ik er wat af.'

Ineens boog hij zich naar voren en wees op een biljet van vijf roepie dat uit Sripathi's overhemdzak stak. 'U moet voorzichtig zijn met uw geld, saar', zei hij bezorgd. 'Het wemelt hier van de dieven en zakkenrollers.'

'Alsof ik dat niet weet', zei Sripathi.

'Ik doe gewoon mijn plicht; ik ben een godvrezend man en doe gewoon mijn plicht', zei de zwarthandelaar in zijn wiek geschoten.

'Oké, oké, hier heb je vijfenzeventig roepie.' God mocht weten wat Nirmala zou zeggen als ze erachter kwam hoeveel hij had betaald, maar het was veel te laat om terug te krabbelen. Toen de transactie was afgehandeld verdween de zwarthandelaar in de krioelende menigte, die in de buurt van de toegangs- hekken van de bioscoop het dichtst leek. Sripathi merkte dat ook hij langzaam door de opdringende massa lichamen in de richting van de hekken werd gestuwd. Hij probeerde een glimp op te vangen van de straat, en zijn ogen zochten in de zee van voertuigen op het trottoir naar zijn aftandse scooter. Op straat was al het verkeer tot stilstand gekomen om de weg vrij te maken voor een slingerende stoet van mensen die met span- doeken en vlaggen zwaaiden en die aan weerszijden door poli- tieagenten werden begeleid.

Hij tikte een man die voor hem stond op de schouder en vroeg: 'Wat is er aan de hand?'

'Een of andere protestmars, geloof ik', zei de man schok- schouderend.

'Een hoop rottigheid, heb ik gehoord', mengde een straat- venter zich in het gesprek. Hij schudde zijn mand met pinda's leeg in een grote plastic zak en klapte het bamboetafeltje waarop hij zijn handeltje dreef in elkaar. 'Daar kun je maar beter niet in verzeild raken. Ik heb gehoord dat ze zonder enige aanleiding een bus in brand hebben gestoken op de Margosaweg.' Hij zwaaide al zijn spullen over zijn schouder, zette de mand op zijn hoofd, schokte even om alles op zijn plaats te krijgen en begon weg te lopen.

Sripathi vroeg zich af of hij het zou wagen de betrekkelijke veiligheid van het bioscoopterrein te verlaten om op een holletje naar zijn buiten het hek geparkeerde scooter te gaan. Het zou hem een tijdje kosten hem uit de wirwar van voertuigen te bevrijden, en tegen die tijd kon er van alles gebeurd zijn. Dat soort mensen was altijd licht ontvlambaar. Er hoefde maar één verkeerd woord te vallen en de chaos greep als een oliebrand om zich heen.

'Handen af van onze vis!' schreeuwde de menigte als uit één mond. 'Laat de armen niet verhongeren!' Sommigen van hen droegen borden en spandoeken mee met nog meer leuzen: WEG MET DE BUITENLANDSE SCHEPEN! WEG MET DIE DIEVEN EN ROVERS! en: JULLIE HEBBEN ONZE VIS GEROOFD EN NIETS DAN BLOED ACHTERGELATEN!'

Inmiddels was Sripathi door de menigte waarin hij zich bevond naar voren gedrongen en werd hij nu tegen de hekken van de bioscoop aangedrukt, die door een paar potige bewakers waren vergrendeld. Hij keek naar de stoet demonstranten en zijn blik viel op de vertrouwde gestalte van Arun, sjofel als altijd, die razend iets schreeuwde wat Sripathi niet kon verstaan. Hij stak een geagiteerde arm door het hek, woedend over de onbesuisdheid van zijn zoon en tegelijkertijd vervuld van heimelijke trots over zijn uitdagende moed. 'Arun!' riep hij, maar zijn woorden werden weggevaagd door de aanzwellende golf van stemmen op straat. Hij ving een tweede blik op van zijn zoon. Aruns katoenen overhemd was finaal van zijn schouder gerukt. Zijn hoofd deinde nog een paar keer op en neer voordat hij door de mensenmenigte aan het zicht werd onttrokken. Sripathi rammelde aan het hek in de hoop dat hij eruit kon om die idiote jongen te kunnen wegsleuren bij al die politieagenten, en hem mee naar huis te nemen waar het veilig was. Een van de bewakers tikte met een gummistok tegen zijn arm en zei beleefd: 'Zo is het genoeg geweest. Naar binnen, alstublieft. Geen rottigheid, of ik sla u de hersens in.'

'Maar daar loopt mijn zoon', protesteerde Sripathi. De bewaker negeerde hem en mepte harder tegen zijn arm, zodat hij gedwongen was hem terug te trekken. 'Ik zei toch: ik sla u de hersens in.' Er drong zich nog een stel potige bioscoopmedewerkers naar voren. Ze stelden zich in een rij naast elkaar op, met hun rug naar het hek, zodat Sripathi het zicht op de demonstratie vrijwel helemaal werd ontnomen.

'Ik wil eruit!' schreeuwde hij terwijl hij zich naar voren worstelde, tegen de stroom mensen in die nu door met gummistokken zwaaiende bewakers werd teruggedreven naar de bioscoop.

Iemand tikte hem op de schouder en toen hij zich omdraaide zag hij Shyamsundar vlak achter zich staan. 'Wat gebeurt er nú allemaal? Kun jij dat zien?' vroeg Sripathi hijgend, opgelucht het donkere, vertrouwde gezicht te zien.

'Geen idee.' Shyamsundar schudde zijn hoofd. 'Kom, laten we de bioscoop binnengaan en iets te drinken halen. Wie weet hoe lang we hier moeten blijven. Dan kunnen we het er maar beter van nemen.'

'Ik zag mijn zoon daarbuiten in die betoging', zei Sripathi. 'Ik hoop maar dat hij niet gewond raakt.'

'Uw zóón? Wat deed hij daar bij die khachda-mensen? Zit hij bij de politie?'

'Nee, hij was een van de demonstranten.'

'Waarom vindt u het goed dat uw zoon demonstreert en zich met zulke gevaarlijke zaken inlaat? Ik zou mijn kinderen zoiets nooit toestaan.'

Sripathi haalde opgelaten zijn schouders op. Nu maakte het kleine beetje trots dat hij zojuist had gevoeld plaats voor woede.

Ze baanden zich een weg tot in de koele, donkere foyer van de bioscoop, met zijn verschoten groene kunstleren banken, met zand gevulde asbakken vol peuken die dagenlang niet waren geleegd, grote affiches van Hollywoodsterren uit de jaren vijftig met golvende kapsels – het geheel doortrokken van de zware, zurige lucht van oude koffie en popcorn. Sripathi liep haastig naar de telefooncel, ergens in een hoek van de foyer, en draaide het telefoonnummer van zijn huis. De hoorn lag in zijn hand zonder dat er enig geluid uit kwam. Hij stopte een muntje van een roepie in de sleuf en draaide het nummer opnieuw. Niets. Alleen het verre gezoem van statische elektriciteit. Hij smeet de hoorn op de haak, rammelde hem een paar keer heen en weer en probeerde het nog eens. Dit keer slokte het ding zijn muntje op, maar beloonde hem nogmaals met een lange stilte. Het rotding. Wat moest hij nu? Tegen zessen zouden ze zich gaan afvragen waar hij bleef, en als hij er om zeven uur nog niet was zouden ze zich zorgen gaan maken. Sripathi stompte nog een paar keer tegen de telefoon en liep toen terug naar Shyamsundar, die in de rij stond voor koffie.

'Hebt u gehoord wat er werd omgeroepen?' vroeg Shyamsundar.

'Nee, wat werd er gezegd?'

'Ze zijn buiten stenen aan het gooien, geloof ik. De politie kan een uitgaansverbod instellen in de wijk. Daarom zei de bedrijfsleider dat iedereen die kaartjes heeft, het maakt niet uit voor welke voorstelling, nu naar de film kan. Wat vindt u?'

Sripathi's keel werd dichtgeknepen door paniek. Er werd met stenen gegooid! Een paar dagen geleden was Arun bont en blauw thuisgekomen na een aanvaring met de Jongens van Munnuswamy. Vandaag was het de politie. Waarom raakte hij toch altijd in zulke dingen verzeild?

'Kom op, man. We kunnen net zo goed de film gaan bekijken. God mag weten hoe lang we hier nog vastzitten.'

Even stond Sripathi in tweestrijd. De kaartjes waren voor de voorstelling van zaterdag, dus hij kon gewoon in de foyer gaan zitten wachten tot het uitgaansverbod werd opgeheven. Zijn geld terugvragen had geen zin, want hij had de kaartjes op de zwarte markt gekocht en zou maar een derde van het bedrag terugkrijgen.

Als om een eind aan zijn dilemma te maken verhief een dikke seth, met neusgaten waar kwistig haar uit groeide, zijn stem en riep: 'Heeft iemand een kaartje over? Ik geef er dertig roepie voor.'

Shyamsundar stootte Sripathi aan en zei: 'Waarom doet u uw andere kaartje niet van de hand? Dan krijgt u er in elk geval wat geld voor.'

Sripathi knikte en zwaaide naar de rijke koopman. 'Hier, ik heb er een.'

De mensenmenigte stroomde de flauw verlichte bioscoopzaal in en Sripathi ging met een berustend gevoel naast de seth zitten. Bij de geringste beweging van de man ging de hele rij stoelen heftig heen en weer. Het had geen zin dat hij zich zorgen maakte over zijn zoon, over zijn scooter die buiten stond of over de paniek thuis wanneer hij die avond niet kwam opdagen. Tegen de tijd dat de film was afgelopen, was het uitgaansverbod misschien wel opgeheven. Misschien was het uitgaansverbod trouwens ook niet meer dan een gerucht: in Toturpuram waren geruchten aan de orde van de dag.

De lichten gingen langzaam uit, als een kleine golf trok er een zucht door de zaal, het laatste geritsel van een zak chips, en toen kaatste er een vrolijke melodie van de wanden terug. De hoofdrolspeelster verscheen in een lichtroze sari en richtte haar vochtige ogen op Sripathi. Hij zakte dieper weg in zijn stoel en wachtte tot de hoofdrolspeler kwam aanstappen, wachtte erop hem te kunnen vergezellen in zijn strijd tegen schurkenstreken en onrechtvaardigheid, geldzucht en kwaad. Terwijl er buiten op straat een en al verwarring heerste, nestelde Sripathi zich behaaglijk in de armen van de verbeelding en volgde meneer de Held terwijl hij goonda's achternazat die zijn arme moeder hadden vermoord en zijn zuster hadden verkracht en die het nu op zijn vriendin hadden gemunt. Met zang en dans en een bulderende monoloog zou hij ze allemaal overwinnen. Hij wist onder alle omstandigheden wat hij het beste kon doen, ging op een tweesprong altijd de goede kant op en als hij in de knoei raakte, wist hij daar altijd met een lied op zijn lippen uit te komen. Uiteindelijk overwon de held alle problemen waarmee het lot hem had bestookt.

De seth ging verzitten in zijn stoel en liet daarmee een krachtige trilling door de rij stoelen gaan, maar Sripathi merkte het nauwelijks. Hij was de held. De toekomst van zijn baan hing af van Kashyaps beslissing, zijn zoon zwierf zwaaiend met vlaggen door de straten van Toturpuram in plaats van te werken voor de kost, hij had een ongelukkig kleinkind dat uit de lucht was komen vallen en bovendien was zijn dochter overleden. Zijn huis stond op instorten, zijn zuster had ze niet meer allemaal op een rijtje en zijn moeder kon haar mond niet houden. Was dat belangrijk? Nee, totaal niet. Waartoe dienden helden anders dan om problemen weg te meppen als even zovele vliegen?

'Pop-caran?' fluisterde de seth, die hem een papieren zakje voorhield.

Sripathi glimlachte naar hem in het donker en stak zijn hand in het vettige zakje. De stoelen deinden nog een keer heftig heen en weer terwijl de seth zijn dikke lijf verplaatste, en daarna werd het stil. Toen Sripathi een blik op de verlichte wijzerplaat van zijn horloge wierp, kreeg hij heel even een schuldgevoel, totdat zijn aandacht werd gevangen door de oplaaiende brandstapel van de moeder van de held. Het doffe, verdoofde gevoel dat maanden geleden bezit van hem had genomen en sindsdien als een woekerende waterplant alle gevoel had verstikt, begon uiteen te rijten. Hij had dat gevoel dankbaar verwelkomd, omdat hij erdoor naar zijn kleinkind had kunnen kijken zonder meteen het dode gezicht van haar moeder te zien. Hij had erdoor naar Ammayya kunnen kijken zonder zich te storen aan het feit dat zij leefde en gezond was. Maar nu de oranje vlammen knetterend omhooglaaiden op het doek, voelde Sripathi de razernij van de held door zijn eigen aderen kolken. Hij werd er in elk geval tijdelijk door gelouterd.

Tegen het eind van de film begon hij het verschrikkelijk koud te krijgen. Hij wist dat dit een van de nieuwste kuren van zijn lichaam was. Hij huiverde, sloeg zijn armen om zich heen en wilde dat hij iets warmers droeg dan het dunne nylon overhemd met de korte mouwen. Nu was de dikke seth niet meer de enige die de stoelen liet trillen, ook Sripathi. Niet in staat de rillingen te bedwingen stond hij met krampachtige bewegingen op en zocht door de donkere zaal de weg naar buiten; hij had er genoeg van om niet te weten wat er hierna zou gebeuren. Hij wilde dat iemand tegen hem zou zeggen dat de wereld onveranderd was, dat zijn dochter zou thuiskomen. Hij wilde de tijd terugdraaien, een jongeman zijn die zijn eerste kind in zijn armen hield en daarna zijn tweede, vervuld van hoop voor de twee baby's die hij samen met zijn vrouw had voortgebracht. Bovenal wilde hij over de macht beschikken om het verleden te veranderen.

De deur van de bioscoop stond open en hij stapte klappertandend de avond in. De weg was verlaten en er lag overal glas van verbrijzelde winkelruiten. Een eenzame politieagent slenterde op en neer, zijn schoenen merkwaardig luid op het wegdek. Toen hij Sripathi bij de geparkeerde scooters zag, tikte hij met zijn gummistok tegen zijn bovenbeen en riep: 'Wat voer jij daar uit? Kijken of er scooters te stelen zijn? Geen rare fratsen uithalen of ik sla je de hersens in. Begrepen?'

'Ik doe niets. Die scooter daar is van mij. Ik wil alleen maar naar huis gaan.'

'Hoe weet ik dat hij van jou is, enh?' De politieagent was kleiner dan Sripathi, maar maakte een veel fittere indruk. Hij sloeg met de gummistok op zijn handpalm en keek hem uitdagend aan.

'Ik heb de sleuteltjes hier, in mijn zak', zei Sripathi. 'En mijn rijbewijs.'

'Dat is voor mij nog geen bewijs. Als je mij een bewijs laat zien, kun je gaan, anders moet ik optreden.' De agent porde met zijn gummistok tegen Sripathi's borst. 'Begrepen? Jij laat mij een bewijs zien, dan is er niets aan de hand.' Hij wreef lachend zijn duim en wijsvinger over elkaar. Zijn tanden glansden flauw in de duisternis van de straat. Het duurde even voordat tot Sripathi doordrong wat de man hem probeerde duidelijk te maken. Hij trok zijn portemonnee en haalde er een briefje van tien roepie uit. De agent bleef hem aanporren met de gummistok. 'Wat is alles tegenwoordig toch duur, hè?' zei hij nog steeds met een lachje. 'Laatst kwam mijn zoontje thuis en zei dat hij een onvoldoende kreeg van zijn juf omdat ze de snoepjes die hij haar voor Deepavali had gegeven niet goed genoeg vond. Het is me een wereld vandaag de dag.'

Sripathi haalde de dertig roepie die hij van de seth voor zijn kaartje had gekregen uit zijn zak en stak ze de man zonder iets te zeggen toe. 'Meer heb ik niet', mompelde hij.

Met een snelle handbeweging griste de agent het geld weg en stak het in zijn achterzak. Zijn glimlach kreeg nu iets hartelijks en hij liep met Sripathi mee door de wirwar van voertuigen die tegen elkaar aan stonden en hielp hem zijn scooter eruit te trekken. Uit een andere zak van zijn strakke kakibroek trok hij zelfs een groene zakdoek en veegde zorgvuldig het stof van het zadel en de handgrepen. Hij keek toe hoe Sripathi het dekje van zeildoek tevoorschijn haalde waarmee hij de scooter vroeger, toen hij nog nieuw was, afdekte. Het zat weggestopt achter het reservewiel en rook naar oude dieselolie en schimmel. Toch sloeg Sripathi het als een cape over zijn schouders en bond de uiteinden samen onder zijn nek.

'Waarom doe je dat?'

'Ik heb het koud', antwoordde Sripathi, die nu naar zijn sleuteltjes zocht.

'Koop toch een trui. Waarom gebruik je die vieze lap?'

Sripathi haalde zijn schouders op en de politieagent gaf hem een meelevend klopje op zijn rug. 'Een trui is heel duur. Was het een goede film?'

'Hij was niet slecht', zei Sripathi terwijl hij de scooter startte. De politieagent zwaaide naar hem. 'Morgen neem ik moeder de vrouw misschien mee naar de film. Ze moppert altijd dat ik te veel werk. Wees voorzichtig onderweg. Al die goonda's die overal demonstreren en de wet aan hun laars lappen.'

Met het blauwe zeiltje wapperend aan zijn schouders als een stel vleugels reed Sripathi naar huis. De lucht werd verduisterd door hoge stapelwolken die als een stel sombere reuzen samenschoolden. Er laaiden ijle bliksemschichten op die weer wegstierven en in de verte rommelde er onweer.

'Ik krijg een nieuwe zijden pavadai voor Deepavali', schepte Radha op. 'En mijn vader heeft twee grote dozen vol rotjes gekocht – een voor mij en een voor mijn zusje. Hij heeft gezegd dat ik vandaag al een pak sterretjes mag afsteken. Misschien ook nog een fontein. Wat vind je mooier: fonteinen of grondchakra's?'

Nandana haalde haar schouders op en keek in haar lunchtrommeltje om te zien wat Mamma-mevrouw haar had meegegeven. Ze had begrepen dat je in India geen Halloween vierde. In plaats daarvan had je icts wat Deepavali heette, waarbij mensen cadeautjes kregen en vuurwerk afstaken. Ze vroeg zich af waarom Mamma-mevrouw voor háár geen nieuwe kleren had gekocht. Toen Nandana gisteren met haar mee naar de markt ging om brood te kopen, had ze heel lang voor een etalage staan kijken naar een oranje rok met allemaal gouden lovertjes die ze prachtig vond. Hij leek precies op de jurk van zo'n danseres uit een van de televisieprogramma's waar tante Putti altijd naar keek.

'Waarom praat je niet?' wilde Radha weten. 'Ben je soms doofstom? Heeft iemand je tong afgesneden? Ik heb eens een film gezien waarin ze gemene dingen deden met weeskinderen. Jij bent toch een weeskind? Heeft iemand iets gemeens met je gedaan?'

Nandana schudde haar hoofd en sabbelde zenuwachtig op een plukje haar. De andere kinderen zaten in een kring op het gras te wachten tot ze iets zou zeggen. Toen ze bleef zwijgen, verloren ze hun belangstelling en begonnen ze onder elkaar weer te kwebbelen over hun nieuwe kleren en de rotjes die ze later in de week zouden gaan afsteken. Nandana zat stilletjes te pruilen en telde alle dingen op die haar dwarszaten: Mamma-mevrouw had haar tand weggegooid zonder zelfs maar te kijken welke het was, en er lag ook geen geld onder haar hoofdkussen – ze had twee keer gekeken voordat ze naar school ging; ze was het enige kind op school dat geen nieuwe kleren of rotjes kreeg voor dit spannende feest; vanochtend had ze een standje gekregen van de riksjaman omdat ze hem had laten wachten terwijl het haar schuld niet was – ze had een eeuwigheid op de wc moeten blijven zitten omdat het papier op was. Mamma-mevrouw was daarna geïrriteerd geweest. 'Pah! Wat onfris. Waarom kun je niet leren om je met water te wassen?' En tot Nandana's schaamte en verlegenheid had ze zich over haar heen gebogen zodat Nandana's gezicht tegen haar zachte, door haar sari bedekte borsten werd gedrukt, en had ze haar billen met koud water afgespoeld alsof ze een baby was.

De hele weg naar huis in de riksja zat ze te mokken. Ze schopte een van de twee dikke broertjes zonder enige aanleiding tegen zijn enkel en wiebelde zo hard heen en weer dat de ander er bijna uit viel. Tot haar verbazing stond Mamma-mevrouw niet bij de poort toen ze thuiskwam. In plaats daarvan was ze binnen druk in de weer. Ze gaf Koti opdracht de stinkende sofa naar voren te trekken om er een kleurige beddensprei overheen te doen terwijl ze zelf in de keuken bezig was ronde, goudgele dingen te frituren.

'Maak eens voort, ga je handen en je gezicht wassen en kom

dan naar beneden, chinnamma', zei ze terwijl ze de keuken in-
en uitvloog. 'Je krijgt melk en koekjes en daarna ga je hiernaast
spelen tot ik je kom halen. Er komt vandaag belangrijk bezoek
voor Putti.'

Nandana wilde thuisblijven. Ze had geen zin om te staan
toekijken terwijl Nithya, Ayesha en Meena aan het spelen
waren en elkaar geheimpjes toefluisterden. Met slepende voeten liep ze achter haar grootmoeder aan naar de keuken voor
een glas melk. De Heks zat bij de deur van haar slaapkamer iets
te lezen. Ze keek op toen Nandana haar voorbijliep en pakte
haar bij de arm. 'Kijk uit voor de Chocoreep-Ajja. Hij is heel
slecht. Hij vangt kleine meisjes', zei ze. 'Als je arme moeder nog
leefde, zou ze er wel voor zorgen dat je niet op zulke gevaarlijke
plekken ging spelen.'

Mijn moeder is in Vancouver, wilde Nandana schreeuwen.
Ik ben hier maar voor een poosje.

17

De tunnel in

Kort nadat Nandana met Koti was vertrokken, kwamen de dansleerlingen binnendruppelen. Nirmala rolde haar rieten mat uit en legde haar liedboek ernaast voordat ze zich op de grond liet zakken. De Kala Kendra-organisatie had haar gevraagd of ze kon meewerken aan hun culturele eindejaarsfestival – misschien wilde ze een dansdrama choreograferen, een kleine episode uit een van de heldendichten. In de afgelopen twee weken had ze de meisjes uitgekozen die aan het festival zouden deelnemen, en nu was ze met de repetities begonnen. Ze keek naar de vijf jonge meisjes die voor haar stonden te wachten, hun benen gebogen tot een ruitvorm, hun vuisten in hun zij, met rechte rug en gespannen lijf in de traditionele houding van bharat-natyamdanseressen. Zo had Maya ook voor haar gestaan, jaren geleden, met een jong lichaam dat zich gereedhield om op de muziek te reageren, voeten die hard neerkletsten op de kale vloer, ogen die als vogels heen en weer schoten naar haar sierlijk fladderende armen. Nirmala knipperde snel met haar ogen om de opkomende tranen terug te dringen en begon al neuriënd een ritme op de vloer te tikken. Wat heeft het voor zin te huilen? dacht ze. Zou ze er haar kind mee terugkrijgen? Vlak voordat Maya geboren werd had de verpleegster in het ziekenhuis gezegd dat barensweeën verschrikkelijk veel pijn deden, dat ze zich zou voelen alsof ze de rand van het bestaan had bereikt en daarvan was teruggekeerd wanneer de baby ten slotte uit haar baarmoeder tevoorschijn kwam. Maar het was een snelle bevalling geweest, na slechts een uurtje pijn. Misschien hadden de goden Maya zo moeiteloos aan haar afgestaan in ruil voor het folterende verdriet dat vierendertig jaar later zou komen.

'Zijn ze de mars van de demonen aan het repeteren?' riep Ammayya terwijl ze haar stoel dichter naar de deur van de woonkamer sleepte.

Nirmala besefte dat ze niet helemaal in de maat tikte en dat de leerlingen op een onzekere manier hun passen uitvoerden. Ze streek met haar hand over haar ogen en knikte goedkeurend naar het meisje dat koning Rama zou spelen. Ze voerde de heldenpas volmaakt uit – sierlijk, waardig, afgemeten. Maar degene die Ravana speelde, de demonenkoning, deed stuntelig en ingehouden. 'Harder stampen', spoorde ze haar aan. 'Vergeet niet dat ook jij een groot vorst bent, een en al moed. Maar je bent ijdel, en daarin verschil je van de held. Zet een hoge borst op, kind. Draai de punten van je snor op. Span je spieren.' Nirmala legde haar stok neer en deed het voor. 'Zo, en zo. Overdrijf je manier van lopen, frons je gezicht en stamp. Je probeert te imponeren met je kracht.'

'Vanara sena!' riep Ammayya. 'Daar komt de apenbrigade, kijk eens wat een capriolen.' Giechelend wiegde ze heen en weer.

De dansleerlingen gingen door, zonder aandacht te besteden aan de oude dame, die er algauw genoeg van kreeg commentaar te leveren dat geen reactie uitlokte.

'Waar is Putti?' wilde ze weten. 'Ik heb hoofdpijn. Ik wil dat ze olie in mijn haar masseert. Zit ze weer op het terras? Wat voert ze daar de hele dag uit? Is ze vergeten dat Gowramma's huwelijkskandidaat vanavond komt? Is ze niet van plan zich mooi aan te kleden?'

Nirmala was opgelucht toen de les eindelijk voorbij was. Ammayya's constante aanmerkingen waren op haar zenuwen gaan werken. Toen Putti dromerig de trap afdaalde, kreeg ze de volle laag van Nirmala. 'Ik heb twee uur dat gezanik van je moeder moeten aanhoren. Waarom ben jij je niet aan het omkleden? Iedereen in dit huis denkt alleen maar aan zichzelf. Egoïsten zijn jullie, stuk voor stuk.'

Putti keek haar geschrokken aan. 'Ben je boos op me, Akka?'

'Boos? Nee, hoor', zei Nirmala, die iets van Sripathi's sarcasme overnam. 'Waarom zou ik boos zijn omdat ik me de benen uit het lijf ren terwijl jullie met z'n allen rustig aan doen. Je broer is nog niet thuis, je neef is ook verdwenen. En jij zit de hele avond op het terras naar de liedjeszangerij van die kerel te luisteren. Vertel mij nou maar waarom ik boos zou zijn.'

'Wie zingt er liedjes?' reageerde Ammayya onmiddellijk op Nirmala's woorden. Met een felle blik keek ze eerst naar haar dochter en toen naar Nirmala. 'Puttamma, wat is er aan de hand? Nirmala?'

'Vraag dat maar aan je dochter', zei Nirmala, die wegstampte naar de keuken om de percolator aan te zetten voor de koffie van de aanstaande bruidegom.

Ammayya verhief haar stem. 'Puttamma, nou vraag ik het je nog één keer, wie zingt er voor je?'

'Niemand, Ammayya. Wie zou er nou voor mij zingen?' vroeg Putti. 'Praat niet zoveel en ga maar naar je lievelings-programma kijken.' Ze zette de televisie aan en meteen werd de kamer gevuld met een blauwe gloed. 'Ik ga me verkleden.'

Ammayya keek haar scherp aan. Ze rook onraad – rijp en gistend als een vrucht van de broodboom die in de zomerzon was blijven liggen. 'Mijn liefste schatje', murmelde ze terwijl ze kwam aanschuifelen om voor de televisie te gaan zitten. 'Is er iets wat je me wilt vertellen? Ik weet gewoon dat er iets is. Ik ben misschien wel oud, maar ik ben niet achterlijk.'

'Er is niets – dat zeg ik toch? Het is boven koel op het terras en ik ruik er Munnuswamy's koeien niet. Daarom ga ik er zitten, en verder nergens om. Nirmala is kwaad op me en ze kletst gewoon maar wat.'

Ammayya keek haar een paar ogenblikken aandachtig aan en

ging toen op haar gemak naar haar soap zitten kijken.

Algauw werd ze helemaal in beslag genomen door de malle streken van drie beeldschone zusjes die allemaal op dezelfde man verliefd waren. De held was een mollig heerschap met op zijn hoofd een golvende pruik, als het dak van een slecht gebouwd huis.

'Ayyo! Ma, wat een rotzooi zenden ze tegenwoordig uit!' riep ze toen de held een van de zusjes bijna op de mond kuste en die slechts op een paar millimeter na miste. Ze was er bovendien zeker van dat hij haar achterste had aangeraakt, ja, áángeraakt. En nu zo tegen haar op stond te rijden dat een hoer in de Koprajstraat er nog van zou blozen. Deze gewaagde nieuwe serie was op een of andere wijze aan de schaar van de censor ontsnapt.

Toen de therapeut uit de psychiatrische inrichting bij hen aankwam, bleek hij lange slierten dun haar te hebben die hij spiraalsgewijs over zijn kale kruin had gedrapeerd en met een soort dikke olie had vastgeplakt. Er waren een paar weerspannige haren losgeraakt die als een plukje veren achter zijn linkeroor uitstaken. Hij had de gewoonte snel zijn dikke lippen af te likken voordat hij iets zei, waardoor hij iets van een reptiel kreeg. Halverwege een langdurige uiteenzetting over de voordelen van het mandjes vlechten voor ernstig gestoorde gestichtspatiënten viel het Putti op dat de rug van zijn handen dicht begroeid was met stugge, zwarte haren. Ze dacht aan Gopala's gladde, opwindende vingers, ze dacht eraan dat ze de rest van haar leven door deze andere man zou worden aangeraakt en ze nam een besluit.

'Nee', zei ze tegen Ammayya, vlak nadat de therapeut was vertrokken. 'Ik kan niet met hem trouwen.'

Ze had verwacht dat haar moeder het met haar eens zou zijn. Er was nog nooit een huwelijkskandidaat geweest die Ammayya's goedkeuring kon wegdragen. Maar tot haar verrassing sprong haar moeder voor hem in de bres. 'Van goede afkomst. Goede baan. Hoge kaste. Waarom doe je zo kieskeurig?'

Putti keek haar verbijsterd aan, maar even later begreep ze waarom haar moeder zo dwarslag.

'Ik heb voorgesteld dat hij bij ons in huis zou komen wonen. Als een zoon, alleen zou hij ook een kleine huur betalen. Hij was heel blij, die arme man. Hij heeft zelf helemaal geen familie, moet je weten.'

'Ik ga niet met hem trouwen', zei Putti nijdig. Ze keek Nirmala smekend aan, maar haar schoonzuster haalde alleen maar haar schouders op en zei: 'Ik moet Nandana ophalen bij de buren. Het wordt al laat.'

Het kind was nergens te bekennen toen Nirmala door het hek van het wooncomplex liep. Terwijl de angst zich langzaam meester maakte van haar hart, liep ze haastig om de twee gebouwen heen. Alstublieft deva, lieve god Krishna, laat haar veilig zijn, dacht ze en mompelde gejaagd een gebedje. Er waren zo veel rare mensen en vreemdelingen in deze stad – geen mens was tegenwoordig veilig. Ze herinnerde zich verhalen over kinderen die werden gestolen en verkocht aan bordelen of bedelaarsbenden in de grote steden. Nog maar een dag of wat geleden stond er een groot artikel in de krant over een Nepalees meisje dat door de politie was bevrijd uit een bordeel in Bombay. Ontvoerd uit haar dorp toen ze zeven of acht was, en nu – tien jaar later – was ze naar huis gegaan, naar een familie die haar niet terugwilde.

Ze liep op de Gurkha bij de poort af. Hij begroette haar met een strak saluut. 'Hebt u mijn kleinkind gezien?' vroeg Nirmala. 'Ze had een rood hemd en een blauwe broek aan.'

'Nee, memsahib. Ik heb haar wel zien spelen, nog geen vijf à tien minuten geleden, maar ik weet niet waar ze gebleven is. Dáár speelde ze.' Hij wees met zijn stok op een plek voor het gebouw.

'Weet u zeker dat ze niet is weggegaan toen u er even niet was?'

'Memsahib, dat kleintje is hier niet vandaan gegaan', hield de Gurkha vol. 'Ik ben hier al de hele avond, er is geen kind uit het complex weggegaan. Ik ben nog niet eens een slokje water gaan nemen. Alles wat ik nodig heb zit hierin.' Hij tikte op een mand op de grond naast zijn stoel. 'Als ik naar het toilet moet, sluit ik dit hek af. Zonder mijn toestemming komt er geen mens langs, memsahib. Neemt u dat maar van me aan.'

Nirmala knikte, opgelucht door de geruststellende woorden van de man, en liep schuchter op een groepje tienerjongens af dat bij de ingang van flat A rondhing. Ze joegen haar angst aan, deze luidruchtige jongemannen. Alhoewel, dacht ze meesmuilend, vreemden dachten waarschijnlijk hetzelfde over Arun met zijn ruige baard, de vormloze katoenen kurta die hij aanhad, de versleten sandalen, het lange haar.

'Had u hulp nodig, buurvrouw?' vroeg een van de jongens aan haar.

'Ik zoek naar mijn kleindochter, Nandana. Een klein meisje met een rode bloes aan...'

'Dat buitenlandse meisje', zei een andere jongen. 'Ik heb haar een tijdje geleden met Nithya en Ayesha gezien. Ze renden om het gebouw heen.'

De jongens wezen haar in welke flats de meisjes woonden. Nirmala liep langzaam over de smalle trap naar boven. Ze wou maar dat er een lift was om haar naar de flat op de vierde verdieping te brengen, waar Ayesha woonde, het dochtertje van dokter Quadir. Slechts weinig gebouwen in de stad beschikten over een lift. Wat had het voor zin? De elektriciteit gedroeg zich even grillig als de wind, ze kwam en ging naar eigen believen. De trap was verrassend schoon en je rook op een prettige manier dat er in de diverse flats agarbatti werd gebrand, uien werden gebakken en rijst werd gekookt. Door de deuren drongen gedempte geluiden die samen een zacht gedruis vormden dat aanzwol en afnam als de roep van de zee. Nirmala was benieuwd naar de drukke levens die zich achter die dichte deuren afspeelden. In elk van die kleine hokjes was sprake van vreugde en verdriet, woede en pijn, herinneringen en vergetelheid – het bitter en het zoet van het dagelijkse bestaan. Deelden deze mensen hun gevoelens en ervaringen met hun buren op dezelfde verdieping? Nirmala zelf woonde al zolang ze zich kon heugen in grote, vrijstaande huizen, vol met mensen die ze goed kende. Eerst bij haar ouders, haar grootouders en haar broers en zusters. Toen, na haar huwelijk, bij Ammayya en Putti, Sripathi en haar eigen kinderen. De enige keer dat ze zich echt alleen voelde was wanneer ze allemaal vreemden om zich heen had, in de bus of tijdens het korte wandelingetje naar de tempel. Zodra ze in de tempel was, leek het bijna of ze in haar eigen huis was, zo veel mensen kende ze er. Ja, zelfs de priester was dezelfde die alle familieceremoniën had uitgevoerd. Ze was benieuwd hoe ze zich zou voelen als Sripathi inderdaad het huis zou verkopen en ze hun intrek in een flat zouden nemen. Ach, de vrijheid om niet met Ammayya in één huis te hoeven wonen! Bij de gedachte aan Ammayya vroeg Nirmala zich af of ze wel haar kast had afgesloten voordat ze het huis verliet. Ze wist dat de oude vrouw in andermans spullen snuffelde, en het was jarenlang niet eens bij haar opgekomen een eind aan deze inbreuk op haar privacy te maken. De gewoonte van gehoorzaamheid, van eerbied voor oudere mensen, van ondergeschikt aan anderen te zijn, was haar met de paplepel ingegoten. Maya's dood had haar in één klap afgeholpen van de meeste van dat soort gewoonten. Door haar kind te verliezen, eerst door Sripathi's ego en toen aan Heer Yama zelf, had Nirmala meer moeten verdragen dan ze aankon. Was dít haar dank voor al die jaren dat ze een goede vrouw, schoondochter en moeder was geweest? Iedereen had haar oprechte toewijding beloond door haar in de grond te trappen. Tegenwoordig maakte ze zich er niet meer druk over of ze Sripathi wel zonder tegenspreken gehoorzaamde en of ze Ammayya niet kwetste. Nu durfde ze haar stalen kast op slot te doen, de kast met haar sari's, de paar sieraden die ze voor Maya had verzameld, foto's, schoolrapporten, lokjes haar, babyschoentjes en kleine jurkjes – allemaal herinneringen aan haar kinderen, aan die onschuldige tijden waarin het geluk besloten lag in het geluid van hun jonge stemmen en in de waarderende glimlach waarmee Sripathi haar aankeek wanneer ze bijzonder lekker had gekookt. Destijds vond Nirmala het al fijn wanneer Ammayya een hele dag niet had geklaagd, want dat betekende dat ze haar in geen enkel opzicht had gegriefd of geïrriteerd. Hoe bestond het dat ze zich als zo'n slaafs dier had gedragen? Ze klom nog een verdieping hoger en haar gedachten richtten zich op de manier waarop ook zij tegenover Maya in gebreke was gebleven. Ze herinnerde zich hoe vaak haar dochter tijdens hun telefoongesprekken had gevraagd: 'Mamma, is het goed dat ik thuiskom?' En zij, te bang om lijnrecht tegen Sripathi in te gaan, had gezegd: 'Nee, niet nu. Wacht maar, ik zal met je vader spreken.' Maar Nirmala had nooit met hem gesproken, geïntimideerd als ze was door zijn intense, onpeilbare woede, ongenegen om de confrontatie met hem aan te gaan. Ze was te laf om ruzies onvervaard tegemoet te treden. Steeds weer had ze de verzoeningsgezinde weg van de minste weerstand gekozen.

De volgende keer dat Maya weer smekend had gevraagd of ze thuis mocht komen, had ze haar opnieuw weggeduwd. Natuurlijk had ze haar dood op geen enkele manier kunnen voorkomen, maar ze had in elk geval meer haar best kunnen doen al die jaren een grotere rol in Maya's leven te spelen. Ze had zo makkelijk kunnen zeggen: 'Kom thuis, kind. Neem je gezin mee. Ik wil mijn kleinkind zien.'

Er klepperden voetstappen op haar af en buiten adem leunde Nirmala tegen de muur. Begeleid door zijn bediende kwam de Chocoreep-Ajja naar beneden. Hij keek Nirmala dreigend aan, zodat ze nog dichter tegen de muur wegkroop. Smerige oude vent, die zijn geslachtsdelen aan kinderen liet zien! Wat een waanzin bestond er tegenwoordig op de wereld. Ze herinnerde zich niet dat zij als kind ergens bang voor was geweest. Was het gewoon een symptoom van de wereld die alle moreel besef had verloren of begreep ze nu beter dat er altijd al slechtheid onder het oppervlak van het menselijke leven had gescholen? Misschien spraken de mensen in het verleden niet over dit soort dingen, hielden families hun zonden verborgen achter een façade van achtenswaardigheid. Nirmala volstond ermee de oude man in het voorbijgaan een donkere blik toe te werpen.

Toen ze op de vierde verdieping aankwam, stond ze te hijgen. Ze deed haar best de trillerige ongerustheid die de Chocoreep-Ajja bij haar had losgemaakt te onderdrukken door zichzelf te verzekeren dat Nandana hoogstwaarschijnlijk zó gezellig thuis bij een vriendinnetje zat te spelen dat ze helemaal de tijd vergeten was. Ze werd razend op het kleine meisje. Ze zou haar een uitbrander moeten geven. Het kind leek totaal geen rekening met haar te houden, net als ieder ander in huis.

Mevrouw Quadir, Ayesha's moeder, deed de deur open. Er trok een verbaasde blik over haar smalle, aantrekkelijke gezicht.

'Mevrouw Rao? Kom binnen, kom binnen. Hebt u eindelijk besloten ons een bezoekje te brengen?' vroeg ze.

Nirmala was haar al vaak tegengekomen in de groentewinkel of de bibliotheek, en hoewel ze elkaar dikwijls beloofd hadden een keer langs te komen, was het er nooit van gekomen.

'Het spijt me dat ik u kom storen', zei Nirmala terwijl ze zich het zweet afwiste dat op haar voorhoofd parelde en als een snoer van druppels op haar bovenlip stond.

'Nee maar, wat zegt u nou? U stoort helemaal niet. Het is alleen maar fijn u bij ons in huis te begroeten, mevrouw Rao. Kom, gaat u zitten. Wat wilt u drinken – thee, koffie, een sapje?'

'Eigenlijk kwam ik alleen maar kijken of mijn kleindochter hier soms was. Ze is nog niet thuisgekomen en ik maakte me een beetje bezorgd.'

'Nee, ze is niet boven gekomen. Ayesha kwam vroeg thuis om haar huiswerk af te maken. Die onderwijzeressen laten hen doodleuk alles thuis doen. Ik weet niet waarom we zo'n hoog schoolgeld betalen en vervolgens alles zelf moeten doen. Maar ik zal het haar vragen. Weest u maar niet ongerust, dit is een veilige wijk. Er gebeurt hier niets.'

Ze ging een van de kamers in die door bontgekleurde katoenen gordijnen aan het zicht werden onttrokken en kwam terug met Ayesha in haar kielzog. 'Zeg eens gedag tegen de buurvrouw', beval ze terwijl ze het kind naar voren duwde. 'Ze wil weten of je Nandana vandaag hebt gezien.'

'Ja', mompelde het meisje zenuwachtig, met gebogen hoofd.

'Waarom doe je plotseling zo verlegen?' wilde haar moeder weten, om daarna tegen Nirmala te zeggen: 'Dit meisje loopt normaal gesproken te kwaken als een kikkertje in de regentijd en moet je haar nu eens zien! Wat zijn kinderen toch vreemd, hè?' Opnieuw legde ze haar hand op de schouder van haar dochter en vroeg: 'Weet je waar ze heen is? Buurvrouw maakt zich zorgen.'

Tot hun verrassing barstte Ayesha in tranen uit. 'Wat is er?' vroeg haar moeder op scherpe toon. 'Verzwijg je soms iets? Kijk me eens aan en vertel me eerlijk wat eraan scheelt.'

Langzaam kwam het verhaal eruit. Zij en de ander meisjes speelden 'door de tunnel'. Toen het Nandana's beurt was de tunnel in te gaan, hadden ze beloofd aan de andere kant op haar te wachten, maar in plaats daarvan waren ze naar het huis van Nithya gehold. En toen ze tien minuten later beneden kwamen, was Nandana nergens te bekennen.

'De geesten hebben haar meegenomen', snikte Ayesha. Bij het zien van haar moeders gezicht kromp ze ineen. 'Ik zei tegen Meena dat ze haar niet mocht dwingen, maar die zei dat het een vriendschapstest was. De vorige keer dat ze erdoorheen ging gebeurde er niets.'

Mevrouw Quadir keek haar dochter woedend aan. 'Zo ga je

toch niet om met kinderen die hier nieuw zijn? Ik schaam me voor je. Wat zou jij ervan vinden als iemand zo tegen jou deed?'

'Pak haar maar niet te hard aan', zei Nirmala, die probeerde niet te laten merken hoe bang ze was. 'Het is maar een kind.'

'Het spijt me dat mijn dochter zoiets ergs heeft gedaan, mevrouw Rao. Wacht maar even, dan bel ik Nithya en Meena om te vragen of zij soms weten waar ze naartoe is.'

Een paar telefoontjes naar gezinnen in beide flatgebouwen leverde geen informatie op en Nirmala kwam overeind om weg te gaan. Mevrouw Quadir liep met haar mee de trap af en bood nog een keer haar excuses aan voor de rol van haar dochter in het hele drama. De groep tieners stond beneden nog steeds te lachen en te kletsen, tegen de muur geleund of met hun handen in hun zakken.

'Hebt u haar gevonden, buurvrouw?' vroeg de jongen door wie Nirmala al eerder was aangesproken.

'Nee, ik heb geen idee waar ze zou kunnen zijn', zei Nirmala.

'Als u wilt, kunnen we het huis aan huis voor u gaan vragen', stelde een van de jongens voor. 'Ze kan niet ver weg zijn met onze leeuw van een Gurkha als poortwachter.'

Nirmala knikte glimlachend. 'Nee, je hebt gelijk. Ze is vast ergens aan het spelen, dat ondeugende kind.' Met een zwaar hart vertrok ze uit het complex. Moesten ze de politie alarmeren? Stel dat het kind niet in het flatcomplex was, waar moesten ze haar dan gaan zoeken? Het was een dichtbevolkte stad en er waren maar weinig mensen die Nandana kenden zoals ze de kinderen kenden die hier geboren waren. En dan nog konden kinderen verdwijnen. Heel even gingen Nirmala's gedachten naar het dochtertje van mevrouw Poorna en ze huiverde.

Ergens tussen de Chambersweg en de Brahmaanstraat gaf Sripathi's scooter na een paar keer sputteren de geest. Hij wachtte op een gaatje in het meedogenloos kolkende verkeer en dook toen, zijn scooter meesleurend, achter een koe aan die traag tussen alles doorzwalkte en zo de hele weg dwong vaart te minderen. Zolang hij maar vlak bij die koe bleef zitten, dacht Sripathi, zou niemand hem durven aanrijden. Hij drong zich vlak tegen het dier aan en liet zich erdoor leiden, in de hoop dat het beest niet zou besluiten zijn darmen te legen op zijn voeten. Toen hij bij het trottoir kwam, had hij het gevoel dat hij iets verbazingwekkends had gepresteerd door de woeste verkeerstroom te overleven. Hij gaf de koe een hartelijk klopje op haar flank en ging op de keet van Karim de Monteur af, schimmig onder de ene straatlantaarn die langs deze weg nog licht gaf. Aan weerszijden van de keet flikkerden een paar olielampen, die de stapel banden, reserveonderdelen en het onttakelde chassis van een auto beschenen. Net toen Sripathi bij de keet aankwam ploften de eerste regendruppels neer. Als doorzichtige glazen kralen spatten ze stuk op de droge weg. Uit de aarde – een gretige minnares – kwam een vochtige geur waarover Sripathi zich op elk ander ogenblik zou hebben verheugd.

De monteur schreeuwde naar zijn hulpjes, twee kleine jongens die niet veel ouder waren dan Nandana, dat ze een dekzeil over de opeengehoopte wrakstukken van andere voertuigen moesten gooien.

'Wat is er, sahib?' begroette hij Sripathi terwijl hij zijn uiterste best deed om de punt van een lap canvas die was losgewaaid en in de wind flapperde weer vast te binden. 'Is dit oudje weer ziek?'

'Midden op de weg kapot gegaan', zei Sripathi.

'Ik zal hem grondig moeten nakijken. Als het ophoudt met regenen kan ik het morgen doen, en anders stuur ik wel een van mijn jongens langs als hij klaar is. Misschien wordt het tijd voor een nieuwe scooter, sahib. Deze is oud en moe, hè, net als u en ik.'

Met het zeiltje nog over zijn schouders geslagen liep Sripathi behoedzaam over straat. Hij wilde zijn idiote lichaam niet meer ontregelen dan nodig was. Het maakte hem bang, doodsbenauwd. Er trok een nieuwe golf van rillingen door hem heen, waardoor zelfs de taaie stoppels op zijn kin overeind kwamen op bolle kussentjes van huid.

Nirmala stond op de veranda op hem te wachten. Achter haar oogde het huis donker en mistroostig, iets wat Sripathi in verwarring bracht. De lampen aandoen bij het invallen van de schemering was een ritueel dat Nirmala nooit vergat. Ze had altijd geloofd dat een donker huis een uitnodiging aan boze geesten vormde. Het viel Sripathi op dat ook de geur van wierook en brandende, in mosterdolie gedoopte lampenpitten ontbrak, wat betekende dat Nirmala zelfs haar avondgebeden niet had gedaan.

'Waar zat je?' vroeg ze zodra ze hem zag. 'Ik ben gek van ongerustheid. Nandana is niet thuisgekomen. Ik heb tegen haar gezegd dat ik haar om halfzeven zou komen ophalen. Ik heb gezegd dat ze op me moest wachten. Ik heb haar naar de buren gestuurd om te spelen en nu kan ik haar niet vinden.'

Vermoeid liet Sripathi zich op de rotan verandastoel zakken. Zoals gewoonlijk zat hij op het uiterste randje, zodat hij geen last had van de gespleten strengen in het midden, die uit pure wilskracht aan elkaar vast bleven zitten. Hij had de stoel meer dan vijfentwintig jaar geleden aangeschaft en weigerde hem af te danken ondanks Nirmala's terugkerende dreigementen hem aan de raddhi-wallah mee te geven, de volgende keer dat hij Ammayya's gestolen kranten kwam kopen.

'Sta niet zo te gillen. Misschien is ze weer weggelopen. Je weet dat ze steeds probeert er in haar eentje vandoor te gaan. Ze zal wel door iemand teruggebracht worden, maak je maar niet bezorgd', zei hij terwijl hij zijn pijnlijke voeten uit zijn schoenen bevrijdde. Hij liet het zeiltje met een schouderbeweging van zich afglijden en huiverde toen zijn ontblote schouders in contact met de koude lucht kwamen.

'Het is nu al een úúr later', jammerde Nirmala terwijl ze de sari tegen haar mond drukte om haar gesnik te smoren. 'En donker ook nog. Ze heeft haar rugzak niet bij zich, ik heb nog in haar kamer gekeken. Als ze wegloopt, neemt ze altijd die tas mee. Ik weet niet wat ik moet beginnen.'

'Doe niet zo raar. Hoe kan ze nou bij de buren verdwenen zijn? Heb je het bij de andere kinderen nagevraagd?'

'Natuurlijk heb ik dat gedaan. En een stel aardige jongens heeft het huis aan huis nagevraagd. En nee, de Gurkha heeft onze Nandana niet uit het complex zien weggaan. Hij zegt dat hij er de hele tijd heeft gezeten en haar nooit in haar eentje had laten weggaan. Maar dat verzint hij misschien alleen maar om indruk te maken.'

'Waarom stuur je haar overal alleen naartoe?' vroeg Sripathi, die zijn schoenen weer aantrok. 'Kan ze niet hier gewoon in huis spelen?'

'Wat een geweldige adviezen geef je toch altijd. Hoe kan ik nou een kind in huis opsluiten met alleen oude mensen als gezelschap? Jij vindt altijd iemand anders om de schuld aan te geven. Waarom ga jij niet met dat arme kind naar het strand om haar daar te laten spelen, als je zoveel van kinderen af weet? En je zoon is al net zo'n lastpost. Die is ook nog niet thuisgekomen. Twee mannen in huis, maar als er problemen zijn, is er niet één thuis!'

'Ik heb hem gezien, vanuit de bioscoop. Hij liep mee in een demonstratie', zei Sripathi. Hij dempte zijn stem. 'Er was ook politie bij betrokken.'

'De bioscoop? Ben jij naar de film geweest terwijl ik me hier zorgen zat te maken?'

'Welke film?' wilde Ammayya weten.

'Ik was niet van plan naar de film te gaan. Ik wilde alleen kaartjes voor zaterdag kopen, maar toen begon die geweldige zoon van je, die zo nodig de planeet moet redden, met zijn betoging. Er was een tijdelijk uitgaansverbod. Heb je dat niet op het nieuws gehoord? We mochten de bioscoop niet meer uit.'

Gevolgd door Nirmala liep hij het huis in om een trui te halen.

'Waar is je scooter?' vroeg ze terwijl ze de trap opgingen.

'Kapot. Ik moest het hele eind naar huis lopen. Hij staat nu bij de monteur', zei Sripathi. 'Waar heb je mijn trui gelaten?'

Nirmala keek hem stomverbaasd aan. 'Waarom heb je opeens een trui nodig? Vanochtend zat je nog te mopperen van o, wat is het heet, en nu doe je net alsof je op yatra gaat naar Gangotri, naar de Mount Everest! De truien liggen in een doos, boven op die plank in de keuken. Hij is te zwaar om nu te vertillen. Trek maar iets anders aan.'

'Wat dan?'

Nirmala dacht even na en liep Aruns kamer in. Ze trok de jas van Nandana's vader uit de kast en hield hem Sripathi voor.

Geschokt door Nirmala's schijnbare ongevoeligheid keek hij ernaar zonder hem aan te raken. 'Wil je dat ik díé aantrek?' vroeg hij. Hij werd weer bevangen door rillingen en zijn stem trilde. 'Ben je soms gek geworden?'

'Wat is er zo gek aan een jas die toch door niemand wordt gedragen? Je hebt het koud, nou, trek hem dan aan', antwoordde Nirmala met een kille blik. Hij had haar nooit eerder zo meegemaakt en haar gedrag joeg hem angst aan. Nirmala was de enige in huis die hem nooit voor een verrassing stelde, op wier eenvoudige wijsheid en goedheid hij altijd kon vertrouwen, maar nu leek ze te veranderen waar hij bij stond. Hij was altijd dankbaar geweest voor haar praktische onverstoorbaarheid, haar vermogen om zonder zenuwtoestanden het leven van alledag voort te zetten. Wat was dit een afschuwelijke karikatuur van die praktische instelling.

'Maar dit is zíjn jas', zei Sripathi.

'Nou en? Je hebt je nooit om hem bekommerd toen hij nog leefde, dus waarom zou het je nu iets kunnen schelen?'

Hij meed haar harde, onbetraande blik en liep terug naar zijn kamer. Hij haalde een dik flanellen overhemd uit de kast, dat daar al jaren ongedragen lag te verkommeren. 'Wat wil je dat ik doe?' vroeg hij zonder zich om te draaien.

'Munnuswamy om hulp vragen. Hij heeft invloed. Zijn Jongens kennen iedereen in de stad. Die zullen haar vast wel weten te vinden.'

'Ik pieker er niet over naar die schurk te gaan', zei Sripathi. 'Ik loop wel het hele eind naar haar school om te vragen of ze daar soms is. Misschien dat iemand haar heeft gezien. Als ze er over een halfuur nog niet is, moet je de politie bellen.'

'Maar je gaat niet naar Munnuswamy', zei Nirmala. Ze had nog steeds de jas vast, met haar vingers strak om de dikke grijze stof.

'Nee. Dat is een boef.'

'Dan ga ik wel. Ik heb er genoeg van altijd naar die onzin van je te luisteren. Dít hoort niet, dát is niet goed, wat zullen de mensen wel zeggen? Met die flauwekul heb je mijn leven kapotgemaakt. Jij gaat naar Nandu's school en ik vraag onze buurman om hulp.' Snel liep Nirmala de trap af.

'Waar ga je heen? Zal ik met je meegaan?' vroeg Putti, achter haar aan drentelend.

'Naar hiernaast', zei Nirmala kortaf voordat ze het huis verliet. Van onder de wapperende randen van haar sari maakten haar blote voeten kenbaar dat ze overal lak aan had.

'Ga je naar het huis van die melkboer?' krijste Ammayya. 'Mensen van lage kaste!'

'Hou toch je waffel, Ammayya!' zei Putti, iets waarvan ze zelf versteld stond. Het bleef een ogenblik stil terwijl haar moeder deze onverwachte reactie tot zich liet doordringen, en toen gingen de sluizen wijd open. Ammayya jammerde en sloeg zich op de borst, ze hikte en hijgde, liep blauw aan en verklaarde dat ze op het punt stond flauw te vallen. Ten slotte bonkte ze knorrig met haar stok op de grond en vroeg dreinend: 'Sripathi, hoor je wat voor toon je zuster tegen me aanslaat? En dat sta jij zomaar aan te horen, als een natte dweil?

Terwijl ik van alles naar mijn hoofd geslingerd krijg?'

Sripathi liep achter Nirmala aan het Grote Huis uit en nam niet de moeite antwoord te geven. Het regende nu nog harder. Hij stak zijn hand op naar een autoriksja, maar die zoefde voorbij. Een tweede riksja stopte wél, maar weigerde in de richting van de school te gaan. Sripathi merkte dat hij zelfs niet meer de fut had om kwaad te worden op de auto-wallah. Haastig liep hij over de weg, langs de zigeuners die bijeengekropen onder televisiedozen op de stoep zaten, langs de groenteventers die hun waren hadden afgedekt met plastic en langs de hel verlichte videowinkel met zijn flikkerende neonreclame. De regen was aanvankelijk afgezwakt tot een motregentje, maar viel weer roffelend naar beneden toen hij aankwam bij de lage werkplaats van Karim de Monteur, nu volledig afgedekt met zeildoek. Hij zag zijn scooter, die als een gewond dier op zijn zij lag tussen de rommelbende van de monteur. Hij lag onder een lap plastic met dikke touwen vastgebonden aan een boom. Er trokken donderslagen door de hemel. Sripathi schudde zijn paraplu open en versnelde zijn pas. Het begon te waaien, en de takken van de stokoude ceasalpinia's die als oude krijgslieden aan weerszijden van de weg stonden, gingen heen en weer. De paraplu danste en bokte in Sripathi's greep. Tegen de wind in geleund liep hij verder. De weg strekte zich voor hem uit, lang en donker en eigenaardig onvertrouwd, ook al nam hij hem al zijn hele leven lang.

18

De weg naar huis

Met een klik ging de deur open en mevrouw Poorna kwam de kamer binnen met een bord vol met paratha's. 'Hier, lieverdje, die heb ik voor jou gemaakt, precies zoals je ze lekker vindt. Met heel veel suiker', zei ze en ze ging naast Nandana op het bed zitten. 'Zal ik je voeren?'

Nandana schudde heftig haar hoofd. Ze wilde terug naar het oude huis, hiernaast. Ze had een hekel aan deze gekke vrouw, deze stinkende woning en de kamer vol blauwe jurken. Er hingen overal foto's van een klein meisje, grote en kleine, ingelijst of gewoon op de muur geplakt. Een naakte pasgeborene, een peuter met grote ogen, een zesjarige in een gesteven uniformpje, haar magere gezichtje ernstig, zonder lach. Herinneringen aan een klein meisje dat compleet verdwenen was, behalve uit haar moeders hart en verwarde geest. Nandana ging onbehaaglijk verzitten op het bed en schoof een stukje weg van mevrouw Poorna, die haar met stralende ogen zat aan te kijken.

Giechelend gaf de vrouw Nandana een kneepje in haar kin. 'Lieve paapu, je zit me te plagen en grapjes te maken. Natuurlijk ga je mijn paratha's opeten. En tijdens het eten ga je je lievelingsgedicht opzeggen. Ken je het nog? Je hebt er bij het voordragen een prijs mee gewonnen, weet je nog wel? "De knaap stond op het brandend' dek…" En zie je die foto daar? Dat ben jij op je eerste verjaardag. En je hebt die dag je eerste stapje gedaan. Mijn hart liep over van trots.'

Er kwam een frons op haar gezicht te liggen toen Nandana niets zei. 'Wat ben je stil geworden, kind. Waarom zeg je niets tegen me?' Ze trok een stukje van de paratha af en probeerde het tussen Nandana's stijf op elkaar geklemde lippen te duwen. Toen het meisje in tranen uitbarstte, zette mevrouw Poorna het bord haastig op de grond. 'Niet huilen, snoesje. Niet boos zijn op je arme moeder. Ik heb je nooit willen kwijtraken. Toe, wees niet zo verdrietig.' Ze nam Nandana in haar armen, trok haar dicht tegen zich aan, overlaadde haar met kusjes op haar voorhoofd en wangen en wiegde haar zachtjes neuriënd heen en weer. 'Denk je eens in hoe verbaasd je Appa zal zijn als hij thuiskomt! Denk je eens in hoe verbaasd die vreselijke Shyamala zal zijn. Zij zegt tegen me dat ik gek ben. Kun je je dat voorstellen? Is een moeder gek omdat ze op haar kind wacht?'

Na een poosje liet ze Nandana los en sprong overeind. Met een blije glimlach pakte ze een stripboek van het kleine witte bureautje naast het bed en schoof het haar toe. 'Kijk, hier is je nieuwe stripboek. Je hebt het nooit uitgelezen. Ga nu maar lekker zitten lezen. Amma gaat al je lievelingskostjes koken, goed?' Nog steeds vrolijk neuriënd ging ze de kamer uit en Nandana hoorde dat ze de deur aan de buitenkant op slot deed. Het bord bleef op de grond naast het bed staan.

Eerder op de avond was Nandana door Meena uitgedaagd nog een keer door de tunnel tussen flat A en B te hollen. 'Als je het doet, mag je bij mij thuis met mijn Sony PlayStation komen spelen', beloofde ze.

Nandana was op de uitdaging ingegaan. Ze was nog steeds bang voor de tunnel, maar de wens om bij Meena thuis een videospelletje te spelen had haar nu stevig in zijn greep. Het zou net lijken of ze in Vancouver bij Yee thuis was. Daarom was ze het donkere steegje vol slijk en rare geluiden doorgehold, maar aan de andere kant gekomen ontdekte ze dat de drie meisjes de benen hadden genomen.

Ze had er boos op haar haar staan kauwen. Ze merkte pas dat mevrouw Poorna van haar patio kwam aansluipen toen de vrouw haar zachtjes bij de arm had gepakt.

'Lief kind, ben je al weer aan het buitenspelen', zei ze op zangerige toon. 'Ik vroeg me al af waar je was. Kom, laten we naar huis gaan. Ik zal je iets leuks laten zien dat ik voor je heb gekocht.' Ze trok Nandana mee naar het terras van haar woning en spoorde haar aan om het metalen hekje binnen te gaan. Het kleine meisje had niet tegengestribbeld. Waarom zou ze zich iets aantrekken van haar moeders waarschuwing over vreemden? dacht ze opstandig. Vooral omdat ze was weggegaan en haar aan haar lot had overgelaten. Mevrouw Poorna had haar de woning binnengetrokken en lieve woordjes tegen haar gefluisterd alsof ze een nerveus veulen was. Toen ze eenmaal binnen waren, had de vrouw de deur naar de patio dichtgedaan en stevig op slot gedraaid.

'Ze zeiden dat je niet zou terugkomen, maar wat weten zij er nou van? Mijn hart heeft geroepen en geroepen en je hebt me gehoord', had ze gezegd terwijl ze Nandana over haar gezicht en haar haar streelde.

Niet op haar gemak keek Nandana om zich heen in het kleine kamertje waar mevrouw Poorna haar had opgesloten. Ze had er inmiddels spijt van dat ze zich had laten meetronen. Het kamertje stond boordevol speelgoed en boeken, en op de planken lagen keurig opgevouwen kleren. In een hoek van de kamer hing een blauwe jurk op een houten hangertje. In een van de muren zat een raam. Nandana klom op het bed en worstelde met de sluitingen, die een beetje roestig waren. Toen het raam openzwaaide, tuurde ze door de tralies naar buiten. Daar was niets anders te zien dan een muur waar kriskras dikke en dunne afvoerbuizen overheen liepen. Hij kwam haar bekend voor. Met enige verbazing besefte Nandana dat de muur een van de wanden van de tunnel was. Een klein stukje links boven haar zat nog een verlicht raam, en als ze haar hoofd dicht tegen de tralies duwde, kon ze nog meer vierkantjes licht zien. Uit het raam klonk gelach en gepraat, maar dat werd gedeeltelijk overstemd door de regen die tinkelend afketste tegen de buizen en met een gestaag geraas in de twee goten aan weerszijden van de tunnel liep. Uit verscheidene flats kwamen andere menselijke geluiden aanzweven, die tegen de muren kaatsten en daardoor in griezelgeluiden veranderden.

Ergens aan de andere kant stond het oude huis waarin ze woonde. Achter de op slot gedane deur hoorde ze de gekke vrouw luid zingen en met potten en pannen rammelen. Nandana hoorde dat er werd aangebeld en dat mevrouw Poorna opendeed. Ze wachtte, in de hoop dat het iemand was die haar kwam zoeken. Ze drukte haar gezicht tegen de venstertralies en zei zachtjes: 'Mamma, hier ben ik.' Daarna riep ze het iets harder, met stemverheffing. Haar stem schampte langs de tunnelwanden – 'hierhierhier' – maar werd weggespoeld door het spetterende, gorgelende water. Ze herinnerde zich hoe vaak haar grootmoeder had gevraagd Ajji tegen haar te zeggen. Misschien kwam er daarom geen antwoord. Dus riep ze opnieuw. 'Ajji!' Het schoot haar te binnen dat Sripathi vaak op zijn balkon zat, recht tegenover de muur. Ze riep nu ook om hem, maar het woord lag vreemd in haar mond: 'Ajja!'

Wanneer ze naar het Grote Huis werd teruggebracht, nam ze zich voor, zou ze nooit meer stout zijn. Zeker weten. En ze zou tegen iedereen in huis praten, zelfs tegen haar Ajja. Toen ging de deur open en kwam mevrouw Poorna binnen met een dienblad vol eten.

'Wat is dit nou?' vroeg ze op verdrietige toon. 'Je hebt je paratha's niet opgegeten. En nu is het etenstijd. Kom, ik zal je voeren.' Ze deed het raam dicht. Ze begon weer een liedje te neuriën, en terwijl ze Nandana dicht tegen zich aan trok, stak ze kleine hapjes eten in haar mond. 'Ik zal je nooit meer kwijtraken, krielkipje van me', mompelde ze. 'Nooit meer.' Ze overlaadde haar met kusjes. 'Stel je voor, er is nu een ander klein meisje verdwenen. Ze zijn haar hier net komen zoeken. Ze had een rood bloesje aan, zeiden ze.'

'Ze zochten naar mij', zei Nandana, die zich inspande om bij de vrouw van schoot te komen.

'Waarom zouden ze je in je eigen huis komen zoeken, mijn krielkipje? Nu plaag je me alweer, stoute meid. Kom, eet dit eens op voordat ik boos word.'

Nandana worstelde om los te komen. Je eigen huis. Dit was haar eigen huis niet. Ze dacht terug aan de politie die bij oom Sunny aan de deur was gekomen en aan tante Kiran, die haar vertelde dat haar ouders dood waren, en eindelijk begreep ze dat zij haar nooit meer zouden komen zoeken. Vandaar dat de Oude Man haar had meegenomen naar het Grote Huis. Zodat hij en Mamma-mevrouw altijd voor haar konden zorgen.

'Nee, ik wil dat niet opeten', zei ze. 'Ik wil naar mijn eigen huis.' Ze schreeuwde zo hard ze kon en liet zich pas door mevrouw Poorna het zwijgen opleggen toen deze haar hand tegen Nandana's mond drukte.

De school lag er stil en verlaten bij toen Sripathi er aankwam. Het hek zwaaide moeiteloos open, en hij liep eerst naar het kantoortje in de hoop dat daar nog iemand zou zijn. Tot zijn schrik zat de deur op slot. Hij sloeg met zijn vuist op het dikke hout en liep toen sloffend de lange gang in die zich door het hele hoofdgebouw slingerde. Hij tuurde door gesloten ramen in lege lokalen, maar hij kon zich niet meer herinneren waar Nandana's lokaal was. Die eerste dag, toen hij haar hiernaartoe had gebracht, had een van de nonnen hen in het kantoortje bij de ingang opgewacht. Ze had Nandana bij de hand genomen en haar door de smalle, donkere gangen meegenomen naar een onbekende plek. Sripathi herinnerde zich het gevoel van verlies bij het nakijken van de lange gestalte in haar wapperende zwarte habijt en het kleine meisje dat naast haar meedribbelde. Het was hetzelfde gevoel dat hij als kind elke eerste schooldag van het jaar had gehad wanneer zijn vader hem voor de deur van zijn school had afgezet, op de eerste schooldag toen hij Maya, en later Arun, had achtergelaten, en jaren later toen hij het vliegtuig waar zijn dochter in zat had zien opstijgen.

Nergens te bekennen. Ze was niet op een van de veranda's of de galerijen. Niet op de speelplaats of op het kleine pleintje met het asbestafdak, waar rijen tafels en banken stonden voor degenen die hun twaalfuurtje niet in school of onder de bomen wilden opeten. Toen hij naar het klooster liep, een stukje achter het hoofdgebouw, verscheen er een jonge non in een witte sari die hem vragend aankeek.

'Ja? Kan ik u ergens mee helpen?' vroeg ze.

'Mijn kleindochter, Nandana Baker, is vandaag na het spelen niet thuisgekomen', zei Sripathi. 'Ze is pas zeven jaar. Ze zit in groep 3. Ik dacht dat ze misschien om een of andere reden terug naar school was gelopen.'

'Ik heb na de laatste bel geen kinderen meer gezien in de school. Maar neemt u alstublieft even plaats in de spreekkamer. Ik zal moeder-overste op de hoogte brengen en dan kunnen we een van de knechten alle lokalen laten afzoeken.'

De non bracht Sripathi naar een klein, kaal kantoortje waar twee bruine banken tegenover elkaar stonden, dicht tegen de muur geschoven. Op de tafel in het midden stond een vaas vol Afrikaanse lelies die aan de puntjes al bruin werden en een begrafenisgeur verspreidden. Ook lag er een stapel religieuze brochures met felgekleurde en intens vrome gezichten die je ernstig aankeken vanaf het omslag. Hoog aan een van de kale muren hing een klein houten kruis met daaraan een afgematte Christusfiguur – een vertrouwd beeld, onderdeel van zijn eigen jeugd op school, waar paters in soutane door de imponerende gangen snelden in plaats van nonnen in hun ruisend gewaad. Was het wel een goed idee geweest Nandana op deze school te doen? Zou ze zich niet beter op haar plaats hebben gevoeld op een niet-confessionele school zoals Vidya Bhavan? De schoolkwestie was kort nadat het meisje in India was gearriveerd aan de orde gesteld door pater Joseph, de oude priester die Arun had lesgegeven. Hij had St. Mary geopperd en zijn contacten gebruikt om er een plaatsje voor het kind te bemachtigen. Zoals alles was ook een plekje op een school prijzig, maar dankzij de tussenkomst van de priester had Sripathi geen schoolgeld of donatie hoeven betalen, zoals door de meeste scholen in het land werd verwacht. Hoe beter de school, hoe hoger het bedrag.

Er kwam een lange, tengere non binnen ruisen, die nauwelijks veertig leek. Ze keek Sripathi glimlachend aan.

'Goedenavond, meneer Rao', zei ze. 'Misschien herinnert u het zich niet, maar ik ben jaren geleden Maya's geschiedenislerares geweest. Ik vond het heel naar te horen dat ze is overleden.'

Ze keek Sripathi meelevend aan en opnieuw moest hij zich bedwingen om niet te gaan huilen. Wat was er toch met hem aan de hand dat hij al in tranen raakte wanneer iemand hem vriendelijk aankeek? Een halfuur later kwam de knecht terug met de mededeling dat alle lokalen leeg waren. Na nog een meelevende blik van de non liep Sripathi terug langs de stille school met de glazen, geloken ogen die schuilgingen achter gesloten luiken, de verlaten speelplaats waar kindervoeten de hele dag het stof hadden opgejaagd, en de witgesausde, alles omringende muur.

Twee uur nadat Sripathi was vertrokken om Nandana te zoeken, kwam Arun thuis. Zijn overhemd was gescheurd, zijn gezicht en armen zaten onder de blauwe plekken, hij was doorweekt en uitgeput. De protestmars tegen de grote trawlers die de vissers van hun dagelijkse vangst beroofden had niet helemaal het effect gehad dat hij ervan had verwacht. Twee vrouwen die aan de betoging hadden deelgenomen waren zelfs zwaargewond in het ziekenhuis opgenomen. Door trawlereigenaren ingehuurde onderwereldfiguren hadden de ongewapende groep met behulp van koevoeten en bakstenen uit elkaar gedreven. Een van hen had Arun weggetrokken en hem bedreigd. 'Jij denkt zeker dat je Gandhi bent, hè?' had de man gevraagd. Zijn gezicht kwam hem bekend voor, en later realiseerde Arun zich dat hij een van de Jongens was die voor Munnuswamy werkte. 'Als jij je lange brahmanenneus niet uit onze zaken houdt, wordt-ie aan gruzelementen geslagen. En daar zullen we het ook niet bij laten.'

Arun had met een uitdagende blik gezegd: 'Doe wat je niet laten kunt, mij deert het niet. Breek al mijn botten maar, we zullen wel zien.'

Daarop had de man gegrinnikt. Zijn grote, door betelsap bevlekte tanden hadden een oranje glans. 'We hebben ook andere middelen ter beschikking, mannetje. We hebben gehoord dat jullie een klein meisje in huis hebben. Een kind kan tegenwoordig heel makkelijk zoekraken, hè? Ze gaat naar school en phuss, weg is ze. Of ze is buiten aan het spelen en opeens nergens meer te bekennen. Jullie moeten maar heel goed op haar passen.' Hij gaf Arun een harde klap. 'Maar als jij je gedraagt, zorgen wij er natuurlijk voor dat de kleine meid niets overkomt. Afgesproken, meneertje?'

Zodra hij het hek van het Grote Huis binnenging, zag hij daar tot zijn verbazing Nirmala staan. Haar gezicht droop van het water.

'O, ben jij het', zei ze botweg. 'Heb je eindelijk besloten thuis te komen?'

'Wat doet u hier in de regen?' wilde Arun weten.

'Het kind is zoek. We hebben haar nog steeds niet gevonden. Waar ben je geweest?'

'Er was een protestmars…'

'Ik heb schoon genoeg van dat geprotesteer. Je vader had groot gelijk dat hij kwaad op je werd. Wij zitten tot onze nek in de problemen, en jij gaat de deur uit om de wereld te redden. Ik heb schoon genoeg van jullie allemaal. Al die jaren heb ik geluisterd naar je vader en je grootmoeder en naar weet ik veel wie allemaal. Ik had moeten doen wat volgens míj het beste was. Dan was dit allemaal niet gebeurd. Ik ben stom geweest. Stom.' Nirmala stond nu met een hoge woedende stem te schreeuwen. 'Ik heb gewacht en gewacht tot mijn Maya thuiskwam en nu ben ik ook nog haar dochter kwijt. Ik had tien jaar geleden tegen haar moeten zeggen dat ze thuis mocht komen. Waarom heb ik gewacht? Waarom was ik zo bang?'

'Mamma, toe, niet huilen', zei Arun smekend. Met zijn natte mouw probeerde hij de langs zijn gezicht stromende regen weg te vegen. 'Het is uw schuld niet. En we zullen haar vast en zeker vinden. Hebt u de politie gebeld?'

'Het is wel mijn schuld. Ik had haar niet naar buiten moeten sturen om te gaan spelen. Ze wilde niet', jammerde Nirmala.

Arun trok zijn moeder mee het huis in, waar het een zee van licht was. Tot zijn verbazing zag hij Gopala op een van de rechte palissanderhouten stoelen zitten en Munnuswamy op de andere. Met het pak slaag dat hij van Munnuswamy's tuig had gekregen nog vers in zijn geheugen en voelbaar in zijn lichaam, vroeg hij: 'Wat moeten jullie hier?'

'Ze helpen ons om Nandu te zoeken', zei Nirmala. 'Heel aardig van ze.'

'Aardig, hoezo? Dit zijn allebei schurken. Nog maar een paar uur geleden hebben hun goonda's gedreigd Nandu te ontvoeren. Wat voor hulp kunnen we van ze verwachten?' Arun liep dreigend op de twee mannen af. 'Willen jullie alsjeblieft vertrekken? Jullie zijn niet welkom in dit huis.'

'Juist, zeg die binnendringers maar waar het op staat', riep Ammayya, dolblij dat haar opvattingen eindelijk eens door een ander werden gedeeld.

Nirmala greep Arun bij de arm en trok hem achteruit. 'Nee, laat dat toch. Zij hebben er niets mee te maken, echt niet', zei ze. Ze glimlachte smekend naar Munnuswamy, die was opgestaan. 'Niet weggaan, alstublieft. Mijn zoon is bezorgd, dat is alles. Hij weet niet wat hij zegt.'

'Waarom hebt u de politie niet gebeld?' vroeg Arun.

'De politie? Ik heb wel honderd keer gebeld, maar er kwam niemand opdagen.'

'Maar dit zijn allebei schurken, Mamma', zei Arun op zachtere toon.

'De hele wereld bestaat uit schurken', antwoordde Nirmala. 'Voor mijn part zijn ze allebei een shaitaan uit de hel, het kan me niet schelen. Ik weet alleen dat ze me helpen Nandana terug te vinden.'

In de kamer steeg nu een rioollucht op die zich vermengde met een bedompte etenswalm en de geur van de schimmelige bank. Hoewel Munnuswamy kort na Aruns komst naar huis was gegaan, was Gopala gebleven. De bezorgd rondfladderende Putti voorzag iedereen voortdurend van koffie en drong erop aan dat ze iets zouden eten. 'Wees maar niet bezorgd, we vinden haar wel', zei Gopala geruststellend tegen Nirmala terwijl hij haar een kneepje in haar hand gaf. 'Die Jongens kennen deze stad als hun broekzak. Bovendien kennen ze iedereen. Door de regen duurt het alleen een tijdje, dat is alles.'

Toen, rond een uur of elf, juist op het moment dat Nirmala besloot weer een kijkje bij het hek te nemen, klonk er geschuifel op de veranda. Het flauwe licht daar viel op een man die ze niet meteen herkende. Naast hem stond een klein figuurtje met lang haar.

'Ayyo, ayyo, ammamma!' riep Nirmala uit terwijl ze naar de veranda rende en Nandana optilde. 'Ze is terug. O, deva zij gedankt!' Ze overlaadde het kindergezichtje met kussen. 'Waar ben je geweest, stoute meid? Is alles goed met je? Vertel eens gauw, is alles goed?'

Nandana probeerde al het gezoen te ontwijken en knikte. 'Ja, maar ik heb slaap', zei ze verlegen.

Nirmala bleef stomverbaasd staan. 'Horen jullie dat? Ze praatte tegen me! Arun, Putti, hebben jullie haar gehoord?'

350

Ze stond Nandana verbouwereerd aan te kijken. 'Zeg nog eens iets, chinna van me. Vertel eens waar je geweest bent.'

'Die gekke mevrouw heeft me meegenomen en me van alles laten eten', zei Nandana, die zich nu uit haar grootmoeders armen probeerde los te worstelen.

Nirmala liet haar op de grond zakken, maar bleef haar handje stevig vasthouden. Toen ze haar blik langs het groepje mensen op de veranda liet gaan, zag ze de man die haar kleinkind had thuisgebracht. Eindelijk herkende ze hem. Meneer Poorna, de man van dat arme, gekke schepsel. 'Hebt u haar gevonden? Dank u, dank u', zei ze snikkend.

De man had een opgelaten uitdrukking op zijn gezicht. 'Nee, ze is de hele avond bij ons thuis geweest', zei hij. 'Mijn vrouw had haar mee naar binnen genomen. Het spijt me, ik wist het niet. Ik was op reis. Ik ben net terug en trof haar daar aan. Mijn vrouw is niet in orde. Ze heeft de kleine geen kwaad gedaan. Neemt u het haar alstublieft niet kwalijk.' Het familielid dat voor zijn vrouw zorgde was naar een bruiloft, verklaarde hij. Als ze om zeven uur was teruggekomen, zoals oorspronkelijk de bedoeling was geweest, dan zou het kind eerder zijn gevonden. Maar door het noodweer was de busdienst ontregeld geraakt, en het familielid had besloten de nacht bij haar nicht door te brengen.

'Het spijt me dat we zo veel ongerustheid hebben veroorzaakt', zei hij terwijl hij achterwaarts de veranda af liep. 'Het kind is ongedeerd.' Nirmala's aanbod van koffie sloeg hij af. 'Nee, ik heb mijn vrouw in de kamer moeten opsluiten. Ze is erg van streek. Ik moet het haar gaan uitleggen.'

De regen sloeg met grote, zwiepende vlagen tegen Sripathi's lichaam en ondanks de paraplu raakte hij volkomen doorweekt. De weg was veranderd in een ondiepe rivier die allerlei afval met zich meesleurde. Sripathi had verlangend naar deze zondvloed uitgezien, maar de wolkbreuk had zich op geen slechter tijdstip kunnen voordoen. Alle mensen op straat, de daklozen die op de stoep huisden en de straatventers die misschien een klein meisje met lang haar, grote ogen en twee ontbrekende voortanden hadden kunnen zien, waren weg, verdwenen in verlaten gebouwen of onder lappen plastic die met bakstenen op hun plaats werden gehouden op stapels oude olievaten. Aan de balkons van sommige flats langs de weg zwaaiden snoeren met felle lichtjes heen en weer. In de verte had iemand besloten om Deepavali vroeg te vieren, want Sripathi hoorde het gesis en geknetter van rotjes. De geur van gebakken uien kwam hem tegemoet vanaf de kookvuurtjes van bouwvakkers die hun intrek hadden genomen in het huis waar ze op dat moment bezig waren. In hoeveel verschillende huizen zouden die mensen al gewoond hebben? Niet een van hen zou een eigen huis hebben om in te sterven. Bij de gedachte aan huizen besefte Sripathi ineens dat ook hij zeer binnenkort een manier moest verzinnen om zijn leningen af te lossen of anders het Grote Huis zou moeten verkopen. Er schoot een auto voorbij, en golven smerig water spoelden over zijn benen. Hij trok een gezicht en ging naar de kant van de weg, hopend dat hij niet in de goot zou vallen. Je kon niet meer zien waar de goot eindigde en de weg begon. Ineens kwam er een herinnering bij hem naar boven. Hij had Maya en Arun een keer meegenomen naar een goochelvoorstelling in de zaal van het Technologisch Instituut. Maya was acht en Arun amper twee. Hij had toen nog geen scooter en daarom hadden ze de bus genomen, hoewel het een behoorlijk eind lopen was van de bushalte naar huis. Arun was te jong geweest om het talent van de grote P.C. Sorcar, Wereldberoemd Goochelaar, te kunnen waarderen, maar Maya was opgetogen en slaakte kreten van verbazing bij elke truc die de goochelaar vertoonde. Toen ze na de voorstelling buiten kwamen, was het donker en net als nu goot het van de regen. Ze hadden tijdens die hele rit langs de kust in een lege bus zitten kijken hoe de onheilspellend donkere lucht werd doorkliefd door bliksemstralen. De zee was een beukende, deinende massa van groen vuur die de kust belaagde en zijn gretige vingers uitstrekte naar de weg. Er waaide zand op tegen de ramen, en de bus leek te schudden door de kracht van de harde wind. Toen ze uitstapten en aan hun lange tocht naar huis begonnen, stond de weg al blank. Hoewel er orkaanwaarschuwingen van kracht waren en Sripathi er tegenop had gezien om zijn veilige huis te verlaten, zeker met de kinderen, waren ze toch gegaan omdat hij de kaartjes al had gekocht en ze niet onbenut wilde laten. Nirmala, Putti en Ammayya waren voor een weekendje naar Tirupathi gegaan.

Maya had naast hem gedribbeld, opgewonden kwebbelend over de goochelaar, haar hand stevig in de zijne geklemd. Op zijn andere arm droeg hij Arun. Er denderde een vrachtwagen voorbij, en Maya ging bijna kopje onder in het vieze water dat in een ruisende golf door zijn wielen werd opgeworpen. Ze had gehoest en geproest, geschrokken door de onverwachte water-plens, en ze weigerde nog een stap te verzetten. Ze had gesmeekt of hij haar wilde dragen.

Zelfs nu nog huiverde hij bij de herinnering aan die avond. Aan hoe hij traag en moeizaam over de weg was gewankeld die gewoonlijk zo kort leek, maar zich nu eindeloos uitstrekte. De kinderen werden steeds zwaarder. Maya zat op zijn rug, met haar armen verstikkend strak om zijn nek; haar mollige been-tjes gleden telkens weg, klampten zich weer vast, schoten dan weer weg en knelden zich opnieuw om zijn middel.

'Volhouden', had hij geschreeuwd telkens wanneer ze eraf dreigde te vallen. 'Volhouden! We zijn bijna thuis.'

Zijn armen deden pijn door het gewicht van Aruns lichaam. Sripathi waadde aan de kant van de weg door water dat tot aan zijn knieën reikte, en hij hoopte maar dat hij niet in het on-zichtbare riool zou glijden dat verraderlijk en stinkend onder het oppervlak op hem wachtte.

'Appu, gaan we nu verdrinken?' had Maya gejammerd en hij

had haar gerustgesteld. 'Nee, lieverd. Nee raja, Appu zal voor je zorgen.'

'Altijd?' had ze gevraagd. Zoals gewoonlijk buitte ze de gelegenheid uit om zo veel mogelijk van hem gedaan te krijgen en probeerde ze de kleine onzekerheden in haar hoofd te bezweren met verzekeringen van hem, haar vader.

'Altijd', had hij haar onbezonnen beloofd. Hoe had hij de toekomst durven uitdagen, de schelmse goden durven tarten met een zo aanmatigende uitspraak?

Hij kwam langs een paar caesalpinia's die een vertrouwd, krullerig hek van smeedijzer bewaakten. Raju's huis. In een van de voorkamers flakkerde licht. Van die bomen waren heel wat lange, kromme bruine zaadhulzen gekomen die door Sripathi en Raju als zwaard waren gebruikt wanneer ze in hun jongensjaren oude veldslagen naspeelden: Arjuna en de Kaurava's, Lakshmana tegen een stel demonen, Karna, Shivaji en Tipu Sultan. Koningen, krijgers en helden, waarbij hun jongenskreten opstegen in de stoffige lucht en zich vermengden met de herinnering aan andere stemmen, andere kinderen die hen waren voorgegaan en bij dezelfde spelletjes hun fantasie de vrije loop hadden gelaten. Het had destijds allemaal zo eenvoudig geleken, alle problemen opgelost met één uithaal van de lange bruine zaadhulzen. Sripathi wankelde nu er weer een vrachtwagen voorbijreed en een krachtige golf vies water om zijn benen opwierp. Plotseling voelde hij zich gedesoriënteerd en gewichtloos, alsof hij bezig was weg te drijven over de donkere weg. Hij kon zich niet meer herinneren waar hij was of wat hij in de regen aan het doen was. Om nog een greintje bewustzijn te behouden probeerde hij in gedachten een brief op te stellen. 'Geachte redactie,' schreeuwde hij, 'geachte redactie.' Hij begon hysterisch te lachen, niet in staat om ook maar één enkele klacht te bedenken tegen het kleine wereldje waarin hij leefde. Er kwamen twee vrouwen voorbijlopen, en hij pakte een zachte, natte arm vast.

'Dronken idioot', schreeuwde ze en ze schudde zijn hand af en sloeg hem met haar open paraplu. Haar vriendin trok haar weg, en ze liepen haastig door, af en toe over hun schouder kijkend.

'Ik ben een idioot', beaamde Sripathi, hulpeloos grinnikend. 'Maar niet dronken. Nee, mevrouw, ik ben een nuchtere idioot, en het spijt me vreselijk, echt vreselijk dat ik u heb ontriefd.'

Hij wankelde en viel bijna tegen een gedaante aan die hem tegemoet kwam lopen.

'Appu?' zei de gedaante, waardoor hij schrok. Het was een kleine, magere man met een bril, die een zaklantaarn bij zich had en een felgele paraplu die opsprong in de wind. Hij kwam Sripathi bekend voor. 'Appu, Nandana is weer thuis. Ze was in het huis van mevrouw Poorna. Ze is ongedeerd.'

'Ongedeerd?' echode Sripathi schaapachtig. Nu hij hier in het donker stond, in de regen, met voor hem deze man wiens gezicht hij nauwelijks kon onderscheiden, leek de hele dag tollend uiteen te vallen. Er was een kind zoekgeraakt. Hij had haar niet gevonden. In feite was hij, Sripathi Rao, er verantwoordelijk voor geweest dat ze was zoekgeraakt, dacht hij volkomen uitgeput.

'Ongedeerd?' herhaalde hij tegen de man, die hem zachtjes bij de arm nam en meevoerde over de onverlichte straat.

'Ja, Appu, alles is goed gekomen', zei de man, die steeds meer klonk als iemand die Sripathi meende te kennen.

'Is Maya terug? Ik heb Nirmala gezegd dat ze zou terugkomen', zei Sripathi vertrouwelijk. 'Ze heeft me nooit geloofd.'

Hij behield geen herinnering aan die tocht over straat, geen herinnering aan Arun, alleen beelden van de eindeloze regen, bomen vol met zwiepende zwaarden die elk moment op zijn hoofd konden vallen, en van een non die hem vriendelijk had aangekeken door de gebrandschilderde ramen van een gebouw dat hij nooit eerder had gezien.

'Ze praat', was het eerste wat Nirmala zei toen Sripathi en Arun thuiskwamen. Ze had Nandana naar bed gebracht en liep nu opgewonden heen en weer door de huiskamer. Ook Gopala was weggegaan, met de verzekering dat ze hem op elk gewenst tijdstip konden wakker maken als ze iets nodig hadden. Sripathi liet zich op de vloer van de veranda zakken en probeerde zijn schoenen uit te trekken. Hij pakte zijn voet en begon er vergeefs aan te trekken. Ten slotte gaf hij het op en bleef gewoon zitten, met gebogen hoofd, zijn benen recht vooruit gestoken. 'Het gaat goed met haar', zei Nirmala, in de veronderstelling dat hij alleen maar uitgeput was. 'Hoorde je wat ik zei, ree?'

'Met wie?'

'Met het kind, wie anders?'

Sripathi keek haar hoopvol aan. 'Is ons kind terug?' vroeg hij. 'Is haar man er ook? Ik hoop dat je iets lekkers voor haar hebt klaargemaakt. Wat een heerlijke gebeurtenis.' Hij keek stralend naar Nirmala, die hem een verbijsterde blik toewierp.

'Waarom kraamt hij zo'n onzin uit?' vroeg ze aan Arun, die zijn schouders ophaalde. 'Ik weet het niet', zei hij en hij hielp zijn vader voorzichtig naar binnen. 'Op de terugweg sloeg hij ook al wartaal uit.'

In de huiskamer, waar het licht veel feller was dan op de veranda, zag Nirmala dat Sripathi lijkbleek was en een verwilderde blik in zijn ogen had. Toen ze aan zijn gezicht voelde, stokte haar adem. 'Hij gloeit helemaal van de koorts!' riep ze uit. 'O God, wat een dag is dit.' Ze riep Arun, die net zijn natte kleren had uitgetrokken. Ze gaf hem opdracht naar het huis van de dokter te gaan om hem op zijn knieën te smeken of hij op huisbezoek wilde komen, en hem alles te betalen wat hij daarvoor vroeg. Toen bracht ze haar man naar hun slaapkamer en trok hem zijn natte kleren uit, even teder alsof ze een baby uitkleedde. Ze kreeg medelijden toen ze zijn rillende gestalte zag, het grijze krulhaar dat van zijn borst doorliep tot zijn kruis, zijn verschrompelde scrotum. Was dit dezelfde man die haar voor de grap een keer lachend naar bed had gedragen, zijn tanden glanzend sterk en wit, terwijl zij gillend protesteerde?

'Laten we doen alsof we in een film spelen', had hij gezegd terwijl hij met haar in het rond draaide en bijna zijn evenwicht verloor. 'Jij bent Vyjayanthimala en ik ben Sunil Dutt!'

Wat was dat alweer lang geleden. Sindsdien was alles zo chaotisch geworden. Nirmala wreef hem droog met een handdoek, duwde hem voorzichtig op het bed en trok hem zijn pyjama en kurta aan, terwijl hij er zo gedwee als een kind bij zat.

Ze liep de trap af, voetje voor voetje, om haar onwillige knieën te ontzien die knakten en kraakten als ze bewoog, en wachtte tot Arun zou terugkomen met de dokter. Als hij tenminste bereid was in dit weer een huisbezoek af te leggen. Je was tegenwoordig nergens meer zeker van, zelfs niet van de elementaire goedheid van de mens, dacht ze verbitterd. Het was donker in de huiskamer. Putti zat als een in elkaar gedoken schaduw op de stoel waar Gopala een uur geleden had gezeten en weigerde bij haar moeder in bed te stappen voordat ze was bedaard en in slaap gevallen. Ze staarde door de openstaande voordeur naar de regendruppels die heel even van goud leken wanneer het schijnsel van de straatlantaarns erop viel. Ammayya's deur was stevig gesloten. Ze had zich in haar kamer teruggetrokken toen Munnuswamy en Gopala waren gekomen, en nu ging ze achter het dikke hout tekeer met een wandelstok die venijnig op de plakkerige, vochtige vloer tikte.

19

Wat er allemaal gaat gebeuren

Een kinderlach. Het gestage geroffel van regen. Dakgoten en afvoerpijpen die kraakten onder de waterlast. Het geruis van verkeer. Gopinath Nayak die zong. De Birmaanse vrouw en haar bovenbuurvrouw die tegen elkaar stonden te gillen over het volgende stel gekortwiekte sari's. De hele week lag Sripathi in bed, drijvend op een warm, vertrouwd getij van geluiden. Hij wist niet dat de dokter die nacht toch had willen komen en een recept tegen de koorts en de verwardheid had achtergelaten. Een paar nachten achtereen was Sripathi af en toe in paniek wakker geschrokken – dan voelde hij nog steeds de regen in zijn gezicht slaan en het smerige water rond zijn kuiten klotsen en vroeg hij zich af of hij ook eenzaam op straat zou sterven, net als zijn vader. Daarna had hij gehoord hoe Nirmala zachtjes snuivend naast hem lag te snurken, en hij had zijn hand tegen de ronding van haar rug gelegd en was vanzelf weer in slaap gevallen. Thuis, ik ben thuis, dacht hij doezelig. Van de paar voorgaande dagen wist hij niets meer. Het laatste wat hij zich herinnerde was zijn bezoek aan de school van Nandana. Hadden ze het kind gevonden? Hij had niet de fut ernaar te vragen. Nu was hij eindelijk wakker en verlost van het donkere, kolkende tumult waarmee zijn gemoed sinds de dood van zijn geliefde dochter vervuld was. In het zwakke middaglicht dat door de kierende balkondeur de kamer wist binnen te dringen, staarde hij naar het beschimmelde plafond tot zijn oogleden dichtvielen omdat hij te moe werd ze open te houden. Er kwamen zachte voetstappen aan, maar hij deed zijn ogen niet open. Nirmala herkende hij aan het geluid van haar teenringen die tegen de vloer tikten, maar het bleef hem onduidelijk wie er met haar was meegekomen.

'Ajji, is hij dood?' vroeg een schorre jonge stem op fluistertoon. Hij voelde Nandana's adem over zijn gezicht uitwaaieren. Ze hadden haar dus wél gevonden.

'Tchah, zeg dat soort dingen toch niet', fluisterde Nirmala terwijl ze haar hand op Sripathi's voorhoofd legde. Het was een troostende aanraking die hij heerlijk vond. 'Je grootvader ligt alleen maar te slapen. Kijk, hij heeft ook geen koorts meer.'

Haar hand maakte plaats voor een veel kleiner handje. Het bleef even stil terwijl het tweetal aandachtig naar Sripathi stond te kijken.

'Waarom heeft hij dat koord om?' vroeg Nandana. Sripathi kreeg een schok toen een klein, koud vingertje het pad van zijn heilige draad over zijn borst volgde. Hij kon niet tegen kietelen. Hij deed zijn ogen open omdat hij niet langer kon volhouden dat hij lag te slapen. Tegelijkertijd besefte hij dat het kind sprak.

'Kijk eens, hij is wakker!' zei Nandana terwijl ze een stapje achteruit deed en afzag van een verdere inspectie van Sripathi's blote borst en de draad die er schuin overheen lag, een boog over zijn linkerschouder beschreef en over zijn rug verdween. 'Ajji, mag ik hem iets vragen over die draad?'

'Waarom niet?' zei Nirmala, die opgelucht was dat ze haar man wakker zag.

'Kan ze spreken?' vroeg hij. Zijn eigen stem klonk hem vreemd in de oren.

'Ja, en de hele dag gaat het van babbeldebabbeldebabbel. Nietwaar, mari van me?'

'Ik wil weten waarom hij een draad om heeft', zei Nandana terwijl ze zich achter Nirmala terugtrok en Sripathi van om een hoekje begluurde.

'Om te voorkomen dat ik uit elkaar val.' Hij probeerde het met een grapje, lichtelijk uit zijn evenwicht door de behoedzame blik van het kind. Ze was bang voor hem. Nirmala keek hem streng aan.

'Oké', corrigeerde hij. Hij besefte dat hij, voor het eerst sinds ze uit Vancouver waren teruggekeerd, met zijn kleinkind sprak zonder de pijn waarmee hij haar moeder terugzag in haar gezicht, haar ogen en haar stem. 'Om mijn rug mee te krabben. En om me aan mijn verantwoordelijkheden te herinneren. Kijk maar, zes draden.' Met de punt van zijn wijsvinger scheidde hij de draden van zijn jaanwaara. 'Een voor jou en je Ajji. Voor Ammayya en Putti en Arun en Maya.'

'En mijn pappa dan?' wilde Nandana weten. 'Waarom bent u mijn pappa vergeten?'

'Nou, goed dan. Dan valt Ajji af en wordt dit de draad van je pappa.'

'Tchah! Altijd maar grapjes maken en onzin verkopen. Luister maar niet naar hem, lieverd. Kom, laat hem maar slapen. Ik zal je wel vertellen waar die draad voor is en vertel jij me dan maar over je pappa.'

'U zei dat u foto's van mijn mamma zou laten zien toen ze net zo oud was als ik.'

'Ja ja, dat ook.'

'En de trouwsari met duizend lotusbloemen waarvan u zei dat u hem aan mij zou geven als ik groot ben.'

'Ja, kind, ja', beloofde Nirmala.

De sari was speciaal voor de bruiloft van Nirmala's grootmoeder vervaardigd door een meesterwever in Kanjeevaram. Ergens tussen de fragiele adertjes van goud en turkooise zijde, tussen de tweehonderd groenblauwe pauwen, de driehonderd karmozijnrode jasmijnknoppen, het warnet van bladeren, klimplanten en bloesems – ergens in die grootse uitbarsting van weversfantasie zat een gouden olifant verscholen die geluk en kracht moest brengen.

Als meisje had Nirmala de zeven meter zijde in haar grootmoeders slaapkamer uitgelegd om naar het zo moeilijk vindbare motief te zoeken. Haar grootmoeder had het nooit gevonden, en de sari was daarna doorgegeven aan haar eigen moeder en toen aan haar. Hij lag in haar kast, zorgvuldig in vloeipapier gewikkeld, met een schijfje sandelhout ertussen. Al jaren schudde ze hem elk halfjaar voorzichtig uit en liet de tere geur van sandelhout naar buiten zweven; daarna vouwde ze hem op een andere manier op om te voorkomen dat het gouddraad zou breken en borg hem weg in de kast.

'Ja', zei ze nog eens. 'En dan gaan we op zoek naar de olifant die in die sari verscholen zit.'

Het orkaanfront dat net voorbij was getrokken en had gezorgd voor alweer zwaardere stortbuien, werd meteen door een ander opgevolgd. Nu werd de regen bij elke ademteug door de inwoners van Toturpuram hartgrondig vervloekt, terwijl ze er juist zo naar hadden verlangd. Op het erf van het Grote Huis begon het water, dat eerst iets was gezakt, weer aan de randen van de veranda te likken. Bruine en zwarte wormen die uit hun ondergrondse holletje waren gespoeld, kronkelden en strekten zich als sliertjes brandend rubber op de vochtige tegels, en 's avonds suizelde het in huis van de vliegende mieren die blindelings tegen de lichtpeertjes opbotsten. Nu lieten zelfs de straatjongens hun papieren bootjes niet meer door de ondergelopen straten varen. In plaats daarvan zaten ze klagend en ruziënd bijeengekropen onder flapperende lappen plastic die op een halfslachtige manier met keien en bakstenen aan het wegdek waren verankerd. Door de kracht van de harde wind kwamen er barsten in de reclameborden te zitten. Een klein dorp in de buurt werd weggevaagd, waarbij alle inwoners om het leven kwamen, op een oude vrouw in een lemen hut na. Het was een wonder dat ze nog leefde. Ze had haar kippen, een zwerfhond en een geit nog om zich heen en leek in gelukzalige onwetendheid te verkeren over de storm.

De scholen hadden aangekondigd dat het voorlopig vakantie

was, omdat de weerkundige dienst een ernstige stormwaarschuwing had uitgevaardigd. In sommige buurten van de stad was de grond zo met water doortrokken dat het onmogelijk was ergens heen te gaan. Gelukkig voor Nandana had ze de kinderen in de flatgebouwen om mee te spelen. Door haar escapades was ze voor hen een kleine beroemdheid geworden, en ze werd voortdurend gevraagd te komen spelen. Ze was een heldin. Ze had zich in de tunnel gewaagd en het overleefd. Ze was zelfs ontvoerd door die gekke vrouw en had het er ongeschonden afgebracht. En ze buitte alles ten volle uit door verhalen te vertellen over de monsters die zich in de donkere tunnel ophielden, monsters die haar hadden bedreigd en die ze had afgeweerd. Toch kon ze bij niemand het grote lege gevoel kwijt waardoor ze in het trieste kamertje van het verdwenen meisje was overvallen – het inzicht dat haar ouders dood waren. Nu dribbelde ze naast Nirmala, druk babbelend alsof er een dijk bij haar was doorgebroken. Ze zat vol vragen en commentaar: waarom zijn er zo veel muskieten? Waarom jeukt het zo als ze steken? Ik vind Indiase melk niet lekker smaken. Ik hou van chocoladetaart, maar mijn pappa had het liefste tiramisu. Mijn mamma zei dat er een heleboel geesten in de achtertuin zaten, vooral onder de mangoboom. Waarom loopt u zo langzaam, Ajji? Mag ik alstublieft een jong poesje? Alleen Ammayya stoorde zich aan het voortdurende opklinkende kinderstemmetje. 'Pah, ze zoemt als een vlieg in een fles! Ik krijg hoofdpijn als ik naar haar luister.' Maar de rest van het huis was opgetogen over haar levendigheid.

Op de ochtend dat Sripathi's koorts was gezakt, besloot Nirmala een bezoek aan de Munnuswamy's te brengen. Ze had verse chakkuli gemaakt die ze wilde meenemen als bedankje voor hun steun op de avond van Nandana's verdwijning. Terwijl ze het blad met knapperige goudbruine ringen zorgvuldig recht hield, stapte Nirmala in haar slippers en liep behoedzaam van de veranda het voorerf op, dat in een bruinige drab leek te zijn opgelost. Het water was dieper dan ze had verwacht en bijna verloor ze haar evenwicht. Met haar vrije hand hees ze haar sari op en voorzichtig waadde ze naar het gedeeltelijk openstaande hek, waardoor water van de weg het erf van het Grote Huis op stroomde.

Nirmala was nooit in het huis van Munnuswamy geweest. Al haar gesprekken met mevrouw Munnuswamy waren gevoerd over het muurtje of in de buurt van het hek. Het was een ruime en goed onderhouden woning. Binnen en buiten waren de muren in een gruwelijk felle vitrioolblauwe tint geverfd, maar de lambrisering was wit, waardoor je ogen gelukkig iets minder belast werden. Er was in elk geval geen spoor van waterschade. In elke kamer hing een barokke plafondventilator met pal daaronder een kleine kroonluchter. Nirmala voelde een steek van afgunst en ook van wrok. Om een dergelijk groot huis zo mooi en schoon te houden moesten ze wel heel veel geld hebben, veronderstelde ze. Ze dacht aan het zo verwaarloosde Grote Huis, waarvan de staat van verval alleen maar verergerde in de moessontijd; dan ontstonden er grote schimmelplekken op de muren en plafonds, als de landkaarten van vruchtbare naties. Het huis was zelfs al meer dan tien jaar niet gewit. Ze merkte dat mevrouw Munnuswamy haar verlangend aankeek, maar kon het niet opbrengen iets te zeggen. Toen liet ze zich ineens vermurwen en voelde zich schuldig dat ze vriendelijkheid beantwoordde met hooghartigheid.

'Wat hebt u er een mooi huis van gemaakt', zei ze. 'Mooie kleur ook, op de muren.' Omdat ze er de kleine, ronde vrouw die voor haar stond zo veel plezier mee deed, zat het leugentje haar niet erg dwars.

'Mijn man heeft al die verf voor een zacht prijsje overgenomen van een vriend. Als u wilt, kunnen we u er ook wel aan helpen', zei mevrouw Munnuswamy met een verlegen lachje. 'Mijn man heeft een heleboel contacten. Wat voor problemen u ook heeft, hij lost ze wel op.' Ze zweeg even. 'Als u wilt, tenminste.' Daarna verzocht ze Nirmala plaats te nemen op een van de mollige fauteuils, die met een zijdeachtige roze stof waren bekleed.

'U wilt toch vast wel iets eten of drinken', drong ze aan en Nirmala gaf toe, hoewel ze zich aanvankelijk schuldig voelde omdat ze iets achter Ammayya's streng orthodoxe rug om deed. Dit gevoel werd vrijwel meteen gevolgd door ergernis – over zichzelf. Hoe kon zij, een volwassen vrouw, zelf al grootmoeder, nog bang zijn voor een seniele oude vrouw met achterlijke denkbeelden?

'Ishwara!' schreeuwde mevrouw Munnuswamy, en Nirmala schrok van de kracht van haar stembanden. Mevrouw Munnuswamy keek haar gast stralend aan en zei: 'Ishwara is een heel vrome jongen. Hij droomt, moet u weten. Zo intelligent, u hebt geen idee.'

Na de thee wilde mevrouw Munnuswamy Nirmala per se een rondleiding door het huis geven. Nirmala liep door de ene na de andere helblauwe kamer achter haar aan totdat ze dacht dat de hemel op haar ogen was gevallen. Maar omdat ze mevrouw Munnuswamy niet wilde kwetsen, zei ze alleen maar heel vleiende dingen. Trouwens, wie was zij om commentaar te leveren? Alsof haar eigen huis beter was. De laatste halte tijdens de rondleiding was het terras, en vandaar had Nirmala een goed uitzicht op het omliggende terrein. Haar eigen huis viel bij al die flatgebouwen in het niet en stond naargeestig en onbeduidend in zijn plas smerig water.

Mevrouw Munnuswamy zag het ook. Ze sloeg haar hand voor haar mond en riep uit: 'Waarom loopt het water bij uw huis zo slecht weg? Daar kunt u beter iets aan doen. De mensen van de gemeente bellen, misschien.'

Nirmala knikte en keek ongerust naar haar huis, oud en eenzaam, gestrand in een deinende, grijsgroene bende. Ze moest daar echt Sripathi over aanspreken – of Arun, aangezien haar man nog niet in orde was. Het was toch niet de bedoeling dat water zo lang bleef staan, ook al had het dan dagenlang geregend.

Vlak voordat Nirmala vertrok, pakte mevrouw Munnuswamy haar bij de arm en zei aarzelend: 'Er is iets waar ik met u over wilde praten. Wees alstublieft niet beledigd. Mijn zoon blijft maar aandringen en ik weet niet wat ik moet doen.'

'Gaat het over mijn schoonzusje?' vroeg Nirmala, die direct ter zake kwam.

'Ja. We zullen het natuurlijk op de gepaste manier komen vragen, maar ik vond dat ik eerst met u moest spreken. Uw schoonmoeder is niet bepaald makkelijk om mee te praten.'

'Wil Gopala met Putti trouwen?'

'Ja.'

'Nou, komt u dan maar langs, met tambola en alles, wanneer Deepavali voorbij is. Ik zal alles wel regelen, maak u maar niet bezorgd. Ik weet dat Putti er ook gelukkig mee zal zijn.'

Nirmala stond versteld van haar eigen durf. Om te beginnen zou ze met Ammayya's hysterie te maken krijgen. En Sripathi, hoe zou die reageren? Hij had het contact met zijn eigen dochter verbroken omdat ze buiten haar eigen kaste, godsdienst en ras was getrouwd. Zou hij nu zijn zuster steunen? Vooral omdat het om deze goonda ging, dezelfde man wiens boeven Arun twee keer in elkaar hadden geslagen.

'Weet u het zeker?' vroeg mevrouw Munnuswamy, stomverbaasd over Nirmala's uitnodiging. Ze had wel wat verzet verwacht – geschoktheid, of misschien wel woede, bij de gedachte aan een verbintenis tussen haar zoon en het brahmaanse meisje. Er stak een vinnige twijfel bij de kop op. Misschien mankeerde er wel iets aan Putti. Vandaar dat er nog niemand met haar getrouwd was. Ze keek Nirmala nu bedenkelijk aan en werd beloond met een warme glimlach.

'Ja, waarom zou ik het niet gewoon zeggen?' vroeg Nirmala.

'U moet toch eerst met uw schoonmoeder praten, ja?'

'Dit soort dingen moeten snel worden afgehandeld. Gopala

en Putti zijn geen van tweeën jong meer. Hoe lang wilt u nog blijven wachten? Tot ze al hun haar en tanden kwijt zijn, misschien?' Nirmala lachte, in een allerbeste stemming vanwege haar eigen durf.

'Wat u zegt is waar', beaamde mevrouw Munnuswamy terwijl ze afschoot op een rijk bewerkt wandtafeltje met een assortiment zilveren doosjes op een blad. Ze pakte een klein blikje, maakte het open en hield het Nirmala voor. Deze nam een snufje vermiljoen en smeerde het in de scheiding van haar haar. De vertrouwdheid van dit ritueel gaf haar een geruststellend gevoel. Als ze overweg konden met een half buitenlandse kleindochter, waarom dan ook niet met deze mensen, die er in elk geval dezelfde rituelen op nahielden?

Opnieuw waadde ze door het water dat rond het Grote Huis stond. Het kwam tot aan haar enkels, en ze trok haar neus op bij de stank van rottende planten die omhoogwalmde bij elke stap die ze deed. God mocht weten wat een akelige ziekten er in die viezigheid ontstonden. Ze kwam bij de veranda en kneep met een uitdrukking van afkeer op haar gezicht het smerige water uit de einden van haar sari door ze eerst tegen elkaar te drukken en daarna krachtig uit te wringen. Toen ging ze het huis in, ervoor wakend dat de stof tegen haar benen kwam. Opnieuw werd ze getroffen door het verschil tussen de afbladderende muren van haar eigen woonkamer – het ouderwetse meubilair, de muffe lucht die alle andere geuren overheerste – en de fleurigheid van die van haar buurvrouw. Met weer die steek van afgunst. En toen verscheen Ammayya, die wilde weten of ze naar het huis van die parvenu was geweest, en Nirmala zette het water en de treurige inrichting van hun huis uit haar hoofd.

'Ja', zei ze. 'Ik heb wat chakkuli gebracht om ze voor hun hulp te bedanken.'

'Waarom doe je opeens zo vriendelijk tegen die lui?' vroeg Ammayya argwanend.

Nirmala aarzelde en vroeg zich af of ze meteen het nieuws over het komende huwelijksaanzoek voor Putti zou bekendmaken. Dit was waarschijnlijk niet het meest geschikte moment, concludeerde ze. Ze moest eerst een strategie uitdenken. Ze moest Putti, Sripathi en Arun op de hoogte brengen. Ervoor zorgen dat ze haar kant kozen voordat Ammayya werd ingelicht. De oude vrouw had iets in de gaten. Ze beet zich vast in Nirmala's aarzeling en schudde ermee alsof het een rat was.

'Wat is er?' vroeg ze op dwingende toon. 'Wat hou je voor me achter?'

'Niets, Ammayya. Ik dacht er alleen aan hoe aardig ze zijn geweest, en dat wij...'

'Leugenares! Je houdt iets anders voor me achter. Daar ken ik je te goed voor, Nirmala.'

Nirmala dacht snel na. 'Nou, de vrouw van Munnuswamy zei dat ze ons voor een zacht prijsje aan muurverf kon helpen, en ik vroeg me af of u ons wat geld kon lenen. Het huis moet geschilderd worden.'

Zoals ze al had verwacht, werd Ammayya onmiddellijk afgeleid door het idee om geld te lenen. 'Geld? Mijn man heeft me achtergelaten als een pauper, en ik moet genadebrood eten bij mijn zoon. Waar denk je dat ik het geld vandaan moet halen?' mopperde ze terwijl ze haastig de wijk nam naar haar slaapkamer.

Nog steeds haar doorweekte sari van haar benen weghoudend ging Nirmala de trap op. Eerst zou ze Sripathi over het huwelijksaanzoek vertellen, dan Putti, dan Arun en ten slotte Ammayya. Als haar man durfde tegen te sputteren op grond van kaste en geloof, zou ze hem aan hun Maya herinneren. Een wrede tactiek om haar zin te krijgen, maar soms was wreedheid noodzakelijk. Met koude voeten klom ze de trap op – klits, klats, klits, klats. Maar Nirmala had het amper in de gaten, zo druk was ze bezig een huwelijk voor haar schoonzuster te regelen. Dit huis had een gelukkige gebeurtenis nodig. Het mocht best een bescheiden trouwerij worden, het was niet nodig er de hele wereld bij te halen. Misschien zelfs wel een Arya Samaj-trouwerij, die binnen vijf of tien minuten achter de rug was en minder kostte dan een traditionele. Als iedereen het goedvond, uiteraard. Het zou fijn zijn een uitgebreide bruiloft te hebben, maar het geld was natuurlijk een punt van overweging. Op haar onverstoorbare, praktische manier had Nirmala geconcludeerd dat ze haar eigen verlies het best kon verwerken door het achter zich te laten en vooruit te kijken.

Ze ging naar boven om Sripathi over het water rond hun huis te vertellen en hoopte maar dat ze hem wakker zou aantreffen. Ze zag dat Arun op de rand van het bed met zijn vader zat te praten.

'De jongen heeft een baan', zei Sripathi voordat ze haar mond kon opendoen.

'Hè? Wanneer is dat nou gebeurd?' vroeg ze verrast.

'Waarom doen jullie allebei zo verbaasd?' wilde Arun weten. 'Zelfs Appu gedroeg zich alsof ik de Bharat Ratna had gewonnen, of zoiets. Het is een baantje in New Delhi.'

'Zo ver weg?' vroeg Nirmala.

'Bij een milieugroepering – niet gesubsidieerd, dus het betaalt niet zo best – maar het is wat ik wil doen. Ik kan best wat geld naar huis sturen: voor mezelf heb ik niet veel nodig.'

Sripathi schraapte zijn keel en zei: 'Dat hoeft misschien niet. Ik ga dit huis verkopen. Ik heb een besluit genomen.' Hij wist niet wanneer hij dit had besloten, maar nu de woorden zijn mond uit waren, leek het een volkomen terecht besluit. 'Ja, dat ga ik doen.'

'Waarom heb je me dat allemaal niet verteld? Ik ben altijd de laatste die iets hoort. Ik woon hier toch ook?' wilde Nirmala weten. 'Wat zal Ammayya wel zeggen? Je hebt het zeker nog niet met haar besproken, hè?'

'Het is voor ons allemaal het beste', zei Sripathi. 'Het huis en de grond zijn behoorlijk wat waard. Aan het eind van het jaar zullen we geld nodig hebben. Binnenkort komt mijn baan op de tocht te staan.'

'Maar wat ga je dan thuis zitten doen?' Er lag iets van ontzetting in Nirmala's stem. 'Ben je dan de hele dag hier?'

'Je hoeft niet zo ongerust te klinken', zei Sripathi ironisch. 'Ik zal je niet voor de voeten lopen. Misschien ga ik wel bijles geven in Engels en wiskunde.' Hij ging weer tegen de kussens zitten en staarde uit de open balkondeur naar de flatgebouwen. Binnenkort, dacht hij, binnenkort zouden ze allemaal in een van die dozen wonen. Hij vond het eigenlijk niet erg. Dit huis hing als een molensteen om zijn nek. Er waarden te veel herinneringen in rond – waarvan sommige goed, dat wel – maar het werd nu tijd om nieuwe herinneringen in het leven te roepen.

20

Een nieuwe dag

Deepavali was alweer voorbij. Bij een aantal flats hingen de snoeren met elektrische lichtjes nog aan het balkon, misschien ter compensatie van de diepe duisternis die sinds het aanbreken van de regentijd over Toturpuram was neergedaald. Hoewel ze hadden besloten dit jaar niets aan het feest te doen, had Sripathi voor Nandana wel een doos sterretjes, wat fonteinen en grond-chakra's gekocht om af te steken. Hij had ook een klein doosje kleurpotloden en wat haarclipjes voor haar gekocht. Bij het uitkiezen van deze cadeautjes had hij lang geaarzeld, want het was ruim twintig jaar geleden dat hij voor het laatst iets voor een kind had gekocht. Nirmala had ook nog een nieuwe jurk en een paar leuke plastic armbandjes in allerlei kleuren voor Nandana gekocht en ter ere van het lichtfeest wat lekkernijen gemaakt.

'Maar is dit wel gepast?' had Sripathi op de ochtend van Deepavali gevraagd toen hij bij de gedachte om zo kort na een tragedie feest te gaan vieren ineens last kreeg van een schuldgevoel.

'Wat geweest is, is geweest', had Nirmala gezegd. Ze stond in de keuken met vrolijk rinkelende armbanden dunne plakjes purideeg uit te rollen. 'Handen wassen en doorgaan, zeg ik altijd maar. Ik zal mijn Maya altijd blijven missen, maar mor-gen moet er toch weer eten op tafel staan, niet? De toekomst van het kind is belangrijker dan verdriet over vroeger.'

In de weken na zijn zenuwinstorting en langzame herstel keek Sripathi met bewondering naar de energieke veerkracht waarmee zijn vrouw elke dag groente sneed en kookte, de trap op en af sjokte om Nandana met olie in te wrijven en te baden, vriendelijk aan te sporen en te verzorgen en haar na het avondeten in slaap te zingen. Hij woonde nu al vijfendertig jaar met haar onder één dak en hij had nog steeds niets van haar optimisme overgenomen. Hij keek altijd over zijn schouder naar de nacht in plaats van hoopvol naar de volgende dag uit te zien.

Het was inmiddels half december en de orkaanactiviteit boven de Golf van Bengalen waren na een korte onderbreking weer in hevigheid toegenomen. Maar ook al stonden de straten nog steeds blank, het was ondoenlijk scholen en kantoren voor onbepaalde duur gesloten te houden. Mensen gingen schouderophalend weer over tot de orde van de dag.

'Wat moet gebeuren, moet gebeuren', zei Balaji, de bankemployé, op een ochtend. Sripathi wrong zich net door het hek van het Grote Huis. Hij was naar Advisions geweest, maar alleen om de ontslagbrief uit te werken die hij een maand geleden had opgesteld. Dat was beter dan als een hond te wachten tot Kashyap hem op straat zou zetten. Nu hield hij in elk geval de eer aan zichzelf.

Balaji ging door met oreren. 'Als het mijn lot is om te verdrinken, dan is dat maar zo.' Hij trok de felgekleurde, één maat te kleine wollen bivakmuts over zijn grote hoofd en haalde zijn schouders op. Je zag dit jaar veel van dat soort mutsen in Toturpuram. Door de aanhoudende kou deed de Beauteous Boutique uitstekende zaken met wollen mutsen en truien, om nog maar te zwijgen over wanten, handschoenen en sokken. Door de orkanen was de temperatuur in Toturpuram verscheidene streepjes gedaald. Kumar Jain, de eigenaar, was er zelfs in geslaagd wollen jekkers te verkopen aan de familie Palanoor, die er stellig van overtuigd was dat het poolijs eindelijk de kant van Toturpuram begon op te komen. De winkelier had namelijk een partij wollen kleding gekocht van een handelaar in Kasjmir, die hij een aantal jaren geleden tijdens een gezinsvakantie in New Delhi had ontmoet.

'Die arme man', had hij de Rao's verteld toen ze in de winkel waren om Nandana's Deepavali-jurk te kopen. 'Het is mijn plicht om mijn broeders uit Kasjmir te helpen. Hij vertelde dat hij niet eens meer geld had om zijn gezin de volgende dag te eten te geven. Weet u dat de tranen me in de ogen stonden? Vraag het mijn vrouw maar. Ze zal u vertellen dat ik bijna in tranen was.'

Zijn vrouw had geknikt en haar man een adorerende blik toegeworpen. 'Hij is een erg sentimenteel iemand, veel te goed-geefs en hangt graag de barmhartige Samaritaan uit', zei ze instemmend.

'De vuile leugenaar!' had Ammayya op weg naar huis uit-geroepen. 'Hij heeft dat wollen goed vast voor zó'n habbekrats kunnen krijgen dat hij het niet kon laten liggen. Hij heeft die partij achter de hand gehouden en maakt er nu tweehonderd procent winst op. Heb je die nieuwe sieraden van zijn vrouw gezien? Twee diamanten stekertjes in haar neus. En zes gouden armbanden die ik nog niet eerder heb gezien, en ook nog met het allernieuwste motief!'

Het huis rook naar de natte kleren die in vrijwel alle kamers waren uitgehangen. Er wilde niets drogen, zelfs het dunste katoenen bloesje niet. Het was alsof de regen tot in alle poriën van het huis was doorgedrongen.

Deze ochtend was Sripathi in de keuken bezig het water bij te vullen. Hij tilde de ene pan uit de gootsteen en zette er een andere voor in de plaats. Hij vulde nog een laatste bak en ging toen op zijn tenen Ammayya's kamer binnen, hopend dat ze lag te slapen. In de eetkamer liep hij langs Nandana, die elke ochtend belachelijk vroeg wakker werd. Een paar dagen ge-leden had Arun tot haar grote vreugde een verregend jong poesje voor haar meegenomen. Hoewel Ammayya luidkeels doch vruchteloos had geprotesteerd, hadden ze na veel vijven en zessen besloten het beestje in een gesloten mand in de eetkamer te zetten. Het kind bracht er elke vrije minuut mee door. Ze keek op toen Sripathi langsliep en lachte hem heel even toe. Tegen hem praatte ze niet zo vrijmoedig als tegen de anderen, wist hij. Soms, wanneer hij op het balkon was, zag hij dat ze hem om de hoek van de slaapkamerdeur begluurde en verdween zodra hij opkeek.

Ammayya zat klaarwakker in haar lievelingsstoel. Ze was in een slechte bui. 'Oho, Sripathi', begon ze zodra ze hem zag. 'Het wemelt in huis van de muggen. Waarom doe je daar niets aan? Ik heb geen oog dichtgedaan en nu word ik vast en zeker ziek.'

'Alstublieft, geen drama's op de vroege ochtend', zei hij kordaat terwijl hij een blik in de badkamer wierp. Hij wist dat het gemopper slechts een opmaat was tot iets anders. Ammayya was niet ingenomen met de verkoop van het huis, hoewel ze een tikkeltje was bijgedraaid door de gedachte een eigen flat te krijgen. Wat haar werkelijk dwarszat was het huwelijksaanzoek van de Munnuswamy's en Putti's zichtbare blijdschap bij het idee Gopala's vrouw te worden.

'Laat het me even weten als de tank vol is', zei hij terwijl hij terugliep naar de keuken. Het kind zat nog steeds in de eetkamer. Ze had een speeltje aan een touwtje dat ze over de vloer trok en ze moest telkens giechelen wanneer het poesje er bovenop dook.

'Moet je vandaag niet naar school?' vroeg Sripathi toekijkend.

'Jazeker wel', zei Nirmala, die ook in de keuken was. Ze mat kopjes ingrediënten af voor de lekkere hapjes die ze van plan was voor 's avonds te maken. 'Die stoute meid wil haar uniform niet aantrekken. Dat poesje is een veel te grote afleiding.'

'Waarom moet ik dat rotuniform aan?' jengelde Nandana. 'Waarom mag ik mijn spijkerbroek niet aandoen?'

'Dan wordt zuster Angie boos, lieverd', zei Nirmala. 'Wat mankeert er aan je uniform? Het staat je zo mooi. Kom, ga je aankleden, anders kom je te laat.'

'Maar mijn nek en mijn armen gaan ervan jeuken', protesteerde Nandana. 'Kijk, ik krijg er uitslag van en dat jeukt. Ik ben er allergisch voor.'

'Niemand is allergisch voor uniformen. Je krijgt jeuk van het stijfsel, dat is alles', zei Nirmala gedecideerd. 'Morgen zal ik de dhobi vragen voor jouw kleren voortaan geen stijfsel meer te gebruiken. Nu ben ik al dat gejeremieer zat. Naar boven, anders vraag ik Arun Maama om dat poesje terug te brengen naar waar het vandaan komt.'

'U bent gemeen', mopperde Nandana, die met tegenzin opstond. 'Ik wou maar dat mijn mamma hier was.'

'Jouw moeder was mijn dochter', zei Nirmala. 'Ze zou precies hetzelfde hebben gezegd, krielkipje van me. Als je lief bent, heb ik iets lekkers voor je als je uit school komt. Goed?'

Op dat moment ging de deurbel. 'Drie kopjes sooji', mompelde ze. 'Ree, wil je onthouden dat ik al drie kopjes sooji heb afgemeten? Ik ga even kijken wie er is.' Ze schoot haastig de keuken uit, joeg Nandana snel naar boven en liep toen naar de voordeur die al wijdopen stond. Boven het geluid van stromend water uit hoorde Sripathi de stem van Raju. Hij dacht dat hij zich vergiste, dat het in werkelijkheid iemand was die alleen maar klonk als zijn vriend. Een paar minuten later kwam Nirmala de keuken in. 'Ik doe het water wel', zei ze tegen hem. 'Raju is er. Ga maar gauw naar hem toe. Er is iets aan de hand, denk ik. Dan kom ik zo wel een kopje koffie brengen.'

'Wat een verrassing', riep Sripathi uit toen hij de huiskamer binnenkwam. 'Vandaag moet de zon wel in het oosten ondergaan! Als we hem al te zien krijgen. Kom, ga zitten. Wat voert jou hier op deze stormachtige ochtend naartoe, mijn vriend?'

'Oho! Eindelijk denk je weer eens aan ons, Raju Mudaliar', merkte Ammayya vanuit haar stoel op. Links en rechts van haar lag de wekelijkse voorraad kranten die ze had ingepikt van het echtpaar uit Gujarat in het flatgebouw aan de overkant. 'Waaraan danken we deze eer?'

'U kent mijn omstandigheden, Ammayya', zei Raju beleefd. Sripathi herinnerde zich dat Ammayya zijn vriend nooit had gemogen, een afkeer die grotendeels was ingegeven door het feit dat Raju op school altijd beter was geweest dan Sripathi. Hij nam Raju weer mee naar de veranda om te voorkomen dat ze nog een keer door Ammayya werden onderbroken. Ze had haar kranten al weggelegd om goed te kunnen meeluisteren naar hun gesprek.

Het was koud en nat op de veranda. Raju nam plaats op de enige rotanstoel en Sripathi leunde tegen de deur. 'Wat een manier om een oude vriend te begroeten!' zei Raju met een vermoeid lachje. 'In plaats van me een lekkere kop koffie aan te bieden, vraag je wat ik kom doen?'

'Sorry, sorry. Ik was gewoon heel verrast. Je bent ook zo vroeg. En je koffie wordt al gezet, maak je geen zorgen. Wil je er een paar idli's bij? Heb je al ontbeten?'

'Nee, maar ik heb geen trek. Ik kom je alleen maar iets vertellen.' Raju zweeg en keek naar zijn handen. 'Ragini is gisteravond overleden.'

De lach verdween van Sripathi's gezicht. Hij had het gevoel dat het heel stil was geworden op de veranda, ook al kwamen er overal geluiden vandaan, versterkt en onnatuurlijk luid – Nandana's lachjes, het stromende water in Ammayya's kamer, zelfs het kletsende geluid waarmee in de achtertuin de was werd gedaan.

Raju keek niet op van de peinzende beschouwing van zijn handen. 'Ze is om de een of andere reden gestopt met ademhalen', ging hij verder. 'Ik heb vanochtend vroeg de dokter gebeld en hij heeft een overlijdensverklaring afgegeven. De crematie is om elf uur. Ik kwam vragen of je me wilt helpen haar naar het crematieterrein te dragen. Je bent als een broer voor me. Kun je een dag vrijnemen van je werk?'

'Is ze in haar slaap overleden?' vroeg Sripathi op scherpe toon. Hij herinnerde zich de wanhoop in Raju's ogen de laatste keer dat ze elkaar hadden gesproken.

'Ik geloof niet dat ze pijn heeft gehad', zei Raju. Hij bleef Sripathi's blik ontwijken. 'Ik heb alles voor haar gedaan wat in mijn vermogen lag, dat zul je toch moeten toegeven. Ik heb beter voor haar gezorgd dan een ander ooit had kunnen doen. Ja toch?'

'Ja, daar heb je gelijk in', zei Sripathi zacht. 'Niemand had het beter kunnen doen.'

'En wil je een van de dragers zijn? Kun je vrij nemen?'

Sripathi realiseerde zich dat hij Raju niet meer had gezien sinds Nandana zoek was geweest. 'Maak je geen zorgen, dat regel ik wel.' Hij zou Kashyap nog een keer moeten bellen. 'Ik kan vrij nemen', verzekerde hij Raju. 'Ik kan wel gemist worden.'

Toen Sripathi terugkwam was het twee uur 's middags. De riten voor Ragini waren op Raju's verzoek heel snel voltrokken. Het lichaam van het meisje had er zo mager en plat uitgezien, en haar gezicht zo vredig, dat Sripathi heel even in de waan verkeerde dat Raju zich had vergist. Dit was toch beslist niet dat grote, lompe schepsel met de rondmaaiende armen en het ongecontroleerd bewegende gezicht waaraan zijn vriend vijfentwintig jaar van zijn leven was kwijtgeraakt? De lijkwagen had hen naar het begin van een klein weggetje gebracht dat naar het crematieveld leidde. Daar werd de baar weggehaald. Ze lieten hun slippers in de lijkwagen achter en droegen Ragini naar het open veld, waar een enkele smeulende houtstapel een spiraal van rook omhoog zond naar de bewolkte lucht. Twee van Raju's familieleden hadden aangeboden eveneens te helpen bij dit laatste ritueel.

Thuisgekomen waadde Sripathi door het slik naar de achterdeur en riep naar Nirmala om een emmer schoon water. Hij was net teruggekomen van een plaats des doods en moest het verdriet wegwassen voordat hij het huis betrad. Rillend in de regen trok hij al zijn bovenkleding uit, en toen de emmer voor hem werd neergezet, waste hij zich van top tot teen.

In de paar uur dat hij was weggeweest had het huis een gedaanteverandering ondergaan. Het was schoner dan Sripathi het ooit had gezien. Alle deuropeningen waren voorzien van nieuwe gordijnen, en Nirmala had een verse slinger van mangobladeren boven de voordeur gehangen, wat hem eraan herinnerde dat de Munnuswamy's deze veelbelovende avond op bezoek kwamen. Nog zo'n vaste overtuiging die op losse schroeven was komen te staan. Hij had nooit gedacht dat hij op een dag nog eens de zwager van die boef Gopala zou worden. De stank van stilstaand water werd verdrongen door geuren uit de keuken – van uppuma en bonda, vadai en laddoo – lekkernijen die Nirmala in de loop van de dag had bereid.

'Ons huis is dan misschien minder mooi als dat van de Munnuswamy's,' zei ze trots tegen Sripathi toen hij haar inspanningen prees, 'maar op onze gastvrijheid valt niets aan te merken.'

Over de rottende sofa was een vrolijk gekleurd nieuw beddenlaken gedrapeerd en de stoelen in de huiskamer waren weggetrokken van de muur, afgestoft en rond de salontafel van palissanderhout en ivoor gezet. De opgewonden sfeer in het oude huis deed Sripathi denken aan de keer dat Maya haar toelatingsbrief van de universiteit had gekregen, de keer dat ze zich met Prakash had verloofd en de keer dat Arun cum laude was afgestudeerd. Zelfs zijn zoon leek een gedaanteverandering te hebben ondergaan, en het duurde een paar minuten voordat Sripathi zag dat hij zijn haar had laten knippen en dat zijn gezicht gladgeschoren was.

Putti stond in haar kamer te aarzelen voor de spiegel en drapeerde zorgelijk de ene na de andere sari over haar schouder. Roze? Groen? Donkerblauw? De laatste, met zijn bescheiden dessin van karmozijnrode en groene bloemen, maakte haar ouder dan de andere. Maar ze vond hem mooi. Ze was toch ook oud, waarom zou ze dat verbergen?

'Ammayya, staat deze me goed?' vroeg ze bedeesd aan haar moeder, die in razend zwijgen gehuld in haar stoel zat en met haar stok een scherpe roffel tegen de vloer sloeg. Al vanaf het moment dat Nirmala haar het nieuws voorzichtig had meegedeeld, gedroeg ze zich zo. Putti verafschuwde dat geluid – tik-tik-tikketik. Het verstoorde haar gelukkige gedachten en riep een onaangename spanning in haar borst op. Ze wilde dolgraag dat haar moeder haar goedkeuring aan deze verbintenis hechtte. 'Ammayya?'

Haar moeder kneep haar lippen strak op elkaar en keek haar dochter nijdig aan. 'Als je echt waarde hechtte aan mijn mening, zou je die ellendige paria van een buurman niet in huis toelaten', snauwde ze ten slotte. 'Je hebt me diep gekwetst, dat verzeker ik je. Als ik vanavond doodga, is dat aan jou te wijten.'

'Maar het zijn aardige mensen, Ammayya', zei Putti smekend.

'Ja, zelfs de vrouw die onze wc schoonmaakt is ongetwijfeld heel aardig. Waarom trouw je niet met háár zoon? Henh? Waarom zou je onze naam niet nog meer door het slijk halen? Aardig!' Ze begon hard te hoesten, een lange, benauwde hoestbui die tot doel had Putti een schuldgevoel te bezorgen. Toen haar dochter daar niet met haar gebruikelijke bezorgde vragen op reageerde, zei Ammayya verbitterd: 'En denk maar niet dat je mijn sieraden mag dragen. Vanaf vandaag zijn jij en ik vreemden voor elkaar. Je bent een stuk vuil dat door mijn schoot is uitgedreven en dat ik stom genoeg bij me heb gehouden, idioot die ik ben!'

'Ik hoef helemaal niets van u', antwoordde Putti even verbitterd. 'U hebt al eens gezegd dat een man die echt met me wil trouwen geen sieraden of een bruidsschat hoeft. Hou de hele boel maar.'

Ze stevende de kamer uit en Ammayya riep haar na: 'Wie denk je dat de sari heeft betaald die je aanhebt? Of de bloes of de onderrok? Wie denk je dat jou het leven heeft geschonken? "Ik hoef helemaal niets van u", zegt ze!' Ze stampte venijnig met haar stok op de grond. 'En wie anders dan zo'n stomkop van lage kaste zou met een oude vrijster als jij willen trouwen?'

Een uur voordat de Munnuswamy's zouden komen, viel de stroom uit en werd de hele straat in duisternis gehuld. Ammayya was in haar sas en beschouwde het als een teken dat de goden even woedend waren als zij over deze schandelijke verbintenis.

'Een onzalig begin, een miserabele afloop', zei ze zich verkneukelend. Ze schommelde van de ene naar de andere kamer en liep daarbij Nirmala in de weg, die in allerijl kaarsen en olielampen aanstak. In de keuken zag ze een dienblad vol laddoos staan en ze verkruimelde een paar van de prachtige, goudbruine, met de hand gerolde lekkernijen. Ze vond een blik vol verse, knapperige chakkuli's waar Nirmala de hele ochtend op had gezwoegd en in het donker nam ze stiekem het hele blik mee. Ze hield het dicht tegen haar buik, plooide haar sari er overheen en ging snel naar haar kamer, waar ze het onder haar bed verstopte. Daar zou vanavond beslist niemand gaan zoeken. En de volgende ochtend zou ze het al in haar kast hebben verstopt. Ze ging weer rustig in haar stoel zitten om te bedenken wat voor vervelends ze kon uithalen wanneer het bezoek kwam, om iedereen compleet af te schrikken van het huwelijk. Of nog beter, om iedereen tot op het bot te beledigen. Ja, die zoon van Munnuswamy de melkboer was veel te arrogant – dingen naar de hand van een brahmaans meisje, nota bene! Alsof er gebrek aan fatsoenlijke mannen voor Putti was. En wat Putti betrof, Ammayya kromp ineen bij de gedachte dat dit alles misschien wel het resultaat was van het schaamteloze gedrag van haar dochter. Het kwam ongetwijfeld door een overdaad aan televisie die onschuldige meisjes op verkeerde ideeën bracht. Ineens kreeg Ammayya er spijt van dat ze zo hardvochtig tegen Putti deed. Ze had vast beter gereageerd op vriendelijkheid, op goede raad die een tegenwicht vormde voor Nirmala's verderfelijke invloed. Ja, ze was aangestoken door de bewoners van dit huis, beïnvloed door die Maya, door haar schaamteloze huwelijk met een buitenlander. Zag Putti dan niet waar dat toe had geleid? Regelrecht naar het koninkrijk van Heer Yama, en nergens anders. Nou en of!

In de huiskamer zonden de kaarsen overal lange, flakkerende pieken van licht omhoog, en vanachter planken, kasten, de televisie en de stoelen doken schaduwen op, zelfs vanachter de oude hoedenkapstok die nu werd gebruikt om paraplu's en regenjassen aan op te hangen. Buiten roerde zich een schor kikkerkoor, af en toe onderbroken door het zachte gejengel van een buurkind. En de regen kwam nog steeds bij bakken naar beneden uit de zwaarbewolkte lucht.

Stipt om zes uur arriveerden de Munnuswamy's, allemaal met hun kleren opgesjord om het bruine water te vermijden waardoor het Grote Huis werd omringd. Koti had postgevat op de veranda om de gasten water aan te bieden om hun vieze voeten mee te wassen en handdoeken om ze mee droog te wrijven. Putti, die zich in de schaduwrijke huiskamer ophield, ving een eerste blik op van Gopala's grote voeten en werd helemaal bleu en bibberig bij de gedachte dat die over haar voeten zouden glijden. Door verlegenheid overmand vloog ze de keuken in toen de Munnuswamy's het huis betraden. Pas toen Sripathi hen welkom had geheten, naar hun gezondheid had geïnformeerd en zich ervan had vergewist dat ze gemakkelijk zaten, kwam ze weer tevoorschijn.

'Ah, schoondochter!' riep Munnuswamy overdreven goedgemutst. 'Wanneer kunnen we je mee naar huis nemen?'

Bij het horen van die ruwe stem begon Ammayya luid te snuiven. 'De brutaliteit!' zei ze vanuit haar kamer. 'De onbeschaamdheid! Minderwaardige oplichters, die onze huizen en ook nog onze dochters inpikken.'

Er viel een gegeneerde stilte.

'Mijn kleinzoon een pak rammel geven en mijn dochter stelen. Denken jullie daardoor beter te worden dan jullie zijn? Jullie deugen alleen om stront op te halen!'

Nirmala stond op en trok de deur van haar schoonmoeders kamer dicht, zonder aandacht te schenken aan haar verontwaardigde kreten.

Ze glimlachte naar haar bezoek. 'Let u er alstublieft maar niet op. Ze is oud en weet niet wat ze zegt. Het is een heel probleem, weet u, maar wat doe je eraan? Vroeg of laat worden we allemaal oud, nietwaar?'

'Ik weet wel degelijk wat ik zeg', raasde Ammayya vanachter de gesloten deur. 'Putti, als je met die leegloper trouwt, ben je voor altijd dood voor mij. Ik zal een vloek over je uitspreken. De vervloeking van een moeder is de ergste die er bestaat. Je kinderen zullen mismaakt ter wereld komen. Ook zij zullen je verlaten. En die rotvent zal je elke dag een pak slaag verkopen!'

Maar Putti hoorde niets. Ze was van de wereld. Volkomen van de wereld. Zij en Gopala zaten elkaar gebiologeerd aan te staren. Haar hart ging extatisch tekeer in zijn kooi van gekromde ribben. Ze stond zichzelf toe naar zijn felle, donkere gezicht te kijken, dat door het gebrek aan licht nog feller en donkerder was. En naar zijn brede schouders en gespierde borst. Ze had zin om zijn tepels te likken. Om te sabbelen aan zijn lange, afhangende oorlelletjes, waar een licht deukje nog verraadde dat er in zijn jeugd gaatjes in waren geprikt. Juffrouw Chintamani had haar met veel gegiechel en aanstoten een artikel in een tijdschrift laten zien waarin de erogene zones bij mannen en vrouwen werden opgesomd. In het artikel werd vooral ingegaan op oren en tepels, herinnerde Putti zich. Ze wilde met haar eigen kleine vingers in zijn kabelachtige spierbundels knijpen. Als ze eenmaal getrouwd waren, zou ze dat prachtige mannenlichaam elke ochtend met mosterdolie in-wrijven, nam ze zich plechtig voor. Daarna zou ze zijn haar wassen, en dan kon hij haar met olie inwrijven en een bad geven. Ze zouden de rest van hun leven in dat stomend hete bad doorbrengen. In wellustige gedachten verzonken hoorde Putti geen woord van wat haar moeder schreeuwde, en toen Gopala's moeder haar een dienblad vol fruit gaf om haar welkom te heten als de aanstaande vrouw van haar zoon, bezwijmde Putti bijna van vreugde.

21

De overstroming

De volgende ochtend hield het eindelijk op met regenen. Toen Sripathi het balkon opstapte, klaarde hij helemaal op bij het zien van de zon, een gele vlek in de lichtgrijze lucht. Hij deed zijn doos met pennen open en pakte er op goed geluk een uit omdat hij nog niet wist waarover hij vandaag zou schrijven. De krant had niets opgeleverd wat zijn commentaar waard was.

De gedempte kakofonie op straat zwol aan. De tempelbel werd aan één stuk door geluid, en de langgerekte, jammerende roep van groenteventers, het geratel van de messenslijper op zijn stokoude fiets en het getoeter van bussen, auto's en scooters drongen allemaal door tot in het huis.

'Ammai, bloemen, ammai!' riep een zangerige stem vanaf de weg. Het was het jonge bloemenmeisje Naga met haar mand vol geurende jasmijn, champac, rozen en ranonkels. Sripathi hoorde de voordeur opengaan en kort daarna verscheen zijn zuster bij het hek. 'Akka, wilt u bloemen vandaag?' riep het meisje. 'Mooie, verse bloemen.' Haar magere, blote armen, opgeheven om de mand op haar hoofd te houden, glansden in het morgenlicht.

'Koop ik niet elke dag wat van je?' Putti pakte haar sari met een hand bijeen en trok hem op om geen last te hebben van de stinkende, soppende vuiligheid die op het erf lag. 'Hoeveel kost één enkele mana?'

'Zeventig paisa, Akka.'

'Onzin! De vrouw bij de tempel verkoopt ze voor tien paisa minder, weet je dat? Kom nou, je vraagt te veel.'

'Nee hoor, Akka', protesteerde het meisje. 'Mijn bloemen zijn zo vers dat je de wind er nog in kunt ruiken. Om twee uur vanochtend geplukt. Dat ouwe mens bij de tempel plukt ze de avond tevoren.'

Ze zette een voet op een grote steen bij het hek en liet haar mand op de geheven knie zakken. De slinger, geregen van dunne reepjes bananenvezel en doorvlochten met koraalbloemen en geurige kruiden, lag keurig opgerold in de met bladeren beklede mand. De rozen, champac en ranonkels waren verdeeld in aparte roze, witte, crème en goudgele hoopjes.

'En, hoeveel stukken mag het zijn vandaag? Een of twee?' vroeg het meisje. Ze trok een stuk jasmijnsnoer uit de mand om Putti te laten zien hoe stevig en vol de knoppen waren en hoe dicht ze op de bananenvezel geregen waren.

'Twee. En meet ze vooral helemaal af tot aan je elleboog. Niet smokkelen. Ik hou je met beide ogen in de gaten', waarschuwde Putti.

Het meisje nam het uiteinde tussen haar wijs- en middelvinger, mat het snoer af tot haar elleboog en sloeg het daarna terug. Toen knipte ze het voorzichtig af met een kleine schaar, schikte het in een stuk bananenblad en overhandigde het aan Putti.

'Wilt u vandaag geen champac of rozen? Heel mooie witte rozen, ziet u wel. Kijk en ruik maar', bood het meisje aan en ze gaf er een aan Putti.

'Domme meid, wie ruikt er nu aan bloemen voordat ze aan God worden geofferd?' Putti liet een paar munten in de mand vallen en keerde zich om. Er deden geruchten de ronde dat de bloemenmeisjes 's ochtends in alle vroegte tuinen plunderden, maar Sripathi kon zich dit tengere kind niet voorstellen als dievegge.

De Birmaanse Vrouw kwam op haar balkon staan, haar haar opgebonden in een dunne katoenen handdoek. 'Meisje, kom ook hierboven!' schreeuwde ze.

Op de andere balkons verschenen nog meer vrouwen die het bloemenmeisje lieten komen, en algauw was de wereld wakker. Sripathi legde zijn krant en zijn schrijfgerei weg en begaf zich naar beneden. Tot zijn verbazing lag zijn moeder nog in bed. Gewoonlijk was ze al op en zat ze klaar om te ontbijten voordat hij naar beneden kwam.

'Sripathi, wil je bij dokter Menon wat medicijnen voor me gaan halen?' vroeg ze zodra hij beneden was. 'Ik voel me duizelig en misselijk.'

'Neem maar een lepel van de siroop die hij u de vorige keer heeft gegeven', zei hij. 'Anders kom ik weer te laat op mijn werk.'

'Je houdt toch op met dat stomme werk. Wat maakt het uit hoe laat je komt? Ik voel me echt niet goed', zei Ammayya dreinend. Ze kwam onder haar muskietennet vandaan en schuifelde langzaam naar haar kamerdeur.

Sripathi keek naar zijn moeder, haar geschoren hoofd zilverkleurig door een laagje nieuw haar, haar huid afgetobd en gelig in het vroege licht. Ze zag er inderdaad ziek uit. Hij bekeek haar met iets wat veel weghad van droefheid; onder de verweerde trekken bespeurde hij de hoop en de schoonheid die er ooit had gehuisd. 'Ik stuur Arun wel', zei hij nors. 'Vertel hem maar precies wat je mankeert. Maar als je je echt zo beroerd voelt, kunnen we je misschien beter naar het ziekenhuis brengen.'

'Nee', zei Ammayya kortaf. 'Ik wil in mijn eigen huis doodgaan.'

'Zo moet je niet praten, Ammayya. Het komt wel weer goed. Het ligt waarschijnlijk aan al die laddoos die je gisteren hebt gegeten.' Of aan het feit dat je het idee van Putti met die schurkenzoon niet kunt verteren, dacht Sripathi.

Toen hij de deur uit ging om de bus naar zijn werk te nemen, trof hij een groep mannen aan die het puin voor het huis aan het opruimen was.

'Hallo broer', riep Gopala over de muur. 'Voortaan heb je geen last meer van mijn vrachtwagenchauffeurs.' Hij lachte vrolijk. 'Heb je nog andere problemen die we voor je kunnen oplossen? Je zegt het maar, we zijn nu familie.'

'Jóúw vrachtauto's? Werken die chauffeurs voor jou?'

Gopala glimlachte trots. 'Mijn vader heeft zes van die wagens. De godin Lakshmi heeft ons rijkelijk met welvaart bedeeld.' Hij vouwde zijn handen en raakte met een vroom gebaar even zijn voorhoofd aan.

Sripathi wist niet hoe hij moest reageren. Hij was zijn hele leven nog nooit buiten zijn boekje gegaan, hij had zich altijd keurig aan de regels gehouden. Hij had altijd het rechte pad van plicht en rechtschapenheid afgesjokt, en nu ruimde die schavuit met één gebaar van zijn gewelddadige hand de troep weg. De troep die door zijn eigen mensen was veroorzaakt, waarschijnlijk ook nog op zijn bevel. En nu hij erbij stilstond – huize Munnuswamy was het enige in de straat met een brandschoon stuk weg ervoor. Misschien waren Arun en hij de sukkels van deze wereld en was Gopala de verstandige man die alle middelen gebruikte om zich te handhaven. Zou hij ooit zijn geweten voelen knagen? Stel dat Sripathi zou informeren naar de aframseling die Arun had gekregen? Zou hij dan gewoon die stralend witte lach van hem opzetten en zeggen: 'We zijn nu familie en jouw zoon is als mijn neef', en zijn krachtpatsers erop uitsturen om Aruns tot dan toe ongewapende strijd uit te laten uitvechten met messen, gebroken flessen en stokken? En Putti, zijn dwaze, lieve zuster, wat voor leven stond haar te wachten in dat huis waar haar goedheid zou worden aangetast door het besef dat haar man ploertenstreken uithaalde?

Gopola's donkere basstem doorbrak zijn gedachten. 'Wil je met mijn auto naar je werk gereden worden?' vroeg hij.

'Nee hoor, ik kom er wel', zei Sripathi haastig, niet van zins om nog meer gunsten aan te nemen. 'Bedankt dat je het hek voor ons hebt vrijgemaakt. Erg aardig van je.'

'Je hoeft alleen maar te vragen, Sripathi-orey. Ik zie dat er te veel water op jullie erf blijft staan. Als je wilt, maken mijn Jongens dat wel even in orde. Ze hoeven alleen maar een opening in het achtermuurtje te slaan. Je zegt het maar.'

'Ik zal het mijn moeder vragen, Gopala', zei Sripathi, inwendig huiverend bij de gedachte aan Ammayya's reactie op dít hulpaanbod. 'Sommige dingen liggen nogal gevoelig bij haar.'

'O ja, o ja, moeders wil is wet.' Gopala wiegelde met zijn hoofd en lachte nog eens vrolijk naar Sripathi, die zich uit de voeten maakte naar de bushalte.

Rond drie uur die middag kwamen er wolken aandrijven en tegen de avond begon het opnieuw te plenzen. Putti kon niet meer op het terras blijven staan om aan Ammayya te ontkomen en zat nu noodgedwongen in de woonkamer terwijl haar moeder vanuit haar gesluierde bed stekelige opmerkingen op haar afvuurde. Tot ieders verbazing had ze 's middags geweigerd te eten. Ze beweerde dat Putti's schaamteloze gedrag haar de eetlust had benomen.

'Is ze wel in orde?' vroeg Nirmala ongerust. 'Ze zegt nooit nee tegen eten.'

'Ammayya heeft zich altijd met boosheid gevoed', zei Putti bitter. 'Van een dagje zonder eten zal ze heus niets krijgen. Waarom kan ze niet blij voor me zijn? Ze heeft nooit gewild dat ik zou trouwen, dat weet ik heus wel. Waarom zou ik me druk maken over hoe zij zich nu voelt?'

Maar toen Ammayya die avond opnieuw de maaltijd oversloeg, werd Putti overmand door schuldgevoelens. 'Waarom eet u niet een hapje?' vroeg ze haar moeder, turend door het vuile muskietennet. 'Hebt u wel het drankje ingenomen dat Arun voor u heeft gehaald?'

'Wat kan jou dat schelen?' mompelde Ammayya en ze hulde zich vervolgens in een diep zwijgen. Ze reageerde niet toen Putti aanbood haar benen te masseren, wat ze 's avonds voor het slapen gaan meestal deed, en ook op het aanbod haar hoofd met warme olie in te wrijven kwam geen reactie. En toen haar dochter in bed stapte, draaide Ammayya haar de rug toe, en wilde ze zelfs niet nog wat nababbelen, zoals ze gewend was voordat ze in slaap sukkelde. Putti lag diep ellendig in het donker en hoorde de eeuwige regen tegen de ruiten en op de verandavloer tikken en door de goten gutsen. De ventilator wentelde piepend rond. Door de gebrandschilderde ramen sijpelde licht naar binnen en zo kwam de kamer een poosje in een spookachtige gloed te staan. Om een uur of elf viel de stroom uit en werd alles in diepe duisternis gehuld. Putti hoorde Nirmala zingen voor het kind, de poes mauwen in zijn dichte mand in de eetkamer en op het laatst de klok boven twaalf uur slaan. Ten slotte daalde de stilte neer. Het oude huis wiegde zachtjes op zijn hielen, kwam tot rust en viel in slaap.

Om een uur of drie werd Putti wakker van een doffe dreun. Ze tastte slaperig om zich heen en vroeg zich af waar het geluid vandaan kwam. Nog een dreun, als een explosie. Ze tuurde door het muskietennet, maar het was te donker om iets te zien. Als Ammayya die ellendige ramen niet zo stijf dichthield, zou ze wat licht van de straat gehad hebben. Maar toen schoot haar te binnen dat er een stroomstoring was. Zuchtend viste ze de zaklantaarn op uit de gleuf tussen beide matrassen. Ze scheen ermee door de kamer, maar zag niets. Nu hoorde ze een gorgelend geluid, alsof er ergens water opborrelde. In huis, niet buiten, waar de regen onophoudelijk en duidelijk hoorbaar neerkletterde. Had iemand een kraan in de badkamer open laten staan? Met de zaklantaarn in haar hand trok Putti de rand van het muskietennet los van onder de matras waar het stevig ingestopt zat. Ze ging klaar zitten om er snel onder vandaan te glippen, zodat er geen muggen naar binnen konden komen. Haar blote voeten belandden met een plons in koud, olieachtig water. Met een gil trok Putti ze weer onder het net. Toen ze haar zaklantaarn op de grond richtte, flikkerde en danste het licht over het zwarte water dat rustig tegen de muren kabbelde en al tot halverwege de poten van het bed reikte. Putti wist niet wat ze zag. Heel even kwam de bizarre gedachte bij haar op dat de zee kans had gezien het Grote Huis binnen te dringen. Voorzichtig stak ze haar hand uit en voelde aan het water om zich ervan te vergewissen dat ze niet droomde. Er dreef iets voorbij, rakelings langs haar hand, en toen ze er met de zaklantaarn op scheen, zag ze dat het een sikkelvormig stukje ontlasting was. Putti kokhalsde van weerzin en veegde haar hand verwoed af aan het muskietennet. Ze kon nog steeds niet bevatten wat er gebeurd was, maar ze wist wel dat ze niet in rioolwater wilde verdrinken. Doorweekte krantenpagina's zonken langzaam in het water – al die gestolen kranten van onder Ammayya's bed, besefte Putti. Bij de gedachte aan haar moeder kwam ze abrupt bij zinnen. Als het inderdaad de zee was die door het huis stroomde, zouden zij als eersten verdrinken. Ze konden beter naar de bovenste verdieping gaan en snel ook.

'Sripathi! Arun!' schreeuwde ze, in de hoop dat iemand haar boven zou horen en naar beneden zou komen om te helpen. Er werd niet gereageerd. Putti riep nog een paar keer, terwijl ze haar moeder beurtelings heen en weer schudde en in de mollige vleeskwabben porde die links en rechts weggolfden uit de wijde, verschoten bloes die ze in bed droeg. Haar moeder sloeg gewoon haar hand weg en snurkte door. Getergd greep Putti een huidplooi vlakbij haar moeders buik en kneep er hard in, een daad van agressie waaraan ze een duidelijk plezier beleefde. Al haar boosheid op Ammayya met haar strategieën om te zorgen dat Putti een oude vrijster bleef, kwam tot uiting in de sadistische, draaiende kneep. Ze voelde zich er later niet schuldig over en prentte zichzelf in dat ze alleen maar had geprobeerd haar moeder uit bed te krijgen en in veiligheid te brengen. Ammayya reageerde met een gil van pijn en gezwaai met haar dikke armen.

'Wat?' vroeg ze wazig. 'Wat?'

Ze schreeuwde toen ze een donkere schaduw boven zich zag hangen. Het licht van de zaklantaarn onder het gezicht maakte er een figuur uit een nachtmerrie van. 'Raak me niet aan! Ik zal je alles geven', jammerde ze met haar armen voor haar gezicht.

'Ammayya, ik ben het, Putti.'

De oude vrouw kwam snel overeind en keek haar dochter woedend aan. 'Waarom maak je me in het holst van de nacht wakker? Wat is er aan de hand?' Het waren die avond de eerste woorden die ze tegen haar dochter zei.

'Ammayya, de zee is het huis binnengestroomd. Het is een vreselijke troep. We moeten onmiddellijk naar boven', zei Putti over haar toeren.

'Henh?' zei Ammayya verbijsterd.

'Kom uw bed uit. We moeten naar boven. Anders verdrinken we', herhaalde ze langzaam. 'Kijk maar eens.'

Ze scheen met de zaklamp over de vloer, de hele kamer rond, en een geschokte Ammayya staarde naar het water dat rond de poten van hun bed wervelde en tegen de rozenhouten kaptafel klotste. In de onderrand van de Belgische spiegel werd het bed met zijn gazen wade spookachtig weerkaatst als een wit eiland dat door een stinkende, zwarte lavazee was omsloten. Ze was zowaar met stomheid geslagen. Ze liet Putti begaan toen die het muskietennet met een ruk opzijtrok en haar van het bed afduwde. De stank overviel haar zodra ze door de koude, walgelijke troep begonnen te waden.

'Waarom stinkt het zo ontzettend?' fluisterde ze en ze klampte zich vast aan Putti, die nu aan een stuk door kokhalsde, met de trillende zaklantaarn in haar hand.

'Ammayya, er zit kakka in het water en allerlei andere vieze dingen', zei Putti hardvochtig. Ze haatte haar moeder omdat die zich zo aan haar vastklampte, omdat die haar leven had weggezogen.

'Ik dacht dat je zei dat het de zee was', jammerde Ammayya.

'En nu zeg je dat ik door strontwater loop?' Ze kreeg kippenvel van de sluwe aanraking van de vloeistof. 'Ayyo deva! Ayyo swami! Ayyo-ayyo-ayyo!' jankte ze. Ze was bezoedeld tot in de eeuwigheid. Ze was voor de eeuwigheid onrein. Niets kon deze stank wegwassen, deze beer, deze drek die alleen de wc-schoonmaakster behoorde aan te raken. Ze voelde de gal opborrelen in haar keel en kokhalsde zonder dat er iets uit kwam. 'O Sathyanarayana!' riep ze tegen haar lievelingsgod. 'Wat is dit voor verraad? Wat heb ik u misdaan dat ik dit verdien? Putti, weet je het wel zeker?' vroeg ze smekend.

'Ruikt u het dan niet?' Putti scheen met haar zaklantaarn in het rond en Ammayya kreunde van afkeer. Liép ze door iemands ontlasting?

'Van wie is het?' vroeg ze zwakjes.

'Wat bedoelt u, van wíé?' wilde Putti weten. Haar woede jegens haar moeder had inmiddels plaatsgemaakt voor minachting. Hoe had ze tweeënveertig jaar lang zo bang voor dit zielige mens kunnen zijn, vroeg ze zich af. 'Alle afvoerpijpen van deze straat zijn met elkaar verbonden. Het kan wel van onze buren zijn, weet ik veel. Misschien wel van de Chocoreep-Ajja. Misschien van de Munnuswamy's. Moet ik soms even kijken of er naamkaartjes aan hangen?'

'Waarom maak je me belachelijk, mijn lief kind?' vroeg haar moeder terwijl ze door het water probeerde te waden zonder het in beroering te brengen. Ze kneep haar ogen stijf dicht en liet er tranen uit biggelen. Echte tranen. Ze stelde zich voor hoe de smerige vloeistof op de grond omhoogkroop en zich door haar lichaamsopeningen verspreidde naar de heilige plekken in haar lijf en haar van binnenuit verontreinigde. Ze zou zichzelf nooit meer schoon kunnen krijgen. Nooit meer. Ze slaakte nog een jammerklacht en werd toen stil, op de heftige kokhalsgeluiden na die haar ontsnapten terwijl ze gezamenlijk afgingen op de trap. Die was op de eerste drie treden na droog. Putti schudde haar moeders klauwende hand af en dwong haar zich vast te houden aan de trapleuning en langzaam naar boven te klauteren. Ze riep weer hard om Sripathi, Arun en Nirmala. Haar stem kaatste terug van de vochtige muren en verscheurde de stilte. Ze hoorde geschuifel en gefluister, tekenen van ontwaken, zodra haar kreten langzaam doordrongen in diepe slaap en dromende ogen.

'Was dat Putti?' hoorde ze haar schoonzuster vragen. 'Ik hoorde iemand roepen.'

'Wakker worden, wakker worden!' gilde Putti. 'Straks verdrinken we allemaal. De zee is gekomen!'

'Zee? Wat voor zee?' Dat was Sripathi. 'Ligt ze soms te dromen?'

Ze verzamelden zich allemaal slaperig op de overloop van de tweede verdieping. Na een paar minuten van ge-wat en ge-waar en ge-waarom besloot Sripathi dat ze het beste vanaf het terras de Munnuswamy's te hulp konden roepen. Intussen was Arun naar beneden gerend om te kijken of zijn tante niet hallucineerde. Ammayya wilde nergens heen voordat ze haar benen met water en zeep had gewassen.

'Rama, Sita, Rama, Sita', prevelde ze terwijl ze haar benen schrobde. Ze trilde over haar hele lichaam en moest uit de badkamer geholpen worden door Nirmala, die een laken om haar heen sloeg. Nandana werd gewekt, door Arun uit bed getild, en toen klom de hele familie het terras op. Het kind werd net wakker op het moment dat Sripathi was uitgeworsteld met de grendels van de terrasdeur.

'Waar gaan we heen?' kermde ze terwijl ze haar ogen uitwreef.

'De zee is het huis binnengekomen', zei Ammayya huilerig. 'We zullen allemaal verdrinken, yo-yo-yo Rama, yo-yo-yo Sita!'

'Gaan we allemaal dood? Net als mijn pappa en mamma?'

'Nee hoor', zei Nirmala sussend.

'Waar is mijn poesje?'

Ze hadden geen van allen gedacht aan het diertje, dat in zijn mandje gevangen zat. Niemand zei iets en Nandana schopte met haar benen tegen Arun. 'Ik wil mijn póésje.'

'Nu niet, raja van me', zei Nirmala en ze streelde haar beentjes. 'Strakjes. Het redt zich wel.'

Nandana keek haar wantrouwig aan, maar liet zich toch tot bedaren brengen. Ze gingen naar buiten en waren in een mum van tijd kletsnat van de regen. Ammayya zei kreunend dat ze pijn op haar borst had, dat ze doodging, dat God hiermee liet zien dat hij woedend was om Putti's verloving.

Waarom, dacht Sripathi, was zijn leven opeens zo chaotisch? Werd hij net als koning Harishchandra door de goden op de proef gesteld? Hij wierp een blik op Nandana, ineengedoken onder een lap plastic die Nirmala in haar kast had gevonden. De paraplu's waren allemaal gestrand in de woonkamer, dus moesten ze zich behelpen met spullen die ze uit de kleine bergruimte bij de terrasdeur hadden opgediept.

'Geen mens zal ons horen als we schreeuwen!' zei hij vertwijfeld boven het geluid van water dat zich door de regenpijpen stortte.

'Ik kan makkelijk naar beneden klimmen', stelde Arun voor. Hij was als kind vaak genoeg van het ene omheinde erf naar het andere gesprongen. 'Dat is het beste. Blijven jullie maar hier tot ik terugkom.'

Hij bleef even op de terrasmuur staan en sprong toen naar het aanpalende balkon. Hij liet zich langs de regenpijp naar beneden glijden en verdween in het donker. Even later hoorden ze hem op de deur van hun buurman bonzen en om hulp roepen. Er werden deuren geopend, er klonken stemmen, en daarna was er een brede strook licht toen de olielampen wit opflakkerden op het terras van Munnuswamy.

Het leek maar een paar tellen later toen Arun alweer op hun terras sprong. 'Appu! De overstroming is alleen in ons huis. Het is vast een overgelopen beerput. We zullen de nacht bij de

Munnuswamy's moeten doorbrengen.'

'Ik ga niet over allerlei muren klimmen', verklaarde Ammayya.

'Da's nergens voor nodig', zei Arun. 'Als u de wc-trap op de tweede verdieping neemt tot u ter hoogte van de muur bent, dan kunnen wij u eroverheen tillen.'

'De wc-trap? Die door de poetsvrouw wordt gebruikt? Ben je gek?' vroeg Ammayya met overslaande stem van woede. Was het al niet erg genoeg dat haar binnenste was volgelopen met vuiligheid? Moest ze zich nu nog verder vernederen door de onreine trap te gebruiken? 'Ik ga nergens heen', verklaarde ze. 'Desnoods ga ik dood in mijn eigen huis. Mijn kinderen zullen bij me blijven. Putti mari? Sripathi?'

Ze staarden haar zwijgend aan. Weer zo'n pijnscheut in haar borst, net als vanochtend. Iedereen had haar teleurgesteld. Al haar hele leven werd ze bedrogen en vernederd. Door die hoerenloper van een echtgenoot, die haar had beroofd van haar jeugd, van haar zelfrespect, zelfs van het kapitaal waarvan ze op haar oude dag had moeten leven. Door haar zoon, die als een lafaard was weggelopen van de medische faculteit en haar alle hoop had ontnomen. Door Putti, die haar ging verlaten voor een melkboer. En door God zelf, die alleen háár kamer door zoiets smerigs had laten overstromen. Zwijgend volgde ze haar familie naar de wc. Zwijgend liet ze hen begaan toen ze haar de smeedijzeren wenteltrap af hielpen totdat ze op gelijke hoogte waren met de muur waar Arun en Gopala stonden te wachten om haar naar de andere kant te tillen. In het blauwe huis van Munnuswamy lag Ammayya op de divan, nog steeds sprakeloos door de vernederingen die haar lichaam en haar hart zich die dag hadden moeten laten welgevallen. Ze kon letterlijk hóren hoe haar achterlijke dochter onnozel naar die veehoederszoon zat te trekkebekken. Walgelijk, walgelijk, walgelijk, dacht ze. Ze kon ook Nandana ergens in de kamer klaaglijk horen vragen of ze nu allemaal doodgingen, en ze hoorde

Nirmala's bewonderende uitroepen over de veelkleurige wonderen van de kamer, die aan haar werden geopenbaard door het heldere licht van de olielampen. Ze stikte van woede toen ze besefte hoe weinig zij voor de mensen in deze kamer voorstelde. Gewoon een oud mens met eigenaardigheden, zo dachten ze over ze haar. Zelfs haar geliefde Putti, voor wie ze had gespaard, geknibbeld en gestolen. En bij die gedachte krampte Ammayya's oude hart nog een keer samen en trok er een spoor van helse pijn door haar linkerzij. Ze schreeuwde het uit, overrompeld door de hevigheid van die pijn.

Sripathi hoorde de kreet het eerst en negeerde hem, tot zijn schande: hij dacht dat zijn moeder zich weer aanstelde, zoals gewoonlijk. Maar toen klonk er nog een kreet, zwakker, bijna een gegorgel, gevolgd door stilte. Nu schoot hij op de bank af en zag dat Ammayya naar adem snakte. Haar ogen waren griezelig wijd opengesperd alsof ze zich met geweld een weg uit haar hoofd baanden en haar lippen krulden zich in een blauwgetinte grauw weg van haar tanden.

'Ze is ziek!' zei hij paniekerig. 'Mijn moeder is ziek. We moeten haar naar het ziekenhuis brengen.'

Het werd stil in de kamer.

'Wil geen ziekenhuis', fluisterde Ammayya, zich vastklemmend aan Sripathi's overhemd toen hij zich over haar heen boog. De kracht van haar greep verbaasde hem. 'Wil Putti.'

Putti haastte zich naar haar moeder en knielde bij haar neer. Haar naar voren stekende bovenlip trilde van emotie. 'Ammayya, het spijt me zo', huilde ze. 'Wees alstublieft niet boos op me.'

Ammayya liet Sripathi's overhemd los en verplaatste haar greep naar Putti's pols. Ze kneep er zo hard in dat Putti's ogen begonnen te tranen. 'Ik ga dood', siste ze tussen haar ruwe blauwe lippen door. 'En dat komt door jóu. Denk daaraan! Denk daaraan als je bij hem in bed kruipt.'

Ze hijgde en keek haar dochter woedend aan, en Putti

probeerde haar pols uit haar moeders venijnige greep te bevrijden. Toen ze zich eindelijk wist los te rukken, zag ze dat er vingerafdrukken in haar huid stonden, sporen die later zouden uitdrogen en hun korstjes verliezen, maar die nooit helemaal zouden verdwijnen. Ze kregen iets weg van drie starende, cartoonachtige ogen, reden voor Putti om later tientallen armbanden om te doen, opgediept uit haar moeders koffer onder het bed, en dat alles om die sporen aan haar eigen schuldbewuste blik te onttrekken. En toen Gopala na hun bruiloft de liefde met haar bedreef in hun gloednieuwe appartement – een van de drie die Sripathi in ruil voor het Grote Huis had gekregen – op een gloednieuw, in Madras gekocht ledikant, had Putti haar pols in een dik verband gewikkeld om de ellipsvormige vlekken die Ammayya's jaloerse woede op haar had achtergelaten aan het zicht te onttrekken.

'Laat een ambulance komen', zei Nirmala zwakjes. Ze wou maar dat iemand het heft in handen nam. Zelfs de efficiënte, drukdoende Munnuswamy leek niet te weten wat hij moest doen. 'Moeten we haar niet naar het ziekenhuis brengen? Een ambulance bellen?' vroeg ze nog eens.

'De telefoon doet het niet,' zei Munnuswamy kortweg, 'maar maak je niet ongerust. We brengen haar wel met onze melkwagen.' Hij gebaarde naar Gopala, die knikte en de kamer verliet. Ze hoorden een auto starten, achteruit de oprit oprijden en stoppen.

Arun tilde Ammayya van de bank en droeg haar naar de bestelwagen, die ook een felblauwe kleur had, met op de zijkant in krullerige letters gesjabloneerd: Ambika Melk Coöp. Hij legde haar op een van de lange banken en Nirmala schikte een deken over haar heen.

'Putti', riep Ammayya zwakjes. Toen het bezorgde gezicht van haar dochter haar blikveld binnendreef, fluisterde ze: 'Jij gaat met me mee, want jij moet ervoor zorgen dat die dokters niet mijn kleren uittrekken en overal met hun instrumenten in gaan porren en prikken. Als mijn eigen zoon dokter was...'

Een volgende pijngolf snoerde haar de mond, en toen werd het busje weer gestart. Putti klom naar binnen, naast Arun en Sripathi. Arun zat op de geribbelde, naar oude melk ruikende bodem van de bestelwagen en hield Ammayya vast terwijl ze hobbelend en rammelend over de ondergelopen straten vol kuilen naar Toturpurams Vanitha-ziekenhuis reden, een nieuwe instelling met een dubieuze reputatie. Maar Munnuswamy zei dat hij er veel mensen kende, vandaar dat hij hen daarheen bracht.

Op de afdeling spoedeisende hulp van het ziekenhuis was het druk, zelfs op dit vroege uur. Er was een bus tegen een te zwaar beladen vrachtwagen gebotst, en er waren ruim dertig gewonde passagiers binnengebracht. Een afgematte verpleegster zei dat ze in de gang moesten wachten tot er iemand beschikbaar was om Ammayya te onderzoeken. Ze lag op de grond tegen de verschoten muur van de ziekenhuisgang, met in haar neus de stank van dode en stervende lichamen, haar opgezwollen hart vol woede die zich daar gedurende zestig van haar tachtig levensjaren had opgehoopt.

Na een kort gesprek met Munnuswamy, dat Sripathi niet kon verstaan, piepte de verpleegster een dokter op.

'Maak je geen zorgen', zei Munnuswamy zelfvoldaan. 'Ik heb haar verteld wie ik ben. Jullie zullen op je wenken bediend worden. En als jullie me nu willen excuseren, ik moet ervandoor. Het busje is om zeven uur weer terug met mijn chauffeur. En ik zal mijn Jongens jullie huis laten schoonmaken.'

'Het spijt me', zei Sripathi tegen Munnuswamy. 'Het spijt me verschrikkelijk dat we jullie zo veel last bezorgen.'

'Geen enkel probleem, we zijn nu sambandhi's.' Hij wuifde Sripathi's dankbaarheid met één hand weg en vertrok.

Ammayya deed haar ogen open en riep Sripathi. 'Draai mijn oorbellen los', commandeerde ze schor. 'En doe mijn mangalya en alle andere kettingen af. Anders beroven ze me nog. Mijn oorbellen zijn blauwe jaguardiamanten. Van het zuiverste water. Ik wil ze allemaal terug als we naar huis gaan. Mijn vaaley, mijn mangalya, de rijstkorrelketting, de mohan-maaley en mijn snoer koralen. Ik weet wat ik aan mijn lijf heb. En onder mijn bed – mijn *aurum* en mijn *argentum* – ik weet hoeveel er is, dus probeer maar niets in te pikken.'

Ze stond erop dat Sripathi het karwei klaarde en niet Putti. 'Jij krijgt niets', zei ze toen haar dochter Sripathi wilde helpen met de ongewone taak de oorbellen van een vrouw te verwijderen. 'Nog geen paisa krijg je van me.'

Kort nadat Sripathi zijn moeders sieraden in een zakdoek had gewikkeld en die in zijn zak had gestopt, verscheen de dokter. Twee verpleeghulpen tilden Ammayya op een brancard en maakten aanstalten haar weg te rijden.

Ammayya greep Putti's sari. 'Kom met me mee', fluisterde ze. 'Zeg dat ze me niet mogen uitkleden.'

Maar een van de verpleeghulpen schudde zijn hoofd tegen Putti. 'Nee, mevrouw, het operatiegedeelte is verboden terrein voor bezoekers.'

'Wordt ze geopereerd? Maar u weet nog niet eens wat haar mankeert', zei Sripathi verbaasd over deze onverwachte wending. De dokter had zelfs Ammayya's pols niet opgenomen of een stethoscoop tegen haar borstkas gehouden. Was dat niet het eerste wat ze verondersteld werden te doen?

'Naam van de patiënte?' vroeg de dokter, die zijn vragen negeerde en snel iets op een formulier krabbelde.

'Janaki Rao.'

'Leeftijd?'

'Eenentachtig. Ze klaagde over pijn op de borst. Een hartaanval, misschien?' opperde Sripathi. 'Hoe kunt u gaan opereren zonder haar te onderzoeken?'

'Als u hier even tekent, meneer, zal ik daarna al uw vragen beantwoorden', zei de dokter, met zijn pen wijzend naar een kruisje op het formulier. 'Alleen maar om te bevestigen dat u het ziekenhuis niet verantwoordelijk houdt in het geval er problemen ontstaan.'

'Wat voor problemen?' vroeg Arun. 'Appu, teken niet voordat je het formulier hebt gelezen.'

De dokter haalde zijn schouders op. 'Hoe langer u wacht, des te langer het duurt eer de oude dame geholpen wordt. Dit is gewoon een formaliteit. Iedereen moet dit formulier ondertekenen.'

Sripathi pakte de pen en zette zijn handtekening.

'Nu eerst betalen aan de balie, alstublieft.'

'Betalen?' vroeg Sripathi, niet begrijpend.

'Ja, meneer. Dat is regel hier. U moet eerst een cheque uitschrijven bij de verpleegster aan de balie voordat we iets voor de patiënt doen.'

'Is dit een winkel of een ziekenhuis?' vroeg Arun boos. 'Kijk eerst maar eens hoe het met mijn grootmoeder is. We lopen heus niet weg zonder betalen. We zijn geen dieven zoals jullie!'

'De keus is aan u, meneer', zei de arts schokschouderend. Hij schreeuwde naar de verpleeghulpen die Ammayya net door een klapdeur reden: 'Breng de patiënt maar terug. Deze mensen kunnen niet betalen.' Hij wendde zich weer tot Arun. 'Breng haar maar naar het staatsziekenhuis, daar is het gratis.'

'Nee nee, het is goed', zei Sripathi. 'Let alstublieft niet op mijn zoon, hij is erg emotioneel. Ik betaal wel. Zorgt u nou maar voor mijn moeder.'

Sripathi, Arun en Putti wachtten urenlang in de gang, die nu werd aangedweild door een schoonmaker in een kaki uniform. Hij werkte achterwaarts de lange wachtruimte af en kletste met de natte vodden waaruit zijn zwabber bestond tegen de voeten van degenen die zwijgend en gelaten wachtten tot er iemand aandacht aan hen zou besteden. Het rook er sterk naar ontsmettingsmiddel, een geur die zich vermengde met de kookluchtjes uit de cafetaria. Om acht uur kwam de dokter hen opzoeken met een ernstige uitdrukking op zijn gezicht en vlotte woorden van deelneming die als vanzelf uit zijn mond rolden. 'We konden niets meer voor haar doen', zei hij. 'Ze was erg oud.'

Ammayya werd naar buiten gereden, haar lichaam gewikkeld in een lichtgroen ziekenhuislaken, iets waarvoor Sripathi een tweede cheque moest uitschrijven. Iemand had met zachte hand haar ogen gesloten, en ze zag er ongewoon vredig uit. Volgens Sripathi had hij voor het laatst een dergelijke uitdrukking op haar gezicht gezien bij zijn upanayana-ceremonie, toen hij een jongetje van tien was, vlak voor zijn vaders maîtresse arriveerde. Er staken wattenpropjes uit haar neusgaten, en haar mond stond een klein eindje open.

'Ze was kwaad op me, ze heeft me niet vergeven', fluisterde Putti met een betraand gezicht. Ze hield de zak met kleren die de verpleeghulp haar had aangereikt krampachtig vast.

Sripathi hielp Arun om Ammayya's verstijvende lichaam, dat heel wat lichter was dan hij zich had voorgesteld, naar de bestelwagen te dragen, die al op hen stond te wachten. Stilletjes zat hij naast het lichaam en vroeg zich af wie hij hierna zou verliezen.

Terug bij het Grote Huis hield een van de Jongens hen tegen op de veranda, die glibberig was de viezigheid, en zei: 'U zult achterom moeten gaan. Het water is weg, maar het is nog erg smerig.'

Hij vertelde Sripathi dat de achtermuur van de omheining was afgebroken om het water te laten weglopen. Ze hadden nog een paar uur nodig om het huis schoon te maken en te ontsmetten. 'O, en we hebben iets gevonden', zei hij glimlachend. Zijn tanden staken groot en wit af tegen zijn donkere huid. Hij liep naar een hoek van de veranda en pakte een kartonnen doos. Het poesje zat erin. 'Dit beestje vonden we vastgeklauwd aan de gordijnen.'

'Wat zal Nandana blij zijn', zei Putti. Ze nam de doos over en liep ermee naar het huis van Munnuswamy om Nirmala het nieuws over Ammayya's dood te vertellen. Intussen liepen Sripathi en Arun terug naar de bestelwagen om Ammayya's lijk eruit te halen. Dit keer moesten ze over de wc-wenteltrap omhoog naar het terras – ze hielden Ammayya rechtop om het ijzeren kronkelpad te kunnen nemen – en door de wc naar de overloop tussen de twee slaapkamers. Arun spreidde een schoon laken uit over de grond en daar legden ze de oude vrouw op.

Het was Nirmala die ten slotte Ammayya's lichaam waste en haar in een lange lap ongebleekte katoen hulde. En zij was degene die ontdekte dat er een grote verticale snijwond over haar rechterzij liep, van een verlepte borst naar haar bekkenbeen, een kromme grijzigroze jaap waarvan de randen bijeen werden gehouden met zwarte steken die aan een rij mieren deden denken. Ze vroeg zich af waarom die snee gemaakt was. Ja, Sripathi had wel iets over een operatie gezegd, maar zelfs zij wist dat het hart aan de linkerkant van de borst zat. Hadden ze iets uit Ammayya's lichaam weggehaald? Ze moest denken aan de afkeer die de oude vrouw voor ziekenhuizen had, haar angst dat de dokters handel dreven in organen, en ze vroeg zich af of ze Sripathi op de hoogte moest brengen van haar vermoedens. Een hele poos stond ze naar haar schoonmoeder te kijken, naar het dorre oude lichaam dat daar op het laken lag, de witte stoppels die uit haar schedel groeiden, het vredige gezicht, de zoetige geur van verrotting die al van haar opsteeg, en ten slotte nam ze een besluit.

'Wat weg is, is weg', fluisterde ze. 'Het heeft geen zin nodeloos problemen te scheppen.'

22

Het hart van de zee

De rituelen waren nageleefd; tientallen vrienden en familieleden waren Ammayya de laatste eer komen bewijzen. Ze
schenen niet te kunnen bevatten dat de opvliegende oude dame
werkelijk was overleden. Krishnamurthy Acharye had met zijn
bejaarde fluisterstem de aloude gebeden voor de overledenen
uitgesproken. Nirmala en Putti zaten in een hoekje van het
vertrek stilletjes te huilen. Nandana zat met grote ogen toe te
kijken. Eerder op de dag had ze Sripathi gevraagd of alle dode
mensen eruitzagen als Ammayya, en Sripathi had niet geweten
wat hij moest zeggen. Was het wel goed dat het kind dit allemaal zo jong al zag? Hij wist niet meer wat goed was.

'Nee', fluisterde hij ten slotte boven het plechtig reciteren
van de gebeden uit. 'Nee, niet iedereen ziet eruit als Ammayya.
Ze was heel oud.' En mijn dochter was jong, wilde hij eraan
toevoegen. Te jong om dood te gaan.

Later op de avond, toen de crematie achter de rug was, zei
Sripathi tegen Arun dat hij wel naar huis kon gaan.

'Waar gaat u dan naartoe?'

'Naar het strand met Ammayya's as', antwoordde Sripathi.

'Ik ga wel met u mee', bood Arun onverwacht aan.

Het schemerde al toen ze een bus naar het strand namen. Ze
liepen naar dezelfde afgelegen plek als waar ze Maya's as hadden
verstrooid. De vloed kwam opzetten. Omkrullende golven
sloegen tegen hun voeten en zeemeeuwen maakten duikvluch-
ten om in het opdrogende zeewier te pikken dat op het strand

was achtergebleven. Een eindje verderop sprongen zwerfhonden tegen een omgekeerde boot aan en probeerden iets te pakken wat aan de bovenkant bungelde. Terwijl Sripathi naar de waterkant liep, maakten zijn voeten een zuigend geluid op het natte strand. Met een gevoel van déjà vu verstrooide hij de as en keek hoe die zich met de golven vermengde. Arme Ammayya, wat een lang, onvervuld leven had ze geleid, dacht hij spijtig.

Hij liep terug naar de bemoste rotspartij waar hij Arun had achtergelaten en nam plaats naast zijn zoon. Daar bleven ze zitten tot de maan verscheen, een zilveren halve cirkel die werd omgeven door kringen van regenboogachtig licht. Morgen zou het zonnig worden. In de diepe duisternis lichtte de zee op, een bewegende massa, levend, raadselachtig, prachtig.

'U kunt wel naar huis gaan als u wilt, Appu', zei Arun. Hij had zijn armen om zijn opgetrokken knieën geslagen en liet zijn hoofd erop rusten. 'Ik wil de schildpadden aan land zien komen.'

'Hoe weet je dat ze vandaag komen?'

'Gisteren kwamen er al een paar en meestal volgt de rest kort daarna.'

'Ik blijf wel bij je', zei Sripathi na een korte aarzeling. Hij woonde al zijn hele leven aan deze zelfde zee, maar hij had nog nooit een hele nacht zitten kijken hoe de golven over het strand kwamen aanrollen, werden teruggezogen en een trillend kantwerk van schuim achterlieten dat ze vrijwel meteen kwamen terughalen.

De maan klom hoger aan de hemel, het strand liep langzaam leeg en de laatste venters draaiden een voor een hun olielamp uit en gingen weg. Het enige wat ze nu nog konden horen was het ruisen van de wind in het lage groepje palmbomen achter hen. Plotseling maakte zich uit de zee een donkere vorm los, die langzaam over het vochtige zand hobbelde. En nog een en nog een. Tientallen. Nee, honderden. In Sripathi's ogen was het alsof het strand zelf was opgestaan en zachtjes wegdeinde van het water.

'Ziet u ze?' vroeg Arun fluisterend. Alsof de schildpadden door zijn stem konden worden verjaagd op een moment dat ze nog het gebulder van de oeroude wateren in hun kleine, heen en weer zwaaiende kopjes meedroegen.

Waggelend en schommelend overstroomden ze het strand, een gebocheld, kruipend leger van schildpadden die door een verre roep werden gelokt naar de kust waar ze vijftig, honderd, tweehonderd jaar geleden waren geboren om een volgende generatie het levenslicht te laten zien. Ze rukten op door de vloedlijn – elk van hen een olijfgroen, zich traag verplaatsend zandheuveltje – totdat ze veilig buiten het bereik van de golven waren. Een voor een hielden ze halt om een kuil voor hun eieren te graven, waarbij hun dikke korte achterpoten als krachtige zuigers zand in de lucht wierpen; knorrend en brommend, kreunend en steunend hurkten ze boven het holletje om er hun kostbare lading te deponeren.

Arun boog zich naar hem toe en fluisterde: 'Ze leggen elk minstens honderd tot tweehonderd eieren, Appu.'

Sripathi knikte, te ontroerd om iets te kunnen terugzeggen. Hoeveel duizenden jaren voltrok dit zich al? vroeg hij zich af. Hij voelde zich nietig bij de aanblik van iets wat was begonnen lang voordat Brahma's verbeelding was overgegaan tot het scheppen van de mens, en wat ook de gulzige honger van diezelfde mens had overleefd. In het lange bestaan van schildpadden waren mensen niet meer dan stipjes.

Algauw waren de schildpadden klaar en begonnen het zand weer om te ploegen om de kuilen te dichten, waarna ze die met trage, doelgerichte bewegingen stevig aanstampten. En dan weer de schommelende sukkelgang terug naar de glanzende zee. Met hun achterpoten maakten ze vegende bewegingen om elk spoor van hun komst uit te wissen, even grondig als spionnen in een vreemd land.

'Ziet u hoe slim ze zijn', zei Arun nog steeds fluisterend. 'Ze zorgen ervoor dat roofvijanden hun nest niet kunnen vinden door hun spoor te volgen.'

Even geruisloos als ze aan land waren gekomen verdwenen de laatste schildpadden in het water. Ze zouden nooit zien hoe hun jongen uit het ei kwamen en zouden pas na een vol jaar terugkeren om een nieuwe vracht eieren te leggen in het grensgebied van de zee, dat al veel langer bestond dan zij. Hun jongen konden in leven blijven of doodgaan. De eieren die ze met zo veel zorg hadden achtergelaten konden een nieuwe generatie schildpadden opleveren of niet. Sripathi dacht na over de ongewisheid van het bestaan, over de schoonheid, de hoop en het verlies die onlosmakelijk met het leven verbonden waren, en hij voelde dat er langzaam een steen van zijn hart werd gewenteld. Misschien kwam een schildpad, in haar lange, onbekende reis van de ene zee naar de andere, over oceanen en langs verschuivende continenten, zonder het te weten wel eens een nakomeling tegen. En een halve eeuw later zouden die babyschildpadden ook weer naar deze kust terugkeren, aangetrokken door een verlangen dat in hun geheugen stond gegrift. Wie doorgrondde de gewoonten van deze zwijgende wezens die een eeuwigheid eerder dan wij aanspraak op deze planeet hadden doen gelden? dacht Sripathi peinzend terwijl hij zijn stijve ledematen strekte. Maar hij had nu een vaag begrip gekregen van de reden waarom zijn zoon elk jaar rond deze tijd naar het strand ging, wanneer de wolken zwanger in de lucht hingen en de nacht donkerder was dan een kraaienvleugel. Het had hem geïrriteerd, dit jaarlijks ritueel, wanneer Arun om tien uur 's avonds verdween en pas na het ochtendgloren thuiskwam – eieren rapen, had hij ontwijkend gezegd, zo zeker van Sripathi's afkeuring dat hij verdere uitleg maar achterwege had gelaten.

Hij keek omlaag naar zijn zoon. Arun zat nog steeds naar de zee te staren alsof hij zich één voelde met de oeroude schepselen die in de diepten heen en weer werden gewiegd. Wat een merkwaardige man had hij verwekt. Arun bewoog zich al achtentwintig jaar kalmpjes door het leven, met als enige beloning Sripathi's ergernis, zijn teleurstelling en zelfs zijn minachting.

Ze bleven zitten tot het tij begon af te nemen en de vissersboten zichtbaar werden – donkere, deinende vormen tegen de lichter wordende hemel.

'Zullen we nu gaan?' vroeg hij Arun op een zachtere toon dan hij ooit tegen zijn zoon had gebezigd.

Het Grote Huis rook naar lysol en chloor. De Jongens hadden het zo goed mogelijk schoongemaakt, maar over de hele muur liep een bruine rand waaraan je kon zien hoe hoog het water was gekomen, zo'n halve meter boven de vloer. De sofa uit de huiskamer viel bijna uit elkaar. Nirmala had hem in de achtertuin laten zetten zodat de Jongens hem konden afvoeren. In tegenstelling tot Sripathi leek zij er geen enkel probleem mee te hebben de hulp van de Munnuswamy's aan te nemen. De ramen van Ammayya's kamer waren opengewrongen en de smerige ruiten waren schoongemaakt, op wat randjes zwart vuil na die met geen sop te verwijderen waren. Alle sari's die Ammayya in hutkoffers had bewaard waren bedorven. Met de sieraden was niets aan de hand, zij het dat ze een beetje stonken, maar later, veel later, toen Nirmala en Putti ermee naar de goudsmid op de Krishnaiah Chettyweg gingen om ze te laten oppoetsen voor het huwelijk, kwamen ze erachter dat ze niet echt waren, maar gemaakt van zilver of koper dat in een goudbadje was gedoopt. Alle stukken waren vals, zou de juwelier hen spijtig vertellen, behalve de diamanten oorbellen en de halskettingen die Ammayya in het ziekenhuis aan Sripathi had gegeven. Verder waren er alleen nog een paar gouden munten en de staafjes zilver die ze in de jaren na Narasimha's dood had vergaard door kranten en oude sari's te verkopen.

'Hij heeft haar bedrogen', zou Putti op de terugweg zeggen.

'Mijn vader heeft haar nepjuwelen gegeven. Die arme Ammayya. Het is maar goed dat ze het niet heeft geweten.'

'Hoe weet je of ze het niet wist?' vroeg Nirmala daarop. 'Je moeder was niet achterlijk.'

Sripathi zat in zijn oude stoel op het balkon, omringd door zijn schrijfspullen. Hij had net de krant uit. Er stond een artikel in dat Ammayya volgens hem met plezier zou hebben gelezen. De orkaan had ook huisgehouden in Madras, waar de premier door overstromingen uit haar huis was verdreven. Volgens het bericht was ze met een bootje in veiligheid gebracht.

Nu opende hij het sandelhouten kistje dat hij uit Nirmala's kast had gehaald. Hij pakte er een stapeltje luchtpostbrieven en enveloppen vol brieven van Maya uit. Voorzichtig maakte hij er een open. Hij begon: 'Lieve Appu, Mamma, Arun…' Altijd in aflopende volgorde, naar leeftijd. Hij keek naar het keurige, schuine handschrift, en eindelijk stroomden de tranen vrij over zijn gezicht.

Er klonk een zacht geluidje bij de deur van zijn kamer en zonder te kijken wist hij dat het Nandana was. 'Huilt u omdat uw moeder is gestorven?' vroeg ze.

'Ja, gedeeltelijk', antwoordde hij. Hij veegde zijn gezicht droog met een van de handdoeken die over de balkonrand hingen.

'Mijn moeder is ook gestorven.'

'Ja, dat was mijn dochter.'

Er kwam geen reactie, maar toen Sripathi zich omdraaide zag hij dat het kleine meisje er nog steeds stond. Kauwend op een plukje haar leunde ze tegen de deurpost.

'Wat zit er in die grote doos op tafel?' vroeg ze terwijl ze met een vinger naar de ongeopende doos met schrijfgerei wees.

'Kom maar, dan zal ik het je laten zien. Als je wilt, tenminste', zei Sripathi uitnodigend.

Ze schuifelde langzaam, voetje voor voetje, naar hem toe,

steeds op het punt zich om te draaien en weg te rennen. Hij deed de doos open en streek met zijn hand over de pennen die op het warme, roodbruine hout lagen uitgestald.

'Pennen!' riep ze uit. 'Wat een boel! Zijn die allemaal van u?'

'Ja, maar je mag er wel eentje uitkiezen.'

'En mag ik die dan altijd houden?'

'Ja, altijd', bevestigde Sripathi. 'Wat dacht je van deze?' Hij pakte de zilveren Hero, schroefde de dop los en schreef met zwierige letters 'Nandana' op een vel papier.

Peinzend fronste ze haar voorhoofd en boog zich verder voorover om te zien wat er nog meer in de doos zat. Hij kon haar haar ruiken, de geur van onschuld en jeugd, veronderstelde hij.

'Ik wil liever díé hebben. Mag dat?' vroeg ze ten slotte. Ze wees op een kleine rode pen die hij in zijn studententijd voor vijftig paisa van een straatventer had gekocht. Het was de goedkoopste uit zijn verzameling.

'Als je dat wilt', zei hij terwijl er een glimlach om zijn mondhoeken begon te spelen. Net haar moeder, dacht hij. Ze wilde graag zelf haar keus bepalen. 'Wat ga je ermee doen?'

'Ik wil een brief aan Molly en Yee schrijven', zei ze gewichtig en ze ging op de grond naast hem zitten. 'Mag ik ook een vel papier?'

Eindelijk zweeg de tempelbel; hij luidde al sinds Sripathi bij het krieken van de dag was thuisgekomen van het strand. Sripathi wachtte tot de lori zou gaan zingen, maar in plaats daarvan steeg er een afschuwelijk misbaar op. Het was die ezel van een Gopinath Nayak, die de wereld wekte met zijn stem. Even later werd dat geluid overstemd door een luid gebulder als van een aardverschuiving. Vanaf het balkon zag Sripathi een vrachtwagen zijn lading granietbrokken lossen voor de poort van de Jyoti-flatgebouwen.

'Hé daar!' schreeuwde de Gurkha, die zwaaiend met zijn gummistok de poort uit kwam springen. 'Is dit soms het huis van je schoonvader of zo?'

En de vrachtwagenchauffeur boog zich uit zijn cabine, hoog boven de grond, en schreeuwde terug: 'En is de weg soms van jóúw schoonvader?'

Sripathi haalde zijn blocnote tevoorschijn en koos een pen uit. Hij dacht aan zijn dochter en haar man, aan Ammayya en zijn vader, en aan alles wat hij had verloren en gevonden. Hoe moest hij dat allemaal onder woorden brengen?

'*Geachte redactie*', schreef hij ten slotte. '*Vanochtend vroeg, op het strand van Toturpuram, heb ik iets verbazingwekkends gezien…*'

WOORD VAN DANK

Veel dank aan Louise Dennys, mijn redactrice, voor haar scherpzinnige commentaren, wijsheid en advies, en aan Denise Bukowski voor haar onwankelbare vertrouwen en constante aanmoediging. Dank ook aan Noelle Zitzer en Nikki Barrett voor hun redactionele suggesties. Ik ben vooral veel verschuldigd aan Ven Begamudré voor zijn vriendschap en voor het feit dat hij in zijn eigen drukke leven de tijd heeft gevonden om een doordachte kritiek te leveren op een van de eerste versies van dit boek. Mijn dank gaat tevens uit naar de Canada Council voor hun financiële steun, naar Shubi voor het feit dat ik haar dagboeken heb mogen inzien en naar Madhav Badami voor zijn voortdurende liefde en steun. Als laatste, maar daarom niet minder belangrijk, zou ik graag The Centre for India and South Asia Research aan de University of British Columbia bedanken voor de hulp die ik daar heb gekregen.